W0319109

Onder de Italiaanse zon

Santa Montefiore bij Boekerij:

Onder de ombu-boom
Het vlinderkistje
De Vergeet mij niet-sonate
De zwaluw en de kolibrie
Valentina's laatste reis
De zigeunermadonna
Het geheim van Montague
De Franse tuinman
In de schaduw van het palazzo
De affaire
Villa Magdalena
Fairfield Park
De vuurtoren van Connemara
Het gouden licht
De dochter van de imker
De witte duif
De vrouwen van kasteel Deverill
Als de rododendron bloeit
De laatste roos van de zomer
Onder de Italiaanse zon

www.boekerij.nl
www.santamontefiore.co.uk

SANTA MONTEFIORE

Onder de Italiaanse zon

Een verhaal over verloren liefde en nieuwe kansen
tegen de achtergrond van het prachtige Toscane

BOEKERIJ

ISBN 978-90-225-7467-6
ISBN 978-94-0231-038-2 (e-book)
NUR 302

Oorspronkelijke titel: *The Temptation of Gracie*
Vertaling: Erica Feberwee
Omslagontwerp: Johannes Wiebel | punchdesign, München
Omslagbeeld: © Shutterstock
Zetwerk: Mat-Zet bv, Soest

Ter herinnering aan Tara, mijn lieve zusje

Ik stuur een duif naar de hemel
Met op zijn vleugels een pakje.
Maak het voorzichtig open,
Want het zit vol moois.
Met duizenden kussen,
Gehuld in duizenden knuffels,
Vertel ik je hoe ik je mis
En stuur ik je al mijn liefs.
Je woont voor altijd
In mijn hart.
Zo blijf je bij me,
Heel dicht bij me,
Tot het weerzien.

Anoniem

1

Engeland, maart 2010

Het wolkendek boven Badley Compton Harbour was zo dicht dat de kleine vissersboten die in de baai voor anker lagen, volledig aan het oog onttrokken waren. Hetzelfde gold voor de schilderachtige witte cottages op de helling en voor de top van de heuvel, waar rode Devon-koeien graasden op de velden met klaver en mals gras en waar vogels rond de hagen af en aan vlogen. Het was allemaal onzichtbaar.

Gracie Burton zat bij de kapper, met een kapmantel rond haar tengere schouders en met haar korte haar verpakt in aluminiumfolie. Door het grote raam van de salon keek ze naar de grijze wereld. Haar blik gleed over de glimmende straatstenen, over de glinsterende kademuur naar de plek waar ze op heldere dagen de zee kon zien, en ten slotte weer naar het tijdschrift op haar schoot, naar de foto van een kasteel in Toscane dat door een stralende zon in een warme gouden gloed werd gehuld. Een vurig, diepgeworteld verlangen had bezit van haar genomen. Ze had het artikel al een paar keer gelezen, maar terwijl ze het opnieuw begon te lezen, was het alsof er in haar hart ook een zonnetje opgloeide.

Castello Montefosco is van een zeldzame schoonheid. Dankzij de ligging, hoog in de Toscaanse heuvels, biedt het een adembenemend, weids uitzicht over het omringende landschap met daarachter, aan de westelijke horizon, de zee. Het kasteel, dat dateert uit de twaalfde eeuw, werd gebouwd door de familie Montefosco en heeft in zijn geschiedenis onderdak geboden aan talloze beroemde gasten, onder wie Leonardo da Vinci en diverse pausen. Graaf Tancredi Bassanelli, wiens moeder een Montefosco was en die sinds het overlijden van zijn vrouw nog de enige bewoner is van het kasteel, heeft zijn deuren geopend voor gasten die zich de authentieke Italiaanse keuken eigen willen maken. De kooklessen worden gegeven door Mamma Bernadetta, de kokkin van de graaf en een bron van kennis en wijsheid dankzij meer dan tachtig jaar levenservaring. Verwacht niet dat u de graaf veel te zien krijgt. Hij verblijft bij voorkeur in zijn privévertrekken, maar stelt u in staat te genieten van de overweldigende pracht van zijn tuinen en zijn voorouderlijk kasteel, en dat alles onder de inspirerende leiding van de excentrieke en getalenteerde Mamma Bernadetta.

Gracies blik bleef op de foto rusten. Het kasteel was precies zoals een Italiaans *castello* zou moeten zijn: fraai en evenwichtig van proportie, met kantelen op de muren, met hoge ramen voorzien van luiken en met daarboven halvemaanvormige timpanen. De hete zomerzon en de gure winterstormen hadden het zandsteen doen verbleken tot grijsgeel. Als een imposante oude vorst verhief het kasteel zich op de top van de heuvel, majestueus oprijzend boven de middeleeuwse huizen die zich als een woud van steen aan de voet van de heuvel hadden verzameld. Gracie sloot haar ogen, en terwijl ze diep inademde, rook ze de geur van wilde tijm en rozemarijn, van jasmijn en kamperfoelie, van uitbundig bloeiende gardenia, bedauwd gras en het harsachtige aroma van pijnbomen. In haar verbeelding hoorde ze het tjirpen van krekels en zag ze de fluweelzwarte sterrenhemel die zich boven de Toscaanse heuvels spande, als een met diamanten bezaaide baldakijn. Haar hart stroomde over van verlangen, een verlangen dat lang had geslapen maar dat na vele jaren eindelijk weer ontwaakte. Het was een gevoel dat haar bang maakte, want ze wist zich er geen raad mee. Ze was vergeten wat ze ermee aan moest, net zoals ze was vergeten hoe het voelde om jong en verliefd te zijn, om de wereld dapper en avontuurlijk tegemoet te treden. De kunst van het leven, die was ze verleerd. Ze had zich tientallen jaren in haar schulp teruggetrokken, waar ze zich veilig en geborgen had geweten. Maar de foto van het kasteel had haar wakker geschud – alsof er een kurk uit een fles was geschoten, waardoor de bruisende inhoud plotseling naar buiten stroomde. En het enige wat Gracie zeker wist, was dat ze naar Toscane moest! Ze moest erheen, en wel zo snel mogelijk.

Haar blik ging naar het gezicht dat haar aankeek vanuit de spiegel. Het bruisen werd op slag minder. Ze was achtenzestig, en ook al zag ze er nog goed uit voor haar leeftijd, achtenzestig was oud. Waar waren de jaren gebleven? Knap was ze nooit geweest. Dus voor haar bracht de ouderdom niet het verdriet om de teloorgang van uiterlijk schoon. Toch beschikt iedere vrouw in haar jonge jaren over een lieftalligheid die is verbonden met haar jeugd, en die was bij Gracie al lang verwelkt.

Ze streek met een ruwe hand over haar wang. De tijd had haar huid doen verdrogen en verslappen, en door de dagelijkse wandelingen – weer of geen weer – met haar honden over het strand, hadden de elementen daar nog een schepje bovenop gedaan. Haar neus was nog niets veranderd. Prominent en gebogen domineerde hij haar gezicht, waardoor ze wel iets van een vogel had; inmiddels een oude vogel, ooit een vreemde, maar nooit een mooie vogel. Wel een vogel met mooie ógen. Iedereen had altijd gezegd dat ze bijzondere ogen had, en daar had ze zich als meisje, hunkerend naar schoonheid, aan vastgeklampt. De donkergrijze ring rond de iris van haar grote, grijsgroene ogen gaf haar blik een wilde vurigheid die mensen ooit onweerstaanbaar hadden gevonden. Inmiddels deden de rimpels afbreuk aan die opmerkelijke blik. De tijd was ervandoor gegaan met het enige waardoor Gracie zich had onderscheiden. Sinds ze haar jonge jaren achter zich had gelaten, gaf ze niet meer om haar uiterlijk. Tot op dit moment. Ineens vond ze het weer belangrijk – heel erg belangrijk – hoe ze eruitzag.

'Gaat het, lieverd?' vroeg Judy, die haar knipte en haar af en toe een kleurspoeling gaf. Judy was jong, ze ging met de mode mee en had een piercing in haar neus, een tatoeage op haar arm en ringen om al haar vingers, waarvan ze de nagels in opvallende kleuren lakte. 'Je bent bijna klaar,' zei ze bemoedigend. 'Wil je nog een kop thee?'

'Ja, graag.' Gracie keek opnieuw in de spiegel. Zonder een donkere spoeling leek ze helemaal stokoud. Ze keek neer op haar handen, die verrieden dat ze van tuinieren hield en van pottenbakken; handen die verrieden dat ze nooit de moeite nam om ze in te smeren of te laten manicuren. Haar blik ging opnieuw naar het tijdschrift.

'O, wat schitterend,' zei Judy toen ze even later terugkwam met een dampende mok thee, die ze op het plateautje voor de spiegel zette. 'Waar is dat? In Spanje?'

'In Italië.'

'Schitterend. Echt schitterend.'

Gracie slaakte een zucht van verlangen. 'Ja, dat is het. Zou ik dit blad misschien even van je mogen lenen?'

'Natuurlijk. Hou het maar. Het is al een oud nummer. Van februari, volgens mij.' Omdat ze wist dat Mrs Burton nooit op reis ging, schonk Judy haar een toegeeflijke glimlach. 'Een mens is nooit te oud om te dromen, nietwaar?'

Bij terugkeer in haar kleine, witgepleisterde cottage die uitkeek op de haven, reageerden de honden enthousiast. Acht jaar eerder, na de dood van haar man, had Gracie het tweetal uit het asiel gered. 'Kom, dan gaan we lekker naar buiten, een eind lopen.' Ze legde het tijdschrift op het tafeltje in de hal, bukte zich om de dieren te aaien en schoot haar laarzen aan, terwijl ze haar net gekapte haar onder haar wollen muts stopte. Even later liep ze over de mistige weg naar het strand, de twee honden draafden opgewonden met haar mee.

Gracie Burton woonde al ruim veertig jaar in Badley Compton. Haar man, Ted, had haar af en toe meegenomen voor een korte vakantie in het Lake District, maar net als zij was hij ook het liefst gewoon thuisgebleven. Breed hadden ze het nooit gehad, maar zelfs al zouden ze er warmpjes bij hebben gezeten, dan nog zouden luxueuze cruises of dure buitenlandse reizen niet aan hen besteed zijn geweest. De twintig jaar oudere Ted had de kost verdiend als freelancejournalist. In zijn vrije tijd speelde hij graag een partijtje golf, de avonden sleet hij in de pub of in zijn gemakkelijke stoel, met een boek. Gracie was ook dol op lezen. Via de boeken die ze las, reisde ze de hele wereld over. Tot die dag had ze nooit de aandrang gevoeld echt op reis te gaan. Maar terwijl ze de straat uit liep, verscheen er een glimlach op haar gezicht: een opgewonden, zij het enigszins nerveuze glimlach. Want ze had impulsief het besluit genomen om naar Italië te gaan, en dat was erg ongebruikelijk voor iemand als Gracie Burton, die nooit overhaaste beslissingen nam, die het risico schuwde en zich liet leiden door behoedzaamheid.

Van nature was Gracie erg op zichzelf en had ze geen behoefte aan gezelschap. Maar zou er nog wel iets van haar overblijven als ze zich volledig uit de wereld terugtrok? Die vraag had Ted zorgen gebaard, en hij had haar op zijn sterfbed laten beloven dat ze geen kluizenaar zou worden. Zo kwam het dat Gracie zich had aangesloten bij de Badley Compton Ladies' Book Club, niet echt van harte maar als een kiezel die zich door de grotere stenen liet meevoeren stroomafwaarts. Van wat oorspronkelijk een leesclub was geweest, had de LBC zich ontwikkeld tot een club voor alles-om-maar-bezig-te-zijn, onder leiding van de ongekroonde koningin van Badley Compton: Flappy Scott-Booth. Flappy's man was schatrijk en haar gevolg bestond uit vier gretige, overijverige vrouwen, die als trouwe hofdames instemden met alles wat hun koningin zei. Gracie, die er als vijfde en laatste bij was gekomen, stond helemaal onderaan in de pikorde en werd belast met alle saaie, ondergeschikte klusjes, niet alleen bij het organiseren van liefdadigheidsactiviteiten, bridgeavonden, koffieochtenden en het jaarlijkse dorpsfeest, maar ook bij de lunches van de LBC en andere kleinschalige bijeenkomsten. Hoe had dat kunnen gebeuren, vroeg ze zich verwonderd af. Hoe was het mogelijk dat ze zich zo volledig had laten inpalmen, hoe kon het dat iedereen haar inzet en toewijding als vanzelfsprekend beschouwde? Niet dat ze daarover ooit haar beklag deed. Ze was geduldig van aard, legde zich al snel bij een situatie neer en ging rustig, ijverig haar gang terwijl de andere, extravertere leden van de club meer op de voorgrond traden. De wandelingen met haar honden waren Gracie dierbaar, juist omdat ze tijdens die kostbare uurtjes op het strand verder niemand om zich heen had.

Het idee om naar Italië te gaan had nog maar amper vaste vorm aangenomen toen ze het bijna nonchalant aan Harry Pratt vertelde, die vaak op de bank bij de bushalte te vinden was, vanwaar hij naar de haven keek, naar het komen en gaan van de boten. Op de terugweg van het strand naar huis zag Gracie hem zitten. Of alles in orde was, vroeg ze. Er viel tenslotte niets te zien, de haven ging schuil in de mist en achter de wolken. Hij genoot van de stilte, de rust, vertelde Harry. Die deed hem denken aan de oorlog, aan zijn tijd als gevechtspiloot bij de RAF, toen hij maar al te vaak in de mist boven Dover had gevlogen. Opgewonden als ze was over haar avontuurlijke plannen, vertelde Gracie hem over haar voorgenomen reis. Harry Pratt nam haar verbaasd op. Gracie vertelde niet vaak iets over zichzelf, en op reis gaan deed ze al helemaal bijna nooit. Ze hoorde net zo onlosmakelijk bij Badley Compton als de bank waar hij op zat. 'Lieve hemel!' Harry's helderblauwe ogen begonnen te glimmen. 'Waarom zou een mens in 's hemelsnaam naar Italië willen?'

'Om Italiaans te leren koken.' Gracie zei het zo stralend dat Harry zich afvroeg of ze iets voor hem verzweeg. Die brede glimlach maakte haar jeugdiger. Ze leek ineens een stuk jonger. Harry knipperde verbijsterd met zijn ogen door die plotselinge transformatie.

'En daar moet je helemaal voor naar Italië?' vroeg hij.

'Ja, dat is nu juist zo leuk!'

Toen ze verder liep, ontging het Harry niet hoe veerkrachtig haar tred was. Hij moest dit nieuwtje delen! Dus Gracie was nog niet uit het zicht verdwenen of hij haastte zich naar Café Délice, tegenover de bushalte, waar hij bijna alle stamgasten kende. Toen hij de deur openduwde, werd hij begroet door een warme, zoete geur en een zee van gezichten die van hun koffie en hun croissant verwachtingsvol naar hem opkeken. Big Mary Timpson stond achter de toonbank, met daarin een verleidelijke uitstalling van gebakjes, taarten en kleverige broodjes. 'Goeiemiddag, Harry.' Haar lijzige streekaccent krulde zich rond haar woorden als glazuur rond een taart. Met haar volle, blozende wangen, haar platinablonde paardenstaart en kittige roze met wit gestreepte schort dat ze strak om haar weelderige rondingen had gebonden, was Big Mary Timpson het kloppende hart van het café en altijd in voor een praatje. Sinds ze Café Délice vijftien jaar eerder had geopend, had het zich ontwikkeld tot de plek waar alle dorpsroddels en -nieuwtjes werden gedeeld.

Harry zette zijn pet af en streek met een eeltige hand door zijn dunnende grijze haar. Met pretlichtjes in zijn ogen liet hij zijn blik over de gezichten gaan. Hij had keuze genoeg! Het waren allemaal bekenden.

'Een dubbele espresso met slagroom, Harry?' Big Mary pakte een roze kop-en-schotel van de plank achter zich.

'En een stuk appeltaart!' Harry trok een kruk naar achteren en ging tussen twee tafeltjes in zitten. Want hij had besloten zijn nieuwtje met het hele café te delen. 'Wist je dat Gracie naar Italië gaat?' Hij vroeg het aan Big Mary, maar ondertussen keek hij tevreden om zich heen, genietend van de verrassing die hij in alle ogen las.

'Gracie? Gracie Burton? Ónze Gracie? Hoezo, ze gaat naar Italië?' vroeg Big Mary stomverbaasd. Ze zette haar handen op haar brede heupen, de koffie was even vergeten. 'Gaat ze écht naar Italië?'

'Ja. Om Italiaans te leren koken,' onthulde Harry stralend.

'Maar waarom dan?' vroeg Big Mary na een lange stilte.

'Gewoon, dat vindt ze leuk,' antwoordde hij met een woeste grijns, zonder verder uit te weiden. Niet alleen hád hij niets uit te weiden, maar bovendien was het idee dat Gracie Burton naar Italië ging, gewoon omdat ze dat 'leuk' vond, zo bizar, om niet te zeggen ongelooflijk, dat Harry er op zijn gemak van wilde genieten, net als van het effect dat het nieuwtje op de rest van het café had.

Het duurde precies vijf minuten voordat het nieuws zich verder verspreidde. John Hitchens, die in het café thee had gedronken met zijn zoon en kleindochter, vertelde het aan zijn vriend Pete Murray, die op weg was naar de krantenwinkel om sigaretten te kopen en een lot in de National Lottery. Pete vertelde het op zijn beurt aan Jagadeesh die achter de toonbank stond. Eenmaal thuis deelde John het nieuwtje vervolgens met zijn vrouw Mable, die zich naar de telefoon haastte om Flappy te bellen, in de vurige hoop dat niemand haar vóór was geweest. Flappy wilde graag alles weten, en Mable stond graag in een goed blaadje bij Flappy. Dus ze zouden allebei baat hebben bij het telefoontje. 'Toe nou, neem op...' mompelde ze met de hoorn tegen haar oor geklemd. Na zeven keer overgaan – Flappy liet de telefoon altíjd zeven keer overgaan om de indruk te wekken dat ze het druk had – schalde de gewichtige stem van de koningin van Badley Compton door de lijn.

'Darnley Manor, Mrs Scott-Booth.'

'Flappy, je spreekt met Mable! Ik heb een nieuwtje!'

'Vertel,' zei Flappy op een toon die suggereerde dat ze weliswaar geïnteresseerd was, maar niet popelde van ongeduld.

Mable viel met de deur in huis. 'Gracie gaat naar Italië,' verkondigde ze ademloos, in de verwachting een kreet van verrukking te horen, gevolgd door *Lieve hemel, van wie heb je dát gehoord?* of *Bedankt, Mable! Wat fijn dat je aan me denkt!*

In plaats daarvan viel er een lange stilte, waarin Flappy zichzelf dwong rustig in te ademen door de neus om haar verbijstering onder controle te houden. Hoe was het mógelijk? Gracie ging naar Italië zonder dat ze ook maar iets tegen háár had gezegd? Gracie was de enige 'doener' in de groep; als zíj wegging, wie moest dan alle vervelende klussen bij hun activiteiten voor haar rekening nemen? Flappy was zo beledigd dat ze amper een woord kon uitbrengen, maar uiteindelijk slaagde ze erin te reageren. Niemand wist beter de schijn op te houden dan zíj! 'Ja, dat weet ik. Die Gracie! Wel heb je ooit!' zei ze enigszins gesmoord.

Mables opwinding zakte in als een soufflé. 'Dus je wist het al?' concludeerde ze nijdig.

'Ja, natuurlijk. Ik weet alles. En ik hoor alles als eerste.'

Mables teleurstelling maakte plaats voor nieuwsgierigheid naar nadere details. 'Dan weet je ongetwijfeld meer dan ik. Waar gaat ze precies naartoe in Italië?'

Er viel opnieuw een stilte. 'Als jij mij vertelt wat je hebt gehoord, dan vul ik de lege plekken in,' zei Flappy ten slotte.

In haar bewondering had Mable niet in de gaten dat Flappy een spelletje met haar speelde, dus ze haastte zich te vertellen wat John in het café had gehoord. Daarna wachtte ze gretig op meer bijzonderheden, maar Flappy toonde zich weinig toeschietelijk.

'Ik vind dat we het aan Gracie zelf moeten overlaten om haar verhaal te doen.' Flappy dacht koortsachtig na. Gracie was altijd erg gesloten, maar als ze haar voornemen aan Harry Pratt had verteld, dan was ze blijkbaar niet van plan het geheim te houden. Iedereen in het dorp wist dat Harry elk nieuwtje dat hij hoorde onmiddellijk aan de grote klok hing. 'Ik geef vanavond een spontane soiree,' zei Flappy impulsief. 'Kenneth is er niet, ik heb het huis voor mij alleen. Dus ik nodig de hele club uit en ga een verrukkelijk etentje in elkaar draaien.'

'En wat is de aanleiding van die soiree?' vroeg Mable gretig. Ze vond het altijd heerlijk als er iets te vieren viel, en dat gold zeker voor de soirees van Flappy. De laatste keer hadden ze het glas geheven op de opbrengst van hun inzamelingsactie voor het repareren van het dak van de kerk. Toen had Flappy een strijkkwartet ingehuurd, helemaal uit Exeter. Maar zoiets zou op deze korte termijn natuurlijk niet te regelen zijn.

Flappy reageerde niet meteen, alsof ze in gedachten al bezig was met de organisatie. 'Gracie natuurlijk! Als ze het aan Harry Pratt heeft verteld, dan zal het niet lang duren of het hele dorp weet ervan. We eten pasta, we drinken prosecco en we *parlare italiano*...' Flappy zuchtte tevreden. 'Ja, wat zal het enig zijn om *la bella lingua* weer eens te *parlare*. Ik ben tenslotte zo vaak met vakantie in *Firenze* geweest, en in *Roma*, en aan *La Costiera Amalfinata. Italiano* is mijn tweede taal.'

Het verbaasde Mable niet in het minst dat Flappy vloeiend Italiaans sprak. Ze zei altijd zo zwierig *bonjour* tegen de leraar die Franse les gaf op de lagere school, en die verzot was op het gebak van Big Mary. Alleen al aan de manier waarop Flappy 'bonjour' zei, kon Mable hóren dat ze ook vloeiend Frans sprak. Is er wel iets wat ze niét kan, vroeg Mable zich dweepziek af.

'Ach, Mable, zou jij zo lief willen zijn om de club bij elkaar te roepen?' vroeg Flappy dwingend. 'Iedereen behalve Gracie. Die bel ik zelf.' Nadat ze had opgehangen haastte ze zich de hal door, naar de bibliotheek, op zoek naar het woordenboek Italiaans, naar een paar welgekozen zinnen om uit haar hoofd te leren waarmee ze die avond aan tafel indruk kon maken.

Gracie genoot van een kop thee bij de haard, met op haar schoot het tijdschrift van de kapper, opengeslagen bij de foto van het kasteel, toen de telefoon de rust verstoorde. Ze rukte zich los uit haar dagdromen over Toscane en nam op. 'Hallo?'

'O gelukkig, je bent thuis,' klonk het bijna streng.

'Flappy!' Gracie zette haar mok neer.

'Luister eens, ik besef dat het wel erg op het laatste nippertje is, maar je wordt vanavond op Darnley Manor verwacht.'

'Vanavond?' Gracie was niet van plan geweest er nog uit te gaan, maar zich in plaats daarvan te warmen aan de Italiaanse zon, mijmerend over Castello Montefosco, in de vredige rust van haar pottenbakkersatelier.

'Ja. Om half acht. Ik heb een kleine, informele bijeenkomst georganiseerd en daar moet je bij zijn.' Flappy zei het op de besliste toon die Gracie maar al te vertrouwd was, en die betekende dat geen enkel excuus zou worden geaccepteerd om niet opnieuw de mistige kilte in te hoeven. Bovendien wist Flappy drommels goed dat Gracie geen andere verplichtingen had.

'Wat leuk,' stamelde ze bedremmeld, want ze vond het helemaal niet leuk. Italië wenkte. In gedachten zat ze er al. Maar die avond zou ze niet meer aan dromen toekomen. Haar plannen, haar klei en haar draaischijf zouden tot de volgende dag moeten wachten.

'Mooi zo. Dat is dan geregeld!' zei Flappy kordaat, en ze sloot af met een opgewekt 'Ciao!'

Gracie fronste haar wenkbrauwen. *Ciao?* Dat had ze Flappy nog nooit horen zeggen.

Flappy's echtgenoot, Kenneth, was rijk geworden dankzij een keten populaire fastfoodrestaurants die hij in de jaren zeventig van de vorige eeuw had opgezet. Nadat hij deze in 1983 voor ettelijke miljoenen had verkocht, was hij prompt met pensioen gegaan, hij had Darnley Manor gekocht en een golfbaan laten aanleggen, waarvoor de inwoners van Badley Compton hem innig dankbaar waren. Bij hun trouwen was het Flappy's idee geweest om hun achternamen samen te voegen, maar in het dorp wist niemand dat. Daar wisten ze niet beter of de Scott-Booths stamden van een oud Engels geslacht. Ze bezaten een huis in de Algarve en gingen daarnaast regelmatig naar het Caribisch gebied met vakantie, waar ze ieder jaar met Kerstmis hun vier kinderen en tien kleinkinderen uitnodigden.

Darnley Manor was een fraaie witte villa met een grijs leien dak, veertien slaapkamers, een tennisbaan en een inpandig zwembad. De drie weken in juni dat de tuin werd opengesteld voor het publiek, konden de bezoekers Flappy druk aan het werk zien in de borders. Gehuld in een zomerse jurk en met een grote strohoed op haar hoofd hanteerde ze de snoeischaar en knipte hier en daar een uitgebloeide roos af.

In de aanloop naar het informele samenzijn van die avond maakte Karen, de jonge, ingehuurde kok, zich op tijd weer uit de voeten, waarna Flappy een schort voorbond en een pollepel pakte om in de Napolitaanse saus te roeren. Dat alles ruimschoots voor de komst van de gasten. Mable Hitchens kwam zoals altijd als eerste, erop gebrand vóór alle anderen te arriveren. Ze reed in een kleine groene Volkswagen Golf, en deze keer had ze Sally Armitage opgepikt. De twee vrouwen waren zo ongeduldig, zo opgewonden dat ze wel drie keer op de bel drukten.

Flappy deed open, met in haar ene hand de pollepel, in de andere een glas prosecco. In haar ivoorwitte zijden bloes, soepelvallende zwarte broek en met om haar hals een snoer parels bood ze een voorname, elegante aanblik. Haar blonde haar viel tot op haar schouders en was onberispelijk gekleurd en geföhnd. Op haar zesenzestigste was ze nog altijd een opvallende schoonheid, en dat wist ze. '*Buona sera*,' zei ze terwijl ze de voordeur weer dichtdeed. 'Wat een *bella* avond gaan we tegemoet! Kom, dan schenk ik jullie alvast een prosecco in. Ik sta de hele middag al in de keuken, dus ik ben zo vrij geweest mezelf ook al op een klein glaasje te trakteren.'

Het tweetal volgde Flappy's ranke gedaante over de zwart-wit geblokte vloer naar de keuken, waar de grote Aga een verrukkelijke warmte verspreidde en waar het rook naar knoflook en gebakken uien. Zowel Mable als Sally had zich met zorg voor de gelegenheid gekleed, in het besef dat 'informeel' bij hun gastvrouw iets heel anders betekende dan de instructie deed vermoeden. Flappy zag er altijd chic uit, en prachtig zongebruind; een vrouw van de wereld die zich hulde in zijde en kasjmier, altijd behangen met sieraden, ook als ze geen bezoek verwachtte, en ook als ze de deur niet uit hoefde. Ze gruwde van denim, laarzen droeg ze nooit. Zelfs als jong meisje had ze al een hekel gehad aan trainingsbroeken, en haar schoenen waren onveranderlijk elegant, met een klein, discreet hakje. Ze vond het ordinair wanneer mensen met hun rijkdom te koop liepen – en oordeelde vernietigend over beroemdheden die zich daaraan schuldig maakten – maar wist door het noemen van kleine details de andere vrouwen ervan te doordringen dat ze uitsluitend designerkleding droeg, aangeschaft bij Net-a-Porter en aan huis bezorgd. 'Ik geef niets om dat soort dingen,' zei ze dan, en ze gebaarde nonchalant met een gemanicuurde hand. 'Maar Kenneth wil met zijn vrouw kunnen pronken.'

Toen Sally en Mable de keuken binnenkwamen, viel Flappy's oog op Sally's flonkerende, gouden stiletto's. Ze snoof misprijzend. Op diamanten na vond Flappy alles wat flonkerde ordinair.

De gouden stiletto's waren een bescheiden vorm van rebellie. Verder durfde Sally niet te gaan. De leden van de LBC wilden voor geen prijs ruzie krijgen met Flappy Scott-Booth. Eileen Bagshott was zo brutaal geweest de club bij haar thuis uit te nodigen, en dat niet alleen, ze had de bijeenkomst ook voorgezeten! Een daad van onverbloemde opstandigheid die had geresulteerd in het beëindigen van haar lidmaatschap. Eileen was daarna nooit meer in Darnley Manor uitgenodigd; een sneue, eenzame figuur die tijdens de zondagse dienst helemaal achter in de kerk zat en bijna moest smeken om kaartjes voor de concerten in het gemeentehuis. Dus Sally, die onder het pseudoniem Charity Chance al dertig jaar schaamteloos luchtige, vrijmoedige romannetjes schreef, beperkte haar rebellie tot gouden stiletto's. Daarbij droeg ze een – misschien net iets te strakke – bordeauxrode broek met daarop een roze blouse. Haar rode haar had ze opgestoken tot wat moest doorgaan voor een moderne variant op de getoupeerde suikerspin uit de jaren zestig. Haar leren broeken en glinsterende topjes bewaarde ze voor etentjes thuis, in de kring van haar familie.

Anders dan Sally zou Mable er niet over piekeren om Flappy ook maar de geringste aanleiding tot kritiek te geven. Nerveus en conventioneel als ze was, probeerde ze het iedereen naar de zin te maken. Ze droeg een blouse met een drukke bloemenprint, bij de hals gesloten met een broche van namaakdiamanten, en daaronder een marineblauwe broek. Haar kleine voeten staken in pumps met een gouden gesp, een goedkope versie van die van Flappy en gedragen met aanzienlijk minder flair. Haar muizig bruine, halflange haar was te dun om Flappy's rond geföhnde bob zelfs maar te kunnen benaderen. Ze had de verontrustende gewoonte mensen langdurig aan te staren met haar waterig grijze ogen. Zonder haar bril met dikke glazen, waarachter haar ogen onnatuurlijk groot leken, zou ze een volstrekt onopvallende verschijning zijn geweest. Op dat moment ging haar blik bewonderend van Flappy naar de tafel, die er werkelijk schitterend uitzag. In haar opgetogenheid vergat ze even dat Gracie en haar vertrek naar Italië de aanleiding waren voor de soiree en liet ze haar blik over de bloemstukjes gaan, over de kaarsen, over het gesteven blauw-met-witte tafelkleed met bijpassende servetten. 'Ik begrijp niet hoe je het klaarspeelt,' mompelde ze, waarmee ze Flappy, die toch al op een voetstuk stond, naar nog grotere hoogten opstootte.

'*Fa niente*.' Flappy eiste onbekommerd de eer op van Karens goede smaak en harde werken. Tevreden over haar Italiaans, dat in haar eigen oren onberispelijk klonk, reikte ze Sally en Mable een kristallen flûte aan, waarop ze naar de hal liep om opnieuw open te doen. Even later kwamen Esther Hancock en Madge Armitage de keuken binnen. Het tweetal had zich op de valreep nog in het laatste keuzeboek van de LBC verdiept, voor het geval dat Flappy ernaar zou vragen. Net als de rest van de vrouwen popelden ook Esther en Madge van ongeduld om het over Gracie te hebben.

Flappy had Gracie welbewust een half uur later uitgenodigd dan de anderen, zodat ze het nieuwtje van haar reis naar Italië eerst onderling konden bespreken. Toen duidelijk was dat alle vrouwen hadden gezien hoe geroutineerd ze in de tomatensaus roerde, hing Flappy haar schort aan de deur en ging ze haar gasten voor naar de salon, waar Karen het vuur had aangemaakt en geurkaarsen had aangestoken. Ondanks de vele avonden die de leden van de club al in Flappy's roomwit-met-taupekleurige salon hadden doorgebracht, wachtten ze beleefd tot de gastvrouw hen uitnodigde te gaan zitten.

'We moeten het over Gracie hebben,' zei Flappy zorgvuldig, deftig articulerend. De anderen luisterden eerbiedig. 'Sinds ik het nieuws hoorde – volgens mij was ik de eerste – laat het me niet los. En maak ik me zorgen. Niet zozeer omdat Gracie alléén naar het buitenland gaat, ook al kan ik me niet heugen dat ze ooit alleen op reis is geweest. Dus ik vind dat wij, als haar vriendinnen, haar dit plan uit haar hoofd moeten praten. Nee, wat me vooral zorgen baart, is dat het volgens mij een vlucht is. Waar loopt ze voor weg, onze Gracie? Wat is er gebeurd, wat is de aanleiding tot dit drastische besluit?' Met haar topaasblauwe ogen nam Flappy de andere vrouwen beurtelings nadrukkelijk op, met de onuitgesproken boodschap goed na te denken voordat ze iets zeiden en niet allemaal door elkaar heen te gaan praten.

'Wat ben je toch een wijs mens, Flappy!' verklaarde Mable dweepziek. Ze genoot van haar prosecco en moest zich beheersen om de inhoud van haar glas niet te gretig achterover te slaan. 'Dat van die vlucht is geen moment bij me opgekomen. Ik dacht dat ze gewoon op vakantie wilde.'

'Welnee. Dat heeft ze nog nooit gewild. Dus het kan niet anders of ze loopt érgens voor weg,' verklaarde Flappy met grote stelligheid. 'En het is aan ons om erachter te komen waarvóór ze wegloopt.'

'Het moet wel iets zijn wat haar erg hoog zit. Anders zou ze zich niet zo ver van huis wagen,' zei Esther met haar diepe, hese mannenstem. Haar blozende, verweerde gezicht verried dat ze een paardenmens was, die het grootste deel van haar tijd in het zadel doorbracht. 'Ze zou ook naar Land's End kunnen vluchten. Maar helemaal naar Italië... Dat is wel erg ver weg.'

'Misschien doet ze het gewoon uit verveling?' opperde Sally met een grijns waarmee ze zonder Flappy's intimiderende aanwezigheid misschien bijval van de rest zou hebben geoogst.

Flappy hield haar hoofd scheef en keek Sally aan met de blik van een leraar die een leerling een uitbrander geeft voor het maken van een onaardige opmerking. 'Dat jij Gracies leven saai vindt, wil nog niet zeggen dat het dat ook ís, Sally. Gracie voelt zich prettig bij een vaste routine, ze vindt het heerlijk om dingen te doen voor onze club. Als je altijd bezig bent, is het leven nooit saai. En ík kan het weten. Anders dan wij heeft Gracie geen behoefte aan een avontuurlijk bestaan, aan een druk sociaal leven.'

Sally nam een grote slok prosecco. Het ontging haar niet dat de anderen haar blik nadrukkelijk ontweken.

'Wat zou haar dochter ervan vinden?' Mable wist dat Flappy maar al te graag kritiek leverde op Gracies dochter, van wie ze vond dat die haar moeder verwaarloosde – in tegenstelling tot Flappy's vier kinderen en tien kleinkinderen voor wie niets te veel was als het om hun moeder en oma ging.

Geheel naar verwachting schudde Flappy ernstig en met een afkeurende zucht haar hoofd. 'Dat meisje zou zich moeten schamen. Ze is al in een half jaar niet bij haar moeder geweest. Als ik me goed herinner – en er mankeert niets aan mijn geheugen – was ze hier in augustus voor het laatst. Londen mag dan niet naast de deur zijn, en ze mag dan een druk leven hebben, dat ontslaat haar niet van de plicht zich om haar arme moeder te bekommeren. Gracie is sinds de dood van Ted helemaal alleen, met haar honden als enige gezelschap. Ik weet als geen ander hoeveel troost je uit je kinderen kunt putten. Ik kan me niet voorstellen hoe het is om zo te worden verwaarloosd. Zonder ons zou Gracie helemaal niemand meer hebben.'

'Misschien wil ze gewoon graag naar Italië,' zei Madge schouderophalend. 'Daar is toch niks mis mee?'

Opnieuw hield Flappy haar hoofd scheef, terwijl ze Madge een meewarige glimlach schonk. Door haar bohemienachtige verschijning en haar onverzorgde grijze haar had Flappy er altijd moeite mee Madge serieus te nemen. 'Kindje, we hebben het over Gracie! Natuurlijk is er niets mis mee om naar Italië te willen. Als het om iemand anders ging zouden we dit gesprek niet voeren. Maar Gracie kan onmogelijk alleen op reis. Dat wordt een ramp. Ze zou...' Op dat moment werd er gebeld.

'Gracie!' zei Madge ademloos, en terwijl Flappy opstond om open te doen, werd ze door vier paar ogen gretig gevolgd.

2

Gracie was met stomheid geslagen en voelde zich plotseling slecht op haar gemak toen alle ogen zich op haar richtten. Meestal arriveerde ze bij dit soort bijeenkomsten onopgemerkt, maar deze keer was ze het middelpunt van de aandacht en leek iedereen benieuwd wat ze te vertellen had. 'Lieve Gracie,' begon Flappy. Ze torende hoog boven Gracie uit – Flappy was erg lang, Gracie erg klein – en drukte haar een glas prosecco in de hand. 'We hebben een Italiaanse avond belegd in jouw *onore*.'

Gracie fronste haar wenkbrauwen.

'Kijk maar niet zo *sorpresa*. Je bent het gesprek van de dag. Vertel! We zijn razend nieuwsgierig. Wanneer ga je? Waar verblijf je? Klopt het dat je alleen gaat? Wie past er op de honden? Steekt je dochter eindelijk de helpende hand uit?' Flappy loodste Gracie naar een stoel terwijl de rest zwijgend afwachtte.

Normaliter zou Gracie zich zo klein mogelijk hebben gemaakt, geïntimideerd door het spervuur van vragen. Maar Italië had zich al in haar genesteld, het stroomde als zondoorstoofde olijfolie door haar aderen en vervulde haar met een bedwelmende drang naar avontuur, met het verlangen zich van alles los te maken, met een gevoel van onverschrokkenheid. Ze stak haar kin naar voren. 'Ik ga naar Toscane. In april. Voor een week. Om Italiaans te leren koken.'

De vier paar ogen die op haar gericht waren geweest, keerden zich naar Flappy, in gespannen afwachting van haar reactie. Maar Flappy was zo geschokt dat ze even geen woord kon uitbrengen. April was een van de drukste maanden in Badley Compton, dan had ze alle vrouwen van de club hard nodig. Ze wist echter dat de anderen op haar rekenden om deze kwestie tot op de bodem uit te zoeken, en ze zou hen niet teleurstellen. 'Om Italiaans te leren koken?' herhaalde ze grinnikend, alsof ze het maar een raar idee vond. Sterker nog, alsof ze dacht dat Gracie niet goed wijs was. 'Moet je daarvoor helemaal naar Toscane? Ik heb hier een stel uitstekende kookboeken over de Toscaanse keuken. Die kun je zo van me lenen.'

'Dat is lief van je, Flappy.' Gracie vouwde haar handen in haar schoot. 'Maar ik ga toch.' De vastberadenheid waarmee ze het zei, was op zich al verrassend. De leden van de club hadden haar nog nooit zo vastberaden meegemaakt, wat hun nieuwsgierigheid alleen maar versterkte. Daarnaast kwam er ook een lichte verontwaardiging bij hen op. Het is niet prettig wanneer iemand zich ineens anders gaat gedragen dan de omgeving van hem of haar gewend is.

'Maar je gaat toch zeker niet alleen?' vroeg Flappy.

'Jawel.'

'Wat denk je dat Ted daarvan zou hebben gevonden?'

'Hij zou enthousiast zijn geweest.'

'En verbijsterd,' vulde Flappy wrang aan. 'Waar verblijf je?'

'In een schitterend oud kasteel op een heuvel.'

'Is het een hotel?'

'Zo zou je het kunnen noemen...' antwoordde Gracie, niet helemaal zeker van haar zaak.

'Als betalende gast?'

'Ja. Het is erg duur.'

Flappy keek de andere vier een voor een aan, ademde scherp in en keerde zich toen weer naar Gracie. 'Ik praat niet graag over geld. Dat vind ik zó ordinair. Maar in dit geval moeten we het er toch over hebben, ben ik bang. Hoe denk je zo'n dure reis te betalen, Gracie?'

‘Van mijn spaargeld.’

‘Maar... eh... voor alle duidelijkheid... gaat al je spaargeld eraan op?’ Flappy hapte bijna naar lucht.

‘Nee, maar wel een groot deel ervan.’

Flappy was stomverbaasd, én geïrriteerd. Gracie straalde een roekeloosheid uit die haar vriendinnen niet van haar kenden. Het leek wel alsof een ander bezit van haar had genomen: een nieuwe Gracie, die zich erg on-Gracieachtig gedroeg. Flappy vatte het op als een persoonlijke belediging en voelde zich gedwongen de oude Gracie terug te halen, de Gracie die ze kenden en op wie ze altijd konden rekenen.

‘Ik vind het een erg onbekookt idee. En volgens mij denken de anderen er net zo over.’ Opnieuw liet Flappy haar blik in het rond gaan, deze keer buitengewoon streng. Iedereen knikte, behalve Madge, die Gracie vol bewondering aanstaarde.

‘Absoluut!’ verklaarde Mable, gretig om zich achter Flappy te scharen.

‘Erg onbekookt,’ luidde Sally’s bijval.

‘En volgens mij zou Ted er ook niet gelukkig mee zijn geweest,’ droeg Esther haar steentje bij met haar diepe, schurende mannenstem.

Toen was het de beurt aan Madge. ‘Je leeft maar één keer,’ zei ze tot ieders verrassing, en Flappy besloot prompt haar niet meer bij te schenken.

Gracie glimlachte naar de ietwat loensende Madge. ‘Ik was bij Judy, om mijn haar te laten verven, en toen kwam ik in een van de tijdschriften een artikel tegen over Toscane. En ik dacht hetzelfde als jij, Madge: je leeft maar één keer.’

Madge hief grinnikend haar glas. ‘En volgens mij heb je nog amper echt geleefd, Gracie. Dus ik zou zeggen: grijp je kans! Pluk de dag! Voordat je dochter je in een bejaardenhuis stopt.’

Dat bracht Flappy op een idee. Het werd de hoogste tijd dat Gracies dochter haar verantwoordelijkheid nam. Díé zou haar moeder dat idiote plan wel uit het hoofd weten te praten.

Toen iedereen was vertrokken, door de gastvrouw uitgezwaaid met haar meest authentiek Italiaans klinkende 'ciao', haastte Flappy zich naar de telefoon. Het was nog vóór tienen – Flappy vond het erg onbeleefd om ná tien uur te bellen – en ze had Carina's nummer sinds ze een surpriseparty voor Ted had georganiseerd, ter ere van zijn verjaardag. Kenneth en hij waren lid geweest van dezelfde golfclub, zij het dat Kenneth een aanzienlijk betere golfer was. Flappy hoopte vurig dat Gracies dochter niet was verhuisd of een ander telefoonnummer had gekregen. Tot haar grote opluchting werd er bijna onmiddellijk opgenomen.

'Hallo?' zei Carina met het beschaafde, stadse accent dat ze sinds haar vertrek uit Devon, inmiddels twintig jaar geleden, had gecultiveerd.

'Carina, lieverd! Je spreekt met Flappy Scott-Booth.'

Het bleef even stil. 'O, hallo Flappy,' klonk het toen een beetje verbaasd.

Carina keek op haar horloge. Het was kwart voor tien. Erg laat om nog te bellen. 'Er is toch niets met mama?'

'Daar bel ik over. Je moeder heeft besloten om naar Italië te gaan.'

'Naar Italië?'

'Ja, naar Toscane. In april. Voor een week.' Flappy was graag concreet en gedetailleerd.

'Daar heeft ze niets over gezegd.'

'Wanneer heb je haar voor het laatst gesproken?' De afkeuring in Flappy's stem was overduidelijk.

'Misschien een maand geleden.'

Flappy klakte misprijzend met haar tong, maar het was niet aan háár om Carina aan te spreken op het feit dat ze haar moeder verwaarloosde.

'Het is de laatste tijd een gekkenhuis op mijn werk. Maar ik zal haar morgen bellen. Bedankt voor je telefoontje, Flappy,' zei Carina voortvarend, in de hoop het gesprek daarmee te beëindigen, maar Flappy liet zich niet met een kluitje in het riet sturen.

‘Het plan is van heel recent,’ vervolgde ze onverstoorbaar. ‘Maar het leek me verstandig jou te bellen, zodat jij het haar uit het hoofd kunt praten. Ze wil naar Toscane, in haar eentje. Daar zou je vader bepaald niet gelukkig mee zijn geweest. En tot overmaat van ramp kost die reis haar al haar spaargeld.’

‘Heeft ze dat gezegd? Ál haar spaargeld?’

Bingo, dacht Flappy triomfantelijk. Als Gracie al haar geld opmaakte, zou Carina moeten bijspringen. ‘Ja, dat zei ze. Dus je begrijpt waarom we ons zorgen maken.’

‘Ik zal haar morgen bellen, om te horen wat ze nou precies van plan is.’

‘Ik bemoei me niet graag met andermans zaken, maar we zijn hier allemaal erg dol op Gracie. En ik weet wel dat míjn dochters het niet goed zouden vinden als ik een week naar het buitenland wilde. Terwijl ik nota bene de hele wereld heb afgereisd en vier talen net zo vloeiend spreek als mijn moedertaal. Je moet er toch niet aan denken dat ze naar Italië gaat – en ze is het vast van plan; wij hebben het haar niet uit haar hoofd kunnen praten – en dat haar iets overkomt! Dat ben je toch met me eens?’

‘Natuurlijk.’ Carina klonk inmiddels een beetje kortaf. ‘Zoals ik al zei, ik zal haar morgen bellen.’

‘Ja, doe dat. Dan voel ik me een stuk geruster. In nood en andere extreme omstandigheden moet je op je familie kunnen rekenen. En jij bent de enige familie die ze nog heeft. Ik weet zeker dat je vader – God hebbe zijn ziel – je dankbaar zou zijn als hij wist dat jij je over je moeder ontfermt. April is een drukke maand in Badley Compton. Dat begint al met het paasfeest. Dan kan ik echt niet zonder je moeder. Ze weet van aanpakken en ze regelt van alles achter de schermen, dingen waar ik niet het geduld voor heb. Ik begrijp niet wat haar bezielt. Dat hele Italië-plan... dat is niets voor haar. We maken ons allemaal grote zorgen. Maar ik weet zeker dat jij het haar uit het hoofd kunt praten. Al onze hoop is op jou gevestigd.’

Met een tevreden zucht legde Flappy de hoorn op de haak. Ze twijfelde er niet aan of Carina zou haar moeder tot andere gedachten weten te brengen. Met een beetje geluk kregen ze dan de oude Gracie terug, de Gracie die ze kenden en van wie ze hielden, en op wie Flappy in april moest kunnen bouwen bij alles wat er op het programma stond.

Genietend liet Flappy zich even later tussen de lakens glijden. Op het nachtkastje lag een stapel historische biografieën en literaire fictie, met helemaal onderop een boek uit Flappy's favoriete genre, een geheim dat ze zorgvuldig koesterde. Het duurde niet lang of ze ging volledig op in *Het laaiende vuur van de hartstocht*, door Charity Chance.

Carina zuchtte geërgerd terwijl ze de telefoon neerlegde. Dit soort complicaties was wel het laatste wat ze kon gebruiken.

'Wie was dat, lieverd?' riep haar man uit de aangrenzende kleedkamer.

'Flappy Scott-Booth, oftewel Flappy de Verschrikkelijke.' Ze beende driftig de kleedkamer binnen. 'Een van die afschuwelijke vriendinnen van mijn moeder en bovendien een vreselijke bemoeial. Ze belde om te zeggen dat mama op reis gaat, naar Italië.' Vreugdeloos lachend sloeg Carina haar blik ten hemel. 'Wat bezielt haar in godsnaam? Ze lijkt wel gek! Dat kan ik er nu echt niet bij hebben. Het is krankzinnig druk op kantoor. Ik heb geen tijd voor een moeder met beginnende dementie.'

In zijn overhemd en gestreepte boxershort staarde Rufus zijn vrouw aan. 'Gracie? Naar Italië?'

'Ja, maar dat gaat niet gebeuren! Tenminste, niet als ík daar nog iets over te zeggen heb. Om te beginnen heeft ze geen geld voor dure buitenlandse reizen, en bovendien zou ze zich helemaal niet weten te redden. Vroeger, toen papa nog leefde, ging ze ook nooit ergens heen. Dus ik snap niet waarom ze nu ineens op reis wil. Het is gewoon krankzinnig. Ik zal haar morgen bellen om het haar uit het hoofd te praten. Maar die Flappy is echt ver-schrik-ke-lijk! Ik dacht dat er iets ergs was gebeurd. Dat ze daarom belde.'

Rufus ging grijnzend met een hand door zijn rossig bruine haar. 'Het lijkt me inderdaad niks voor je moeder. Zou ze soms lid zijn geworden van een sekte?' Er dansten pretlichtjes in zijn grijze ogen, maar Carina kon er niet om lachen. Het was al laat, ze was moe, en ze voelde zich schuldig omdat ze haar moeder zo lang niet had gebeld. Dat maakte haar prikkelbaar.

'Een sekte? Dat kan ik me niet voorstellen. En zeker niet in Italië. Verdorie! Alsof ik al niet genoeg aan mijn hoofd heb!' Ze tilde haar lange bruine haar op en draaide zich om, zodat Rufus haar rits naar beneden kon doen. Haar zwarte jurkje was die avond op de cocktailparty bijzonder in de smaak gevallen, getuige de vele bewonderende opmerkingen.

'Voordat je alle registers opentrekt, moet je misschien eerst vragen waaróm ze naar Italië gaat. Waarschijnlijk is er een volmaakt logische verklaring voor het hele plan.'

'Daar geloof ik niets van. Je kent mijn moeder. Verlegen, timide, gehecht aan haar vertrouwde leventje.'

'Misschien is het een leeftijdsdingetje. Een *late-life* crisis!' zei Rufus. 'Misschien heeft ze wel een minnaar!' voegde hij er ondeugend aan toe.

Opnieuw kon Carina er de humor niet van inzien. 'Ik kan er niet om lachen.'

'Het was maar een grapje,' zei hij grinnikend.

'Nou, het is anders helemaal niet grappig!'

Carina vond het wel best dat haar moeder haar eigen leven leidde, ver van Londen in Badley Compton. Daardoor kon zij zich met belangrijker zaken bezighouden, zoals het versterken van haar toch al succesvolle bedrijf en het uitbreiden van haar netwerk aan contacten en nuttige vrienden.

Ze stapte uit haar jurk en liep in haar ondergoed terug naar de slaapkamer. Terwijl ze haar sieraden wegborg in haar juwelenkistje, zag ze zichzelf in de lange spiegel tegen de muur. Het gebeurde zelden dat ze zich bezondigde aan koolhydraten, maar die avond had ze de verleiding van pannenkoekjes gevuld met pekingeend niet kunnen weerstaan. Ze richtte zich op en hield haar buik in. Eén pannenkoekje, meer was het niet geweest. Maar ze had er nu al spijt van. Ze waakte angstvallig over haar lijn en haar conditie. Niemand zou zeggen dat ze al vierenveertig was en moeder van een puberdochter. Ze ging drie keer in de week naar de sportschool, ze had een personal trainer, en ze had een waslijst aan ongezonde voedingsmiddelen die ze zo veel mogelijk meed. Het glas wijn dat ze 's avonds dronk, had ze nodig om na de stressvolle werkdag te kunnen ontspannen. Want afgezien van het feit dat ze voortdurend op dieet was, zorgde ook haar drukke werkkring ervoor dat ze niet aankwam. Als directeur van haar eigen pr-bureau had ze een buitengewoon veeleisende baan, niet in de laatste plaats omdat ze slecht kon delegeren. Ze had geen vijftien jaar keihard gewerkt om nu de teugels te laten vieren. Al haar cliënten moesten de indruk krijgen dat zíj de enige klant waren die ertoe deed. Zo veel persoonlijke aandacht bracht echter wel met zich mee dat Carina op tien plekken tegelijk moest zijn, dat ze altijd honderd procent gefocust moest zijn, dat ze er altijd goed uit moest zien, dat ze altijd alles volledig onder controle moest hebben. Ze keerde haar spiegelbeeld de rug toe, kleedde zich verder uit en trok haar zijden pyjama aan.

De aangrenzende badkamer was zo ingericht dat Rufus en zij ieder hun eigen kant hadden, met ieder een eigen wastafel en ruime kasten. Die van Carina waren gevuld met schoonheidsproducten van de bedrijven die ze vertegenwoordigde, maar tijd om daarvan te genieten had ze nauwelijks. Als er na haar werk geen cocktailparty was waar ze heen moest, was er wel een diner waar ze werd verwacht, en de zeldzame avonden dat ze thuis was, ging ze al vroeg naar bed en lag ze als een zombie voor de televisie, helemaal uitgeput. Rufus en zij waren ooit, toen ze nog jong en arm waren, begonnen in een appartement in Wandsworth, met een piepklein badkamertje. Anastasia, hun dochter, was daar geboren. Carina kon zich inmiddels niet meer voorstellen hoe ze destijds gelukkig had kunnen zijn. Ze was gewend geraakt aan luxe, aan chique spullen. Badley Compton en de kleine cottage waarin ze was opgegroeid behoorden tot een wereld die ze achter zich had gelaten. Het leven was er saai, er gebeurde nooit iets. Zodra ze haar kans schoon zag, was ze naar Londen vertrokken en had ze de deur naar haar oude leven resoluut achter zich dichtgetrokken.

Terwijl ze haar make-up verwijderde, dacht ze niet aan haar jeugd aan zee, noch aan de beginjaren van haar huwelijk. In plaats daarvan concentreerde ze zich op de ontbijtbespreking, de volgende morgen om half negen, met een potentiële cliënt – een cosmeticabedrijf, dat ze zou moeten overhalen niet alleen zijn verpakkingen te veranderen, maar ook zijn advertenties, om te kunnen concurreren met de grotere merken. Toch bleef haar moeder op de achtergrond aanwezig, als een ergerlijke grijze wolk.

Toen ze in bed stapte, was Rufus verdiept in *The Economist*. Met zijn bril op zijn neus en zijn kin op zijn borst leek hij ineens oud. Hij ging lang niet zo vaak naar de sportschool als zij en had een buikje, iets waar Carina zich aan ergerde. Tenslotte had hij alle tijd om aan zijn conditie te werken. Ondanks de dip in de onroerendgoedmarkt was hij nog altijd succesvol als projectontwikkelaar. En zelfs nu de zaken minder goed gingen, nu hij er hard aan moest trekken om nieuwe opdrachten binnen te halen, werd hij nog altijd niet geleefd door zijn werk en leek hij te kunnen doen en laten wat hij wilde. Hij kon goed delegeren en deed dat dan ook buitengewoon efficiënt. Net als veel jongens die op een duur internaat hadden gezeten, stond Rufus ontspannen, optimistisch in het leven. Hij was het soort man dat tijd vrijmaakte om met een vriend naar de pub te gaan, het soort man dat niet klaagde wanneer hij in zakelijk opzicht een minder goede week had. En bij tegenslag – doorgaans betrof het dan tegenslag voor háár, dacht Carina verbitterd – zag hij er ook altijd de humor van in en probeerde hij haar te stimuleren net zo filosofisch te reageren als hij. Maar Carina had het veel te druk, ze had geen tijd om een stapje terug te doen en de situatie van een afstand te bekijken. Ze kwam uit een andere wereld dan hij, en dus moest ze keihard werken om de schijn op te houden dat ze afkomstig was uit hetzelfde milieu als de mensen met wie ze zich omringde. Nadat ze Devon de rug had toegekeerd en een sociaal wenselijk huwelijk had weten te sluiten, had ze heel erg haar best gedaan zichzelf opnieuw uit te vinden. Maar de gedachte aan haar moeder trok haar terug naar een wereld die niet langer de hare was.

Carina zou graag nog wat hebben gelezen, maar haar ogen brandden. Op haar nachtkastje lag een stapel bekroonde, gelauwerde boeken die ze moest hebben gelezen om te kunnen meepraten met haar erudiete vrienden en kennissen. Maar ze had ze nog niet eens ingekeken! Vermoeid liet ze haar hoofd op het kussen zakken. Morgen! Morgen zou ze aan de stapel beginnen. 'Welterusten, schat.' Ze trok het zijden slaapmasker over haar ogen.

'Welterusten.' Rufus keek niet eens op van zijn tijdschrift. Ze hadden hun vaste routine, en die was in geen jaren veranderd.

Carina viel onmiddellijk in slaap en droomde over haar moeder. Ze was verdwaald in Florence, een eenzaam, verloren figuurtje dat door schaduwrijke steegjes schuifelde.

De volgende morgen, na de ontbijtbespreking, waarbij de cliënt met al haar suggesties had ingestemd, belde Carina haar moeder. Ze had de deur van haar kantoor dichtgedaan en haar assistente gevraagd om een latte decafé met amandelmelk, van de koffiebar om de hoek. Bij het horen van de stem van haar moeder werd ze overvallen door schuldgevoel. Ze had al veel te lang niet gebeld. Maar na het uitwisselen van de gebruikelijke beleefdheden kwam ze snel ter zake.

'Flappy belde, gisteravond laat. Je gaat naar Italië, zei ze.' Carina zat op de hoek van haar bureau en liet haar blik langs de foto's aan de muur gaan, waarop ze te zien was met een indrukwekkende reeks beroemdheden. 'Klopt dat?'

'Ja.' Gracie kon nog altijd niet wennen aan het beschaafde accent dat haar dochter cultiveerde. 'Ik heb het net pas besloten. Maar het lijkt wel alsof heel Badley Compton het erover heeft.'

'Waarom wil je naar Italië?' Carina deed haar best belangstellend te klinken, in plaats van geërgerd.

'Om Italiaans te leren koken.'

Carina hoorde een vrolijkheid in de stem van haar moeder die nieuw voor haar was. Zou ze inderdaad lijden aan een midlifecrisis? Was ze daar niet te oud voor?

'Maar mam, is dat allemaal niet een beetje overhaast? Waar denk je dat van te betalen?'

'Ik heb wat geld gespaard.'

'Maar dat is voor later, als je oud bent.'

Gracie grinnikte. 'Ik bén al oud, kindje.'

'Onzin. Misschien word je wel honderd.'

'Ik ben de Queen Mum niet.'

'En je bent van plan om alleen te gaan?'

'Ja. Maar maak je geen zorgen. Ik ben prima in staat om...'

Carina kapte haar kordaat af. 'Mam, je kunt niet alleen! Besef je wel wat je zegt?'

'Ja, dat ik naar Italië ga. Alleen.' Gracie klonk nu ook kordaat.

Carina begreep dat ze haar moeder het plan niet uit haar hoofd zou kunnen praten. Althans, niet door de telefoon. Er ontsnapte haar een diepe zucht. Ze had geen tijd voor dit soort onzin, maar ze kon haar moeder niet alleen naar het buitenland laten gaan. Dat voelde niet goed. En dat zou haar vader niet hebben gewild. Die zou hebben verwacht dat zíj het stokje van hem overnam en met haar moeder meeging.

Er werd geklopt. 'Wacht even, mam. Kom binnen, Jenny.' Haar assistente zette de koffie op het bureau, naast een foto van Carina met de gravin van Wessex. Carina legde haar hand op de telefoon. 'Jenny, bel Theo Fennell even. Ik heb een idee dat hem zal interesseren, dus ik wil op zo kort mogelijke termijn met hem lunchen. O, en zeg tegen Jonathan dat ik vóór mijn lunch met Bruce dat rapport op mijn bureau moet hebben.' Ze keek op haar horloge. 'Dat betekent dat ik het nú nodig heb.'

Toen nam ze haar hand weer van de telefoon. 'Vanwaar die haast, mam? Waarom wacht je niet een jaartje?'

'Waarom zou ik? Over een jaar kan ik wel dood en begraven zijn. Maar nogmaals, Carina, maak je geen zorgen. Het is mijn idee, mijn reisje, en ik verheug me er enorm op.'

Weer werd Carina verrast door een uitbundige vrolijkheid die ze niet van haar moeder kende.

'Als ik het niet zo druk had ging ik met je mee,' zei ze nauwelijks overtuigend. Ze wist zelf dat ze het niet meende, beet op haar lip en keek naar de grond. Badley Compton was al te ver. Hoe kon ze dan voorstellen om met haar moeder mee te gaan naar Italië?

'Je hebt het veel te druk, kindje. Maar het is lief aangeboden. Dank je wel.'

'Waarom ga je niet met een vriendin?'

'Omdat ik dat niet wil. Ik ga alleen. Esther past op de honden.'

'Ik dacht echt dat ik het je nog wel uit je hoofd zou kunnen praten, mam. Maar zo te horen heb je alles al geregeld.'

'Inderdaad.'

'Dus je gaat in april?'

'Ja. Voor een week.'

'Kan ik dan tenminste aan Jenny vragen om een vlucht voor je te boeken...'

'Nee, dank je. Ik red me wel.'

'Tja, als er niets is wat ik kan doen, moest ik maar eens ophangen. Ik heb een drukke dag voor de boeg. Je weet hoe dat gaat.'

'Natuurlijk, kindje. Ga maar gauw aan het werk. Je hebt altijd zo veel te doen.'

Gracie luisterde spijtig hoe haar dochter de verbinding verbrak en legde de telefoon neer. Ze keek naar buiten, naar de haven, en het gevoel van verlies dat onder het vernis van tevredenheid altijd aanwezig was, dreigde haar te overweldigen. Ze leunde tegen de gootsteen en ademde diep in. Carina was een succesvolle zakenvrouw. Gracie begreep dat ze moeilijk tijd kon vrijmaken om helemaal naar Devon te komen. Bovendien wilde ze haar dochter voor geen goud tot last zijn. Maar hoe vaak ze zichzelf die argumenten ook voorhield, toch was ze zich diep vanbinnen bewust van een hol gevoel, van een leegte die werd veroorzaakt door de kloof tussen haar en haar dochter.

In de hele cottage stonden en hingen foto's van Carina; als klein meisje in schooluniform, met een brede grijns op haar gezichtje; als rebelse puber met stekelhaar en zwarte eyeliner; als jonge vrouw die al in een vrouw van de wereld begon te veranderen. Carina op haar trouwdag, Carina en Rufus met Kerstmis, Carina en Rufus met Anastasia als baby. Daarna werd de periode tussen de foto's steeds langer. De kijkjes in het leven van haar dochter werden zeldzamer en bleven ten slotte helemaal uit. Door nauwelijks meer in Devon langs te komen, had Carina duidelijk gemaakt dat haar moeder geen deel meer uitmaakte van haar leven. Gracie was haar dochter kwijtgeraakt; haar kleindochter kende ze nauwelijks. De waarheid deed zeer. Het was te pijnlijk om toe te geven dat ze niet langer gewenst was in het bestaan van haar dochter. En dus weet ze Carina's afstandelijkheid aan haar drukke leven, haar succesvolle carrière, en ze zei tegen zichzelf dat ze trots moest zijn op wat haar dochter had bereikt, dat het egoïstisch zou zijn om haar te claimen, dat ze haar moest loslaten.

Gracie liep terug naar haar stoel bij de haard, naar het tijdschrift dat opengeslagen op het tafeltje ernaast lag. De foto van het schitterende kasteel was als balsem op haar bezeerde hart – het was alsof de goudgele gloed waarin Castello Montefosco zich koesterde, ook háár verwarmde. Wat kon het anderen schelen dat ze naar Italië ging? Er was niemand die haar zou missen. Een zekere rebelsheid nam bezit van haar, vergezeld van een lang vergeten dapperheid, terwijl de oude Gracie in haar ontwaakte, de Gracie die heel lang in een soort winterslaap had verkeerd. Ze glimlachte bij de herinnering aan het meisje dat ze ooit was geweest en voelde zich ineens weer jong.

Carina haastte zich naar haar lunchafspraak, en aan het eind van de dag naar een van de vele avondverplichtingen waar ze als directeur van een van de belangrijkste pr-bureaus in de stad haar gezicht moest laten zien. Maar in de dagen daarna weigerde de ergerlijke grijze wolk die haar achtervolgde, hardnekkig te verdwijnen. Sterker nog, hij werd alleen maar groter, dreigender. En hij bracht gevoelens van ergernis en schuld met zich mee. Donderdagavond was haar humeur tot het nulpunt gedaald, iets wat werd versterkt door een sms'je van Anastasia. Haar zeventienjarige dochter was in de ziekenboeg van het internaat opgenomen. Ze had griep en wilde dat ze haar naar huis haalden.

Carina zuchtte geërgerd. 'Ze kiest ook altijd de onmogelijkste momenten uit om ziek te worden!' mopperde ze tegen Rufus, die al in bed lag, verdiept in *The Spectator*. 'Ze denkt toch niet dat ik tijd heb om dat hele eind te rijden? Ze moet daar maar uitzieken. Waar betalen we anders al dat geld voor?'

Rufus glimlachte toegeeflijk. Het was iets waar Carina zich mateloos aan kon ergeren, omdat hij daarmee de indruk wekte alsof niets hem ooit moeite kostte, alsof bij hem alles vanzelf ging. 'Ik doe het wel.'

'Maar ik wíl haar helemaal niet thuis hebben. We krijgen zondag gasten voor de lunch. Dan wil ik niet dat ze kreunend en steunend door het huis zwerft en iedereen aansteekt.'

'Schat, als ze thuis is blijft ze in bed, voor de televisie. Ik weet zeker dat je geen last van haar hebt.'

'En dan moet ik haar natuurlijk ook weer terugbrengen...'

'Ík breng haar terug.' Rufus zette zijn bril af en keek zijn vrouw met verbijstering aan. 'Je bent haar moeder! Hoe kun je je dochter nou niet thuis willen hebben als ze ziek is?'

Carina ging rechtop zitten. 'Dus ik ben een slechte moeder?'

'Het is dat je het zelf zegt.'

'Hoe durf je het zelfs maar te suggereren?'

'Hoor eens, Carina, ik heb me er al lang bij neergelegd dat je voor mij nooit tijd hebt. Daar ben ik aan gewend, en ik red me prima. Maar als je werk zo veel beslag op je legt dat je niet eens tijd hebt voor je eigen dochter, dan zie ik me genoodzaakt in te grijpen.'

Carina sloeg verbeten haar armen over elkaar. 'Dus ik ben niet alleen een slechte moeder, maar ook een slechte echtgenote! Fraai is dat.'

'Ik zeg alleen dat je getrouwd bent met je werk. En dat is prima. Maar Anastia is je dochter, niet je bedrijf.'

'Je weet het leuk te brengen. Ik heb een succes van mijn leven gemaakt, maar daar heb jij blijkbaar geen waardering voor. Als ik ergens secretaresse was, had ik alle tijd om je pantoffels klaar te zetten, om voor je te koken en om Anastasia van school te halen als ze ziek is. Maar we leven niet meer in de jaren vijftig! Ik heb een carrière, net als jij. En als vrouw word ik ook nog eens geacht het huishouden erbij te doen. Die feministen hebben heel wat op hun geweten, want er zit een onvolkomenheid in hun filosofie. Ik ben een slechte echtgenote omdat ik buiten de deur werk en mijn eigen geld verdien. Misschien had je met een van die bekakte vriendinnen van je moeten trouwen, met als enige ambitie trouwen, kinderen krijgen en het geld van hun man over de balk smijten. Ik laat me door jou geen schuldgevoel aanpraten over mijn werk. Ik heb carrière gemaakt, en wat voor een! En dat heb ik allemaal op eigen kracht gedaan. Ik was niks, ik kwam van nergens, ik had niet jouw contacten en privileges. Mijn ouders woonden in de provincie, mensen zonder ambitie. Als ik in Badley Compton was gebleven had ik nog steeds in de cadeauwinkel gewerkt!'

Rufus fronste zijn wenkbrauwen. De geamuseerdheid die sprak uit het gebaar maakte Carina razend. Waarom nam hij haar nooit serieus? 'Hoe zijn we van Anastasia's griep bij de cadeauwinkel in Badley Compton terechtgekomen?'

Ze keek hem woedend aan. 'Soms kan ik je wel wat doen!' snauwde ze.

'Maar je hebt me zelf uitgezocht.' Hij grijnsde, maar Carina wendde zich af. 'Ik haal Anastasia morgen van school. Je hoeft er geen vergaderingen voor af te zeggen. God verhoede dat je dochter je agenda in de war stuurt.'

'Dat is flauw. De reclamewereld is een ratrace, dat weet je.'

'Ja, met jou als rattenkoningin.'

Ze zuchtte theatraal, keerde hem de rug toe en trok het masker over haar ogen. 'Ik heb hier geen zin meer in. We hebben het niet allemaal zo gemakkelijk als jij. Mijn wekker gaat weer voor dag en voor dauw. Dus ik ga slapen.'

'O, en nog wat. Iets om over na te denken terwijl je zwelgt in zelfbeklag. Ik vind dat je met je moeder mee zou moeten gaan naar Italië.'

'Je bent zo voorspelbaar. Ik wist dat je dat zou zeggen.'

'Het zou goed voor je zijn om er even tussenuit te gaan. Het is maar een week. Gracie heeft niet het eeuwige leven. En het blijft je moeder. Ze is weduwe, ze woont alleen, en jullie zien elkaar bijna nooit.'

'Het is vijf uur rijden naar Devon.'

'Ja, maar er is ook nog zoiets als een telefoon.'

Daar kon Carina niets tegen inbrengen.

'Ik zou zelfs zover willen gaan te zeggen dat je haar hebt gedumpt ten gunste van mijn moeder,' vervolgde Rufus.

'Diana woont om de hoek,' protesteerde Carina vermoeid.

'Ja, en toch bel je haar bijna dagelijks.'

'Je snapt het niet.'

Rufus pakte zijn tijdschrift weer op. 'Ik snap het maar al te goed.'

Diana Cavendish, een vrouw met glamour die zich bewoog in de Londense jetset, was precies het soort moeder dat Carina zich zou hebben gewenst.

'Trouwens, heb je echt in een cadeauwinkel gewerkt?'

3

Anastasia lag rillend van de koorts te wachten tot de schoolzuster kwam zeggen dat haar vader er was. De regen roffelde vreugdeloos op het raam en het werd al donker, ook al was het nog niet eens vier uur. De ziekenzaal wedijverde in troosteloosheid met het weer: de dunne, ongezellige gordijnen dienden geen enkel doel, de witte muren oogden grimmig, op de grond lag linoleum dat blijkbaar vooral praktisch moest zijn, de ijzeren bedden waren voorzien van matrassen vol hobbels en kuilen. Door de koorts en haar zere keel was Anastasia er zo ellendig aan toe dat ze de schoolzuster had weten te overtuigen dat ze thuis moest uitzieken. Trouwens, de school zat bepaald niet te wachten op een besmettelijk virus, en de zieke meisjes van wie de ouders in het buitenland zaten, konden niet naar huis. Dus de schoolzuster was allang blij met een patiënt minder.

Het meisje in het bed naast Anastasia zat een klas lager. Haar moeder was onderweg vanuit Suffolk. Anastasia had hun telefoongesprek met stijgende ergernis gevolgd. Wat een neuroot, die moeder. En de vragen die ze stelde. Belachelijk! Of haar dochter wel genoeg dronk. Of ze het wel warm genoeg had. Of het bed wel lekker lag. Of ze wel goed had geslapen. Vervolgens had ze de schoolzuster willen spreken en het hele kruisverhoor nog eens dunnetjes overgedaan. Tegen het eind van het gesprek wist Anastasia tot in de kleinste bijzonderheden hoe het met haar buurvrouw gesteld was en snakte ze naar het moment waarop die idioot van een moeder haar kwam halen.

Zelf had Anastasia haar moeder niet eens gespróken. Ze had haar een sms'je gestuurd, maar het was uiteindelijk haar vader geweest die de school had gebeld om te zeggen dat hij haar kwam halen. Pas nádat de dokter haar bij zijn middagronde toestemming had gegeven om naar huis te gaan. Haar moeder maakte zich duidelijk geen zorgen of ze het wel warm genoeg had, en of ze wel lekker lag. Ze had Anastasia die ochtend ge-sms't om te zeggen dat haar vader haar kwam halen en dat er een ovenschotel van Marks & Spencer in de koelkast stond, voor het geval dat zij niet op tijd thuis was voor het eten. Anastasia wist nu al dat haar moeder niet op tijd zou zijn. Dat was ze nooit. Ze pakte haar telefoon en begon een stom spelletje te spelen om de tijd te doden.

'Ik heb zo'n zin om naar huis te gaan!' zei haar buurvrouw.

Anastasia reageerde niet. Het was een ongeschreven regel dat ouderejaars niet door meisjes uit een lagere klas werden aangesproken. Anastasia was niet alleen een jaar ouder, ze werd door de meeste meisjes ook als buitengewoon intimiderend beschouwd. Maar het meisje in het bed naast het hare babbelde onbekommerd door. Misschien beschouwde ze de ziekenboeg als neutraal terrein, waar andere regels golden, dacht Anastasia wrokkig. 'De vorige keer dat ik ziek was, is mama me ook komen halen en heb ik een week met de honden op de bank gelegen. En ik kreeg warme chocolademelk en koekjes. O, het was zalig!'

Anastasia keek niet op van haar telefoon. 'Toen ik ooit was geschorst omdat ik had gerookt, zat mijn moeder voor haar werk in het buitenland. Dus toen heb ik haar niet eens gezien.'

'Wie zorgde er dan voor je?'

Anastasia voelde zich enigszins opgevrolijkt door de verbazing in de stem van haar buurvrouw. 'Niemand. Ik zorgde voor mezelf.' Dat was niet helemaal waar, want haar vader was thuisgebleven. Maar als ze dat vertelde, zou dat afbreuk doen aan haar prestige. 'Ik ben enig kind, mijn ouders werken allebei. Dus ik heb al jong geleerd om voor mezelf te zorgen.'

'Volgens mij mag je blij zijn dat ze je niet van school hebben gestuurd.'

'Ach, dat weet ik niet.' Anastasia haalde haar schouders op. 'Zo erg had ik dat niet gevonden. Ik zou veel liever een jaar bovenbouw doen in Londen, maar mijn moeder wil me niet thuis hebben.'

Anastasia keek grijnzend naar haar smartphone toen het meisje geschokt stilviel en het gesprek abrupt tot een einde kwam. Het daaropvolgende uur werd er niets gezegd. Anastasia zat op haar telefoon, het meisje las een boek – ook iets waar Anastasia zich aan ergerde. Haar buurvrouw had niet alleen een moeder die warme chocolademelk voor haar maakte, ze las ook nog een boek! Een literaire roman. En zo te zien ging ze er helemaal in op. In Anastasia's ogen was ze akelig braaf en normaal.

Uiteindelijk kwam de moeder van het meisje de ziekenboeg binnenstormen, als een tornado van ganzendons. 'Lieverd! Hoe is het nu met je? Ik was zo ongerust.' Ze omhelsde haar dochter, trok haar dicht tegen zich aan en streek haar over het haar. Toen ze opkeek van haar telefoon zag Anastasia dat het meisje haar armen om de dikke donsjas van haar moeder sloeg. Ze verdrong een opkomend gevoel van jaloezie en wijdde zich weer aan haar telefoon, terwijl ze zichzelf voorhield dat zij het afschuwelijk zou vinden als haar moeder haar op die manier zou smoren. 'Kom, dan gaan we naar huis. Ik ga je lekker vertroetelen, dan ben je gauw weer beter.'

Het klonk alsof ze het tegen een klein kind had, dacht Anastasia hatelijk.

'Ga jij ook naar huis? Of lig je hier straks helemaal alleen?' vroeg de moeder terwijl het meisje zich aankleedde.

'Nee, mijn vader komt me halen,' antwoordde Anastasia beleefd. En verrast. Ze had de vraag niet verwacht.

'O, gelukkig maar. Als je ziek bent, kun je maar beter thuis zijn.' Ze keek weer naar haar dochter. 'Goed zo, lieverd. Heb je alles?'

'Ja.' Het meisje hield een gebloemde weekendtas omhoog. Toen glimlachte ze naar Anastasia. 'Ik hoop dat je gauw weer beter bent.'

'Bedankt.' Anastasia kon moeilijk chagrijnig blijven nu de moeder van haar buurvrouw erbij was. 'Jij ook.'

Toen werd het stil in de lege ziekenboeg. Het regende niet meer, maar de wind blies nog altijd kreunend door de kale takken, de platanen leken te huiveren van de kou. Anastasia voelde zich ook leeg. Verloren. De moeder had even een vleug warmte en zorgzaamheid meegebracht, maar inmiddels was de kilte weer terug. Anastasia stelde zich het meisje voor, op de bank met haar honden, bij een laaiend haardvuur, voor de televisie, met een mok warme chocolademelk en een schaal koekjes. Haar moeder zat bij haar en legde voortdurend een hand op haar voorhoofd om te controleren of ze nog koorts had. Als zíj ziek was, wat niet vaak gebeurde, gaf Carina haar het gevoel dat ze haar tot last was. Ze had haar ouders ooit horen ruziën in hun slaapkamer, onder de hare. Carina had zich beklaagd dat Anastasia een onmogelijk moment had uitgekozen om ziek te worden – alsof ze dat expres deed! – omdat ze allemaal belangrijke vergaderingen had die ze niet mocht missen. Van de stress was haar moeder steeds harder gaan praten terwijl ze alles opsomde wat ze moest doen, alle mensen die ze moest spreken. Haar vader had aangeboden thuis te blijven om voor de patiënt te zorgen, zoals hij haar liefdevol had genoemd, en het gesprek was ermee geëindigd dat haar moeder mopperde dat zíj weer eens de rol van slechte moeder kreeg toebedeeld, omdat ze nu eenmaal een baan had die haar volledig opeiste, terwijl híj zijn eigen tijd kon indelen. Anastasia vermoedde dat haar sms'je van de vorige avond tot een soortgelijk gesprek had geleid. *Nou, ik mag mijn moeder dan tot last zijn, maar ik ben ziek! En ik vertik het om hier zielig alleen te liggen, alleen omdat mijn moeder het zo druk heeft.*

Een heldere lichtstraal drong door de gordijnen, er kwam een auto het plein op rijden. Anastasia voelde dat het haar vader was, en bij het vooruitzicht dat ze naar huis ging was haar ergernis op slag verdwenen. Toen de schoolzuster haar kwam waarschuwen, zat ze al aangekleed op bed, met haar tas gepakt.

Rufus gaf haar een dikke knuffel. Toen gooide hij haar tas over zijn schouder en verlieten ze samen de ziekenboeg. Eenmaal in de auto klopte hij Anastasia met zijn grote hand op haar knie. 'Arme ziel,' zei hij hartelijk als altijd. 'We zullen zorgen dat je snel weer beter bent.' Rufus was altijd positief, over alles.

'Ik voel me ellendig.'

'Dat snap ik. Alleen al die ziekenzaal is genoeg om een mens ziek te maken. Thuis voel je je meteen een stuk beter. Let maar eens op.'

'Mam is er zeker niet.' Ze walgde van zichzelf omdat het haar kon schelen.

'Nee, ze heeft...'

'Een vergadering. Het zal ook eens niet zo zijn.'

'Maar ik ben er wel! En er staat een heerlijke gehaktschotel voor ons in de koelkast.'

'Lekker. Mijn keel lijkt wel van schuurpapier.'

'Moet ik even stoppen bij een pompstation? Om iets te drinken te halen? Iets warms?'

Anastasia keek haar vader aan, overspoeld door een golf van dankbaarheid en opluchting. 'Ja graag! En mag ik er ook koekjes bij?'

Het was al laat toen Carina de sleutel in het slot stak. Ze was naar twee feestjes geweest, en naar een diner voor een goed doel, helemaal in East End. Afgezien van het feit dat ze iets te veel had gedronken, was ze ook doodmoe. Ze bleef voor de deur staan, zonder aanstalten te maken naar binnen te gaan. In de kamers boven brandde licht. Rufus had Anastasia die middag van school gehaald, en tijdens het eten hadden ze haar ongetwijfeld stilzwijgend verwijten gemaakt omdat zij weer eens moest overwerken.

Sinds ze wist van haar moeders plannen om naar Italië te gaan, was Carina ten prooi aan een stijgend gevoel van rusteloosheid, een ongemakkelijke last die op haar schouders drukte, iets wat knaagde aan haar geweten en haar er voortdurend aan herinnerde wat er als liefhebbende dochter van haar werd verwacht. Trouwens, niet alleen haar functioneren als dochter stond ter discussie. Het leek wel alsof ze geen goed meer kon doen, voor niemand. Jegens haar moeder voelde ze zich een slechte dochter, haar dochter bezorgde haar het gevoel dat ze een slechte moeder was, en Rufus had met zo veel woorden gezegd dat ze als echtgenote tekortschoot, en dat allemaal omdat ze een baan had die haar volledig opeiste. Hoe deden andere vrouwen dat? Hoe slaagden die erin hun dierbaren het gevoel te geven dat ze werden gewaardeerd? Hoe slaagden ze erin nog tijd over te houden voor anderen? Háár lukte het niet eens een moment tijd vrij te maken voor zichzélf.

Carina dacht eraan dat Anastasia nog niet zo lang geleden van school was geschorst omdat ze was betrapt op roken. Het kind gooide er met de pet naar op het peperdure internaat waar ze haar naartoe hadden gestuurd. Anastasia zat in die mokkende, negatieve fase waar veel vriendinnen van Carina met dochters van dezelfde leeftijd ook over klaagden. Dan was het toch niet zo gek dat ze niet onmiddellijk in de auto sprong zodra Anastasia sms'te dat ze griep had en dat ze naar huis gehaald wilde worden? En wat haar moeder betrof, Gracie was oud en wijs genoeg om voor zichzelf te zorgen. Als ze behoefte had aan reisgezelschap, kon ze vragen of Flappy met haar meeging naar Italië. Of een van haar andere vriendinnen. Want blijkbaar had ze vriendinnen genoeg, dat bleek wel uit Flappy's paniekerige telefoontje. Hoe dan ook, Carina weigerde zich schuldig te voelen jegens haar moeder. En hoe zat het met haar man? Rufus had gezegd dat hij haar begreep. Daar zou ze hem aan houden! Maar wat meer tolerantie zou ook geen kwaad kunnen!

Toch kon ze dat ongemakkelijke gevoel, dat knagen aan haar geweten niet van zich afzetten terwijl ze de voordeur opendeed en naar binnen ging. Hoe ze ook redeneerde om zichzelf vrij te pleiten, de onrust bleef.

Bij het zien van de fraaie eikenhouten vloer en van de spiegels aan de muren, die glansden in het gouden licht van de kroonluchters, voelde ze zich op slag iets beter. In gedachten ging ze terug naar de cottage waarin ze was opgegroeid, en ze besefte niet voor het eerst hoe ver die tijd inmiddels achter haar lag. Ze was er trots op, hoe ze als meisje uit de provincie carrière had gemaakt in de grote stad. Het succes was haar bepaald niet komen aanwaaien. Ze had keihard gewerkt om haar eigen bedrijf op te zetten, om zichzelf te ontwikkelen en uit te groeien tot de vrouw van de wereld die ze nu was. Er ging geen dag voorbij waarop ze niet dankbaar was voor haar mooie huis, voor de glamour waarmee ze zich had weten te omringen, voor het netwerk van boeiende contacten dat ze had opgebouwd. Wat aan haar knaagde, was dat ze door het telefoontje met haar moeder weer was geconfronteerd met haar bescheiden afkomst. Aan de ene kant voelde ze zich schuldig omdat ze haar ouders, haar verleden de rug had toegekeerd, aan de andere kant verafschuwde ze zichzelf om dat schuldgevoel. Want ze wílde niet terugdenken aan waar ze vandaan kwam. Ze wilde zijn wie ze was gewórden, de vrouw die ze nu was.

Ze hing haar jas aan de kapstok, liep naar de keuken en gooide haar tas op het marmeren blad van het kookeiland. Onder aan de trap bleef ze opnieuw even staan, bijna bang om naar boven te gaan, bang voor de confrontatie met haar man en haar dochter. Maar waarom eigenlijk? Was ze bang dat ze boos op haar waren? Of was ze bang om te ontdekken dat ze zich zonder haar prima wisten te redden? Ze vermande zich en zette haar voet op de eerste tree.

Rufus en Anastasia lagen in de grote slaapkamer een film te kijken. Of liever gezegd, Rufus keek naar de film, Anastasia leek meer geïnteresseerd in haar telefoon. Ze zag er minder ziek uit dan Carina had verwacht. De blos op haar wangen was wel wat vurig en haar ogen glansden alsof ze koorts had, maar als ze écht doodziek was geweest, zou ze wel in haar eigen bed zijn gekropen. Blijkbaar had ze geen griep, maar gewoon kougevat, concludeerde Carina enigszins geërgerd. Een hoop gedoe om niks!

'Dag, lieverd!' Ze wuifde vanuit de deuropening naar haar dochter, bang om ook verkouden te worden als ze haar een zoen gaf. Voor ziek zijn had ze geen tijd.

Anastasia keek niet eens op van haar telefoon. 'Hallo,' zei ze afwezig.

'Kom bij ons liggen.' Rufus klopte op de sprei. 'We kijken *The Princess Bride*.'

'Jíj kijkt *The Princess Bride*, zul je bedoelen. Anastasia is druk met social media.'

'Helemaal niet,' reageerde Anastasia nors.

'Je moet naar bed, lieverd,' zei Carina. 'Als je ziek bent hoor je onder de dekens.'

'Ik líg in bed.'

'Naar je eigen bed, bedoel ik.'

Rufus keek op zijn horloge. 'Je moeder heeft gelijk. Het is bijna twaalf uur. Naar bed, lieverd.' Hij boog zich naar haar toe en gaf haar een zoen op de wang. Natuurlijk, híj is niet bang om verkouden te worden, dacht Carina wrokkig, terwijl Rufus met de afstandsbediening de film uitzette.

'Welterusten, pap.' Anastasia kwam overeind en liep langs haar moeder heen de kamer uit. 'Welterusten, mam.'

'Wat een dag!' Carina schopte haar schoenen uit.

'Volgens mij valt het allemaal wel mee met Anastasia. Ze heeft koorts, maar ik heb haar Nurofen gegeven, en dat helpt. Morgen voelt ze zich vast alweer een stuk beter.'

'Mooi zo,' zei Carina verstrooid. 'Ze ziet er gelukkig niet doodziek uit,' haastte ze zich eraan toe te voegen, om niet onverschillig te lijken. 'Bedankt voor het halen.'

'Hoezo, "bedankt"? Het is mijn dochter!'

'Jawel, maar je zal de vaders de kost moeten geven die geen tijd hebben voor dat soort dingen.' Carina ging op de rand van het bed zitten.

'Voor de echt belangrijke dingen máák je tijd.'

Carina was te moe om zich aangesproken te voelen. 'Waarom hou je eigenlijk van me?' Ze keerde zich met een ruk naar hem toe.

‘Wat bedoel je?’ vroeg Rufus fronsend.

‘Ik ben een afschuwelijk mens! Een slechte moeder, een slechte dochter en een slechte echtgenote. Waarom zou je van zo iemand houden?’

Rufus glimlachte toegeeflijk. Zijn geduld leek nooit op te raken, en hetzelfde gold voor zijn vermogen om alles van de positieve kant te bekijken. ‘Als je van iemand houdt, dan stopt dat niet omdat die iemand geen tijd voor je heeft. Ik hou van je om wie je bent. En om wat je bent.’

Carina was niet tevreden. Ze wilde een concreter antwoord. ‘Maar wie ben ik? Wat ben ik?’

‘Misschien zou je eens de tijd moeten nemen om die vragen zélf te beantwoorden? Je hebt jezelf de laatste twintig jaar geen moment rust gegund. Je bent altijd aan het werk, je hebt altijd haast. Dus ik zou zeggen: stop eens even met werken en kijk om je heen.’

‘Ik begrijp niet waar je het over hebt.’

‘Dat komt door de drank. Je bent niet helder.’

‘Van te veel wijn word ik somber.’

‘Dat heeft niets met de wijn te maken. Je wás al somber, maar door de drank kun je dat gevoel niet langer wegstoppen.’

‘Hm.’ Carina knikte. ‘Ik kan Anastasia maar beter even welterusten gaan zeggen.’

‘Ja, dat vindt ze fijn.’

‘Dat weet ik nog niet zo zeker. Maar ik doe het toch.’

Anastasia had het licht al uitgedaan. Het enige wat Carina van haar dochter kon onderscheiden, waren haar contouren onder het beddengoed. Ze liep naar het bed en klopte zachtjes op het dekbed. ‘Welterusten, lieverd.’

‘Trusten,’ klonk het gesmoord.

‘Ik hoop dat je je morgen weer wat beter voelt.’

‘Ik ook.’

Carina wilde de kamer alweer uit lopen toen er beweging kwam in de bult onder het dekbed. ‘Ik hoorde dat oma naar Italië gaat. In haar eentje.’ Anastasia stak haar hoofd boven het dekbed uit.

'Dat klopt.'

'Papa vertelde het.'

'Tja, we maken ons een beetje zorgen.'

'Dan moet je met haar meegaan.'

'Als ik dat doe, dan ga jij ook mee.' Carina was zelf verbaasd over haar antwoord.

Het bleef geruime tijd stil. Anastasia was duidelijk ook met stomheid geslagen. Toen ze uiteindelijk reageerde, was het op de berustende toon van iemand die het gewend is teleurgesteld te worden. 'We zullen zien. De wonderen zijn de wereld nog niet uit.' Toen trok ze het dekbed weer over haar hoofd.

Carina voelde zich diep geschokt. Uit de woorden van haar dochter, uit de gelaten, sombere toon van haar reactie sprak de overtuiging dat haar moeder nooit echt aandacht aan haar had besteed. En terwijl Carina de deur achter zich dichttrok, vroeg ze zich af of haar dochter gelijk had.

Als Carina érgens van genoot, dan was het van een uitdaging. Door het gebrek aan vertrouwen van haar dochter was ze vastberaden te bewijzen dat die wel degelijk op haar kon rekenen.

De volgende dag was het zaterdag. Carina ging al vóórdat Rufus wakker werd naar het park, om te rennen. De regen was in de loop van de nacht weggetrokken, de hemel oogde schoongewassen en stralend blauw. Het asfalt glinsterde onder haar hardloopschoenen, in het oosten klom een zwak winterzonnetje steeds hoger boven de horizon, waardoor de regendruppels aan de kale bomen flonkerden als kerstlichtjes. Carina voelde zich positief gestemd. Ze was tot een besluit gekomen, en daardoor had het ongemakkelijke, rusteloze gevoel plaatsgemaakt voor euforie. Ze had de juiste keuze gemaakt! Ze ging met haar moeder en Anastasia naar Italië. Tenslotte kon ze daar ook werken. Dankzij het internet zouden haar cliënten en haar personeel amper in de gaten hebben dat ze in het buitenland zat. Het werk dat ze kon delegeren, zou ze uitbesteden, en de rest zou ze vanuit Toscane afhandelen. Rufus zou tevreden zijn dat ze naar hem had geluisterd; Anastasia zou genieten van een weekje in de zon; en haar moeder hoefde niet alleen te reizen, iets waar haar vader blij om zou zijn geweest. Iedereen gelukkig! Zeven dagen, dat moest te doen zijn.

Toen ze, eenmaal op de terugweg, haar straat in liep, zag ze haar schoonmoeder aankomen met haar schommelende, veel te dikke basset aan de riem. Carina deed haar oortjes uit en stak haar hand op. Haar schoonmoeder glimlachte. Zelfs op stevige laarzen en met een sjaal om haar hoofd wist Diana Cavendish nog glamour uit te stralen. 'Lieve hemel!' riep ze stralend bij het zien van haar schoondochter. 'Neem jij ooit wel eens een moment rust?'

'Het is zo'n prachtige ochtend. En ik heb nou eenmaal niet het geduld om uit te slapen. Er is altijd zo veel te doen.'

Ook om half acht 's ochtends zat Diana al volledig in de make-up. Carina's schoonmoeder was een knappe vrouw, met staalgrijze ogen, hoge jukbeenderen en een lange, rechte neus. Haar hele uiterlijk straalde klasse uit, iets wat werd bevestigd door haar deftige, zorgvuldig gearticuleerde medeklinkers en lome, bijna lijzige klinkers. 'Daar heb je gelijk in. Het is zonde van je ochtend om lang in bed te blijven liggen.'

'Anastasia is thuis. Ze heeft griep,' vertelde Carina.

'Ach, dat arme kind. Ik hoop niet dat ze jou ook aansteekt.'

'Ik heb geen tijd om griep te krijgen,' zei Carina lachend.

'En ik wil het ook niet! Dus ze mag pas langskomen als ze weer beter is. Geef haar maar een kus van me.'

'Ik neem haar in april mee naar Italië. Samen met mijn moeder. Het leek me leuk om een weekje met ons drieën weg te gaan.'

Diana reageerde buitengewoon bevredigend. 'Wat ben je toch een schat!'

Carina's dag kon niet meer stuk.

'Wat leuk en wat lief bedacht!'

'Ach, zo vaak zie ik mijn moeder niet.'

'Nou ja, ze woont ook wel erg ver weg.'

'Volgens Rufus moet ik er nodig eens tussenuit.'

'En gelijk heeft-ie. Je werkt zo hard. De jonge vrouwen van tegenwoordig hebben wel erg veel op hun bordje. Wij hadden het in onze tijd een stuk gemakkelijker.' De veel te dikke basset trok aan de riem; hij had een andere hond ontdekt, aan de overkant van de straat.

'Ik hou je niet langer op,' zei Carina. 'Bernard wil verder.'

'Kom straks een kop thee bij me drinken. Ik wil alles weten over jullie reis naar Italië. Je moeder boft maar met zo'n dochter, en Anastasia is ook een geluksvogel. Het is goed dat je haar wat cultuur laat opsnuiven. Die jongelui hangen alleen maar voor de televisie.'

Tegen de tijd dat Carina de sleutel in haar voordeur stak, was ze erg met zichzelf ingenomen. Diana's lovende woorden hadden haar moreel weer opgevijzeld en de deuk in haar ego hersteld. Rufus zat nog in zijn badjas, met de krant uitgespreid op het kookeiland. 'Goeiemorgen!' Hij keek op toen ze de keuken binnen kwam.

'Ik ga met mama naar Italië,' zei ze luchtig. 'En ik neem Anastasia ook mee.'

Rufus nam fronsend zijn bril af. 'Nee maar! Waar komt dat ineens vandaan?'

'Ach, tijdens het rennen had ik de tijd om erover na te denken...'

'Ik dacht dat jij nooit ergens tijd voor had!' Hij grijnsde.

Carina ging er niet op in. 'Ik heb erover nagedacht, en je hebt gelijk. Mama kan niet alleen. En als Anastasia het leuk vindt, mag ze mee. Misschien gaat ze liever met vriendinnen op stap, maar ik zal het haar voorleggen. Trouwens, jij mag ook mee als je zin hebt.'

Rufus zette zijn bril weer op. 'Nee, dit lijkt me typisch een meisjesreisje. En trouwens, een kookcursus is aan mij niet besteed. Ik ben een hopeloos geval.'

'Oké. Je moet het zelf weten.'

'En als je weer terug bent, kun je pasta koken en mijn pantoffels klaarzetten.'

'De wonderen zijn de wereld nog niet uit, zou Anastasia zeggen.'

Rufus schoot in de lach. 'Ik zou het eerst aan je moeder voorleggen. Voordat je iets tegen Anastasia zegt. Misschien wil Gracie je wel helemaal niet mee hebben.'

Aan die mogelijkheid had Carina niet eens gedacht.

Gracie kwam net thuis van een wandeling met de honden toen de telefoon ging. Dat zou Flappy wel zijn, dacht ze vol weerzin. Ze wist niet waarom, maar blijkbaar was ze Flappy's nieuwste project. Na jaren min of meer te zijn genegeerd, of althans te zijn beschouwd als manusje-van-alles voor vervelende klussen, voelde Gracie zich slecht op haar gemak met haar plotselinge 'statusverhoging'. Zo bijzonder was het toch niet dat ze naar Italië wilde? Iedereen ging wel eens op reis. Waarom moest in haar geval het hele dorp zich ermee bemoeien? Voordat ze haar voornemen aan Harry Pratt vertelde, had niemand ooit echt notitie van haar genomen. Maar inmiddels kon ze niet meer over straat zonder dat ze werd toegelachen, gegroet, staande gehouden voor een praatje. Het leek wel alsof ze van de ene op de andere dag een beroemdheid was geworden. En waarom? Alleen maar omdat ze had besloten op reis te gaan. Met tegenzin liep ze naar de telefoon.

'Mam, met mij.'

Het was Carina, en ze klonk niet half zo voortvarend als een paar dagen geleden, constateerde Gracie opgelucht. 'Hallo, lieverd.'

'Ik heb eens nagedacht, over je reis naar Italië.'

'Je gaat toch niet weer proberen me die uit het hoofd te praten, hè?'

'Nee, natuurlijk niet. Verandering van lucht zal goed voor je zijn. Je bent sinds papa's dood nergens meer geweest. En samen kwamen jullie ook nooit verder dan het Lake District.'

'Omdat ik daar ook geen behoefte aan had.'

'Hoe dan ook, ik dacht ineens... Zou je het leuk vinden als Anastasia en ik met je meegingen?'

Gracie wist niet wat ze moest zeggen. Het was al een verrassing dat ze niet Flappy, maar Carina aan de lijn had. En ook het voorstel van haar dochter kwam als een verrassing. Ze liet zich in haar gemakkelijke stoel vallen. 'Natuurlijk zou ik dat leuk vinden. Maar je doet het toch niet uit medelijden, hè? Want ik wil je niet tot last zijn. Dat zou ik afschuwelijk vinden.'

'Nee, natuurlijk ben je me niet tot last, mam! Het lijkt me leuk. We kunnen allemaal wel wat zon gebruiken, en april is een heerlijke maand in Toscane.'

'Ja, dat is het!' Het verlangen dat was opgebloeid sinds Gracie bij de kapper dat tijdschrift had gezien, werd alleen maar sterker.

'Mooi zo. Dat is dan geregeld.' Carina werd op slag weer zakelijk en voortvarend. 'Als je me de gegevens stuurt, zal ik Karen zeggen dat ze voor ons moet boeken.'

'Ik heb al geboekt. En betaald. Maar ik zal je de gegevens sturen. Dan kun je het voor jou en Anastasia regelen.' Haar blik ging naar het tijdschrift, op het tafeltje naast haar stoel. 'Je zult er geen spijt van krijgen, Carina. Het is een prachtig plekje!' Ze pakte het blad, dat als vanzelf openviel op de juiste bladzijde. 'Echt schitterend.' Ze slaakte een zucht van verlangen, nog nauwelijks in staat te bevatten dat ze Castello Montefosco ging delen met haar dochter en haar kleindochter. De impuls kwam bij haar op om Flappy te bellen, maar ze beheerste zich. Nee, ze zou het aan niemand vertellen. Tenslotte wist ze hoe ze een geheim moest bewaren. Ze had jarenlang niets anders gedaan. En stilletjes had ze er plezier in dat Flappy, die altijd dacht dat ze alles wist, in dit opzicht in het duister tastte.

Trouwens, niet alleen Flappy. Zelfs Carina had er geen idee van dat haar moeder al eerder in Italië was geweest. Dat Gracie het land voor altijd met zich meedroeg in haar hart, als een parel in een oester. Dat was iets wat niemand wist. Alleen zíj.

4

Londen, 1955

Als klein meisje kon Gracie Robinson in het Italiaans tot tien tellen. Dat had ze van haar oom Hans geleerd. Oom Hans was Nederlander, maar hij woonde in Italië en wanneer hij voor zijn werk in Londen moest zijn, kwam hij altijd bij zijn zus langs, Gracies moeder. Omdat ze zich zo'n snelle leerling had getoond, had oom Hans een kist met verf, penselen en schilderpapier voor Gracie meegebracht. Zelf gold hij als een begenadigd schilder, en de kans was groot dat Gracie hetzelfde talent bezat. Al vanaf dat ze heel klein was, deed ze niets liever dan tekenen. 'Het zit je in het bloed,' zei haar moeder. 'Dat talent heb je van Oma's kant.' *Oma*, zo noemde Gracie haar Nederlandse grootmoeder. 'De beste schilders van de wereld komen uit Holland,' vertelde Gracies moeder altijd vol trots. 'En uit Italië.' Ze mocht dan voor Engeland hebben gekozen, in haar hart bleef ze Nederlandse. Gracie gebruikte haar schilderspullen heel zorgvuldig en werkte nauwkeurig en geconcentreerd. Ze wilde later net zo'n goede schilder worden als oom Hans.

En ze wilde ook net zo rijk worden als haar oom. Hij kwam altijd in een grote glimmende auto voorrijden bij hun bescheiden huis in Camden, en hij droeg dure kleren – een pak met overhemd en das, een dikke jas om zijn brede schouders. Zijn hoed stond in een zwierige hoek op zijn hoofd. Zijn aftershave had een kruidige citroengeur, zijn snor benadrukte zijn flamboyante uitstraling; hij dronk Ierse whiskey, rookte Cubaanse sigaren, en aan de pink van zijn linkerhand prijkte een grote gouden zegelring. Net als Gracies moeder sprak hij Engels met een accent, en vooral 's avonds, als hij moe was, viel hij vaak terug op het Nederlands. Hij kwam nooit met lege handen, maar had altijd cadeautjes bij zich voor zijn zus, en voor zijn oude moeder, die bij haar dochter inwoonde. En natuurlijk ook voor Gracie en Joseph, Gracies oudere broer. De kinderen hadden in de oorlog hun vader verloren. Ze waren dol op hun oom Hans en zagen uit naar zijn bezoeken, zoals kinderen uitkijken naar de komst van de kerstman. In hun ogen was oom Hans ook een soort kerstman, een sprookjesfiguur, die over bijzondere gaven en vermogens beschikte.

Anders dan haar broer was Greet, Gracies moeder, allesbehalve rijk; sterker nog, ze kon niet zonder zijn aanvulling op haar karige inkomen als naaister. Hun Engelse vader had hun moeder in de steek gelaten en was er met zijn secretaresse vandoor gegaan – het zou een bijna grappig cliché zijn geweest, ware het niet dat hij zijn vrouw berooid en met een gebroken hart had achtergelaten. Zo kwam het dat Hans zowel zijn moeder als zijn zus en haar kinderen financieel moest ondersteunen. Oma Hollingsworth was goud waard. Ze hielp Greet in haar naaiatelier, ook al zag ze zelfs met haar bril op zo slecht dat ze geen draad meer in een naald kon krijgen, en ze kon geweldig koken. Wanneer oom Hans langskwam, stond er vlees op tafel en maakte Oma haar beroemde stamppot, waarvan ze beweerde dat de geheime ingrediënten die ze aan de combinatie van aardappels en groenten toevoegde, deze een unieke smaak verleenden en onderscheidden van het traditionele Hollandse recept. Ze nam het recept mee in haar graf, zei ze altijd wanneer anderen ernaar vroegen, maar oom Hans vertrouwde de kinderen met een knipoog toe dat haar stamppot niet anders was dan die van iedere willekeurige Hollandse huisvrouw.

Gracie wist meer van oom Hans dan van haar vader, wiens zwart-witfoto op het dressoir in de mooie kamer stond. De formeel ogende jongeman in uniform was een vreemde voor haar, want ze was nog geen jaar oud geweest toen hij sneuvelde. Frank Robinson had Greet, Gracies moeder, in Amsterdam leren kennen, waar hij bij de kunstgalerie van haar vader werkte. Ze waren in Nederland getrouwd, in 1938, maar toen de oorlog uitbrak wilde Frank terug naar Engeland om dienst te nemen in het leger. Greet ging als volgzame echtgenote met hem mee en woonde bijna van meet af aan alleen in het kleine huis in Camden, in Noord-Londen, dat Frank voor hen samen had gekocht. Daar was Joseph in 1940 geboren, en twee jaar later Gracie. Frank was in 1943 in Frankrijk gesneuveld. Greet bewaarde zijn brieven in een schoenendoos. Gracie zou ze graag willen lezen, maar ze had er nooit naar durven vragen. Hoewel hij helemaal in Italië woonde, had oom Hans de ontstane leegte al spoedig opgevuld, als een vaderfiguur tegen wie ze kon opkijken. Gracies moeder las de brieven van haar broer tijdens het eten voor, waarna Oma en zij de rest van de maaltijd niet uitgepraat raakten over wat hij allemaal had geschreven. Gracie en haar broer luisterden geboeid, want met elke brief werd het toch al indrukwekkende beeld dat ze van oom Hans hadden, zo mogelijk nóg indrukwekkender.

Hij bemoeide zich intensief met de kinderen, hij moedigde hen aan te schilderen en zich in kunst te verdiepen door schitterende fotoboeken mee te nemen over de beroemdste schilders van de wereld, maar pas in 1955 – Gracie was inmiddels dertien – ontdekte hij in haar een talent dat tot op dat moment voor hem verborgen was gebleven. Het begon met een gesprek rond de keukentafel, waarbij Oma de loftrompet stak over haar kleindochter. 'Gracie is een natuurtalent, Hans. Een wonderkind, net als jij vroeger,' zei ze in haar trage, enigszins slepende moedertaal.

Er gleed een schaduw over het gezicht van Greet, haar ogen stonden plotseling bezorgd. 'Ach, het is gewoon liefhebberij. Meer niet.'

Hans keek Gracie met zijn intelligente blauwe ogen onderzoekend aan. 'Is dat zo, Gracie?' Hij trok een wenkbrauw op. 'Schilder je echt zo graag?'

Ze knikte verlegen.

'Met de schilderspullen die ik van u heb gekregen. Ik doe heel erg mijn best om het steeds beter te kunnen,' antwoordde ze, hunkerend naar waardering.

'Naschilderen telt niet,' schamperde Joseph, jaloers omdat zijn zusje zo veel aandacht kreeg.

De schaduw van bezorgdheid die over Greets gezicht was gevallen, leek zich te verdiepen, en oom Hans trok nu twéé borstelige wenkbrauwen op. 'Dus Gracie heeft talent. Dat heb je me nooit verteld,' zei hij tegen zijn zuster.

'Het is ook pas van de laatste tijd dat ze echt vorderingen maakt.' Greet voelde zich merkbaar slecht op haar gemak met de situatie. 'En Joseph heeft gelijk. Naschilderen is niet te vergelijken met zelf iets bedenken.'

'Het een sluit het ander niet uit.' Oom Hans leek het vooral tegen zichzelf te hebben. Hij keek Gracie weer aan, die popelde van verlangen om hem te laten zien wat ze kon. 'Wat heb je allemaal al geschilderd? Daar ben ik wel benieuwd naar.' Hij had het nog niet gezegd, of Gracie liet zich al van haar stoel glijden en rende de kamer uit. Ze wilde dolgraag laten zien wat ze had gemaakt, want ze wist zelf ook dat ze talent had. In haar gretigheid merkte ze niet dat de sfeer in de keuken steeds ongemakkelijker werd.

Gracie had heel veel geschilderd, met de boeken die ze van haar oom had gekregen als voorbeeld. Haar spectrum was heel breed, van Raphael tot Vermeer en Van Gogh. In haar kamertje liet ze zich op haar knieën vallen en keek ze haar werk door, om het beste eruit te halen. Natuurlijk, ze had alles nageschilderd, maar ze wist dat het goede kopieën waren. Terwijl ze zich over de stapel boog, voelde ze dat er iemand achter haar stond. In de veronderstelling dat het Joseph was, draaide ze zich met een ruk om, klaar om haar broer lik op stuk te geven voor een schampere opmerking. Maar het was haar oom! Met op zijn gezicht een uitdrukking die ze niet van hem kende. Het leek wel alsof hij boos was. Er lag een vurige blos op zijn wangen, om zijn lippen speelde een onaangename grijns, die in niets leek op zijn vertrouwde joviale glimlach. Toen leek hij zichzelf tot de orde te roepen, hij schudde zijn hoofd, mompelde iets onverstaanbaars en liet zich naast haar op zijn knieën zakken. Kopie na kopie bestudeerde hij zorgvuldig wat ze had gemaakt. Gracie zei niets terwijl hij haar werk omhooghield om het schemerige licht te vangen dat door het raam naar binnen viel, en om daardoor haar penseelstreken beter te kunnen onderscheiden.

Ten slotte keek hij haar aan. 'Je werk is goed, Gracie,' zei hij zacht, maar indringend. Het klonk veelbetekenend, maar Gracie wist niet welke betekenis ze aan zijn toon moest toekennen. 'Het is echt erg goed. Ik ben diep onder de indruk.'

'Het zijn kopieën, ik schilder alleen maar na,' zei Gracie bescheiden, maar haar bleke gezichtje begon te gloeien van trots.

'Het zijn uitzonderlijk goede kopieën.'

Gracies hart stroomde over van geluk. Lof uit de mond van oom Hans woog zwaarder dan alle waarderende woorden van anderen. Ze voelde zich een ballon die, gevuld met hete lucht, steeds hoger klom. Geïnspireerd door zijn interesse haalde ze haar schetsboek van onder het bed vandaan. Ze gingen naast elkaar op het kleed zitten en bekeken alle tekeningen die Gracie ooit had gemaakt. Genietend wenste ze dat dit moment eeuwig kon duren. Oom Hans gaf haar het gevoel dat ze bijzonder was. Daardoor hield ze alleen maar nog meer van hem en werd haar respect voor hem nog groter.

Ten slotte kwam hij overeind. 'Kom, dan gaan we naar beneden.' Hij streek de kreukels uit zijn broek en zijn jasje. 'Ik moet met je moeder praten.'

Gracie liep achter hem aan, uitgelaten over het feit dat hij zijn bewondering met de anderen ging delen, en triomfantelijk omdat Joseph ongelijk bleek te hebben. Haar moeder was aan de afwas, Joseph droogde af, en Oma snurkte zachtjes in haar stoel.

'Mijn nichtje is echt buitengewoon getalenteerd. Het verbaast me dat je daar nooit iets over hebt gezegd,' zei oom Hans tegen Gracies moeder.

Greet nam haar dochter een beetje angstig op. Joseph gooide de theedoek over zijn schouder. Gracie besefte nu pas hoe gespannen de sfeer was. Ze beet nerveus op haar lip, maar begreep niet wat de blikken tussen haar moeder en haar oom te betekenen hadden. 'Ze gaat een glanzende toekomst tegemoet als restaurateur,' vervolgde oom Hans. 'Met de juiste opleiding en de kans om ervaring op te doen zou ze het ver kunnen schoppen.'

'Ze is pas dertien.' Greet kon niet voorkomen dat haar stem beefde.

'Dat is de ideale leeftijd om met haar opleiding te beginnen.'

Het was Greet aan te zien dat haar keel werd dichtgesnoerd, en Gracie huiverde, ondanks haar euforie. Ze keek naar haar moeder, in een poging haar gedachten te raden. Oom Hans nam haar met zijn blauwe ogen opnieuw onderzoekend op. In zijn brede glimlach lag een belofte besloten: de belofte van glamour en zonneschijn. 'Kindje, hoe zou je het vinden om mee te gaan naar Italië? Om net zo goed te leren schilderen als de grote meesters?'

Toen pas besefte Gracie waarom haar moeder zo van streek was. Greet had geweten wat haar broer ging vragen, en omdat hij haar financieel ondersteunde, kon ze geen nee zeggen. Dat kon alleen Gracie, maar ze wist niet of ze dat wel wilde. Dankzij de verhalen van haar oom had ze zich zo vaak voorgesteld hoe het zou zijn om in Italië te wonen. Bij het bestuderen van de schilderijen in de boeken die hij meebracht, was het verlangen in haar ontloken om bomen met granaatappels in het echt te zien, om te zien hoe citroenen groeiden, om tussen de grappige parasoldennen te lopen, met hun hoge dunne stammen. Alles aan oom Hans was exotisch. Uit alles wat hij deed, uit alles wat hij vertelde, kwam een wereld naar voren die zo veel mooier, zo veel opwindender was dan de hare.

'Ik wil dolgraag net zo'n goede schilder worden als u, oom Hans,' antwoordde ze dan ook. 'Maar misschien heeft mama gelijk. Misschien ben ik nog te jong.' Ze hoopte vurig dat hij dat zou ontkennen.

'Je bent bijna veertien, toch?' vroeg hij. En toen ze knikte, vervolgde hij: 'Het zou echt doodzonde zijn om hier te blijven terwijl ik je in de leer kan doen bij de beste restaurateur in heel Europa!'

Toen kon Gracie haar enthousiasme niet langer verbergen. 'Toe, mama. Mag ik alstublieft met oom Hans mee? Misschien alleen maar voor een tijdje, om te zien of ik het leuk vind. Dat mag toch wel?'

Joseph, die tot dusverre niets had gezegd, zette het laatste bord weg, dat inmiddels vanzelf droog was geworden. 'Kan ze hier in Londen niet leren restaureren?'

'Ja,' viel Greet hem haastig bij. 'Londen heeft de beste kunstgaleries van de wereld.'

'Maar ik woon niet in Londen.' De ongeduldige ondertoon in de stem van oom Hans legde zowel zijn zus als zijn neef het zwijgen op. 'Ik woon in Italië. Daar heb ik mijn studio, mijn restaurateur, mijn materialen. Als Gracie ergens in de leer gaat, dan onder mijn supervisie.' Hij glimlachte naar Greet, alsof hij begrip had voor haar moederlijke bezorgdheid. 'Ik zal goed op haar passen. Echt waar,' zei hij zacht. 'Gracie is als een dochter voor me. Een dierbare, kostbare dochter. Ze zal het goed bij me hebben en ik zal haar een vak leren, Greet. Zodat ze later een fatsoenlijke boterham kan verdienen. Of wil je dat ze ook naaister wordt, dat ze altijd moet sappelen om rond te komen? Is dat een toekomst die je je dochter toewenst?'

'Nee,' antwoordde Greet bedeesd.

'Geef haar dan deze kans,' drong hij aan. 'Ik zal een paspoort voor haar regelen. Laat alles maar aan mij over.'

Het bleef geruime tijd stil. Gracie keek naar haar moeder. Het was Greet aan te zien dat ze koortsachtig nadacht, de voor- en nadelen tegen elkaar afwoog – het geluk van haar dochter, het verdriet om haar kleine meisje te moeten loslaten. Ten slotte liet ze haar schouders hangen, en Gracie wist dat haar oom het pleit had gewonnen. Dat zíj het pleit hadden gewonnen, want ze wilde niets liever dan met oom Hans mee naar Italië.

'Goed dan. Jij je zin, Hans,' zei Greet zacht. 'Ik hoop vurig dat ik er geen spijt van krijg.'

En zo begon Gracie, op een druilerige dag in mei, aan haar nieuwe leven. In haar zondagse jurk en met de hoed op die ze anders alleen naar de kerk droeg, nam ze afscheid van thuis. Terwijl ze haar moeder stijf omhelsde, voelde ze slechts vluchtig een steek van pijn, van verdriet. Oma bette haar vochtige ogen met een zakdoek, maar Joseph liet geen traan, ook al glommen zijn ogen verdacht. 'Ze gaat niet voorgoed weg.' Oom Hans zette lachend haar koffertje in de taxi die hen naar het vliegveld zou brengen. 'Voordat je het weet, is ze weer terug. En ik zal haar als een prinses behandelen.'

Gracie was nooit verder dan Londen geweest, ze had nog nooit in een taxi gezeten, ze had nog nooit een vliegtuig van dichtbij gezien, laat staan dat ze ooit had gevlogen. Terwijl ze de stad uit reden, haar nieuwe leven tegemoet, was ze als betoverd door alles wat ze zag. Ze was niet bang of nerveus. Integendeel. Ze voelde zich volmaakt op haar gemak met oom Hans. Die zat de krant te lezen, met zijn enkel op zijn knie, niet geïnteresseerd in de voorbijschietende dorpen en landerijen.

Tegen de tijd dat ze achter haar oom aan liep naar de incheckbalie in de vertrekhal, moest Gracie zich beheersen om niet met open mond om zich heen te kijken. Alles glom en glinsterde, van de gladde vloer tot de grote ramen, en zelfs de grondstewardess in haar blauwe uniform met hoed, die hun paspoorten en tickets controleerde, was omhuld met een glamour uit een andere wereld. Toen Gracie haar koffertje op een volgeladen bagagekar uit het zicht zag verdwijnen, raakte ze plotseling in paniek. Zou ze het ooit nog terugzien? Maar ze wilde niet onnozel en kinderachtig overkomen, dus ze zei niets en besloot te vertrouwen op haar oom. Hij loodste haar mee, dieper het luchthavengebouw in. Het was er erg druk, alle mensen zagen eruit alsof ze hun mooiste kleren hadden aangetrokken. Zouden ze het aan haar kunnen zien dat ze voor het eerst ging vliegen? Of zag ze er net zo uit als zij? Werelds, onbekommerd? Gracie nipte van de thee die oom Hans voor haar had besteld, met een dikke plak cake erbij. Hij sloeg de krant weer open. Vóór hem op het tafeltje stond een grote gin-tonic. Hij had al zo veel gereisd dat alles wat Gracie opwindend vond, voor hem routine was geworden. Ze keek hoe hij een sigaret opstak en merkte dat de serveersters in een hoekje giechelend stonden te fluisteren en hun kant uit keken. Voor het eerste besefte ze dat haar oom een knappe man was. Ze had hem altijd zwierig en flamboyant gevonden, maar ineens drong het tot haar door dat hij ook een aantrekkelijke verschijning was. Haar oom! Het vervulde haar met trots.

De eerste keer vliegen was overweldigend. Een openbaring. Heel anders dan ze had verwacht, in niets te vergelijken met wat iedereen haar had verteld. In haar zachte leren stoel keek ze uit het raampje terwijl het vliegtuig over de startbaan raasde en zich in de lucht verhief. De grond viel onder haar weg, de wereld beneden haar werd steeds kleiner, en even leek het alsof haar maag op het asfalt was achtergebleven. Oom Hans grinnikte. 'Heb je al spijt dat je mee bent gegaan?' vroeg hij geamuseerd.

'Nee! Helemaal niet!' Bij de gedachte aan thuis, aan haar moeder en Oma en Joseph, voelde Gracie geen zweem van heimwee.

Zodra ze uit het vliegtuig stapte, sloot ze Italië in haar hart. Het was alsof ze op dat moment pas compleet werd, alsof er altijd iets wezenlijks aan haar had ontbroken, iets wat ze toen pas besefte en herkende. Terwijl ze de warme, aromatische geuren opsnoof van onbekende bloemen en planten, voelde ze dat haar ziel tot leven kwam, als een bloem die zich opende in de warme stralen van de zon. De chauffeur van oom Hans stond in een marineblauw pak, compleet met een pet, naast een glimmende, witte Lancia op hen te wachten; het soort auto dat Gracie kende van filmsterrenplaatjes. De motorkap weerkaatste de zon, het licht was oogverblindend, stralender dan op de zonnigste dagen in Londen.

Toen gingen ze op weg. Tijdens de rit zat Gracie achterin. Ze keek naar het voorbijschietende landschap – parasoldennen, golvende groene en gele heuvels, zacht als fluweel, onder een azuurblauwe hemel – en luisterde naar de stem van haar oom, die met de chauffeur praatte. De Italiaanse klanken vormden een harmonieuze achtergrond bij wat ze zag, als het verre gezoem van bijen. Tussen de gewassen op de akkers groeiden klaprozen, schilderachtige boerderijen lagen genesteld tussen hoge cipressen. Het landschap was het mooiste wat Gracie ooit had gezien. Terwijl zij haar leventje leidde in het grauwe, mistige Londen, was dit paradijs er altijd al geweest. Ze kon nauwelijks bevatten dat deze rijkdom aan pracht en natuurschoon voor haar verborgen was gebleven, dat ze die zonder haar magische oom Hans misschien nooit zou hebben leren kennen. Haar dankbaarheid werd alleen maar groter. En ze wenste dat haar moeder, Oma en Joseph dit paradijs op aarde ook konden zien.

Het huis van oom Hans stond aan het eind van een lange, onverharde weg: een grote, vierkante villa opgetrokken uit dezelfde zandkleurige stenen als de boerderijen die Gracie onderweg had gezien, met groene luiken voor de grote ramen en een dak van terracottakleurige pannen. De villa had een weids uitzicht over glooiende, zich eindeloos aaneenrijgende, beboste heuvels, en het was precies zoals Gracie zich het huis van haar rijke oom had voorgesteld. Toen ze voorreden, verschenen er drie geüniformeerde mannen om hun bagage aan te nemen – tot Gracies opluchting was haar koffer als door een wonder op het vliegveld van Pisa weer tevoorschijn gekomen. Vrijwel onmiddellijk haastte zich ook een jonge vrouw naar buiten om haar meester te verwelkomen. Ze had een olijfbruine huid en glanzend donker haar. Gracie keek naar hun lachende gezichten. 'Dag,' zei ze verlegen in het Engels, maar ze verstonden haar. Dat was duidelijk. Haar oom legde zijn hand in het kuiltje van haar rug en loodste haar de zorgvuldig onderhouden tuin door, met perfect rond gesnoeide buxusstruiken en borders vol lavendel, die de lucht verzadigde met zijn zoete parfum. Dat alles werd begeleid door een koor van tjirpende krekels en kwetterende vogels. Er groeiden vijgen- en citroenbomen, waarvan oom Hans had verteld dat ze in september vrucht droegen, en er was een olijfgaard die olie voor eigen gebruik opleverde. De tuinen boden een weelderige, vruchtbare aanblik, alsof alle bomen, alle struiken, alle bloemen popelden van verlangen om te groeien en zich te vermenigvuldigen. Gracie voelde de energie die uit de grond opsteeg, als warmte op haar huid. Ze had zich nog nooit zo springlevend gevoeld en werd overweldigd door een kinderlijk verlangen om het uit te schateren, om over het gras te rollen.

Haar kamer bleek eenvoudig, maar van alle gemakken voorzien, met aan twee kanten ramen. Aan de ene kant keek ze uit op een terras, met een tafel en zes stoelen, aan de andere kant op een gazon, deels overschaduwd door een vijgenboom, met een pad van stenen dat werd omzoomd door gesnoeide struiken en dat leidde naar een pagode en een zitje. Gracie kon haar oom daar in gedachten al zien zitten, in de zon, verdiept in de krant.

Ze had niet lang nodig om haar koffer uit te pakken. Zo veel kleren bezat ze niet. Toen ze weer beneden kwam, zwierf ze door de lichte, ruime kamers, op zoek naar haar oom. De villa was weelderig maar smaakvol ingericht met tapijten op de vloer en planken gevuld met boeken en fraaie snuisterijen en objecten langs de muren. De jonge vrouw die hen bij aankomst had begroet, kwam naar haar toe en bracht haar naar een bijgebouw, aan de achterkant van het huis. Het zag eruit als een voormalige schuur. Dit was het hart van het werkzame leven van haar oom, besefte Gracie zodra ze de deur opendeed: het atelier waarover hij haar had verteld. Het rook er niet zoals ze zich had voorgesteld – naar olie en terpentine, schilderslinnen en stoffige houten lijsten – maar naar iets wat ze niet kon thuisbrengen. Het vertrek bood een geordende indruk en het was er smetteloos schoon, waardoor het haar meer deed denken aan haar scheikundelokaal op school dan aan het lokaal waar teken- en schilderles werd gegeven. En overal schilderijen – opgehangen aan de witgepleisterde muren of ertegenaan gestapeld; op ezels stonden oude, beschadigde doeken. De planken langs de muren zuchtten onder het gewicht van tubes verf, flessen met gekleurde vloeistoffen, glazen potten met penselen en instrumenten waarvan Gracie geen idee had waarvoor ze dienden. Verder waren er diverse kasten, met deuren en laden, waarop duidelijk stond aangegeven wat erin zat. De grote ramen waren afgeschermd met luiken om het daglicht buiten te sluiten, de lampen aan het plafond en aan de schildersezels gaven de ruimte een wetenschappelijke uitstraling. Gracies oog viel op een grote ventilator met een lange slurf, opgehangen boven een kleine kar op wielen, met daarop een blad vol verf en kleine potjes chemicaliën. De geur in het atelier was die van een ruimte waarin hard werd gewerkt.

Achter een van de schildersezels stond een man. Hij keek op toen Gracie binnenkwam. Zijn glimmend kale schedeldak weerkaatste het licht van de lamp aan zijn ezel. Zijn schaarse haren hadden de kleur van stro en krulden rond oren zo groot als de Hollandse stroopwafels die Oma wel eens maakte, als traktatie bij wijze van ontbijt. Hij had een vriendelijk gezicht met een kromme neus, achter zijn ronde brillenglazen twinkelden kleine ogen. 'Dus jij bent Gracie,' zei hij traag en zorgvuldig articulerend, terwijl hij zijn penseel van het doek nam.

Ze knikte.

'Dan kom je bij mij in de leer.'

Het ontging Gracie niet dat hij Engels sprak met net zo'n sterk, Nederlands accent als Oma. 'Dat heeft oom Hans me al verteld.' Ze keek om zich heen, op zoek naar haar oom.

'Ik ben Rutger en ik ken je oom al bijna vijftien jaar. Hou oud ben je, Gracie?'

'Bijna veertien.'

Hij knikte ernstig. 'Volgens je oom heb je erg veel talent.'

'Waar is hij?'

Rutger gebaarde met zijn hoofd naar een deur, helemaal achter in de ruimte. 'In zijn privéatelier.' Gracie wilde er al naartoe lopen, maar Rutger hield haar tegen. 'Daar mag je niet naar binnen. Hans wil tijdens zijn werk absoluut niet gestoord worden. Dus ik zou zeggen: doe een sloof voor, pak die kruk daar en kom bij me zitten. Dan kun je zien wat ik doe.'

Gracie gehoorzaamde.

'Ik ben bezig met de restauratie van een gedeelte van een altaarstuk uit de renaissance,' vertelde Rutger. 'De bedoeling is om het zo veel mogelijk in de oorspronkelijke staat terug te brengen. Je doet je best om tot een juiste interpretatie van het originele werk te komen. Daar is veel geduld voor nodig, veel kennis, maar vooral het vermogen om te analyseren en te interpreteren. Dát is de voornaamste opdracht van een restaurateur. En dát ga ik je leren.' Rutger begon het oppervlak voorzichtig aan te strijken met zijn penseel. 'Wanneer je een schilderij bestudeert, moet je eerst als het ware door de voorstelling op het doek heen kijken. Het gaat erom ook andere aspecten te registreren, zoals wanneer het werd geschilderd, met welk doel het werd geschilderd, waaróp het is geschilderd, uit welk materiaal de lijst bestaat. En je moet voldoende kennis hebben van de materialen en hun geschiedenis, maar ook van het verouderingsproces, om een goede indruk te krijgen van de motieven van de kunstenaar. Dat is nog maar de eerste stap om een goed schilder te worden. Daarvoor moet je als het ware ook een soort detective zijn.' Hij keek haar aan. Gracie zag dat zijn ogen goudbruin waren. 'Hoe dan ook, ik ga je alles leren wat je moet weten.'

'Volgens mijn oom bent u de beste restaurateur van heel Europa.'

'Ik voel me gevleid. Maar ik ben inderdaad erg goed. Zo onbescheiden ben ik wel.'

Op dat moment ging de deur achter in de ruimte open en kwam oom Hans naar buiten. 'Aha, ik zie dat jullie kennis hebben gemaakt!'

'Sterker nog, de eerste les is al begonnen,' zei Rutger.

'Mooi zo.' Oom Hans knikte tevreden.

Gracies blik ging naar de kamer achter hem, maar haar oom trok de deur dicht en draaide de sleutel om. Niets zo verleidelijk als een deur die op slot zit. Gracies nieuwsgierigheid was dan ook onmiddellijk geprikkeld. Het zou echter nog jaren duren voordat ze tot die kamer zou worden toegelaten, en toen het eindelijk zover was, toen ze eindelijk te zien kreeg wat zich achter die deur bevond, was er geen weg terug meer.

5

Italië, 2010

Heathrow was veranderd sinds Gracie er voor het laatst was geweest, maar Italië niet. Althans, niet wezenlijk. De schoonheid van het land was nog net zo betoverend als bij haar eerste kennismaking. Toen had deze haar hart doen overstromen van opwinding en geluk, nu werd ze overweldigd door melancholie.

De reis was in een gespannen sfeer verlopen. Op het vliegveld had Carina bijna onafgebroken met haar assistente aan de telefoon gezeten, sms'jes gestuurd of gelezen. En ook Anastasia had nauwelijks opgekeken van haar telefoon. Bij de begroeting had ze bijna onverschillig 'hallo' gezegd tegen haar oma, en vervolgens alle vragen ontweken door te doen alsof ze bezig was of door te klagen over vermoeidheid. Gracie was geduldig. Bovendien zwierf ze ver weg in haar gedachten, waarin ze behoedzaam terugkeerde naar een andere tijd, een ver verleden, toen Carina en Anastasia nog niet eens waren geboren.

Het was Gracie niet ontgaan dat haar dochter in de loop der jaren steeds bleker en magerder was geworden. Carina leek in niets meer op het mollige meisje dat uit Devon was vertrokken om haar droom na te jagen. De jaren die sindsdien waren verstreken, hadden zichtbaar hun sporen nagelaten. Carina oogde zorgelijk, gespannen, en wanneer Anastasia om iets te eten of te drinken vroeg, reageerde ze geïrriteerd, alsof het kind haar tot last was. Gracie had haar kleindochter een glimlach weten te ontlokken door een croissant en een flesje sap voor haar te kopen, terwijl Carina gebogen onder de roltrap een belangrijk telefoontje pleegde. Maar de glimlach was al snel weer verdwenen toen Anastasia terugkeerde naar haar spelletje op social media, dat ze speelde met haar vriendinnen. Gracie begreep niets van mobiele telefoons. Vroeger, in haar tijd, práátten de mensen nog met elkaar.

Ondanks haar norse uitstraling was Anastasia verre van onaantrekkelijk. Gracie herkende Rufus in zijn dochter, en zijn trekken bleken ook in de vrouwelijke versie goed uit te pakken. Maar Gracie zag vooral haar eigen ogen in die van Anastasia – grijsgroen met een donkere ring om de iris. Het ontlokte haar een trotse glimlach, want het waren haar ogen die de schoonheid van haar kleindochter uniek maakten. Ze had niet de indruk dat Anastasia zelf besefte hoe aantrekkelijk ze was. Gracies blik ging naar Carina, die de bruine ogen van haar vader had geërfd. Kwam het door de stress of door al het lijnen dat ze haar frisse ongereptheid was kwijtgeraakt? Anastasia was nog jong, in een fase van het leven waarin die frisse ongereptheid als vanzelfsprekend werd beschouwd. Ten slotte keek Gracie naar zichzelf, in het besef dat de bloei van háár leven al lang achter haar lag. 'De jeugd is aan jongeren verspild', luidde het gezegde, en dat was maar al te waar. Een vrouw waardeert haar schoonheid pas echt wanneer die begint te verwelken. Maar Gracie was nooit mooi geweest, nooit aantrekkelijk zoals Anastasia. In haar gebloemde jurkje met roze pumps besefte haar kleindochter niet wat voor effect ze had op mannen. Eenmaal in Italië zou ze dat effect niet langer over het hoofd kunnen zien.

Haar voorspelling bleek juist. Vanaf het moment dat ze in Pisa aankwamen, werd Anastasia voortdurend van haar telefoon afgeleid door de onverholen belangstellende blikken van de Italiaanse mannen. 'Je moet ze niet in de ogen kijken,' instrueerde Carina haar dochter, terwijl ze kordaat door het luchthavengebouw liepen, op weg naar de taxi's. 'Je hoofd naar beneden en ze vooral niet aanmoedigen.'

'Het is een compliment,' zei Gracie, die moeite had hen bij te houden.

‘Nee, mam, dat is het niet,’ bitste Carina. ‘Ze kijken gewoon naar alles met een rok aan.’

Niet naar jou, dacht Gracie. En ook niet naar haar. Er was helemaal niemand die naar haar keek. Dat was altijd al zo geweest, ook toen ze nog jong was.

Castello Montefosco lag bij het dorpje Colladoro, op een uur rijden van het vliegveld. Carina en Anastasia gingen achter in de taxi zitten, waardoor Gracie, op de voorbank, haar gedachten de vrije loop kon laten, want de chauffeur verwachtte niet dat ze Italiaans sprak. Of misschien vroeg hij zich het niet eens af en nam hij niet de moeite het te controleren. Carina had hem in gebrekkig Italiaans verteld waar ze heen moesten. Blijkbaar was ze voldoende duidelijk geweest, want hij had enthousiast geknikt. Aan het achteruitkijkspiegeltje hing een kruis, op het dashboard had hij een foto van zijn vrouw en zijn kinderen bevestigd. De aanblik van dat gelukkige gezin bezorgde Gracie een brok in haar keel. Ze legde haar vingers op haar lippen en keek naar buiten. Als de emoties haar nu al te machtig werden, hoe moest dat dan straks, wanneer ze hun bestemming hadden bereikt?

Het voorbijschietende landschap voerde haar mee naar het verleden, naar het andere leven dat ze had geleid; een leven dat ze achter zich had gelaten en waaraan ze de herinneringen had verdrongen. Bij het zien van de vertrouwde avondschemering, die als een sluier neerdaalde over de heuvels en deze roze kleurde, kwamen die herinneringen allemaal weer naar boven. En ineens voelde dat andere leven als de dag van gisteren. Ineens voelde het alsof ze amper een dag geleden nog over de velden had gelopen terwijl ze genoot van de majestueuze zonsondergang. Ineens voelde het verleden dichtbij... maar dat was het niet. Haar ogen werden vochtig, ze sperde ze wijd open om haar tranen terug te dringen. Hoe kon iets wat zo ver in het verleden lag, nog zo dichtbij voelen? Er was sindsdien meer dan veertig jaar verstreken, maar haar hart begon sneller te slaan, haar handen werden klam, haar maag verkrampte. Was het onbezonnen geweest om terug te gaan? Wat verwachtte ze hier te vinden? Hoe vernietigend zou de teleurstelling zijn als... Ze riep zichzelf tot de orde toen haar gedachten op hol dreigden te slaan. Nee, het was niet onbezonnen. Ze was oud. De tijd die haar nog restte, werd steeds korter. Ze wilde niet sterven zonder duidelijkheid te hebben gekregen.

Op de achterbank waren Carina en Anastasia zich niet bewust van Gracies groeiende onrust, noch van de prachtige wereld waar ze doorheen reden. Ze hadden het veel te druk met hun telefoon. Af en toe trok iets hun aandacht en keken ze even naar buiten. Maar dan zoemde de telefoon en waren ze weer afgeleid, onberoerd door de overweldigende schoonheid van de Italiaanse schemering.

Het was al donker toen ze de lichtjes zagen, op de top van een heuvel in de verte. Aan de diep indigoblauwe hemel twinkelden de eerste sterren, helder als het licht van de maan dat werd weerspiegeld door een donkere zee. Gracie hield haar adem in, en ze besefte dat haar hele lichaam pijnlijk verkrampt was. 'Daar is het,' zei ze, en Carina en Anastasia keken op van hun schermpje.

Het dorp op de helling, met daarboven het kasteel, glinsterde sprookjesachtig. Het was nauwelijks veranderd. Gracie had het gevoel alsof ze werd teruggeworpen in de tijd; alsof het weer 1955 was; alsof de brede kloof die de jaren tussen heden en verleden hadden uitgesleten, werd gedicht. Het silhouet van de heuvels, afgetekend tegen de koningsblauwe hemel, was nog hetzelfde als in het begin der tijden, lang voordat Gracie het in haar hart had gesloten. '*Eccoci qua*,' zei de taxichauffeur, en Gracie knikte, opgelucht dat het donker was en hij haar geschokte gezicht niet kon zien. De auto vorderde langzaam over de smalle weg, die begon te stijgen en meanderend steeds hoger klom. Gracie deed het raampje open, ze snoof de geur op van pijnbomen, wilde rozemarijn en tijm, liet zich sussen door het ritmische tjirpen van de krekels, als een melodie die haar losweekte van haar gedachten en haar meevoerde de stille, zachte avond in. Toen de weg een bocht maakte en ze het dorp bereikten, gleed haar blik langs de vertrouwde huizen en gebouwen. Op slag baadde de wereld in licht en bruiste alles van leven. Aan de kleine tafeltjes voor de trattoria's zaten mensen aan een glas wijn en een bord pasta, vrouwen liepen gearmd te kuieren, kinderen speelden en deden tikkertje, magere straathonden liepen met hun neus op het plaveisel gedrukt in de hoop iets te eten te vinden. Er heerste een en al bedrijvigheid, het rook naar gebakken uien en gegrild vlees, en Anastasia zette haar telefoon uit om nieuwsgierig uit het raampje te kijken.

Ten slotte kwamen ze bij een ijzeren hek tussen eeuwenoude stenen zuilen. De oprijlaan daarachter was omzoomd door cipressen, als duistere wachters keurig in de houding; hoog daarboven, op de top van de heuvel, verhief zich het kasteel. Opnieuw hield Gracie haar adem in. Tussen de bomen door zag ze de lichten. In haar tijd was het niet zo uitbundig verlicht geweest.

'Ik heb honger,' zei Anastasia.

'Er staat vast al een groot bord spaghetti op je te wachten,' zei Carina. 'En ik zou wel een groot glas wijn lusten.' Bij die gedachte vrolijkte ze zichtbaar op. Gracie kon van pure emotie geen woord uitbrengen. Ze was volledig verkrampt en vroeg zich af hoe ze straks uit de auto moest komen. Ze voelde zich plotseling verlamd van angst.

Op de top van de heuvel gekomen boog de taxi af naar rechts en beschreef een halve cirkel alvorens tot stilstand te komen voor een indrukwekkende *portone*. Carina en Anastasia stapten uit, blij dat ze hun benen konden strekken en ongeduldig om naar binnen te gaan. Met haar handen om haar tas geklemd keek Gracie naar de jongeman die naar buiten kwam. Om hun bagage in ontvangst te nemen, veronderstelde ze. Van streek als ze was, verwachtte ze half en half iemand anders te zien. Ze schrok dan ook hevig toen haar portier onverwacht openzwaaide.

'*Ci siamo arrivati, signora.*' De taxichauffeur knikte haar vriendelijk toe.

Gracie riep zichzelf tot de orde. '*Grazie,*' zei ze zacht, en ze pakte zijn hand om zich uit de auto te laten helpen. '*Finalmente. Sono stanca morta.*'

'*Lei parla italiano!*' riep hij verrast uit.

'*Sì, un po.*'

Toen stond haar dochter naast haar. 'Alles goed, mam?' Carina voelde zich ineens schuldig omdat ze zich amper om haar moeder had bekommerd. 'Je zult wel moe zijn. Kom, dan gaan we naar binnen. Wat wil je? Eerst eten en dan naar onze kamer? Of eerst naar boven?'

'Eerst naar onze kamer.' Gracie had behoefte aan een moment alleen.

'Ik rammel van de honger,' verzuchtte Anastasia kreunend.

'Oma wil eerst naar haar kamer. Dus je moet nog even geduld hebben.'

Gracie was te geëmotioneerd om te zien dat haar kleindochter geïrriteerd met haar ogen rolde.

Ze liet zich door haar dochter de treden op helpen en naar binnen begeleiden. Het voelde ineens alsof ze tijdens de korte taxirit tien jaar ouder was geworden. Haar benen dreigden haar in de steek te laten, haar hart ging als een razende tekeer. Het kon niet gezond zijn om je zo op te winden.

In de hal was duidelijk te zien dat het kasteel niet echt een hotel was, maar dat het permanent werd bewoond; het was een huis, waarvan de inrichting de tand des tijds verried. Een receptiebalie ontbrak, er was geen lobby en de formele sfeer van een hotel ontbrak. In de hal hingen oude schilderijen in vergulde lijsten, de rode muren konden wel een verfje gebruiken, het antieke meubilair moest dringend in de was worden gezet. Toch straalde alles warmte en gastvrijheid uit. Op de plavuizen lag een enorme, bruine hond in diepe rust. De vrouw die naar hen toe kwam om hen te begroeten, moest over het harige beest heen stappen.

'U bent Mrs Burton?' vroeg ze in het Engels, met een zwaar Italiaans accent. Ze nam Gracies bevende hand allerhartelijkst tussen haar mollige vingers. 'Ik ben Ilaria, de dochter van Mamma Bernadetta, en ik heet u welkom in Castello Montefosco. Dan bent u Mrs Cavendish, en jij...' Ze keerde zich met een brede glimlach naar Anastasia. 'Jij bent miss

Cavendish.' Ze bruiste van energie en dat had, samen met haar sprankelende persoonlijkheid, een aanstekelijk effect op Carina en Anastasia.

'Zegt u alstublieft gewoon Carina. En dit is Gracie, mijn moeder. En Anastasia, mijn dochter.'

'Wat een mooie namen. Afijn, u zult wel trek hebben.' Ilaria lachte. 'Hier in het castello hebben we altijd honger. En er is meer dan genoeg te eten.' Ze gebaarde naar haar weelderige rondingen, samengeperst in een zwarte jurk. 'Dat kunt u wel zien. Ik heb een verrukkelijke pasta voor u gemaakt, volgens Mamma Bernadetta's speciale recept. Morgen zal ze u leren hoe u die moet klaarmaken. Maar nu zetten we u een feestmaal voor, dan slaapt u straks als een roos.'

Gracie was liever naar haar kamer gegaan, maar ze volgde Ilaria naar de eetzaal, in de ban van een groeiende nieuwsgierigheid en verwondering. Alles was nog precies zoals ze het zich herinnerde. Het rook ook nog precies als vroeger, naar lavendel en eeuwenoude stenen. Er lag zelfs lavendel op de vloer, waarvan de geur loskwam wanneer je eroverheen liep.

Ilaria ging hun voor naar een grote kamer met een hoog gewelfd plafond, twee paar openslaande deuren en een reusachtig wandtapijt dat de hele muur tegenover de deuren in beslag nam. De haard aan het eind van de kamer ging schuil achter een enorme ronde bak met rode geraniums, want in april werd de haard niet gestookt. Midden in de kamer stond een lange tafel, met daaraan een groepje gasten die genoten van hun wijn en van Mamma Bernadetta's pasta. Die moest wel verrukkelijk zijn, afgaande op de stilte waarin er werd gegeten.

'Blijf zitten, laat uw pasta niet koud worden.' Ilaria gebaarde neerwaarts met haar handen, om te voorkomen dat iedereen opstond. 'Dan stel ik u ondertussen voor aan Gracie, Carina en Anastasia. Ze zijn net uit Londen gearriveerd, en hun maag rammelt.' Ze trok een stoel naar achteren en gebaarde Gracie te gaan zitten. Carina voelde zich gesterkt door de flessen wijn op tafel, Anastasia door de knappe jongeman die tegenover haar zat en die haar belangstellend opnam. Ondertussen stelde Ilaria de rest van het gezelschap aan hen voor. Ze beschikte over een verbazingwekkend goed geheugen, en daar pronkte ze maar al te graag mee. ‘Deze charmante heer... is Rex Bryce.’ Ze legde haar handen op de schouders van een wat oudere heer, ongeveer van Gracies leeftijd. ‘Rex komt uit Californië. Daar woont hij op een prachtige ranch, met een eigen wijngaard. Volgens mij heeft hij een goede smaak, want hij heeft onze huiswijn zojuist het predicaat “uitmuntend” gegeven. En deze drie lieftallige dames komen uit Manchester.’ Ilaria liep naar de diepgebruinde, geblondeerde vrouw met lange, paarse kunstnagels die naast Rex zat. ‘Dit is Wendy Knowles. En hier hebben we Tiff Beale.’ Ilaria tikte de schouder aan van het meisje naast Wendy. Ze had kort kastanjebruin haar en op haar grijze T-shirt met V-hals stond in zilveren glitterletters WHATEVER. ‘En nummer drie is dit lieftallige wezentje met engelenhaar. Ze heet Brigitte Dunne, en noem haar vooral geen Bridget. Tenzij je een blauw oog wilt. En daar houden we hier niet van.’ Brigittes asblonde lokken vielen bijna tot haar smalle taille. Ze droeg een kort topje waarop net boven haar borsten een bij was geappliqueerd. Op haar onbedekte buik was af en toe een glimp van een navelpiercing te zien. ‘Ze laten hun man verhongeren, terwijl zij eten als een vorst. Maar de mannen kunnen gerust zijn. Ze worden straks dik en rond dankzij de verrukkelijke recepten die Wendy, Tiff en Brigitte bij Mamma Bernadetta gaan leren bereiden.’ Het drietal keek elkaar aan en schoot in de lach, met het gemak van mensen die vaak lachen, vooral om zichzelf. Ilaria was alweer verder gelopen en legde haar handen op de schouders van de jongeman tegenover Anastasia. ‘En deze charmante knapperd heet Alex. Hij is hier met zijn moeder. En met lichte tegenzin, heeft hij bekend. Zijn moeder, Lauren, zit daar...’ Ilaria wees haar aan, waarop Lauren gegeneerd glimlachte. ‘Zijn moeder zou eigenlijk met een vriendin gaan, maar die heeft haar op het laatste nippertje in de steek gelaten. En dus heeft Alex zich opgeworpen als redder in nood. Ze zijn Amerikaans, maar ze wonen in Londen. En last but not least hebben we hier de knappe Madeleine uit België. Haar man, die arme stakker, lijdt permanent honger omdat Madeleine niet kan koken. Daarom is ze hier. Om zo goed te leren koken dat ze haar man gelukkig kan maken. Nou, kindje, je kunt erop vertrouwen dat je man zielsgelukkig zal zijn als je straks weer thuis bent en alle recepten van Mamma Bernadetta voor hem kookt. Ik sluit een weddenschap met je. Als hij over twee weken nog hongerlijdt, als hij dan nog niet is aangekomen, krijg je je geld terug.' Iedereen begon te lachen. 'Jullie zijn allemaal keurig op tijd gearriveerd,' ging Ilaria verder. 'Ik heet jullie van harte welkom namens graaf Tancredi Bassanelli. We hopen dat jullie genieten van zijn huis en dat jullie doen alsof je thuis bent. Jullie mogen overal komen, behalve op de bovenste verdieping. Daar zijn de privévertrekken van de graaf. Dus eet smakelijk! En geniet! Eten en genieten, dat zijn de twee hoofdingrediënten voor jullie verblijf op het kasteel.'

Bij gebrek aan obers had Carina zichzelf al een glas wijn ingeschonken, en daardoor voelde ze zich op slag minder gespannen en stond ze open voor gezelligheid. Ze besloot geen pasta of brood te nemen, maar de salade oogde erg uitnodigend. Anastasia tastte gretig toe, en de pasta bracht haar op slag weer tot leven, als een verwelkte bloem die water heeft gekregen. Bescheiden en onopvallend als altijd nipte Gracie zwijgend van haar wijn en genoot van het eten, een klassieke pasta met tomaten en basilicum, maar veel smakelijker dan thuis in Engeland. Ondertussen luisterde ze naar de gesprekken rond de tafel.

De drie vriendinnen, Wendy, Tiff en Brigitte, waren erg druk en opgewonden. Gracie schatte hen begin dertig. Ze praatten onafgebroken en zonder enige terughoudendheid, aangemoedigd door de wijn, hun sigaretten – ze stonden regelmatig op van tafel om buiten op het terras te gaan roken – en door een gedeelde euforie. Met verrassende openheid vertelden ze over zichzelf, waarop de andere gasten door hun onweerstaanbare joie de vivre werden aangestoken. Rex, de wat oudere heer, was net zo zwijgzaam als Gracie en luisterde geamuseerd naar het gekwetter van de meisjes. Hij had een wijs gezicht, vond Gracie; een gezicht dat een geduldige, filosofische aard verried. Onder zijn kakikleurige safari-jack droeg hij een blauw overhemd met open boord. De kleur benadrukte die van zijn stralend blauwe ogen. De diepe kraaienpootjes op zijn slapen deden vermoeden dat hij een echt buitenmens was.

Madeleine kwam uit Vlaanderen. Ze was onmiskenbaar een schoonheid, met weelderige bruine lokken die tot op haar schouders vielen en een lief, open gezicht. Hoewel ze begin vijftig leek, vermoedde Gracie, te oordelen naar haar handen, dat ze wel tien jaar ouder was. De vastberaden lijn van haar kaak en haar krachtige gelaatstrekken duidden op een sterke persoonlijkheid, maar ze was zo hoffelijk zich op de achtergrond te houden en de jongere vrouwen het podium te gunnen. Met haar groene kattenogen sloeg ze hen gade, zichtbaar genietend van hun vrolijke gebabbel. Lauren was in gesprek geraakt met Carina. Gracie schatte dat ze niet alleen even oud waren, maar ook hetzelfde type. Ze werden vast goede vriendinnen, en Gracie zou het een opluchting vinden als Carina in Lauren een verwante geest had gevonden, waardoor de reis naar Italië alle inspanningen waard zou zijn. Alex, Laurens zoon, had slechts oog voor Anastasia, en dat verbaasde Gracie helemaal niet. Hij had warrig bruin haar en opvallende grijze ogen met een intelligente, heldere blik. Zou Anastasia hem ook leuk vinden? Ze leek te zeer verdiept in haar pasta om hem op te merken. Of misschien deed ze alleen maar alsof.

Het diner nam niet lang in beslag. Niemand had Gracie aangesproken, anders dan om haar welkom te heten. Daar was ze blij om. Ze wilde het liefst met rust worden gelaten, om in het reine te komen met herinneringen die ze jarenlang had verdrongen. Ilaria en de jongeman die hun bagage naar binnen had gebracht, begeleidden de gasten naar boven. Carina en Anastasia kregen een ruime kamer met twee bedden, met daarop quilts in vrolijke kleuren. De grote ramen waren voorzien van luiken.

Zodra ze weer alleen waren, belde Carina naar huis. 'We zijn er,' zei ze tegen Rufus terwijl ze zich op het bed liet ploffen. 'En de wifi is uitstekend, dus ik blijf gewoon bereikbaar. Wat een opluchting!' Anastasia maakte een selfie, met haar moeder op de achtergrond, en zette die op haar Facebookpagina: *Samen met mama op één kamer!* LOL

Gracie had de kamer naast hen. Het eerste wat ze deed, was de luiken opengooien. Leunend op de diepe vensterbank in de dikke muur sloot ze haar ogen en snoof de geuren van buiten op – gras, pijnbomen, lavendel. Ondanks de duisternis was de tuin nog een en al leven en bedrijvigheid, getuige het geritsel in de struiken en het luide, onafgebroken tjirpen van de krekels. Ze betrapte zich op het verlangen naar buiten te gaan, om op het gras te gaan liggen en naar de sterren te kijken.

Terwijl ze haar longen vulde met de zachte avondlucht, voelde ze een tinteling die zich door haar hele lichaam verspreidde, tot in haar tenen, tot in haar vingertoppen, alsof ze zich bewust werd van haar diepste kern, haar ware ik die door de jaren heen altijd dezelfde was gebleven, onaangetast door de tijd. Ze was alleen uiterlijk veranderd. Haar gezicht had rimpels gekregen, haar botten waren broos geworden, haar haar had zijn glans verloren. Maar vanbinnen was ze niet veranderd. Vanbinnen was ze nog dezelfde Gracie.

Toen Carina de volgende morgen wakker werd, scheen de zon stralend door de spleten in de houten luiken. Ze keek ernaar, naar de kleine stofdeeltjes die glinsterden in het warme licht. Ze boden een hypnotiserende aanblik, en het duurde even voordat ze besefte waar ze was.

Haar werk was het eerste waar ze aan dacht, en ze vroeg zich in paniek af of ze zich misschien had verslapen, of ze iets belangrijks had gemist. Toen schoot haar te binnen dat Italië een uur voorliep op Engeland. Dat gaf haar enige speling. Ze draaide zich om en pakte haar telefoon. Het was pas half negen. Met een zucht van verlichting keek ze weer naar de stofdeeltjes, opnieuw gehypnotiseerd door hun dans in het licht.

In het bed naast haar ontstond ook beweging. Net als alle tieners sliep Anastasia een gat in de dag als niemand haar wakker maakte. Er stond een kookles op het programma – het was niet wat Carina zich bij de ideale vakantie voorstelde; ze had liever in bikini aan een zwembad gelegen – dus ze liet zich uit bed glijden en deed de luiken open. Een koor van getjilp en gekwetter begroette haar. Zo luid, zo bruisend van leven dat het bijna niet echt leek. Het klonk als zo'n meditatietape die therapeuten tijdens een massage in een wellnesscentrum gebruikten. Toen ze de luiken nog verder openduwde, was het licht dat naar binnen stroomde zo verblindend dat ze haar ogen moest afschermen.

'Mam!' klonk het vanuit het bed achter haar. 'Ik sliep nog!'

Carina zei niets, betoverd als ze was door het mooiste uitzicht dat ze ooit had gezien. Waar ze ook keek, ze zag overal bloemen. Grote trossen bougainville, watervallen van roze en witte rozen, weelderige gardenia's. En wat rook het heerlijk! Hemels! Achter de cipressen en parasoldennen verhief zich een aaneenrijging van heuvels, lieflijke, fluwelige hellingen afgewisseld met weelderige valleien, bijna zo ver als het oog reikte, tot ze verdwenen in de nevelen van de ochtend. De aanblik van al die zuivere pracht deed iets met haar, beroerde haar diep vanbinnen. Met een zucht – een langgerekte, diepe zucht – legde Carina een hand op haar hart. Voor dat soort zuchten gunde ze zich in Londen niet de tijd, maar nu ademde ze diep in en hoorbaar weer uit. Totdat Anastasia haar geërgerd commandeerde de luiken weer dicht te doen.

Carina zei nog steeds niets, ze genoot alleen maar van het uitzicht, van het bouquet van geuren dat uit de tuin opsteeg. De zon voelde warm op haar huid en scheen tot in haar hart, waar het verlangen dat daarin was ontwaakt, steeds sterker werd. Wat had ze dit gemist! In de stad was alles grauw en vochtig. Zo anders dan hier, waar de zon scheen, de kleuren straalden, schoonheid alomtegenwoordig was. Ja, dat was wat ze het meest had gemist. Schoonheid! Terwijl ze daar stond, dacht ze niet aan kantoor, aan haar cliënten; ze dacht aan helemaal niets. Ze genoot slechts van de pracht en de luister die haar hadden betoverd en die tranen in haar ogen deden branden. En ze wenste dat er nooit een eind aan dit moment zou komen.

Ze stond nog steeds roerloos, zwijgend voor het raam, toen een slaperige Anastasia zich bij haar voegde. 'Ik heb honger,' klaagde ze. Toen keek ze naar buiten. 'Wow!' Ze was op slag klaarwakker. 'Die oma! Hoe wist ze dat?'

'Is het niet schitterend?'

'Kom, we gaan ontbijten,' drong Anastasia aan. 'Denk je dat ze pancakes hebben?'

6

Tegen de tijd dat Gracie bij hen aan de deur klopte, waren Carina en Anastasia klaar om naar beneden te gaan. Het ontging Carina niet dat haar moeder een blos op haar wangen had en dat haar ogen straalden. Voor het eerst zag ze hoe mooi en bijzonder Gracies ogen waren. Opgewekt en zichtbaar uitgerust leek ze in niets meer op de bleke, broze vrouw van de vorige dag.

'Heb je het uitzicht gezien?' vroeg ze aan haar dochter.

Carina glimlachte. 'Paradijselijk!' verklaarde ze gelukzalig.

Anastasia gaf haar moeder een por. 'Kom op, mam. Ik rammel van de honger.'

'Ik ook,' viel Gracie haar bij, en ze volgde haar dochter en kleindochter de gang door naar de trap, aangelokt door de geur van verse croissants die van beneden kwam.

Op de tafel waaraan ze de vorige avond hadden gedineerd, was een ontbijtbuffet opgezet. De dubbele deuren stonden open en gaven toegang tot een royaal terras, waar een deel van de gasten zich al aan een tafeltje had geïnstalleerd. Langs de balustrade bloeiden geraniums in aardewerken potten, rozen en jasmijn klommen in speelse verstrengeling langs de kasteelmuur omhoog. Toen Gracie en haar groepje naar buiten liepen, op zoek naar een tafeltje, bleek dat niet alleen zij door de schoonheid van Castello Montefosco waren betoverd. Madeleine, uit

België, keek stralend op van haar koffie en lachte haar oogverblindend witte tanden bloot. 'Is het geen schitterende ochtend?' vroeg ze in het Engels, met een accent dat Gracie een beetje aan dat van haar moeder deed denken. 'Ik voel me als herboren.'

Aan een van de andere tafeltjes smeerde Alex, de knappe jongeman die met zijn moeder was meegekomen, jam op zijn croissant. 'Ik kan het buffet van harte aanbevelen,' meldde hij opgewekt. 'Het is bijna te veel. En veel te lekker.' Hij schonk Anastasia een glimlach, die ze aarzelend beantwoordde. Hij leek haar ouder dan de jongens met wie ze doorgaans omging.

'Ga jij maar vast kijken wat er allemaal is,' moedigde Carina haar dochter aan.

Gracie zag dat Alex aarzelde om aan zijn croissant te beginnen, alsof hij overwoog met Anastasia mee te lopen. Maar uiteindelijk bleef hij toch zitten.

Toen Lauren naar buiten kwam met een kommetje fruit, glipte Gracie weg om een tafeltje te zoeken. Ook Lauren had de magische schoonheid van het castello niet onberoerd gelaten. Haar ogen straalden, haar glimlach verried een goede nachtrust, gevolgd door een zorgeloos ontwaken. 'Hoe heb jij geslapen?' vroeg ze aan Carina. 'Ik verrukkelijk! En zo diep. Ik kan me de laatste keer niet heugen dat ik zo ver weg was.'

'Ik ook verrukkelijk,' antwoordde Carina. 'Dat ziet er goed uit,' voegde ze eraan toe met een blik op Laurens ontbijt.

'Ilaria vertelde dat al het fruit en alle groenten afkomstig zijn uit eigen tuin. En dat ze ook hun eigen varkens en kippen fokken. Ze zei dat we zeker een kijkje moesten nemen in de kruidentuin en bij de beesten. Is het niet geweldig?'

'Ik vraag me af of ik de verleiding van al die koolhydraten kan blijven weerstaan.' Carina trok een lelijk gezicht.

'Je bent niet de enige,' viel Lauren haar bij.

'Maar samen staan we sterk!' verklaarde Carina vastberaden. Ze schoten allebei in de lach, en Carina was aangenaam verrast een geestverwant te hebben gevonden. Dat had ze niet verwacht. Integendeel. Ze had zich voorgesteld dat ze een week met saaie, aanzienlijk oudere mensen zou moeten optrekken.

Bij het tafeltje van Rex bleef ze even staan. Hij zat in zijn eentje te genieten van zijn koffie, en las het nieuws op zijn iPad. 'Ik wist niet wat ik meemaakte toen ik wakker werd!' zei hij glunderend. 'Ik dacht even dat ik in het paradijs was beland.'

'Maar het nieuws heeft je snel weer uit de droom geholpen.' Carina grijnsde.

'Je hebt gelijk.' Rex legde zijn iPad onmiddellijk weg. 'Ik zet hem hier niet meer aan.' Zijn blik ging naar de heuvels, en hij slaakte een diepe zucht, alsof hij daarmee alles wat hij net had gelezen kon verdrijven. 'Ik sluit de wereld buiten en ga alleen nog maar genieten van het uitzicht. Is het niet schitterend!'

Carina had hem de vorige avond nauwelijks opgemerkt, maar hij was onmiskenbaar een knappe verschijning, met zijn dikke bos zilvergrijs haar en zijn brede, open gezicht. De diepe lachrimpels die uitwaaierden vanaf zijn ooghoeken maakten hem alleen maar aantrekkelijker, zijn ogen waren opvallend, stralend blauw. In gedachten zag ze hem over zijn ranch galopperen; een beeld dat hem een Paul Newmanachtige glamour verleende. In zijn jonge jaren had hij ongetwijfeld menig vrouwenhart sneller doen kloppen.

Haar moeder had inmiddels een tafeltje gevonden, zag ze, en genoot zichtbaar van het uitzicht. Carina ging bij haar zitten. Toen de jongeman die hun bagage naar de kamer had gebracht kwam vragen wat ze wilden drinken, bestelde Carina een dubbele espresso en Gracie thee met melk. Hij heette Carlo, vertelde Anastasia, die met een bord vol verse broodjes terugkwam van het buffet. 'Het castello is een familiebedrijf.' Ze ging zitten en legde de telefoon naast haar bord.

'Maar waar is de graaf?' vroeg Carina, die uit hoofde van haar werk altijd alert was op het leggen van nuttige contacten.

Gracie sloeg haar ogen neer.

'Ik zal eens aan Ilaria vragen wanneer we hem te zien krijgen,' vervolgde Carina. 'Hij zal zijn gasten toch willen verwelkomen, neem ik aan.'

Op dat moment kwamen het drietal uit Manchester proestend en druk kwetterend het terras op lopen. 'Ze zijn dronken van schoonheid,' zei Gracie.

Carina schoot in de lach. 'Volgens mij zijn we dat allemaal.'

Anastasia grijnsde. Zo kende ze haar moeder niet. Zo vrolijk en zorgeloos.

Tijdens het ontbijt maakte ze foto's en zette die op Facebook. Carina verstuurde wat e-mails. En Gracie genoot slechts van het uitzicht, in het besef dat ze nergens op de hele wereld liever wilde zijn dan hier.

Na het ontbijt verzamelde de groep zich in de keuken, waar Mamma Bernadetta al klaarstond. De middeleeuwse ruimte was voor de kookschool voorzien van de nieuwste snufjes. Op het grote werkeiland in het midden, met een witmarmeren blad, lagen tien klemborden met papier, tien potloden en tien witte schorten waarop in rode letters MAMMA BERNADETTA CORSO DI CUCINA was geborduurd. Rond het eiland stonden tien witte krukken.

Anastasia deed haar schort onmiddellijk voor, bond haar haar in een paardenstaart en ging op een kruk zitten, met haar telefoon in de hand. Carina stond nog buiten met de hare, in gesprek met haar assistente. Gracie nam de kruk naast haar kleindochter. Terwijl ook alle anderen een plekje zochten, koos Rex de kruk naast Gracie. Ze schonk hem een vluchtige glimlach. 'Wat leuk, hè?' zei hij opgewekt. 'En wat een bijzonder stel, die twee. Zulke vrouwen kom je niet elke dag tegen.'

Gracie keek naar Ilaria, die in gesprek was met een kleine, mollige dame in een zwarte jurk. Dat moest haar moeder zijn, Mamma Bernadetta. Haar zwarte kousen rimpelden rond haar dikke enkels, haar voeten staken in oude, leren veterschoenen. Zonder de pretlichtjes in haar donkerbruine ogen zou ze met haar strakke, grijze knotje een strenge aanblik hebben geboden. 'Zo horen Italiaanse vrouwen te zijn,' antwoordde Gracie. 'Warm en rijp als zondoorstoofde olijven.'

Rex schoot in de lach en nam haar nieuwsgierig op, alsof ze hem nu pas opviel. 'Je hebt gelijk.' Hij knikte enthousiast. 'Dat is de perfecte omschrijving.'

'Goedemorgen allemaal!' heette Ilaria hen welkom, waarop alle gesprekken stilvielen. Carina sloop stilletjes naar binnen en ging op de enige kruk zitten die nog vrij was, naast Lauren. 'Mag ik jullie voorstellen aan mijn moeder? Mamma Bernadetta.' De oude dame knikte, maar haar gezicht bleef ernstig. Ze was verlegen, besefte Gracie. Toen Mamma Bernadetta zich naar haar dochter keerde, verzachtte de uitdrukking op haar gezicht.

'Mijn moeder mag dan geen Engels spreken,' vervolgde Ilaria, 'maar het zal jullie verbazen hoe snel ze het in de gaten heeft als ik iets zeg wat haar niet bevalt. Let maar eens op. Magnetron...'

Het gezicht van Mamma Bernadetta kwam op slag tot leven. Ze sloeg met haar rechterhand op haar linkerbovenarm en hief in een gebaar van woede haar linkerhand. Ondertussen mompelde ze iets wat niemand verstond. Behalve Gracie. Ze schoot in de lach, waarop de blik van Mamma Bernadetta met een vluchtige glimlach de hare kruiste.

'Hoe dan ook, Mamma kookt, ik geef toelichting, en jullie schrijven op wat je belangrijk vindt. Ze kookt volgens haar eigen receptuur. Haar recepten staan niet in een kookboek, ze heeft ze verrijkt met haar eigen geheime ingrediënten en technieken, en ze gebruikt ze al sinds ze een klein meisje was. Omdat ze haar ingrediënten nooit precies afweegt, moeten we goed in de gaten houden wat ze doet, zodat jullie de juiste hoeveelheden kunnen noteren. Mamma Bernadetta kookt op gevoel, maar dat kunnen jullie niet meenemen, net zomin als haar handen.'

Iedereen schoot in de lach. Ilaria's humor en opgewektheid waren aanstekelijk.

'We gaan elke dag een driegangenlunch koken. Voorgerecht, hoofdgerecht, dessert. Een feestmaal, waar jullie vervolgens van gaan genieten. Als het om eten en wijn gaat, leggen we onszelf geen beperkingen op. Het is onze opdracht van het leven te genieten en er alles uit te halen wat erin zit. Wie aan tafel niet geniet, weet ook niet wat het is om te genieten van het leven.'

Dat laatste was Carina niet met haar eens, en ze nam zich voor heel langzaam te eten en vooral niet te veel op te scheppen. Want ze wilde aan het eind van de week niet net zo rond en welgevuld zijn als Ilaria en Mamma Bernadetta.

En zo begon de les. Terwijl Mamma Bernadetta een tomaten-basilicumsaus maakte, leverde Ilaria op vermakelijke wijze het begeleidende commentaar. 'Tomaten in olie... dat klinkt als een huwelijk... als puur geluk,' verklaarde ze euforisch. 'Doe er rijpe kerstomaatjes bij voor een wat zoetere smaak, maar stoor ze niet door te gaan roeren. Geef ze rustig de tijd om elkaar te leren kennen. Ze zijn op huwelijksreis.' Ze grijnsde breed toen ze zag dat haar grapjes werden gewaardeerd. Gracie maakte aantekeningen. Carina luisterde. Anastasia zat poppetjes te tekenen.

Ilaria vertelde haar gasten dat alles wat ze in het castello te eten kregen, afkomstig was uit eigen tuin. 'Zelfs de wijn,' zei ze grijnzend, met een knipoog voor Rex. 'We maken hier onze eigen wijn en die is verrukkelijk. Neem in de pauze een kijkje in de tuinen en geniet. Wat we hier hebben, is niet zomaar een kookschool. Het is ook een school voor de ziel. Wanneer je de schoonheid van alles om je heen een kans geeft, verrijkt dat de ziel.'

Anastasia keek op van haar gekrabbel en zag dat Ilaria's blik direct op háár was gericht.

In het half uurtje dat ze pauze hadden nam Carina de gelegenheid te baat om zich met een kop koffie terug te trekken op een schaduwrijk plekje en wat telefoontjes af te handelen. Anastasia ging, tot haar eigen verrassing, met haar oma op stap. Ze kende haar nauwelijks, maar door het feit dat Gracie deze schitterende plek had uitgekozen, was ze in de achting van haar kleindochter gestegen. Het kasteel was romantisch, het weer schitterend, en de aanwezigheid van Alex betekende een kans om wat te flirten. Kortom, Anastasia was volmaakt tevreden. Toen haar oma voorstelde om bij de beesten te gaan kijken, viel Anastasia haar enthousiast bij.

'Ik ben benieuwd naar de varkens! En ik wil wat foto's posten op Facebook.'

Gracie had geen idee wat dat betekende, dus ze onthield zich van commentaar. Samen liepen ze over een smal slingerpaadje dat tussen hoge, wilde grassen naar de moestuin leidde. Olijfbomen ritselden in de zachte bries, de zon deed de grijze bladeren oplichten en maakte met zijn warme stralen de geuren los van rozemarijn, tijm en salie. De perken waren gevuld met keurige rijen sla, radijsjes en andere groenten. Vlinders fladderden boven de lavendel, dikke bijen vlogen tuimelend van bloem naar bloem, dronken van schoonheid – net als zij. Het vervulde Gracie met een intens geluksgevoel.

Ten slotte kwamen ze bij de dieren. Er waren kippen, ganzen en ook een enorme kalkoen. Bij het zien van de varkens klapte Anastasia in haar handen. 'O, oma! Kijk dan! Wat zijn ze cool!' Zonder een zweem van angst liep ze het hok in en begon ze de beesten te aaien. Wat een brave, goeiige varkens, mijmerde Gracie, in aanmerking genomen dat ze uiteindelijk in de pan zouden belanden. Met haar armen op de omheining keek ze naar haar kleindochter, die van een nukkige puber abrupt was veranderd in een stralende jonge vrouw. 'Deze noem ik Gus,' verkondigde Anastasia, waarop Gus instemmend knorde. 'En dit kleintje heet Snuff. En die grote daar... die zo gewichtig doet... dat is Chef. Zeg, Chef, wegwezen! Mijn slippers zijn niet om op te eten!' Ze ging zo op in haar spel dat ze geen oog had voor de jongeman die een eindje verderop de konijnenhokken schoonmaakte en die haar onopvallend gadesloeg. Gracie zag hem wel. *Wat is hij knap. Hij lijkt wel een filmster.*

'Uw kleindochter is me vóór,' klonk een stem naast haar. Gracie draaide zich om. Het was de boomlange Alex. Anastasia keek grijnzend op. 'Gelukkig maar dat ze jou niet opeten,' grapte hij.

'Zijn ze niet schattig? Je kunt ze gewoon aaien. Kom ook in het hok. Ze doen niks.'

Dat liet Alex zich geen twee keer zeggen. Hij sprong met het gemak van een atleet over het hek, waarna Anastasia hem voorstelde aan wat ze inmiddels als háár varkens beschouwde.

Misschien kon ze de jongelui maar beter alleen laten, bedacht Gracie. Ze zaten vast niet op haar te wachten. Dus ze maakte al aanstalten om verder te lopen, toen de stem van Anastasia haar staande hield.

'Oma, wat denkt u? Zou mama het goedvinden als ik een varkentje nam?'

'Vast wel. Maar kleine varkens worden groot. En ik denk niet dat je moeder daar gelukkig mee zou zijn.' Gracie wilde opnieuw verder lopen.

'Ik wou dat we buiten woonden. Dan kon ik een varkentje nemen.'

'En een konijn dan?' Alex zette koers in de richting van de hokken.

'Kom, oma. We hebben de konijnen nog niet gezien!'

Gracie voelde zich gevleid dat Anastasia haar gezelschap blijkbaar waardeerde. Ze liep om het varkenshok heen naar de konijnen, die vrij rondhupten op een stuk gras, omheind met gaas. Alex en Anastasia stapten over de omheining, lieten zich op hun hurken zakken en begonnen de diertjes aan te halen. De jongeman die de hokken schoonmaakte sloeg hen enigszins mokkend gade, maar Anastasia had hem nog steeds niet in de gaten.

Ze voelde zich steeds beter op haar gemak in het gezelschap van Alex. Nu ze, dankzij de dieren, iets hadden om over te praten, verdween haar verlegenheid als sneeuw voor de zon. Maar ze vond het ook prettig dat haar oma erbij was. Alleen met Alex zou ze zich toch niet zo vrij hebben gevoeld. Dankzij Gracies aanwezigheid had ze meer zelfvertrouwen.

'Ik had niet verwacht dat ik hier iemand van mijn eigen leeftijd zou treffen.' Alex grijnsde. 'Zo'n kookcursus leek me echt iets voor oude mensen. Zoals mijn moeder.'

'Of zoals mijn oma,' mompelde Anastasia zachtjes.

'Dat ík hier ben, is omdat die vriendin van mijn moeder het liet afweten. Hoe ben jij hier terechtgekomen?'

'Mijn moeder wilde niet dat oma alleen ging. En toen moest ze mij ook wel meenemen. Maar ze was liever niet gegaan. Mijn moeder is een workaholic. Ik ben enig kind. En ik ben haar tot last.' Ze genoot van het medeleven dat ze in zijn ogen las. 'In de vakantie word ik doorgaans ergens gedumpt, want mijn moeder moet altijd werken. Of mijn vader zorgt voor me. Hij beschouwt me niet als een last.'

'Wat goed dat jullie dan nu een week samen zijn, je moeder en jij.'

'Want?' vroeg Anastasia met een blik vol afschuw. 'Omdat we door die kookcursus een band krijgen? Ik dacht het niet!'

'Ach, je weet niet hoe het loopt. Dit is echt een bijzondere plek, met een bijzondere sfeer. Dat doet iets met mensen. Daardoor leer je oog te hebben voor de dingen die echt belangrijk zijn.'

'Zoals?'

'Vrienden, familie...' Hij glimlachte ondeugend. 'Eten!'

'Mijn moeder houdt niet van eten.'

'Wat jammer! Lekker eten, daar kan weinig tegenop! Je moeder mist wat als ze daar niks om geeft.'

'Daar heb ik geen last van,' verklaarde Anastasia met een grijns.

'Ik ook niet.'

Gracie was verrast toen Rex opnieuw een praatje met haar aanknoopte. Hij was aan de achterkant van het kasteel op een ronde, middeleeuwse toren gestuit en deed opgewonden verslag van zijn ontdekking. De toren stond op een heuveltje binnen de kasteelmuren. Zonder de reusachtige ceder daarachter zou de toren een spectaculair uitzicht bieden op de vallei. 'Ik ben zo vrij geweest om er een kijkje te nemen.' Hij dempte zijn stem. 'Ik wist niet of dat mocht, maar er was niemand die me tegenhield. Dus ik ben stilletjes naar binnen geglipt. Tot mijn verrassing kwam ik in een schildersatelier. Ik wist niet dat de graaf een kunstenaar was. Een begenadigd schilder!'

Gracie kon niet zeggen dat ze de toren maar al te goed kende. Dat haar hart sneller begon te slaan alleen al bij het noemen ervan. Dus ze glimlachte vrijblijvend, waardoor Rex zich aangemoedigd voelde om zijn verslag te vervolgen. 'Ik ga na de lunch op verkenning uit.' Hij knipoogde, als om haar deelgenoot te maken van zijn geheime plannen. 'Tenslotte moeten we doen alsof we thuis zijn. Dat zei Ilaria.'

'Zo is het maar net.' Gracie wilde ook dolgraag op verkenning uit, maar ze vroeg zich af of ze dat niet liever in haar eentje zou doen. Italië had een merkwaardig effect op haar. Ondanks haar leeftijd voelde ze zich ineens weer jong. De jaren mochten dan uiterlijk hun sporen hebben nagelaten, diep vanbinnen begon het meisje dat ze ooit was geweest, weer te ontwaken.

Eindelijk was het tijd voor de lunch. Het duizelde Anastasia van de honger. Ze ging tussen Alex en Gracie zitten. Haar moeder zat tegenover haar, naast Lauren. Die twee hadden elkaar gevonden dankzij hun eetpatroon. Anastasia begreep niet hoe ze al dat heerlijks konden versmaden. Anders dan Wendy, Tiff, Brigitte en Madeleine, die zich het brood met olijfolie goed lieten smaken.

Maar toen gebeurde er iets. Een klein wonder. Ilaria zag dat Carina geen pasta had opgeschept. 'In het castello beginnen we altijd met pasta,' had ze eerder verteld. En het was duidelijk dat ze het niet accepteerde wanneer iemand een gang oversloeg. Ze liep naar Carina en boog zich over haar schouder. 'Waarom eet je geen spaghetti?' Ze vroeg het heel zacht, maar iedereen hoorde het en het werd stil rond de tafel.

'Ik kan niet zo goed tegen koolhydraten,' antwoordde Carina blozend.

'Onzin. Koolhydraten zijn goed voor je. Voor iedereen. Je leeft maar half als je een complete voedingsgroep vermijdt. En wie maar half leeft, is ook maar een half mens. Dat wil je niet, maar een half mens zijn. Dan kon ik je in mijn holle kies stoppen zonder dat iemand het merkte.' Gelach verdreef de ongemakkelijke stilte. Carina's blos werd nog vuriger. ‘Italië is het land van de overvloed. Dus laat je gaan! Hou je niet in! Geniet van de rijkdom aan smaken. Geef ze de ruimte om je te veranderen. Om je mee te voeren naar het paradijs. Geef het in elk geval een kans. Al is het maar voor Mamma Bernadetta.’

Met alle ogen op zich gericht kon Carina niet langer weigeren. Bovendien was Ilaria erg overtuigend. Het leek ineens idioot om in zo’n schitterende omgeving te zijn, om de verrukkelijkste gerechten te leren bereiden, en ze dan niet te willen eten. Aarzelend schepte Carina wat spaghetti op haar bord. De geur van knoflook deed haar het water in de mond lopen. En bij de eerste hap betekende de saus een ware smaakexplosie, die haar een bijna obsceen gevoel van gelukzaligheid bezorgde. Ze gaf zich volledig over aan het genot, dat haar smaak weer tot leven wekte die door jaren van onthouding, van saai, eentonig eten was afgestompt. Euforie nam bezit van haar; euforie en verbijstering, want ze zou het wel willen uitschateren.

‘Verrukkelijk, *no*?’ Het ontging Ilaria niet dat Carina bloosde van genot. ‘Pasta is niet slecht voor je. De heerlijke smaken wekken het lichaam tot leven. God heeft Italië het beste klimaat gegeven, het lekkerste eten, de mooiste kunst en architectuur, en een volk dat net zo warm en ruimhartig is als de zon. Dus geniet van Zijn overvloed.’ Haar ogen glinsterden schalks terwijl ze haar blik over de geamuseerde gezichten van haar gasten liet gaan. ‘Over corrupte politici zullen we het maar niet hebben. Die zijn geen geschenk van God. Daar zijn we zelf verantwoordelijk voor, en wat hebben we er een puinhoop van gemaakt! Dus ik zou zeggen: eet, drink en geniet. Dan kun je daarna een dutje doen in de zon. Dat is ook goed voor het lichaam.’

‘O, Lauren, dit móét je proeven!’ fluisterde Carina, toen Lauren aarzelend haar vork in de spaghetti stak. ‘Ik word hier moddervet. Dat weet ik zeker.’ Ze schoot in de lach. Het geluid kwam van heel diep vanbinnen en verraste niet alleen haarzelf. Gracie en Anastasia keken elkaar ongelovig aan. ‘Maar het kan me niets schelen!’ verklaarde Carina onbekommerd.

Lauren stak een hap in haar mond en ervoer dezelfde explosie van genot. Ze sloot kreunend haar ogen, alsof ze net als Carina heimelijk had verlangd naar iemand die haar verbood zichzelf nog langer van alles te ontzeggen.

Ilaria glimlachte tevreden. Het was telkens weer een vreugde om te zien hoe haar leerlingen hun oude huid aflegden en aan de geleidelijke, onvermijdelijke metamorfose begonnen die het unieke geschenk vormde dat Castello Montefosco zijn gasten meegaf.

Na de lunch besloten Wendy, Tiff en Brigitte te gaan zonnen op het boventerras. Gekleed in minuscule bikini's smeerden ze zich in met zonnebrandcrème en installeerden ze zich op een ligstoel, om te roken en te roddelen tot de wijn hun oogleden zwaar maakte en ze wegsoesden.

Rex nodigde Gracie uit om samen het terrein van het kasteel te verkennen, en ze vond dat ze zijn uitnodiging niet kon weigeren. Lauren en Madeleine gingen met een kop koffie op een van de lagergelegen terrassen zitten, terwijl Alex en Anastasia koers zetten naar het zwembad.

Carina zette haar telefoon uit. Het eten van een bord pasta had een merkwaardig domino-effect tot gevolg gehad, waaraan ook haar telefoon niet ontsnapte. Ze zette hem niet alleen uit, ze bracht hem naar haar kamer en ging zonder telefoon weer naar beneden. Dat was iets wat ze nog nooit had gedaan. Althans, niet vrijwillig. Bij de zeldzame gelegenheden dat haar telefoon zoek of kapot was geweest, was ze onveranderlijk in paniek geraakt. In dit geval kostte het haar wel moeite er afstand van te nemen, maar de uitdaging was niet zo groot als ze had verwacht. Integendeel. Ze ontleende er een verrukkelijk gevoel van vrijheid aan. Een ondeugend soort bevrediging. Ze trok de deur haastig achter zich dicht, voordat ze van gedachten veranderde.

Eenmaal buiten liep ze het pad af, niet naar de moestuin maar naar de olijfbomen en de wijngaard. Alleen. Zo alleen als ze dat in geen jaren was geweest. En het bezorgde haar een intens geluksgevoel. Zonder de afleiding van haar telefoon was het alsof ze de schoonheid om zich heen nu pas ten volle ervoer. Ze snoof de zoete, zware geuren op, luisterde naar het tjirpen van krekels, het gekwetter van de vogels, voelde de zon op haar gezicht. Euforie vervulde haar, alle druk en spanning smolt weg als een ijsje in de zon, een gevoel van zorgeloosheid nam bezit van haar. Ze was gelukkig! Zo gelukkig dat ze in het gras ging zitten om optimaal van dat verrukkelijke gevoel te genieten. In haar euforie gaf ze haar verbeelding de vrije teugel en stelde ze zich voor dat ze het hectische bestaan in Londen achter zich liet, om het te verruilen voor een leven tussen de parasoldennen en de olijfgaarden. Een simpel bestaan van dagen die eindeloos leken te duren, een bestaan waarin het verstrijken van de tijd slechts merkbaar was door de trage voortgang van de zon langs de hemel. Het geluksgevoel plaatste alles in een ander perspectief, zoals de blauwe hemel plotseling zichtbaar wordt wanneer de wolken uiteenwijken. Wat had ze al die jaren zo koortsachtig nagejaagd? Wat was er zo belangrijk geweest waardoor ze geen oog had gehad voor wat er werkelijk toe deed? Ze had zich zo volledig in beslag laten nemen door haar werk, haar cliënten, haar projecten, haar netwerken, dat ze haar gezin had verwaarloosd. En niet alleen haar gezin, ook haar moeder. Ze begreep niet hoe het had kunnen gebeuren, maar het vervulde haar met schaamte. De zachte lieflijkheid van het Toscaanse landschap deed haar beseffen hoezeer ze was verhard. Maar zo wilde ze niet zijn. Ze wilde het niet altijd druk hebben, ze wilde niet geobsedeerd zijn door haar werk, met als gevolg dat ze de simpele genoegens van het leven, zoals een bord spaghetti bolognese, uit het oog verloor.

Terwijl ze daar zat, in het gras op de helling, sloot Carina een overeenkomst met zichzelf. Een overeenkomst die onmiddellijk, ter plekke van kracht werd. Ze zou een e-mail sturen naar kantoor met de opdracht dat ze tot haar terugkeer niet gestoord mocht worden. Ze zou haar telefoon uitzetten. Helemaal uit. De gedachte bezorgde haar een huivering van ondeugende opwinding, alsof ze een schoolmeisje was dat de regels aan haar laars lapte. Maar ze was geen schoolmeisje! Ze was eigen baas, ze stelde zelf de regels op, ze kon doen wat ze wilde. Diep inademend voelde ze het laatste restje spanning wegebben. Op een pad in de verte ontdekte ze een paar oude mannen te paard. Hun vredige, ongehaaste aanblik ontlokte haar een zucht van verlangen. Londen leek ineens heel ver weg.

Rex had Gracie zo hoffelijk en galant meegevraagd dat het onbeleefd zou zijn geweest hem te weigeren. Bovendien voelde ze zich gevleid. Ze was het niet gewend dat onbekenden haar opmerkten, laat staan dat ze moeite voor haar deden. Dus ze ging met hem mee op onderzoek uit, waarmee ze gehoor gaf aan de onweerstaanbare lokroep van de nostalgie.

Aan de westkant van het kasteel lagen diverse terrassen, over de hele breedte van de eeuwenoude muren. Op het eerste terras stond een lange tafel onder een houten baldakijn waarlangs zich wijnranken slingerden. De druiven werden al zichtbaar. Gracie herinnerde zich diezelfde tafel vol mensen. Ze herinnerde zich de schalen met prosciutto en pecorino. Ze herinnerde zich de wijn, de vrolijke stemmen, de gesprekken in het Italiaans en hoeveel moeite ze aanvankelijk had moeten doen om ze te volgen. Ze schudde haar hoofd om de herinneringen te verjagen en volgde Rex naar het tweede terras, tegenover een halfronde lage muur met kantelen. Het drietal uit Manchester was inmiddels ingedommeld. Gracie legde een hand op haar hart en beklom de brede treden achter de schone slaapsters. Aan haar rechterhand lag een kapel, aan haar linker- een zijdeur die toegang gaf tot het kasteel. Om precies te zijn tot de bibliotheek. Gracie kon de koelte in de donkere ruimte nog altijd voelen. Maar het ging Rex niet om het inwendige van het kasteel. Hij klom verder en volgde de terrassen naar de achterkant, naar waar zich op een lage heuvel de middeleeuwse toren verhief.

Gracies adem stokte, ze kreeg een brok in haar keel. De toren leek op te doemen als een relikwie uit het verleden. 'Ik ben ineens een beetje moe. Dus het lijkt me beter als ik even ga liggen,' zei ze toen Rex in de richting van de toren begon te lopen.

'Meen je dat nou?' Hij klonk teleurgesteld. 'Je zou die toren echt moeten zien. Hij is prachtig,' zei hij in een poging haar tot andere gedachten te brengen.

'Het spijt me. Je neemt het me toch niet kwalijk?'

'Natuurlijk niet. Ik vind het alleen jammer. Maar morgen is er weer een dag. Ga maar lekker even liggen.' Hij hief zijn hoed. 'Ik ben ook een beetje slaperig van het eten en de wijn. Maar op mijn leeftijd begint de tijd te dringen. Ik wil alles uit het leven halen.' Hij grinnikte en zette met een verontschuldigende glimlach zijn hoed weer op. 'Pas in de herfst van je leven besef je hoe kostbaar de tijd is.'

Gracie was het roerend met hem eens, maar ze kon geen woord uitbrengen.

Op dat moment keek Rex omhoog, naar iets wat zich achter haar bevond. 'Goedemiddag!' riep hij luid.

Gracie draaide zich om, benieuwd tegen wie hij het had. Maar nog voordat ze het goed en wel besefte, wist ze door het verkrampen van haar maag dat hij het was. Hun gastheer. Graaf Tancredi Bassanelli. Ze keek naar hem op. Hij stond op zijn balkon en hief groetend zijn hand.

Rex nam opnieuw zijn hoed af, en Gracie bevroor. Ze stond als aan de grond genageld, niet in staat iets te zeggen, verlamd door angst en verlangen. Tancredi was een oude man geworden, maar voor haar was hij nog niets veranderd. Zijn golvende, donkerbruine haar was doorschoten met grijs, maar het krulde net als vroeger in zijn nek en rond zijn oren. En hij had het nog net als vroeger naar achteren gekamd, zodat het zijn brede voorhoofd vrijliet. Hij droeg een blauw overhemd, de boord stond open, hij had een bijpassende sjaal losjes om zijn hals gebonden. Gracie herinnerde zich hoe zwierig en modieus hij er altijd had uitgezien. En overweldigd door een lawine van herinneringen rook ze weer zijn geur, wist ze weer hoe hij voelde, hoorde ze weer zijn stem. Maar hij deed niets waaruit bleek dat hij zich háár ook herinnerde. De glimlach waarmee hij op haar neerkeek, was beleefd maar onpersoonlijk. Er was geen zweem van herkenning op zijn gezicht te bespeuren. Zo groot was de afstand niet. Hij moest haar duidelijk kunnen zien, maar ze voelde zich onzichtbaar.

Het moment leek een eeuwigheid te duren, en ze voelde zich ten diepste bezeerd dat hij haar niet herkende. Ten slotte verdween Tancredi weer naar binnen. Rex mompelde iets – wat charmant dat de kasteelheer naar hen had gewuifd – maar Gracie hoorde het amper. Haar hart bonsde in haar oren en overstemde alles, behalve haar verdriet. Ze moest weg, ze moest alleen zijn, als een hond die zich onder een struik verstopt om zijn wonden te likken.

Om te voorkomen dat iemand haar zag, glipte ze door de achterdeur naar binnen. Met lood in haar schoenen beklom ze de trap en sleepte ze zich door de donkere gangen naar haar kamer, vechtend tegen haar tranen. Eenmaal in haar kamer liet ze zich op het bed vallen en gaf ze zich over aan haar verdriet, dat als een tornado door haar heen raasde. Hoe was het mogelijk dat een man die zo zielsveel van haar had gehouden, haar niet meer herkende? Waren zijn gevoelens dan wel oprecht geweest? Voor haar was hij nog altijd de liefde van haar leven, maar misschien was zij voor hem slechts een van velen. Terugkijkend op het verleden zocht ze naar aanwijzingen, naar bewijzen waaruit bleek dat ze zich niet in hem, in zijn liefde had vergist.

Hij had van haar gehouden. Dat wist ze zeker. Als dat niet zo was, dan had ze meer dan veertig jaar een illusie gekoesterd.

7

Italië, 1955

Als Gracie had verwacht dat haar in Italië een leven vol glamour wachtte, dan kwam ze bedrogen uit. Rutger liet haar vooral keihard werken. Er was zo veel wat ze moest leren, te beginnen met de geschiedenis van de kunst. Daarbij gingen ze helemaal terug tot de oude Grieken. Met de boeken die Rutger haar gaf, ging Gracie in een hoekje van het atelier zitten. Zodra ze het gevoel had dat ze de stof beheerste, werd ze door Rutger overhoord. Hij was een harde leermeester. Ondanks zijn vriendelijke gezicht, ondanks de pretlichtjes in zijn ogen had Gracie al snel in de gaten dat hij hoge eisen stelde en slechts genoegen nam met het hoogst haalbare.

Op haar school in Londen had Gracie de lessen weinig inspirerend gevonden en gedacht dat ze niet bijster slim was. Maar bij Rutger ontdekte ze dat ze veel intelligenter was dan ze altijd had aangenomen. Het kostte haar verrassend weinig moeite om zich de geschiedenis van de kunst eigen te maken, en bij alles wat ze leerde, groeide haar belangstelling, haar nieuwsgierigheid. Ze had schilderen altijd al heerlijk gevonden, maar de verf en de penselen waarmee ze thuis had gewerkt, waren niet te vergelijken met het materiaal dat haar in het atelier van oom Hans ter beschikking stond. In het zonlicht dat door de grote ramen naar binnen viel, begeleid door het koeren van de duiven op het dak, kopieerde ze schilderijen terwijl Rutger restaureerde. Ze genoot van de geconcentreerde werksfeer, van de serene rust, van de bevrediging die de waardering van haar leermeester haar schonk.

Oom Hans hield haar vorderingen ook nauwlettend in de gaten. Wanneer Rutger en hij met elkaar overlegden, spraken ze doorgaans Nederlands, maar ook al kon Gracie het niet verstaan, als haar oom tevreden was, dan zag ze dat aan zijn gezicht. En dan glimlachte hij op een manier die haar hart deed zingen. Hij inspecteerde haar werk nauwkeurig, hield het naar het licht en bekeek haar penseelstreken door een vergrootglas. Daarbij was ze zich bewust van een verborgen motivatie, van een interesse waaruit bleek dat hij iets in haar zag waarvan zij zich geen voorstelling kon maken. Misschien vermoedde hij in haar een talent dat hij gretig probeerde te ontwikkelen, om er vervolgens gebruik van te kunnen maken. Gracie deed haar uiterste best om zijn goedkeuring te verdienen. Ooit wilde ze net zo'n goede restaurateur worden als Rutger. En het laatste wat ze wilde, was dat haar oom er spijt van zou krijgen dat hij haar onder zijn hoede had genomen. Dus ze werkte hard en consciëntieus, en zijn lovende woorden waren haar beloning.

Wanneer oom Hans niet aan het werk was in zijn atelier – daar verstopte hij zich soms weken achtereen en dan kwam hij alleen maar tevoorschijn om te eten en te slapen – was hij vaak langdurig op reis. Bij terugkeer had hij nieuwe opdrachten bij zich: schilderijen die moesten worden gerestaureerd of verkocht. Gracie was altijd weer benieuwd naar wat hij had verzameld. Bovendien had elk schilderij zijn eigen verhaal – een weduwe op leeftijd die nooit had geweten dat ze jarenlang een kostbaar werk aan de muur had gehad; een jonge zakenman die financieel in zwaar weer was beland en een erfstuk moest verkopen om zijn schulden te betalen; een onopmerkelijk schilderij dat oom Hans op een plattelandsveiling had gekocht en dat een werk van een grote meester bleek te zijn toen Rutger ermee aan de slag ging. Oom Hans had altijd de mooiste verhalen, en Gracie vond het heerlijk om ernaar te luisteren. Rutger schudde slechts zijn hoofd en zei dat alles wat Hans Hollingsworth aanraakte, in goud veranderde.

In haar begintijd in La Colomba – zo heette het huis van oom Hans – had Gracie ervan genoten de tuin en de omgeving te verkennen. Ze ontdekte dat Rutger in een schilderachtig huisje net buiten de muren van de villa woonde, genesteld tussen de roze oleanders, die het huisje deels zelfs overwoekerden. Golvende landerijen strekten zich uit naar alle kanten, in augustus kleurden de gewassen het landschap goudgeel, in september was het tijd voor de druivenpluk, en in november werden de olijven geoogst. In de ogen van Gracie, die nooit verder dan Londen was geweest, was Toscane een hemel op aarde. De vrijheid die ze er genoot, was bedwelmend, de schoonheid van alles om haar heen betoverend. Ze miste haar moeder en Oma, en tot haar verrassing miste ze zelfs Joseph soms een beetje. Maar ze besefte maar al te goed dat ze zich gelukkig mocht prijzen met zo'n bevoorrecht bestaan, in zo'n schitterende omgeving – toegeven aan heimwee zou ondankbaar zijn jegens oom Hans.

Ze schreef elke week een brief naar huis, waarin ze tot in de kleinste details verslag deed van haar leven, in het besef dat haar moeder de brieven, net als die van oom Hans, aan tafel zou voorlezen. Gracie wist hoeveel vreugde haar moeder en Oma aan de brieven zouden beleven, en hoe jaloers Joseph op haar zou zijn. Dat laatste bezorgde haar een kwaadaardig gevoel van triomf.

Oom Hans nam uit Rome en Parijs mooie kleren voor haar mee en verwende haar alsof ze zijn eigen dochter was. Hij zou vast en zeker een liefhebbende echtgenoot en vader zijn geweest, maar Gracie vroeg hem niet waarom hij nooit getrouwd was. Ze had te veel respect voor hem om hem zoiets persoonlijks te vragen.

Naarmate de maanden verstreken, kreeg ze geleidelijk aan meer zelfvertrouwen. En uiteindelijk had ze de moed om naar het dorpje te lopen, drie kilometer verderop; een verzameling huizen op de helling van een heuvel die werd bekroond door een schitterend kasteel. De straten waren belegd met keien, de eeuwenoude huizen hadden luiken voor de ramen en potten met rode geraniums in de vensterbank. Over de muren welfden zich grote trossen bougainville en weelderig bloeiende oleanders. Er waren een paar winkels met de noodzakelijke levensbehoeften, verder een slager, een bakker, een groenteman die ook verse pasta verkocht, een paar cafés en een kerk, gewijd aan Maria Magdalena. Daarnaast was het dorp ook een paar eenvoudige restaurants en een hotelletje rijk. Die eerste keer werd Gracie nagestaard alsof ze van een andere planeet kwam. Ze had zich zo ongemakkelijk gevoeld dat het een paar weken duurde voordat ze opnieuw moed vatte om erheen te gaan, samen met Rutger. De Hollander had haar uitgelegd dat een vreemd gezicht nu eenmaal de nieuwsgierigheid wekte in een kleine gemeenschap als die van Colladoro. Zeker wanneer het ging om een jong meisje, nog bijna een kind, dat als bij toverslag in het dorp verscheen. Het duurde echter niet lang of haar angst verdween, en terwijl de zomer op zijn eind liep, de dagen korter werden en de herfst de druiven deed rijpen, werd haar Italiaans steeds beter en kon ze al hier en daar een praatje maken. Al snel kende iedereen haar naam en werd ze beschouwd als een soort zwerver die was komen aanlopen, net als de honden en katten die door het dorp zwierven – alleen was Gracie niet zo mager en had zij wél iemand die voor haar zorgde.

Oom Hans en Rutger spraken vloeiend Italiaans, maar ze namen geen van beiden de moeite om Gracie de taal te leren. Dat deed Gaia, die kookte en voor het huishouden zorgde, een jonge Italiaanse met vurige, donkere ogen en glanzend bruin haar dat in een dikke vlecht tot haar middel reikte. Wanneer oom Hans op reis was, genoot Gracie ervan om op de lange, zachte avonden samen buiten te zitten in de pagode, omhuld door de geuren van de tuin. Dan praatten ze over van alles, Gracie in haar gebrekkige Italiaans, dat Gaia geduldig verbeterde: een jonge vrouw en een meisje, die een onwaarschijnlijke, maar hechte vriendschap sloten. Zonder haar zou Gracie zich misschien af en toe eenzaam hebben gevoeld.

Gaia's familie woonde ruim een kilometer verderop aan de onverharde weg. Haar vader was boer, haar moeder zorgde voor de zes jongere kinderen, maar Gaia woonde al vijf jaar in de villa, in een klein kamertje op de hoogste verdieping. Al sinds ze ongeveer net zo oud was als zij nu, ontdekte Gracie tot haar verrassing.

Vanaf haar zestiende ging Gracie 's avonds met Gaia het dorp in. Dan fietsten ze samen het bochtige pad af en ontmoetten ze Gaia's vrienden. Zo werd Gracie deel van een grote, luidruchtige groep jongelui die in de avonduren naar de piazza kwamen om te flirten en nieuwtjes uit te wisselen. Het was op een van die avonden dat Gracie voor het eerst van graaf Tancredi Bassanelli hoorde.

Castello Montefosco domineerde het stadje niet alleen omdat het op de heuvel erboven stond, maar ook omdat veel van de mensen uit het dorp er werkten. Gracie hoorde ook over de moeder van de graaf, die weduwe was. De flamboyante, kunstzinnige gravin woonde 's winters in Rome en bracht de zomers op het kasteel door, dat ze als huwelijksgeschenk van haar vader had gekregen, de schatrijke graaf Gaetano Montefosco. Ze gaf weelderige ontvangsten, en volgens Donato Fabbri, die met zijn vader in de kasteeltuin werkte, versleet ze zonder blikken of blozen de ene na de andere minnaar. Elk jaar een nieuwe, maar wel allemaal hetzelfde type. De minnaars waren onveranderlijk rijk, ze reden in glimmende auto's en paradeerden in dure kleren over de terrassen, met om hun pols een kostbaar gouden horloge. De gravin ging zelfs zo ver dat ze haar minnaars kuste in aanwezigheid van het personeel, vertelde Donato. Zelf had hij haar diverse malen in innige omhelzing met haar geliefde van dat moment betrapt, in het tuinhuis bij de tennisbaan.

Hoe meer Gracie over de eigenzinnige gravin hoorde, hoe nieuwsgieriger ze werd. Ze klonk als een vrouw met glamour, een vrouw die van niemand afhankelijk was en die onbekommerd haar weg ging door het leven. Haar onafhankelijkheid was iets wat Gracie met diepe bewondering vervulde. Ze wist niet beter of een vrouw was verloren zonder man – haar moeder was daarvan het levende bewijs. Maar de gravin maakte haar eigen keuzes, ze hoefde aan niemand verantwoording af te leggen, ze leefde uitsluitend voor haar eigen plezier, en volgens de geruchten was ze niet van plan ooit nog te hertrouwen. Damiana Conti, Gaia's boezemvriendin die als dienstmeisje op het kasteel werkte, wist te vertellen dat de vader van de gravin een hartstochtelijk kunstverzamelaar was en bovendien 'schathemeltjerijk'. De zoon van de gravin, Tancredi, had zijn erfenis er echter in snel tempo doorheen gejaagd. Bij het noemen van zijn naam lichtte Damiana's gezicht op. De jonge graaf was een knappe, zwierige verschijning, maar hij had de reputatie een lichtzinnige rokkenjager te zijn. Wanneer hij in zijn sportwagen door het dorp scheurde, werd hij door iedereen nagekeken. Alle meisjes wilden met hem naar bed, aldus Damiana, en alle mannen zouden net zo willen zijn als hij.

Gracie popelde van ongeduld om de roekeloze graaf te zien te krijgen. Ze was zich ervan bewust dat ze geen schoonheid was, zoals Gaia en Damiana. Ze verwachtte niet dat mannen interesse in haar toonden, ook de Italiaanse mannen niet, die erom bekendstonden graag te flirten. Met haar zestien jaar was ze geen kind meer, maar ze miste het sexappeal van de Italiaanse vrouwen. Ze wiegde niet met haar heupen, ze glimlachte niet veelbelovend. Doordat ze zichzelf niet aantrekkelijk vond, trok ze geen aandacht. Ze was verlegen, in zichzelf gekeerd en altijd op haar hoede. In het dagelijks leven hanteerde ze dezelfde zorgvuldigheid als bij haar werk, en dat maakte haar tot een scherp waarnemer. Er was niets wat haar ontging, dus ook niet dat Donato met zijn voet onder de tafel langs die van Gaia streek, terwijl hij ondertussen met Damiana zat te flirten. Gracie voelde een romance aankomen nog voordat deze daadwerkelijk opbloeide, en haar intuïtie waarschuwde haar onmiddellijk, al bij de eerste tekenen dat een verliefdheid begon te bekoelen. Ze wist dat de jongemannen die met haar flirtten, niet verliefd op haar waren maar werden gedreven door lust. En ze was niet van plan zich iets te laten wijsmaken. Hoe ze dat wist, dat wist ze niet. Ze was jong, onervaren, maar op de een of andere manier had ze hen door. Misschien doordat ze wel erg onbeholpen te werk gingen. Misschien doordat ze zichzelf verrieden door de wellust in hun blikken. Of misschien kwam het doordat ze wist dat ze niet mooi was, en daardoor hun vleiende woorden herkende als leugens. Ze zou dolgraag mooi willen zijn, maar de natuur had haar nu eenmaal niet gezegend met schoonheid. Wel met een betoverend mysterie, maar dat wist Gracie niet. Dat wist alleen oom Hans. Hij had het mysterie in haar herkend toen ze nog maar een heel klein meisje was, want ze had het van hem geërfd. En het mysterie was een van de cruciale ingrediënten die vereist waren voor het buitengewoon specialistische werk dat hij voor haar in gedachten had.

Na drie jaar bij Rutger in de leer te zijn geweest, gaf deze haar toestemming zelf te gaan restaureren. Ze had geleerd om het werk te bestuderen, om te achterhalen wanneer en waar het tot stand was gekomen, om te onderzoeken hoe het oorspronkelijke schilderij eruit had gezien en wat er door schade, ouderdom of door moedwillige vernietiging verloren was gegaan. Ze beheerste de techniek om verkleurd vernis te verwijderen, om scheuren te herstellen, om een schilderij zo veel mogelijk terug te brengen in de originele staat, door gebruik te maken van de materialen en werkwijzen die de kunstenaar ter beschikking hadden gestaan. Ze had geleerd als een detective te werk te gaan, zoals Rutger het had genoemd, ook al beschikte ze bij lange na niet over de kennis van de Nederlander; die kon ze zich alleen maar eigen maken door ervaring op te doen. Dus wanneer ze de informatie die ze nodig had om een schilderij te analyseren, niet in de boeken kon vinden, vroeg ze Rutger om advies. Maar over het algemeen gaf hij haar de vrijheid om zelfstandig te werken. 'Alleen wanneer ik je vrijlaat, kun je groeien in het ambacht,' luidde zijn credo, en hij liet haar de problemen waar ze op stuitte, zo veel mogelijk zelf oplossen.

Na vijf jaar toonde oom Hans zich buitengewoon tevreden over haar vorderingen en over haar oprechte interesse in het ambacht van restaurateur. 'Je hebt bewezen dat je geduld hebt, dat je intelligent bent en dat je over grote vaardigheden beschikt,' zei hij op een middag, nadat hij uit Parijs was teruggekomen met kratten vol schilderijen, oude lijsten en schilderslinnen. Gracie was aan het werk, haar oom stond achter haar en nam haar doordringend op. 'Volgens mij is het zover,' zei hij ten slotte.

Rutger gooide een prop watten in de prullenmand en richtte zich op. 'Ik vroeg me al af wanneer je het zou zeggen, Hans. En ik ben het met je eens. Ze is er klaar voor.'

Gracie zette haar loepbril af en keek nieuwsgierig van de een naar de ander. 'Waar ben ik klaar voor?'

'Kom maar mee.' Oom Hans haalde de sleutel van zijn atelier uit zijn broekzak. Gracies hart begon sneller te slaan. Vanaf het moment dat Rutger het atelier tot verboden terrein had verklaard, was ze nieuwsgierig geweest naar wat zich achter die deur bevond.

Oom Hans stak de sleutel in het slot, en de deur zwaaide open. 'Kom verder,' zei hij toen Gracie nerveus op de drempel bleef staan. 'Wat ik je ga laten zien, is strikt geheim.'

Eenmaal binnen keek Gracie vol verwachting om zich heen. Wat ze zag, was een typisch schildersatelier. Maar dat was op zich al een verrassing, want ze had geleerd dat het atelier van een restaurateur er heel anders uitzag dan dat van een kunstenaar. Toch was dit duidelijk dat laatste: het atelier van een kunstenaar. Tegen de muren stonden schilderijen, op diepe planken lagen opgerolde doeken, er waren kasten vol met boeken, planken voorzien van een opstaande rand met daarachter glazen potjes met pigmenten, kwasten en verf. Diverse ezels waren klaar voor gebruik, en waar Gracie ook keek, alles wees erop dat hier hard werd gewerkt. De meubels en de houten vloer zaten onder de verf. Het rook naar lijnzaad, olieverf, terpentine en hout – de geuren die bij het atelier van een scheppend kunstenaar hoorden. Oom Hans restaureerde geen kunstwerken, hij maakte ze.

Zodra Rutger ook binnen was, draaide oom Hans de deur op slot. Voor het eerst voelde Gracie angst opkomen. Wat was er zo geheim dat de deur op slot moest? Zelfs terwijl ze alle drie in het atelier waren? Ze keek haar oom aan. Blijkbaar zag hij haar opkomende paniek, want hij haastte zich haar gerust te stellen. 'Je hoeft niet bang te zijn, kindje. Integendeel. Je staat op het punt toe te treden tot een exclusief gezelschap. Ik weet dat ik je kan vertrouwen. Je bent als een dochter voor me. Als mijn eigen vlees en bloed. Dus ik reken erop dat je hier nooit over praat. Met niemand. Is dat duidelijk?'

Gracie knikte, maar vroeg zich koortsachtig af wat hij bedoelde.

'Kom!' Hij keerde haar met haar gezicht naar een groot doek dat in een oude, vergulde lijst tegen de muur stond. 'Wat kun je hierover zeggen?'

Gracie bekeek het schilderij aandachtig. Het was overduidelijk een Matisse. Ze vond het opwindend om een werk van de beroemde schilder van zo dichtbij te zien.

'Nou?' drong oom Hans aan. 'Na alles wat je hebt geleerd, zou je dit moeten herkennen.'

'Het is een Matisse.' Gracie haalde haar schouders op. Iedereen met ook maar een beetje verstand van kunst zou de schilder herkennen. 'Maar ik heb deze nooit eerder gezien.'

Haar oom lachte, zichtbaar in zijn nopjes met haar antwoord. 'Het is geen Matísse,' zei hij triomfantelijk. 'Het is een Hóllingsworth.'

'Je bent een genie, Hans,' zei Rutger, die het werk blijkbaar ook nog niet had gezien.

'Dan is het een briljante kopie.' Gracie was diep onder de indruk, en ze voelde zich opgelucht. Als haar oom wilde dat ze bekende schilderijen ging kopiëren, hoefde ze zich geen zorgen te maken. Daar was ze altijd al goed in geweest.

'Inderdaad, kindje,' zei oom Hans. 'Het is een briljante kopie. Maar het is meer dan dat. Het is een briljante verválsing.'

Gracie had het gevoel dat de wereld om haar heen verstilde. Haar maag verkrampte, ze werd opnieuw overvallen door paniek. Nu begreep ze waarom hij de deur op slot had gedaan, waarom niemand ooit in zijn atelier mocht komen, waarom dat verboden terrein was voor iedereen. Oom Hans schilderde vervalsingen, om ze te verkopen. En nu wilde hij dat zij dat ook ging doen. Vervuld van afschuw keek ze hem aan. 'Maar daar kunt u voor in de gevangenis komen!' zei ze vol ontzetting.

'Dat zou kunnen, maar dat gebeurt niet. Ik doe het al twintig jaar, en er is nog nooit iemand geweest die ook maar iets in de gaten had. Dus waarom zou dat nu alsnog gebeuren?'

'En nu wilt u dat ik ook...' Gracie kreeg het niet over haar lippen.

'Ja, je gaat schilderijen vervalsen, en dat ga ik je leren. Rutger heeft het voorbereidende werk gedaan, nu neem ik het van hem over.' Toen hij zag hoe nerveus ze was, sloeg hij een andere toon aan, net zoals hij dat destijds had gedaan tegenover zijn zuster, toen die zich verzette tegen zijn voorstel om Gracie onder zijn hoede te nemen. 'Je hebt het in je om een briljante vervalser te worden, Gracie. Dat zag ik meteen. Ik wist dat je het talent en het karakter had om een meestervervalser te worden. En wie weet, misschien verdien je ooit wel meer dan ik.'

'Maar ik kan het niet,' zei ze met een klein stemmetje. 'Het is... het mag niet... het is strafbaar.'

Oom Hans glimlachte kalm, doelbewust, zoals hij dat deed wanneer hij iets of iemand naar zijn hand wilde zetten. 'Wil je de wereld zien, Gracie? Wil je kennismaken met de meest briljante scheppende geesten? Wil je je omringen met luxe? Wil je een opwindend, avontuurlijk leven? Ja, natuurlijk wil je dat. Want je bent net als ik. We zijn uit hetzelfde hout gesneden. Ik ben ook opgegroeid in een gezin zonder geld, zonder toekomstperspectief, maar ik kon schilderen. Ik had talent. En ik had ambitie. Ik wist me te redden, me uit de armoe omhoog te werken en rijk te worden. En nu heb ik jóú gered van een leven in armoede, een leven van sappelen en zwoegen. Ik heb je gered van het leven dat je zou hebben geleid als ik je niet mee hierheen had genomen, als ik je niet de best denkbare opleiding had gegeven, een opleiding die niet voor geld te koop is. Want de kennis die Rutger met je heeft gedeeld, is onschatbaar. Begrijp je wat ik wil zeggen? Ik heb je iets gegeven wat niet in geld is uit te drukken, precies zoals ik dat je moeder heb beloofd. We gaan samenwerken, jij en ik. En jij gaat me helpen mijn imperium nog verder uit te breiden.'

'Maar als ik word betrapt, kom ik dan in de gevangenis?'

Hij haalde grinnikend zijn schouders op. 'Dat gebeurt niet.'

'Kan ik niet gewoon doorgaan met restaureren?' Ze keerde zich naar Rutger, in de hoop dat die haar zou steunen. Maar de oude man schudde ernstig zijn hoofd. Hij had van meet af aan geweten wat oom Hans met haar voorhad. Sterker nog, hij had daarbij een sleutelrol vervuld.

'Je kunt zo veel meer,' was alles wat hij zei.

'Maar ik ben bang.'

Oom Hans legde een hand op haar schouder. Ze voelde de druk tot in haar maag. 'Ik heb je een dak boven je hoofd gegeven, ik heb je een opleiding gegeven waarvan zelfs de grootste talenten alleen maar kunnen dromen, ik heb kleren voor je gekocht, ik heb je alles gegeven wat je nodig had. Is dat niet genoeg?'

Gracie keek hem verbijsterd aan. Oom Hans sloeg zijn ogen neer, haalde verslagen zijn schouders op en liet zijn hand langs zijn lichaam vallen.

'Misschien heb ik mezelf voor de gek gehouden toen ik dacht dat ik als een vader voor je kon zijn. Of misschien is dankbaarheid je vreemd, misschien neem je alleen maar, zonder iets terug te geven...'

'Nee! Ik ben u zo dankbaar!' viel Gracie hem wanhopig in de rede. 'U hebt me zo veel gegeven. Meer dan ik ooit had kunnen wensen.'

'Mooi zo. Dan begrijpen we elkaar.'

Gracie knikte, in het besef dat ze oom Hans niets kon weigeren. Wat hij ook vroeg, ze zou het hem moeten geven. Zoals ze daar voor hem stond, voelde ze zich als een muis, gehypnotiseerd door een slang. Hoe zou ze hem ook maar iets kunnen weigeren, na alles wat hij voor haar had gedaan? Hij was meer dan een oom, hij was de vader die ze nooit had gehad en ze hield van hem. En trouwens, wat was het alternatief? Ze wilde niet terug naar Camden, naar een leven van zwoegen en sappelen. Dat had ze achter zich gelaten. Ze had een nieuwe wereld ontdekt, een nieuw toekomstperspectief. Ze wilde niet achteromkijken.

'Als u echt denkt dat ik het kan... dat u me kunt leren schilderijen te vervalsen die niet van het origineel te onderscheiden zijn... dan zal ik mijn best doen u niet teleur te stellen.'

De glimlach waarmee haar oom haar aankeek, waardoor zijn gezicht een dramatische verandering onderging, deed al haar angsten wegsmelten, inclusief het schokkende vooruitzicht dat ze op het punt stond het criminele pad op te gaan. 'Dan zou ik zeggen, aan het werk!' verklaarde oom Hans.

Rutger knikte instemmend. 'Je bent afgestudeerd aan de School van Rutger,' zei hij met een wrange glimlach. 'Nu ga je een niveau hoger, naar de School van Hollingsworth. Mijn werk is gedaan.'

'Ik zal je lessen missen.'

De oude man klopte haar op de arm. 'Dit is het laatste advies dat ik je geef. Er valt altijd nog meer te leren. Net als je denkt dat je alles weet, ontdek je een nieuwe horizon. Vergeet dat nooit.'

En zo leerde Gracie, onder leiding van een sluwe, getalenteerde vervalser, te schilderen met bedrog als oogmerk. Ze dacht niet na over de gevolgen als ze werd betrapt. Ze was jong, ze was roekeloos en ze vertrouwde haar oom. Het meest opwindende was de ontdekking hoe goed ze was in dit nieuwe ambacht.

Het vervalsen van schilderijen was niet het enige geheim dat oom Hans Hollingsworth haar vroeg te bewaren. Ook al zou Gracie, als hij de keuze had gehad, dat andere geheim nooit hebben ontdekt.

Een paar dagen nadat hij haar in vertrouwen had genomen, werd ze midden in de nacht wakker met een rammelende maag. Dus ze besloot naar beneden te gaan, om in de keuken iets te eten te pakken. Ze kon niet wachten tot de volgende morgen, al was het maar omdat ze geen rust had door alle opwindende ontwikkelingen. De wereld lag aan haar voeten, de mogelijkheden waren eindeloos. Heel zachtjes sloop ze de houten trap af, over de plavuizenvloer naar de keuken. In de hal klonk het luide tikken van de oude staande klok. Toen ze bijna bij de keuken was, hoorde ze een vreemd geluid. Niet het vertrouwde getrippel van muizenpootjes, maar een zware, onregelmatige ademhaling. Er brandde geen licht in de keuken, maar de maan scheen door het raam en dompelde de villa in een griezelige zilveren gloed. Zich afvragend waar dat zware hijgen in 's hemelsnaam vandaan kwam, sloop Gracie op blote voeten de keuken binnen.

En daar stond oom Hans, in zijn kamerjas, met zijn rug tegen de muur. Guido Vanni, een van de bedienden, lag op zijn knieën voor hem. Gracie staarde haar oom aan. Hij hield zijn ogen gesloten, zijn mond hing open, hij hijgde als een hond. Zweet parelde op zijn voorhoofd, op zijn neus, de aderen in zijn hals lagen als kabels op de huid. Guido Vanni bewoog met zijn hoofd heen en weer, maar Gracie begreep niet goed wat hij deed. Het enige wat ze wist, was dat het niet voor haar ogen bestemd was.

Op het moment dat ze eindelijk besefte wat er tussen de twee mannen gebeurde, deed oom Hans zijn ogen open. Hij keek haar aan, en voor het eerst las ze angst en ontzetting in zijn uitpuilende, fel schitterende ogen. Gracie was als verlamd door paniek. Ze keken elkaar aan. Het moment leek een eeuwigheid te duren. Guido Vanni had niets in de gaten en ging door. Ten slotte slaagde Gracie erin zich los te rukken uit haar verstarring. Ze draaide zich om en rende de keuken uit.

Was ze maar nooit naar beneden gegaan! Kon ze de klok maar terugdraaien! Ze verafschuwde de beelden die voor haar geestesoog opdoemden telkens wanneer ze haar ogen sloot. Maar toen oom Hans de volgende morgen aan het ontbijt verscheen, aan de tafel onder de vijgenboom, deden ze alsof er niets was gebeurd. Want ze wisten allebei dat zijn geheim bij haar veilig was.

8

De eerste keer dat Gracie de jonge graaf te zien kreeg, was in de zomer van 1961. Het hele dorp was uitgelopen voor de bruiloft van Constanza Bassanelli, de zus van graaf Tancredi. De bruidegom was een rijke Oostenrijker, en het huwelijk zou worden gesloten in de Maria Maddalena, die met zijn hoge klokkentoren en indrukwekkende portone al honderden jaren de Piazza della Chiesa domineerde.

Het was een prachtige dag. Het stralende lentegroen van de landerijen was veranderd in een warm goudgeel, de lucht was zwanger van de geuren van rozen en jasmijn. De zon stond hoog aan een azuurblauwe hemel, vogels lieten zich meevoeren door de milde bries, in de vensterbanken van de huizen prijkten vuurrode geraniums. Over de eeuwenoude muren welfden zich de weelderige trossen paarse bougainville als exotische vlinderkolonies. Gracie woonde inmiddels zes jaar in Toscane. Ze was in al die tijd maar één keer naar huis geweest en had zich daar zo misplaatst gevoeld, in een leven dat ze was ontgroeid, dat ze gretig had uitgezien naar haar terugkeer naar Italië.

Vandaag stond ze op de piazza, in de mooie witte jurk die oom Hans voor haar uit Venetië had meegenomen, om de fraai uitgedoste gasten bij de kerk te zien aankomen, en ze voelde zich er net zo thuis als Gaia en Damiana, haar vriendinnen.

Damiana, die nogal een kattenkop was, vond het heerlijk de vrouwelijke gasten te bekritiseren terwijl ze over de keien van de piazza naar de ingang van de kerk liepen. 'Die kleur had ze nooit moeten kiezen!' zei ze over een dame in het oranje. 'Die flatteert haar helemaal niet. Door dat oranje lijkt ze ziekelijk bleek. En moet je die schoenen zien!' sneerde ze over een ander slachtoffer. 'Veel te ouwelijk! Die kan ze ook nog aan als ze oma is!'

Maar Gaia en Gracie vonden de oranje jurk juist reuze chic, de schoenen sierlijk en elegant, en ze konden alleen maar grinniken om Damiana's kritiek waarvan ze vermoedden dat die daarvoor ook was bedoeld: om de lachers op haar hand te krijgen.

Gracie vond het allemaal zo opwindend dat ze amper stil kon staan. Er werden in het dorp talloze hoogtijdagen en huwelijken feestelijk gevierd, met veel pracht en praal, maar de Montefosco-bruiloft overtrof alles. Het leek wel een koninklijk huwelijk. En ondanks al haar kritiek wist Gracie dat Damiana net zo opgewonden was als iedereen, net zo diep onder de indruk.

Toen de bruiloftsgasten compleet waren, arriveerde de familie van bruid en bruidegom, in rijtuigen getrokken door witte paarden. De oude koetsen, die volgens Damiana al eeuwenlang in de familie waren, bezweken bijna onder de bloemen, waardoor de mensen die erin zaten nauwelijks te zien waren.

Ineens pakte Gaia de arm van Gracie. 'Daar is hij!' riep ze uit toen er een donderend applaus opsteeg uit de menigte. Gracie hoefde niet te vragen wie ze bedoelde. Met zijn knappe gezicht en zwierige verschijning viel hij zelfs in het voorname gezelschap onmiddellijk op. Hij was lang en breedgeschouderd, met golvend donker haar dat bij elke beweging leek te dansen. Toen hij zich met een glimlach naar het verzamelde publiek keerde, had Gracie een gevoel alsof er een schok door haar heen ging, alsof een pijl haar trof, recht in het hart. 'Wat een man!' verzuchtte Damiana kreunend. 'De vrouw die hem weet te veroveren, is te benijden!' Gracie zei niets. Ze keek alleen maar, met haar lippen licht geweken, gretig om geen moment te missen.

Uiteindelijk draaide graaf Bassanelli zich om en tilde hij een jong meisje uit het rijtuig. Ze kon niet ouder dan twaalf zijn, maar Gracie wenste dat zij dat meisje was, dat zij het was die door hem werd opgetild en die lachend iets tegen hem zei, waarop hij vertederd grinnikte. Hij nam haar bij de hand, waarop ze samen naar de grote deuren liepen, met aan weerszijden daarvan de bruidsjonkers. De graaf droeg hetzelfde lichtgrijze kostuum als de andere mannelijke bruiloftsgasten, maar toch leek zijn jasje net iets fraaier getailleerd, net iets perfecter om de schouders te sluiten. Misschien kwam het door de manier waarop hij liep, maar in Gracies ogen behoorde hij tot een superieure menselijke soort. Totdat hij in het donkere inwendige van de kerk verdween, gunde ze zich zelfs niet de tijd om met haar ogen te knipperen, en ze keek ongeduldig uit naar het moment waarop hij na de plechtigheid weer naar buiten zou komen, zodat ze opnieuw een glimp van hem kon opvangen

Tien minuten later arriveerden de bruid en haar bruidsmeisjes, volledig in het wit, met witte bloemetjes en parels in hun lange haar. De bruidsmeisjes bekommerden zich ijverig om de bruid en haar sleep; ze deden Gracie denken aan een groepje sierlijke zwanen. Opnieuw zwol het applaus van de menigte aan, waarop de bruid charmant wuifde en lieftallig glimlachte van achter haar sluier. 'Wat een mooie familie,' zei Gracie.

'Ja, ze zijn rijk gezegend,' viel Gaia haar bij.

'Ik vind de neus van de bruid wat te spits,' merkte Damiana op, en Gracie moest glimlachen om de gretigheid waarmee ze zocht naar niet-bestaande onvolkomenheden.

'Volgens mij hebben alleen mooie vrouwen iets aan te merken op andere mooie vrouwen,' zei ze.

'Dat zeg je alleen omdat je zelf niet mooi bent.' Damiana besefte onmiddellijk hoe onaardig dat klonk. 'Maar je hebt een lief gezicht, Gracie,' voegde ze er haastig aan toe. 'En mooie ogen. Er zijn vele vormen van schoonheid.'

Gaia was geschokt door Damiana's opmerking, en was bang dat haar vriendin zich gekwetst zou voelen. 'Luister maar niet naar haar, Gracie. Dat jij geen kritiek levert op andere vrouwen, komt omdat je een goed hart hebt. En daarom heb jij een lief gezicht en Damiana niet.' Ze sloeg een arm om Gracies schouders. 'Damiana is gewoon gemeen. Ik durf me nauwelijks af te vragen wat ze achter onze rug over óns zegt.' Ze schoten allemaal in de lach, en Gracie voelde zich volstrekt niet gekwetst, want Damiana had gelijk. Al kletsend doodden ze de tijd totdat de klokken begonnen te luiden, de grote deuren weer opengingen en bruid en bruidegom naar buiten kwamen.

Maar Gracie had geen oog voor het bruidspaar. Ze stond reikhalzend op haar tenen, verlangend om de graaf te zien. Toen hij eindelijk verscheen, leek het alsof de wereld om haar heen stilstond. Alleen híj bewoog. Elegant, met een stralende glimlach daalde hij de treden af. Hij klapte in zijn handen, zijn witte tanden vormden een schitterend contrast met zijn gebruinde huid, en Gracie kon zweren dat ze hem hoorde lachen.

Toen week de verstilling, de wereld kwam weer in beweging, en de gasten gooiden rozenblaadjes naar het bruidspaar, dat geduldig voor de foto's poseerde en toen weer in het rijtuig stapte dat hen naar het kasteel zou brengen. Gracie keek de graaf na tot ook hij uit het zicht verdwenen was, met het meisje nog altijd naast zich; zijn arm rustte op haar schouders, hij boog zijn hoofd naar haar toe om te horen wat ze zei. Zuchtend legde Gracie een hand op haar hart. Hoe zou het zijn om door hem te worden bemind? Toen schoot ze in de lach. Wat een absurde vraag! Een man als hij zou geen oog hebben voor een meisje zoals zij. Hij wist niet eens dat ze bestond!

Die avond werd er feestgevierd op de Piazza della Chiesa, het dorp werd getrakteerd door het kasteel. Aan de huizen hingen snoeren met lichtjes die twinkelden in de avondschemering. Op lange tafels stonden flessen wijn en schalen met ham, pasta en groenten. De geur van vlees dat werd geroosterd op houtskool, trok zwerfhonden aan, die vanuit de schaduwen tevoorschijn kwamen in de hoop op een lekker hapje. Een orkestje speelde met overgave, en er werd naar hartenlust gedanst. Gracie was dol op dansen. Ze zette het verlangen naar de graaf uit haar hoofd en gaf zich over aan de wijn, de muziek, de zwoele avond. En terwijl ze danste met iedereen die haar vroeg – zowel oude mannen als jonge – schopte ze haar schoenen uit om nóg soepeler over de keien te zwieren. Haar lach klonk euforisch, ze flirtte zoals ze dat nog nooit had gedaan, want Cupido's pijl had doel getroffen en haar hart hunkerde naar liefde.

Ze wilde een paar armen om zich heen voelen, ze wilde gekust en gekoesterd worden. En ook al was ze reëel genoeg om te beseffen dat een man als graaf Bassanelli altijd onbereikbaar voor haar zou blijven, het leek haar niet te naïef om te hopen dat er ergens een man was die wachtte op háár. Voor het eerst in haar leven wilde ze begeerd worden. Voor het eerst sinds ze als jong meisje naar Toscane was gekomen, keek ze naar de mannen met de ogen van een vrouw. De wijn gaf haar een dosis zelfvertrouwen waaraan het haar doorgaans ontbrak, en het verlangen naar de graaf maakte haar roekeloos. Ze liet toe dat Donato haar dicht tegen zich aan drukte, dat hij zijn wang tegen de hare legde en met zijn lippen langs haar gezicht streek. Het kon haar niet schelen dat hij met alle meisjes flirtte. Integendeel, ze voelde zich gevleid dat hij het nu met háár deed.

Toen hij haar hand pakte en haar meetrok naar een donkere steeg, weg van de muziek en de dansende mensen op het plein, verzette ze zich niet. Ze wilde door hem begeerd worden. Hij duwde haar tegen een muur, drukte zijn mond op de hare, en ze sloot haar ogen terwijl ze haar lippen licht opende zodat hij haar nog hartstochtelijker kon kussen. Ze miste de ervaring om te kunnen beoordelen of hij goed kuste, maar het tintelende gevoel waarmee haar hele lichaam tot leven kwam, was verrukkelijk. Hij sloeg zijn armen om haar heen, en ze schoof haar handen onder zijn jasje; zijn overhemd was klam van het zweet. Zijn lippen gleden over haar hals, het gekriebel van zijn baardstoppels deed haar in lachen uitbarsten, van plezier, maar ook van nervositeit. De vreemde, steeds sterkere gevoelens diep in haar buik waren nieuw en verontrustend. Toen Donato een hand om een van haar borsten legde, nam verrukking bezit van haar. Hij streek met zijn duim over haar dunne zomerjurk en drukte opnieuw in een dwingende, vurige kus zijn lippen op de hare. In gedachten zag ze de graaf voor zich, en ze verbeeldde zich dat het zíjn duim was die haar tepel streelde, dat het zíjn lippen waren die haar kusten, en het gevoel van verrukking veranderde in extase. Ze hoorde zichzelf kreunen; het deed haar abrupt ontwaken uit haar fantasie. Hijgend van afschuw duwde ze Donato van zich af. Hij keek haar aan, zijn donkere ogen stonden broeierig, koortsachtig van begeerte.

'Je maakt me gek, Gracie!' Hij legde zijn handen om haar middel. 'Was dat je eerste kus?' Hij grijnsde toen ze knikte. 'En? Beviel het?' Zonder het antwoord af te wachten kuste hij haar opnieuw, nu met meer tederheid. En het kon Gracie niet schelen dat hij niet van haar hield, dat zij niet van hem hield. Ze vond het heerlijk om gekust te worden, en dat was het enige wat ertoe deed.

De hemel in het oosten kleurde al roze en oranje toen Donato haar naar huis bracht. Met haar hand in de zijne trok hij haar af en toe tegen zich aan om haar te kussen, waardoor ze telkens weer in de lach schoot.

'Je bent een begeerlijke vrouw, Gracie. Ik weet niet wat er is gebeurd, maar je bent veranderd. Je bent ineens een vlinder.'

'Of een zwaan.' Ze glimlachte een beetje wrang.

'Of een zwaan.' Haar cynische toon ontging hem. 'Ik móét je kussen, ik kan het niet laten.' Hij lachte en kuste haar weer.

'Het komt door de wijn, de muziek, de zwoele avond. Door de bloemen, de schoonheid...' Ze zweeg en staarde genietend naar het tedere spel van licht op de zacht glooiende heuvels, op de mist die als ijle sluiers in de dalen hing. 'Het is allemaal zo mooi,' zei ze met een zucht. 'Van een bijna ondraaglijke schoonheid.' Ze dacht aan de graaf en wenste dat hij het was die naast haar liep.

‘Dan zou je vaker wijn moeten drinken, je zou vaker moeten dansen en genieten van alle schoonheid.’ Hij keek haar glimlachend aan, en ze las een tederheid in zijn ogen die ze daarin nog niet eerder had gezien. ‘En je zou me vaker moeten kussen,’ voegde hij er hees aan toe.

Gracie schoot in de lach. ‘Kussen is leuk.’

‘Alleen met mij.’

‘Zijn er nog meisjes in het dorp die je níét hebt gekust?’

Hij keek gekwetst. ‘Ik wil alleen jóú kussen,’ zei hij met een hand op zijn hart.

‘Dat zeg je nu. Maar dat komt goed uit. Want ik wil nu alleen met jóú kussen.’

Hij fronste zijn wenkbrauwen om haar openhartigheid. ‘Je bent een bijzondere vrouw, Gracie. Bijzonder en mysterieus. Daar hou ik van.’

Ze hadden de villa bereikt. Het licht van de dageraad dompelde de tuin in een gouden gloed, de vogels in de parasoldennen kondigden de nieuwe dag aan. Gracie dacht aan Gaia, die ongetwijfeld al lang in diepe rust was, in haar kamertje op de hoogste verdieping van het kasteel. Wist haar vriendin dat ze met Donato was meegegaan? Wist misschien het hele dorp het al? ‘Bedankt voor het thuisbrengen.’ Ze gaf hem een kus.

‘Is je oom thuis?’

‘Nee, die is op reis.’

‘Mooi zo.’ Donato trok haar tegen zich aan en drukte zijn lippen op de hare.

Ze duwde hem voorzichtig weg. ‘Ik moet echt naar binnen. Morgen moet ik weer vroeg aan de slag.’

‘Het is al morgen.’

‘Dan moet ik helemaal zorgen dat ik nog wat slaap krijg!’

‘Werk je ook in het weekeinde?’ vroeg hij verbaasd.

‘Ja, er zijn zo veel schilderijen die gerestaureerd moeten worden.’

‘Dan laat ik je gaan, kleine vlinder.’ Met tegenzin liet hij haar hand los.

Gracie was veel te opgewonden om te kunnen slapen. Ze wachtte tot Donato weg was, toen sloop ze naar de pagode, waar ze zich op een van de ligstoelen installeerde en keek hoe de tuin langzaam ontwaakte. Ze dacht aan het huwelijksfeest in het kasteel. Het was vreemd om te weten dat graaf Bassanelli zo dichtbij was, dat hij dezelfde lucht inademde als zij, dat hij dezelfde dageraad zag. Als hij over de muur van het kasteel keek, kon hij La Colomba zien liggen. En als hij door een verrekijker keek, zag hij háár. Maar hij wist niet eens dat ze bestond, en dat zou wel nooit veranderen. Misschien trouwde ze uiteindelijk met een man als Donato, en misschien zou ze daar tevreden mee zijn. Maar ze zou nooit dat moment vergeten waarop ze haar hart aan de graaf had verloren, het allereerste moment waarop ze hem zag. Misschien zou ze het ooit aan haar dochters vertellen. Die zouden hun romantische moeder vast en zeker uitlachen. Maar zij zou zich altijd gelukkig prijzen omdat ze zich exact het moment kon herinneren waarop ze de liefde had leren kennen.

Gaia en Damiana waren verrast te ontdekken dat Donato, de onverbeterlijke verleider en losbol, die alle meisjes in het hele dorp had gekust, Gracie niet alleen had gekúst, maar bovendien zijn hart aan haar had verloren. Op de dag na de bruiloft stond hij met een grote bos bloemen op de stoep. Maar hij kreeg van Gaia te horen dat Gracie aan het werk was en niet gestoord mocht worden. De zondag daarna kwam oom Hans terug, in een opperbest humeur, want hij had een vervalste Renoir verkocht aan een Amerikaanse verzamelaar. Hij had uit Parijs twee nieuwe jurken voor Gracie meegenomen, en hij had brieven bij zich van haar moeder en van Joseph, die hij in Londen had opgezocht. Toen Donato in de week daarop elke avond met bloemen naar La Colomba kwam, maakte Gaia hem duidelijk dat *signor* Hollingsworth weer thuis was en dat hij Gracie van de vroege ochtend tot de late avond aan het werk hield. Donato zou geduld moeten hebben.

Desgevraagd gaf Gracie haar vriendin een eerlijk antwoord. 'Hij kan goed zoenen.' Ze grijnsde. 'Maar dat moet ook wel, met zo veel ervaring.'

'Hou je van hem?' vroeg Gaia.

'Nee.'

'Volgens mij houdt híj wel van jou.'

'Dat denkt hij misschien, maar dat is niet zo. Ik ben gewoon zijn zoveelste verovering. Meer niet. En hij zou snel genoeg van me krijgen als ik voortdurend achter hem aan liep.'

'Wat een wijsheid! En al op jouw leeftijd.' Gaia nam Gracie fronsend op. 'Maar als hij je mee uit vraagt, zeg je dan ja?'

'Misschien. Als ik toevallig een avond vrij ben.' Gracie haalde haar schouders op. 'Maar zolang oom Hans thuis is, heb ik het veel te druk.'

Het duurde een maand voordat oom Hans weer op reis ging. Rutger werkte gestaag door in zijn atelier, en Gracie in dat van haar oom, waarvan de deur altijd op slot moest zijn. 's Avonds ging ze met Gaia het dorp in, en dan zag ze Donato. Haar vriendin had inmiddels ook verkering, zij het dat de romance met Filippo Pieri nog pril was. Gracie en Donato zaten hand in hand, met hoog boven zich het kasteel. Zou ze de jonge graaf ooit weerzien, vroeg Gracie zich af wanneer ze omhoogkeek. Ze bestookte Donato met vragen, over de graaf en zijn familie, en hij was maar al te graag bereid haar nieuwsgierigheid te bevredigen met levendige beschrijvingen van de indrukwekkende ontvangsten op het kasteel. In de herfst, wanneer de gravin weer naar Rome was vertrokken, zou hij haar de tuin laten zien, beloofde hij. Het oplichten van haar ogen verried dat hij haar met een privérondleiding door de tuin meer plezier zou doen dan met elke dag een grote bos bloemen. Maar het vooruitzicht in zijn tuin te kunnen ronddolen, bracht Gracie geen stap dichter bij de man die iedere vrouw kon krijgen die hij maar wilde.

Aan het eind van de zomer overleed Oma. Gracie hoorde het van oom Hans, en de geschokte uitdrukking op zijn gezicht vertelde haar hoe diep de dood van zijn moeder hem raakte. Verslagen, verdrietig stapten ze in het vliegtuig naar Londen om bij de begrafenis te kunnen zijn. Toen ze door het dikke wolkendek zakten, keek Gracie uit het raampje en zag ze de stad geleidelijk aan in zicht komen. Het was zomer, maar in Londen regende het, en vergeleken met de warme kleuren van Italië bood alles een klamme, mistroostige aanblik.

Het was voor het eerst dat Gracie iemand verloor van wie ze erg veel had gehouden. Haar vader telde niet, want die had ze nooit gekend. Maar haar oma was er altijd geweest, haar hele jeugd; een constante, geruststellende aanwezigheid. Met haar droge humor en haar vastberadenheid om haar dochter niet tot last te zijn, had ze haar steentje bijgedragen aan de opvoeding van haar kleinkinderen. Het was nooit bij Gracie opgekomen dat Oma er op een dag niet meer zou zijn, wegdommelend in haar stoel, 's avonds na het eten. Nu pas besefte ze dat ze, door haar vertrek naar Italië, weliswaar een nieuw leven had opgebouwd, maar het oude was kwijtgeraakt. En dat had ook niet anders gekund. Een mens kon niet op twee plekken tegelijk zijn.

Door haar leven in Italië was ze veranderd, hoorde ze niet langer thuis in de kleine rijtjeswoning waarin ze was opgegroeid. Haar broer Joseph was een vreemde voor haar geworden, en ze begreep nu pas hoe zwaar het offer was dat haar moeder had gebracht. Niet dat ze zich schuldig voelde over haar vertrek. Alles in het leven draaide om verandering, niets bleef hetzelfde. Maar dat kon het verdriet niet verzachten dat Oma de laatste jaren geen deel meer had uitgemaakt van haar bestaan, en daar ook nooit meer deel van zou kunnen uitmaken. Die avond op de piazza, toen ze de graaf voor het eerst had gezien en haar hart had geopend voor de liefde, had ze ook de pijn van het verlies toegelaten, want die was onverbrekelijk met de liefde verbonden. Terwijl het vliegtuig op Heathrow landde, maakte Gracie kennis met die pijn, en ze snikte zachtjes in haar zakdoek.

Na de begrafenis bleef Gracie bij haar moeder en Joseph, terwijl oom Hans afspraken had met belangrijke mensen uit de kunstwereld van West End. Het huis voelde anders zonder Oma, maar ze deden dapper hun best om het gezellig te maken, en Gracie vrolijkte haar moeder en haar broer op met verhalen over Italië. Haar moeder genoot ervan om naar haar te luisteren, en het stemde Gracie dankbaar een glimlach op haar gezicht te toveren. Joseph werkte inmiddels voor een bescheiden loon in een ijzerhandel. Hij had verkering met een meisje uit de stad, en Greet vertrouwde Gracie toe dat het stel al voorzichtig trouwplannen maakte. Greet werkte nog steeds als naaister en was dankbaar voor het geld dat ze elke maand van haar broer kreeg. Nu ze wist hoe rijk haar oom was, verbaasde het Gracie dat hij niet meer stuurde. Hij verdiende zo veel met zijn vervalsingen dat hij moeiteloos een paleisje voor zijn zuster had kunnen kopen. Maar Greet klaagde niet. Ze was gewend aan een sober leven, zei ze. Luxe was aan haar niet besteed.

Voor Gracie lag dat anders. Die was de soberheid ontwend geraakt. Ze vond haar ouderlijk huis plotseling verstikkend en voelde zich slecht op haar gemak in de mooie kleren die ze van oom Hans kreeg, terwijl haar moeder amper tijd had om iets voor zichzelf te maken. Ze zou met liefde haar mooie jurken bij haar moeder hebben achtergelaten, maar Greet leidde niet het soort leven waarin ze die had kunnen dragen. De jurken zouden bij haar in de kast blijven hangen en uiteindelijk worden aangevreten door de motten. Dus tegen de tijd dat ze haar koffers weer pakte, gaf Gracie haar moeder een paar vesten.

'Waarom komen Joseph en jij niet bij oom Hans wonen nu Oma er niet meer is?' vroeg ze op de laatste avond. Ze waren aan de afwas. Gracie droogde de soepkommen af. Het verbaasde haar dat ze niet al jaren eerder naar Italië waren verhuisd. Er was in La Colomba ruimte genoeg, voor iedereen.

Haar moeder schonk haar een weemoedige glimlach. 'Dat zou ik heerlijk vinden, maar dit is mijn huis,' antwoordde ze zacht. 'Hier hoor ik.'

'Maar het regent hier altijd! En het is zo heerlijk in Toscane!'

'Dit huis heeft je vader gekocht. Voor ons samen. Als hij was blijven leven, zou hij hier na de oorlog zijn teruggekeerd. Dus dit huis is alles wat ik nog van hem heb.' Ze liet haar blik vermoeid over de haveloze muren gaan, over de smoezelige meubels. 'En het is me dierbaar,' voegde ze er vastberaden aan toe. 'Het is me dierbaar zoals het is.'

'Ik wou dat ik hem had gekend,' zei Gracie plotseling.

De glimlach van haar moeder haperde. 'Dat wou ik ook, Gracie. Hij zou zo trots op je zijn geweest. Ik denk dat hij Joseph een beter leven zou hebben gegund. Maar je broer is nog jong. Hij heeft nog alle tijd om een betere betrekking te vinden.'

'Red je het wel zonder Oma?' vroeg Gracie.

'Maak je geen zorgen. Ik red me prima. Ik ben sterker dan je denkt. Tenslotte hebben we de oorlog ook overleefd.'

Gracie dacht aan haar oom. Hij sprak nooit over vroeger, over de tijd dat hij nog in Amsterdam woonde. 'Wat deed oom Hans eigenlijk in de oorlog?'

Er kwam een gesloten uitdrukking op het gezicht van haar moeder. Ze keerde zich naar de gootsteen en begon driftig het aanrecht af te nemen. 'Nederland werd in 1940 bezet door de Duitsers. Dat weet je. Hans moest zien dat hij het hoofd boven water hield. Hij bleef schilderijen restaureren en verkopen, zoals hij dat altijd had gedaan. Toen de oorlog was afgelopen, is hij naar Italië geëmigreerd. Hij werd beschuldigd van collaboratie, omdat hij schilderijen aan de Duitsers had verkocht. Als hij in Nederland was gebleven, zou hij in de problemen zijn gekomen. Maar wat hij heeft gedaan, dat deed hij puur uit nood. Hij móést wel aan de Duitsers verkopen.'

Gracie hoopte dat het vervalsingen waren die hij hun had verkocht.

Het was half september toen ze naar Toscane terugkeerde. De oogst was binnengehaald, de herfstzon was nog warm maar hing lager aan de hemel en dompelde de omgeploegde velden in een pastelkleurige roze-en-oranje gloed die alle contouren zachter maakte. Gracie was innig gelukkig terug te zijn in het land dat ze in haar hart had gesloten, maar haar geluk werd overschaduwd door het afscheid van haar moeder. Ze zou willen dat oom Hans zijn gezag had laten gelden, dat hij erop had gestaan dat ze met hen was meegegaan naar La Colomba. Waarom had hij dat niet gedaan? Ze vond het afschuwelijk dat ze haar moeder had moeten achterlaten nu het verdriet om Oma nog zo vers was, en er op Joseph na niemand was die zich om haar bekommerde.

In Colladoro hernam het leven zijn vertrouwde loop, maar heel diep vanbinnen was er iets in Gracie veranderd. De wetenschap dat Oma er niet meer was, drukte zwaar op haar. Ze had er spijt van dat ze niet vaker naar huis was gekomen, dat ze niet meer met Oma had gepraat, dat ze haar nooit had verteld hoeveel ze van haar hield. En nu was het te laat. Nu kon ze alleen nog maar 's avonds in haar kussen fluisteren hoeveel ze van Oma had gehouden, in de hoop dat die het zou horen, waar ze ook mocht zijn.

Haar vrije uurtjes bracht Gracie met Donato door. Ze kon oprecht genieten van de avonden met vrienden in het dorp, en het lukte haar moeiteloos de draad van haar werk weer op te pakken. Aan Donato's aanbod van een rondleiding door de kasteeltuin dacht ze niet meer; niet omdat ze niet langer nieuwsgierig was, maar door het verstrijken van de maanden was de urgentie verdwenen. Bovendien had de nuchtere werkelijkheid de fantasie verdrongen. Donato was plezierig gezelschap. Het was geen liefde wat ze voor hem voelde, maar ze was wel dol op hem. En dat was al heel wat voor een meisje dat niet rijk was en niet mooi, en in haar eigen ogen ook weinig bijzonder.

Damiana was getrouwd met een boerenzoon van de andere kant van het dal. Ze werkte nu op de boerderij, in plaats van op het kasteel. En daar was ze blij om, al was het maar omdat ze daar veel gemakkelijker de kantjes ervanaf kon lopen. Want haar nieuwe echtgenoot was zo verliefd dat hij veel door de vingers zag. Zo kwam het dat de bron van nieuwtjes over de gravin en haar flamboyante zoon was opgedroogd, en dat had weer tot gevolg dat het vuur in Gracies hart doofde tot smeulende sintels. Samen met Gaia en Filippo, en Damiana en haar boerenzoon vormden Donato en zij een hechte vriendengroep. Gracie keek nog maar zelden omhoog naar het kasteel, en wanneer ze zich betrapte op dagdromen, riep ze zichzelf onmiddellijk tot de orde.

In de lente van het jaar daarop nam Rutger een Monet onder de loep die ze had geschilderd. De inspectie duurde drie dagen. Toen hij zich een definitief oordeel had gevormd, besprak hij dat met oom Hans. In het Nederlands. Gracie luisterde aandachtig en hoopte half en half dat haar werk niet goed genoeg was, dat het illegale werk dat haar oom voor haar in gedachten had, haar bespaard zou blijven.

Maar toen oom Hans zich ten slotte naar haar omdraaide, knikte hij met grote stelligheid. 'Je bent er klaar voor. Het is tijd om je werk aan de wereld te presenteren.'

9

Een potentiële koper overtuigen van de echtheid van een vervalst schilderij is aanzienlijk complexer dan het vervalsen zelf. Het imiteren van de stijl van een reeds lang overleden schilder is een andere discipline dan een geïnteresseerde in de huidige tijd doen geloven dat het schilderij inderdaad van de hand van de bewuste kunstenaar is. Dat laatste kon slechts een genie als Hans Hollingsworth. Hij deed al het werk alleen, ging zelf op zoek naar tussenpersonen en ensceneerde het hele bedrog zonder bemoeienis van anderen. Zo ging de opbrengst in haar geheel naar hem. Als meesterverteller bedacht hij geloofwaardige verhalen om zijn vervalsingen te voorzien van de solide achtergrond die nodig was om de potentiële koper te misleiden. Met de innemendheid van een charmeur en de open blik van een eerlijke kunsthandelaar had hij de reputatie opgebouwd discreet en betrouwbaar te zijn. Daarbij ontleende hij een zeker aanzien aan zijn Engelse achternaam en aan het feit dat hij gefortuneerd was. Zijn zorgvuldig onderhouden netwerk strekte zich uit tot de hoogste echelons van de kunstwereld. Hans Hollingsworth was het perfecte uithangbord van een buitengewoon dubieuze onderneming.

Gracie ontdekte dat hij een kantoor had in het centrum van Parijs waar hij cliënten en hun zaakwaarnemers ontving. Hij nodigde nooit iemand uit in La Colomba.

En nu was het zover. Hij nam de Monet die Gracie had geschilderd, mee naar Parijs, waar hij het doek wilde aanbieden aan een potentiële koper uit Texas, een enthousiaste verzamelaar van Franse impressionisten.

Terwijl haar oom zich inspande om haar vervalsing aan de man te brengen, ging Gracie weer in het atelier van Rutger aan de slag, waar ze hem hielp bij zijn restauratiewerk.

In juni nam Rutger haar mee voor een heel speciale opdracht. Bij zijn dood had de vader van gravin Bassanelli haar de helft van zijn kunstcollectie nagelaten. De gravin had de verzameling tot voor kort in Rome opgeslagen en er niets mee gedaan. Inmiddels had ze besloten de schilderijen naar het kasteel te halen om ze te laten catalogiseren en taxeren. De doeken die moesten worden gerestaureerd, zouden vervolgens naar La Colomba gaan, om door Rutger en Gracie onder handen te worden genomen.

Alle fantasieën die Gracie had verdrongen, stonden haar op slag weer levendig voor de geest toen Rutger en zij in zijn kleine witte auto op weg gingen. De velden aan weerskanten van de weg naar het dorp waren diep okergeel dankzij de zonnebloemen, die hun gezichtjes naar de zon keerden. Vogels dartelden in de cipressen. De hemel was stralend diepblauw, en Gracies hart juichte bij het vooruitzicht van een bezoek aan het huis van de jonge graaf. Niet dat ze verwachtte dat hij thuis zou zijn. Daar durfde ze althans niet op te hopen.

Nadat ze het dorp achter zich hadden gelaten, kwamen ze al snel bij de indrukwekkende smeedijzeren hekken die Gracie in haar dromen zo vaak had zien opengaan. Het paradijs dat ze zich daarachter had voorgesteld, bleek werkelijk te bestaan. De vader van Donato, die druk bezig was het gras te maaien, zag hen aankomen en haastte zich de hekken open te doen. Zweet parelde op zijn blozende gezicht, overschaduwd door de klep van zijn pet. Donato moest ook ergens tussen de oleanders en gardeniastruiken aan het werk zijn, maar Gracie ging zo op in alles wat ze zag dat ze geen moment aan hem dacht. In het domein van haar fantasie was geen plaats voor Donato.

De auto kroop langzaam de helling op, over de langgerekte schaduwen van de cipressen die langs de weg stonden; hoger, steeds hoger, naar het kasteel dat verleidelijk tussen de bomen door schemerde. Eenmaal boven bleek de werkelijkheid nog indrukwekkender dan wat Gracie zich van het kasteel had voorgesteld. De luister van Castello Montefosco was adembenemend, niet vanwege de grandeur of de afmetingen, want het was niet eens zo groot en grandeur bezat het ook nauwelijks, maar vanwege de ouderdom, vanwege de serene waardigheid die het uitstraalde, als een grootvader die door zijn omgeving werd gekoesterd. Afgezien daarvan straalde het kasteel ook wijsheid uit: de wijsheid van een oude boer wiens welwillende, doorgroefde gezicht een diepgeworteld begrip verraadt van de magie die schuilgaat in de grond die hij bewerkt. Het kasteel was opgetrokken uit de Toscaanse steensoort die overal in de omgeving werd gebruikt, maar de muren waren in de loop der eeuwen verweerd en verbleekt tot de kleur van thee met melk. Ze boden een moegestreden aanblik, alsof ze, voordat de huidige verstilling was ingetreden, getuige waren geweest van talloze dramatische gebeurtenissen. De ramen waren voorzien van zachtgroene luiken, aan weerskanten van de grote deur stonden enorme aardewerken potten, gevuld met bougainville die als een paarse waterval over de rand stroomde. Gracie was verrukt door zo veel schoonheid. Zelfs na al die jaren was ze nog altijd niet uitgekeken op de pracht van haar tweede vaderland.

Toen ze aan de deur klopten, werden ze opengedaan door een kleine man met grijs haar, gekleed in een zwart nehrujasje, die hen met een warme glimlach verwelkomde. Binnen in de hal met roomwitte muren en een hoog plafond was het koel. Gracie rook lavendel, en toen ze om zich heen keek zag ze diverse grote stenen potten met daarin de blauwpaarse halmen die hun uitgelezen parfum verspreidden. Terwijl Rutger en zij de kleine man dieper het kasteel in volgden, kon Gracie het niet laten nieuwsgierig om zich heen te kijken en een blik te werpen door de openstaande deuren van kamers rijk aan geschiedenis, weelde en erfgoed.

Ten slotte liepen ze weer naar buiten, over het gazon naar een terras waar een vrouw opstond van een grote rieten bank. Dat moest de gravin zijn, besefte Gracie. Met haar breedgerande zonnehoed, haar wijdvallende broek, gebloemde blouse en witte espadrilles was ze een toonbeeld van ingetogen elegantie. Haar donkere haar had ze in een chignon bij elkaar gebonden. Hoewel ze niet voldeed aan het traditionele schoonheidsideaal, was ze ontegenzeggelijk een knappe verschijning, met een adelaarsneus en donkere ogen die dwingend de wereld in keken. Om haar zinnelijke mond speelde de zelfverzekerde glimlach van een vrouw die overtuigd is van haar eigen aantrekkelijkheid.

'Welkom, signor Janssen.' Ze schudde hem de hand. 'Aangenaam kennis te maken.' Haar stem klonk zacht en melodieus, met het timbre van een lach. 'Mijn vader sprak altijd vol lof over u.'

Ze was het soort vrouw dat met iedereen flirtte, besefte Gracie. Simpelweg omdat ze de verleiding niet kon weerstaan.

'En wie hebben we hier?' Ze stak Gracie een sierlijke hand toe.

'Dit is Gracie, het nichtje van Hans Hollingsworth,' stelde Rutger haar voor.

Met haar donkere ogen nam de gravin haar onderzoekend op, en Gracie voelde zich weerloos onder haar blik. 'En je werkt voor je oom?'

'Dat klopt.'

'Dus je bent geen Italiaanse?'

'Nee, ik kom uit Engeland. Maar ik woon hier al zeven jaar, *contessa*.'

'Je Italiaans is uitstekend! Mijn complimenten. Hoe dan ook...' De gravin keerde zich weer naar Rutger. 'Ik ben blij dat u een assistente hebt meegebracht, signor Janssen. Mijn vader heeft me een groot aantal schilderijen nagelaten. Komt u maar mee, dan zal ik ze u laten zien.'

Vergezeld door de glimlachende bediende volgden Rutger en Gracie de gravin, die over het gras leek te zweven, naar de andere kant van het gazon. Onderweg kwamen ze langs een middeleeuwse toren die zo te zien nog ouder was dan het kasteel. Hij stond op een lage heuvel, naast een reusachtige ceder. 'Hier heeft mijn zoon zijn atelier,' vertelde de gravin.

Gracies hart begon abrupt sneller te slaan.

'De toren dateert uit de dertiende eeuw,' vervolgde de gravin terwijl ze hun voorging naar een oude kapel. Gracie was meer geïnteresseerd in haar zoon. Helaas pronkte de gravin maar al te graag met haar kennis van de geschiedenis.

Bij de kapel gekomen haalde de bediende een roestige sleutel tevoorschijn, die hij in het slot van de zware deur stak. 'Dit was vroeger de familiekapel.' De gravin liep naar binnen. 'Maar als zodanig wordt hij al honderd jaar niet meer gebruikt. Dus het leek me een goede plek om er de collectie van mijn vader op te slaan.'

En inderdaad, tegen alle muren stonden schilderijen, afgedekt met witte lakens. Gracie was razend nieuwsgierig naar de schatten die daaronder verborgen waren.

'Bagwis zorgt dat u voldoende te drinken hebt. Hij brengt u water en limonade. Achter die deur daar is een wc.' Ze wees naar een kleine houten deur in de rechterzijmuur van de kapel. 'Hebt u verder nog iets nodig?'

'Voorlopig niet. Laten we maar meteen aan de slag gaan.' Rutger zette zijn tas op een van de stoelen die willekeurig door de ruimte verspreid stonden.

'Uitstekend. Als u me nodig hebt, dan roept u maar. Of u vraagt het aan Bagwis. En mocht u even willen pauzeren, loop dan gerust de tuin in. Ik neem aan dat het wel een paar dagen duurt om alle schilderijen te beoordelen.'

'Op zijn minst.' Rutger liet zijn blik in het rond gaan.

De gravin vertrok, met achterlating van de geur van haar rozenparfum. Gracie en Rutger tilden het laken van het eerste schilderij en keerden het doek naar het licht. Het was een portret van een jong meisje in een groene jurk. Een werk van Johannes Cornelisz. Verspronck, een zeventiende-eeuwse Hollandse schilder.

Gracie hield haar adem in. 'Het is ongelooflijk!' riep ze toen verbijsterd uit.

'Verspronck was een van de schilders uit de Gouden Eeuw, waarschijnlijk een leerling van Frans Hals,' zei Rutger. 'Het waren voornamelijk zijn rooms-katholieke stadgenoten die voor hem poseerden. Kijk eens hoe fijntjes hij het kant van de jurk heeft geschilderd. Zo nauwkeurig, zo gedetailleerd dat het lijkt alsof je het zou kunnen beetpakken.'

Gracies hart begon sneller te slaan. Als het eerste schilderij al een Verspronck was, wat zou er dan van onder de rest van de lakens tevoorschijn komen? Rutger gaf haar een potlood en een groot opschrijfboek en begon te dicteren. In haar keurige handschrift noteerde Gracie braaf al zijn opmerkingen.

Ze waren nog maar net begonnen of Bagwis kwam binnen met glazen en een kan limonade. Bij ontbreken van een tafel zette hij het blad op de grond, zo ver mogelijk bij de schilderijen vandaan. Gracie en Rutger merkten het niet eens, zozeer gingen ze op in hun werk.

Ze waren al een paar uur geconcentreerd bezig toen de deur opnieuw openging. In de veronderstelling dat het Bagwis was, schreef Gracie gewoon door. Maar Rutger keek over de rand van zijn brillenglazen en stopte met dicteren.

'*Buon giorno*, signor Janssen.'

De punt van Gracies potlood brak. Ze keek op, en daar stond hij, in de deuropening: graaf Bassanelli. 'Neem me niet kwalijk dat ik u stoor, maar ik wilde u even begroeten.' De jonge graaf liep de kapel binnen om zich aan Rutger voor te stellen. Het leek wel alsof hij Gracie, die diep over haar schrijfwerk gebogen zat, niet had gezien. 'Een indrukwekkende collectie, vindt u niet?' merkte hij op na het uitwisselen van beleefdheden.

Rutger schoot in de lach, nam zijn bril af en wreef in zijn ogen. 'Een hoop werk voor een oude man zoals ik.' Hij grinnikte. 'Maar ik ben graag bezig.'

'Ik heb zo'n idee dat sommige doeken gerestaureerd moeten worden.'

'Dat klopt.'

'Misschien komt u zelfs wel oude bekenden tegen,' vervolgde de graaf. 'Als ik me niet vergis, heeft mijn grootvader diverse schilderijen van signor Hollingsworth gekocht.'

'Ik heb ze nog niet gezien.'

'Misschien zijn ze bij mijn oom terechtgekomen. Mijn grootvader heeft de collectie tussen hem en mijn moeder verdeeld.'

De verbitterde ondertoon in zijn stem bij die laatste woorden ontging Gracie niet. De verandering was heel subtiel. Zo subtiel dat de graaf zich daar zelf misschien niet eens van bewust was. Maar Gracie hoorde en zag alles terwijl ze de man die ze al zo lang in stilte liefhad aandachtig observeerde.

'Ik hoorde van de gravin dat u ook schildert.' Rutger sprak met het kalme zelfvertrouwen van iemand die zich niet liet intimideren door titels en rijkdom.

'Ach, het stelt niet zo veel voor.'

'Schoonheid is subjectief en ligt besloten in het oog van de beschouwer.'

'Dat zou in mijn geval wel een heel uitzonderlijke beschouwer moeten zijn.'

Gracie hield zich muisstil. Van dichtbij was de graaf net zo knap als ze zich hem herinnerde, maar het leek wel alsof hij was gekrompen. Hij oogde minder bruisend, minder flamboyant dan die eerste keer dat ze hem had gezien. Bijna ingetogen, gelaten, om niet te zeggen verslagen. Een wereld van verschil met de man die destijds met een brede, onbekommerde glimlach uit het rijtuig was gestapt. Hij toonde zich geïnteresseerd in de schilderijen en hun beoordeling, en toen Gracie erbij werd geroepen om haar aantekeningen te laten zien, groette de graaf haar beleefd, nam het notitieboek van haar over, maar keurde haar nauwelijks een blik waardig. Gelukkig maar. Ze zou niet hebben geweten wat ze had moeten zeggen als hij haar een vraag had gesteld. Erger nog, ze zou waarschijnlijk iets doms hebben gezegd of over haar woorden zijn gestruikeld.

Tancredi raadpleegde de aantekeningen en overlegde verder met Rutger. Gracie deed haar best om hem niet aan te staren, maar ze registreerde alles: het golvende haar dat krulde bij zijn boord, het waas van stoppels op zijn kaken, de lange, donkere wimpers die zijn blauwe ogen omlijstten; ogen die zo stralend blauw waren dat God dezelfde kleur moest hebben gebruikt om de hemel te schilderen. Hij was een stuk langer dan zij, maar dat gold voor de meeste mannen. Gracie was maar een meter drieënzestig, de graaf minstens een meter tachtig. Zijn schone nagels waren kortgeknipt, maar de nagelriemen waren rafelig, vooral van de duimen, alsof hij erop beet. Het waren die gehavende nagelriemen waardoor ze ineens besefte dat hij geen product was van haar fantasie, maar een mens van vlees en bloed; een mens zoals ieder ander, met angsten en verlangens. Haar hart ging naar hem uit. En zodra ze die ene onvolkomenheid had opgemerkt, zag ze er nog meer: de diepe rimpels in zijn voorhoofd; de sombere trek om zijn mond; de zwaarmoedigheid in zijn blik, die strijdig leek met de humoristische twinkeling in zijn ogen. Hij moest erg veel van zijn grootvader hebben gehouden. Dat inzicht raakte een gevoelige snaar. Gracie wist wat het betekende om een dierbare te verliezen, ze had geleerd dat het verlies een onherstelbare leegte achterliet in de ziel.

Ten slotte zei hij verontschuldigend dat hij hen niet langer van hun werk mocht houden. Hij gaf Gracie het notitieboek terug, bedankte haar en vertrok. Rutger wijdde zich onmiddellijk weer aan zijn werk, terwijl Gracie het liefst uitvoerig over de graaf zou hebben gepraat. In plaats daarvan sleep ze haar potlood en schreef op wat hij dicteerde.

Het duurde tot de volgende dag voordat ze de graaf weer zag. Rutger genoot van zijn meegebrachte lunch op een bankje in de schaduw, Gracie zat in de zon op het terras en keek naar de heuvels, die in de hitte trilden als een luchtspiegeling. Ze dacht aan Tancredi, stelde zich voor hoe hij stond te schilderen in zijn toren, toen hij het terras op kwam lopen. Ze was zo verrast dat ze overeind schoot. In de veronderstelling dat hij Rutger wilde spreken, wees ze naar het bankje onder de bomen. Maar Tancredi schudde zijn hoofd en zette met een verontschuldigend gezicht zijn handen in zijn zij. 'Ik ben erg onbeleefd geweest.' Hij fronste berouwvol. 'Ik heb me gisteren helemaal niet voorgesteld, en ik hoor net van mijn moeder dat u het nichtje bent van signor Hollingsworth.'

'Gracie.' Ze schonk hem een glimlach. Hij keek zo beschaamd dat ze met hem te doen had.

'Tancredi.' Hij schudde haar de hand. Het gevoel van zijn huid tegen de hare was bijna ondraaglijk intiem. 'Ik hoop dat je mijn excuses wilt aanvaarden. En dat ik je niet stoor tijdens een welverdiende pauze.'

'Je stoort helemaal niet. Ik zat te genieten van het uitzicht.'

'Prachtig, hè? Ik krijg er nooit genoeg van.' Hij kwam naast haar staan, een rijzige, charismatische figuur, en keek in de verte. 'De kleuren zijn elke dag anders.' Toen grinnikte hij. 'Maar dat weet je natuurlijk al lang. Je woont hier al zeven jaar. Dat heb ik ook van mijn moeder gehoord. Ze wil altijd alles weten, van iedereen.'

'Ik ben in Engeland opgegroeid, dus ik geniet met volle teugen van de dagelijks wisselende kleuren. En ik krijg er, net als jij, nooit genoeg van. Sterker nog, al zou ik de hele wereld rond reizen, volgens mij is het nergens zo mooi als hier.'

'Ik héb de hele wereld afgereisd, en je hebt gelijk. Zo mooi als hier is het nergens.' Hij lachte, en het klonk bijna opgelucht, bevrijd. Toen slaakte hij een zucht, als om een sombere gedachte te verdrijven. 'Vind je het leuk als ik je de tuin laat zien?'

Ze aarzelde even, bang dat ze Donato tegen het lijf zouden lopen. Maar het verlangen was sterker. Ze wilde niets liever dan hun gesprek nog langer voortzetten, ook al had hij zijn aanbod alleen maar gedaan uit schuldgevoel, om zijn onbeleefdheid van de vorige dag goed te maken. 'Dat lijkt me heerlijk.'

'Mijn moeder is erg trots op de tuin,' vertelde hij toen ze op weg gingen. 'Ze doet zelf niets, maar houdt haar tuinmannen aan het werk. Toch pronkt ze maar al te graag met het resultaat.'

Gracie verzweeg dat een van die tuinmannen haar vriendje was.

Op hun gemak slenterden ze van het ene terras naar het andere, en Gracie was vol bewondering voor de perfect gesnoeide buxushagen, voor de rijen lavendel, de klimrozen, de jasmijn, de maagdenpalm, de viooltjes. De overvloed en de lieflijkheid van alles wat bloeide, ontroerden haar. 'Wat verdrietig dat je grootvader is overleden,' zei ze tot haar eigen verrassing.

Ook Tancredi reageerde verrast. Zijn gezicht verstrakte, en Gracie wenste dat ze haar mond had gehouden – blijkbaar had ze een gevoelige snaar geraakt. 'Ja, hij was een bijzondere man.' Tancredi stopte zijn handen diep in zijn broekzakken. 'Ik mis hem vreselijk.'

'Mijn oma is vorig jaar overleden,' zei Gracie zacht. 'Ze was ook een bijzonder mens.'

Zijn uitdrukking verzachtte. 'Dus we hebben allebei verdriet om het verlies van een dierbare.'

'Het voelt alsof ik een brug ben overgestoken, alsof ik nooit meer terug kan naar hoe het vroeger was.'

Hij keek haar aan met een blik van herkenning. 'Woonde ze in Italië, je grootmoeder?'

'Nee, ze was Nederlandse, maar ze woonde in Londen, bij mijn moeder. Ik ben op mijn dertiende het huis uit gegaan, om het vak te leren van Rutger. Nu heb ik er spijt van dat ik haar al die jaren nauwelijks heb gezien. En toch... zelfs als ik de klok kon terugzetten, zou ik opnieuw voor Italië kiezen.' Ze vond zelf dat het niet logisch klonk, maar Tancredi leek het te begrijpen.

'Spijt is zinloos. Ik zou van zo veel dingen spijt kunnen hebben. Maar een mens moet leven in het moment. Het heeft geen zin om te treuren om wat er in het verleden is gebeurd. Dat kun je niet meer terugdraaien. Je kunt het alleen maar accepteren en het oog op de toekomst richten.'

'Daar heb je gelijk in.'

'Dat heb ik van mijn grootvader geleerd.'

'Hij moet een wijs man zijn geweest.'

Tancredi glimlachte, maar Gracie voelde het verdriet achter die glimlach. Ze ontweek zijn blik, keek om zich heen en begon over iets anders. 'Wat moet het heerlijk zijn om in zo'n prachtige omgeving op te groeien...'

Maar blijkbaar was Tancredi nog niet uitgepraat over zijn grootvader. 'In zijn huis in Rome hing een schilderij dat heel veel voor me betekende. Een doek van Piero Bartoloni. Ken je die naam?'

'Bartoloni. Ja, natuurlijk. Een schilder uit de barok.'

Tancredi was zichtbaar onder de indruk. 'Er zijn maar weinig mensen die hem kennen.'

'Kunst is nu eenmaal mijn werk.' Ze haalde haar schouders op. 'Wat stond er op dat schilderij?'

'Een weelderige vrouw in een prachtige tuin, waar ze wordt geconfronteerd met een slang in een boom. *De Verzoeking van Eva*. Zo heet het. Als kind vond ik het al fascinerend. Het lichaam van Eva is zo mooi, zo sensueel, en dan die sluwe, dreigende slang. Het schilderij bezorgde me een combinatie van verrukking en angst. Licht en donker. Zoet en zuur. En het raakte me op een manier die ik als kind nog niet begreep.'

'Het klinkt als een prachtig werk. Ik zou graag zeggen dat ik het doek kende, maar dat is niet zo. Waar hangt het nu?'

'Mijn grootvader had me beloofd dat hij het aan mij zou nalaten.'

'Maar dat heeft hij niet gedaan.' Gracie zag de spanning op zijn gezicht. 'Dat is hij vergeten.'

'Hoe wist je dat?' vroeg hij verbaasd.

'Dat wist ik niet. Het was een gokje. Noem het intuïtie. Als hij het je wel had nagelaten, zou je niet zo verdrietig hebben gekeken.'

Hij zuchtte gefrustreerd. 'Óf hij is het vergeten, óf hij wilde niet dat ik het zou krijgen. Ik vermoed het eerste, maar mijn oom is overtuigd van het laatste. Het schilderij is bij hem terechtgekomen, en hij weigert het af te staan.' Tancredi grinnikte wrang. 'Neem me niet kwalijk. Ik begrijp niet waarom ik jou hiermee lastigval. Misschien omdat je geen familie bent. Het is altijd gemakkelijker om een vreemde in vertrouwen te nemen dan iemand die je goed kent.'

'En je kunt je oom niet op andere gedachten brengen? Een Bartoloni is niet veel waard. Ook al kan dat natuurlijk veranderen. Er zijn altijd weer periodes waarin de barok opnieuw in de mode raakt. Waarom bied je niet gewoon aan het van hem te kopen?'

'Hij wil het niet verkopen.'

Gracie grijnsde. 'Is je oom een onaangenaam mens?'

'Ja.' Tancredi schoot in de lach. 'Erg onaangenaam. Hij weigert het schilderij af te staan, alleen om mij dwars te zitten.'

'Het is natuurlijk jammer dat je oom zich zo star opstelt, maar het gaat om een schilderij. Er zijn belangrijker dingen. Dat heb ik van mijn oma geleerd.'

'En daar heeft ze gelijk in. Toch weet ik bijna zeker dat jij daar anders over denkt. Voor mij is het meer dan een schilderij. Het maakt deel uit van mijn jeugd. Van een tijd waarin ik gelukkig was. En mijn grootvader wilde dat ik het van hem zou erven.' Hij schudde zijn hoofd alsof hij zichzelf tot de orde riep. 'Maar ik zal je niet verder vervelen met mijn narigheid.'

'Dat doe je niet. En je hebt gelijk. Ik zou zoiets nooit denken: het is maar een schilderij. Als het sentimentele waarde heeft, is het oneindig kostbaar. Misschien verandert je oom ooit nog van gedachten.'

'Misschien.'

Maar Gracie hoorde aan zijn stem dat hij daar niet in geloofde.

Ze liepen terug naar de kapel.

'Ik mag niet langer beslag leggen op je tijd.' Hij bleef staan bij de deur. 'Rutger zal zich wel afvragen waar ik blijf.'

'Ga dan maar gauw.'

'Bedankt voor de rondleiding.'

'Graag gedaan.'

Met nieuwe veerkracht in haar tred liep Gracie de kapel binnen. Rutger keek op, wierp haar een blik toe over de rand van zijn bril, maar vroeg niet waar ze was geweest. Misschien omdat hij dat wel wist. In plaats daarvan begon hij over de Picasso waar hij net het laken vanaf had gehaald.

Die avond vertelde Gracie aan haar vriendin dat ze de knappe graaf had ontmoet. Gaia wilde er alles over horen, tot in de kleinste details, en Gracie was maar al te graag bereid verslag te doen.

'Wat ben jij een geluksvogel! Een privérondleiding door de tuinen! Denk je dat Donato jullie heeft gezien? Dan zal hij wel jaloers zijn.'

'Ik heb hém in elk geval niét gezien, en hij heeft geen enkele reden om jaloers te zijn. De graaf deed het puur uit beleefdheid.'

'Dat snap ik, maar Italiaanse mannen zijn erg bezitterig. En Donato vindt zichzelf heel wat. Tancredi Bassanelli is waarschijnlijk de enige man die hem jaloers kan maken.'

'Goed om te weten. Misschien komt het ooit van pas.'

'Welnee. Dat heb je helemaal niet nodig. Donato is smoorverliefd op je!'

'Maar waarom in 's hemelsnaam? Hij kan ieder meisje krijgen dat hij wil! Wat ziet hij dan in mij?'

'Je bent onbereikbaar, en daarom moet en zal hij je hebben.'

'Ik ben zijn vriendin!'

'En toch blijf je onbereikbaar.'

'Ik heb het gewoon heel erg druk.'

'Dat weet ik. En dat zeg ik ook steeds tegen hem. Toch denk ik dat hij daarom zo gretig blijft.' Ze grijnsde. 'Als je wilt dat hij je ten huwelijk vraagt, moet je gewoon heel hard blijven werken.'

Gracie wist niet goed wat ze daarmee aan moest. Het was niet eens bij haar opgekomen dat Donato haar ten huwelijk zou kunnen vragen. 'Ik ben veel te jong om te trouwen.'

'Helemaal niet. Als Filippo me niet snel vraagt, ben ik te oud.'

'Maak je geen zorgen. Dat doet hij heus wel.' Gracie keek naar Gaia, die nerveus aan haar nagels peuterde.

'Ik hoop het.'

'En dan krijg je net zo'n bruiloft als de jonge contessa. Het hele dorp loopt uit.'

Gaia schoot in de lach. 'Laten we het hopen. Want ik hou van Filippo.' Met haar donkere ogen nam ze Gracie onderzoekend op. 'En jij? Hou je van Donato?'

'Ik ben erg dol op hem.'

'Dat is niet hetzelfde.'

'Nee, dat weet ik. Maar zo'n vurige liefde als tussen jou en Filippo is niet voor iedereen weggelegd. Voor sommige mensen is het genoeg als ze oprecht dol zijn op elkaar.'

'Daar ben ik te romantisch voor. Ik zou altijd naar die ene grote liefde blijven verlangen. Met minder zou ik geen genoeg nemen.'

'Ik wel. Niet dat ik met Donato wil trouwen. Maar met een man zoals hij zou ik best gelukkig kunnen worden. Ik verwacht geen wonderen van het huwelijk, geen rozengeur en maneschijn. Dat is voor meisjes zoals ik niet weggelegd.'

Gaia keek haar geschokt aan. 'Wat bedoel je daarmee? "Meisjes zoals ik"?'

'Nou, je weet wel. Meisjes die maar heel gewoontjes zijn.'

'Hoe kun je jezelf in 's hemelsnaam "maar heel gewoontjes" vinden? Waarom denk je dat een grote, hartstochtelijke liefde voor jou niet is weggelegd?'

'O, ik word heus wel hartstochtelijk verliefd, maar ik betwijfel of de man in kwestie dat ook op mij wordt.' Ze kon Gaia niet vertellen dat ze het over Tancredi had.

'Denk je nou echt dat mannen alleen maar verliefd worden op oogverblindend mooie vrouwen? Denk je nou echt dat ze zo oppervlakkig zijn? Ware schoonheid zit vanbinnen, en die straal je uit. Of je mooi of lelijk bent, heeft daar niets mee te maken. Je bent zo bescheiden, Gracie. Zo onzeker. Blijkbaar heeft iemand je ooit verteld dat de liefde voor jou niet is weggelegd, maar dat is gewoon niet waar! En als Donato niet de ware is, dan loopt die nog ergens op deze wereld rond. En ooit vinden jullie elkaar. Dat weet ik zeker.'

Gracie lachte wrang. 'Jij met je romantiek!'

'Daar geloof ik anders heilig in.'

'Als we allemaal waren zoals jij, zouden de meeste meisjes nooit aan de man raken. Dan zouden we eeuwig blijven wachten op onze eigen Rhett Butler. Maar ik ben geen schoonheid zoals Scarlett O'Hara. Ik zal met minder genoegen moeten nemen. En dat geeft niet. Daar ben ik heel tevreden mee.' Maar diep in haar hart wist ze wel beter.

10

In de daaropvolgende dagen kwam Tancredi regelmatig naar de kapel. Hij bekeek de hem zo vertrouwde schilderijen, besprak ze met Rutger en Gracie en was vol belangstelling voor wat Rutger nog kon toevoegen aan wat hij al wist. Zodra hij besefte dat ze met hun meegebrachte lunch in de tuin gingen zitten, nodigde hij hen uit zich bij hem en zijn moeder op het terras te voegen, bij het steeds wisselende tafelgezelschap dat zich daar verzamelde.

Het bleek dat de gravin voortdurend gasten had, en aanvankelijk voelde Gracie zich slecht op haar gemak tussen al die deftige, belangrijke mensen. Maar Tancredi stelde haar voor als het nichtje van de beroemde kunsthandelaar Hans Hollingsworth, en Rutger als een van de beste restaurateurs in Europa. Gracie besefte al snel dat de vrienden van de gravin ontwikkelde mensen waren met een grote liefde voor kunst en cultuur, waar ze geanimeerd en met kennis van zaken over spraken. Ook de politiek en historische onderwerpen kwamen ter tafel, en er werd zelfs geroddeld, iets waarvan de gravin enorm kon genieten. En als Gracie soms toch nog last had van verlegenheid, schonk Tancredi haar over de tafel heen een bemoedigende grijns, die haar steevast een glimlach ontlokte.

Zoals Gaia al had voorspeld bleek Donato jaloers te zijn. Gracie stelde hem gerust dat een man als Tancredi niet in een eenvoudige leerling-restaurateur geïnteresseerd was. En hoewel Donato haar geloofde, hield hij haar nauwlettend in de gaten wanneer hij met zijn vader in de tuin aan het werk was. Tijdens de lunch op het terras voelde ze zijn blikken op zich gericht, en wanneer Tancredi naar de kapel kwam, was Donato toevallig net in de buurt, om onkruid te wieden en uitgebloeide bloemen te verwijderen.

Na zeven dagen waren ze tot Gracies grote spijt toe aan het laatste schilderij van de collectie. Daarmee kwam een eind aan de dagelijkse gang naar het kasteel, en aan haar gesprekken met Tancredi. Rutger had vijftien schilderijen uitgekozen die moesten worden schoongemaakt, en vijf die restauratie behoefden. Bagwis zou ze in kratten laten verpakken en bij La Colomba laten bezorgen. De gravin kwam afscheid nemen. In een wolk van linnen en haar inmiddels vertrouwde rozenparfum schudde ze hun de hand en bedankte ze hen voor alle moeite. Net toen Gracie in de auto stapte, kwam Tancredi naar buiten. Hij boog zich voorover en keek door het raampje aan Rutgers kant om gedag te zeggen. Toen richtte hij zich op, hief groetend zijn hand en verdween weer naar binnen. Terwijl Rutger de motor startte, werd het verdriet Gracie bijna te machtig. Ze hield van Tancredi, maar ze had van meet af aan geweten dat haar liefde nooit zou worden beantwoord. En dat zou ze moeten accepteren. Ze zou er genoegen mee moeten nemen bij hem in de buurt te zijn. Werkte ze maar voor de gravin, net als Donato! Dan zou ze Tancredi in elk geval blijven zien.

Die avond, voor de spiegel, bekeek ze zichzelf aandachtig. Als ze een schoonheid was, net zo knap als Damiana en Gaia, zou Tancredi zich misschien wel tot haar aangetrokken voelen. Ze maakte haar haar los en liet het in donkerblonde strengen rond haar schouders vallen. Het had een onbestemde kleur, gebleekt door de zon. Haar gebruinde huid accentueerde haar enige schoonheid: haar ogen. Behalve groot en stralend waren ze ongebruikelijk. Dat wist ze, en niet alleen omdat anderen dat zeiden. Zelf zag ze ook hoe bijzonder haar amandelvormige, grijsgroene ogen waren. Maar ze wenste dat ze een kleinere neus had, en een zinnelijke mond, zoals de gravin.

De volgende morgen ging ze aan de slag met het portret van het meisje in de groene jurk. Het was stil in het atelier, het licht werd gedempt doordat de luiken waren gesloten. Buiten klonk het getjilp van vogels in de parasoldennen. Rutger bestudeerde een kostbaar doek uit de renaissance door zijn loep. Tijdens het werk werd er niet gesproken. Ze hadden allebei behoefte aan stilte om zich te kunnen concentreren. Gracie hield van de serene rust. En ze genoot van de uitdaging, van de opwinding om te zien wat er onder het vergeelde vernis tevoorschijn kwam.

Ze ging zo op in haar werk dat haar obsessieve gepieker over Tancredi op de achtergrond raakte. Het was een verademing om zich op iets anders te kunnen richten. Maar zodra ze aan het eind van de lange werkdag haar spullen wegborg, was hij er weer en werd ze opnieuw volledig door hem in beslag genomen. Het maakte haar somber, neerslachtig. Ze had geen zin om uit te gaan, om met Donato af te spreken. Het enige wat ze wilde, was alleen zijn. Alleen met haar gedachten aan hem, alleen met de sterren, waar ze dromerig naar staarde.

Een paar weken later kwam oom Hans terug uit Parijs, en hij had goed nieuws. Het was hem gelukt Gracies vervalsing voor heel veel geld te verkopen. Tot op dat moment had ze een bescheiden salaris ontvangen, maar nu werd ze beloond met een bonus. Haar oom vertelde niet hoeveel de vervalsing had opgebracht, en Gracie vroeg er niet naar. Ze was beduusd door de hoogte van haar bonus. Zo veel geld had ze nog nooit bij elkaar gezien, en ze besloot onmiddellijk het te delen met haar moeder en Joseph. Als haar broer inderdaad ging trouwen, zou hij er zijn bruiloft van kunnen betalen en kon hij dankzij het geld een goede start maken in zijn nieuwe leven.

Oom Hans was erg geïnteresseerd in de schilderijen van de gravin. Hij bekeek de vijf werken die Rutger en Gracie restaureerden en overlegde langdurig met Rutger. Gracie was eraan gewend dat ze terugvielen op hun moedertaal, dus ze zocht er niets achter dat ze daarbij Nederlands spraken. De uitkomst van het overleg was dat Gracie eerst het werk aan de schilderijen van de gravin zou afmaken voordat ze aan een nieuwe vervalsing begon. Daarop verdween oom Hans in zijn atelier en deed de deur achter zich op slot.

In het weekeinde fietste Gracie naar het dorp, en naar Donato. Ze zou tevreden moeten zijn met wat ze had, het was zinloos te blijven smachten naar een man die altijd onbereikbaar voor haar zou blijven. Donato was dolgelukkig haar te zien. Hij pakte haar hand, en ze zwierven samen door de kleine straatjes, langs de winkeltjes en bekeken de etalages. Bij elke kans die hij kreeg, drukte Donato haar tegen zich aan om haar te kussen. Als een hond die zijn territorium markeerde, dacht Gracie cynisch.

Toen ze langs de Maria Maddalena kwamen, trok Donato haar mee de kerk in. Omdat ze niet katholiek was, en omdat oom Hans niet in God geloofde, had ze de kerk nog nooit vanbinnen gezien. De Maria Maddalena was eeuwenoud, met verbleekte fresco's op de muren en een vloer ingelegd met mozaïeken. Achter het altaar hing een groot beeld van Jezus aan het kruis; het vuurrode bloed op zijn handen en zijn tors was zo levensecht dat Gracie ervan schrok. Op het altaar brandden kaarsen in zilveren kandelaars.

Terwijl Gracie zich door Donato liet rondleiden, vroeg ze zich af of hij een speciale reden had om haar de kerk te laten zien. Ze had een onbehaaglijk voorgevoel, dat ze tevergeefs probeerde te negeren. In het besef waar dat gevoel vandaan kwam, praatte ze van de zenuwen honderduit. Ze waren niet alleen in de kerk; hier en daar zat een oud vrouwtje in het zwart – ze deden Gracie aan kraaien denken – en in een kleine kapel links van het altaar overlegde een jong stelletje met de priester.

Toen Donato zich plotseling op een knie liet zakken, werd Gracies vermoeden bevestigd. Hij ging haar ten huwelijk vragen!

'Gracie, ik hou van je!' Donato pakte haar hand en keek smachtend naar haar op. 'Je bent voor mij de ware! De enige voor wie mijn hart sneller klopt. En ik zou me vereerd voelen als je mijn vrouw wilt worden. Wat is daarop je antwoord?'

Gracie verbleekte. Ze wist dat ze ja moest zeggen, dat ze blij zou moeten zijn met een echtgenoot als Donato. Dat het krankzinnig was te blijven hunkeren naar een man die nooit de hare zou zijn. Donato was een lieve jongen. Hij mocht dan een rokkenjager zijn, maar gold dat niet voor alle Italiaanse mannen? Ze zou aan hem een goede echtgenoot hebben. En ze zouden samen een gezin stichten. Ze hield van Italië, van Colladoro. Wat deed het ertoe dat Donato niet haar grote liefde was? Ze was dol op hem. Daar zou ze genoeg aan hebben om tevreden te zijn. Toch aarzelde ze.

'Toe, Gracie,' drong hij smekend aan. 'Hoe lang wil je dat ik zo blijf zitten? Op één knie? Weet je wel hoe hard de vloer is?' Hij schonk haar een wellustige grijns, en Gracie wenste dat haar hart zou juichen. Dat ze vlinders in haar maag voelde. Dat ze tranen van ontroering in haar ogen kreeg. Maar ze voelde zich alleen maar erg ongemakkelijk.

'Je overvalt me. Dus je moet me even de tijd geven om erover na te denken,' zei ze in een poging hem niet te bruusk af te wijzen.

'Je wil me niet,' concludeerde hij mokkend. Maar hij sloeg meteen een andere toon aan, veranderde onmiddellijk van tactiek. 'We kunnen het zo goed vinden samen,' zei hij vleiend. 'Toe nou, schatje. We hebben het altijd zo gezellig.'

'Dat is zo,' moest ze toegeven, want daar had hij gelijk in. Ze konden het oprecht goed vinden samen. Het was dwaasheid hem af te wijzen vanwege Tancredi. Vanwege een illusie, een hersenschim. Maar ze kon niet anders. Het was sterker dan zij.

'Je vindt het heerlijk als ik je kus,' drong Donato stralend aan.

Ondanks zichzelf moest ze lachen. 'Dat is zo,' zei ze opnieuw.

Hij richtte zich op. 'En reken maar dat je me in bed ook heerlijk vindt,' fluisterde hij in haar oor.

Gracie wist zeker dat hij gelijk had, maar toch voelde een huwelijk met Donato als een doodlopende weg.

‘Geef me nog wat tijd.’ Ze kuste hem, maar het ontging haar niet dat hij verkrampte.

‘Nou, goed dan. Maar denk erom dat je me niet te lang laat wachten.’ Hij glimlachte vreugdeloos. ‘Of wil je dat ik mijn heil elders zoek?’

‘Nee.’

‘Dat dacht ik al. Ik ben een geduldig mens. Maar ik ben niet gek.’

Bijna ruw pakte hij haar hand en hij trok haar mee naar de deur. Gracie staarde naar het mozaïek in de vloer, worstelend met vragen waar ze geen antwoord op wist. Ze voelde zich ellendig; omdat ze Donato moest teleurstellen en omdat haar geheime liefde voor altijd onbeantwoord zou blijven. Zonder te kijken waar ze liep, zag ze de lange man niet aankomen en botste ze bijna tegen hem op. Geschrokken deed ze een stap naar achteren. ‘O, neem me niet kwalijk...’ stamelde ze. Toen ze haar ogen opsloeg, keek ze recht in het gezicht van Tancredi, die haar geamuseerd opnam.

‘Gracie!’ Hij glimlachte.

‘Tancredi, neem me niet kwalijk. Ik lette niet op...’

‘Dat geeft niks.’ Hij keerde zich naar Donato. ‘Signor Fabbri.’

‘Buon giorno, *conte* Bassanelli. Ik heb mijn vriendin net ten huwelijk gevraagd!’

Gracie wenste dat hij zijn mond had gehouden, ook al wist ze niet waarom.

Tancredi’s glimlach werd breder. ‘Gefeliciteerd.’ Hij sloeg Donato op de schouder. Mannen onder elkaar. ‘En dit is een prachtige kerk om in te trouwen.’

‘Vandaar dat ik Gracie er mee naartoe heb genomen.’

De manier waarop hij haar naam uitsprak, was ook een manier om zijn territorium af te bakenen. Gracie zou haar hand het liefst losrukken uit de zijne en Tancredi vertellen dat ze nog geen ja had gezegd; dat ze waarschijnlijk nooit ja zou zeggen tegen Donato. In plaats daarvan glimlachte ze om haar wanhoop, haar ongemak te verbergen. Het deed pijn dat Tancredi zo opgewekt op het huwelijksaanzoek reageerde. Als hij ook maar iets voor haar had gevoeld, zou er teleurstelling op zijn gezicht te zien zijn geweest.

Na een vrijblijvend praatje wenste Tancredi hun een prettige avond en verdween hij de kerk in. Gracie voelde zich diepongelukkig. Donato verstrakte zijn greep om haar hand en troonde haar mee naar de piazza. 'Kom, dan gaan we wat eten.'

Gracie deed haar best vrolijk te zijn, maar dat viel niet mee. Donato was teleurgesteld omdat ze hem indirect had afgewezen, en daar voelde ze zich schuldig door. *Wat bezielt me om Donato te weigeren? Om een illusie te blijven najagen?* Maar ze kon niet anders. Ze wenste dat ze er met iemand over kon praten, maar met wie? Haar moeder zat ver weg in Londen en kon zich amper een voorstelling maken van haar leven hier, in Italië. En oom Hans had geen ervaring met vrouwen.

Pas de volgende dag, in het atelier, vroeg ze tot haar eigen verbazing Rutger om raad.

'Er is iets, Gracie,' zei hij zonder op te kijken van zijn werk. 'Dat zie ik aan je. Wat is er aan de hand?'

'Donato heeft me ten huwelijk gevraagd.' Ze nam haar penseel van het doek.

'En wat heb je gezegd?'

'Dat ik erover moest nadenken.'

'Hm. Als je erover moet nadenken, dan lijkt het antwoord me duidelijk,' bromde hij.

'Ik had ja moeten zeggen.'

'Maar dat heb je niet gedaan. Je wilde erover nadenken.' Hij haalde zijn schouders op.

Gracie zuchtte geërgerd. 'Ik weet zelf niet waaróm ik erover moet nadenken.'

'Omdat het niet goed zit,' constateerde hij nuchter.

'Maar waaróm dan niet?'

'Omdat je je hart al aan een ander hebt gegeven.'

'O?' Was het haar zo duidelijk aan te zien, vroeg Gracie zich verbaasd af.

Rutger keek grijnzend om zijn schildersezel heen. 'Ik heb je zien opbloeien van een onopvallend jong meisje tot een mooie vrouw. Een stralende vrouw. Wie verliefd is, wordt bezield door een innerlijke gloed. Zo'n vrouw verandert. De liefde maakt haar lieftallig. Ik zou wel blind moeten zijn om dat niet te zien.'

'Maar ik weet niet wat ik moet doen!'

'Want de een houdt van je en de ander niet.'

Gracies onderlip begon te trillen. Hardop uitgesproken klonk het zo wreed. 'Ja.'

'Dan moet je jezelf de vraag stellen of je risico's durft te nemen, of je een gok durft te wagen.'

'Dat weet ik niet.'

'Wie het verstand laat zegevieren, zou zeggen dat je moet trouwen met de man die van je houdt, dat je je handjes moet dichtknijpen. Wie risico's durft te nemen, zou je aanmoedigen het hart te veroveren van de man die niet van je houdt. Met de kans op mislukking. Dan blijf je achter met lege handen.'

'Daar schiet ik niet veel mee op, Rutger.'

'Dan moet je er inderdaad maar eens goed over nadenken.'

'En daarmee zijn we weer terug bij af.'

'Tja, het is een keuze die alleen jij kunt maken.'

'Maar als je in mijn schoenen stond, wat zou jij dan doen?'

Hij keek opnieuw om het hoekje van zijn ezel. 'Ik zou mezelf geen gokker willen noemen. Maar ik ben wel bereid een risico te nemen. Als ik jou was, zou ik mijn opties openhouden. Door te kiezen voor Donato, sluit je voorgoed de deur naar de liefde. Maar als je nog even wacht, als je de deur op een kier laat staan, valt het licht van de liefde daar misschien doorheen. En zo niet, dan kun je de deur altijd nog dichtdoen.'

'Dus jij vindt dat ik moet wachten?'

'Dat zou ik doen.' Hij glimlachte. 'Hou je opties open. Je bent nog jong. Waarom zou je halsoverkop trouwen? Donato wacht wel.'

'En zo niet?'

'Hij zal op je wachten, want hij houdt van je. Net zoals jij van Tancredi houdt, en daarom bereid bent om op hem te wachten.'

Gracie hield verschrikt en verrast haar adem in.

'Sommige mensen wachten hun hele leven,' vervolgde Rutger. 'Omdat ze geloven dat de liefde dat waard is. En volgens mij geldt dat ook voor jou.'

Gracie ging weer aan het werk. 'Dat heb ik van mezelf nooit gedacht.'

'Nee, en dat is heel begrijpelijk. Je verwacht niet van jezelf dat je een heel leven verspilt met hunkeren naar een onbereikbare geliefde. Dat geldt voor iedereen. Maar de liefde is nu eenmaal sterker.'

'En jij, Rutger? Geldt dat ook voor jou?'

'Als ik jong was, zou ik op de ware liefde wachten, maar...' Hij klakte misprijzend – of was het berustend? – met zijn tong. 'Ik ben oud en vermoeid, ik heb de zoektocht naar de liefde opgegeven. Ik werk, ik slaap, ik eet, ik droom. En daar ben ik tevreden mee. Aanvaarding, daar gaat het om. Wanneer je net zo oud bent als ik, zul je dat begrijpen.'

Gracie zou hem nog veel meer willen vragen, maar ze voelde dat het onderwerp voor hem hiermee was afgesloten. Ze zou wachten, geduld hebben, bij zichzelf te rade gaan. En ze zou blijven hopen, ook al was dat laatste in Rutgers geval blijkbaar vergeefs geweest.

Begin september waren Gracie en Rutger klaar met vier van de schilderijen die moesten worden schoongemaakt. Bagwis stuurde een busje om ze op te halen. Gracie zou dolgraag mee terug zijn gereden naar het kasteel, in de hoop dat Tancredi er was, maar het werd haar niet gevraagd.

In het gouden licht van een vroege herfstavond trouwde Gaia met Filippo. Gracie en Damiana waren bruidsmeisje. Donato zag er knap uit in zijn pak, en niet voor het eerst vroeg Gracie zich af wat haar bezielde hem af te wijzen. Damiana had haar voor gek verklaard, en inmiddels wist het hele dorp van haar reserves. Niemand begreep waarom ze de knapste man van Colladoro een blauwtje liet lopen.

Een paar weken later deed Rutger een opwindende ontdekking. Hij had al geruime tijd het vermoeden dat een van de portretten die hij onder handen had en die in de catalogus van de collectie werd toegeschreven aan een tamelijk onbekende schilder, een echte Gainsborough was. Het gezicht van de geportretteerde verried de hand van de meester, het lichaam daarentegen was onbeholpen weergegeven, alsof het deel uitmaakte van een ander schilderij. Zolang hij nog niet zeker was van zijn zaak, had Rutger niets gezegd. Maar toen hij ontdekte dat het lichaam was overgeschilderd om een beschadiging en verkleuring van het doek te camoufleren, had hij geen enkele twijfel meer. Hij haalde Gracie erbij. 'Zo'n ontdekking is altijd opwindend. Dat maakt ons werk nóg meer de moeite waard.' Hij veegde zijn handen af aan een lap. 'Al die uren zwoegen, en dan dit! Wat een schitterende apotheose. Je moet onmiddellijk de gravin informeren.'

'Nee, dat moet jij doen. Waarom bel je haar niet?'

'Ik heb Bagwis gesproken, en het toeval wil dat ze op het kasteel is. Dus we hebben geluk. Ik heb gezegd dat we nieuws voor haar hebben, en dat jij haar dat komt vertellen. Ik ben te moe. Maar jij kunt op je fiets springen, dan ben je er zo.' Hij keek haar grijnzend aan, met een geheimzinnige glinstering in zijn ogen.

Gracie pakte haar fiets en reed de heuvel op. Het begon fris te worden, maar het was een prachtige avond. Het zachte licht van de schemering dompelde het kasteel en het dorp in een roze gloed. Toen de weg te steil werd, stapte ze af en duwde ze haar fiets verder omhoog. Tegen de tijd dat ze voor de hekken van het kasteel stond, parelde het zweet op haar voorhoofd. Haar vest had ze uitgetrokken en om haar middel geknoopt. Ze merkte tot haar afschuw dat er nog verf aan haar handen en onder haar nagels zat. Misschien had ze zich moeten verkleden en haar werkbroek moeten verruilen voor een jurk. Anderzijds, Tancredi was er waarschijnlijk toch niet. Volgens Donato kwam hij alleen in de zomer naar het kasteel, en het was inmiddels oktober. Dus hij zou wel in Rome zitten. Voor het eerst wenste ze dat hij inderdaad niet op het kasteel was, dat ze hem zo niet onder ogen hoefde te komen – bezweet en in haar weinig flatteuze schilderkleren.

Ze drukte op de bel, maar er kwam niemand naar het hek. De werkdag zat erop, Donato en zijn vader waren al naar huis, net als de rest van de tuinmannen. Gracie legde haar fiets op het gras langs de weg, duwde het hek op een kiertje open en glipte erdoorheen. De hoge cipressen langs de oprijlaan zagen eruit als reusachtige, in goud gedompelde veren, beschenen door de laatste stralen van de zon, die op het punt stond achter de heuvels te verdwijnen. Bij de voordeur gekomen drukte ze opnieuw op de bel. En weer kwam er niemand. Ze belde nogmaals. Nog steeds geen reactie. Met een stijgend gevoel van onbehagen liep ze naar een raam, legde haar handen op het glas en tuurde naar binnen. Tot haar verrassing waren de meubels afgedekt met stoflakens. Alles wees erop dat de contessa naar Rome was vertrokken en niet vóór de zomer zou terugkomen.

Maar Rutger zei dat hij Bagwis had gesproken. Dus er moest iemand zijn. Misschien was de gravin achter bezig. Gracie liep naar het terras waar ze haar voor het eerst had ontmoet. Maar ook daar boden de stoelen een verlaten aanblik, de kussens waren voor de winter weggeborgen. Alleen de vogels tjilpten bedrijvig in de bomen, druk kibbelend over het beste plekje voor de nacht. In verwarring gebracht vroeg Gracie zich af wat haar te doen stond. Rutger zou vast nijdig zijn als ze onverrichter zake terugkwam. Dan zou hij zeggen dat ze niet goed had gekeken. Maar waar kon de contessa in 's hemelsnaam zijn? Gracie durfde niet ongevraagd de tuin in te lopen, en de gravin roepen was ondenkbaar!

Op dat moment ging de deur van de toren open, en daar stond Tancredi. Gracies wangen begonnen te gloeien van gêne terwijl hij haar verbaasd opnam. Hij was zichtbaar verrast; net zo verrast als zij. Haar eerste impuls was zich om te draaien en ervandoor te gaan, maar dat zou onbeleefd zijn geweest, en wat al te dramatisch. Dus ze vermande zich, stak haar kin naar voren en liep naar hem toe.

Pas toen ze dichterbij kwam, zag ze dat zijn overhemd onder de verf zat en dat zijn broek ook verre van schoon was. Zijn haar piekte alle kanten uit, zijn baardstoppels verrieden dat hij zich al een paar dagen niet had geschoren. Het was duidelijk dat hij niemand verwachtte. 'Neem me niet kwalijk dat ik zomaar voor je neus sta,' verontschuldigde ze zich. 'Rutger heeft me gestuurd. Hij heeft nieuws voor de gravin.'

'Mijn moeder is er niet.'

'Maar Rutger zei dat hij Bagwis had gesproken...'

Het ontging haar niet dat zijn blik over haar werkbroek ging, en ze wenste vurig dat ze een leuke jurk had aangetrokken. Maar hij glimlachte bemoedigend, net als destijds bij de lunch, en zijn ogen vonden de hare. 'Moet je ons nou zien.' Hij grinnikte. 'Jij hebt blijkbaar ook de hele dag achter je ezel gestaan.'

Ze schoot in de lach, opgelucht dat hij niet boos was. 'Ben je aan het schilderen?'

'Ja. Kom maar binnen. Dan zal ik het je laten zien. Niet dat ik er veel van terechtbreng. Het is maar liefhebberij.' Hij draaide zich om. Gracie volgde hem naar binnen, naar een ronde, witgepleisterde ruimte vanwaar een eenvoudige houten trap naar boven leidde. De kale plankenvloer zat onder de verf, tegen de muur stonden doeken en lijsten, en verder was er alles wat je in het atelier van een schilder kon verwachten. Op een ezel stond het schilderij waar Tancredi aan werkte. Het stelde een man voor, geschilderd in sombere tinten grijs, bruin en blauw: een voorovergezakte gedaante, gebogen over het lege glas dat voor hem op tafel stond.

Gracie was verrast door de moedeloosheid die ervan uitging. 'Wie is die man?'

Er viel een lange stilte, waarin Tancredi haar onderzoekend opnam.

Het was alsof hij dwars door haar heen keek. Ze voelde zich ongemakkelijk, wist zich geen houding te geven. Het portret had iets rauws, en dat vond ze schokkend.

'Dat ben ik,' antwoordde Tancredi ten slotte. Hij zette zijn handen op zijn heupen. 'Of liever gezegd, dat wás ik.'

'Ben jij dat?'

'Ja, ik heb vele levens geleid, Gracie.'

'Hij ziet er zo ongelukkig uit. Zo verloren en ontroostbaar.'

Tancredi haalde zijn schouders op. 'Toch ben ik het echt.' Hij lachte, maar er sprak geen enkele vreugde uit.

Gracies blik ging weer naar het schilderij, en ze vroeg zich af wat hem ertoe had geïnspireerd. 'Het is erg somber. Bijna angstaanjagend. Maar ook erg goed.'

'Uit jouw mond is dat een groot compliment.'

Ze glimlachte. 'Is al je werk zo somber?'

'Nee, helemaal niet. Wacht, dan zal ik je iets vrolijkers laten zien.'

Ze namen uitvoerig de tijd om zijn werk te bespreken, en Gracie vergat dat ze geen leuke jurk aanhad maar een oude broek. Ze spraken als oude vrienden, hadden plezier om de wat mindere doeken, en Gracie uitte haar bewondering voor de schilderijen die ze wel geslaagd vond. Op zijn beurt zwakte Tancredi haar complimenten onmiddellijk af door bescheiden op te merken dat het niets voorstelde. Voor zo'n aantrekkelijke, charismatische man was hij erg onzeker. Maar dat maakte hem in Gracies ogen alleen maar dierbaarder.

'Zullen we wat drinken?' stelde hij voor toen ze al zijn werk hadden bekeken. 'Dat hebben we wel verdiend na zo'n lange dag.'

'Ik wil geen beslag leggen op je tijd.' Gracie herinnerde zich ineens waarvoor ze was gekomen. 'Rutger heeft me hierheen gestuurd met nieuws voor de gravin. Hij heeft een Gainsborough in de collectie ontdekt, bij het schoonmaken van een van de schilderijen.'

'Echt waar?'

'Ja, het doek is een vermogen waard. Dus de gravin zal wel blij zijn.'

'Nee, ik bedoel, heeft Rutger je hierheen gestuurd om dat aan mijn moeder te vertellen?'

'Ja.'

'Maar mijn moeder is al in september naar Rome vertrokken. En sindsdien is ze hier niet meer terug geweest.'

‘Wat raar. Rutger heeft Bagwis gesproken... en hij zei...’ Ineens begreep ze het. Rutger had haar met opzet naar het kasteel gestuurd! Hij had geweten dat Tancredi er was! Ze glimlachte. Die Rutger! ‘Nou ja, het doet er niet toe,’ zei ze met een nonchalant gebaar. ‘Dan moet jij het maar aan je moeder vertellen.’

‘Daar moet op gedronken worden. Kom mee. Is het niet te koud om buiten te zitten?’

‘O, maar ik wil je niet tot last zijn.’

‘Dat ben je niet. Integendeel. Ik heb in geen dagen iemand gesproken.’

‘Nou, dan graag.’ Ze trok haar vest weer aan.

Samen haalden ze glazen en een fles wijn uit de keuken en de kussens uit de opslag, waarna ze zich op de rieten bank op het halfronde terras met uitzicht over de heuvels installeerden – het terras waar Gracie hem voor het eerst had ontmoet. De zon was nog slechts een smeulende gloed aan de horizon, de eerste ster twinkelde aan de indigoblauwe hemel. Gracie dronk genietend van de heerlijk koele, verfrissende wijn, waarvan ze aangenaam licht werd in haar hoofd. Innig gelukkig om met de man van haar hart naar de zonsondergang te kijken, voelde ze dat de tijd drong. Dit was misschien wel de laatste keer in maanden, zo niet jaren, dat ze hem zag. ‘Waarom is dat zelfportret zo somber, zo verdrietig?’ Ze besefte dat het vrijpostig was zoiets te vragen, maar het kon haar niet schelen.

Hij leunde tegen de kussens, legde een hand achter zijn hoofd en staarde in de verte, naar de heuvels. ‘Dat is een lang verhaal.’ Hij slaakte een zucht. ‘Maar als je geen haast hebt...’

‘Je maakt me nieuwsgierig. Vertel op!’

Hij grinnikte. ‘Nou, goed dan.’ Hij nam een slok wijn, ging weer rechtop zitten en zette zijn ellebogen op zijn knieën. ‘Weet je nog dat ik je over dat schilderij vertelde?’

‘Dat schilderij waar je oom geen afstand van wil doen?’

‘Je hebt een goed geheugen.’

'Alleen voor dingen die me interesseren.'

'Afijn, zoals ik al zei, dat schilderij betekent erg veel voor me. Niet alleen omdat het zo mooi is, maar ook omdat het hoort bij een periode van mijn leven waarin ik gelukkig was. Mijn vader stierf toen ik vijftien was. Het was mijn eerste ervaring met verdriet, verlies. Ik ben omringd door liefde opgegroeid, ik werd verwend en ik wist niet beter of geluk was iets waar ik recht op had. Totdat ik mijn vader verloor en ik, zoals jij dat noemde, een brug overstak.'

Het ontroerde Gracie dat hij dat had onthouden. Toen ze zag hoe hij zijn ogen neersloeg, ging haar hart naar hem uit.

'Ik kon nooit meer terug naar die gelukkige wereld aan de andere kant van de brug,' vervolgde hij. 'Ik was jong. Ik besefte niet dat het verlies van een dierbare iets is waarmee je moet leren leven; iets wat je een plaats moet geven; niet iets waar je doorheen gaat en wat je uiteindelijk achter je laat. Want zo werkt het niet. Het blijft bij je. Je draagt het mee, als een steen die voor altijd op je hart drukt. Maar dat wist ik toen nog niet. Ik dacht dat ik het verdriet kon bezweren door het geluk na te jagen. Zo kwam ik in aanraking met foute vrienden, mensen die alleen maar voor hun plezier leefden. Mijn schoolresultaten holden achteruit. Ik deed niets anders dan feesten. Ik gaf geld uit als water. Ik ging met de verkeerde meisjes uit, ik gebruikte drugs, ik rookte en ik dronk om het verdriet niet te voelen. En iedereen wist het. Heel Rome zag het gebeuren. Ook mijn grootvader. Ik was dol op hem, maar hij was de wanhoop nabij en vroeg zich af wat er van me terecht moest komen. Hij probeerde met me te praten, maar ik wilde niet luisteren. Ik zat zo vol wrok. Ik was woedend op God omdat Hij me mijn vader had afgenomen. En ik was woedend op mijn vader omdat hij me in de steek had gelaten – alsof hij dat expres had gedaan! En ik was woedend op mezelf omdat ik zo'n zwakkeling was. Toch wist ik niet hoe ik het tij moest keren. Ik neem aan dat mijn gedrag een kreet om hulp was, om aandacht, maar er was niemand die wist hoe hij me moest helpen. Bovendien zou ik niet in staat zijn geweest hulp aan te nemen.

Op een dag kwam mijn grootvader naast me staan toen ik voor dat bewuste schilderij stond. "Weet je nog dat je hier als kind al uren naar kon kijken?" vroeg hij.

"Ja," antwoordde ik.

"Die kleine jongen is er nog steeds, Tancredi. Heel diep vanbinnen. Zijn leven mag dan veranderd zijn, en hij mag dan een verschrikkelijk verlies hebben geleden, maar hij is er nog, met al zijn verwondering, zijn onschuld, zijn vreugde, heel diep binnen in je. Je moet hem alleen weer zien te vinden."

Toen besefte ik dat de keuze hoe ik wilde leven, bij mij lag. En dat ik hard op weg was mijn leven te vergooien. Door me te misdragen kreeg ik mijn vader niet terug. Erger nog, ik was verworden tot iemand die mijn vader niet meer zou hebben herkend, iemand op wie mijn grootvader niet langer trots kon zijn. Ik besloot mijn leven radicaal om te gooien. En ik ging op zoek naar het kind dat ik ooit was geweest.'

'En heb je dat gevonden?' vroeg Gracie zacht.

Tancredi keek haar ernstig aan. 'Ik weet het niet. Laten we zeggen dat ik nog zoekende ben.' Hij ging verzitten om haar recht aan te kijken. 'Toen mijn grootvader stierf, verwachtte ik dat hij mij het schilderij zou hebben nagelaten. Dat had hij beloofd. Misschien is hij vergeten het in zijn testament op te nemen. Of misschien ging hij ervan uit dat de familie zijn wens zou respecteren. Iedereen wist ervan. Maar mijn oom concludeerde dat mijn grootvader blijkbaar toch níét wilde dat het schilderij naar mij zou gaan. Ik verdenk mijn oom ervan dat hij me wilde straffen omdat ik de naam van de familie door het slijk heb gehaald. Zijn reputatie is hem heilig. Die gaat boven alles, zelfs boven zijn familie en zijn kinderen.' Hij grijnsde kwaadaardig. 'Wat zou ik die graag besmeuren. Maar dat kan helaas niet zonder dat mijn eigen reputatie er ook onder lijdt.'

'Dus het schilderij stelt de wanhopige Tancredi voor die worstelt om gehoord te worden. De jongen die zijn vader verloor, en zijn grootvader, en die wrok koestert jegens zijn oom. Het schilderij is een portret van wanhoop en machteloosheid.'

‘Ik ben onder de indruk van je analyse.’ Hij pakte grinnikend de wijnfles uit de ijsemmer op het tafeltje naast hem, schonk eerst Gracie nog eens bij en toen zichzelf. ‘Sorry. Het is een treurig verhaal.’

‘Maar het heeft je geïnspireerd tot waarschijnlijk je beste werk.’

‘Vind je het echt goed?’

‘Ja, dat vind ik echt. Maar ik zou het niet aan de muur willen!’ Ze schoten allebei in de lach.

‘Het voelt als een opluchting dat ik het je heb verteld. Jij bent de eerste met wie ik erover heb gesproken.’

‘Je zei het toen al, in de tuin. Tegenover een vreemde praat het gemakkelijker.’

‘Maar je bent geen vreemde, Gracie.’ De glimlach waarmee hij haar aankeek was zo teder dat haar hart een sprongetje maakte. ‘Zijn Donato en jij al getrouwd?’ Hij bracht het glas naar zijn lippen en nam een slok wijn.

‘Nee, nog niet,’ antwoordde Gracie, verrast dat hij dat nog wist.

‘Wanneer is de grote dag?’

‘Donato liep wat te hard van stapel.’

Tancredi trok een wenkbrauw op.

‘Toen we jou tegen het lijf liepen, had hij me net een aanzoek gedaan. Maar ik had gezegd dat ik wat tijd nodig had, dat ik eroverna moest denken.’

‘En heb je dat inmiddels gedaan?’

Gracie werd plotseling overmand door emotie. Ze wendde zich af en keek naar de heuvels, zwarte silhouetten tegen de hemel, die steeds donkerder werd. Hoe graag ze ook eerlijk zou willen zijn, ze kon het niet. ‘Ik denk er nog steeds over na,’ zei ze ten slotte.

‘Je houdt niet van hem.’ Het klonk als een nuchtere constatering.

Gracie kon geen woord uitbrengen. Haar hand met daarin haar wijnglas begon te trillen, want met die woorden had hij iets over zichzelf onthuld wat ze niet kon negeren. ‘Ik ben dol op hem,’ zei ze ten slotte.

‘Dat is niet genoeg.’

Ze dronk haar glas leeg en zette het op tafel. ‘Nee.’ Ze slaakte een zucht. ‘Nee, dat is niet genoeg.’

Hij reikte over de tafel en pakte haar hand.

Gracie verstijfde.

‘Niet schrikken,’ zei hij zacht. Zijn duim streek over haar huid. ‘Ik ben blij dat je niet met Donato gaat trouwen.’

Gracie wilde iets zeggen, maar er kwam geen geluid over haar lippen.

‘Je bent te goed voor hem,’ vervolgde Tancredi. In de schemering zag ze hoe zijn ogen glansden, en ze hoopte dat ze zich de liefde die ze daarin las, niet verbeeldde. ‘Ik dacht dat ik geen kans maakte, dus ik heb geprobeerd je uit mijn hoofd te zetten. Maar ineens was je daar. Ineens ben je bij me. Volgens mij heeft het lot ons bij elkaar gebracht.’ Hij legde een hand onder haar kin en drukte zijn lippen op de hare.

Gracie had het gevoel dat ze werd opgetild. Ze sloot haar ogen en wenste dat dit moment eeuwig kon duren.

Tancredi streelde haar neus met de zijne. Toen hield hij haar een eindje van zich af en keek haar aan.

Ze deed haar ogen open. Hun blikken vonden elkaar.

Toen ze niet protesteerde, toen ze hem niet wegduwde, kuste hij haar nogmaals, deze keer vurig en hartstochtelijk. Hij sloeg zijn armen om haar heen en trok haar dicht tegen zich aan.

Gracie sloot opnieuw haar ogen. Het verschil tussen een goede en een slechte kus had niets met techniek te maken, besefte ze. Maar alles met liefde.

11

Italië, 2010

Gracie werd wakker doordat er iemand over haar hoofd streek. Toen ze haar ogen opendeed, keek ze in het gezicht van haar kleindochter. Anastasia zat op de rand van het bed en nam haar bezorgd op. 'Is alles goed, oma? U hebt de hele middag geslapen. Volgens Rex werd u ineens niet lekker.'

Het duurde even voordat Gracie zich herinnerde wat er was gebeurd. Toen wist ze het weer, en een gevoel van verdriet, van verslagenheid overviel haar. In gedachten zag ze Tancredi weer op het balkon staan, zag ze hoe hij wuifde, zag ze zijn beleefde, onpersoonlijke glimlach. Hij had haar niet herkend. 'Ja hoor, niks aan de hand.' Ze wendde haar blik af, om te voorkomen dat haar kleindochter de pijn in haar ogen zag.

Anastasia grijnsde. 'Hebt u soms te veel gedronken tijdens de lunch?'

'Nee, dat geloof ik niet.' Gracie legde een hand op haar hoofd, maar de pijn zat in haar hart.

'Ik heb de hele middag met Alex bij het zwembad gelegen. Hij is echt cool. Ik ben zo blij dat er ook iemand in de groep is van mijn leeftijd.'

'Ja, dat is leuk voor je.' Gracie werkte zich enigszins verstijfd overeind.

'Hij is echt heel erg slim. En hij wil later voor Buitenlandse Zaken gaan werken.'

'Ik vind hem bovendien erg charmant.'

Anastasia schoot in de lach. 'Kom, dan gaan we naar beneden, voor de thee. Daar knapt u van op. U ziet erg witjes, en ik rammel!'

'Jij hebt altijd honger.' Gracie liet zich uit bed glijden. 'Ik snap niet waar je het laat.'

'Geen idee, maar het is zo verdwenen. Ik heb mijn eten nog niet op, of ik krijg alweer trek.'

'Nou, laten we dan inderdaad maar naar beneden gaan.' Gracie was blij dat ze door Anastasia met zachte drang naar het heden werd teruggehaald. Een kop thee was precies wat ze nodig had. Ze schoot haar schoenen aan en liep naar de deur.

'Oma?'

'Ja, lieverd?'

'Ik ben blij dat ik mee ben gegaan.'

Gracie draaide zich om. Het gezicht van haar kleindochter verried dat ze het oprecht meende. 'Ik ben ook blij dat jullie mee zijn gegaan. In mijn eentje zou het misschien best eenzaam zijn geweest.'

Anastasia fronste. 'Bent u thuis, in Devon, wel eens eenzaam?'

Gracie wilde het al ontkennen. Ze wilde al zeggen dat ze haar honden had en haar vriendinnen, maar haar kleindochter verdiende een eerlijk antwoord. 'Een beetje,' bekende ze dan ook.

'Wat akelig!' Er stond afschuw op Anastasia's gezicht te lezen.

'Ach, het hoort bij het leven,' zei Gracie, en dat meende ze. *Net als teleurstelling.* Als Rutger haar iets had geleerd, dan was het aanvaarding. Tancredi had haar niet herkend. Dat was verdrietig, maar niet het einde van de wereld. Ze had het tweeënveertig jaar zonder hem weten te redden, ze was op het mooiste plekje dat ze zich maar kon wensen, samen met haar dochter en haar kleindochter, dus ze voelde zich gezegend. Dat zou ze niet laten bederven door teleurstelling, hoe hard die ook was aangekomen.

De thee werd buiten geserveerd, op hetzelfde terras als waar ze hadden ontbeten. Gracie dacht dat Anastasia naar de grote tafel zou lopen, waar Wendy, Tiff en Brigitte al met Rex, Lauren en Alex aan de thee zaten. Maar tot haar verrassing wilde haar kleindochter haar voor zichzelf alleen en koos ze een tafeltje, helemaal aan de andere kant van het terras. Daar bestelde ze een pot thee voor twee personen.

'Wanneer hebt u opa eigenlijk leren kennen?' vroeg ze, nadat ze zich van de sandwiches en de cake had bediend. 'En wist u meteen dat u met hem wilde trouwen?'

Van haar thee nippend begon Gracie weer een beetje mens te worden. Dat kon ook niet anders, in zo'n schitterende omgeving en met haar kleindochter die haar onderzoekend aankeek, benieuwd naar haar antwoord. Blijkbaar was ze al behoorlijk verkikkerd op Alex. 'Wil je dat echt weten? Of vraag je het alleen uit beleefdheid?'

'Nee, ik wil het echt graag weten. En waarom woont u zo ver weg? Waarom komt u niet in Londen wonen? Dan zouden we elkaar vaker zien en was u niet zo eenzaam.'

'Devon is mijn thuis.' Gracie haalde haar schouders op. 'Daar ben ik gaan wonen nadat ik...' Ze viel stil. Hoe moest ze haar kleindochter vertellen wat er hier in Colladoro was gebeurd?

'Nadat u wat?' drong Anastasia aan.

'Nadat ik uit Italië was teruggekomen.' De verbazing op Anastasia's gezicht bezorgde haar heimelijk een huivering van plezier.

'Uit Italië? Hoe bedoelt u? Hebt u hier gewoond? Maar wanneer dan?'

'Ik ben hier op mijn dertiende gekomen, om in de leer te gaan bij de beste schilderijenrestaurateur in heel Europa.'

'Echt waar? Dat heb ik nooit geweten.'

Gracies hart begon sneller te slaan terwijl ze het geheim verklapte dat ze meer dan veertig jaar had gekoesterd. Ze had het er zomaar ineens uit geflapt. Zonder nadenken. Zonder zich af te vragen of ze daar goed aan deed. 'Niemand wist het. Zelfs je opa niet.'

Anastasia zette grote ogen op. 'Waarom hebt u hem dat nooit verteld?'

'Ach, dat is een lang verhaal.'

‘Ik wil het dolgraag horen. Het hele verhaal.’ Ze legde bezwerend haar hand op die van Gracie. ‘Wat is er in Italië gebeurd?’ vroeg ze bijna fluisterend.

‘Ik werd verliefd.’ Gracies ogen lichtten op bij de gedachte aan Tancredi; niet aan de man die hij was geworden, de man die haar niet eens had zien staan, maar aan de man die zijn ogen niet van haar af had kunnen houden. ‘Maar niet op opa.’

‘O! Vertel!’ Anastasia vond het allemaal reuze opwindend. ‘Ik wil het hele verhaal horen. Vanaf het begin. U hebt hier gewoond. En wat hebt u hier allemaal gedaan?’

Pas toen ze begon te vertellen, besefte Gracie dat ze er klaar voor was om haar verhaal te doen. Dat het de hoogste tijd was om eindelijk haar hart te luchten. ‘Ik heb hier gewerkt, als restaurateur van schilderijen. In een mooie villa. Hier vlakbij.’

‘Echt waar? Hier vlakbij?’

‘Echt waar. La Colomba, zo heette de villa. En ik was in de leer bij Rutger Janssen, een beroemde restaurateur...’

Anastasia hing aan haar lippen terwijl Gracie vertelde over haar oom Hans en over de gravin, ook al vermeed ze de naam van het kasteel en van de gravin te noemen. Ook de naam van Tancredi verzweeg ze. In plaats daarvan gebruikte ze zijn tweede naam, waarmee hij naar zijn grootvader was vernoemd. ‘Ik was op slag verliefd op Gaetano, vanaf het eerste moment dat ik hem zag.’ In gedachten beleefde ze het moment opnieuw.

‘Echt waar? Dus het was liefde op het eerste gezicht?’ vroeg Anastasia opgewonden. Ze drukte Gracies hand. ‘U wist het meteen? Zodra u hem zag?’

Gracie glimlachte. ‘Ja.’

‘Was het alsof de bliksem insloeg?’

‘Ja, zo was het precies.’

‘En werd hij ook verliefd op u?’

‘Hij zag me niet eens staan. Althans, die eerste keer.’ Gracie vertelde over het huwelijk, over de bruiloftsgasten op de piazza. 'Zo'n knappe man had ik nog nooit gezien.'

'Hoe oud was u toen?'

'Ongeveer net zo oud als jij.'

Anastasia straalde. 'En toen? Hoe ging het verder?'

'Hij zou nooit verliefd worden op een meisje zoals ik. Dat besefte ik maar al te goed. Want ik was bepaald geen schoonheid, Anastasia. Ik was niet zo'n mooi meisje als jij.'

'Vast wel!'

'Nee, echt niet. Maar ik ontdekte dat schoonheid subjectief is. Wat de een mooi vindt, is dat in de ogen van een ander soms helemaal niet. Bovendien gaat schoonheid niet alleen om de buitenkant. Schoonheid zit ook vanbinnen, in je hart. En uiteindelijk zag Gaetano mijn hart...'

'Maar wannéér dan? Wanneer besefte hij dat hij ook van u hield?'

Gracie schonk zichzelf zuchtend nog een kop thee in. 'Ik moet je eerst over Donato vertellen.'

Net op dat moment kwam Carina het terras op lopen. Haar gezicht was roodverbrand. Ze had de hele middag gewandeld en was vergeten zich in te smeren. Toen ze haar moeder en haar dochter samen aan een tafeltje zag zitten, helemaal aan het eind van het terras, liep ze glimlachend naar hen toe. 'Wat een heerlijke dag.' Ze liet zich met een tevreden zucht in een stoel ploffen en gebaarde naar Carlo om een verse pot thee.

Anastasia trok een grimas naar haar oma, geërgerd dat ze uitgerekend op dat moment werden onderbroken. Gracie knipoogde, waarop haar kleindochter veelbetekenend grijnsde, maar al te graag bereid hun gesprek geheim te houden. 'We gaan later verder met het verhaal,' fluisterde Gracie, en ze klopte Anastasia op de hand.

'Wat is het hier zalig!' dweepte Carina. 'En al die bloemen! Niet te geloven! Ik heb kilometers gelopen. Zonder ook maar enig idee waar ik heen ging, maar ik kon gewoon niet stoppen. Wijnstokken, boerderijen, olijfgaarden...' Ze schudde zuchtend haar hoofd. 'Ik ben zo blij dat ik mee ben gegaan.'

Gracie kon haar oren niet geloven. 'En ik ben blij dat je het zo naar je zin hebt.'

'Ik meen het echt. Om eerlijk te zijn zag ik het eigenlijk niet zo zitten. Het was razend druk op kantoor. Maar ik ben blij dat ik toch ben gegaan. Dit is precies wat ik nodig had. Even ertussenuit. Ik besef nu pas dat ik mijn vakanties altijd heb laten beheersen door mijn werk, dat ik altijd en overal bezig was. Maar hier heb ik mijn telefoon op mijn kamer gelaten. Voor het eerst! En het maakt alle verschil van de wereld. Ik voel me een ander mens. Nu al! Na één dag!'

Carlo serveerde verse thee en nam de oude pot mee naar de keuken.

'En wat heb jij gedaan?' vroeg Carina aan haar dochter.

'Bij het zwembad gelegen.' Anastasia schonk Gracie een grijns. Samenzweerders onder elkaar. 'En met oma gekletst.'

'O, wat leuk.' Carina klonk verrast.

'Wij hadden ook een heerlijke middag,' zei Anastasia. De uitdagende toon in haar stem ontging Gracie niet. 'De verhalen van oma zijn echt geweldig.'

'Over mij zeker, toen ik nog een klein meisje was?' Carina rolde met haar ogen.

'Nee, niet over jou, mam,' sprak Anastasia haar geërgerd tegen. 'Over oma als...'

'Ach, het zijn maar saaie verhalen.' Gracie keek haar kleindochter waarschuwend aan.

'Ik vind ze helemaal niet saai.' Anastasia keerde zich naar haar moeder. 'Maar vertel, hoe wás je als klein meisje?'

'Druk,' antwoordde Gracie namens haar dochter, die spontaan in de lach schoot.

Die avond wachtte Anastasia tot haar moeder sliep, toen liet ze zich muisstil uit bed glijden. Net zoals ze dat op kostschool al talloze keren had gedaan, legde ze haar kussens onder de dekens. Mocht haar moeder wakker worden, dan zou ze niets in de gaten hebben. Haar kleren had ze al in de kast in de badkamer verstopt. Geruisloos kleedde ze zich aan. De maan scheen door het raam naar binnen en zorgde voor voldoende licht. Omdat het 's nachts kil optrok, schoot ze een trui aan. Op haar tenen sloop ze vervolgens de kamer uit. De deur trok ze zachtjes achter zich dicht.

Anastasia was verliefd. En het was net zo gegaan als bij haar oma. Ze had het meteen, vanaf het allereerste moment zeker geweten. Het was gebeurd bij het zwembad. Hun blikken hadden elkaar gekruist, en ze hadden elkaar woordeloos begrepen. Het had gevoeld als het inslaan van de bliksem. En op slag was alles veranderd. De hemel leek blauwer, het gras groener, de hele wereld nieuw en opwindend. Ze kon aan niemand anders meer denken, alleen aan hem. Haar hart voelde als een ballon, gevuld met helium. Ze werd er bijna door van de grond getild.

Ze hadden afgesproken in het tuinhuis bij het zwembad. Daar zou hij op haar wachten, had hij beloofd. Desnoods de hele nacht. Terwijl ze zich opgewonden naar het zwembad haastte, dat buiten het zicht lag van het kasteel, was ze veel te opgewonden om de geur van vochtig gras en pijnbomen te ruiken, om het zachte tjirpen van de krekels te horen. Haar moeder zou woedend zijn, en dat bezorgde Anastasia zo'n gevoel van euforie dat ze het wel zou willen uitschateren.

Ze zweefde over het pad van gemaaid gras, omzoomd door rozen en oleanders. Ten slotte kwam het water in zicht, als een zilveren spiegel in het maanlicht, met daarin de reflectie van de sterren. Het huisje stond aan de andere kant van het zwembad, een charmant stenen paviljoen, meer een romantische folly dan een kleedkamer annex opbergruimte. Vurig hopend dat hij er zou zijn rende ze over de stenen. Toen rook ze zijn sigaret, en haar hart maakte een sprongetje.

De jonge tuinman verscheen in de deuropening, leunde tegen het kozijn en glimlachte uitdagend. 'Jij gekomen,' zei hij in gebrekkig Engels, met een accent dat haar een huivering van genot bezorgde.

'Maar, Giovanni! Had je daar dan aan getwijfeld?' Ze liep naar hem toe.

Hij gooide zijn sigaret weg en sloeg zijn armen om haar middel. In zijn donkere ogen smeulde hartstocht. 'Ik blij jij er bent,' fluisterde hij. Toen drukte hij zijn lippen op de hare.

Anastasia had alleen nog maar gezoend op feestjes in Londen, met jongens zonder ervaring, die vochtig en onbeholpen kusten. Giovanni daarentegen wist er alles van. Hij zoende verrukkelijk. Anastasia dacht dat ze zou bezwijmen van genot. Kreunend sloeg ze haar armen om zijn hals.

Daarna werd er nauwelijks meer gesproken. Giovanni kende amper een paar woordjes Engels. Maar het deed er niet toe. Het opgevouwen afdekzeil van het zwembad diende als bed. Zodra ze waren gaan liggen, begonnen ze weer te zoenen. En dat deden ze de hele nacht, in het zilveren schijnsel van de maan dat door het raam naar binnen viel. Giovanni haastte zich niet. Ze hadden alle tijd. Zijn hand gleed onder haar trui, naar haar borsten, en de adem stokte Anastasia in de keel bij de vreemde, nieuwe gevoelens die bezit van haar namen en maakten dat ze alle remmingen verloor. Elke streling was zo mogelijk nog opwindender dan de vorige. Het was alsof zijn handen over magische krachten beschikten, en ze wilde dat hij haar overal aanraakte, dat hij geen plekje oversloeg. Zijn lippen speelden teder met de hare, zijn tong gleed plagend over haar mond. Hij kuste haar nek, haar sleutelbeen, hij likte het kuiltje in haar hals en onder haar oren. Ondertussen zochten zijn vingers liefkozend hun weg over haar dijen naar boven, naar haar slipje – en ze wilde niets liever! Gewillig spreidde ze haar benen. Hij fluisterde woordjes in het Italiaans die ze niet begreep. Zijn hand schoof onder haar broekje. '*Como sei bella... amore mia... come sei bella... Tesoro...*' Hij streelde haar met de zinnelijkheid van een man die al vele vrouwen heeft gestreeld. Hij wist precies wat hij moest doen om haar op te winden, en voor Anastasia, die alleen met schooljongens had gevrijd, kende haar verrukking geen grenzen. Die nacht schonk ze hem nog niet haar maagdelijkheid, maar wel haar hart. En als hij daar goed voor zorgde, was ze maar al te graag bereid zich volledig aan hem te geven.

De volgende ochtend schrok Carina opnieuw in paniek wakker. Had ze zich verslapen? Kwam ze te laat op kantoor? Toen besefte ze waar ze was. Ze pakte haar telefoon, maar herinnerde zich nog net op tijd wat ze met zichzelf had afgesproken. Ze staarde naar het toestel, vechtend tegen de drang om haar mail te checken, worstelend met de strijd tussen het verlangen om permanent in verbinding te staan met kantoor en met de diepgewortelde behoefte aan de serene rust die Italië haar gaf. Haar duim zweefde boven de thuisknop. Misschien kon ze even een snelle blik op haar mail werpen en de telefoon dan weer uitzetten. Heel even maar. Een snelle, vluchtige blik. Dat telde niet. Maar stel nu eens dat ze het niet kon opbrengen de telefoon dan weer uit te zetten. Stel nu eens dat een van de binnengekomen mails onmiddellijk een reactie vereiste. Dan zou ze het niet kunnen laten terug te mailen. En van het een kwam het ander. Dan belandde ze op een gevaarlijk hellend vlak. Haar ergernis over haar eigen zwakte dreigde de innerlijke rust die bezit van haar had genomen, te verdrijven. Nee, dat wilde ze niet. Ze zou sterk zijn. Ze vermande zich en legde de telefoon onder het slaken van een gesmoorde krachtterm terug op het nachtkastje. Ze had iets met zichzelf afgesproken, en daar zou ze zich aan houden. Ze zou de lokroep van haar telefoon weerstaan. Met een zucht ging ze op haar rug liggen. Haar blik werd opnieuw naar de dansende stofdeeltjes getrokken in de schachten van het licht dat door de kieren tussen de luiken naar binnen viel. Ze deden haar aan vuurvliegjes denken. Als gehypnotiseerd staarde ze ernaar, niet in staat zich van het beeld los te maken, en diep binnen in haar won het gelukzalige gevoel van verstilling weer aan kracht.

Toen Anastasia de kamer binnensloop, besefte ze dat haar moeder al wakker was. Carina draaide zich naar de deur, naar haar dochter, die haar stralend aankeek, met natte haren en gewikkeld in een handdoek. 'Heb je al gezwommen?' vroeg ze slaperig.

'Ja, ik kon de verleiding niet weerstaan om al vóór het ontbijt een duik te nemen. Het water is heerlijk.'

‘Misschien ga ik vandaag ook wel zwemmen.’ Carina rekte zich loom uit.

‘Ja, dat moet je echt doen. Tenminste, als je het niet te druk hebt met bellen en sms’en.’

‘Nee, ik heb met mezelf afgesproken dat ik mijn telefoon uit laat staan.’ Carina was trots op zichzelf. Ze had de verleiding onder ogen gezien en weerstaan.

‘Ja, ja, dat zal wel.’

‘Echt waar! Trouwens, jij zit net zo vaak op je telefoon als ik.’

‘Nietes! Ik heb hem al sinds gisteren niet meer gebruikt.’

‘Waar hebben we dat aan te danken?’

Aan Giovanni, dacht Anastasia gelukzalig. ‘Aan Italië.’

‘Vandaag gaan we Mamma Bernadetta’s *ragù alla bolognese* maken,’ zei Ilaria toen de gasten eenmaal op hun kruk waren geklommen en potlood en papier hadden gepakt. Anastasia zat naast haar oma, en het viel Gracie op dat ze geen poppetjes tekende, niet stiekem op haar telefoon keek, maar in plaats daarvan aandachtig luisterde en aantekeningen maakte. Af en toe wierp ze grijnzend een blik opzij, en dan zwol Gracies hart van vreugde om de band die tussen hen groeide.

Mamma Bernadetta goot een scheut olijfolie in een pan, samen met een klont boter. ‘Voor ragù alla bolognese gebruiken we twee soorten vet,’ vervolgde Ilaria. ‘De saus moet twee uur pruttelen, en na een half uur zegt de olijfolie dat hij er genoeg van heeft zijn smaak af te geven. Dus dan neemt de boter het over en houdt die de boel op orde tot de saus klaar is. Twee vrienden van wie we veel plezier hebben. Ui en knoflook gaan daarentegen niet goed samen. Ze zijn gescheiden en praten niet meer met elkaar. Dus we gebruiken ze nooit tegelijk.’ Met haar mollige vingers gooide Mamma Bernadetta de in blokjes gesneden wortels, selderij en ui in de pan. Een verrukkelijk aroma steeg op uit de pan, en Ilaria keek tevreden toe terwijl haar leerlingen het genietend opsnoven. Niets bracht mensen zo ontspannen tot elkaar als koken. De groep werd hoe langer hoe meer een eenheid, de gesprekken werden steeds geanimeerder. *Mensen zijn net groenten in extra vergine olijfolie. Aan het eind van de week zijn ze vrienden voor het leven.*

In de pauze zochten Anastasia en Alex de zon op en gingen op het gras zitten. Anastasia deed een handstand, sloot af met een koprol en daagde Alex uit haar na te doen. In plaats daarvan tilde hij haar op zijn schouders en begon in het rond te draaien, terwijl zij het uitgilde en haar handen voor zijn ogen legde, zodat hij niet kon zien waar hij liep. Het duurde niet lang of ze vielen gierend van de lach op de grond. Vanuit de schaduw sloeg Gracie hen gade. Ze zat met Rex aan een tafeltje, die genoot van een espresso. 'Zelfs de koffie smaakt hier beter.' Hij slaakte een zucht van tevredenheid. 'Weet je, ik was van tevoren een beetje nerveus, maar ik ben blij dat ik heb doorgezet. Het zijn hier allemaal zulke leuke mensen. Ik vind het leuk om met jou te praten, en met je dochter en je kleindochter. En wat ik hier leer, ga ik straks thuis in praktijk brengen. Dat zal vast wel lukken. Mijn vrouw is overleden, dus nu moet ik mijn eigen potje koken.'

'Ach, wat verdrietig,' zei Gracie.

'Het is al een tijdje geleden, maar haar overlijden heeft me een belangrijke les geleerd. Je weet nooit wat het leven voor je in petto heeft, en sommige klappen komen hard aan. Maar hoe je daarmee omgaat, dat is aan jou. Ik heb besloten om zo positief mogelijk in het leven te staan. Hoe lang ik nog heb, dat weet ik niet. Maar ik ben vastbesloten om alles uit het leven te halen wat erin zit. Ik wil wat van de wereld zien, en ik wil nieuwe dingen leren. Zoals koken. Eerlijk gezegd bracht ik er achter het fornuis nooit veel van terecht.' Hij grinnikte. 'Maar wie niet waagt, die niet wint. En dit verblijf hier, deze kookcursus, heeft al bewezen dat een avontuurlijke instelling beloond wordt.'

'Dat ben ik helemaal met je eens,' viel Gracie hem bij. 'Mijn vriendinnen verklaarden me voor gek dat ik naar een kookcursus in Toscane ging. Waarom kocht ik niet gewoon een kookboek, vroegen ze. Dan kon ik het thuis leren.'

‘Niet geschapen voor het avontuur!’ Rex schudde misprijzend zijn hoofd.

‘Nou, ik was eerlijk gezegd ook een beetje ingedut, vastgeroest, of hoe je het ook wilt noemen. Pas toen ik bij de kapper dat tijdschrift zag, met die advertentie, besloot ik uit de sleur te breken.’

‘Dus zo ben je aan dit adres gekomen?’

‘Ja. En jij? Hoe ben jij hier verzeild geraakt?’

‘Op aanbeveling van iemand die hier al eens was geweest.’

‘Aha. Dus je wist wat je kon verwachten?’

‘Ik heb altijd al naar Italië gewild. Na deze week hier reis ik door naar Rome, denk ik. En misschien ga ik ook nog naar Venetië. Als ik er toch ben, kan ik er maar beter van profiteren.’ Hij keek haar recht aan met zijn stralend blauwe ogen. ‘Mag ik je wat vragen?’ vroeg hij met een verlegen glimlach. ‘Ben je getrouwd?’

‘Ik ben weduwe.’ Gracie wendde zich af en keek naar de heuvels. ‘Mijn man is acht jaar geleden gestorven.’

‘Ach, dus je bent ook alleen. Ik voel met je mee.’

Gracie zuchtte. ‘Dank je wel. Ik heb met het verlies leren leven. Niet dat je er ooit echt overheen komt. Het gaat erom dat je het een plaats geeft. Het is alsof je een brug oversteekt. Je kunt nooit meer terug naar de andere kant. Je moet verder, en je moet accepteren dat het leven nooit meer hetzelfde zal zijn. Dat het anders wordt. Net als jij. Zelf verander je ook.’ Maar terwijl ze het zei dacht ze niet aan Ted.

‘Je dochter en je kleindochter zijn ongetwijfeld een enorme troost voor je,’ zei Rex oprecht.

Gracie keek naar haar kleindochter, die nog lag te zonnen en te kletsen met Alex, en ze vroeg zich af of ze minder eenzaam zou zijn geweest als ze dichter bij Carina en Anastasia had gewoond. Of de schuld voor de afstand die er tussen hen was gegroeid, misschien bij háár lag. Of ze na Teds dood dichter bij Londen had moeten gaan wonen. Maar dat zou ze nooit hebben kunnen betalen. Misschien had ze vaker bij haar dochter langs moeten gaan. Anderzijds, daar had

Carina nooit op aangedrongen, en op haar beurt had ze maar zelden de moeite genomen om naar Devon te komen. Gracie verdrong de gedachte. Ze wilde er niet over piekeren hoe ze zich soms afgewezen had gevoeld door haar dochter. Een gevoel dat ze hier in Italië juist even had kunnen vergeten.

'Ja, ze zijn een grote troost voor me,' zei ze dan ook. 'Er gaat niets boven familie.'

De kookles ging door tot de lunch, waarbij Wendy, Tiff en Brigitte de wijn weer rijkelijk lieten vloeien en de rest van het gezelschap vermaakten met hun verhalen. Gracie verbaasde zich over hun gebrek aan terughoudendheid, en ze dacht terug aan Damiana, die net zo'n spraakwaterval was geweest. Gracie had haar daarom benijd: om haar vermogen anderen niet alleen bezig te houden, maar hen zelfs te doen schaterlachen. Damiana was een briljante imitator geweest, die als een volleerd actrice in andermans huid wist te kruipen. Wat hadden ze een plezier gehad wanneer ze zichzelf in haar optreden herkenden! Zelf had Gracie zich – ook toen al – bescheiden op de achtergrond gehouden.

Na de lunch ging ze naar haar kamer om even te rusten. Anastasia verdween met Alex in de richting van het zwembad, gevolgd door Carina, Lauren en Madeleine, die hun bikini aantrokken en zich op de ligstoelen installeerden. Madeleine was al prachtig bruin, constateerde Carina jaloers. Zelf had ze een bleke Engelse huid met sproeten. Weelderig en gebruind bood Madeleine een verleidelijke aanblik in bikini. Voor Carina was ultraslank altijd het ideaal geweest. Slank was chic, slank had glamour. Maar bij het zien van de aantrekkelijke Vlaamse vroeg ze zich af of ze misschien was gehersenspoeld door de reclame en de modebladen. Ze besefte ineens hoe mager en bleekjes ze eruitzag en hoopte dat er dankzij de pasta's van Mamma Bernadetta een paar pond bij kwamen – maar dan wel op de juiste plekken.

'Denken jullie dat we de graaf nog te zien krijgen?' vroeg ze terwijl ze zich insmeerde met zonnebrandcrème.

‘Ik denk het niet,’ antwoordde Madeleine. ‘Hij is blijkbaar erg op zichzelf.’

‘Jammer. Want ik ben best nieuwsgierig naar hem.’

‘Ik ook,’ viel Lauren haar bij. ‘En hoe langer hij zich blijft verstoppen, hoe nieuwsgieriger ik word.’

‘Hij is erg knap,’ zei Madeleine.

‘Heb je hem gezien dan?’ vroeg Carina gepikeerd. ‘En jij soms ook?’ Dat laatste was tegen Lauren gericht.

‘Ik weet van niks,’ antwoordde die, waarop ze zich beiden vol verwachting naar Madeleine keerden.

‘Ik heb hem gezien op de dag van aankomst. Toen stond hij in de hal.’

‘Heeft hij je welkom geheten?’ vroeg Carina.

‘Nee, helaas niet. Hij stond met Ilaria te praten, en hij had een enorme hond bij zich. Echt reusachtig. Zo groot als een pony!’

Carina schoot in de lach. ‘Die hond heb ik wel gezien. Maar toen ik hem zag, lag hij languit op de grond.’

‘Je schrikt je dood als hij overeind komt!’ Madeleine begon haar zonnebril schoon te poetsen met haar handdoek. ‘De graaf groette me niet eens. Hij liep gewoon weg. Alsof ik lucht voor hem was.’

‘Wat onbeleefd!’ zei Carina verbaasd. ‘Hij had toch op zijn minst een praatje met je kunnen maken.’

‘Tja, misschien. Maar dat hij zijn huis heeft opengesteld voor betalende gasten, wil nog niet zeggen dat hij daar gelukkig mee is.’

‘Dat kan best. Toch denk ik dat het uit zakelijk oogpunt verstandig zou zijn als hij zich een beetje met zijn gasten bemoeide.’ Carina was ervan overtuigd dat ze met haar expertise de inkomsten van de graaf zou kunnen verdubbelen. Misschien zelfs verdrievoudigen!

‘Dat weet ik niet. Ilaria en Mamma Bernadetta zijn de hoofdattractie. De graaf laat zich niet zien, getergd als hij is omdat hij zich om financiële reden gedwongen ziet ruimte te bieden aan een kookschool.’

‘Hij zou ook een van zijn schilderijen kunnen verkopen,’ opperde Carina. ‘Het kasteel is ongetwijfeld een schatkamer.’

'Dat was het ooit. Maar dat is het al lang niet meer, heb ik begrepen,' vertelde Madeleine. 'De familie is in financiële problemen geraakt en heeft toen een groot deel van haar erfgoed moeten verkopen. Het schijnt dat de andere tak, de Montefosco's, nog wel schatrijk zijn.'

'Ik zou hem van advies kunnen dienen. Dat is tenslotte mijn werk. Ik zit in de pr. En mijn eerste advies zou zijn dat hij zijn gezicht laat zien, dat hij af en toe een praatje maakt met zijn gasten.'

'Maar als hij verongelijkt is, als hij vol wrok zit, dan zou hij zijn gasten alleen maar afschrikken. Dan kan hij beter bij ze uit de buurt blijven.' Madeleine lachte hees. 'Trouwens, zo bijzonder is hij niet. Het wemelt in Italië van de graven.'

'Toch is het vreemd dat hij ons zo hardnekkig ontloopt. Alsof hij iets te verbergen heeft. Maar wat?'

Madeleine begon te grinniken. 'Een slecht humeur!'

Terwijl Anastasia baantjes trok in het zwembad, wist ze dat er naar haar werd gekeken. Alex lag te doezelen in de zon, maar Giovanni gluurde tussen de rozen door, zogenaamd hard aan het werk. Anastasia voelde dat hij haar gretig volgde met zijn ogen, helemaal toen ze zich uit het water hees en over de hete stenen liep. Het was alsof zijn blikken dwars door haar bikini heen brandden. Haar moeder ging volledig op in haar gesprek met Madeleine en Lauren. Alex had zijn ogen dicht. Dus Anastasia waagde het erop. Ze keek Giovanni's kant uit en schonk hem een vluchtige, verleidelijke glimlach. Hij lachte terug, zijn blik ging naar het tuinhuis. Anastasia's huid begon te tintelen van verwachting. Ze gooide haar hoofd achterover en liep doelbewust naar de folly. Als de anderen haar zagen, zouden ze denken dat ze zich ging verkleden.

Even later stond ze in het schemerdonker op Giovanni te wachten, huiverend van opwinding bij het vooruitzicht van een gestolen kus, van het gevaar dat ze werden betrapt. Haar hart bonsde zo luid dat ze het kon horen. Ze legde haar hand erop.

'Psst!'

Ze draaide zich om. Het gezicht van Giovanni verscheen in het open raam achter haar.

'*Vieni qua, bella!*'

Ze verstond hem niet, maar ze begreep wat hij bedoelde.

Hij stak zijn hand naar binnen, legde die om haar hals en zei iets in het Italiaans. Toen kuste hij haar. Een zinnelijke opwinding nam bezit van haar hele lichaam. Ze wenste dat hij door het raam naar binnen zou klimmen, dat hij haar zou strelen. Overal. Maar de muur stond tussen hen in en maakte het gestolen moment zo mogelijk nog opwindender.

'Jij komen, vannacht?' En toen ze knikte, beloofde hij: 'Ik wacht.'

'Zodra mijn moeder slaapt kom ik naar je toe.'

Hij grijnsde. '*Bella!*' Toen verdween hij weer tussen de struiken.

12

Benieuwd naar de rest van haar oma's verhaal liep Anastasia tegen theetijd het terras op, maar tot haar teleurstelling zaten haar moeder en Lauren bij Gracie aan een tafeltje. En zo te zien hadden ze het prima naar hun zin en zaten ze te genieten van hun thee met citroencake. Dus Anastasia besloot hen niet te storen. Jammer! Ze had haar oma zo graag even voor zich alleen gehad, óók om haar te vertellen over haar opbloeiende romance met Giovanni. Ze mocht dan pas zeventien zijn, ze kende de reputatie van donkere Zuid-Europese mannen. Toch twijfelde ze er niet aan of Giovanni was anders, Giovanni was trouw en oprecht. Ze wilde haar opwindende avontuur dolgraag met iemand delen, en ze wist intuïtief dat haar oma het niet zou afkeuren maar haar verstandig en redelijk van advies zou dienen. Haar moeder in vertrouwen nemen was iets wat niet eens bij Anastasia opkwam. Hun relatie was nooit echt vertrouwelijk geweest; als dochter vertelde ze haar geheimen niet aan haar moeder, al was het maar omdat die het veel te druk had met haar werk, met zichzelf om een luisterend oor te bieden. Dat lag anders met haar vader. Hém zou Anastasia wél in vertrouwen hebben genomen. Maar onder de huidige omstandigheden hield ze haar geheim vóór zich.

Rex zat aan een tafeltje met Wendy, Tiff en Brigitte. Als de haan in het kippenhok, voor wiens charmes de kippen ijverig hun veren poetsten. Er werd veel gelachen, maar Anastasia had geen behoefte aan de onschuldig flirtende haan en zijn kippen. Ze wilde alweer naar binnen gaan toen Alex het terras op kwam. Zodra hij haar zag verscheen er een brede glimlach op zijn gezicht. 'Daar ben je! Ik ga het dorp in. Heb je zin om mee te gaan?'

Anastasia was meteen enthousiast. 'Even mijn tas halen!' Ze rende de trap op, naar haar kamer.

Even later liepen ze samen over de laan met cipressen. Krekels tjirpten in de struiken, vogels dartelden van tak naar tak. De zon was nog heet, maar het licht begon zachter te worden en te verkleuren tot een korrelig roze. De middag voelde loom, alsof de tijd met het dalen van de zon was vertraagd tot een sereen meanderen. De blauwe lak op Anastasia's teennagels stak aantrekkelijk af tegen haar groene slippers. Toen de grote ijzeren hekken in zicht kwamen, maakte opwinding zich van haar meester om het kasteel achter zich te laten en op verkenning uit te gaan in Colladoro. Er groeide een ontspannen vriendschap tussen Alex en haar. Het leek wel alsof ze elkaar al hun hele leven kenden. Alex was in alle opzichten het type jongen dat haar moeder voor haar zou hebben uitgekozen, dacht ze, terwijl ze zoekend om zich heen keek, benieuwd of ze Giovanni zag. Hij moest daar ergens zijn, en het idee dat hij naar haar keek, dat hij misschien zelfs een beetje jaloers was omdat ze met Alex op stap ging, bezorgde haar een huivering van genot.

De straatjes van Colladoro waren hobbelig, de stenen hier en daar uitgesleten door de talloze voeten die er in de loop der eeuwen overheen hadden gelopen. In het licht van de vroege avond gloeiden de muren goudachtig roze op, en het hele dorp leek uitgelopen om te genieten van de aangename koelte. Toeristen struinden de boetiekjes af; oude mannen zaten voor de cafés te roken en te kaarten; jonge moeders wisselden de laatste nieuwtjes uit terwijl hun kinderen om hen heen dolden, en oma's zochten elkaars gezelschap op een bankje, klagend over 'de jeugd van tegenwoordig'. Anastasia werd onweerstaanbaar naar de etalages getrokken, als een ekster die iets ziet glinsteren. Met zijn handen in zijn zakken volgde Alex haar geduldig van de ene winkel naar de andere, tot ze uiteindelijk ergens naar binnen werd gelokt.

In de kleine boetiek stonden behalve rekken met kleding ook glazen vitrines waarin sieraden aantrekkelijk werden gepresenteerd. Alex was zo lang dat hij moest bukken om zijn hoofd niet te stoten. De oude, gerimpelde winkelierster begroette hen in het Italiaans en wenkte hen met een bemoedigende glimlach. Anastasia liep direct naar de kettingen en armbanden van zilver en kralen. 'Ik zoek iets voor mijn oma,' zei ze spontaan. Het idee om iets voor oma te kopen bezorgde haar een warm gevoel vanbinnen.

Alex kwam naast haar staan bij de vitrine. 'Ik weet wel iets voor je oma.'

'Vertel!'

'Volgens mij moet je iets met groene steentjes of kraaltjes kopen. Dat past bij haar ogen.'

Anastasia keek hem lachend aan. 'Dat je dat weet! Jou ontgaat ook niets!'

'Haar ogen hebben dezelfde kleur als de jouwe.' Iets in zijn blik maakte dat ze zich verlegen afwendde.

'Goed. Dus we zoeken een grijsgroene ketting.' Haar wangen begonnen te gloeien.

Alex slenterde naar de andere vitrines. De winkelierster kwam met een sleutel en haalde wat kettingen tevoorschijn om ze aan Anastasia te laten zien. Zodra ze begreep wat de bedoeling was, verdween ze achter de toonbank en legde ze met een brede glimlach een blad op het glas met glimmende kralenkettingen in alle denkbare kleuren groen.

'Daar móét toch iets bij zitten.' Alex kwam er ook weer bij staan en onderwierp de collectie aan een nauwkeurige inspectie.

Anastasia's hand zweefde er besluiteloos boven. Ten slotte pakte de winkelierster een van de kettingen en hield die naast Anastasia's gezicht. De kleur paste perfect bij haar ogen, maakte ze met gebaren duidelijk. 'Ze wil dat je hem omdoet,' zei Alex.

'Oké, maar hij is niet voor mij, hè. Hij is voor oma.' Ze ging voor de spiegel zitten die op de toonbank stond. De winkelierster gaf de ketting aan Alex.

'Mag ik zo vrij zijn?' Hij keek haar aan met zijn kenmerkende, licht spottende glimlach. Ze tilde haar haar op, en Alex deed haar de ketting om. Toen hij het slotje had dichtgemaakt, keek hij over haar schouder naar haar gezicht in de spiegel. 'Ze heeft gelijk. De kleur is perfect. Die ketting is voor je gemaakt!' plaagde hij haar grijnzend.

Anastasia vertrok haar gezicht. 'Maar denk je dat mijn oma hem mooi vindt?'

'Dat denk ik wel. En ik weet zeker dat ze het geweldig vindt om een cadeautje van haar kleindochter te krijgen. Ze lijkt me iemand die gevoelig is voor dat soort kleine attenties.'

'Dan neem ik hem. Zou je nog een keer zo vrij willen zijn?' Opnieuw tilde ze haar haar op. Terwijl Alex het slotje losmaakte, streken zijn vingers over haar huid en ontmoetten hun ogen elkaar in de spiegel. Anastasia wendde haar blik af. 'Ik denk ook dat mijn oma er blij mee is,' zei ze om de onverwacht intieme sfeer te verdrijven, want die bracht haar van haar stuk.

De winkelierster deed de ketting in een zijden buideltje, dat op zijn beurt in een papieren tasje verdween, waarna Anastasia met een tevreden gevoel de winkel verliet. Ze kon niet wachten om het gezicht van haar oma te zien wanneer ze haar de ketting gaf.

Alex stelde voor om iets te gaan drinken op de piazza. De zon verdween als een bloedrode bal achter de huizen, op het plein heerste een levendige drukte. Onder de fleurige luifels van de cafés stonden tafeltjes, waar obers en serveersters ongehaast tussendoor laveerden om de bestellingen op te nemen en hier en daar een praatje te maken. Het dorp werd gedomineerd door de eeuwenoude kerk. In de galmgaten van de klokkentoren koerden duiven, door de grote deuren was het een komen en gaan van gelovigen, met daartussen af en toe een toerist gewapend met een camera. Alex en Anastasia kozen een tafeltje in de zon, vanwaar ze het hele plein konden overzien.

Anastasia viste haar telefoon uit haar tas en nam een foto van Alex. Tevreden dat hij was gelukt, maakte ze er nog een paar. Van een opa die samen met zijn kleinzoon de duiven voerde; van een groepje oude vrouwen in het zwart dat bij de deur van de kerk stond te praten; van een knap jong stel dat over hun tafeltje heen elkaars hand vasthield en elkaar zoende, blind en doof voor de rest van de wereld. Verrukt als ze was van het dorp, wilde Anastasia alles vastleggen als herinnering voor later, wanneer ze weer naar school moest; en dat niet alleen, ook om de foto's op Facebook te zetten en indruk te maken op haar vriendinnen. Met dat laatste in gedachten stelde ze voor wat selfies te maken. Met een knappe jongen als Alex kon ze op social media eer inleggen. Alex rolde met zijn ogen, maar werkte bereidwillig mee. Terwijl zij lachend in de camera keek, grijnsde hij ironisch. Of misschien een beetje wantrouwend en op zijn hoede, dacht Anastasia. Ze stak haar tong uit en maakte het v-teken, want ze wilde niet arrogant lijken of de indruk wekken dat ze zichzelf al te serieus nam. Het vooruitzicht dat haar vriendinnen zouden willen weten wie Alex was, en waar ze hem had ontmoet, bezorgde haar een kick. Zodra ze terug was op het kasteel ging ze alles op Facebook zetten.

Het werd al donker tegen de tijd dat ze aan de klim naar boven begonnen. De bloemen geurden zwaar en zoet, met een aards aroma. Lichtjes twinkelden achter de ramen, op de terrastafeltjes flakkerden kaarsen, en de eerste sterren verschenen in het steeds diepere blauw van de hemel. De avond viel. Nog even, dan zag ze Giovanni weer, in het huisje bij het zwembad. Anastasia kon haar opwinding nauwelijks bedwingen. Ze dolde en maakte grapjes, Alex plaagde haar goedmoedig, maar ondertussen zinderde ze van begeerte bij het vooruitzicht van Giovanni's strelende handen.

Toen ze bij het kasteel kwamen, zaten de meeste gasten al op het terras te genieten van Mamma Bernadetta's crostini, weggespoeld met wijn van eigen grond. Carina en Lauren waren geanimeerd in gesprek, en Rex zette zijn beste beentje voor tegenover Wendy, Tiff en Brigitte, die nog altijd aangeschoten waren van de lunch en wier hese lach regelmatig over het terras klonk. Anastasia constateerde tevreden dat haar oma er nog niet was. Ze haastte zich naar binnen, in de hoop haar alleen te treffen. Maar eenmaal boven ontdekte ze dat Gracie niet op haar kamer was. Toen ze de gang weer op liep kwam Madeleine aanslenteren. Ze schonk Anastasia een stralende glimlach. 'O gelukkig! Ik dacht al dat ik te laat was.' Ze wreef over haar nek. 'Wat is het warm! Mijn haar plakt aan mijn vel. Ik heb heerlijk gewandeld, maar toen ben ik de tijd vergeten.'

'Ik ben op zoek naar mijn oma. Heb jij haar soms gezien?' vroeg Anastasia.

'Ja, die zit met Mamma Bernadetta op het benedenterras. Ik spring even onder de douche. Tot zo!'

Anastasia liep weer naar buiten. Gracie zat inderdaad op het benedenterras, aan een tafeltje met Mamma Bernadetta. Het tweetal babbelde honderduit. Even kon Anastasia haar ogen niet geloven. Normaliter praatte haar oma niet zo levendig, gebaarde niet zo druk. Anastasia spitste haar oren. Haar oma sprak Italiaans! Niet gebrekkig en haperend, zoals de meeste buitenlanders, maar vloeiend. Hoewel ze inmiddels wist dat haar oma in haar jonge jaren in Italië had gewoond, had Anastasia toch niet verwacht dat ze de taal zo goed zou beheersen. Wie niet beter wist, zou oma en Mamma Bernadetta voor twee Italiaanse oudjes aanzien die de laatste nieuwtjes en roddels uitwisselden.

Toen Anastasia kwam aanlopen keek Mamma Bernadetta net toevallig haar kant uit. Ze glimlachte, en het was voor het eerst dat Anastasia haar zag lachen. Ook Gracie keerde zich naar haar toe. 'Anastasia!' riep ze uit, met nog altijd iets van de Italiaanse levendigheid in het oplichten van haar ogen. Mamma Bernadetta werkte zich overeind, zei iets tegen Gracie en verdween naar binnen.

Anastasia ging in de vrijgekomen stoel zitten. 'Dat is weer een van uw vele geheimen.' Ze keek Gracie grijnzend aan. 'U spreekt vloeiend Italiaans. Waarom hebt u dat nooit verteld?'

Gracie haalde met een zucht haar schouders op. 'Ach, het is allemaal niet zo simpel.' Toen begon ze haastig over iets anders. 'En wat heb jíj gedaan?'

'Ik ben het dorp in geweest, met Alex.'

Gracie glimlachte. 'Wat leuk.' Ze vroeg zich af hoe de romance zich ontwikkelde. Want dát er sprake was van een romance, daar twijfelde ze niet aan. Anastasia straalde, net zoals zíj destijds had gestraald, iets wat ook Rutger niet was ontgaan.

'Ik heb een cadeautje voor u.' Bij het zien van de verraste, verheugde uitdrukking op Gracies gezicht voelde Anastasia voelde zich helemaal warm worden.

'Ach, kindje toch. Je moet je geld niet aan mij verspillen,' mopperde ze, maar het was haar aan te zien hoe ontroerd ze was.

'Dat is geen verspillen.' Anastasia gaf Gracie het papieren tasje.

'Wat is het?'

'Maak het maar open. Ik hoop dat u het mooi vindt.' Anastasia sloeg haar oma met groeiende opwinding gade, terwijl die het zijden buideltje uit het tasje haalde en de kralen in haar hand liet glijden.

'O, een ketting!'

'De kleur past bij uw ogen.'

Gracie hield hem omhoog. 'Hij is beeldig, kindje. Echt beeldig. Wat lief van je.'

'Kom, dan zal ik u helpen. Hij kleurt ook mooi bij uw blouse.' Anastasia stond op, deed haar oma de ketting om en ging toen weer zitten om het effect te bewonderen. 'Hij accentueert het groen van uw ogen.'

'Wat goed bedacht van je.'

'Hij is echt perfect,' constateerde Anastasia tevreden.

Gracie streek langs de kralen, sprakeloos van ontroering omdat haar kleindochter de moeite had genomen een cadeautje voor haar te kopen. Een meisje dat haar oma amper kende, dat vooral geïnteresseerd was in haar telefoon. En toch was ze naar het dorp gegaan om iets moois uit te zoeken voor haar oude oma. Er brandden tranen in Gracies ogen. 'Dank je wel, lieverd.'

Anastasia legde haar hand op die van haar oma. 'Graag gedaan.' Ze moest ook iets wegslikken. 'Zal ik u mijn foto's laten zien? U moet echt naar het dorp. Het is beeldschoon.' Ze viste haar telefoon uit haar tas, legde hem voor Gracie op tafel en klikte haar foto's aan. De ene na de andere verscheen op het schermpje, en toen ze bij de foto's van de piazza waren aangeland, hield Gracie abrupt haar adem in. 'Een beetje langzamer,' zei ze, ingespannen turend. 'Anders kan ik het niet goed zien.' Ze ging met haar vingers over het schermpje, zoals ze dat Anastasia had zien doen, en stopte bij de foto van de opa en zijn kleinzoon die de duiven voerden. Het was Donato! Ze herkende hem meteen. Nog altijd knap. Maar hij was oud geworden. Net als zij.

'Die man doet me aan iemand denken,' zei ze zacht. 'Hij heette Donato.'

'O ja, daar waren we gebleven! U zou me over hem vertellen.' Anastasia legde theatraal haar handen tegen elkaar. 'Lieve hemel, nog meer geheimen!' zei ze enthousiast.

'Ja, nog véél meer geheimen.' Gracie vond het een opluchting ze eindelijk te kunnen delen. 'Ik was negentien, ik woonde bij mijn oom en werkte als leerling-restaurateur. Mijn grote liefde was Gaetano, maar hij wist niet eens dat ik bestond. Het was een geheime liefde. We kwamen uit totaal verschillende werelden, hij en ik. Hij was rijk en van adel. Ik was een meisje dat moest werken voor haar brood. Geld had ik niet. Donato was de flirt van het dorp. Hij versierde alle meisjes, en ik voelde me gevleid toen hij zich ook in mij geïnteresseerd toonde. Ik was helemaal niet knap, maar pas later begreep ik dat het daar niet om ging. Donato vond me geheimzinnig. Een uitdaging. En daar hield hij van. Vanwege mijn geheime, onbeantwoorde liefde bleef ik afstandelijk. En dat dreef hem tot waanzin. Hij voelde dat ik nooit echt helemaal de zijne was. En toen vroeg hij me ten huwelijk.'

'Echt waar? Nee maar, oma! Hoe zeggen ze dat? "Stille wateren, diepe gronden"?'

Gracie grinnikte. 'Arme Donato. Ik zei dat ik erover na moest denken. Want ik wist dat ik mijn handen mocht dichtknijpen met zo'n man. Maar zo voelde het niet. Ik wilde alleen Gaetano.'

'En toen? Hoe ging het toen verder?' vroeg Anastasia ongeduldig, gefascineerd door de liefde en razend nieuwsgierig naar de afloop.

'Gaetano's moeder had de helft van de schilderijencollectie van haar vader geërfd, en Rutger en ik werden opgetrommeld om de doeken te taxeren en zo nodig te restaureren. In de week dat we op het kasteel waren om de collectie te inventariseren, ontmoette ik Gaetano en leerden we elkaar kennen.'

'En? Werd hij ook verliefd op u?'

Gracie glimlachte weemoedig. In gedachten zag ze zijn gezicht, omgeven door gele zonnebloemen en vuurrode klaprozen. 'Ja, hij werd ook verliefd op mij.'

'Waarom is het dan niets geworden?'

'Ik was niet alleen restaurateur.' Terwijl ze haar kleindochter aankeek voelde ze hoe die andere Gracie bezit van haar nam, de jonge Gracie die de hoofdpersoon was van dit uitzonderlijke verhaal.

'O?'

'Ik vervalste ook schilderijen.'

Anastasia fronste haar wenkbrauwen. Haar lieve, brave, timide oma? Ze pakte Gracies hand en keek haar ongelovig aan. 'U vervalste schilderijen?' herhaalde ze verbijsterd.

'Ja.' Ergens, heel diep vanbinnen, voelde Gracie een enorme trots opwellen. 'En ik was niet zomaar een vervalser. Ik was briljant.' Ze moest grinniken toen ze besefte dat Anastasia haar ineens met andere ogen zag. 'Overal in de wereld hangen bij rijke kunstverzamelaars Matisses, Renoirs, Monets aan de muur die ik heb geschilderd.'

'Maar, oma! Daar kun je voor in de gevangenis komen.'

Gracie drukte de hand van haar kleindochter. 'Dat weet ik. Maar destijds dacht ik daar niet over na. Ik was dol op mijn oom. Hij was als een vader voor me, en ik zou alles voor hem hebben gedaan.' Er brandden opnieuw tranen in haar ogen. De herinnering aan wat er was gebeurd, deed nog altijd pijn.

'Vervalste hij ook schilderijen?'

'Ja. En hij was geniaal.' Gracie haalde diep adem en keerde terug naar het uitgangspunt. Ze wilde het nu niet over oom Hans hebben. Daar was ze nog niet klaar voor. 'Ik zei tegen Donato dat ik niet met hem kon trouwen.'

'Was hij erg verdrietig?'

'Aanvankelijk wel. Het hele dorp had met hem te doen, en niemand begreep hoe ik hem had kunnen afwijzen. Nogmaals, een meisje zoals ik mocht haar handen dichtknijpen met zo'n man. Hoe dan ook, hij treurde niet lang om me. Een paar maanden later trouwde hij met een aantrekkelijke boerendochter. En ik gunde het hem. Ik was verliefd op Gaetano, en nu hij ook verliefd was op mij, hoopte ik dat er geen reden meer was waarom we niet samen konden zijn.'

'Maar die reden was er wel.' Anastasia nam haar bezorgd op, en Gracie herkende zichzelf in de kordate manier waarop haar kleindochter rechtstreeks tot de kern van de zaak kwam.

'Ja, die was er inderdaad. En die had niets met afkomst te maken, of met religie of...'

'Hij was getrouwd.'

Gracie knikte. 'Hoe wist je dat?'

'Geen idee. Wat een ellendeling!'

'Dat vond ik destijds ook. Hij was erg ongelukkig in zijn huwelijk, maar toch...'

'Wat afschuwelijk! Hoe bent u erachter gekomen?'

'Het gebeurde in de lente. We zagen elkaar al bijna een jaar in het geheim toen zijn vrouw ineens onaangekondigd voor onze neus stond. Gaetano had geen andere keus dan me aan haar voor te stellen.'

'Shit! Sorry, oma. Maar wat een schoft. Toch begrijp ik het niet. Jullie zagen elkaar al bijna een jaar. Hoe kan het dan dat u niet wist dat hij getrouwd was?'

'Omdat we in ons eigen wereldje leefden, waarin we alles en iedereen hadden buitengesloten. We gingen niet om met zijn vrienden. Gaetano woonde in Rome, maar hij had ook een huis op het platteland, vlak bij de villa van mijn oom. Wanneer we elkaar zagen, dan was het bij hem thuis of in de villa. Of we trokken de heuvels in en picknickten tussen de klaprozen.' Gracie zuchtte om de dierbare herinneringen die bij haar opkwamen, teer als de pluisjes van een paardenbloem. 'Onze liefde was geheim. Ik ging ervan uit dat niemand ervan mocht weten omdat zijn familie me niet zou accepteren. Maar dat was niet de reden. Wat we hadden, was geen romance, maar een affaire. Een verhouding.'

'En toen u daarachter kwam, hebt u toen een scène gemaakt?'

'Nee, ik bleef ijzig kalm. Hij stelde me voor als zijn schilderlerares. Dat klonk geloofwaardig, want Gaetano was een getalenteerd kunstenaar. En trouwens, zijn vrouw was om welke reden dan ook hevig uit haar doen, dus ze zág me amper. En zijn geschokte gezicht zag ze ook niet, zozeer ging ze op in haar eigen problemen. Ze moest hem onder vier ogen spreken, zei ze. Dus ik ben weggegaan.'

'Wat zult u er kapot van zijn geweest.'

'Ja, ik had het gevoel dat mijn hart in duizend stukken was gebroken.'

'En toen?'

Gracie zuchtte. 'Ik dacht dat het voorgoed afgelopen was tussen ons. Maar ik had me vergist...'

'Mam! Anastasia!' klonk de stem van Carina, die hen riep voor het diner.

Anastasia zuchtte geërgerd. 'Dat doet ze nou altijd! Net als het superspannend is! Zetten jullie die affaire gewoon door? Bood Gaetano zijn verontschuldigingen aan?' In haar gretigheid om de rest van het verhaal te horen, vergat Anastasia haar eigen romance.

'Kom.' Gracie werkte zich overeind. 'De rest vertel ik je een andere keer. We hebben geen haast.' Ze had tenslotte meer dan veertig jaar gewacht voordat ze haar zwijgen doorbrak.

Voor het diner ging Gracie naast Rex zitten. Zijn blauwe ogen lichtten verrast op. 'Wat ben je mooi vanavond!'

'Dat komt vast en zeker door mijn nieuwe ketting. Van mijn kleindochter gekregen. Die heeft ze vanmiddag in het dorp gekocht.'

'Wat lief.' Maar dat Gracie er zo anders uitzag, had niets met haar ketting te maken. Dat kwam door Italië, besefte hij. Daar bloeide ze van op.

Ilaria presenteerde het feestmaal enthousiast als altijd. Carina en Lauren konden geen weerstand bieden aan de pasta. Wendy, Tiff en Brigitte werden dronken van Mamma Bernadetta's wijn. Ze waren luidruchtiger dan ooit, vertelden de ene grap na de andere, en tussen de gangen door stonden ze van tafel op om een sigaret te roken. De heuvels tekenden zich donker af tegen de indigoblauwe hemel. De sterren flonkerden, de maan dompelde de wereld in een zilveren gloed. Het was een prachtige avond, een avond vol verlokkingen. Anastasia kon niet wachten tot iedereen naar bed ging, want ze had weer met Giovanni afgesproken.

Het was al na middernacht toen ze eindelijk kon wegglippen. Haar moeder had zo veel rosé gedronken dat ze al snel in diepe rust was. Anastasia kleedde zich in de badkamer aan, liep op haar tenen de kamer uit en haastte zich naar het huisje bij het zwembad, waar Giovanni op haar zou wachten. Toen ze het puntje van zijn sigaret zag opgloeien, als een vuurvliegje in het donker, maakte haar hart een sprongetje van geluk. Ze viel hem om de hals, ademde gretig zijn geur in. Hij kuste haar vurig en fluisterde woorden van liefde in haar oor. Althans, zo klonk het. Toen pakte hij haar hand, en hij trok haar mee over een pad dat zich tussen struiken en hoog gras naar beneden slingerde, naar de landweg waar hij zijn scooter had achtergelaten. 'Jij komen.' Met een uitnodigende grijns klom hij op de scooter. Anastasia aarzelde geen moment, ging achter hem zitten en sloeg haar armen om zijn middel. Het voelde heerlijk, zijn gespierde lichaam tegen het hare, haar hoofd op zijn schouder. Zo vertrokken ze, met de koele nachtbries in hun haren, de geuren van het Toscaanse landschap in hun neus. Anastasia wist niet waar ze naartoe gingen, en het kon haar ook niet schelen. Zolang ze maar samen waren.

Het duurde niet lang of hij stopte bij een parasolden. In het licht van de maan kon Anastasia tussen de bomen door een huis zien schemeren. Een boerderij, met stenen muren en een pannendak, gebouwd op een lage heuvel. Een eindje verderop stonden wat boerenschuren, stil als slapende dieren. Naar een daarvan trok Giovanni haar mee.

Hij trok de grote houten deur open. Daarachter was het aardedonker. Anastasia rook de geur van hooi. Giovanni haalde zijn telefoon uit de zak van zijn spijkerbroek en deed de zaklantaarn aan. In de lichtbundel werd een schuur zichtbaar, met landbouwmachines en op elkaar gestapelde balen hooi. Tegen de muren stonden harken en bezems en ander boerengereedschap waarvan Anastasia geen idee had waar het voor diende. Aan haken hingen slangen, touwen en tressen. Een houten ladder leidde naar de hooizolder. Opnieuw pakte Giovanni haar hand en loodste haar ernaartoe.

Ze klom naar boven, en toen Giovanni het licht van zijn telefoon in het rond liet gaan, hield Anastasia verrast haar adem in bij het zien van het romantische nestje dat hij voor hen had gemaakt. Er lagen dekens op het hooi, en op de balken stonden stormlantaarns. Hij stak ze aan, zette het licht van zijn telefoon uit, en de kaarsen dompelden de zolder in een warme, flakkerende gloed.

Toen trok hij haar op het zachte bed en begon haar te kussen, teder en geruststellend. Ze sloot genietend haar ogen toen zijn tong op verkenning uitging in haar mond. Zijn hand gleed over haar wang, haar hals, naar haar borst, over haar tepel die hard werd onder haar dunne jurk. Anastasia kronkelde van genot, zich bewust van een vurige hunkering diep vanbinnen die steeds sterker werd. Giovanni had geen haast. Hij vond haar ongeduld, haar gretigheid opwindend. Hij kuste haar heel zachtjes, nam er alle tijd voor en fluisterde '*Ti amo*', '*ti amo*', '*ti amo*' terwijl hij zijn hand onder haar jurk liet glijden en strelend over haar buik bewoog.

Toen stopte hij met kussen, en hij hief zijn hoofd om haar aan te kijken. Hun blikken vonden elkaar, en wat ze bij het licht van de kaarsen in zijn ogen las, was liefde. Dat kon niet anders! Daar geloofde ze oprecht in.

Behendig knoopte hij de voorkant van haar jurk los. Ze trok haar rug hol zodat hij bij de sluiting van haar beha kon – het gemak waarmee hij die openmaakte, verried ervaring – en kreunde toen hij zijn lippen op haar borst drukte. De sensatie van zijn tong die over haar huid gleed, bracht haar in extase; de gevoelens die diep binnen in haar ontwaakten, gevoelens die ze niet kende, die nieuw voor haar waren, maakten dat ze alles om zich heen vergat.

Toen kuste hij haar buik, legde zijn handen om haar middel, en bewoog verder naar beneden. Hij schoof zijn duimen onder haar slipje en trok het over haar dijen naar beneden, over haar voeten. Naakt en weerloos lag ze voor hem, maar ze was niet bang. Lust had bezit van haar genomen, ze liet zich leiden door begeerte, hulpeloos overgeleverd aan zijn ervaren strelingen, aan haar eigen, ongeremde hartstochten.

Hij deed haar dijen uit elkaar. Anastasia hield haar ogen nog altijd gesloten, en de adem stokte haar in de keel toen zijn tong haar intiemste plekje vond. Een opwindende sensatie, in niets te vergelijken met wat ze eerder had gevoeld, verspreidde zich door haar hele lichaam. Ze werd meegevoerd op golven van genot, opgetild door de verrukkelijke driften die bezit van haar namen. Van de kreten die ze slaakte, werd ze zich pas bewust toen Giovanni haar tot een hoogtepunt bracht en ze heel langzaam weer tot bezinning kwam.

Grijnzend keek hij haar aan. Haar hoogtepunt was zijn triomf. Toen werkte hij zich haastig uit de kleren, zodat ze zijn naakte lichaam kon bewonderen, en hield een condoom omhoog. Zijn ogen schitterden van begeerte. 'Nu ik maken je vrouw.' En hij ging op haar liggen.

13

Italië, 1963

Verblind door tranen racete Gracie de heuvel af, snakkend naar het moment waarop ze de deur van haar kamer achter zich kon dichttrekken, het moment waarop ze alleen kon zijn met haar verdriet. Haar hart ging zo wild, zo wanhopig tekeer dat ze dacht dat het aan haar verdriet zou bezwijken. Ze wist zich in te houden tot ze het dorp achter zich had gelaten. Toen barstte ze in snikken uit.

Hoe had Tancredi haar zo lang, zo wreed kunnen bedriegen? Hoe had hij haar een rad voor ogen weten te draaien, haar kunnen doen geloven dat hij van haar hield? En waarom had zijn moeder niet ingegrepen? De contessa had hen het afgelopen jaar maar al te vaak samen gezien, en toch had ze nooit iets gezegd. In gedachten zag Gracie Tancredi's vrouw weer voor zich. Een rijzige, hoekige verschijning, met een lange hals, een gebiedend gezicht en een ijzige, strenge blik in haar blauwe ogen. Ze had Gracie amper een blik waardig gekeurd; het was duidelijk dat ze zich ver boven haar verheven voelde. 'Ik moet mijn man spreken,' had ze gezegd. Sidderend, als een boom na het geweld van een tornado, had Gracie zich wankel staande weten te houden. Tancredi was lijkbleek geworden. Zijn vrouw was driftig het atelier uit gelopen, in de verwachting dat hij zou volgen, en hij had Gracie geschokt aangekeken. Maar zijn gekwelde blik had niets kunnen afdoen aan de wreedheid van zijn bedrog. Gracie had zich op haar hakken omgedraaid en was naar haar fiets gerend, die bij het hek stond. Weg! Ze moest weg! Dat was de enige gedachte die haar beheerste. Ze had niet meer achteromgekeken, dus ze wist niet of hij had geaarzeld, of hij had overwogen achter haar aan te komen.

En nu was ze alleen. Terwijl ze over de landweg naar La Colomba fietste, dacht ze aan Donato, en een golf van spijt overspoelde haar. Ze had zijn aanzoek moeten aannemen, in plaats van een droom na te jagen die een illusie, een luchtspiegeling was gebleken. Ze had het geluk moeten grijpen en dankbaar moeten zijn dat haar die kans werd geboden. Ze had naar Gaia en Damiana moeten luisteren. Die hadden haar allebei voor de graaf gewaarschuwd, hem afgeschilderd als een rokkenjager, een genotszoeker. Hoe had ze kunnen denken dat hij voor háár zijn leven had gebeterd? Hoe had ze zich kunnen laten wijsmaken dat ze bijzonder was? Nu stond ze met lege handen. Het enige wat haar restte, waren een gebroken hart en een verloren toekomst.

Thuisgekomen liet ze haar fiets in het gras vallen. Ze zou de rest van haar dagen op La Colomba slijten. Ze zou hier oud worden, net als Rutger, en ze zou zich volledig op haar werk storten. Dat was blijkbaar het enige wat ze onder controle had.

Binnen heerste een serene rust. Oom Hans zat in Parijs, Rutger in Amsterdam, het personeel deed onopvallend, geruisloos als muizen, zijn werk. Gracie rende naar haar kamer, gooide de deur achter zich dicht en liet zich snikkend op het bed vallen. Hij was getrouwd! Hoe was het mogelijk dat ze dat niet had geweten? Dat hij zoiets wezenlijks voor haar had verzwegen? Vragen bestormden haar, als de golven van een woeste zee. Een zee waarover Tancredi's vrouw als een machtig schip kwam aanstomen, recht op Gracie af, om haar weerloos in de diepte te doen verdwijnen.

Na een tijdje werd er op de deur geklopt. Gracie herkende de zachte roffel. Ze ging rechtop zitten en wreef in haar ogen. 'Kom maar binnen, Gaia.'

De deur ging open. 'Wat is er gebeurd?' Bij het zien van Gaia's bezorgde gezicht begon Gracie opnieuw te snikken. Gaia ging op de rand van het bed zitten en trok haar zwijgend tegen zich aan. Gracie liet haar tranen de vrije loop. Toen ze eindelijk weer een beetje kalmeerde, vertelde ze haar vriendin alles. Gaia viel haar niet in de rede. Pas toen het verhaal uit was, streek ze met een meewarige glimlach het haar uit Gracies gezicht.

'Had ik het maar geweten. Dan had ik je kunnen vertellen dat hij getrouwd is.'

'Maar sinds wanneer dan?'

'Dat weet ik niet precies. Al een paar jaar. Volgens mij was de bruiloft in Rome. Maar dat heb ik alleen van horen zeggen. Er zijn er hier in Colladoro die de bewoners van het kasteel als een soort koninklijke familie beschouwen. Daar willen ze alles van weten. Dus ik heb het ergens, van iemand opgevangen. Dat de graaf getrouwd is. Eerlijk gezegd heb ik nooit zo'n hoge pet van hem opgehad. Met al zijn geld en zijn adellijke titel denkt hij dat hij alles kan krijgen wat hij wil.'

'Hoe is het mogelijk dat ik daar nooit iets over heb gehoord?'

Gaia haalde haar schouders op. 'Je zit hier erg geïsoleerd. En je werkt keihard. Ik ken niemand die zo hard werkt als jij.'

'Wat ben ik dom geweest. Ik dacht dat hij van me hield,' zei Gracie met een klein stemmetje.

'O, ik geloof best dat hij van je houdt. En dat hij zou willen dat hij niet getrouwd was. Maar hij had je niet aan het lijntje mogen houden. Hij heeft alleen maar aan zichzelf gedacht. Niet aan jou, niet aan je toekomst.' Ze glimlachte toegeeflijk. 'Zulke mannen gaan niet bij hun vrouw weg. Niet omdat ze dat niet zouden willen, maar omdat het gewoon niet kan. Omdat de maatschappij, de Kerk dat onmogelijk maakt. De beloften van een getrouwde man zijn niets waard! Die moet je niet geloven. Wees maar blij dat je er nu achter bent gekomen. Je bent nog jong, je hebt nog alle tijd om je leven weer op te pakken en op zoek te gaan naar een nieuwe liefde.'

'Nee. Een nieuwe liefde is voor mij niet weggelegd.' Gracie streek met haar hand over haar gezicht. 'Ik blijf de rest van mijn leven alleen, terwijl verstandige meisjes zoals jij een man vinden en een gezin stichten.'

'Ach, lieverd.' Gaia schoot in de lach. 'Je bent nog zo jong! Je vindt heus wel een ander.'

'Maar ik wil geen ander.'

'Dat zeg je nu. En dat snap ik. Maar geef het de tijd. Een mens gaat niet dood aan een gebroken hart. Integendeel, daar word je wijzer van. En misschien ook wel een beetje voorzichtiger. Maar uiteindelijk vindt iedereen het geluk. Dus jij ook.'

'Er is niemand die zelfs maar in Tancredi's schaduw kan staan.'

'Nou, nou, zo geweldig is hij anders niet. Over twintig jaar kijk je erop terug en dan zeg je: "Wat ben ik blij dat ik niet met hem getrouwd ben. Hij heeft een buik gekregen, hij is dik en zweterig geworden."'

Gracie schoot onwillekeurig in de lach.

'Dat bedoel ik! Je dacht dat je nooit meer zou kunnen lachen, en moet je jezelf nou eens zien. En reken maar dat hij dik en zweterig wordt. Dat hij een buik krijgt. Leer mij dat soort mannen kennen. Ze hebben te veel geld, ze drinken te veel, ze eten te veel. En die vrouw maakt hem diepongelukkig. Want dat type ken ik ook. Dat soort vrouwen is ondankbaar, verwend. Dankbaarheid! Dat is het geheim van een gelukkig leven. Het gaat erom dat je dankbaar bent, dat je bescheiden en nederig kunt zijn. Maar rijke mensen weten dat niet.'

'Als hij aan de deur komt, wil jij dan zeggen dat ik hem niet wil zien? Dat ik zijn excuses niet hoef te horen. Er zijn geen excuses voor wat hij heeft gedaan.'

'Natuurlijk. Ik sta hem wel te woord.'

'Zo, genoeg gesnotterd. Ik laat me niet klein krijgen. Tijd om weer aan het werk te gaan.' Ze moest doorpakken! Het was niet goed om zich op te sluiten in haar kamer.

'Zullen we een eind gaan lopen? Frisse lucht zal je goeddoen.'

'Nee, ik wil schilderen. Gewoon aan het werk, dat is de enige manier om hem uit mijn hoofd te zetten. Dus als je me zoekt, dan ben ik in het atelier van mijn oom.'

'Goed. Zoals je wilt. Dan kom ik je daar straks je koffie brengen. En ik zal de deur als een cerberus bewaken.'

Ze liepen naar beneden: Gaia naar de keuken om koffie te zetten, Gracie naar het atelier van haar oom, om verder te gaan met de vervalsing van een Matisse.

In het atelier scheen de lentezon naar binnen. Even stralend als altijd. Hoe was het mogelijk, vroeg Gracie zich af. Hoe kon de zon zo uitbundig schijnen terwijl haar wereld was ingestort? Ze deed de deur achter zich dicht, schopte haar schoenen uit en trok haar overall aan. Er ging een rustgevende invloed uit van de vertrouwde geuren van verf en schilderslinnen, de routine van het werk was als een verzachtende balsem op haar verwonde hart. Ze probeerde Tancredi uit haar hoofd te zetten en zich op het schilderij te concentreren. Het lukte niet helemaal, maar dankzij de scherpte en de aandacht die nodig waren om een grote meester te vervalsen, slaagde ze erin hem althans enigszins naar de achtergrond te verdringen.

Uiteindelijk werd ze opgeschrikt door luide, boze stemmen, gevolgd door snelle voetstappen. Verontrust hief ze haar penseel van het doek en spitste ze haar oren. In een van de stemmen herkende ze haar vriendin. Gaia stak een woedende tirade af, haar rappe Italiaans klonk als een geweersalvo. Gracie legde het penseel neer, liep naar de deur en drukte haar oor ertegenaan. Toen Gaia haar slachtoffer de kans gaf iets terug te zeggen, verstijfde Gracie. Want de andere stem was die van Tancredi.

Haar ogen vulden zich met tranen. Dus hij was toch achter haar aan gekomen. Ze stelde zich voor hoe hij het kasteel uit was gevlucht zodra hij zijn kans schoon zag. Maar aan het beeld van een heldhaftige Tancredi die zich naar haar toe haastte, werd afbreuk gedaan door de wreedheid van zijn bedrog. Wat hij ook deed, wat hij ook zei, niets kon rechtvaardigen dat hij zijn huwelijk had verzwegen. Gracie wenste vurig dat hij een excuus had waardoor ze hem kon vergeven. Maar dat excuus had hij niet. Hij was getrouwd, en zelfs al was hij niet gelukkig in zijn huwelijk, zelfs al bestond dat huwelijk alleen maar voor de wet, zelfs al waren zijn vrouw en hij van tafel en bed gescheiden, voor God en de wereld was hij nog altijd getrouwd. En dat had hij haar moeten vertellen.

De stemmen werden luider, Tancredi eiste dat hij haar te spreken kreeg. Gracies hart bonsde tegen haar ribben. Het liefst zou ze de deur openrukken, maar daar hielp ze zichzelf niet mee. Ze mocht hem niet de kans geven haar van zijn onschuld te overtuigen. Het was in haar eigen belang om te zorgen dat hij vertrok en nooit meer terugkwam.

Plotseling werd er aan de deur gerammeld. Ze schrok zo dat ze hijgend en in paniek een stap naar achteren deed. Daarbij struikelde ze over haar schoenen, die ze had uitgeschopt om te voorkomen dat er verf op kwam. Ze wankelde, zocht tevergeefs houvast bij een kruk en smakte tegen de grond.

'Gracie! Ben je daar?' riep Tancredi van de andere kant van de deur. 'Ik hoor je! Doe alsjeblieft open! Geef me de kans het je uit te leggen!'

Gracie wist niet of ze huilde van pijn, of van verlangen naar een geloofwaardig excuus. Ze bleef op de grond zitten, zonder iets te zeggen, en wreef over haar bezeerde heup en elleboog.

Opnieuw een geweersalvo in Gaia's rappe Italiaans. 'U mag daar niet naar binnen! Dat is het atelier van signor Hans. Dat is privé. Laat Gracie met rust. Ze is heel erg verdrietig. En dat komt door u. Het minste wat u kunt doen, is haar met rust laten! Ga weg! Ga weg!'

Tancredi negeerde haar. 'Gracie, je moet naar me luisteren!'

Gracie kon hem duidelijk verstaan. Het was alsof hij naast haar stond.

'Geef me alsjeblieft de kans het je uit te leggen. Het spijt me zo! Ik wilde je geen verdriet doen. Maar ik was bang je kwijt te raken. Ik wist dat je bij me weg zou gaan als ik je de waarheid vertelde. Maar ik hou van je! Ik heb je nodig. Je bent de zon in mijn leven! Het licht in mijn duisternis!' Hij zweeg even, en toen hij haperend, met gebarsten stem verder sprak, dacht Gracie dat haar hart opnieuw zou breken. 'Ik kan niet zonder je, Gracie. Zonder jou heeft mijn leven geen zin meer. Mijn huwelijk betekent niets voor me. Maar jij... jij bent alles voor me! Doe de deur open! Alsjeblieft!'

Gracie wist niet wat ze moest zeggen. Ze voelde zich in verwarring gebracht. Ga weg, zou ze willen zeggen. Maar ze wilde niet echt dat hij wegging. 'Ik kan het niet!' was alles wat ze wist uit te brengen.

Gaia nam hem opnieuw onder vuur, maar het klonk nu minder stellig, alsof ook zij was geraakt door zijn woorden.

'Dan doe ík het!' riep Tancredi, en voordat Gracie kon opkrabbelen, had hij de deur ingetrapt. Daar stond hij, op de drempel. Vol afschuw keek ze naar hem op. Hij was het atelier van oom Hans binnengedrongen! Waar verder niemand mocht komen, alleen Rutger en zij! Het was tekenend voor het gezag van Hans Hollingsworth dat Gracie op dat moment meer van streek was vanwege de ingetrapte deur dan vanwege Tancredi's bedrog. Ze kwam haastig overeind. *Hij moet hier weg!* Maar Tancredi verroerde zich niet. 'Het spijt me,' zei hij ernstig, en aan zijn geschokte uitdrukking was te zien dat hij het oprecht meende. 'Het is nooit mijn bedoeling geweest je verdriet te doen. Ik wilde het je steeds vertellen, maar dan stelde ik het toch weer uit. En hoe vaker ik dat deed, hoe groter het verraad. Maar ik kón het niet. Ik kon het je niet vertellen. Ik ben een lafaard, Gracie. Maar jij maakt me sterk. Kun je me vergeven? Alsjeblieft?'

'Kom!' zei Gracie, plotseling glashelder. 'We kunnen hier niet praten.'

Iets in haar stem deed Tancredi beseffen dat ze hem zo snel mogelijk het atelier uit wilde hebben. Hij keek om zich heen, en zijn blik viel op het doek dat op haar ezel stond.

'Allemachtig. Een Matisse!' zei hij verrast.

'Toe, laten we naar buiten gaan. Ik heb behoefte aan frisse lucht.' Ze probeerde hem het atelier uit te werken.

'Maar je bent hem niet aan het restaureren.' Hij liep langs haar heen en bekeek het doek nauwkeuriger. 'Je bent een Matisse aan het schilderen!'

'Ach, het stelt niet zo veel voor. Het is een kopie. Voor een opdrachtgever in Amerika.' Ze hoorde zelf hoe weinig overtuigend het klonk.

'Mij maak je niks wijs, Gracie. Dit is geen kopie. Dit is een vervalsing! Een briljante vervalsing!' Hij zette lachend zijn handen in zijn zij. 'Blijkbaar ben ik niet de enige die met een geheim rondliep.'

Gracie keerde zich naar Gaia, die nog in het voorste atelier stond en het gesprek gespannen volgde. Gracie had een gevoel alsof ze in drijfzand was terechtgekomen. Tot op dat moment waren de geheime activiteiten van oom Hans een waterdichte constructie geweest, maar door háár waren er scheuren ontstaan en nu stroomde er in een verontrustend tempo water naar binnen. 'Ja, ik schilder vervalsingen, maar zo worden ze ook verkocht. Als vervalsingen. Ik zou nooit een koper duperen. Trouwens, daar ben ik niet goed genoeg voor. Bij een onderzoek door experts zou ik onmiddellijk door de mand vallen. Ach, Gaia, zou je ons even alleen willen laten?'

'Weet je het zeker?'

Gracie knikte, in de vurige hoop dat ze haar uitleg geloofde. Ze deed de deur dicht en keerde zich naar Tancredi. 'Akkoord, ik zal eerlijk tegen je zijn,' zei ze ernstig.

'Ik luister.'

'Mijn oom vervalst schilderijen. En ik ook.'

Ondanks zijn eerdere beschuldiging was Tancredi toch met stomheid geslagen. 'Godallemachtig!' wist hij ten slotte uit te brengen. Hij keerde zich hoofdschuddend weer naar het schilderij. 'Je bent een mysterie, Gracie. En een groot talent. Dit is werkelijk geniaal.'

'Dat hoop ik.' Ze kwam naast hem staan.

'Hoeveel verdien je hiermee?'

Ze haalde haar schouders op. 'Geen idee. Mijn oom gaat over de financiën. Ik schilder alleen maar.'

'Ik hoop dat hij je eerlijk laat delen in de winst.'

'Ach, dat maakt me niet uit. Echt niet. Het meeste van wat ik verdien, stuur ik naar mijn moeder en mijn broer, in Londen. Zij zijn er blij mee, en zelf heb ik weinig nodig.'

In een opwelling van hartstocht nam hij haar in zijn armen. 'O, was ik maar met jou getrouwd! Petronilla denkt alleen maar aan geld. Het spijt me zo, Gracie! Het spijt me zo verschrikkelijk!' Hij kuste haar vurig, en ze kon hem niet weerstaan. Weerloos sloot ze haar ogen, en het voelde ineens weer goed, het voelde vertrouwd. 'Ik heb je verdriet gedaan, en dat vergeef ik mezelf nooit. Maar ik zal het goedmaken. Ik ga tegen Petronilla zeggen dat ik wil scheiden. Echt waar. Ik ga scheiden en dan trouw ik met jou.'

Gracie geloofde hem. Ondanks alles geloofde ze hem. En zelfs al had ze hem niet geloofd, dan nog zou ze niet de kracht hebben gehad zich van hem af te keren. Daarvoor hield ze te veel van hem. Hij woonde in haar hart, en dat zou altijd zo blijven.

Vanaf dat moment hielden ze hun romance geheim en draaiden ze samen de buitenwereld een rad voor ogen. De disbalans in hun relatie had plaatsgemaakt voor evenwicht. Gracie wist dat Tancredi zwak was, maar juist zijn kwetsbaarheid raakte haar tot in het diepst van haar hart, ontroerde haar doordat ze zelf door het leven ook zwaar op de proef was gesteld. Tancredi had haar nodig, en daarop reageerde ze met de vanzelfsprekendheid van een moeder die een onzeker kind in haar armen sluit. Op haar beurt had zij hem ook nodig. Ze hield van hem, en ze hield van de vrouw die ze werd wanneer ze bij hem was. Hij gaf haar het gevoel dat ze mooi was. Wanneer hij naar haar keek, zag ze in zijn ogen een betere versie van zichzelf weerspiegeld. In zijn ogen zag ze de vrouw die ze wilde zijn.

Met de schilderlessen als dekmantel konden ze elkaar blijven zien. Het kwam niet bij zijn vrouw op dat haar man geïnteresseerd zou kunnen zijn in een meisje dat in haar ogen maar heel gewoontjes was. De zeldzame keren dat Petronilla naar het kasteel kwam, behandelde ze Gracie alsof ze deel uitmaakte van het personeel. Ondanks het feit dat de gravin, die genoot van alle geheimen en intriges, Gracie voor de lunch uitnodigde. De gravin genoot er niet alleen van, ze beheerste het spel van liegen en bedriegen als geen ander. De enige die in de gaten had dat Tancredi's geamuseerde, verliefde blik aan tafel voortdurend naar Gracie ging, was de gravin. Soms zette ze hen naast elkaar, zodat ze konden voetjevrijen en zodat hun handen elkaar raakten wanneer ze hun glas pakten.

Alsof hij hun geluk niet wilde bederven door haar negatieve energie, had Tancredi het nooit over zijn vrouw. Bij de zeldzame keren dat Gracie haar te zien kreeg, leerde ze Petronilla kennen als een verwende vrouw die zich liet voorstaan op haar adellijke titel, een vrouw wier schoonheid werd bedorven door de ontevreden uitdrukking op haar gezicht. Ze had overal iets op aan te merken – vooral op haar man, die ze waar mogelijk kleineerde – en ze vond het leven buiten de stad gruwelijk saai. Ze was intelligent, snel geïrriteerd en ze had geen enkel geduld met mensen die ze onnozel of niet interessant vond. Kleren en sieraden waren het enige waaraan ze plezier beleefde. Aan haar lange, slanke vingers flonkerden diamanten, haar ranke verschijning was onveranderlijk gehuld in de laatste mode. Waarom was Tancredi met haar getrouwd, vroeg Gracie zich af. Wat had hem in haar aangetrokken, behalve haar schoonheid? En kon iemand die de kleine dingen in het leven niet wist te waarderen, wel echt gelukkig zijn?

Petronilla liet zich niet vaak zien op het kasteel, en daar was Gracie blij om. Tancredi verdeelde zijn tijd tussen Rome en Colladoro. Hij was bezig een kunsthandel op te zetten, maar bracht zijn tijd liever door met Gracie, zogenaamd om les bij haar te nemen. Op haar beurt werkte Gracie nog altijd aan de Matisse.

Oom Hans kwam eind mei terug uit Parijs. Gaia had het slot op de deur van zijn atelier laten repareren, en hij had niets in de gaten. Kort na oom Hans keerde ook Rutger terug uit Amsterdam.

Gracie vroeg zich nog altijd af of Gaia haar uitleg had geloofd. Zo niet, dan zei ze daar niets over. De enige die, afgezien van Gaia, op de hoogte was van haar affaire met Tancredi, was Rutger. Tenslotte had hij haar het eerste zetje gegeven. Maar hij onthield zich van commentaar, op af en toe een subtiele hint na van achter zijn schildersezel. Het leek erop dat het leven zijn vertrouwde loop had hernomen. Totdat Gracie een reeks gebeurtenissen in gang zette waardoor haar bestaan ingrijpend zou veranderen.

Ze bedacht een plan om te zorgen dat Tancredi het schilderij terugkreeg dat hem als kind al zo dierbaar was geweest.

Het begon allemaal op een avond in juni. Tancredi en Gracie lagen in bed, op de bovenverdieping van de toren waarin hij zijn atelier had. De contessa zat in Rome, de tuinmannen – onder wie Donato, die nog altijd met zijn vader op het kasteel werkte – waren naar huis, dus op Bagwis na waren ze alleen. Maar hij was discreet, daar konden ze op vertrouwen. Het was verstikkend heet, zonder een zuchtje wind. Het zonlicht stroomde als vloeibaar goud de torenkamer binnen, buiten klonk het getjirp van de krekels. Gracie lag in Tancredi's armen, slaperig na het vrijen; haar hart stroomde over van geluk. Omdat ze hem zo graag gelukkig zag, vertelde ze Tancredi over haar plan.

'Ik heb eens nagedacht,' begon ze. 'Over dat schilderij dat zo veel voor je betekent. *De verzoeking van Eva.*'

Ze voelde de spanning die bezit van hem nam. Haar opwinding steeg.

'Ja? Wat is daarmee?' vroeg hij.

'Ik heb een plannetje bedacht dat je misschien zal interesseren...'

'Vertel!'

'Als je het schilderij op de een of andere manier bij mij zou weten te krijgen, zou ik het kunnen kopiëren. Dan geef je je oom de vervalsing terug, en jij houdt het origineel.'

Het bleef geruime tijd stil, en Gracie begon al aan haar plan te twijfelen toen hij zich voorzichtig van haar losmaakte en rechtop ging zitten. 'Gracie! Ik weet gewoon niet wat ik moet zeggen. Je bent geniaal!' Hij keek haar grijnzend aan.

Opgewonden trok ze het laken om haar naakte schouders. 'Meen je dat echt?' Ze ging op haar knieën naast hem zitten.

'Je kunt een perfecte Bartoloni schilderen. Dat weet ik zeker. Ik heb je Matisse gezien. Dus als ik mijn oom zover kan krijgen dat hij het schilderij door je laat restaureren...'

'Waar woont hij?'

'In Rome.'

'Kun je hem niet op het kasteel uitnodigen? Of misschien zou de gravin dat moeten doen. Dan kun je hem vertellen over het restauratiewerk dat Rutger en ik hebben gedaan...'

'Mijn oom is het probleem niet. We moeten zijn vrouw zien te overtuigen.'

'"We"?'

'Ja, "we". Als ik ze hier uitnodig, en als ze komen, zullen we Livia zover moeten zien te krijgen. Ze weet niets van kunst, maar ze vindt zelf dat ze cultureel buitengewoon onderlegd is. Dus je zult haar ervan moeten overtuigen dat de Bartoloni gerestaureerd moet worden.'

'Maar hoe doe ik dat zonder dat ik het schilderij heb gezien?'

'Je bent niet voor niets geniaal. Dus je weet vast wel iets te verzinnen.' Tancredi legde een hand onder haar kin en kuste haar. 'Bovendien, mijn oom is niet gek. Hij weet dat ik mijn zinnen op dat schilderij heb gezet. Dus ik kan het niet voorstellen. Het idee dat de Bartoloni gerestaureerd moet worden, moet van zijn vrouw komen. En daar moet jij voor zorgen. Je moet iets zeggen waardoor ze over restauratie gaat nadenken. En als ze daartoe besluit, moet ze de illusie hebben dat het haar eigen idee is.'

'Dat zal niet meevallen.'

Tancredi glimlachte vol liefde. 'Ik weet zeker dat het je lukt.'

De komst van Bruno en Livia naar het kasteel was snel geregeld. Tancredi had tegen zijn moeder gezegd dat het tijd werd om de strijdbijl te begraven, vertelde hij Gracie. De gravin had enthousiast gereageerd. Bruno was haar enige broer, en ze had er altijd verdriet van gehad dat haar zoon en hij gebrouilleerd waren. Dus de olijftak werd aangeboden en dankbaar aanvaard. Er werd een afspraak gemaakt voor een weekend in augustus. Het enige wat Gracie nog moest doen, was Livia zover krijgen dat ze de Bartoloni voor restauratie uit handen gaf. Gracie wist niet hoe ze dat moest zien te bereiken zonder argwaan te wekken. Maar Tancredi wilde het schilderij zo graag. Het moest lukken!

Ze wist van zichzelf dat ze een goede vervalser was. Maar ze stond op het punt te ontdekken dat ze haar medemens, zo nodig, ook met woorden behendig wist te manipuleren.

14

Toen het weekeinde waarnaar ze met zo veel spanning had uitgekeken, eindelijk aanbrak, had Gracie nog geen idee hoe ze mensen die ze nog nooit had ontmoet, moest zien over te halen een schilderij te laten restaureren dat ze nog nooit had gezien. En dan ook nog door twee restaurateurs die volslagen onbekenden waren voor de eigenaars van het doek. Het aantal onzekere factoren waarvan de kans van slagen afhing, was ronduit bizar. Gracie besefte echter hoeveel het voor Tancredi zou betekenen als ze het schilderij in handen kreeg, zodat ze het zou kunnen kopiëren. Dus ze probeerde niet te veel over details na te denken, in de hoop dat ze op het moment dat het erop aankwam, succesvol zou weten improviseren. Tancredi zou haar aan zijn oom voorstellen als restaurateur, de gravin zou ongetwijfeld hoog opgeven over haar kwaliteiten, en vervolgens zou Gracie het gesprek op de barok brengen, een periode waarvan ze zou beweren dat die weer in trek begon te raken. Dan zou oom Bruno ongetwijfeld de werken uit de barok noemen die hij in zijn collectie had, en daar zou Gracie dan weer op inhaken.

Tancredi en zij hadden hun tactiek van tevoren uitvoerig besproken, en ze vonden hun aanpak zelf erg slim. Als die lukte, zou de afschuwelijke Bruno een briljante vervalsing terugkrijgen en Tancredi kreeg het origineel dat zo veel voor hem betekende. Ze hadden echter geen rekening gehouden met zijn moeder. Want hij had nog niet gezegd dat hij

Gracie voor de lunch met zijn oom wilde uitnodigen, of de gravin besloot dat Hans en Rutger dan ook van de partij moesten zijn. Ze wilde tegenover haar broer opscheppen met haar contacten in de kunstwereld, aldus Tancredi tegen Gracie. Iedereen wist van de rivaliteit tussen de gravin en haar broer.

Het toeval wilde dat zowel oom Hans als Rutger op dat moment thuis was. In La Colomba heerste een uitgelaten stemming, dankzij de verkoop van Gracies Matisse aan een kunstverzamelaar in Japan. Gracie was niet gelukkig met het feit dat ook oom Hans en Rutger waren uitgenodigd. In hun aanwezigheid kon ze onmogelijk beweren dat schilderijen uit de barok weer populair begonnen te worden.

Die zaterdagochtend werd Gracie wakker met een steen in haar maag. Stralend zonlicht drong door de linnen gordijnen, begeleid door een koor van zingende vogels, maar ze was te nerveus om ervan te genieten. Er stond die dag zo veel op het spel. Ze wilde Tancredi niet teleurstellen, maar vroeg zich af of haar plan wel kans van slagen had. Het was gewaagd en misschien wel te ambitieus. Dat Tancredi alle vertrouwen in haar had, maakte haar zo mogelijk nog nerveuzer. Misschien kreeg ze niet de kans om met Livia alleen te spreken. Misschien kwam het onderwerp 'schilderijen restaureren' helemaal niet ter sprake. Misschien was haar plan door de aanwezigheid van oom Hans en Rutger tot mislukken gedoemd. In het besef dat ze geen enkele greep had op de situatie, voelde ze zich ineens volkomen inadequaat. Het liefst zou ze zich terugtrekken. Maar dat was ondenkbaar. Tancredi rekende op haar.

Ze trok een fleurige zonnejurk aan, rood en wit, opvallend bedrukt met aardbeien. Haar haar bond ze in een staart. Toen ze de trap af kwam, stond oom Hans al op haar te wachten, met zijn panamahoed in de hand. Hij nam haar bewonderend op. 'Je ziet eruit om op te vreten!' riep hij uit, met een knipoog naar de aardbeien. Gracie trok een lelijk gezicht. 'Volgens mij krijg je onderhand genoeg van mijn grapjes.' Hij grinnikte.

'Helemaal niet.' Ze schonk hem een warme glimlach. 'Ik zou niet zonder ze kunnen!'

'Gelukkig maar. O, en nog even over je opdracht voor vandaag.' Hij zette zijn hoed op, sloeg een arm om haar middel en loodste haar naar buiten. De kruidige geur van zijn aftershave verdrong het bouquet van de tuin. Voor Gracie was het de geur van thuis, nog dierbaarder dan het aroma van gardenia en kamperfoelie. 'Weet je wie je vandaag gaat ontmoeten?'

'Ja, de broer van de gravin.'

'Precies. Graaf Bruno Montefosco. En je weet ongetwijfeld ook dat hij, samen met zijn zuster, de kunstcollectie van zijn vader heeft geërfd. Allebei de helft. Onder de schilderijen die hij heeft gekregen, zijn er vast wel een paar die moeten worden schoongemaakt, misschien zelfs gerestaureerd. Aan jou de taak om hem ervan te overtuigen dat wij de besten zijn in ons vak. Dat hij de opdracht aan ons moet gunnen.'

Gracies hart maakte een sprongetje. Haar oom speelde haar onbedoeld perfect in de kaart. 'Ik zal mijn best doen.' Ze kreeg weer wat meer vertrouwen in de goede afloop.

'En misschien besluit hij daarna dat hij zijn collectie wil uitbreiden.' Oom Hans krabde met een veelbetekenende blik aan zijn kin.

Gracie wist wat hij bedoelde. 'Dat zou best eens kunnen.'

'Zijn vader, graaf Gaetano Montefosco, heeft een paar van mijn beste werken gekocht.'

Oom Hans begon vrolijk te fluiten, denkend aan de vervalsingen die hij voor Tancredi's grootvader had geschilderd, veronderstelde Gracie. In zijn hemelsblauwe overhemd en met een blauw-met-gele halsdoek zag hij er zwierig uit; zwierig en koel, ondanks de hitte. Rutger daarentegen kwam naar buiten in een kreukelig jasje met een sjofel ogende sjaal. Zijn grijze haar krulde rond zijn oren en piekte in dunne plukjes op zijn kale schedel.

Gedrieën vertrokken ze in de nieuwe zilverkleurige sportwagen van oom Hans. Hij had het dak naar beneden gedaan, de zon scheen in hun gezicht, en de knoop in Gracies maag werd strakker aangetrokken.

Toen ze de dure, glanzende auto's zag, op het grind voor het kasteel, begon de knoop ronduit pijnlijk te worden. Wie had de gravin nog meer uitgenodigd? Ineens was ze blij dat oom Hans en Rutger ook waren uitgenodigd, dat ze de confrontatie met al die onbekenden niet alleen hoefde aan te gaan.

De auto stond nog maar amper stil of Bagwis kwam met zijn kenmerkende serene glimlach naar buiten om hun voor te gaan naar het gezelschap. Dat zat op het terras aan de achterkant van het kasteel, genietend van een glaasje voor de lunch. Gracie zag Tancredi meteen. Hij keek glimlachend naar haar op. Maar ze herkende een zekere gespannenheid in zijn gezicht, waardoor ze zich nog slechter op haar gemak voelde.

Toch stelde zijn aanwezigheid haar ook gerust. Hij zag er knap uit, in zijn linnen jasje met daaronder een wit overhemd met open boord. Zijn zonnebril glinsterde in het felle licht. Misschien was hij gewoon nerveus, net als zij. De lange man die opstond om hen te begroeten, moest graaf Bruno Montefosco zijn. Met zijn glanzende zwarte haar, adelaarsneus en vurige, doordringende blik leek hij sprekend op zijn zuster. Zijn vrouw was klein, broodmager en deed Gracie denken aan een vogel na een strenge winter. Ze nam niet de moeite op te staan. Haar smalle lippen waren erg bleek, en ze had het verveelde gezicht van iemand die nooit tevreden is.

Toen Gracies blik naar de rest van het gezelschap ging, dacht ze dat haar hart stilstond. En ze begreep ineens waarom Tancredi zo gespannen was. Hij had zijn vrouw niet uitgenodigd. Dat wist ze zeker. Maar Petronilla was er wel. Zou de gravin daarachter zitten? Tancredi's vrouw zat op een van de rieten banken, naast haar schoonmoeder, die opstond om haar laatste gasten te verwelkomen.

Ze kwam naar hen toe, zoals altijd ongehaast, alsof ze leefde in een wereld waarin de tijd trager, lomer verstreek. Ze stak in een languissant gebaar haar hand uit, en toen Rutger de zijne erin legde schonk ze hem een hoffelijke glimlach. 'Wat verrukkelijk om u weer te zien, signor Janssen.'

Oom Hans zette zijn hoed af, borg zijn zonnebril weg en complimenteerde haar met haar breedgerande strohoed die ze had versierd met bloemen uit de tuin. Ze reikte ook hem de hand, waarop hij daar met een galante buiging een kus op drukte. Haar donkere ogen glommen van plezier terwijl ze zijn charmante bejegening beantwoordde met de minzaamheid van een vrouw die niet anders gewend is, maar er heimelijk van geniet. Als laatste begroette ze Gracie. 'Vandaag geen schilderles,' zei ze met een veelbetekenende glimlach.

Gracies wangen begonnen te gloeien.

'Signor Janssen, signor Hollingsworth, sta me toe dat ik u voorstel aan mijn familie.'

Gracies ogen zochten Tancredi's blik. Hij knikte onopvallend, waardoor ze zich onmiddellijk weer op haar gemak voelde, zich koesterend in hun verbondenheid. Het kon haar niet schelen dat de gravin haar negeerde terwijl ze Rutger en Hans trots voorstelde als de beroemdste restaurateurs van schilderijen in heel Europa.

Toen ze aan oom Hans werd voorgesteld, kwam Petronilla's gezicht als bij toverslag tot leven. Het ontging Gracie niet dat ze stralend glimlachte terwijl hij haar charmant complimenteerde, net zo vlot en zelfverzekerd als hij dat bij de gravin had gedaan. Ook Petronilla kreeg een handkus en giechelde omdat zijn snor kriebelde. De kille vrouw die Gracie eerder amper een blik had waardig gekeurd, was veranderd in een stralende schoonheid; haar strenge, ontevreden mond pruilde aantrekkelijk, haar lippen oogden vol en sensueel. Oom Hans bezat de gave mensen het gevoel te geven dat ze bijzonder waren, en hij had haar met een ridderlijke handkus en een paar welgekozen woorden voor zich weten in te nemen.

Toen hij aan Livia Montefosco werd voorgesteld, zag Gracie hetzelfde gebeuren. Er verscheen een blos op haar bleke gezicht, en haar klaterende lach verjoeg de norse, verbeten trekken die haar gezicht even eerder nog getekend hadden.

Het verbaasde Gracie niet dat Petronilla zich hun eerste ontmoeting nauwelijks kon herinneren. Nadat Tancredi's vrouw haar beleefd had toegeknikt, wendde ze zich weer tot oom Hans, die naast haar op de bank ging zitten, op de plek die de gravin had vrijgemaakt. Rutger was al druk in gesprek met graaf Bruno Montefosco, Tancredi en de gravin. En zo kwam het dat Gracie was veroordeeld tot Livia Montefosco, die weer met een ijzig gezicht op de bank zat en jaloerse blikken op Petronilla wierp. Gracie deed haar best een gesprekje aan te knopen. Na een paar onbeholpen pogingen, waarop Livia verveeld had gereageerd, wist Gracie niets meer te zeggen. Livia liet er geen enkele twijfel over bestaan dat ze oneindig veel liever naast om Hans had gezeten, en Gracie vroeg zich wanhopig af hoe ze haar vertrouwen moest winnen.

Ineens kwam er een idee bij haar op. Ze wierp een blik op haar oom en zei toen heel zachtjes: 'Het verbaast me dat de gravin mijn oom ook heeft uitgenodigd.'

Livia was onmiddellijk een en al aandacht. 'Hoezo?' Ze keek Gracie voor het eerst echt aan.

Die grinnikte, om geen wantrouwen te wekken. 'Als het om mijn oom gaat is ze erg bezitterig. Ze zou hem het liefst voor zich alleen houden. Doorgaans nodigt ze hem niet uit als er ook andere gasten zijn. Maar u en uw man hebben in Rome uw eigen restaurateur, neem ik aan.'

Livia nam haar weifelend op. 'Mijn man heeft nooit overwogen om stukken uit zijn collectie te laten restaureren.'

'O nee? Dat verbaast me. U weet dat mijn oom in de collectie van de gravin een Gainsborough heeft ontdekt? Het was een eenvoudig schilderijtje, niets opzienbarends. Althans, zo leek het. Maar toen oom Hans ermee aan de slag ging, bleek het een buitengewoon kostbaar werk te zijn. Hij is geniaal. Echt geniaal. Wat Rutger en hij doen, is puur speurderswerk. Ik kan verder niets zeggen over de andere interessante vondsten in haar collectie. Dat zou niet discreet zijn. Maar ik kan u wel vertellen dat de gravin aangenaam verrast was.'

Livia was nu een en al oor. 'Echt waar? Ze hebben nog meer kostbare doeken ontdekt?'

'Hans en Rutger zijn de beste restaurateurs van heel Europa.'

'En u bent het nichtje van Hans?'

'Ja, ik ben bij hem in de leer,' loog ze, in de hoop dat Livia haar indiscretie aan naïviteit zou toeschrijven. 'Het duurt jaren om het vak te leren. En om over de ervaring en de kennis van Rutger en oom Hans te kunnen beschikken... daar zijn nog eens tientallen jaren voor nodig. Ik hoop dat ik ooit net zo goed word als zij.'

'Vast wel.' Livia keek peinzend in de richting van oom Hans, die inmiddels met zowel de gravin als Petronilla in gesprek was. 'Ik begrijp dat uw oom ook in kunst handelt.'

Gracie begon op dreef te raken. Livia's ogen schitterden begerig. Om haar missie te voltooien hoefde Gracie, als een visser, de lijn alleen nog maar voorzichtig in te halen. 'Ja, hij heeft er een neus voor. Je zou hem het truffelvarken van de kunstwereld kunnen noemen,' vertelde ze opgetogen. 'Hij heeft heel wat bijzondere schatten ontdekt, op de onwaarschijnlijkste plekken. Het gebeurt niet vaak meer dat er nog onbekende werken van de grote meesters worden gevonden, maar áls het gebeurt, dan is het oom Hans die de ontdekking doet. Hij heeft schilderijen verkocht aan de grootste verzamelaars ter wereld. Maar daar praat hij niet over. Daar is hij te discreet voor. Hij vertelt sommige dingen niet eens aan mij.'

'Echt waar?' Livia nam haar onderzoekend op.

Gracie voelde haar ambitie, haar hebzucht. 'Wat ik wel weet, is dat uw schoonvader, graaf Gaetano Montefosco, ook kunst van mijn oom heeft gekocht. Vandaar dat de gravin er veel aan gelegen was om de collectie door hem te laten beoordelen.' Gracie glimlachte, want ze wist dat ze met die laatste opmerking zowel Tancredi als haar oom een plezier deed. 'Misschien weet ze dat haar broer geen plannen heeft om zijn collectie te laten restaureren. En misschien vond ze daarom dat ze oom Hans veilig kon uitnodigen.'

'Ja, misschien,' zei Livia.

De lunch werd geserveerd aan een lange tafel op een van de lagergelegen terrassen, onder een pergola begroeid met druivenranken. Gracie zat aan de korte kant van de tafel, geflankeerd door Tancredi en Bruno. De gravin zat aan het hoofd van de tafel, met Hans en Rutger respectievelijk aan haar rechter- en haar linkerhand. Ze had haar schoonzuster grootmoedig aan de andere kant van Hans gezet, iets waarmee Livia zichtbaar in haar nopjes was. Rutger had Petronilla als tafeldame, die zowel hem als haar eigen man amper een blik waardig keurde. Toch durfde Gracie nauwelijks iets tegen Tancredi te zeggen, uit angst dat hun houding hen zou verraden. Ze vond het veiliger om met Bruno te praten, terwijl Tancredi met zijn knie langs de hare wreef en haar daarmee nog nerveuzer maakte. Tot haar verrassing bleek Bruno niet de boosaardige bullebak uit Tancredi's beschrijvingen. Ze had verwacht dat hij haar zou negeren, net zoals de anderen dat deden. Maar hij bejegende haar als een gelijke, toonde zich geïnteresseerd en luisterde aandachtig naar haar antwoorden op zijn vragen, alsof hij met niemand liever zou praten.

Ontspannen door de wijn en door de *spaghetti alle vongole*, een beetje loom door de middagzon, vroeg ze zich af of misschien niet Bruno, maar zijn vrouw krampachtig vasthield aan de Bartoloni. Ze keek naar Livia. Die was in een serieus gesprek verwikkeld met oom Hans. Ze nam hem aandachtig op, met haar hoofd een beetje schuin en met een uitdrukking op haar gezicht alsof oom Hans de geheimen van het universum voor haar verklaarde. Iets wat Gracie bepaald niet onmogelijk achtte. Livia leek haar iemand die niet snel tevreden was, terwijl Bruno de indruk wekte het goede in zijn medemens te willen zien.

Tancredi was beleefd tegen zijn oom, maar het ontging Gracie niet dat er onder het dunne vernis van de hoffelijkheid een ijzige kilte schuilging. Ondanks alle goede bedoelingen slaagde hij er niet in zijn ware gevoelens te verbergen, terwijl de uitnodiging zogenaamd bedoeld was geweest om de strijdbijl te begraven. Bruno had niets in de gaten. Hij liet in elk geval niets merken en praatte met zijn neef alsof er nooit ook maar enig verschil van mening tussen hen had bestaan. Gracie merkte dat ze haar best deed Tancredi's terughoudendheid te compenseren, door over de stiltes heen te praten wanneer hij weinig mededeelzaam reageerde, en door te voorkomen dat het gesprek op zijn jeugd en op de schilderijencollectie van zijn grootvader kwam. Zouden Bruno en Livia hem het schilderij wel hebben gegeven als dat niet zo veel voor Tancredi had betekend? Gracies gevoel zei haar dat Livia er uit pure boosaardigheid aan vasthield. Uit jaloezie jegens haar schoonzuster, de flamboyante gravin Bassanelli. Hoe langer ze het echtpaar Montefosco gadesloeg, hoe meer ze tot de overtuiging kwam dat hun halsstarrigheid ten aanzien van het schilderij niets met Tancredi te maken had, maar alles met zijn moeder.

Tegen de tijd dat de koffie werd geserveerd, door Bagwis en een kleine gedrongen vrouw in een roze uniform met een witte schort, staken Petronilla en Livia een sigaret op en ontstond er één centraal tafelgesprek. Bruno zei niet veel. Hij leunde achterover, met zijn kopje in de hand, en luisterde naar Hans, die zoals altijd het gesprek domineerde. De gravin flirtte met hem, en hij flirtte terug. Als hun energie zichtbaar was geweest, zou er een schitterend ballet van vonken tussen hen heen en weer hebben gedanst. Gracie observeerde geamuseerd hoe Petronilla en Livia moesten buigen voor een sterkere tegenstandster. Ze zaten mokkig te roken, terwijl de gravin hees lachend haar hoofd achterovergooide. Haar Italiaans klonk als muziek, vloeiend als een beekje dat borrelend over gladde kiezels stroomde; haar lange vingers met de vuurrood gelakte nagels bewogen speels en sierlijk als exotische vogels, terwijl ze haar gasten met moeiteloze elegantie onderhield. Een fascinerende vrouw. Gracie had medelijden met haar schoonzuster en haar schoondochter. De gravin overschaduwde hen volledig – en waarschijnlijk doelbewust – door gretig, hongerig, alle aandacht op te eisen.

Tancredi's knie drukte nog altijd tegen die van Gracie. Het voelde natuurlijk, vanzelfsprekend, alsof zijn been een verlengstuk was van het hare. Toen ze opkeek las ze onverholen bewondering in zijn ogen. Geschokt door de roekeloosheid waarmee hij zich blootgaf, schoof ze haar stoel naar achteren, legde haar servet op tafel en stond op. Toen ze wegliep, voelde ze Tancredi's ogen in haar rug branden. Misschien kwam het door de wijn dat hij alle voorzichtigheid liet varen.

Terwijl ze de trap afdaalde naar de wc, besefte ze hoezeer ze een vreemde was in zijn wereld. Een wereld waarin ze niet thuishoorde. Hoe vurig ze ook naar hem verlangde, dat gold niet voor de kringen waarin hij zich bewoog. Al die rijke, hoogopgeleide, verwende mensen oefenden geen enkele aantrekkingskracht op haar uit. Ze bezorgden haar vooral het gevoel dat ze tekortschoot. En ze twijfelde er niet aan of zijn vrienden waren net zo. Hij was tenslotte met Petronilla getrouwd, dus die behoorde blijkbaar tot het soort mensen met wie hij zich omringde. Gracie stelde zich voor dat de vrouwen in Rome allemaal hetzelfde waren: arrogant, verwend, mijlenver verheven boven de rest van de wereld. Het idee dat zij zich onder dat soort mensen zou moeten begeven, joeg haar angst aan. Hier in Colladoro waren de vrouwen warm en zacht, niet kil en hard zoals Petronilla en Livia. De vrouwen van Colladoro hadden haar omarmd, in hun midden opgenomen. Petronilla en Livia keurden haar amper een blik waardig. En wat de gravin betrof... Ze wist van hun verhouding, en blijkbaar had ze daar geen moeite mee. Integendeel, die had ze zelfs aangemoedigd. Maar Gracie wist drommels goed hoe ze zou reageren als Tancredi zei dat hij wilde scheiden om met haar te kunnen trouwen. Als echtgenote van haar zoon schoot Gracie tekort. Maîtresse was het hoogst haalbare voor een meisje zoals zij, een meisje dat moest werken voor haar brood.

Toen ze even later via de bibliotheek terugliep naar het terras, werd ze plotseling de duisternis achter de deur in getrokken en met haar rug tegen de muur gedrukt. Het volgende moment lagen Tancredi's lippen op de hare. Hij kuste haar vurig, hartstochtelijk. Ze proefde de wijn die hij had gedronken, de vijgen die hij had gegeten, ze voelde de warmte van zijn handen door haar jurk heen. Zijn lichaam drukte zwaar, heet tegen het hare, de gespierdheid ervan wond haar op. Ze dacht niet langer aan Petronilla en Livia, aan het gevoel dat ze te min was, dat ze tekortschoot. Het deed er niet toe. Hij was de enige die telde. En het enige wat ze voelde, was de lust die bezit van haar nam en die schreeuwde om ontlading.

Hij tilde haar been op en knoopte razendsnel zijn broek los.

'Niet doen! Dat is veel te gevaarlijk,' fluisterde ze terwijl hij haar slipje opzijduwde en in haar drong.

'Je vindt het fijn als ik gevaarlijk doe.' Hij lachte zacht, met zijn lippen tegen haar hals gedrukt.

'Maar je hebt geen...'

'Dat risico neem ik.'

'Maar als...'

'Dan heeft het zo moeten zijn.' Zijn hete adem streek langs haar huid. Gracie lachte, zijn zorgeloosheid was aanstekelijk. Terwijl hij met zijn heupen begon te bewegen, nam het genot bezit van haar en vergat ze alle voorzichtigheid. Ze sloeg haar benen om zijn middel en hij bewoog trager, intenser, intiemer.

'Ik hou van je, Gracie,' fluisterde hij.

'Ik hou ook van jou, Tancredi.' Toen sloot ze haar ogen en liet ze zich meevoeren door de golf van zinderend genot die over haar heen spoelde.

Toen het voorbij was, streek ze haar jurk glad, fatsoeneerde haar haar en keerde als eerste terug naar het terras om geen argwaan te wekken. Ze had zich geen zorgen hoeven maken. De gasten waren de tuin in gelopen, waar de gravin haar meest recente aanschaf liet zien: een cupido die ze aan het eind van een met rozen omzoomd pad had laten plaatsen. Gracie voegde zich bij het gezelschap, maar bleef verlegen een beetje op de achtergrond.

Bruno draaide zich met een bemoedigende glimlach naar haar om. 'Kom erbij! Je mag de rondleiding niet missen.'

Ze hoopte dat niemand aan haar kon zien wat er in de bibliotheek was gebeurd. 'Elke keer dat ik hier kom, is er weer wat nieuws te zien.'

'Ja, mijn zuster doet niets liever dan geld uitgeven.' Er klonk afkeuring door in zijn stem.

'Ze heeft zo'n goede smaak,' zei Gracie diplomatiek. 'Als ik zo'n goede smaak had zou ik mijn huis ook steeds mooier willen maken.'

Hij grinnikte, en ze kon aan zijn gezicht zien wat hij dacht: dat smaak iets anders was dan extravagantie.

Ze liepen verder de tuin in. Hans had de drie adellijke vrouwen betoverd, Rutger sjokte braaf, maar verfomfaaid achter het groepje aan en bleef af en toe staan om een bloem te bekijken of het uitzicht te bewonderen. Hij was het gewend dat Hans de show stal. Daar was hun samenwerking, hun dynamiek op gebaseerd, en het was een buitengewoon effectieve samenwerking. Gracie besefte dat oom Hans welbewust alle drie de vrouwen evenveel aandacht gaf, en op haar manier maakte ook zij deel uit van de samenwerking. Terwijl Ruter en oom Hans de dames bewerkten, deed zij dat met Bruno. Omdat ze ook Tancredi's belangen voor ogen hield, voelde ze zich een dubbelspion. Toen de blik van oom Hans de hare kruiste en hij naar haar knipoogde, speelde haar geweten haar parten.

Toen ze aan het eind van de middag afscheid namen, hadden ze echter geen garantie dat hun tactiek vruchten zou afwerpen. De gravin was zichtbaar van Hans gecharmeerd, want ze giechelde als een jong meisje terwijl hij haar opnieuw de hand kuste en zijn snor net iets te lang over haar huid kriebelde. Zou ze ooit hebben geprobeerd hem te verleiden, vroeg Gracie zich af. En hoe ver was haar oom bereid te gaan als er zakelijke belangen op het spel stonden? Te oordelen naar de manier waarop hij met de gravin flirtte, zou hij voor de verkoop van een schilderij alles doen wat nodig was. En Hans Hollingsworth wist waar zijn belangen lagen, dus hij flirtte ook met Livia en Petronilla. De rivaliteit tussen de drie vrouwen was bijna tastbaar.

Gracie nam afscheid van de gravin en haar gasten. Iedereen was hoffelijk en voorkomend, Bruno ronduit hartelijk en Tancredi kuste haar zonder aarzelen op de wang. Niemand zou zelfs maar vermoeden dat ze even eerder de liefde hadden bedreven.

Toen stapten ze in de glimmende sportwagen van oom Hans en vertrokken. Tijdens de terugrit was de stemming triomfantelijk.

Maar terwijl de weken verstreken zonder dat er bericht kwam van de gravin of van Livia Montefosco, raakte Gracie er hoe langer hoe meer van overtuigd dat haar plannetje was mislukt. Dat ze Tancredi had teleurgesteld.

Totdat er eind november een buitengewoon interessante brief voor oom Hans werd bezorgd.

15

Italië, 2010

'Wat stond er in die brief?' vroeg Anastasia nieuwsgierig.

Ze zaten op een bankje, helemaal aan het eind van de tuin, met uitzicht op de heuvels en de zee, die mistig flonkerde in de verte. Het begon al te schemeren. Carina en de andere gasten maakten zich gereed voor het avondeten, in de tuin van het kasteel heerste een serene rust. Het getjirp van de krekels en het geluid van vogels die een tak opzochten voor de nacht, vormden een lieflijke, inmiddels vertrouwde melodie.

'De brief was afkomstig van Livia Montefosco,' antwoordde Gracie. 'Ze wilde dat oom Hans naar Rome kwam, om hun schilderijencollectie te taxeren en te kijken of er misschien doeken bij waren die gerestaureerd moesten worden. Bovendien wilden ze met hem overleggen of hij suggesties had voor een eventuele uitbreiding van de collectie.'

'Hoe kon u er zeker van zijn dat uw oom Gaetano's schilderij eruit zou pikken?'

'Die zekerheid had ik niet.' Gracie glimlachte.

'Dus u bent met hem meegegaan?'

Gracie grinnikte. 'Je bent me altijd een stap voor. Zo was ik vroeger ook.' Ze wierp haar kleindochter een vertederde blik toe. 'Hoe dan ook, ik woonde destijds al acht jaar in La Colomba, maar ik had nog amper iets van de wereld gezien. Eigenlijk had ik in al die jaren alleen maar gewerkt. Dus ik wist zeker dat mijn oom me mee zou nemen als ik dat vroeg.'

'En deed hij dat?'

'Ja, we gingen samen naar Rome.'

Er verscheen een brede grijns op Anastasia's gezicht, haar grijsgroene ogen glommen van opwinding. Gracie genoot ervan dat haar kleindochter zich zo geïnteresseerd toonde. Bovendien kon ze door haar verhaal te doen terugkeren naar het verleden en alles opnieuw beleven. 'We maakten de reis in de prachtige sportwagen van oom Hans. Rutger bleef in La Colomba. Geen van beiden hadden ze ook maar enig idee wat ik van plan was. En als ze het hadden geweten, zouden ze het me ongetwijfeld hebben afgeraden. Ik had het ze natuurlijk moeten vertellen, maar ik was verliefd. Voor Gaetano zou ik alles hebben gedaan. Echt alles.'

'En? Lukte het u Livia wijs te maken dat Gaetano's schilderij gerestaureerd moest worden?'

Gracie gaf niet direct antwoord. Ze wilde haar verhaal niet te snel afraffelen, maar haar herinneringen koesteren aan de tijd toen alles nog goed was, de tijd voordat alles gruwelijk misging. 'Ik was nog nooit in Rome geweest. Wat een prachtige stad! We verbleven in het beroemde hotel Hassler, en dat was ook een primeur. Ik had nog nooit in een hotel gelogeerd. Ach, Anastasia, ik was opgegroeid in een piepklein huisje in Londen, met de wc buiten! En stel je dan de glamour, de luxe van dat hotel eens voor! Ik kon mijn ogen niet geloven. La Colomba had al diepe indruk op me gemaakt, maar dat was nog niets vergeleken bij hotel Hassler. Het leek wel een paleis. En dan de stad! Waar ik ook keek zag ik antieke beelden, de schitterendste kunstwerken, gebouwen uit de oudheid. Ik waande me in het paradijs. Echt waar.' Ze schudde zuchtend haar hoofd. 'Jij zou het ook moeten zien. Ik zou het enig vinden om er samen met jou nog eens naartoe te gaan. Maar ik dwaal af. Waar was ik gebleven?'

'Bij Livia,' antwoordde Anastasia ongeduldig, want ze was razend nieuwsgierig of het haar oma was gelukt Gaetano's schilderij naar La Colomba te krijgen.

'O ja. Het Palazzo Montefosco stond aan een plein dat werd gedomineerd door een schitterende fontein. Ik was diep onder de indruk. De avondzon kleurde het roze. Ik zie het nóg voor me.'

'Wist Livia dat u meekwam? En hoe reageerde ze? Vond ze het vervelend?'

'Nee, ze wist niet dat ik zou komen. Maar ze reageerde niet onvriendelijk. Integendeel, in haar eigen huis leek ze een ander mens. Hartelijk, beleefd, helemaal niet kil en arrogant zoals in het kasteel. Ze vond het een eer om oom Hans de collectie te laten zien. En mijn indruk bleek juist te zijn. Zij had de broek aan in het huwelijk. Het kwam door haar dat Gaetano het schilderij van zijn grootvader niet had gekregen. Hoe dan ook, het zaadje dat ik in het kasteel had geplant, had wortel geschoten. Livia was jaloers op de gravin, en ze genoot ervan oom Hans van haar te 'stelen', in de veronderstelling dat de gravin hem het liefst voor zichzelf wilde houden. En ze trok dan ook werkelijk alle registers open. Ze flirtte, fladderde met haar wimpers, onthaalde hem op een vorstelijk maal. En mij noodgedwongen dus ook. Als het nichtje van oom Hans behandelde ze me beleefd, maar blijkbaar had ze zich voorgenomen al haar charmes in de strijd te gooien om te zorgen dat oom Hans haar leuker vond dan haar schoonzuster. Dat zou haar nooit lukken, natuurlijk.' Gracie grinnikte. 'Ze bezat niet het charisma, de charmes van de gravin. Maar ze deed haar best. En oom Hans speelde het spelletje mee. Hij keek dwars door haar heen, want tenslotte was hij zelf ook een meester in het manipuleren.'

'En toen? Kreeg u Gaetano's schilderij ook te zien?'

'Ja, en het was precies zoals ik het me had voorgesteld. Prachtig. Werkelijk schitterend. Ik begreep onmiddellijk waarom het hem als kind al zo had aangesproken, en waarom hij het zo dolgraag zou willen hebben.'

'Moest het gerestaureerd worden?'

'Nee, dat niet. Hoogstens een beetje schoongemaakt. Oom Hans bemoeide zich er niet mee. Hij had het zo druk met de rest van de collectie – en die was enorm uitgebreid, het hele palazzo hing vol met schilderijen – dat hij het niet eens hoorde toen ik voorstelde het doek onder handen te nemen. Op een gegeven moment was ik met Livia alleen, en toen vertelde ik haar in alle vertrouwelijkheid dat de barok weer erg in trek begon te raken, dat een beroemde popster de vraag explosief had doen stijgen door meubels en schilderijen uit die periode te kopen. Ik voegde er fluisterend aan toe dat mijn oom van de popster persoonlijk het verzoek had gekregen om op zoek te gaan naar schilderijen uit de barok. Haar ogen begonnen op slag hebzuchtig te glinsteren. Helemaal toen ik haar verzekerde dat de Bartoloni wel eens heel erg veel waard zou kunnen worden, dus dat het de moeite zeker zou lonen om hem te laten schoonmaken. Al met al was het een koud kunstje om haar over te halen. En toen kon ik de verleiding niet weerstaan te vragen of ze overwoog het schilderij ooit te verkopen.'

'Wat zei ze toen?'

'Dat ze dat nooit zou doen. Vanwege de grote emotionele waarde.'

'Echt waar?'

'Ja. Opmerkelijk, maar niet verrassend. Het simpele feit dat de neef van haar man het zo graag wilde hebben, was voor haar reden om eraan vast te houden. Als het niet zo veel voor Gaetano had betekend, weet ik zeker dat ze het zonder enige aarzeling zou hebben verkocht.'

'Wat een naar mens.'

'Ja, ik had medelijden met Bruno. Hij was, net als Gaetano, getrouwd met een erg onaangename vrouw.'

'Maar waarom dan toch?'

'Tja, de verklaring is weinig fraai, vrees ik.'

Dat maakte Anastasia alleen maar nieuwsgieriger. 'Vertel!' drong ze gretig aan.

'Geld.'

Anastasia fronste haar wenkbrauwen. 'Ik dacht dat de Montefosco's schatrijk waren.'

'Gaetano's grootvader stamde uit een illuster geslacht van kunstverzamelaars. De familie behoorde ooit tot de rijkste van Europa. Maar kunst verzamelen is een dure liefhebberij. En Gaetano's grootmoeder was niet van rijke komaf. Door met haar te trouwen ging zijn grootvader dwars tegen de wil van zijn familie in. Maar ze hielden van elkaar. Het was een huwelijk uit liefde. Dat ontdekte ik later pas – ik wou dat het ik het destijds had geweten. Afijn, Gaetano's grootvader leefde op grote voet. Hij had zich vast voorgenomen in de voetsporen van zijn beroemde voorouders te treden en de Montefosco-collectie te koesteren en zelfs nog uit te breiden. Tegen de tijd dat hij overleed had hij enorme schulden. Bruno, zijn zoon, moest behalve zijn villa in Toscane ook diverse panden in Rome verkopen die hij en zijn zuster hadden geërfd. En dan was er natuurlijk ook nog de kunstcollectie. Maar mannen als Bruno en Gaetano zijn trots. Ze zouden liever hun hand afhakken dan verkopen wat door hun voorouders van generatie op generatie is verzameld.'

'Hoezo, trots? Ik vind het vooral onnozel!' verklaarde Anastasia hartstochtelijk.

'Dat is hoe wij ertegen aankijken. Maar je moet proberen je te verplaatsen in hun positie, in hun manier van leven. Bruno heeft geleden onder de mateloosheid van zijn vader, en volgens mij is hij met Livia getrouwd om haar geld. Zij kwam uit een geslacht van rijke industriëlen. Dus ze hadden elkaar wat te bieden. Hij gaf haar een adellijke titel, en zij maakte hem weer rijk, zodat hij zijn leven op de oude voet kon voortzetten, omringd door zijn kunstschatten.'

'Waarom verkocht hij niet gewoon een Michelangelo?'

'Ik betwijfel of hij die ooit heeft gehad. Maar zoals ik al zei, Bruno trouwde liever met geld dan dat hij zijn kunstschatten verkocht. Daar had hij zelfs een ongelukkig huwelijk voor over. Zijn zus was heel anders. Toen Gaetano's moeder uiteindelijk in financiële problemen dreigde te raken, zag ze er geen been in om een groot deel van de collectie die ze voor veel geld had laten restaureren, te verkopen. Maar ik loop op de gebeurtenissen vooruit...'

'Denkt u dat Gaetano ook om het geld was getrouwd?'

'Dat weet ik wel zeker. Petronilla was gefortuneerd. Ik zou niet weten waarom hij anders met haar getrouwd zou zijn. Hij was in elk geval niet gelukkig met haar. Anders zou hij geen troost bij mij hebben gezocht!'

'En wat zei hij toen u terugkwam met het schilderij?'

'Nou, zo snel ging het allemaal niet. Er volgden nog een paar zenuwslopende weken voordat alles was ingepakt en naar La Colomba werd gestuurd. En al die tijd wist ik niet zeker of ze Gaetano's schilderij zou meesturen met de doeken waarvan oom Hans had gezegd dat ze gerestaureerd moesten worden.'

'Maar het schilderij kwam ook mee.'

'Ja.'

'Hoe reageerde Gaetano?'

'Hij begon te huilen toen hij het in zijn handen hield.'

'Hij moest huilen?' Anastasia grijnsde. Gênant, een volwassen man die huilde!

'Ja, hij was erg ontroerd. Het schilderij mocht dan niet kostbaar zijn, de waarde school in de herinneringen die ermee verbonden waren. Voor Gaetano hoorde de Bartoloni bij zijn jeugd. Bij een gelukkige periode in zijn leven, een tijd waarin alles nog goed was.'

'Wat zal hij u dankbaar zijn geweest.'

'Ja, dat was hij zeker.' Gracie vouwde haar handen en keek neer op de zwarte leegte tussen haar vingers. 'Toch was dat schilderij er de oorzaak van dat alles uiteindelijk kapotging. Dat ik hem kwijtraakte.'

Geschokt legde Anastasia haar hand op die van haar oma. 'Wat gebeurde er?'

Gracie trok zuchtend haar handen terug. 'We moeten naar boven. Ons gereedmaken voor het eten.'

'Maar ik wil eerst de rest van het verhaal horen. Blijkbaar liep het niet goed af.'

'Nee, als alles anders was gelopen, zou ik niet met je opa zijn getrouwd. En dan was je moeder nooit geboren.'

'Maar ik wil weten hóé het afliep.'

'Dat vertel ik je later. Kom, we moeten voortmaken. De rest zit al op het terras. En denk eens aan die verrukkelijke crostini. Die willen we niet mislopen!'

Anastasia keek teleurgesteld. 'Ik blijf liever hier, met u.'

Gracie was geroerd. 'Ik zou ook liever hier blijven,' zei ze naar waarheid. 'Maar we gaan morgen verder. Dan vertel ik je de rest van het verhaal.' En dat zou ze doen, hoe pijnlijk het ook was.

Carina was verrast toen haar moeder en Anastasia uit de donkere tuin kwamen aanlopen. 'Waar zijn jullie geweest?' Ze had haar haar opgestoken en zag er prachtig uit, in een witte jurk met een gouden ceintuur.

'We hebben naar de zonsondergang gekeken,' antwoordde Anastasia.

'De zon is al een eeuwigheid geleden ondergegaan!' zei Carina een beetje jaloers. Ze voelde zich buitengesloten.

'Ach, we zaten zo gezellig te praten,' vertelde Gracie. 'Het is erg lief van Anastasia om haar oude oma gezelschap te houden.'

'Dat klinkt alsof ik me opoffer. Maar dat is niet zo. Ik vind het heerlijk om naar uw verhalen te luisteren.'

Carina fronste haar wenkbrauwen. Wat kon haar moeder te vertellen hebben dat voor een zeventienjarige interessant was?

'Kom mee, oma,' zei Anastasia. 'Wat trekt u aan, vanavond? Ik mijn knalroze jurk, denk ik. Gaat u mee? Dan kunt u zeggen wat u ervan vindt.'

Enigszins beduusd keek Carina hen na. De situatie deed haar aan haar schooltijd denken, toen de hechte kliek van populaire meisjes haar had buitengesloten. In dit geval had ze haar uitsluiting volledig aan zichzelf te danken, door zich amper met haar moeder en haar dochter te bemoeien. De drie dagen sinds hun aankomst had ze vooral met Lauren en Madeleine opgetrokken en lange wandelingen gemaakt. Ze zou blij moeten zijn dat Anastasia zich over haar moeder ontfermde. Deze reis was Gracies idee en werd dankzij Anastasia extra speciaal. Maar het zat Carina toch niet lekker. Ze voelde zich verwaarloosd. Het enthousiasme waarmee Anastasia met haar oma optrok ergerde haar. Ze zou bijna denken dat haar dochter het expres deed – dat ze met opzet een hechte band met Gracie ontwikkelde om háár het gevoel te geven dat ze een slechte moeder was. Carina voelde zich al schuldig genoeg omdat ze zo volledig door haar werk in beslag werd genomen en daardoor haar dochter niet de aandacht kon geven waar ze recht op had. Was het nou echt nodig om haar dat zo nadrukkelijk in te peperen? Anderzijds, misschien zag ze het helemaal verkeerd. Misschien vond Anastasia het oprecht leuk om naar de verhalen van haar oma te luisteren. Toch kon Carina dat nauwelijks geloven. Wat kon haar moeder te vertellen hebben dat een tiener boeiend zou vinden? Verhalen over de dansavonden in de jaren zestig, in de hal van de kerk? Veel spannender werd het niet, volgens Carina, die zich niet kon voorstellen dat haar moeder ooit ook maar iets had gedaan wat tot de verbeelding sprak.

Anderzijds, nu ze zich niet om haar moeder hoefde te bekommeren, was Carina vrij om te doen en te laten wat ze wilde. Ze kon in de zon zitten met Madeleine en Lauren, die ze inmiddels als echte vriendinnen beschouwde. Ze kon gaan wandelen. Ze kon zelfs wat werk doen als ze dat wilde. Maar dat wilde ze niet. Ze begon zich steeds meer los te maken van Londen en alles wat daarbij hoorde. Anders dan ze had gedacht, leverde het geen gruwelijk gevoel van ontwrichting op om afstand te nemen van haar bedrijf, haar cliënten. Integendeel. Het leek wel alsof alles in het universum samenspande om haar te laten zien hoe mooi het leven was zonder telefoon, zonder voortdurend contact te onderhouden met haar assistente.

Toen ze zich bij de andere gasten op het terras voegde, kwam Madeleine ook net aanlopen, in een witzijden blouse en broek. Aan haar polsen en om haar hals glinsterde goud.

'Heb je fijn gewandeld?' vroeg Carina.

'Heerlijk. Het begin van de avond is het mooiste moment om een eind te gaan lopen.' Madeleines wangen gloeiden, van de zon en van de inspanning. 'Ik doe het elke dag. En daar geniet ik zo van! Het geeft energie, maar ik word er ook heerlijk moe van.' Ze schonk zichzelf een glas wijn in en nam een crostini. 'En hier kikker ik dan weer van op.' Ze nam een slok. 'De volmaakte afsluiting van een volmaakte dag.'

Wendy, Tiff en Brigitte waren in minirok met een glinsterend topje, hun voeten staken in sandaaltjes, hun nagels waren net gelakt, hun make-up zou in een nachtclub niet hebben misstaan. Carina dacht niet dat er in Colladoro een singlesclub zou zijn, maar daarin vergiste ze zich. 'Volgens Ilaria is er een club aan de kust, in een of ander dorpje... Hoe heet het ook alweer?'

'Mare nog wat...' antwoordde Brigitte.

Tiff wuifde lachend met haar sigaret. 'Wat maakt het uit. We hebben om tien uur een taxi besteld. Een avondje uit leek ons leuk.'

'Bevrijd van de echtelijke ketenen,' grapte Wendy met een ondeugende glinstering in haar bruine ogen.

'Als jullie mee willen...' opperde Brigitte. 'Hoe meer zielen, hoe meer vreugd.'

Wat zou Rufus ervan zeggen als ze zonder hem naar een nachtclub ging, vroeg Carina zich af. Hij zou het vast niet erg vinden. Maar ze ging niet op de uitnodiging in. 'Ik ben 's avonds uitgeteld, van de zon en de buitenlucht.'

Tegen de tijd dat Anastasia en Gracie op het terras verschenen, verplaatste de groep zich al naar de tafel, onder begeleiding van Ilaria en de grote harige hond, die blijkbaar had besloten hen gezelschap te houden. Gracie droeg de ketting die ze van Anastasia had gekregen en ze had een groen vest aangetrokken over haar jurk. 'Hoe heet hij?' vroeg ze terwijl ze de hond aaide.

'Bernardo. Het is de hond van de graaf,' vertelde Ilaria.

Carina zag haar kans schoon om naar hun ongrijpbare gastheer te informeren. 'Krijgen we die nog te zien?'

Gracie hield haar adem in.

'De graaf houdt zich liever op de achtergrond,' antwoordde Ilaria, en het ontging Gracie niet dat haar houding van het ene op het andere moment afstandelijker werd. 'Hij is erg op zichzelf.'

Carina had niets in de gaten. 'Wat jammer,' zei ze, terwijl Gracie op haar beurt een zucht van verlichting slaakte. 'Toch vind ik het wel raar, een gastheer die niet de moeite neemt zijn gasten welkom te heten.'

Ilaria's glimlach haperde geen moment, maar haar ogen verrieden haar onbuigzaamheid. 'Hij hoopt dat zijn gasten zich volledig thuis voelen in zijn kasteel.'

'Ik werk in de pr en mijn advies zou zijn dat een charmante graaf als betrokken gastheer erg goed zou zijn voor de boekingen.'

'Dat geloof ik graag. Maar we zitten tot en met de zomer al helemaal vol.' Bij het zien van Carina's teleurgestelde gezicht begon Ilaria over iets anders. 'Die ketting staat je beeldig, Gracie. Je kleindochter heeft smaak.'

Carina keerde zich met een ruk om naar haar moeder. 'Heb je die ketting van Anastasia gekregen?'

Gracie ging met haar vingers over de kralen. 'Ja. Lief, hè?'

Carina's ergernis groeide. 'Waar heeft ze die gekocht?'

'In het dorp.'

'Er is een enig boetiekje waar ze van alles verkopen, voor erg schappelijke prijzen, onder andere kettingen en armbanden in alle denkbare kleuren,' vertelde Ilaria op. 'Je zou er ook eens moeten gaan kijken, Carina.'

'Ik heb nog nooit iets van Anastasia gekregen.' Carina zei het lachend, om duidelijk te maken dat ze zich niet gekwetst voelde. 'Maar dat verbaast me niets. Ze heeft altijd wel wat op me aan te merken.'

'Ach, dat is de leeftijd,' zei Ilaria met een blik van medeleven. 'Maar een weekje Italië doet wonderen. Let maar eens op.' Ze zei het alsof ze uit ervaring sprak, alsof ze al menigeen had zien veranderen maar er nog altijd van genoot. 'Je bent zelf het levende bewijs, want je eet inmiddels pasta. Italië verandert mensen van binnenuit, en zo moet het.

Dat is de beste manier. Zullen we gaan zitten?' Ze wees haar gasten hun plaats; door een steeds wisselende tafelschikking zorgde ze ervoor dat iedereen de kans kreeg de rest van de groep beter te leren kennen.

Anastasia kwam tussen Wendy en Alex te zitten. Tot haar grote tevredenheid, want ze vond Wendy erg grappig en ze raakte in toenemende mate op Alex gesteld. Terwijl ze op haar horloge keek, huiverde ze van genot bij het vooruitzicht van haar afspraakje met Giovanni. Ze keek naar haar moeder, die tegenover haar zat, tussen Rex en Brigitte in. Hoe zou ze reageren als ze hoorde dat haar dochter was ontmaagd door een Italiaan die ze pas een paar dagen kende? Anastasia grijnsde en nam een slok water om dat te camoufleren. Toen ging haar blik naar haar oma, die in gesprek was met Rex. Als íémand haar zou begrijpen, dan was zij het. Anastasia had nooit kunnen denken dat haar bedeesde, onopmerkelijke oma zo'n opmerkelijk leven achter de rug had. En toch, nu ze haar gadesloeg, in geanimeerd gesprek verwikkeld met de zilvergrijze charmeur, kon ze zich daar ineens iets bij voorstellen. Gracies ogen glansden in het kaarslicht, en haar ontspannen glimlach had iets liefs wat haar erg aantrekkelijk maakte. Sinds hun aankomst in Italië leek ze te zijn gegroeid. Ze was niet langer iemand die zich bij voorkeur op de achtergrond hield, iemand die gemakkelijk over het hoofd werd gezien. Sinds ze hier was straalde ze iets uit wat de aandacht trok. En dat gold zeker voor de aandacht van Rex. Was je op je zeventigste te oud voor de romantiek? Of zou de zilvergrijze charmeur avances maken bij haar oma? Die gedachte ontlokte Anastasia opnieuw een brede grijns, zo breed dat haar glas die niet kon verbergen.

'Wat is er? Wat heb je voor binnenpretje?' Alex begon van de weeromstuit ook te grijnzen.

'Ik vroeg me af of er iets moois opbloeit tussen Rex en mijn oma,' antwoordde Anastasia zacht.

Alex keek naar het stel aan de overkant van de tafel. 'Waarom niet? Ze zijn allebei alleen, ongeveer even oud, en je kunt zien dat ze elkaar graag mogen.'

'Ik hoop dat het wat wordt. Stel je dat eens voor! Dat oma niet alleen met de recepten van Mamma Bernadetta naar huis gaat!'

'Nogmaals, waarom niet? We zijn hier tenslotte in het meest romantische land van de wereld.' Alex keek haar doordringend aan.

Anastasia dacht aan Giovanni en slaakte een zucht van genot. 'Ja, dat is het. Zó romantisch!'

'Als je romantiek zoekt, ga dan mee naar de club,' opperde Wendy, die dat laatste had gehoord.

'Nee, dank je. Ik heb hier al het vertier dat ik zoek.' Anastasia glimlachte veelbetekenend.

Wendy trok een wenkbrauw op en schonk Alex een blik van verstandhouding. 'Ik hoor het al. Jullie hebben het goed voor elkaar.' Ze nam een grote slok van Mamma Bernadetta's huiswijn. 'Wij getrouwde meisjes vinden het wel eens leuk om de interesse van het andere geslacht te peilen. Niet dat we ook maar ergens op ingaan, natuurlijk.'

Carina was even alleen met haar gedachten toen Brigitte aan de praat raakte met Wendy, terwijl Rex alleen maar oog had voor haar moeder. Ze was nijdig op zichzelf omdat ze zich zo druk maakte over die ketting. Gracie was Anastasia's oma! Waarom zou het kind geen cadeautje voor haar mogen kopen? Maar toch stak het haar. Ze voelde zich tekortgedaan, zonder precies te kunnen zeggen waarom. Haar blik ging de tafel rond. Iedereen had het zichtbaar naar zijn zin. Anastasia en Alex grinnikten ergens om, met hun hoofd dicht naar elkaar gebogen als een stel samenzweerders; Rex deed zijn best Gracie te charmeren; Brigitte en Wendy vermaakten zich zo goed – en hadden zo veel gedronken – dat ze voortdurend door elkaar heen praatten en het uitschaterden. Madeleine en Lauren zaten zacht te praten, en aan de andere kant van de tafel vertelde Ilaria een geboeid luisterende Tiff een verhaal over een beroemde ster uit Hollywood die het kasteel had afgehuurd voor een vrijgezellenfeest. Zou de graaf voor háár wel tevoorschijn zijn gekomen, vroeg Carina zich wrokkig af.

Later die avond – ze stond op het punt om in bed te kruipen, en Anastasia was gaan zwemmen met Alex – belde ze Rufus om haar beklag te doen. 'Lieverd, Anastasia is nooit je eerste prioriteit geweest,' zei hij cru. Ronduit harteloos, vond Carina, die toch al zo met zichzelf te doen had. 'Je kunt niet verwachten dat ze meteen bij je op schoot kruipt zodra jij je telefoon uitzet en besluit er volledig voor haar te zijn. Dat heeft tijd nodig. Probeer wat meer met haar op te trekken. Daar heeft ze behoefte aan.'

'Dat denk je maar. Ze is de dikste maatjes met mama!'

'Omdat Gracie wel aandacht aan haar besteedt.'

'Ja, dat is lekker makkelijk. Die heeft niks anders te doen.'

'En jij wel?'

'Ik maak de verrukkelijkste wandelingen.'

'In je eentje?'

'Ja, maar het is hier zo prachtig.'

'Iedereen maakt nieuwe vrienden, en jij gaat er in je eentje op uit.'

'Zo geformuleerd klinkt het bijna sneu. Maar dat is het niet. Helemaal niet. Ik voel me herboren, Toscane heeft me de ogen geopend. We zouden hier na ons pensioen moeten gaan wonen.' Bij het vooruitzicht van een huis in een vredig Toscaans dorpje voelde ze zich op slag een stuk beter.

'We moeten eerst nog zien dat we ons pensioen halen.'

'Ik ben hier gaan inzien dat ik mezelf jarenlang heb afgebeuld in een soort tredmolen.'

'Nee maar! Dat ik dat nog mag beleven!'

Ze schoot in de lach. 'Ik zeg niet dat ik meteen stop met werken, maar misschien ga ik het wel wat rustiger aan doen.'

Hij zuchtte. 'Eerst zien, dan geloven.'

Het bleef geruime tijd stil. Ze kon zijn ademhaling horen. Hij gaapte, en ze stelde zich voor dat hij in bed zat, met zijn bril op zijn neus, een tijdschrift op zijn knieën. Ineens werd het verlangen haar te machtig. 'Ik wou dat je hier was.' Ze was zelf verrast door haar oprechtheid. 'Ik voel me buitengesloten. Mama en Anastasia gedragen zich als een stel schoolmeiden.'

‘Daar kun je niet tegenop. Je enige optie is meedoen.’

Het was zo typerend voor haar nuchtere, pragmatische echtgenoot dat ze in de lach schoot.

‘Hoor eens, lieverd, dat inzicht over je werk... geweldig! Echt waar. En ik hoop vurig dat je er iets mee doet. Maar waar het nu op aankomt, is dat je energie steekt in relaties. Net zo veel energie als vroeger in je bedrijf.’

Pas toen de verbinding al was verbroken, besefte ze dat Rufus niet alleen op Gracie en Anastasia had gedoeld, maar ook op zichzelf. Ze kroop in bed, pakte haar kussen en trok het dicht tegen zich aan. Waar kwam dat plotseling vandaan, dat gevoel alsof de balans in haar leven zoek was? En wat had Italië, of liever gezegd, deze schitterende plek in Toscane daarmee te maken? Het leek wel alsof Mamma Bernadetta’s eigengemaakte olijfolie haar emotionele gewrichten smeerde, alsof er daardoor gevoelens naar boven kwamen die ze heel lang had verdrongen.

Haar oogleden werden zwaar, ze gaf zich over en viel in slaap.

In de boerenschuur, een eindje buiten Colladoro, lag Anastasia in Giovanni’s armen, genietend van het gevoel van vrouwelijkheid dat bezit van haar had genomen. Alles aan hun romance was mooi, van zijn gebruinde, gespierde lichaam, zijn lange, donkere wimpers en zijn zinnelijke mond tot de kaarsen die het hooi in gesponnen goud veranderden.

Alles wat hij zei, klonk als een melodie; elk woord bezat het vermogen haar tot overgave te dwingen. Zijn ruwe, ervaren handen gleden teder over haar huid, brachten haar tot hoogtepunten van genot, en tijdens die momenten van extase geloofde ze dat ze net zo oprecht, net zo innig veel van hem hield als alle heldinnen in films, in boeken ooit van hun held hadden gehouden.

16

Badley Compton

Flappy Scott-Booth vond niets zo verrukkelijk als een begrafenis, en van álle begrafenissen behoorde deze tot de verrukkelijkste. Om te beginnen was de overledene geen naaste familie, niet iemand uit haar vriendenkring, maar een dode om wie ze groots en meeslepend kon rouwen zonder ook maar een traan te laten. Ten tweede had de overledene – voor zover bekend – geen nabestaanden en was hij een geliefd lid van de plaatselijke gemeenschap. Vandaar dat de verantwoordelijkheid voor het organiseren van zijn afscheid op háár brede, sterke schouders terechtkwam. Tenslotte was zij de ongekroonde koningin van het dorp. En ten derde – toegegeven, dat woog niet zo zwaar als de punten een en twee – had Harry Pratt besloten het aardse bestaan in april te verlaten. De maand waarin Flappy's tuin op zijn mooist was, met alles wat groeide en bloeide, en met het tere jonge blad aan bomen en struiken. Er was maar één tegenvaller: de afwezigheid van Gracie Burton, Flappy's steun en toeverlaat als er iets te organiseren viel.

In haar smaakvolle, onberispelijke salon, gekleed in een strakke zwarte jurk met daaroverheen een kort, zwart kasjmier vest, zat Flappy de bijeenkomst van de LBC voor, met haar gebruikelijke autoriteit en voortvarendheid. Ze richtte haar scherpe, strenge blik op de andere vrouwen en confronteerde hen met de uitdaging in nog geen tien dagen een afscheidsceremonie te organiseren. 'Dit zal voor ons allemaal een zware opgave betekenen, niet in de laatste plaats vanwege het grote verdriet, diep in ons hart.' Ze legde een slanke, perfect gemanicuurde hand op de diamanten broche die ze strategisch ter hoogte van haar hart had gespeld, en slaakte een diepe zucht. 'Neem me niet kwalijk dat ik me zo laat gaan, maar Harry's dood heeft me erg aangegrepen. Zo'n lieve, dierbare man.'

De andere vrouwen keken elkaar verbijsterd aan, zoals altijd verrast – en een beetje gegeneerd – wanneer de doorgaans beheerste, onderkoelde Flappy emotioneel werd.

'Hij werd in onze gemeenschap op handen gedragen,' vervolgde die met trillende stem. 'Aan ons de taak hem het afscheid te geven dat hij verdient.' Opnieuw richtte ze haar staalblauwe ogen beurtelings op alle vrouwen. 'En daarbij verwacht ik jullie volledige inzet.'

Madge stak haar hand op. 'Mag ik wat zeggen?'

Flappy zag al aan de rebelse uitdrukking op haar gezicht dat Madge voor problemen ging zorgen. 'Dat mag,' antwoordde ze afgemeten.

'Kunnen we niet beter wachten totdat Gracie terug is? Harry heeft geen haast, en Gracie is altijd zo goed in dit soort dingen.'

'Ik ben ervan overtuigd dat we ons ook zonder Gracie prima weten te redden.' Flappy wilde niet aan Gracie denken, op vakantie in het zonnige Toscane. Ze had haar uiterste best gedaan haar de reis uit het hoofd te praten. Dat Gracie toch was gegaan, had Flappy diep geschokt. En die schok was ze nog niet te boven. Ze zag Gracies eigenzinnigheid als een persoonlijke belediging, als een ongehoorde vorm van gezagsondermijning. Gracie had niet eens het fatsoen gehad haar te informeren! Ze was ineens vertrokken, van de ene op de andere dag, zonder iets te zeggen. Flappy had het moeten vernemen van Esther, die had beloofd op de honden te passen. 'Het was erg onaardig van haar om zomaar weg te gaan.' Flappy tuitte haar lippen. 'Zonder zich af te vragen wat dat voor ons betekende. 'Maar daardoor laten we ons niet uit het veld slaan. We redden ons wel.'

Daar was Madge nog niet zo zeker van. 'Toen Judith Craddock was overleden, heeft Gracie de ordes van dienst geregeld. Ik weet niet eens bij wie ze die heeft laten drukken.'

Flappy wenste niet te worden lastiggevallen met details. Zij zou de taken verdelen, en dan moesten de anderen het verder zelf maar uitzoeken. Maar voordat ze op Madge kon reageren ging er nog een vinger de lucht in. 'We zijn hier niet op school, Mable. Als je wat wil zeggen, hoef je niet je hand op te steken.'

Mable liet haastig haar arm zakken en stopte haar hand in haar schoot alsof ze zich had gebrand. 'Volgens mij heeft Gracie dat destijds overlegd met de begrafenisondernemer. En toen heeft die de boekjes gedrukt,' vertelde ze. 'Maar bij wie ze de bloemen heeft besteld, dat weet ik niet meer.'

'Heeft Gracie toen ook de bloemen gedaan?' Flappy keek naar Sally. 'Ik dacht dat jíj die zou doen.' Ze zei het zo streng dat Sally's kopje rammelde op haar schoteltje.

'Dat was ook de bedoeling.' Sally was zichtbaar slecht op haar gemak. 'Maar mijn zoon moest plotseling voor zijn werk naar het buitenland, en mijn schoondochter ging mee. Dus toen vroegen ze of ik op de kinderen wilde passen. Dat kon ik moeilijk weigeren. En toen heeft Gracie me uit de brand geholpen...' Haar stem stierf weg terwijl ze met een steek van jaloezie aan Gracie dacht, die lekker in Italië zat.

'Ja, dat is typisch Gracie,' zei Flappy goedkeurend. 'Ze is er altijd als je haar nodig hebt...'

'Behalve als ze er niet is,' kapte Esther haar af.

Flappy zuchtte. 'Inderdaad. Behalve als ze er niet is,' herhaalde ze geërgerd. Wat bezielde Gracie? Uitgerekend nu ze haar het hardst nodig had! 'Sally, jij bent verantwoordelijk voor de bloemen. En denk erom, het moet er perfect uitzien. Ik zou niet willen dat de mensen denken dat we ons er gemakkelijk van af hebben gemaakt, of dat we op de kosten hebben beknibbeld, alleen omdat hij...' Ze zocht tevergeefs naar het juiste woord. 'Harry heeft gevochten in de oorlog. We moeten hem eren als een oorlogsheld,' vervolgde ze hartstochtelijk. Terwijl ze het zei kwam er een briljant idee bij haar op. Harry was een oorlogsheld! Dat gaf haar het perfecte excuus om alle lokale notabelen uit te nodigen. Om te beginnen de burgemeester, en natuurlijk Sir Algernon Micklethwaite, de plaatselijke landeigenaar, met zijn vrouw Phyllida. Lady Micklethwaite was voorzitster van de Nationale Federatie van Vrouwenverenigingen.

'Misschien heeft iemand wel een groot modelvliegtuig. Dan kunnen we daar de bloemen in zetten,' stelde Madge opgetogen voor.

Flappy ontwaakte abrupt uit haar dagdroom. 'In een modelvliegtuig?' herhaalde ze vol afschuw. 'We willen een waardig afscheid! Een stijlvolle plechtigheid.'

Madge keek woedend in haar kopje.

'Na de plechtigheid serveer ik thee, hier op Darnley. Iedereen is welkom. Met een beetje geluk schijnt de zon en kunnen we naar buiten. Lady Micklethwaite is altijd erg complimenteus over mijn tuin. Ik zal voor de zekerheid een tent huren. Als we regen krijgen, wil ik niet dat iedereen met natte schoenen mijn huis in en uit loopt! Uiteraard kunnen de burgemeester en de Micklethwaites gebruikmaken van de faciliteiten binnen. Kenneth speelt golf met de directeur van Berry Brothers, dus daar kunnen we wijn bestellen en glazen huren. Big Mary kan cupcakes bakken...'

'Misschien kunnen we dáár een vliegtuigje op zetten,' zei Madge onverschrokken. 'Op de cupcakes.' De anderen vonden het een schitterend idee, maar ze wachtten af hoe Flappy zou reageren.

'Ik hou jullie niet tegen als jullie per se een thema willen. Maar eerlijk gezegd vind ik dat nogal gewoontjes. Om niet te zeggen vulgair.'

'Maar Harry was ook maar heel gewoon.' *Net als wij*. Sally keek de kring rond en zocht steun bij Madge, Mable en Esther.

'Daar heb je gelijk in. Hij was heel gewoon. En toch bezat hij een zekere waardigheid.' Flappy nipte van haar thee. Er viel een ongemakkelijke stilte terwijl ze er allemaal aan dachten hoe gewoon Harry was geweest. 'Afijn. Sally, zeg maar tegen Big Mary dat ze cupcakes maakt met een vliegtuigje erop. En jij regelt bovendien de bloemen. Esther, jij helpt Big Mary met het organiseren van de thee bij mij in de tuin, en met het huren van kopjes en glazen. Mable, jij zorgt voor een tent en je regelt wat jongelui om de wijn en de thee te serveren. Madge, jij neemt contact op met de begrafenisondernemer en je zorgt voor de tekstboekjes.'

'En wat doe jij?' vroeg Madge.

Flappy ademde beheerst in en glimlachte hautain. 'Ik ga over de inhoud van de tekstboekjes.' Als het ging om muziek en literatuur was zij de enige die smaak had. 'O, en het spreekt natuurlijk vanzelf dat Kenneth en ik graag bereid zijn de kosten voor onze rekening te nemen,' vervolgde ze, waarmee het voor iedereen weer volstrekt duidelijk was dat het echtpaar Scott-Booth niet alleen ver boven de rest van het dorp verheven was, maar dat het ook alle recht had de dienst uit te maken. 'Wiens brood men eet, diens woord men spreekt', gold ook in Badley Compton.

De vier vrouwen vertrokken, allemaal met hun eigen taak, allemaal bang dat ze die zonder Gracies hulp niet zouden weten te klaren. Opgelucht dat ze al het werk had uitbesteed, maar niet helemaal gerust op de resultaten, deed Flappy met een zucht de voordeur achter hen dicht. Terwijl ze terugliep door de hal keek ze waarderend naar het weelderige boeket witte lelies op de antieke ronde tafel. Ze hoopte dat het indruk had gemaakt op haar vriendinnen, tegen wie ze had gezegd dat de bloemen uit haar eigen kas kwamen. In werkelijkheid was Karen ervoor naar Barnstaple gereden.

Voor de enorme spiegel bleef Flappy even staan. De spiegel was opgehangen aan kettingen en werd geflankeerd door portretten van haar en Kenneth, geschilderd door niemand minder dan Jonathan Yeo. Ze vergeleek haar spiegelbeeld met haar portret, dat van vijf jaar geleden dateerde, en inspecteerde haar huid op tekenen van veroudering. Jonathan had uitgerekend haar trots, haar prachtig dikke, glanzende haar, niet geschilderd en haar gezicht laten opdoemen uit de achtergrond, als een middeleeuwse madonna op een onvoltooid fresco. Haar huid glansde als goud – ze waren destijds net terug geweest van een zeiltocht langs de Egeïsche eilanden – en haar ogen waren net zo stralend indigoblauw als de zee.

Haar blik ging weer naar de spiegel, naar het origineel, dat ze koesterde met dure schoonheidsproducten en -behandelingen. Tot dusverre had ze de verleiding om 'iets te laten doen' weerstaan, want ze was nog niemand tegengekomen bij wie de chirurgische ingrepen subtiel en onzichtbaar waren uitgevoerd. Ze zag er nog altijd goed uit. Een voorbeeld van hoe je als vrouw waardig ouder kon worden. De tijd was mild voor haar geweest. Aanzienlijk milder dan voor haar vriendinnen, constateerde ze tevreden en enigszins triomfantelijk. In de bibliotheek haalde ze een doos uit de kast waarin ze tekstboekjes van begrafenissen bewaarde. Daarin zou ze ongetwijfeld ideeën vinden voor een gedicht, een mooie tekst, voor de psalmen en gebeden die ze moest uitzoeken. Ze zou de dominee op de lunch vragen en haar keuzes met hem afstemmen. Dan kon Madge de tekstboekjes regelen bij de begrafenisondernemer. Zou het een idee zijn om haar eigen bijdrage aan het eind van het boekje in kleine, maar duidelijk leesbare letters te vermelden? *Met dank aan Flappy Scott-Booth, die dit waardige afscheid mogelijk heeft gemaakt*?

Ze liep met de doos naar de salon en installeerde zich in een gemakkelijke stoel. Wat ze zocht, waren wat toepasselijke dichtregels, die vrienden van Harry konden voordragen. Dat zou vast niet zo moeilijk zijn. Anderzijds, met de burgemeester en Sir Algernon en Lady Micklethwaite in het gehoor, zou ze de sprekers wel zorgvuldig moeten selecteren. Harry had graag aan de bar gezeten in The Bell and Dragon, waar hij eindeloos kon leuteren met het onbeschaafde publiek dat de pub frequenteerde – voornamelijk mannen van Harry's leeftijd. En bij Big Mary Timpson was hij ook vaak te vinden geweest. Flappy had rondvraag gedaan of hij nog familie had. Harry was nooit getrouwd geweest, hij had geen kinderen en voor zover Flappy wist, had hij altijd alleen gewoond in de kleine cottage aan de kust, waar hij na de oorlog was komen wonen. Als hij over zijn heldendaden boven het Kanaal vertelde, zat hij echt op zijn praatstoel, en Ted Burton, Gracies overleden echtgenoot, had ooit een artikel over hem geschreven voor een plaatselijke krant. Flappy had geen idee hoe Harry aan de kost was gekomen, maar te oordelen naar de kleine cottage en het sobere bestaan dat hij leidde, had hij weinig nodig gehad. Met wat subtiel speurwerk was Flappy erachter gekomen dat Harry een testament had nagelaten en een notaris had aangewezen als executeur testamentair. Een zekere Mr. Banks. Het zou vast niet lang duren om de nalatenschap van Harry Pratt af te wikkelen. Wat een triest bestaan, dacht Flappy zelfingenomen, terwijl ze het vergeleek met haar eigen gevulde, kleurrijke leven. *Afijn, ik zal hem een prachtig afscheid bezorgen.* Ze sloeg het eerste tekstboekje open. *Dat heeft die stumperd wel verdiend.*

Kenneth kwam thuis van de golfbaan, ruimschoots op tijd voor het avondeten. Hij was een gezette, pafferige verschijning met een dikke bos achterovergekamd grijs haar, een breed, laag voorhoofd en kleine priemende ogen. Net als zijn vrouw had hij een erg hoge dunk van zichzelf. Golfen was zijn grote passie, en na een leven van hard werken en veel geld verdienen beschouwde hij het als een verworven recht om zo vaak als hij maar wilde een balletje te slaan. Flappy klaagde niet; zolang hij de cheques uitschreef waardoor ze kon leven als een vorstin, was ze tevreden. 'Flappy!' In zijn gele geruite broek dito kasjmier v-halstrui die om zijn dikke buik spande, beende hij de hal in. 'Flappy!'

'Ik ben in de salon!' riep ze, want ze had geen zin om op te staan.

Even later kwam hij de kamer binnen. 'Aha! Daar ben je!' riep hij met bulderende stem.

'Ja, hier ben ik,' jubelde ze, en ze hief haar wang naar hem op.

Hij drukte er een kus op. 'Waarom ben je in het zwart?'

'Vanwege Harry, lieverd. Harry Pratt,' antwoordde Flappy, die zich na de lunch voor de bijeenkomst van de LBC in rouwkleding had gestoken. 'Ik heb tenslotte een voorbeeldfunctie.'

'Ach. Ja, natuurlijk.'

Ze nam hem keurend op. 'Trouwens, jij ziet er wel erg vrolijk uit.'

'Ik heb geen voorbeeldfunctie.' Hij schonk zichzelf een whisky in aan de bar, die hij speciaal voor het huis had laten ontwerpen, en ging op het hekje rond de haard zitten, met zijn buik tussen zijn knieën: heer en meester in zijn domein.

'Heb je lekker gespeeld?'

'Verdomd lekker, schat! Ik klop mezelf niet graag op de borst, maar ik heb echt geweldig gespeeld. Twee birdies, één eagle. Paul was nergens! Trouwens, bij de tweede hole kwam ik Reg Halliday en Jimmy Brennan tegen. Ken je die nog?'

'Ja, natuurlijk. Reg is schatrijk geworden in de verpakkingsindustrie, en bij de scheiding heeft hij Glenda de helft van zijn kapitaal moeten geven. En Jimmy Brennan bouwde parkeergarages, als ik me goed herinner. En daar is hij ook niet slechter van geworden. Hij had een aardige vrouw. Trudy... of Tilly... of Tiggy...'

'Tamsin.' Kenneth liet de ijsblokjes rondwervelen in zijn glas. 'Misschien kunnen we ze eens te eten vragen.'

'Dat lijkt me enig. Ik regel het. Niets bijzonders. Gewoon een kleine soiree. Ik zou dat kwartet uit Exeter nog eens kunnen vragen. Ze waren geweldig.'

'Reg is hertrouwd.'

'Echt waar?' Vast niet weer met zo'n saaie trien als Glenda, was Flappy's eerste gedachte.

'Ja, met een vrouwtje van vijfendertig. Jong genoeg om zijn dochter te zijn. Die ouwe viespeuk.' Kenneth grinnikte.

Flappy tuitte haar lippen. 'Wat buitengewoon ongepast. Dat soort relaties kan ik niet goedkeuren. Dus ik vind dat we alleen Jimmy en... en... Hoe heette ze nou ook alweer? Nou ja, we nodigen alleen Jimmy en zijn vrouw uit. Die "ouwe viespeuk" wil ik hier niet over de vloer.'

Kenneth nam een grote slok whisky. 'Ik zie dat jij Harry's begrafenis regelt.'

Flappy zuchtte alsof ze het eigenlijk veel te druk had om dat er ook nog eens bij te doen. 'Ik vrees dat ik in het hele dorp de enige ben die je zoiets kunt toevertrouwen. En die zich beschikbaar heeft gesteld. Die arme Harry had geen familie, en van zijn vrienden hoef je in dat opzicht niets te verwachten. Dus het komt weer eens op mij neer. Harry verdient een waardig afscheid.'

'Je bent te goed voor deze wereld,' zei Kenneth zonder een zweem van ironie. 'Wat zou Badley Compton zonder jou moeten?'

'Tja, dan zag het er somber uit.' Flappy deed de doos dicht. Ze had een paar tekstboekjes apart gehouden. 'Ik wou alleen dat Gracie er was om me te helpen. Ze gaat nooit ergens heen, maar uitgerekend als je haar het hardst nodig hebt, zit ze in het buitenland.'

'Waarom zo'n uitgebreid afscheid? Kun je de dominee niet vragen om een paar gepaste woorden te zeggen?'

Flappy glimlachte, haar gezicht verried compassie. 'Lieverd, je kent me toch? En je hebt gelijk. Ik ben te goed voor deze wereld. Maar Harry was een oorlogsheld, hij werd door het hele dorp op handen gedragen. Dus het is niet meer dan verdiend dat we zijn leven vieren met een mooie plechtigheid. Ik zou het mezelf eeuwig verwijten als ik hem liet gaan zonder gepast ceremonieel.'

'Natuurlijk, je hebt gelijk. En als iemand hem een gepast afscheid kan geven, dan ben jij het.'

'Niet om op te scheppen, maar ik heb inderdaad een goede smaak. Lieve hemel, als ik die vrouwen hun gang liet gaan, kwam er niets van terecht. Dan kregen we bloemen in modelvliegtuigen en god weet wat voor goedkope kitsch nog meer. Het is echt een ramp dat Gracie in Italië zit! Op haar kon ik tenminste rekenen.' Er verscheen een bezorgde glimlach op haar gezicht. 'Ik hoop maar dat het goed met haar gaat. Mensen zoals Gracie Burton kunnen beter dicht bij huis blijven. Die hebben in het buitenland niets te zoeken.'

De volgende dag brak stralend aan. Zeemeeuwen zweefden langs een blauwe hemel, bestrooid met wolken als wattenbollen. Flappy keek ernaar, door het raam van haar slaapkamer, en dacht aan Harry die in zijn Spitfire het uitspansel tegemoet vloog. Volledig in het zwart, met een door smart getekend gezicht, reed ze even later in haar glimmend groene Range Rover naar het dorp. Zowel om te getuigen van haar rouw, in de hoop anderen te inspireren, als om een aantal noodzakelijke inkopen te doen bij de apotheek. Maar eerst reed ze naar Big Mary, waar Harry maar al te vaak te vinden was geweest; tenminste, als hij niet in The Bell and Dragon had gezeten. Tot haar aangename verrassing zat het café stampvol. John Hitchens stond voor de toonbank, in een verschoten bermuda en een poloshirt; zijn grijze haren piekten alle kanten uit alsof hij al met de boot weg was geweest. Zijn kleindochter, op slippers en in een gebloemde zonnejurk, probeerde een keuze te maken uit de gebakjes. Big Mary maakte koffie en warme chocolademelk, onder het voeren van meerdere gesprekken tegelijk. Alle tafeltjes waren bezet. Op de houten vloer lag hier en daar een hond te slapen, hun natte vacht verspreidde een zilte geur in de warme, bedompte ruimte, waar het ook aangenaam zoet rook. De stemming was uitgelaten, er werd volop gelachen, totdat Flappy binnenkwam als de belichaming van de Dood. Het gelach stierf weg, de vrolijkheid zakte in als een soufflé. Alle ogen waren op haar gericht terwijl ze waardig naar de toonbank schreed.

'Mrs Scott-Booth! Goedemorgen.' Big Mary zette John Hitchens' bestelling op de toonbank – een koffie en een warme chocolademelk. 'Wat kan ik voor u doen?'

'Was het maar een goede morgen.' Flappy legde een hand op haar hart en pauzeerde even voor het effect, terwijl ze genoot van alle aandacht. 'Waar ik ook kom, voel ik de leegte die onze dierbare Harry heeft achtergelaten.'

'Ach ja! O ja!' Big Mary begreep ineens waarom Mrs Scott-Booth in het zwart was en zo tragisch keek. 'We zijn allemaal erg verdrietig,' zei ze naar waarheid. Ze kende Harry al haar hele leven, en sinds ze het café had overgenomen, was er nauwelijks een dag voorbijgegaan of hij had bij haar een dubbele espresso met slagroom besteld.

'Hij zat altijd daar op dat bankje, om naar de boten te kijken. Ik denk dat ik een bank aan hem ga opdragen,' besloot Flappy ter plekke. In gedachten zag ze de inscriptie al voor zich: IN LIEFDEVOLLE HERINNERING AAN HARRY PRATT, AANGEBODEN DOOR KENNETH EN FLAPPY SCOTT-BOOTH. 'Dat zou een prachtig aandenken zijn. Voor het hele dorp. Denk je ook niet?'

'Absoluut,' viel Big Mary haar bij.

'Maar hoe verdrietig zijn dood ook is, een gelegenheid als deze versterkt de saamhorigheid van ons dorp. En dat stemt dankbaar. We putten kracht uit het gedeelde gemis.'

'Dat hebt u mooi gezegd. Kan ik u een kop koffie aanbieden? Lekker sterk. Daar knapt u van op. En misschien een croissant erbij? Ik heb ze vanmorgen vers gebakken.'

'Nee, dank je, Mary. Doe geen moeite. Ik kwam alleen maar even vragen of Sally al bij je langs is geweest. Om te overleggen over de cupcakes voor na de rouwdienst.'

'O! Krijgt hij een echte dienst?' Big Mary klonk enthousiast. 'Met thee en gebak?'

Flappy fronste haar wenkbrauwen. 'Is Esther ook nog niet langs geweest?'

'Nee, ik heb niemand gezien.'

'Ach, wat vervelend nou.' Als ze het aan Gracie had gevraagd, zou die onmiddellijk met Big Mary hebben overlegd.

'Dus u wilt dat ik voor de thee en het gebak zorg? Harry was dol op mijn cupcakes.'

'Ja, ik had Esther gevraagd om je een handje te helpen. Beschouw mij maar als de dirigent, mijn dames zijn het orkest. Maar ik vrees dat ze hun partituur niet kennen!' Flappy had niet in de gaten dat Big Mary ergens na 'dirigent' al was afgehaakt.

'Wat geweldig dat Harry een echte begrafenis krijgt, met een dienst, en met thee en gebak.' Big Mary besloot de verwarrende beeldspraak te negeren.

'Dat leek me niet meer dan gepast voor een oorlogsheld als Harry. Na de dienst staat de deur van Darnley Manor open. Alle vrienden van Harry zijn welkom.'

'Nou, dat zullen er heel wat zijn. Want we waren allemaal vrienden van Harry.'

'Daarom zie ik het als mijn plicht om hem een waardig afscheid te geven.'

'En ik neem de thee en de cupcakes voor mijn rekening.'

'Ik wil Sally en Esther het gras niet voor de voeten wegmaaien. Het is de bedoeling dat zij met je overleggen. Dus ik neem aan dat ik dat aan jullie kan overlaten. En nogmaals, Esther komt je helpen. Ze zal vandaag wel bij je langskomen om een en ander te bespreken.'

'Ik zou cupcakes kunnen maken in de vorm van een boot.'

'Is een vliegtuig niet beter?' vroeg Flappy weifelend.

'Nee, een boot. Harry was dol op boten. Daarom zat hij ook altijd daar op dat bankje, om de boten te zien uitvaren en binnenkomen. Hij bouwde zelfs modelschepen. Zijn hele huis staat er vol mee.' Iedereen die Harry ook maar een beetje kende, wist dat hij van boten hield. 'Regelt u de dienst?' vroeg Big Mary. 'Ik zou graag iets willen bijdragen. Een gedicht of een gebed. Iets om hem de laatste eer te bewijzen.'

Flappy stak haar kin naar voren. Het leek haar niet gepast dat Big Mary met haar opzichtige platinablonde haar op het spreekgestoelte plaatsnam. Om nog maar te zwijgen van haar weelderige verschijning... Dat kon ze de burgemeester en Sir Algernon en Lady Micklethwaite niet aandoen. Flappy zocht een spreker met klasse. Met stijl. Iemand die ervaring had met het spreken bij een dergelijke gelegenheid. Iemand die beschaafd Engels sprak. Ineens wist ze het. Natuurlijk! Waarom had ze daar niet eerder aan gedacht? Ze moest het zelf doen! Niemand kon beter een gedicht voordragen dan zij.

'Dat is lief aangeboden, Mary. Maar we zijn al heel blij met je cupcakes. Laat dat jouw bijdrage zijn om hem de laatste eer te bewijzen.' Met die woorden liep ze naar de deur.

'Opa,' fluisterde het kleine meisje.

'Ja, Lara?' vroeg John Hitchens.

'Was dat... was dat Cruella De Vil?'

17

Italië, 1963

In december sneeuwde het. De heuvels ondergingen een metamorfose dankzij de gladde, steeds van kleur wisselende deken: 's ochtends roze en grijs, 's middags goudglanzend en indigoblauw op plekken waar de zon niet scheen, en diep nachtblauw in het licht van de maan. Gracie kon er geen genoeg van krijgen. Elke ochtend wanneer ze de luiken opzijdeed en de ramen wijd openzette, vulde ze haar longen met de frisse, zuivere lucht en haar ziel met de schoonheid van het Toscaanse landschap.

Het atelier in La Colomba stond vol met de schilderijen van Bruno en Livia Montefosco, waaronder Tancredi's *De verzoeking van Eva*. Gracie zou geduld moeten hebben tot oom Hans weer op reis ging voordat ze aan de slag kon om het doek te kopiëren. Ze verwachtte niet dat hij zou goedkeuren wat ze van plan was. Dat viel niet onder zijn gebruikelijke illegale activiteiten, dus als ze hem in vertrouwen nam, zou hij proberen haar het idee uit het hoofd te praten. Tot na Kerstmis stonden er echter geen buitenlandse reizen op de agenda. Dus *De verzoeking van Eva* zou moeten wachten, net als Tancredi.

Sinds ze het dierbare schilderij had weten te bemachtigen, toonde hij zich verliefder dan ooit. Op haar beurt was ze extatisch hem zo gelukkig te zien. Ze popelde van ongeduld om aan de vervalsing te beginnen, zodat hij het origineel mee naar huis kon nemen. Ondertussen zagen ze elkaar in de toren, waar ze de liefde bedreven en leefden in een fantasiewereld waarin geen ruimte was voor twijfels en obstakels die een gezamenlijke toekomst in de weg stonden. In hun knusse schuilplaats konden ze doen alsof Petronilla niet bestond. Daar waren ze samen, veilig geborgen in het droomparadijs dat ze hadden gecreëerd. Het kasteel werd in de wintermaanden niet bewoond, behalve door Bagwis als huismeester. Maar hij was discreet, hij wist dat hij hen niet mocht storen en zorgde ervoor dat de koelkast altijd gevuld was. De gravin zou vóór de lente niet naar het kasteel komen.

Eind december moest oom Hans voor zaken naar Londen, en hij nam Gracie mee om thuis Kerstmis te vieren. Rutger ging naar Nederland, en La Colomba bleef, net als het kasteel, verlaten achter onder een dikke deken van sneeuw.

Engeland beleefde de strengste winter sinds jaren. Gracie ruilde het ene sneeuwlandschap in voor het andere, dat helaas een stuk minder aantrekkelijk was. Londen ging gehuld in een dichte, vervuilde mist doordat in alle huizen en gebouwen de kolenkachels onophoudelijk brandden. De wegen waren bedekt met ijs, de bomen bezweken onder de rijp, en er woei een ijzige wind, helemaal uit Rusland.

Haar thuiskomst bezorgde Gracie zoals altijd gemengde gevoelens. Hoe heerlijk ze het ook vond haar moeder en haar broer te zien, het stemde haar verdrietig te gast te zijn in het huis dat eens haar thuis was geweest. Ze miste Oma en ze vond het afschuwelijk dat ze alles zo anders ervoer. Niet dat het huis was veranderd. Dat zag er nog hetzelfde uit, het rook hetzelfde, maar Gracie was het ontgroeid en voelde niet meer dezelfde gehechtheid als vroeger. Als kind was de sjofelheid haar nooit opgevallen, had ze de afbladderende verf niet gezien, de vochtplekken in de hoeken van de kamers. Bij gebrek aan vergelijkingsmateriaal was het haar ontgaan hoe oud en doorgezakt de meubels waren, hoe versleten de kleden op de vloer. Maar nu ze de grandeur van het kasteel en van La Colomba had leren kennen, ervoer ze de armoedigheid van haar ouderlijk huis als ondraaglijk. Haar oom was schatrijk.

Waarom deed hij niet méér voor zijn zuster? Telkens wanneer ze geld kreeg van haar oom, omdat hij een vervalsing van haar hand had verkocht, stuurde ze geld naar haar moeder. Daar zag ze in haar ouderlijk huis echter niets van terug. Het bestaan dat haar moeder leidde, was ronduit treurig. Waarom had ze geen geld om het huis te laten schilderen, om de vochtplekken te laten verwijderen, om af en toe een nieuwe stoel, of een nieuwe tafel te kopen? Pas toen ze op eerste kerstdag, samen met haar moeder en oom Hans, naar het nieuwe huis van Joseph ging, in een aanzienlijk betere wijk van de stad, besefte Gracie waar het geld heen ging.

Joseph was inderdaad getrouwd met het meisje dat Gracie bij haar vorige bezoek had ontmoet. Dat meisje was inmiddels een lieve, bescheiden jonge vrouw met een stomp neusje en grote bruine ogen. Gracie begreep waarom haar broer zich tot haar aangetrokken voelde. Ze daagde hem niet uit, zoals Gracie dat had gedaan, maar keek bewonderend naar hem op en legde zich neer bij alles wat hij zei. Ze hield het huis onberispelijk – bijna obsessief – schoon en netjes. Alles had zijn eigen plekje, de tapijten lagen keurig recht, de kussens op de bank waren zacht en mollig, de meubels glommen, de muren waren geschilderd en behangen, en er stond zelfs een televisietoestel in de voorkamer. Joseph wilde tegenover zijn oom en zijn zus maar al te graag indruk maken met zijn nieuwe leven. Hij zat met een sigaret in een leren fauteuil naast het knapperende haardvuur, terwijl zijn vrouw de kalkoen bedroop in de oven van het nieuwe Belling-fornuis dat hij voor haar had gekocht, en vertelde trots over zijn werk bij een reclamebedrijf. Nog even, dan maakte hij promotie. Dan werd hij bevorderd tot hoofd van de boekhouding.

Gracie was blij voor hem, maar ze voelde zich ook schuldig. Net als zij had haar broer een levensstandaard bereikt waarvan hun moeder alleen maar kon dromen. Toch glom Greet van trots. Zij was het die Gracie het huis liet zien, waarbij ze wees op bescheiden vormen van luxe die voor Gracie inmiddels vanzelfsprekend waren.

‘Waarom geeft u zo veel weg van het geld dat we sturen? U zou meer voor uzelf moeten houden,’ zei ze toen haar moeder haar de zachtblauwe badkamer liet zien.

‘Ach, ik heb niet veel nodig.’ Greet streek met haar vingers over de gladde rand van de wastafel. ‘Is het niet prachtig, Gracie? Je vader zou zo trots zijn geweest op wat Joseph heeft bereikt. Toen je broer nog in de ijzerhandel werkte, was ik bang dat het nooit wat zou worden met hem. Maar je oom Hans heeft hem die betrekking bij dat reclamebureau weten te bezorgen. Daar heeft hij goede vooruitzichten om hogerop te komen. Over tien jaar kan hij het ver geschopt hebben. En dan kan hij zijn kinderen een beter leven geven dan jullie hebben gehad.’

‘Dus hij verdient goed. Waarom zou u hem dan nog meer geld toestoppen?’

Greet dempte haar stem. ‘Hij doet wel heel gewichtig, maar zo veel verdient hij niet. Uiteindelijk wel, maar nu is het nog geen vetpot. En Susan is zwanger – denk erom dat je niets zegt. Het is nog geheim. Ze weet het pas een week, het is allemaal nog erg pril. Maar ze krijgen een kindje. Ik word oma!’

Gracie was ontroerd door haar stralende glimlach. Ze omhelsde haar moeder. ‘O, mama! Wat heerlijk voor je!’

Haar moeder hield haar een eindje van zich af. ‘En hoe is het met jou? Je wordt er niet jonger op. Het is de hoogste tijd dat je trouwt. Vroeger schreef je nog wel eens over Donato, maar daar hoor ik je de laatste tijd niet meer over.’ Ze fronste haar wenkbrauwen. ‘Zien jullie elkaar nog? En ga je wel genoeg uit? Laat Hans je niet te hard werken? Je moet de deur uit, je moet zorgen dat je onder de mensen komt. Ik zal het tegen Hans zeggen. Dat is zijn verantwoordelijkheid. Je moet niet te lang meer wachten met trouwen. Voor je het weet ben je te oud en is er geen man meer die je nog wil.’

Gracie zou haar dolgraag over Tancredi willen vertellen, maar haar moeder zou geschokt zijn als ze wist dat haar dochter een verhouding had met een getrouwde man. ‘Er is een nieuwe man in mijn leven, mama,' zei ze in een poging haar moeder gerust te stellen. 'Maar we kennen elkaar nog maar net. Dus zeg maar niets tegen oom Hans.'

Greets ogen begonnen te stralen, haar ongerustheid was op slag verdwenen. 'Is hij net zo knap als je vader? En is het een fatsoenlijke man? Verdient hij goed? Kan hij voor je zorgen?'

Gracie schoot in de lach. 'Ja! Ja! Ja! En ja!'

'Ik heb het altijd wel geweten!' Greet klonk zo zielsgelukkig dat Gracie zich opnieuw schuldig voelde. 'Je mag dan niet mooi zijn, je hebt een helder verstand. En je bent een goed mens. Als ik een man was, zou ik mooie vrouwen niet vertrouwen. Voor je het weet nemen ze de benen met een ander. Maar jij bent een vrouw om op te bouwen. De man die jou krijgt, mag zijn handen dichtknijpen.'

Toen het tijd was om terug te gaan naar Italië, was Gracie daar niet rouwig om. Want daar wachtte een man op haar die haar wél mooi vond.

Niet lang na Kerstmis ging oom Hans weer op reis. Gracie begon onmiddellijk aan de vervalsing, maar alleen in de avonduren, wanneer Rutger naar huis was. Ze ploeterde door tot diep in de nacht, genietend van de vredige rust. De stille avonden hadden iets vertrouwds, iets rustgevends. Helemaal alleen in het atelier ging ze volledig op in haar werk, zich amper bewust van de tijd, totdat de vermoeidheid toesloeg en ze besefte dat het tijd was om naar bed te gaan.

Het vervalsen van een schilderij uit de zeventiende eeuw was buitengewoon gecompliceerd. Anders dan de kunstenaars uit de vijftiende eeuw, die eitempera gebruikten dat gemakkelijk te vervalsen was, werkten de schilders uit de Gouden Eeuw – Vermeer, Rembrandt, Frans Hals – met olieverf. Die werd met het verstrijken van de tijd steeds harder, een effect dat onmogelijk geloofwaardig viel na te bootsen. Een beetje alcohol was genoeg om de vervalser en diens penseelstreken te ontmaskeren. Hans had oorspronkelijk gelatinelijm gebruikt, waarop alcohol geen vat had. Maar die werd zacht in water, en daardoor onbruikbaar. Later adviseerde een andere meestervervalser, een expert als het ging om de chemie van verf, hem bakeliet te gebruiken. Bakeliet was een voorloper van plastic en werd in de jaren twintig en dertig gebruikt voor het maken van sieraden, keukenspullen en speelgoed. Wanneer het eenmaal was uitgehard, had niets er nog vat op. Voor Hans Hollingsworth betekende de ontdekking een keerpunt in zijn carrière. Hij vermengde gemalen pigmenten, zoals die in de zeventiende eeuw werden gebruikt, met vloeibaar bakeliet en werkte op hergebruikt zeventiende-eeuws schilderslinnen. Wanneer de substantie uithardde, bootste die tot in de perfectie de olieverf van eeuwen geleden na. Daardoor had oom Hans met succes diverse Hollandse meesters uit de Gouden Eeuw weten te vervalsen. Maar bakeliet was een ongelooflijk lastig materiaal om mee te werken, en die vaardigheid had Gracie nog niet volledig in de vingers. Ze dacht echter niet dat het ertoe deed. Haar vervalsing van Bartoloni's *De verzoeking van Eva* was tenslotte bestemd voor een privécollectie. Een goede kopie in olieverf zou volstaan.

Gracie putte meer vreugde uit het kopiëren van de slang en de rondborstige Eva dan uit alles wat ze eerder had gemaakt. De uitdrukking op Eva's gezicht, een combinatie van angst en begeerte, fascineerde haar, net als de manier waarop het zachte licht haar uit het duistere woud naar voren haalde en de kwaadaardige kop bescheen van de slang die haar in verzoeking bracht. Eva's weelderige lichaam was als de blozende appel aan de tak boven de slang, rijp om geplukt te worden. Haar lippen waren licht geweken, een blanke hand rustte op haar borst, de andere reikte sierlijk, met ranke vingers omhoog, de wijkende plooien van het gewaad dat haar nauwelijks bedekte, stonden symbool voor de val van haar onschuld.

En Gracie was niet alleen betoverd door het schilderij, maar ook door het besef dat ze het kopieerde om Tancredi gelukkig te maken. Haar liefde bezielde haar penseel. Het hadden eenzame weken kunnen zijn; Tancredi zat in Rome en zij was overdag druk met restaureren en 's avonds met kopiëren. Toch voelde ze zich innig gelukkig. Dankzij *De verzoeking van Eva* wist ze zich verbonden met Tancredi, en de serene rust in het atelier schonk haar ook innerlijk rust.

Ze had vijf weken nodig om het schilderij te kopiëren. Halverwege die periode kwam oom Hans even thuis, met een nieuwe voorraad geheimzinnig verworven doeken gewikkeld in bruin pakpapier. Gracie zag zich tijdelijk genoodzaakt haar activiteiten in de avond te staken. Maar het duurde niet lang of oom Hans ging opnieuw op reis, deze keer naar Antwerpen. Gracie kon weer aan de slag, en toen Tancredi eind februari naar het kasteel kwam en Gracie belde, kon ze hem tot zijn verrassing vertellen dat het schilderij af was.

Haar verhouding hoefde ze niet voor Rutger te verbergen. Het vervalste schilderij wel. Wanneer Tancredi haar kwam halen, wilde ze niet dat iemand haar met een verdacht pakket zag sjouwen. Dus ze glipte onopgemerkt naar buiten en verstopte het schilderij onder een struik, dicht bij de oprijlaan, uit het zicht van de villa. Toen de auto van Tancredi even later stilhield voor het huis, kwam ze met slechts haar handtas naar buiten. Ze dacht niet dat Rutger keek – het atelier lag aan de achterkant van de villa en hij was er de man niet naar om anderen te begluren – maar ze voelde zich zo schuldig vanwege haar bedrog dat ze zou willen dat hij haar zag; dan had ze minder last van haar geweten.

Halverwege de oprijlaan zei ze tegen Tancredi dat hij moest stoppen. Ze sprong uit de auto, klauterde langs de besneeuwde helling omhoog en haalde het schilderij onder de struik vandaan.

'Wat ben jij uitgekookt!' zei Tancredi toen ze weer naast hem kwam zitten, met haar jas onder de sneeuw en met een blos van opwinding en schuldgevoel op haar wangen. 'Je moet jezelf geen verwijten maken dat je je oom en Rutger bedriegt,' zei hij zacht. 'De enige die je bedriegt, is mijn oom! En dat doe je omdat ik je dat heb gevraagd. Dus laat alle gewetenswroeging maar aan mij over.' Hij boog zich naar haar toe en kuste haar. 'Dank je wel.'

'Je hebt het nog niet eens gezien.'

'Ik weet zeker dat het niet van het origineel te onderscheiden is.'

'Wat een vertrouwen! Ik voel me gevleid.'

Hij schoot in de lach. 'Je gezicht is als een open boek voor me. Als het niet goed was, zou je er niet zo tevreden uitzien.'

Ze reden naar het kasteel. Het was een grijze, bewolkte middag. In het dal vormde de sneeuw indigoblauwe poelen, de heuvelkammen waren door de wind zo goed als schoon geblazen. In het dorp lagen de straten er verlaten bij, maar zelfs als ze samen waren gezien, zou niemand daarvan hebben opgekeken. Iedereen wist dat Gracie de graaf schilderles gaf. En trouwens, niemand zou zelfs maar het op het idee zijn gekomen dat een man als Tancredi geïnteresseerd zou kunnen zijn in de sympathieke, maar onopmerkelijke Gracie.

Eenmaal in de toren pakte Tancredi het doek uit. Bartoloni's *De verzoeking van Eva* kwam tevoorschijn, net zo betoverend en indringend als het origineel. Verrast door de nauwkeurigheid van de kopie dacht Tancredi dat hij het origineel in handen hield.

Gracie verbleekte bij het zien van zijn geschokte gezicht. 'Wat is er? Vind je het niet mooi?'

'Weet je zeker dat dit de kopie is?'

'Ja, natuurlijk.'

'Maar ik zie geen verschil.'

Gracie glimlachte. 'Dat is ook de bedoeling,' zei ze opgelucht.

'Dat begrijp ik. Maar ik had niet gedacht dat het exact hetzelfde zou zijn. Zo perfect gekopieerd.'

'Waarom hou jij dan niet gewoon de kopie? Dan gaat het origineel terug naar je oom.' Waarom had ze daar niet eerder aan gedacht? Als hij de kopie hield, dan had ze niets misdaan. Dan was er geen sprake van een vervalsing.

'Omdat ik wil dat mijn oom de vervalsing krijgt. De wetenschap dat hij een kopie aan de muur heeft, maakt me gelukkig.' Zijn ogen glansden. 'Mijn grootvader heeft dat schilderij aan mij beloofd. Niet aan mijn oom.'

'Zoals je wilt,' zei Gracie moedeloos. Wat hij ook mocht zeggen, haar geweten speelde haar parten omdat ze buiten medeweten van haar oom een vervalsing de collectie van Bruno en Livia binnensmokkelde. 'Ik zal ze omwisselen.'

Het omwisselen van de schilderijen was logistiek geen probleem. De uitdaging was emotioneel van aard. Gracie had het er moeilijk mee dat ze haar oom en Rutger niet in vertrouwen had genomen, ook al zou het bedrog waarschijnlijk nooit aan het licht komen. De zogenaamde Bartoloni zou tot in lengte van jaren in het Palazzo Montefosco hangen, en daar zou niemand het doek als een vervalsing herkennen. De enige die plezier aan het bedrog ontleende, was Tancredi. En voor Gracie was hij de enige die ertoe deed. Maar terwijl ze in de daaropvolgende weken het werk aan de collectie van de Montefosco's voortzette, groeide haar schuldgevoel. Wanneer ze haar oom en Rutger tijdens het schoonmaken en restaureren gadesloeg, leek het wel alsof ze nu pas besefte hoeveel ze van hen hield.

Het werd lente, met warme dagen en frisse nachten; het landschap hulde zich opnieuw in de stralende tinten groen, rood en geel waar Gracie zo van hield. Tancredi bewaarde zijn schilderij in de toren, achter de hangers met jasjes, overhemden en mantels in zijn kleerkast. Wanneer Gracie zag hoe hij de deuren opendeed, de kleren opzijschoof en vol verwondering naar zijn dierbare Bartoloni keek, had ze even geen last van haar geweten. Dat waren de enige momenten waarop ze kon berusten in wat ze had gedaan.

Ze vond het een opluchting toen de schilderijen eind juni gereed waren om naar Rome te worden teruggestuurd. Geholpen door Gaia wikkelden Rutger en zij ze in dekens, verpakten ze in kratten en laadden ze in een vrachtwagen. Met een zucht van verlichting keek Gracie de auto na. De vervalsing was de deur uit, en daarmee het risico om door de mand te vallen. Livia Montefosco belde oom Hans. Het werd een langdurig telefoongesprek, en toen hij eindelijk ophing, vertelde hij dat ze verrukt was over hun werk. Bovendien had ze hem uitgenodigd om zo snel mogelijk naar Rome te komen. Ze wilde met hem overleggen over de mogelijkheden de toch al prestigieuze collectie verder uit te breiden. Deze keer nam hij Gracie niet mee. En daar was ze niet rouwig om. Wat haar betrof was de zaak-Montefosco gesloten.

Niet lang na zijn terugkeer stelde haar oom voor dat Gracie met een drankje bij hem in de tuin kwam zitten. Het was een verrukkelijk zachte avond. De zoete geur van lavendel en kamperfoelie hing in de lucht, alleen het getjilp van vogels verstoorde de sfeer van verstilling. Ze installeerden zich op het terras, zij op de rieten bank, hij in de leunstoel. Toen hij zijn benen over elkaar sloeg, kwam er een rood gestippelde sok tevoorschijn. De rook van zijn sigaret hield de muggen op een afstand. De geur was Gracie dierbaar en vertrouwd, hij hoorde bij oom Hans.

'We moeten eens praten.' Hij pakte zijn glas en nam een slok wijn. De gouden zegelring aan zijn pink glinsterde in de laatste stralen van de zon.

'O? Waarover?' Gracies slechte geweten speelde onmiddellijk weer op en bedierf het geluksgevoel dat de prachtige avond in haar opriep.

'Over mijn testament.'

'O.' Haar opluchting was bijna tastbaar.

'Je bent hier nu negen jaar. En al die tijd heb je keihard gewerkt. Je bent niet alleen toegewijd aan je vak, maar ook verrukkelijk gezelschap.' Hij keek haar met zijn blauwe ogen doordringend aan, om zijn mond speelde een lieve glimlach. 'Je bent de dochter die ik nooit heb gehad, en ik had me geen betere dochter kunnen wensen. Maar er zijn dingen die je moet weten. Daar heb je recht op.' Hij nam nog een slok wijn.

Gracie volgde zijn voorbeeld. De koele witte wijn was heerlijk en hielp haar te ontspannen. In de overtuiging dat ze alles van hem wist, kon ze zich niet voorstellen wat hij haar nog te zeggen kon hebben.

'Jij en ik kennen heel wat geheimen.'

Op slag doemde voor Gracies geestesoog het beeld op van oom Hans en Guido Vanni, die voor haar oom op zijn knieën lag. Ze knipperde met haar ogen om het te verdrijven.

'En ik moet je er nog meer vertellen. Want ik voel dat je er rijp voor bent. Lang voordat ik La Colomba kocht, werkte ik als kunsthandelaar in Amsterdam. Tijdens de oorlog was ons land bezet door de Duitsers. Het spreekt vanzelf dat ik niet met hen sympathiseerde, maar...' Hij haalde zijn schouders op. 'Om te overleven moet je soms dingen doen waar je niet achter staat. Net zoals ik schilderijen aan mijn landgenoten verkocht, zo deed ik dat ook aan de Duitsers. Sterker nog, naarmate de oorlog langer duurde, hadden alleen de Duitsers nog geld om kunst te kopen. Ik maakte toen al vervalsingen. Maar dat was niet de reden dat ik na de oorlog het land uit moest. Ik ben gevlucht omdat ik werd beschuldigd van collaboratie met de vijand. Toen heb ik me hier in Italië gevestigd, samen met Rutger, en ik ben opnieuw begonnen. Het wemelt in de wereld van de vervalsers. Loop een willekeurige kruidenierszaak of tweedehandswinkel binnen, en je kunt er een herbergtafereel van Van Ostade tegenkomen, of een stilleven met wild en gevogelte van Jan Fijt. Maar die vallen onmiddellijk door de mand als kopie. Er zijn maar weinig vervalsers die de lat zo hoog leggen als ik en die het talent bezitten om perfect werk af te leveren, niet van echt te onderscheiden. Dus ik begon goed te verdienen. Erg goed. Maar wat moet een mens met zo veel geld? Je kunt het niet op de bank laten staan en er alleen maar rente van trekken. Ik wilde er iets mee doen, het ergens in investéren. Het meest voor de hand liggende was het beleggen in onroerend goed. Dus dat deed ik. Ik kocht onroerend goed in het buitenland. Behalve La Colomba heb ik ook een villa in Zuid-Frankrijk, een huis in Spanje, een appartement in Parijs, een chalet in de Zwitserse Alpen en een huis aan de kust van Noorwegen. Waarom vertel ik je dit? Ik heb geen kinderen. Maar ik heb jou en Joseph. Jullie zijn de kinderen van mijn zuster. En daarom heb ik een testament laten opmaken waarin ik al mijn onroerend goed aan jou en je broer nalaat.'

'Oom Hans!' riep Gracie verbaasd uit. 'Dank u wel! Dat is natuurlijk geweldig. Maar we krijgen die huizen pas als u dood bent. En daar wil ik niet eens aan denken! Ik wil niet dat u doodgaat!'

Hij schoot in de lach, drukte zijn sigaret uit in de glazen asbak en stak de volgende op. 'We gaan allemaal dood, kindje. De vraag is alleen wanneer. En volgens de natuurlijke orde der dingen ben ik aanzienlijk eerder aan de beurt dan jullie. Vandaar dat ik mijn rijkdom, mijn onroerend goed, aan jou en je broer nalaat.'

'En mama? Hebt u daar ook iets voor geregeld?'

'Greet is een gecompliceerde vrouw.' Hij schudde zijn hoofd. 'Je hebt je vast wel eens afgevraagd waarom ik haar geen mooier, groter huis heb gegeven.'

'Nee, want dat zou ze toch niet aannemen. Ze wil nergens anders wonen dan in het huis dat mijn vader nog voor hen samen heeft gekocht.'

'Precies. Bovendien vindt je moeder het maar niets wat ik doe.'

'Dat is niet waar,' haastte Gracie zich hem tegen te spreken. 'Ze is juist heel erg trots op u...' Ze dacht aan zijn brieven die aan tafel waren voorgelezen, aan hoe Oma en haar moeder er altijd nog lang over hadden doorgepraat.

Oom Hans blies een rookwolk uit. 'Ze wilde niet dat ik je meenam naar Italië, omdat ze wist welke plannen ik met je had. Maar ze kon geen nee zeggen. Want ze wist ook dat je bij mij meer toekomst had dan bij haar in Londen. Bovendien was ze financieel afhankelijk me. Dat geld accepteert ze omdat ze geen keus heeft, maar ze wil niet meer dan het absolute minimum. Als ik het voor het zeggen had, dan woonde ze in een villa in Mayfair, met een dienstmeisje en een butler. Maar dat wil ze niet. Bewonderenswaardig. Maar ook koppig, onredelijk.'

'Ze is trots.'

'Ja, maar daarmee doet ze zichzelf tekort. Hoe dan ook, er is nog iets wat ik met je moet bespreken. En dat ligt wat gevoeliger.'

Gracie had opnieuw geen idee wat dat zou kunnen zijn, maar ze was niet bang meer. Met een aangenaam licht gevoel in haar hoofd dronk ze haar glas leeg. Toen keek ze hem afwachtend aan. ‘Ik ben benieuwd.’

‘Je werkt hard, misschien wel te hard voor een meisje van jouw leeftijd. Ik heb je niet verwend met luxe vakanties, en ik heb je ook niet voorgesteld aan huwbare mannen. In plaats daarvan heb ik je voor mezelf gehouden, en dat was erg egoïstisch van me.’

Gracies wangen begonnen te gloeien.

‘Hoe dan ook, dat ga ik goedmaken. Het wordt tijd dat je een man vindt.’

Gracie voelde zich in verlegenheid gebracht, ook omdat ze als het om de liefde ging een andere taal spraken. ‘Ik hoef geen man.’

‘Wat is er met Donato gebeurd? Dat leek me zo’n aardige jongen.’

Ze schoot in de lach. ‘O, dat is al lang uit. Hij is met een ander getrouwd.’

‘Zie je wel dat ik je heb verwaarloosd.’

‘Helemaal niet! Ik leid een leven als een prinses. En u brengt altijd de mooiste kleren voor me mee. Ik kom niets tekort. Echt niet. Integendeel, u verwent me.’

‘Daar gaat het niet om. Waar het om gaat, is dat we een man voor je moeten zien te vinden. Het wordt tijd dat je trouwt. Als je voogd is het mijn plicht om aan je toekomst te denken.’

‘En als ik nou eens niet wil trouwen? Ú bent toch ook niet getrouwd?’

‘Bij mannen ligt dat anders. Dat weet je best. Een vrouw heeft een man nodig, en er komt een dag dat ik er niet meer ben om voor je te zorgen.’

‘Tegen die tijd heb ik de helft van uw onroerend goed. Dan kan ik prima voor mezelf zorgen.’

Hij grinnikte. ‘Aan intelligentie ontbreekt het je niet. Maar wil je niet graag kinderen?’

Gracie dacht even na. ‘Ja, ooit wil ik wel kinderen,’ zei ze toen zacht. Maar die wilde ze met Tancredi en met niemand anders.

‘Laat mij je dan helpen een man te vinden. Over een week vertrekken we naar de Côte d’Azur.’

18

Italië, 2010

Toen Gracie wakker werd, klonk buiten uitbundig vogelgetjilp. Met haar ogen dicht luisterde ze ernaar en liet ze het geluid op zich inwerken. Veertig jaar geleden had het net zo geklonken. Toen had ze hetzelfde gehoord wanneer ze wakker werd, hoog in de toren, met de slapende Tancredi naast zich. Ze herinnerde zich de dageraad, wanneer de opgaande zon nog maar een aarzelende roze blos aan de horizon was; het lied van de eerste vogel, een eenzame roep die door de duisternis brak; en dan de tweede, de derde, tot de drie melodieën ontaardden in een kakofonie doordat de mannetjes luidkeels hun territorium markeerden en naar de vrouwtjes lonkten.

Dat had ze van Tancredi geleerd, de verklaring van de vogelgeluiden bij het begin van de nieuwe dag. Daarvóór had ze altijd aangenomen dat het de vrouwtjes waren die ze hoorde, druk bezig met het bouwen van hun nest. Al luisterend voelde ze de melancholie die met het vogelkoor was verbonden, bezit van haar nemen.

Toen het geluid zweeg, ging ze rechtop zitten. Het was vijf uur. Te vroeg om op te staan. Maar ze voelde zich uitgerust, klaarwakker. Ze liet zich uit bed glijden en liep naar het raam. De luiken liet ze 's nachts open, om te kunnen genieten van de geuren die opstegen uit de tuin. Geleund tegen de vensterbank zag ze het landschap van Toscane langzaam opdoemen uit de ochtendschemering, terwijl de zon voorzichtig over de horizon gluurde en het doek liet opgaan op het toneel van het leven. Het diepe indigoblauw van de nacht maakte plaats voor zachtroze, de fluweelgroene velden en heuvels kwamen duidelijker tevoorschijn uit de mist naarmate de zon hoger klom.

In een opwelling begon ze zich aan te kleden. Ze wilde naar buiten! Omdat het in deze tijd van het jaar 's ochtends nog wat fris kon zijn, trok ze een vest aan over haar blouse. Toen sloop ze op haar tenen de gang door, de trap af en verliet ze het kasteel via de bibliotheek. De toren op zijn kleine heuvel deed haar denken aan een slapende wachter die zijn plicht verzaakte. In haar verbeelding zag ze Tancredi in de deuropening staan, met een penseel in de hand, een glimlach op zijn gezicht, een twinkeling in zijn ogen die haar speels waarschuwde voor wat hij met haar van plan was. Maar toen ze langs de toren liep, was de deur gesloten, de nis gehuld in de laatste, inktzwarte schaduwen van de nacht.

Ze liep het pad af naar de kapel. Haar voetstappen tekenden zich af in het bedauwde gras, de rozen geurden zwaar en zoet. Genietend snoof ze de geur op. Wonderlijk hoe die haar mee terugnam naar het verleden. Hoe ze zich op slag lichter voelde, alsof al haar sombere gedachten erdoor op de vlucht werden gejaagd. Haar tred werd veerkrachtig. Bijna dansend vervolgde ze haar weg. Omringd door zo veel schoonheid was het onmogelijk niet gelukkig te zijn. Zelfs haar herinneringen werden ontdaan van hun weemoedige lading en flonkerden als dauw. Waar ze ook keek, alles wat ze zag was verbonden met melancholie, maar die had in de eerste zonnestralen geen vat op haar. Ze was dankbaar dat ze had liefgehad, dat ze het leven ten volle had geleefd. Ongeacht het verdriet dat ze hier had gekend, was ze dankbaar dat ze had mogen terugkeren naar het kasteel, dankbaar voor de kans om op zoek te gaan naar het meisje dat ze ooit was geweest. Het voelde alsof ze in een boek dat bijna uit was, kon terugbladeren naar het begin, om alleen de mooiste passages te herlezen. Ze was naar Italië gegaan in de hoop Tancredi te zien, dat kon ze niet ontkennen. Maar ook om dat deel van zichzelf terug te vinden dat in Toscane was achtergebleven. En tot op zekere hoogte was ze daarin geslaagd. Wanneer ze aan het eind van de week weer naar huis ging, had ze weliswaar niet al haar doelen verwezenlijkt, maar zou ze toch blij zijn dat ze de reis had ondernomen.

De deur van de kapel zat niet op slot. Binnen was het kil en vochtig, en het rook er nog net als destijds, toen ze samen met Rutger de collectie van de gravin had gecatalogiseerd. Zo te zien werd de kapel nu alleen nog voor opslag gebruikt, getuige de kapotte meubels en dichtgeplakte dozen die er stonden. Slenterend door de zo goed als lege ruimte streek ze met haar hand langs de muren, over een tafelblad, over de rugleuning van een stoel en wekte ze de geesten die in haar verbeelding tot leven kwamen.

Wat zou er van Rutger zijn geworden? In gedachten zag ze hem voor zich terwijl hij de schilderijen van de gravin inspecteerde; zijn wijze, markante gezicht, zijn grijze haar dat krulde rond zijn oren, zijn ogen die glansden telkens wanneer hij een stoflaken wegtrok. Ze had hem toen al oud gevonden, maar waarschijnlijk was hij ergens in de vijftig geweest, en oom Hans ergens in de veertig. Nu ze de zeventig naderde, besefte ze dat een mens tussen de veertig en de vijftig in de kracht van zijn leven was. En dat had destijds ongetwijfeld ook voor oom Hans gegolden. Bij de gedachte aan haar oom leken de schaduwen uit de klamme hoeken van de kapel naar voren te komen en haar in te sluiten, haar geluksgevoel te verstikken. Ze legde een hand op haar hart, een snik welde op in haar keel. Oom Hans. Ze had zo veel van hem gehouden. En toch had ze hem gruwelijk verraden.

Ze deinsde achteruit, vluchtte naar buiten en trok de deur stevig achter zich dicht. Met een diepe zucht probeerde ze de herinnering te verjagen en weer iets van de magie te voelen die ze in de tuin had gevonden. Zich concentrerend op de geuren en de geluiden van de natuur liep ze verder, naar de groentetuin en de stallen. Daar trof ze Ilaria, die haar opgewekt begroette.

'Buon giorno.'

'Buon giorno,' antwoordde Gracie, dankbaar voor de afleiding.

'Je bent er vroeg bij.'

'Het was zo'n schitterende zonsopgang. Ik kon de verleiding niet weerstaan.'

'Ik sta altijd om vijf uur op. Dat vind ik het mooiste moment van de dag. Iedereen slaapt nog, de wereld wordt langzaam wakker, de vogels zingen, en ik ben alleen met de natuur. Die genoeg heeft aan zichzelf en niet eens weet heeft van mijn bestaan. Het eerste licht, de dageraad... dat zijn de geheime uren, voordat de zon alle elfen en kabouters verjaagt.'

Gracie schoot in de lach. Ze wist precies wat Ilaria bedoelde.

'Nu je er toch bent kun je me mooi helpen de beesten te voeren. Daar begin ik de dag mee, en ik wens de wijnstokken een goede morgen.' Met haar uitgelaten vrolijkheid was Ilaria ook als de zon, die in dit geval Gracies demonen wegjoeg. 'Ik begreep van mamma dat je Italiaans spreekt.' Ze schudde kippenvoer uit een zak in een emmer. 'En vloeiend ook.'

'Ik heb van mijn dertiende tot mijn drieëntwintigste in Toscane gewoond.'

'Dan zal ik je mijn slechte Engels verder besparen,' vervolgde Ilaria in haar moedertaal.

'Je Engels is uitstekend,' zei Gracie naar waarheid. Wat ze er niet bij vertelde, was dat Ilaria's zware Italiaanse accent haar Engels juist zo charmant maakte. 'En trouwens, zelfs al was het slecht, dan nog vind ik het te waarderen als iemand de moeite neemt om je taal te spreken.'

Ilaria gooide het voer op de grond en keek hoe de kippen het gretig oppikten. 'Weet je, ik hou van mensen. Ik vind het heerlijk om te zien hoe ze hier komen, hoe ze in deze schitterende omgeving geleidelijk aan opbloeien. Daar word ik gelukkig van. Neem jullie nou. Jij en je dochter en kleindochter. Jullie kwamen hier als knoppen in het hart van de winter, maar inmiddels zijn jullie opengegaan. Dat vind ik zo mooi. Een meisje als Anastasia... dat doet me denken aan een prachtige magnolia.'

'Ze is inderdaad prachtig.'

'Niet alleen uiterlijk, ook vanbinnen. Ze heeft een mooie ziel. Maar pas op dat haar moeder niet te weinig zon krijgt. Die moet ook de kans krijgen om op te bloeien.'

Gracie fronste haar wenkbrauwen. 'Denk je dat we Carina niet genoeg aandacht geven?'

'Ik zeg alleen maar wat ik zie. Misschien is ze wel een beetje jaloers op de band tussen jou en Anastasia. Jullie zijn echt twee handen op één buik. Misschien is het goed als Anastasia en haar moeder ook wat tijd samen doorbrengen. Volgens mij zouden ze dat allebei graag willen. Maar ze weten niet hoe ze het moeten aanpakken. Ze zijn net als die kippen.' Ilaria wees naar een stel zwart-met-rode kippen die zich een beetje op de achtergrond hielden terwijl de rest hongerig liep te pikken. 'Ze willen ook eten, maar ze weten niet hoe ze zich ertussen moeten werken.' Toen Ilaria een handvol voer voor hun poten strooide, begonnen ze meteen gretig te pikken. 'Zie je wel, ze hebben gewoon een duwtje nodig. Morgen lukt het ze misschien op eigen kracht. Het leven is een spel. Maar je moet wel weten hoe het gespeeld wordt.'

'Misschien kunnen Carina en Anastasia vanmiddag samen naar het dorp,' opperde Gracie. 'Met z'n tweetjes. Ik blijf liever hier.'

'Dat is een goed idee. Dan kunnen ze ergens koffiedrinken en winkeltjes kijken. Maar jij moet het dorp ook zien. Misschien een andere keer. De Maria Maddalena dateert uit de dertiende eeuw. Het is een prachtige kerk. Je zult hem vast de moeite waard vinden.'

Ze beklommen het pad terug naar het kasteel. De zon stond nog laag aan de hemel, maar begon al aan kracht te winnen en brandde de laatste nevelen weg die nog in de dalen hingen. Toen ze dichterbij kwamen, ontdekte Gracie iemand op het bankje waar Anastasia en zij de vorige avond hadden gezeten. Ingespannen turend zag ze dat het Tancredi was. Hij had een hoed op en een zonnebril en keek uit over de heuvels. Ze dacht dat haar hart stilstond. 'Daar heb je de graaf.' Ze pakte Ilaria's arm om haar tegen te houden.

'Ja, daar zit hij graag, 's ochtends in alle vroegte, met zijn hond. Hij geniet ook van de geheime uren voor zonsopgang.' Ze liep door.

'Zou je me aan hem willen voorstellen?' Gracie herkende haar eigen stem nauwelijks. Het was alsof iemand anders de vraag stelde. Haar stem klonk vreemd. Vreemd, maar vastberaden.

'Hij bemoeit zich liever niet met zijn gasten,' zei Ilaria, en ook zij klonk vastberaden.

'Maar ik zou hem zo graag willen zeggen hoe prachtig het hier is. Hoe dankbaar ik ben dat we van zijn huis mogen genieten.' Gracie keerde zich weer naar hem toe, alsof ze hem met haar blik kon dwingen haar aan te kijken. Ze smeekte hem vurig, zonder woorden zich om te draaien. En het was alsof hij haar hoorde, alsof haar stem diep in zijn onderbewustzijn tot hem doordrong, want hij keerde zich langzaam naar haar toe.

Ilaria had geen andere keus dan hen aan elkaar voor te stellen. 'Goedemorgen, graaf Bassanelli,' riep ze naar boven, want het pad waarop ze stonden, lag lager dan het terras en werd daarvan gescheiden door een muur begroeid met paarse campanula.

'Goedemorgen, Ilaria.' Gracie begroette hij niet. Hij hief niet eens zijn hand zoals die keer dat Rex en zij hem op zijn balkon hadden gezien. Gracie had het gevoel dat ze onzichtbaar was. De vastberaden vreemde die bezit van haar had genomen, trok zich terug. Wat bleef was een bezeerde oude vrouw, die niets durfde te zeggen. 'Hoe is het met de kippen?'

'Goed. Ze hadden trek vanmorgen. Mag ik u...'

'En de varkens?'

'La Fabiana kan elk moment gaan werpen.'

'Aha. Nieuw leven. Mooi.'

'Graaf Bassanelli, mag ik u voorstellen aan een van uw gasten? Dit is signora Burton.'

Er gleed een verraste uitdrukking over zijn gezicht. Hij had haar herkend, dacht Gracie. Want hij keek net zo geschokt als na hun eerste ontmoeting, destijds in de kapel, toen hij haar amper had gegroet en later zijn excuses was komen aanbieden. Hoop laaide op in haar hart. 'Signora Burton, vergeef me mijn onbeleefdheid. Ik hoop van harte dat u het naar uw zin hebt. Dat u zich thuisvoelt in het kasteel.'

Gracie wist niet wat ze moest zeggen. Zijn gezicht verried geen zweem van herkenning. Zijn ogen gingen schuil achter zijn zonnebril, maar zijn hoffelijke, onpersoonlijke glimlach verried dat ze geen enkele herinnering bij hem opriep.

'Dank u wel,' was alles wat ze kon uitbrengen.

'Dan vallen we u verder niet lastig. Geniet van de rust!'

Ilaria liep verder. De graaf hief met een innemende glimlach zijn hoed, maar het mocht niet meer baten. Gracie voelde zich ontgoocheld, diep teleurgesteld. De betovering van de ochtend was verbroken, vermorzeld door de man die ooit elke ochtend zijn eigen betovering had verleend.

Toen Carina die ochtend wakker werd, besefte ze dat Anastasia al op was. Het bed naast haar was leeg. Als haar dochter de kans kreeg, sliep ze thuis een gat in de dag, dus het verbaasde Carina dat ze hier al zo vroeg opstond om te gaan zwemmen. Carina had al een paar keer voorgesteld met haar mee te gaan, maar het was te verleidelijk om te blijven liggen, om niets te hoeven tot het ontbijt. En daarna hoefde ze alleen maar naar Ilaria's deskundige commentaar te luisteren terwijl haar beroemde moeder achter het fornuis stond. Ze had niet verwacht dat ze er zo van zou genieten.

Vier dagen zonder telefoon. Of eigenlijk drie. De eerste telde niet, want dat was maar een halve dag. Carina was tevreden, ze mocht trots zijn op zichzelf. Minder tevreden was ze over haar relatie met Anastasia. Als ze het niet kon opbrengen om 's ochtends in alle vroegte met haar te gaan zwemmen, moest ze iets anders bedenken wat ze samen konden doen. Ze zouden naar het dorp kunnen gaan, en misschien kon ze daar iets voor haar kopen. Een leuke jurk. Of ze konden samen een eind gaan fietsen. Misschien konden ze rackets lenen voor een partijtje tennis. Ze had Rex en Alex de vorige dag met overgave zien spelen. Helaas was zij er niet echt goed in. Trouwens, Anastasia ook niet. Maar wat konden ze dán samen ondernemen? Eén ding was zeker. Samen om de tafel gaan zitten om te práten, dat hoefde ze niet te proberen. Ze had geen idee waar ze het met haar dochter over zou moeten hebben. Ze kon zich dan ook niet voorstellen hoe Gracie erin slaagde Anastasia te boeien – daar was ze zelfs een beetje jaloers op. Want als zij iets zei, reageerde Anastasia al snel verveeld. In het werk van haar moeder was ze niet geïnteresseerd, en met vragen over school hoefde je bij pubers niet aan te komen; bij Anastasia al helemaal niet. Het kon haar niet boeien wat voor cijfers ze haalde, zolang ze maar een voldoende stond.

Na nog even te hebben geluierd kwam Carina uit bed, kleedde zich aan en ging naar beneden voor het ontbijt. Ze had niet veel tijd meer voordat de les begon. Te oordelen naar de lege tafels was ze de laatste. Ze schepte zich op bij het buffet, bestelde een kop sterke koffie en ging aan een tafeltje zitten dat uitkeek over het weids glooiende landschap. Het uitzicht vervulde haar met een verrukkelijk gevoel van sereniteit, een gevoel alsof de wijzers van de klok trager bewogen. Ze hoefde zich niet te haasten, ze hoefde geen telefoontjes aan te nemen, notities te maken. Ze hoefde hier, in dit uitgelezen oord, alleen maar te genieten.

Carina dronk haar koffie, at haar fruit, keek uit over de heuvels en besefte hoe verrukkelijk ze deze manier van leven vond. Uiteindelijk moest ze zich alsnog haasten om niet te laat te zijn voor de kookles. Iedereen was er al, op het drietal uit Manchester na, en zat in afwachting van Ilaria gezellig te kletsen. Anastasia was met Gracie in gesprek; haar ogen schitterden, haar gezicht straalde. Maar het ontging Carina niet dat haar moeder er minder stralend uitzag. Misschien had ze niet goed geslapen. Ze liep naar haar toe. 'Goeiemorgen. Alles goed, mam?'

'Ja hoor, prima. Hoezo?' Gracie deed haar best opgewekt te klinken.

'Je ziet er een beetje moe uit.'

'Helemaal niet,' sprak Anastasia haar moeder tegen. 'Ze ziet er juist prachtig uit.'

'Je hebt gelijk, lieverd. Ze ziet er prachtig uit. Maar ook alsof ze niet zo lekker heeft geslapen.'

'Ik heb inderdaad een beetje liggen woelen vannacht,' zei Gracie diplomatiek.

'Zullen we straks een eindje gaan lopen?' vroeg Carina.

Gracie schudde haar hoofd. 'Nee, ik ga na de lunch even liggen. Je zou je moeder het dorp moeten laten zien,' zei ze tegen haar kleindochter. 'De kerk moet erg mooi zijn. En er zijn een heleboel leuke winkeltjes en cafés.'

'Wat een goed idee!' zei Carina, net iets te enthousiast om haar dochter voor de gek te houden.

'We zullen zien.' Anastasia trok een bedenkelijk gezicht, waarop Carina met een zucht naar de kruk naast Lauren liep.

'Lieverd, ik denk dat je moeder het gezellig vindt om iets samen te doen,' fluisterde Gracie tegen haar kleindochter. 'Anders gaan jullie een eind fietsen. Dat vindt ze ook vast leuk.'

Anastasia bleef terughoudend. 'Misschien,' zei ze ten slotte. 'Maar alleen omdat ú niet mee wilt.'

Gracie schonk haar een glimlach. 'Ik ben te oud om nog op de fiets te stappen.'

'Gaat u vandaag nog wel verder met uw verhaal? Ik ben zo benieuwd hoe het afloopt.'

Na haar ontgoocheling van die ochtend wist Gracie niet of ze het kon opbrengen over Tancredi te praten. Maar ze wilde Anastasia niet teleurstellen. 'Natuurlijk. We gaan straks verder.'

Rex was duidelijk gecharmeerd van Gracie. Zodra hij zijn kans schoon zag, knoopte hij een praatje met haar aan, hij probeerde voortdurend haar blik te vangen, en hij deed zijn best haar aan het lachen te krijgen. Wanneer ze om hem grinnikte, of zelfs maar glimlachte, bezorgde hem dat een gevoel van triomf. Die ochtend hengelde hij zo naar Gracies aandacht dat hij haar af en toe iets toefluisterde terwijl Ilaria aan het woord was. Daardoor voelde Gracie zich niet op haar gemak, al was het maar omdat ze het onbeleefd vond tegenover Ilaria, die zo haar best deed de lessen vermakelijk en boeiend te maken. Ze besefte niet hoe ze sinds haar aankomst in Italië was opgebloeid, dus ze begreep er niets van dat Rex zo in haar geïnteresseerd was.

Toch was voor iedereen duidelijk te zien hoe ze geleidelijk aan steeds meer uit haar schulp kroop. De Gracie Burton die uit Badley Compton naar Toscane was gekomen, was als een knop die gesloten bleef, een knop die zich afschermde tegen de kou van een strenge winter. Des te groter de verrassing toen de knop in de warme zon van Italië begon uit te komen. De Italiaanse Gracie bleek een vrouw met een warme, mysterieuze glimlach en een milde, wijze blik; bescheiden, maar moedig; een aantrekkelijke vrouw met uitstraling en charisma, zonder de behoefte de aandacht op zichzelf te vestigen. Ze keerde zich naar Rex, die al weer door Ilaria heen praatte, en tikte hem met haar potlood op zijn hand. 'Sst. Anders moet je straks alsnog hongerlijden als je weer thuis bent.'

Rex grijnsde breed, maar de rest van de ochtend hield hij zijn mond.

Halverwege de les kwamen Wendy, Tiff en Brigitte de keuken binnen, zich uitputtend in excuses. Anastasia's blik kruiste die van Alex, en ze giechelde terwijl het drietal zich, duidelijk moe en met een kater, op een kruk hees en potlood en klembord pakte. Wendy's mascara was dramatisch uitgelopen, Tiffs korte haar stond alle kanten uit, en Brigitte hield haar zonnebril op. Pas tegen het eind van de les besefte Anastasia waarom: ze sliep.

Na de lunch vroeg Alex of Anastasia meeging naar het zwembad. Ze wilde al ja zeggen – een paar uurtjes slaap kon ze wel gebruiken – maar toen dacht ze aan wat haar oma had gezegd, en ze keerde zich naar haar moeder. 'Mam, heb je zin om een eindje te gaan fietsen?'

Carina bloosde van plezier en verrassing. Anastasia had er wel een foto van willen maken, als herinnering voor later, wanneer ze weer terug waren in Londen en het leven zijn normale loop had hernomen.

Gracie verdween naar haar kamer. Rex reageerde teleurgesteld. Als ze was gaan wandelen, had hij met haar mee kunnen lopen. Dat ze even ging liggen, voelde als een afwijzing. Hij besloot opnieuw haar gezelschap op te zoeken zodra ze weer beneden kwam. Madeleine en Lauren gingen zonnen; Wendy, Tiff en Brigitte installeerden zich op de ligstoelen op het terras, in de hoop hun kater weg te slapen.

Carina en Anastasia vertrokken op geleende fietsen, afkomstig uit de garage van het kasteel. De zon stond hoog aan de hemel en brandde op hun rug, de lovertjes op Anastasia's zilver-met-paarse sandaaltjes glinsterden terwijl ze freewheelend naar het dorp zoefden.

'Pas op!' riep Carina toen Anastasia joelend van verrukking haar bruine benen uitstak. 'Straks komt er een auto de bocht om!'

Anastasia negeerde haar. Ze voelde de adrenaline door haar lichaam stromen en nam de vele bochten zonder af te remmen. Ze genoot er zo van dat ze, eenmaal in het dorp, voorstelde nog een eind door te rijden. Carina was niet zo sportief als haar dochter. Het vooruitzicht om straks dat hele eind terug te moeten klimmen was weinig aanlokkelijk. Ze wilde net voorstellen ergens koffie te drinken toen Anastasia er alweer zonder achterom te kijken vandoor ging. Dus Carina had geen andere keus dan haar te volgen.

Ze haalde haar pas in aan de voet van de heuvel, waar de weg weer vlak werd en dwars door velden met rode klaprozen en opkomende gewassen sneed. Anastasia keek opzij, naar waar Giovanni's boerderij zich verschool tussen de heuvels. Haar lichaam reageerde onmiddellijk. Ze snakte naar de avond, naar een nacht van opwindend genot. 'Laten we de omgeving verkennen!' riep ze naar haar moeder, die een vurige blos op haar gezicht had, zowel van de zon als van het harde trappen.

'Rij jij maar voorop, lieverd!'

Maar Anastasia ging langzamer fietsen, zodat ze naast elkaar reden. Carina's angst dat ze niets hadden om over te praten, bleek ongegrond. Het landschap bood meer dan genoeg gespreksstof. Carina was verrast door wat haar dochter allemaal opviel, door de manier waarop Anastasia geraakt werd door de schoonheid van Toscane. Het gesprek ging over de wisselende kleuren van het landschap, over de fraaie boerderijen met hun luiken en hun steenrode dakpannen, over de velden met klaprozen, over de olijfgaarden en de wijnstokken, en ze praatten ontspannen, met de vanzelfsprekendheid van twee mensen die zich bij elkaar op hun gemak voelen. Anastasia gedroeg zich niet als een mokkende puber, Carina deed niet bazig of misprijzend. De lieflijke omgeving haalde het beste in hen naar boven en ze genoten van elkaars gezelschap, misschien wel voor het eerst in jaren.

Plotseling viel Anastasia's oog op iets wat eruitzag als een vervallen villa, verscholen tussen bomen, aan het eind van een lange oprijlaan. Ze remde. 'Wat zou dat zijn?'

Ook Carina bleef staan en tuurde tegen de zon in. 'Een groot huis. Zo te zien woont er niemand meer.'

'Het is prachtig!' zei Anastasia enthousiast. 'Kom, laten we gaan kijken.'

Carina stribbelde tegen. 'Dat lijkt me geen goed idee. Het is privéterrein.'

'Wat maakt het uit? Er is niemand! Kom op, mam. Doe niet zo schijterig.'

Ze reed de oprijlaan in. Die was steiler dan ze had gedacht, en het duurde niet lang of ze moest afstappen. Haar moeder volgde wat langzamer.

Anastasia had niet het geduld om op haar te wachten. Ze was dol op ruïnes, en ze besefte met stijgende opwinding dat de villa ooit schitterend moest zijn geweest, maar blijkbaar al jaren leegstond. Onkruid had de tuin overwoekerd, de natuur was als een harig groen monster hard op weg de hele villa op te slokken. Op de nog resterende pannen van het ingestorte dak groeide gras, dat in weerbarstige plukken overeind stond. De muren zaten onder de schimmel, het glas was uit de ramen verdwenen, waardoor de elementen vrij spel hadden in het interieur. De luiken hingen scheef aan hun verroeste scharnieren, sommige waren op de grond gevallen en al bijna in de buik van het groene monster verdwenen. In de ban van de romantische betovering die de oude villa uitstraalde, legde Anastasia haar fiets neer en liep naar binnen.

Het huis was leeg. Blijkbaar had de laatste bewoner alles meegenomen, niet van plan ooit terug te komen. De vloer lag vol met rommel, puin en dierlijke uitwerpselen. Aangelokt door de rust en de beschutting hadden vogels her en der hun nesten gebouwd. Het rook er vochtig, naar rotting. De trap was nog intact, maar Anastasia durfde niet naar boven te gaan, uit angst dat ze door de vloer zou zakken. Het zag er allemaal erg broos en wankel uit.

'Anastasia!' klonk de stem van haar moeder. 'Waar ben je?'

'Ik ben binnen!' riep Anastasia terug, vastbesloten op verkenning uit te gaan.

'We moeten hier weg!'

'Ik kom zo!' Anastasia liep nog verder het huis in.

Carina bleef buiten en ging in de zon zitten, niet gevoelig voor de romantiek van het verval. Ze hoopte dat Anastasia er snel genoeg van kreeg. Het liep al tegen vieren, en ze snakte naar koffie en een groot glas water.

Ondertussen was Anastasia in een ruime, lichte kamer, helemaal aan de achterkant van de villa beland. De grote ramen moesten ooit veel licht hebben doorgelaten, maar inmiddels zagen ze groen van de schimmel en namen de bomen de zon weg. Iets op de vloer trok haar aandacht: verfspetters, die tot in de nerf van het nog resterende hout waren getrokken. Geleidelijk aan zag ze er steeds meer. En toen viel haar oog op een dichte deur. Ze liep erheen, benieuwd wat zich daarachter bevond. Anders dan de overige deuren, die wagenwijd openstonden of ontbraken, was er in deze geen beweging te krijgen. Ze duwde uit alle macht. Toen hij nog steeds niet meegaf, wierp ze zich er met haar volle gewicht tegenaan. Moeizaam, bijna met tegenzin kierde de deur open.

Nu werd ze pas echt nieuwsgierig. Wat achter de deur lag, moest het atelier van een kunstenaar zijn geweest. Naast een van de ramen stond een ezel, een plank langs de muur was gevuld met alle denkbare kleuren verf in potten en tubes, er waren glazen pullen met penselen, en langs de muren stonden lijsten en onbeschilderde doeken. Alles zat dik onder het stof. Midden in het atelier, in een schacht zonlicht, stond een stoel. Meer meubels waren er niet. Er was iets met die stoel. Iets vreemds. Anastasia móést ernaar kijken. Ze kon haar blik er niet van losmaken. De stoel bood een eenzame, verloren aanblik, alsof hij wachtte op iemand die nooit zou komen.

Anastasia voelde dat haar moeder ongeduldig begon te worden, ook al kon ze haar hier niet horen. Ze liep de kamer uit en trok de deur achter zich dicht. Tegen de tijd dat ze weer naar buiten kwam, slaakte ze een diepe zucht.

'Kom op,' zei Carina. 'Het is theetijd.'

'Oké.' Anastasia raapte haar fiets op. Terwijl ze dat deed viel haar oog op iets in het gras daaronder. Een stenen plaquette, leek het wel. Carina was al op de fiets gesprongen, maar Anastasia bukte zich en duwde het gras opzij. Toen legde ze haar fiets weer neer om de plaquette op te tillen. Die was zwaarder dan ze had verwacht. *La...* Ze poetste hem nog verder schoon, totdat de letters zichtbaar werden. *La Colomba*. Anastasia hield haar adem in. Zou dat... Nee, dat zou wel erg toevallig zijn. Maar ze herinnerde zich haarscherp wat haar oma had verteld. Dat de villa waarin ze ooit had gewoond La Colomba heette. En dat ze in het atelier van een kunstenaar had gewerkt. Anastasia's hart begon wild te slaan.

'Lieverd!' riep Carina ongeduldig.

'Ik kom eraan!' Anastasia raapte haar fiets weer op en haastte zich achter haar moeder aan.

Misschien was Gracies keuze voor Castello Montefosco toch niet zo verrassend als ze hadden gedacht.

19

Heet en bezweet van haar fietstocht haastte Anastasia zich naar boven om haar bikini aan te trekken. Even later rende ze de trap weer af, op weg naar het zwembad. Dat lag er verlaten bij, weggedoken tegen de helling, verborgen tussen bomen en dicht struikgewas. In het zachte, late middaglicht was het water zo glad als een spiegel. Anastasia legde haar handdoek neer en nam een duik. Het koele water was verrukkelijk verfrissend. Ze knapte er meteen van op. Terwijl ze haar baantjes trok, dacht ze aan wat ze zojuist had ontdekt, blij dat niemand haar stoorde in haar overpeinzingen.

Het kon niet anders of de verlaten ruïne was de villa waarover haar oma had verteld. Maar hoe kwam het dat het huis in verval was geraakt? Wat was er met oom Hans en Rutger gebeurd? Als ze nog leefden, moesten ze inmiddels in de tachtig zijn, of misschien zelfs in de negentig. Had Gracie dáárom naar Italië gewild? Om naar hen op zoek te gaan? Of om La Colomba terug te zien? Nee, dat leek niet waarschijnlijk. Ze was het terrein van het kasteel nog niet af geweest. Zelfs het dorp leek haar niet te interesseren. Sterker nog, ze wekte niet de indruk ook maar ergens heen te willen.

Het kon natuurlijk ook gewoon zo zijn dat Gracie die advertentie had gezien en had besloten terug te gaan om het verleden te laten herleven. Niet om iemand uit die tijd terug te zien. Nee, dat klonk ook niet aannemelijk. Als je terugging naar het decor van je grote liefde, deed je dat niet alleen voor de plék. Misschien had ze gehoopt Gaetano terug te zien. Maar dan was het wel merkwaardig dat ze geen enkel initiatief nam om erop uit te gaan. Zou er in het dorp iemand zijn die Gaetano kende – rijk, voornaam, ergens in de zeventig, vroeg Anastasia zich af. Had haar oma niet gezegd dat ze afkomstig waren uit verschillende werelden?

Terwijl Anastasia aan haar zoveelste baantje begon, ontdekte ze Giovanni aan de andere kant van het zwembad. Hij stond met zijn handen op zijn heupen naar haar te kijken, in een kakibroek met een poloshirt. Zijn zwarte haar viel over zijn voorhoofd, zijn grijns verried wat hij met haar zou willen doen.

Ze grijnsde terug en zwom in haar mooiste crawl naar hem toe. Aan haar oma en La Colomba dacht ze niet meer.

Hij keek om zich heen, om zeker te weten dat ze alleen waren. Toen liet hij zich door zijn knieën zakken, legde zijn handen langs haar natte gezicht en kuste haar vol op de mond. 'Kom!' Hij richtte zich op en verdween in het huisje. Anastasia klom uit het water, pakte haar handdoek en liep achter hem aan. Zodra ze naar binnen stapte, verschenen er twee handen uit het donker die haar vastgrepen en tegen de muur drukten. Opnieuw kuste hij haar, deze keer nog vuriger. Hij drukte zijn lichaam tegen het hare en legde zijn handen om haar naakte middel. Anastasia huiverde van genot onder zijn aanraking. Hij schoof zijn handen onder haar bikinitopje, zijn duimen gleden plagend over haar tepels. Ze schrok niet toen hij haar bikinibroekje naar beneden trok en haar been optilde om gemakkelijker in haar te kunnen stoten. Het risico om betrapt te worden, maakte het allemaal nog opwindender. Ze sloeg haar benen om zijn heupen. Hij lachte en zei iets in het Italiaans. Ze verstond het niet, maar ze lachte met hem mee terwijl ze ritmisch bewogen, als een vreemd, exotisch wezen dat zich tegen een muur drukte. Hijgend, kreunend fluisterde hij iets in haar oor; zijn diepe stem en de zinnelijke klanken van zijn taal maakten dat een verrukkelijke warmte bezit van haar nam en de ene schokgolf na de andere door haar lichaam trok.

'*Ti amo*, Anastasia,' zei hij toen haar voeten de grond weer raakten. Hij legde zijn hand onder haar kin en keek haar in de ogen. De zijne stonden ernstig, melancholiek. '*Ti amo veramente*, Anastasia.' Wat dát betekende, wist ze.

'Ik hou ook van jou. *Veramente*.'

Carina trof haar moeder aan een van de ronde tafeltjes op het terras, waar ze samen met Rex van haar thee genoot. Zo te zien had de siësta haar goedgedaan. Ze had weer een blos op haar wangen, en Carina vroeg zich af of de charmante Amerikaan daar iets mee te maken had.

'Hallo, lieverd,' begroette Gracie haar dochter. 'Hebben jullie een fijne middag gehad? Wat hebben jullie gedaan?'

'Anastasia ligt in het zwembad, en ik snak naar koffie.'

'Je ziet eruit alsof je een berg hebt bedwongen,' zei Rex.

'Zo voel ik me ook.' Carina schoot in de lach.

'Waar zijn jullie geweest?' vroeg hij.

'We hebben een eind gefietst. Naar het dorp, en toen nog verder.' Ze schonk haar moeder een veelbetekenende blik. 'Het was goed om samen iets te ondernemen. Met z'n tweetjes. We hebben echt een heerlijke middag gehad.'

'Daar ben ik blij om,' zei Gracie.

'Het was leuk om de omgeving te verkennen. Toscane is zo prachtig. Het lijkt me verrukkelijk om hier een huis te hebben. Een plek waar we 's zomers naartoe kunnen, om te ontsnappen aan de stad.'

'Wat let je?' Rex grijnsde. Sinds zijn besluit zich open te stellen voor het avontuur had hij het gevoel dat alles mogelijk was.

'Geld.' Carina haalde haar schouders op. 'Ik wil niet zomaar een huis. Het moet echt mooi zijn. En niet te klein. Dus dat zal vast niet goedkoop zijn.'

Gracie herinnerde zich hoe het was om in een prachtige omgeving als deze te wonen. Om elke ochtend wakker te worden met een adembenemend uitzicht.

'Volgens mij is het onmogelijk om hier ongelukkig te zijn,' vervolgde Carina. 'Dat meen ik. Ik denk dat ik hier alleen maar intens gelukkig zou zijn.'

Gracie glimlachte, in het besef hoezeer haar dochter zich vergiste. Ze wist maar al te goed hoe ongelukkig een mens kon zijn, zelfs in een schitterende omgeving als deze.

Rex grinnikte. 'Alles went. Alles wordt gewoon. En dan kun je hier net zo ongelukkig zijn als waar ook ter wereld. Het is eigen aan de mens om alles uiteindelijk vanzelfsprekend te gaan vinden.'

'Dat kan ik me gewoonweg niet voorstellen. Volgens mij zou ik hier elke ochtend innig gelukkig wakker worden.' Carina liet haar blik over de heuvels gaan en schudde verwonderd haar hoofd, om duidelijk te maken hóé gelukkig ze zou zijn.

Rex keek Gracie aan. 'Waar woon jij eigenlijk?'

'In Devon. Aan de kust. En ik kan mijn dochter alleen maar gelijk geven. Ik ben inderdaad elke ochtend zielsgelukkig als ik uit het raam kijk. Het uitzicht is anders dan in Toscane, maar het heeft zijn eigen charme.'

'Ach ja, de zee.'

'Het uitzicht wisselt met de dag. Ik hou van de ijle nevelen in de zomer, van de dichte mist in de winter, van de weerkaatsing van de zon op het water.' Gracie dacht vol liefde aan thuis. Aan de eenzaamheid die daar op haar wachtte wilde ze niet denken. 'Ik hou zelfs van de druilerige dagen. Ook die hebben hun eigen schoonheid.'

'En jij woont in Londen, Carina. Ga je vaak bij je moeder langs?'

Carina keek toe terwijl Carlo een kopje espresso voor haar neerzette en wenste dat ze die vraag niet naar waarheid hoefde te beantwoorden. 'Niet half zo vaak als ik zou moeten,' antwoordde ze slecht op haar gemak, niet in staat haar moeder aan te kijken.

'Ze heeft het altijd zo druk,' schoot Gracie haar te hulp. Haar glimlach verried niets van haar stille verdriet. 'Carina heeft haar eigen bedrijf. Dat heeft ze helemaal alleen opgezet. En het is een enorm succes. Ik ben heel erg trots op haar.'

Carina legde haar hand op die van haar moeder. Impulsief, zonder erover na te denken. Ze werd er zelf door verrast. En ook voor Gracie kwam het spontane gebaar onverwacht. 'Nee, mam, dat is erg lief van je. Maar ik ben gewoon een egoïst. Ik heb het altijd veel te druk met mezelf. Ik had veel vaker bij je langs moeten gaan. Het spijt me. Echt waar. Als we straks weer thuis zijn, komen we snel naar je toe.' Ze trok haar hand terug. 'Zolang je die vriendin van je maar niet uitnodigt. Die verschrikkelijke Flappy.'

Gracie schoot in de lach. 'Ze bedoelt het goed,' zei ze toegeeflijk.

'Nee, ze bedoelt het helemaal niet goed. Ze wil alleen maar dat iedereen haar geweldig vindt.'

Het liep tegen etenstijd toen Anastasia op de deur van haar oma klopte. 'Binnen!' Gracie was al een half uur klaar om te gaan.

Anastasia stak haar hoofd om de deur. 'Oma, kan ik even met u praten?'

Gracie lag op bed. Ze had geprobeerd wat te lezen, maar er was nog geen letter tot haar doorgedrongen. 'Natuurlijk.' Ze legde het boek weg en schoof opzij om ruimte te maken voor Anastasia. Het ontging haar niet dat de wangen van haar kleindochter gloeiden, dat haar ogen glansden; haar opwinding was bijna tastbaar. 'Wat zie jij er stralend uit,' zei ze dan ook.

Anastasia haalde diep adem. 'Ik moet het aan iemand vertellen! En volgens mij bent u de enige die het begrijpt.'

'Je bent verliefd.'

'Hoe weet u dat?'

'Omdat ik ook ooit verliefd ben geweest. Ik herken de symptomen.' Ze klopte haar kleindochter op de hand. 'Ik vind Alex een alleraardigste jongeman.'

Anastasia schoot in de lach. 'Maar ik ben niet verliefd op Alex!'

Gracie voelde zich in verwarring gebracht. Dus het was iemand anders. Rex kon het niet zijn. 'Op wie dan?'

'Op Giovanni,' antwoordde Anastasia fluisterend, alsof de muren oren hadden.

'Wie is Giovanni?'

'Mijn grote liefde!' riep Anastasia stralend.

'En hoe heb je hem leren kennen?'

'Hij werkt hier als tuinman.'

Gracie dacht aan Donato en glimlachte. 'Het is niet te geloven hoe wij op elkaar lijken!'

'Het is geheim. U mag het niet aan mama vertellen.'

'Zoals je wilt. Ik zeg niks.'

'Mama begrijpt het toch niet. Ze zou in alle staten zijn.'

'Hoezo? Is hij veel ouder dan jij?'

'Hij is tuinman.'

'Nou en? Hij is vast en zeker een goede tuinman.'

'Ik vind van wel. En hoe oud hij is, dat weet ik niet. Ik heb het hem niet gevraagd. We praten niet zo veel. Hij spreekt maar een paar woordjes Engels. Maar "mooi", dat kent hij.' Haar grijns werd breder. 'En "Kom hier".'

'Aha.' Gracie kon zich de aard van de relatie maar al te goed voorstellen. 'Ik vind het geweldig dat je hier een leuke man hebt leren kennen. Italianen zijn zo romantisch!'

'En Giovanni is nog romantischer dan alle andere Italiaanse mannen!'

'Vertel eens wat meer over hem. Is hij knap?'

'O, oma, hij is zo knap! Hij had een filmster kunnen zijn.'

Gracie herinnerde zich de jongen die ze bij de konijnenhokken had gezien. Dat moest Giovanni zijn.

'Hij is nog knapper dan Dylan O'Brien!'

'En wie is dat?'

'Hij is nog knapper dan Cary Grant!'

'Ja, die is meer uit mijn tijd.'

'Oma, hij is zo cool! Maar zaterdag gaan we alweer naar huis! Dat is vreselijk! Echt verschrikkelijk!'

'Daar moet je nu nog niet aan denken. Je moet ervan genieten zolang het duurt.'

'Het is niet zomaar een vakantieliefde. Hij houdt van me.'

Gracie glimlachte om de naïviteit van de jeugd, maar ze sprak haar kleindochter niet tegen. 'Natuurlijk houdt hij van je. Hij vindt zichzelf waarschijnlijk de gelukkigste man van heel Toscane.'

'En ik hou ook van hem. Dus ik moet een manier zien te bedenken om hier terug te komen.'

'Dat gaat je vast lukken. Je moeder zei net tijdens de thee dat ze hier wel een huis zou willen kopen.'

Anastasia's gezicht klaarde op. 'Echt waar?'

'Ik weet natuurlijk niet of het ervan komt. De huizen in Toscane zijn erg duur.'

'O, wat zou dat heerlijk zijn! Dan kon u ook met ons mee. Trouwens... die villa waar u vroeger woonde... die heette toch La Colomba?'

'Ja.'

'Denkt u dat er meer huizen zijn die zo heten?'

'Hoezo?' Gracies adem stokte haar in de keel. Ze legde een hand op haar hals.

'Ik heb vanmiddag een vervallen villa ontdekt! Zo cool! Hier vlakbij. En op de stenen plaquette stond La Colomba. U woonde toch niet toevallig hier vlakbij?'

Ze draaiden zich om toen de deur openging. Carina kwam de kamer binnen, in een vuurrode jurk en op hoge hakken. Ze had haar haar in een paardenstaart gedaan. 'Gaan jullie mee naar beneden?'

Anastasia sprong overeind, zich niet bewust van de schok die ze Gracie had bezorgd. 'Mam! Volgens oma gaan jullie hier een huis kopen!'

Carina zuchtte. 'Was het maar waar.'

'Ik zal het er met papa over hebben.'

'Doe dat. Naar jou luistert hij. Beter dan naar mij.'

‘Hij zou het hier ook heerlijk vinden.’

‘Dat weet ik wel zeker.’ Carina keerde zich naar Gracie, die zich langzaam van het bed liet glijden. Iets in de manier waarop haar moeder zich overeind werkte, kwam Carina merkwaardig voor, alsof ze van het ene op het andere moment tien jaar ouder was geworden. ‘Alles goed, mam?’

‘Ja, ik ben alleen een beetje duizelig. Dat heb ik wel vaker als ik te snel opsta.’

Carina nam haar bij de arm. ‘Wat jij nodig hebt is een glas wijn van eigen grond.’

‘Precies.’ Maar een glas wijn zou de angel niet uit haar herinneringen kunnen halen. Anastasia had La Colomba gevonden. Na alles wat er was gebeurd, verbaasde het haar niet dat het huis in verval was geraakt. Bij de gedachte aan oom Hans werd haar keel dichtgesnoerd door emotie. Hij was als een vader voor haar geweest. Ze had zielsveel van hem gehouden. Het was vreselijk wat ze had gedaan... Ze schaamde zich zo... ‘Ik denk dat ik beter boven kan blijven.’ Ze liet zich weer op het bed zakken. ‘Ik voel me ineens niet zo lekker.’

Carina liet zich op haar knieën zakken en nam haar moeder bezorgd op, die plotseling asgrauw zag. ‘Heb je ergens pijn, mam? En waar dan? In je hoofd?’

Nee, de pijn zit in mijn hart. Gracie legde een hand op haar voorhoofd. ‘Nee, ik ben gewoon moe, kindje. Maak je geen zorgen. Vind je het erg als ik niet meega naar beneden?’

‘Nee, natuurlijk niet. Zal ik Ilaria vragen of ze iets boven kan laten brengen?’

‘Dat zou fijn zijn. Maar ze moet vooral niet te veel moeite doen. Ik heb niet echt honger.’

‘Maar je moet wel iets eten. Ik zal zeggen dat ze je een kop soep moeten brengen, met wat brood. Misschien komt het door de zon. Je verkijkt je erop, maar hij is al erg krachtig.’ Ze hielp haar moeder weer te gaan liggen.

Anastasia keek verbijsterd toe. Even eerder, toen ze haar oma over Giovanni vertelde, was er nog niets aan de hand geweest. Kwam het door wat ze over La Colomba had gezegd? Ze beet op haar lip, voelde zich schuldig. Want natuurlijk had het met La Colomba te maken! Dat kon niet anders.

'Ik kom straks nog even bij je kijken,' zei Carina.

'Dat hoeft niet, kindje.'

'Nee, dat weet ik. Maar dat wil ik graag.'

'En ik wil het ook graag, oma.' Anastasia bukte zich om haar oma een kus te geven. 'Ik moet met u praten,' fluisterde ze, met haar hand op die van Gracie. 'U moet me het eind van het verhaal nog vertellen.' Terwijl ze in haar ogen keek, zag Anastasia tot haar schrik dat die zich vulden met tranen. Ze drukte de hand van haar oma, krachtig, veelzeggend. Toen volgde ze haar moeder de kamer uit.

Tijdens het eten moesten Carina en Anastasia steeds aan Gracie denken. Carina maakte zich zorgen om haar moeders gezondheid, Anastasia piekerde over Gaetano en La Colomba. Als Gracie daar inderdaad had gewoond, moest het huis van Gaetano er vlakbij zijn. Ze moest erachter zien te komen of hij nog leefde, maar hoe? Misschien was Gaetano wel een veelvoorkomende naam en waren er heel veel mannen in Colladoro die zo heetten. Zolang ze zijn achternaam niet wist, had het weinig zin om naar hem te informeren. Terugkijkend op hun gesprekken besefte ze dat haar oma over hém maar al te graag had verteld. Wanneer het over Gaetano ging, had haar gezicht gestraald. Ze was pas van streek geraakt door het noemen van de villa. Of liever gezegd, toen bleek dat Anastasia het huis had ontdekt. Daar moest iets zijn gebeurd wat haar oma diep had geschokt. Gracie had gezegd dat het verhaal een droevige afloop had. Was dat voorzichtig uitgedrukt? Was het geëindigd in een tragedie? Anastasia dacht aan de stoel, midden in het atelier, en huiverde.

Rex was diep teleurgesteld dat Gracie niet beneden kwam voor het eten. Hij informeerde meer dan eens naar haar en toen Carina even naar boven was geweest, om bij haar moeder om een hoekje te kijken, vroeg hij opnieuw hoe het met haar ging. Ilaria bracht Gracie soep en nog warm, versgebakken brood op haar kamer en vertelde dat ze zich alweer iets beter voelde. Iedereen was het erover eens dat ze last had van de warmte. Op Gracies leeftijd was de zon al snel te heet. 'Morgen is ze weer helemaal de oude,' voorspelde Ilaria met grote stelligheid. 'Een kop van Mamma Bernadetta's soep doet wonderen. Let maar eens op.'

Onrustig door haar bezorgdheid om haar moeder schrok Carina midden in de nacht wakker. Ze keek naar de bult onder de dekens in het bed naast haar. Anastasia was nog laat op de avond gaan zwemmen met Alex, en Carina had haar niet horen terugkomen. Blijkbaar had ze erg diep geslapen, dat zou wel door de wijn komen. Om haar dochter niet wakker te maken liep ze op haar tenen naar de badkamer. Bij terugkomst pakte ze haar horloge en bewoog het heen en weer in het maanlicht om te zien hoe laat het was. Nog even, dan brak de nieuwe dag aan en barstten de vogels los in hun aubade. Ze hoopte dat haar moeder nog in diepe rust was en dat ze zich straks inderdaad beter voelde. Er was iets met Gracie, iets waar Carina niet de vinger op kon leggen maar wat haar ongerust maakte. Ze hoopte niet dat ze ziek was! Niet omdat ze dat er in alle drukte niet bij kon hebben, maar omdat ze haar niet kwijt wilde. Ze was geschokt te beseffen hoeveel haar moeder voor haar betekende. Ze voelde zich plotseling lamgeslagen, alsof iemand zijn vuist in haar maag had geplant. Rusteloos liep ze naar het raam. De maan hing als een zilveren schijf boven de heuvels, de hemel was diep indigoblauw. Het was van een onaardse schoonheid. Ze sloot haar ogen en ademde de koele nachtlucht in. Als ze haar moeder nu verloor, zou ze zichzelf nooit vergeven dat ze haar al die jaren had verwaarloosd; dat haar carrière altijd boven alles was gegaan en dat ze naar haar moeder amper had omgekeken, terwijl die ondanks alles onvoorwaardelijk van haar was blijven houden. Het vervulde haar met schaamte. Terwijl ze daar stond, in de stille ochtend voor het raam, zag ze zichzelf in een nieuw en genadeloos licht, alsof de maan een reusachtige spiegel was die haarscherp haar onvolkomenheden weergaf. In gedachten stelde ze zich voor wat Rufus zou zeggen: dat alles wat een mens dwarszat 's nachts duizend keer erger leek. *Morgen lach je erom!* Maar het kon haar niet geruststellen. Terugkijkend op hun verblijf besefte ze dat haar moeder zich al vanaf de eerste dag vreemd had gedragen. Ze herinnerde zich Gracies aarzeling bij aankomst, hoe haar hand beefde toen ze haar uit de taxi had geholpen. Als het aan haar moeder had gelegen, zouden ze rechtstreeks naar hun kamer zijn gegaan. En dan die keer dat ze zich na de lunch ineens niet goed voelde, toen ze met Rex de tuin in was gelopen. Hoe langer Carina erover nadacht, hoe ongeruster ze werd, hoe meer ze het gevoel kreeg dat er een schaduw over haar heen viel. Misschien had haar moeder wel iets afschuwelijks onder de leden. Misschien had ze daarom besloten al haar spaargeld op te nemen. Omdat ze stervende was! Dat had Flappy immers gezegd? Dat Gracie voor de reis naar Italië al haar spaargeld zou gebruiken? Blijkbaar verwachtte ze niet meer naar huis terug te gaan. Carina stond als aan de grond genageld. Misschien was Flappy's ongerustheid wel degelijk terecht geweest. Het was inderdaad niets voor Gracie om ineens naar Italië te willen. De enige verklaring die Carina kon bedenken, was dat het haar laatste wens was. De laatste wens van een stervende. Ze begon te huilen. En van de verwezenlijking van die wens had zíj oorspronkelijk geen deel uitgemaakt.

Het liefst zou ze onmiddellijk naar de kamer van haar moeder zijn gelopen. Om te zeggen dat het haar speet, om te vragen of ze inderdaad stervende was. Maar dan zou ze haar misschien wakker maken, terwijl Gracie haar slaap juist zo hard nodig had.

Nee, dat zou ze niet doen. Ze had haar hele leven alleen maar aan zichzelf gedacht. Dat moest afgelopen zijn. Ze zou wachten tot het ochtend was. En ondertussen zou ze een vurig schietgebedje richten tot alle goden die het maar wilden horen, om te vragen of haar moeder nog lang gespaard mocht blijven. En ze zou een schietgebedje doen voor zichzelf. Want als haar moeder inderdaad ernstig ziek was, zou Carina alle hulp nodig hebben die ze kon krijgen.

Niets in het leven was zo kostbaar als de liefde. Daar was ze zich meer dan ooit van bewust. Met die gedachte liep ze naar het bed naast het hare, om naar haar slapende dochter te kijken. Maar toen ze zich over haar heen boog, besefte ze dat de bult onder de dekens die ze voor Anastasia had aangezien, bestond uit een stel kussens. Met een ruk trok ze het beddengoed weg. Een oude truc, dacht ze glimlachend. *Ze is er stiekem vandoor met Alex.* Toen zij zo oud was had Carina precies hetzelfde gedaan. Ze schudde haar hoofd, zowel nijdig als geamuseerd dat ze zich door haar dochter voor de gek had laten houden. Hoe vaak had Anastasia dat al gedaan? Kussens onder de dekens gestopt opdat zij niet zou merken dat ze 'm was gesmeerd? Als Carina niet elke avond met een paar glazen wijn op naar bed was gegaan, zou ze niet zo diep hebben geslapen. Dus eigenlijk was het de schuld van Ilaria dat ze niets in de gaten had gehad. Maar Carina kon de humor er wel van inzien. En Alex was alles wat ze wilde voor haar dochter. Aardig, intelligent, beleefd. Hij zou haar geen pijn doen en hij was al zo volwassen dat hij een goede invloed op Anastasia zou hebben. Kortom, het perfecte eerste vriendje. De perfecte gentleman om haar dochter met de liefde te laten kennismaken. Carina kroop weer in bed. Ze zou bidden voor haar moeder. Anastasia had geen schietgebedjes nodig. Het had er alle schijn van dat die uitstekend voor zichzelf kon zorgen.

Om kwart voor vijf werd ze wakker van de vogels. Hun ochtendkoor klonk luider dan anders. De hemel begon net voorzichtig op te lichten. Toen Carina zich omdraaide, zag ze dat Anastasia nog steeds niet terug was. Misschien waren Alex en zij onder een boom in slaap gevallen, misschien doken ze nog even het zwembad in voordat ze teruggingen naar hun kamer, alsof ze heel vroeg waren opgestaan voor een snelle ochtendduik.

Carina had al dagen gezegd dat ze ook 's ochtends voor het ontbijt zou gaan zwemmen, maar tot dusverre had ze zich er niet toe kunnen zetten. Nu ze toch wakker was, kon ze daar net zo goed gebruik van maken. Misschien kon ze zelfs revanche nemen door de twee tortelduifjes te betrappen.

Haastig schoot ze een badjas en slippers aan. Toen ze langs de deur van haar moeder kwam, drukte ze haar oor tegen het hout. Ze hoorde niets, dus ze hoopte dat Gracie nog lekker lag te slapen en als herboren wakker zou worden – dat ze niet ziek was, maar alleen last had gehad van de hitte. Carina dacht aan Rufus, hoe hij met zijn ogen zou rollen om haar overspannen reactie. En ze hoopte vurig dat het dat inderdaad zou blijken te zijn: een overspannen reactie.

Buiten werd ze begroet door luid gekwinkeleer. De aubade kwam van alle kanten, in alle struiken, alle bomen zongen de vogels uitbundig hun lied. De vrolijke kakofonie bracht haar in verrukking, en ze bleef staan om ervan te genieten. In het gouden licht van de opkomende zon verdween de schaduw die over haar heen was gevallen en maakte plaats voor een gevoel van intens geluk. Vervuld van nieuwe moed en met een blik van kinderlijke verwondering in haar ogen liep ze verder het pad af. Af en toe bleef ze opnieuw even staan om een bloem te bewonderen en eraan te ruiken. Soms moest ze een dauwdruppel van haar neus vegen. Ze nam uitvoerig de tijd om naar de bijen te kijken, die ijverig foeragerend boven de lavendel zoemden, en genoot van hun dronken vlucht. Tegen de tijd dat ze bij het zwembad kwam waren al haar sombere gedachten verdreven.

Ze zwom een paar baantjes, dankbaar om al zo vroeg op te zijn en helemaal klaar voor de nieuwe dag. Ze verheugde zich op de kookles, ze zag ernaar uit om verder te praten met Lauren en Madeleine met wie ze dikke vriendinnen was geworden, en om weer een dag met haar moeder en haar dochter op te trekken. Wat was ze blij dat ze met haar moeder mee was gegaan! Ze moest er niet aan denken dat ze dit allemaal zou hebben gemist omdat ze zich niet van haar werk had kunnen losmaken. Dat was iets wat ze zich nu niet meer kon voorstellen. Hoe zou ze haar werk belangrijker kunnen vinden dan de simpele vreugden van het samenzijn met vrienden en familie, en dan ook nog in zo'n schitterende omgeving? Ze dacht aan Rufus. *Was hij ook maar hier!* Dan zou haar geluk compleet zijn.

Het geknetter van een motor, ergens lager op de helling, deed haar opschrikken uit haar gedachten. Het geknetter werd luider, toen stopte het abrupt. Er klonken stemmen, gelach en een gil van verrukking waarin ze de stem van Anastasia herkende. Carina hees zich uit het water en liep naar de rand van het terras, vanwaar ze tussen de bomen door de weg kon zien. En daar stond Anastasia, in minirok en een kort topje. Ze zoende een man die op een scooter zat, en het was niet Alex! Carina's ogen werden groot van ongeloof. Haar maag verkrampte, de schaduw viel opnieuw over haar heen.

Ze pakte haar handdoek en haastte zich terug naar het kasteel, voordat Anastasia haar in de gaten kreeg. Haar blijdschap was omgeslagen in angst. Ze zou niet toestaan dat die jongen zich vergreep aan haar dochter! Maar terwijl ze naar boven liep besefte ze dat ze zichzelf voor de gek hield. Want dat was waarschijnlijk allang gebeurd!

20

Carina ging niet meteen terug naar haar kamer, om de confrontatie met Anastasia nog even uit te stellen, maar klopte op de deur van haar moeder. 'Binnen!' klonk het tot haar opluchting krachtig; niet alsof de uitnodiging kwam van iemand die niet lang meer te leven had.

'Ik hoop niet dat je nog sliep?' Carina liep de kamer in en sloot de deur zachtjes achter zich.

'Nee hoor. Ik ben al een tijdje wakker. En ik lig te genieten van de vogeltjes. Wat zingen ze toch vrolijk.'

'Voel je je al wat beter?'

'Veel beter. Een goede nachtrust doet wonderen.'

'Gelukkig maar. Ik moet met je praten.'

'Wat is er aan de hand, kindje?' vroeg Gracie bezorgd, zich nu pas bewust van de geschokte uitdrukking op Carina's gezicht. 'Wat is er gebeurd?'

'Ik zag Anastasia net thuiskomen. Ze werd afgezet door een Italiaan op een scooter. Ik ken hem niet, maar hij zette haar af bij het zwembad. Blijkbaar is ze de hele nacht bij hem geweest. Ze had kussens onder haar dekens gelegd. Nou, ze moet niet denken dat ze me daarmee voor de gek houdt!' Carina ijsbeerde opgewonden de kamer door.

'Ga zitten, kindje,' zei Gracie geduldig.

'Nee, daar heb ik niet de rust voor.' Met een snik legde ze een hand op haar voorhoofd. 'Ik maak me echt de grootste zorgen, mam.'

'Waarover?' Zoals ze daar zat, in haar gebloemde nachtjapon tegen de kussens geleund, zag Gracie eruit als een toonbeeld van rust.

'Waaróver?' Carina snoof verontwaardigd. 'Hoe komt ze aan die jongen? Waar heeft ze hem leren kennen? Hoe weet ze of hij wel deugt? Het kan wel een verkrachter zijn, of een moordenaar... Het is levensgevaarlijk wat ze doet!'

'Hij werkt hier als tuinman.'

Carina's mond viel open. 'Dus jij kent hem? Je wist hiervan?'

Gracie knikte. 'Anastasia heeft het me gisteren verteld.'

'Waarom heb je niks gezegd?'

'Dat mocht niet. Ik moest Anastasia beloven dat ik mijn mond zou houden.'

'Maar waarom is ze niet bij mij gekomen? Ik ben haar moeder!' Carina hervatte haar geijsbeer. 'Ze vertelt me nooit iets! Waarom niet?'

'Omdat ze weet hoe je reageert.'

'En hoe reageer ik?'

'Zo.' Gracie glimlachte toegeeflijk.

Carina sloeg met een verbeten gezicht haar armen over elkaar. 'Als haar moeder ben ík verantwoordelijk. En ik wil niet dat ze zich inlaat met mannen die ze niet kent.'

'Dat kun je niet eisen. Hoe moet ze dan ooit iemand leren kennen?'

'Nou, ze zou bijvoorbeeld voor iemand als Alex kunnen kiezen. Die kennen we allemaal.'

'Iemand uit jouw milieu, bedoel je. Maar Anastasia is verliefd op Giovanni.' Gracie zei het alsof dat volmaakt begrijpelijk was.

'Heet hij zo? Giovanni?' Carina liep naar het raam en leunde met haar rug tegen de vensterbank. 'Ze dénkt dat ze verliefd op hem is. Maar het gaat alleen maar om de seks.'

'Natuurlijk. Maar voor Anastasia is het allemaal erg opwindend en romantisch. Op haar leeftijd is het verschil tussen liefde en seks niet zo duidelijk.'

'Lieve hemel, mam! Je zou ontdaan moeten zijn! Hoe kun je zo modern, zo relaxed reageren? Dat is meer iets van mijn generatie.'

'Je bent nooit relaxed geweest.' Gracie grijnsde.

Carina kon er niet om lachen. 'Oude mensen horen van leer te trekken tegen de "jeugd van tegenwoordig". Ze horen dingen te zeggen als "in mijn tijd..."'

'Maar in mijn tijd werden we ook verliefd op jongens zoals Giovanni.'

'En die braken vervolgens ook jullie hart?'

'Natuurlijk. Kom nou eens zitten.' Gracie klopte naast zich op de dekens. Carina gehoorzaamde met tegenzin. 'Een gebroken hart is niet het einde van de wereld. Het hoort erbij,' vervolgde Gracie.

Carina was verrast door de autoriteit die ze uitstraalde, alsof haar moeder ervaring had met een gebroken hart.

'Het is een wezenlijk onderdeel van het proces van volwassen worden. Een gebroken hart leert je begrip en compassie te hebben voor anderen. Het schenkt je levenswijsheid, meer diepgang. Het maakt je bewust van wat er te koop is in de wereld. Een gebroken hart maakt deel uit van het grootse avontuur dat het leven is. Ze gaat er niet dood aan.'

'Maar ik zou het niet kunnen verdragen als ze ongelukkig wordt. Door hem.'

'Aan ongelukkig zijn gaat een mens ook niet dood. Als het Anastasia alleen maar meezat in het leven, zou ze nooit leren empathie te hebben met anderen. Het ergste wat je voor je kind kunt wensen, is dat het altijd alleen maar gelukkig is. Want juist door ongelukkig te zijn, worden we rijper, worden we een completer mens. Het verbindt ons op een dieper emotioneel niveau met anderen, en daardoor kunnen we ze begrijpen, met ze meevoelen. Daar worden we aardiger van. Het maakt ons tot betere mensen. Ik vind het ook afschuwelijk als Anastasia ongelukkig is. Maar lijden is een belangrijke levensles.'

'Ik vertrouw die jongen niet. Hij is veel te knap, hij heeft ongetwijfeld een veel te hoge dunk van zichzelf. Hoe heeft hij haar in 's hemelsnaam zo snel weten te versieren? En waar heeft ze hem ontmoet?'

'In de tuin, neem ik aan. En wat dat versieren betreft, ze zullen niet veel gepraat hebben. Want hij spreekt geen Engels.'

'Hij spreekt geen Engels?' herhaalde Carina met afschuw op haar gezicht.

'Nee, dus ze zullen de tijd niet doorbrengen met praten.'

'Het wordt steeds erger!' Carina liet kreunend haar schouders hangen.

Gracie legde een hand op haar arm. 'Ik vind het fijn voor haar dat ze de liefde leert kennen via een jongeman als Giovanni.'

'Waarom?'

'Omdat iedereen minstens één keer in zijn leven smoorverliefd zou moeten zijn. Bij sommige mensen gebeurt dat nooit.'

'En dan maakt het niet uit dat ze zaterdag weer naar huis gaat? En dan nooit meer iets van hem hoort?'

'Nee, dat doet er niet toe. Dit is een vakantieliefde die ze nooit zal vergeten.'

'Denk je dat ze voorzichtig is?' vroeg Carina plotseling. 'God verhoede dat ze zwanger wordt.' Ze slaakte hoofdschuddend een diepe zucht. 'Ik wou dat ze het me had verteld.'

'Natuurlijk is ze voorzichtig. Anastasia is niet dom. De jeugd van tegenwoordig is in dat opzicht goed op de hoogte. Dat weet ik zeker.'

'Laten we het hopen.'

'Ik besef dat je te oud bent om nog goede raad van je moeder te krijgen...'

'Daar ben ik helemaal niet te oud voor, mam.' Carina legde met een meewarige glimlach haar hand op die van haar moeder. 'Sterker nog, ik kan wel wat goede raad gebruiken.'

'Zeg dan niets tegen Anastasia. Laat niet merken dat je het weet. Ze heeft me gevraagd of ik mijn mond wil houden, en het is beter als ze niet weet dat je haar hebt gezien. Hou je van den domme tot ze er uit zichzelf over begint. En reageer dan verrast. Probeer het te begrijpen. En probeer er samen met haar van te genieten. Als ze het met je wil delen, doet ze dat niet om kritiek te krijgen. Het is een voorrecht als je dochter je in vertrouwen neemt. En als het avontuur eindigt met een gebroken hart, bied haar dan een luisterend oor en een schouder om op uit te huilen. Probeer haar te steunen, probeer enthousiast te reageren en haar niet te veroordelen. Ze is jong en ze geniet van haar eerste vakantieliefde.'

'Arme Alex.'

'Welnee. Dat met Giovanni heeft geen toekomst. Maar de hechte vriendschap met Alex houdt stand, ook als ze straks weer in Londen zit. En wie weet waar dat uiteindelijk toe leidt.'

'Je zult wel gelijk hebben.' Carina drukte haar moeders hand. 'Mam, je bent toch niet ziek, hè?'

Tot haar opluchting reageerde Gracie verrast. 'Ziek? Nee, natuurlijk niet.'

'Als dat wel zo was, zou je het dan zeggen?'

'Ja natuurlijk.' Vroeger misschien niet, maar Italië had hen nader tot elkaar gebracht. Mocht ze ooit ziek worden, dan zou Carina de eerste zijn aan wie ze het vertelde.

Dus ze had inderdaad overspannen gereageerd. Carina slaakte een zucht van verlichting. 'Ik heb vannacht zo liggen piekeren,' bekende ze. 'Ik dacht dat dit reisje misschien een soort laatste wens was.'

Gracie schoot in de lach. 'Doe niet zo mal!'

'Ik raakte in paniek. Want ik besef ineens hoe verschrikkelijk ik het zou vinden om je kwijt te raken.'

Gracies ogen glansden vochtig. 'Je raakt me niet kwijt, kindje. Tenminste, voorlopig niet.'

Carina kreeg ook tranen in haar ogen. Ze viel haar moeder om de hals, en Gracie beantwoordde haar omhelzing zwijgend, zo verrast en ontroerd dat ze geen woord kon uitbrengen.

Toen Anastasia na een duik in het zwembad weer binnenkwam, stond Carina in de badkamer haar haar te föhnen. 'Goeiemorgen, mam!' riep ze opgewekt. Ondertussen keek ze naar het bed en vroeg ze zich af of haar moeder had gezien dat ze kussens onder haar dekens had gelegd. Ze stak haar hoofd om de deur van de badkamer en nam haar moeder onderzoekend op in de spiegel. Carina ging glimlachend door met föhnen. 'Fieuw,' mompelde Anastasia, en ze begon zich aan te kleden.

Aan het ontbijt toonde iedereen zich bezorgd om Gracie. Rex trok een stoel voor haar naar achteren, Carlo bracht ongevraagd een pot thee, Lauren en Alex maakten bij het buffet een lekker bordje voor haar klaar, en Madeleine gaf advies over zonnesteken en hoe Gracie die in de toekomst kon voorkomen. Wendy, Tiff en Brigitte kwamen om haar tafeltje staan en overstelpten haar met vragen. Iedereen was het erover eens dat de hitte Gracie parten had gespeeld, en Wendy bood aan dat ze haar zonnehoed mocht lenen. 'Hij is wel knalroze, maar hij houdt de zon uit je gezicht,' zei ze met een grijns.

'Hij is zo roze dat de zon er misschien wel vandoor gaat,' merkte Tiff op.

'Dat mag niet,' protesteerde Brigitte. 'Ik ben nog lang niet bruin genoeg.'

Gracie bedankte voor het aanbod. Ze had zelf een hoed bij zich, zei ze. Maar ze vond alle bezorgdheid hartverwarmend.

Carina en Anastasia verschenen als laatsten aan het ontbijt; Carina in een lichtblauwe zonnejurk en espadrilles, Anastasia in een ultrakorte short van spijkerstof met flonkerende zilverkleurige sneakers. Alex keek goedkeurend naar haar lange bruine benen, de blikken van het drietal uit Manchester waren ronduit jaloers. Gracie was vervuld van trots.

'Oma! Alles goed?' Anastasia kuste Gracie op haar wang. 'Wat ruikt u lekker.'

'Dank je wel, lieverd.' Gracie klopte Anastasia op de hand die ze liefkozend op haar schouder had gelegd. 'Rozen met een vleugje honing.'

'Het ruikt echt heerlijk.'

'Ik ben zo blij dat je je weer beter voelt, mam.' Carina ging aan het tafeltje naast dat van haar moeder zitten. 'Je kunt vandaag maar beter uit de zon blijven.'

'En mocht dat nodig zijn, ik heb de meest fantastische pillen tegen hoofdpijn,' bood Madeleine aan. 'Op reis neem ik altijd een complete medicijnkast mee. Je kunt het zo gek niet bedenken of ik heb er pillen voor.'

Anastasia liep naar binnen, naar het buffet. Alex kwam achter haar aan. 'Kan die short nog korter?'

Anastasia grijnsde. 'Nee, dan is het een onderbroek.'

Hij schoot in de lach. 'Begrijp me niet verkeerd, het staat je geweldig.'

'Het is veel te heet voor een lange broek.' Ze pakte een bord.

'Bovendien zou je daarmee de enige jongeman in de groep tekortdoen.'

'Nou, ik zag Rex anders ook geïnteresseerd kijken. Hij mag dan oud zijn, hij heeft nog wel oog voor het andere geslacht.'

'Maar vooral voor je oma.'

'Ja, schattig hè?' Ze legde wat broodjes op haar bord. 'Deze zijn heerlijk. Heb je die al geproefd?'

'Ja. En mijn moeder ook! Thuis eet ze zulke dingen nooit. Daar is tarwe de vijand!'

'We komen hier allemaal moddervet vandaan.' Anastasia nam hem keurend op. Met zijn lange, gespierde lijf had hij niet de bouw van iemand die snel dik werd. 'Nou ja, niet allemaal,' voegde ze er wrang aan toe.

'Volgens mij hoef jij je ook geen zorgen te maken.'

'Gelukkig maar.' Ze legde met een ondeugende grijns nog een broodje op haar bord. Alex glimlachte bewonderend en volgde haar weer naar buiten.

Na het ontbijt verzamelde de groep zich in de keuken. Ze deden hun schort voor, pakten hun klembord en gingen op een kruk zitten, terwijl ze ontspannend kletsten alsof ze elkaar al jaren kenden. Ilaria keek tevreden om zich heen. 'Alle knoppen zijn open,' zei ze trots tegen haar moeder.

'Dat zijn ze aan het eind van de week altijd,' bromde die. 'Bij sommigen duurt het wat langer. Maar uiteindelijk is niemand immuun voor de magie.' Ze wreef haar vingers en haar duimen tegen elkaar en vernauwde haar ogen tot spleetjes. 'En dat komt allemaal door de smaken van Italië.'

Ilaria klapte in haar handen. 'Opnieuw allemaal welkom bij Mamma Bernadetta's kookles. Vandaag hebben we op het programma: *crostini di fegatini, spaghetti alla primavera, pollo al Marsala e peperoni rossi*, en ten slotte een indrukwekkend dessert, voor het geval jullie nog niet genoeg hebben gegeten. We gaan Mamma Bernadetta's banoffee-taart maken. En vergis je niet. Die is niet te vergelijken met gewone banoffee-taart. Mamma Bernadetta bakt haar banoffee-taart volgens het geheime recept van haar moeder. Als jullie beloven dat je het aan niemand vertelt, krijgen jullie het van ons. Afgesproken?'

De leerlingen knikten enthousiast. Gracie moest denken aan de stamppot van Oma, die ook altijd trots vertelde over haar speciale recept. Misschien was de magie waarover Ilaria het had gewoon een kwestie van gevoel, van emotie, en niet van geheime ingrediënten. Wanneer zij gelóófden dat een recept bijzondere kwaliteiten bezat, dan smaakte het ook beter. En als íémand beschikte over het vermogen tot verleiden en misleiden, dan was het Ilaria.

Anastasia voelde zich slaperig. Vier nachten met Giovanni begonnen hun tol te eisen. En ook al vertelde Ilaria nog zo geestig en onderhoudend, Anastasia's oogleden begonnen zwaar te worden. Om wakker te blijven kneep ze in haar neusbrug. Kon ze maar stilletjes wegglippen, naar haar kamer, om een paar uur te slapen. Maar toen zei Ilaria iets waardoor ze op slag weer klaarwakker was. 'Dit was het favoriete gerecht van graaf Gaetano Montefosco.' Anastasia schoot overeind en knipperde verbaasd met haar ogen. Toen keerde ze zich naar haar oma, in de veronderstelling dat die verrast zou kijken, of gekweld, of misschien wel allebei. Maar haar gezicht verried geen enkele emotie. Het bleef onverstoorbaar. Alsof ze het niet eens had gehoord. 'Graaf Montefosco was de grootvader van graaf Tancredi Bassanelli en niet alleen een hartstochtelijk kunstverzamelaar, maar ook een fijnproever, uiteraard van de Italiaanse keuken. Mamma Bernadetta's moeder, Mamma Agata, kookte voor hem toen hij nog een jonge jongen was, en banoffee-taart was zijn lievelingskostje. Wanneer we dit recept gaan maken, zult u begrijpen waarom.'

Anastasia was volledig wakker geschud. De naam Gaetano Montefosco galmde na in haar hoofd. De rest van de les ging volledig aan haar voorbij. Het enige waaraan ze kon denken was graaf Gaetano Montefosco. Maar de grootvader van de huidige graaf kon onmogelijk de minnaar zijn geweest van haar oma. Wiskunde was niet haar sterkste vak, maar zelfs zij kon uitrekenen dat hij daar toen al veel te oud voor was. Toch was het wel erg toevallig dat hij ook Gaetano had geheten en dat hij ook kunst had verzameld.

Maar natuurlijk! Ineens begreep ze het. Even eerder had ze nog een hoofd vol watten gehad, maar plotseling was het glashelder. De grote liefde van haar oma woonde hier! In het kasteel! Ze begreep zelf niet waarom ze dat niet eerder had beseft. Gracie had haar minnaar niet willen verraden en daarom de naam van zijn grootvader gebruikt. Het was plotseling zo duidelijk, zo voor de hand liggend. Híj was de reden waarom ze hierheen had gewild. Graaf Tancredi Bassanelli, de man van wie ze had gehouden en die ze had verloren. Gracie had in La Colomba gewoond. Dat was ongeveer een half uur fietsen van het kasteel. En haar oma had verteld dat ze er altijd op de fiets naartoe ging. Vandaar dat ze niet de behoefte had om ergens heen te gaan. De reden waarom ze naar Italië was gekomen, bevond zich in het kasteel! Niet in La Colomba. Daar woonden nog slechts geesten. Anastasia had hun aanwezigheid duidelijk gevoeld.

In de pauze zocht Rex met Gracie een plekje in de schaduw en legde zo'n exclusief beslag op haar dat Anastasia niet eens probeerde haar oma onder vier ogen te spreken te krijgen. In plaats daarvan zocht ze het gezelschap van Alex op en ging naast hem in het gras liggen om wat te kletsen.

Na de lunch trok Gracie zich terug voor een korte siësta, en zetten Anastasia en Alex koers naar het zwembad. Rex verkoos opnieuw de schaduw en verdiepte zich in een boek, terwijl de jonge vrouwen het zich gemakkelijk maakten op ligstoelen, wat praatten en doezelden in de zon, en af en toe een verfrissende duik namen in het zwembad.

Anastasia zou haar moeder in vertrouwen willen nemen over La Colomba, over Gracies minnaar Gaetano en over haar vermoeden dat Gaetano in werkelijkheid Tancredi Bassanelli heette. Maar ze had haar oma beloofd niets te zeggen, dus ze kon het aan niemand kwijt. Terwijl ze dolgraag met iemand zou hebben overlegd. Twee wisten meer dan een. Natuurlijk kon ze het haar oma op de man af vragen. Maar dat leek haar te vrijpostig. Gracie had de naam van haar minnaar niet voor niets geheimgehouden. Bovendien bestond ook nog altijd de mogelijkheid dat Anastasia zich vergiste, dat het echt toeval was dat graaf Tancredi Bassanelli's grootvader Gaetano heette. Maar Anastasia vóélde dat ze gelijk had. Dus ze zou het juiste moment afwachten, en zodra dat zich voordeed, zou ze het onderwerp ter sprake brengen.

Toen de zon naar de westelijke horizon begon te zakken, vertrok Madeleine voor haar dagelijkse wandeling. Rex slenterde het kasteel binnen, in de hoop Gracie tegen te komen. Wendy, Tiff en Brigitte waren diep in slaap – Wendy snurkte – en Lauren en Carina waren nog altijd druk in gesprek. Anastasia begreep niet wat ze in 's hemelsnaam allemaal te bespreken hadden. Alex vroeg of ze zin had in een potje tennis. Ze bracht er doorgaans niet veel van terecht, maar omdat er niets anders te doen was – ze kon naar het dorp lopen, maar daar had ze geen zin in; ze kon een kop thee drinken met Rex en Gracie, maar dat trok haar nog minder – besloot ze dat tennis het minste van alle kwaden was. 'Oké.' Ze sloeg haar handdoek om. 'Maar niet fanatiek. Niet officieel. We slaan gewoon een balletje.'

'Mij best,' stemde Alex in. 'Rex heeft me eerder deze week alle hoeken van de baan laten zien. Dus voor mij hoeft het ook niet zo fanatiek.' Ze liepen naar binnen, ieder naar hun eigen kamer om zich te verkleden, en spraken af bij de baan, in de hoop dat er in het tuinhuis rackets en ballen lagen.

Anastasia trok haar korte broek aan met een T-shirt en liep over het gras naar de tennisbaan, helemaal aan de andere kant van de tuin. Muggen dansten in de warme lucht, in het hoge gras klonk een luidruchtig koor van krekels. Ze dacht aan Giovanni en keek om zich heen, in de hoop hem ergens te zien. Maar op de bedrijvigheid van de natuur na heerste er een vredige rust in de tuin. Anastasia veronderstelde dat hij al naar huis was en ze glimlachte bij de gedachte dat hij bezig was de schuur voor haar in gereedheid te brengen. Misschien deed hij nieuwe kaarsen in de stormlampen en streek hij de dekens glad, hunkerend naar haar lichaam, zoals zij hunkerde naar het zijne. Zou hij net als zij de uren tellen? En wat ging de tijd traag!

Bij de tennisbaan gekomen zag ze dat die er behoorlijk verwaarloosd uitzag. De hekken waren roestig, de deur hing uit zijn scharnieren en leunde tegen een van de palen. De baan zelf bestond uit vreemde, rode aarde. De lijnen waren aangegeven met stroken wit tape, waarvan sommige loslieten. De zaden van een boom waren op de baan gewaaid en weinig zorgvuldig bij elkaar geveegd tot kleine bergjes, net buiten de lijnen. De bezem lag ernaast, maar Anastasia had geen zin om de boel netjes te maken, ook al had de wind een deel van de zaden weer over de baan verspreid.

Alex was er nog niet. Dus ze besloot een kijkje te nemen in het tuinhuis, op zoek naar rackets en ballen. Ook het tuinhuis bood een verwaarloosde aanblik. De witte verf bladderde af en zat onder de lichtgroene schimmel. Toen ze dichterbij kwam, hoorde ze iemand lachen. Het was een vrouw, haar lach klonk hees, hijgerig, zinnelijk. Anastasia bleef staan en luisterde gespannen, maar alles bleef stil. Ze keek om zich heen. Het geluid kon alleen uit het tuinhuis zijn gekomen. Ze deed nog een stap dichterbij, heel voorzichtig om zich niet te verraden. Met stijgende nieuwsgierigheid sloop ze verder. Naast de halfopen deur bleef ze staan, met ingehouden adem. Weer hoorde ze diezelfde lach, en nu herkende ze hem. Dat was Madeleine! Ze zei iets in het Italiaans, waarop ze opnieuw hees begon te lachen. Anastasia dacht haar hart stilstond. Wie was er bij haar in het tuinhuis? Maar ze wist het antwoord al. Ze wist het al voordat ze Giovanni's stem hoorde. Want dat was het antwoord waar ze bang voor was.

Ze bleef nog even staan. Haar verstand zei haar dat Giovanni en Madeleine seks hadden in het tuinhuis, maar haar gevoel weigerde dat te geloven. Het moest een misverstand zijn. Misschien waren ze elkaar tegen het lijf gelopen toen Madeleine terugkwam van haar wandeling, en misschien had Giovanni toen aangeboden haar iets te laten zien. Een nestje dat een vogel in het tuinhuis had gebouwd. Of iets anders onschuldigs. Iets waardoor ze later zou kunnen lachen om haar op hol geslagen fantasie. Maar ze moest het zeker weten! En dus kroop ze heel voorzichtig verder langs de muur, naar een raam dat gedeeltelijk met schimmel en klimop was bedekt. Steels als een kat liep ze gebukt over het gras, tot ze zich pal onder het raam bevond. Ze haalde diep adem, bang voor wat ze zou zien, vurig hopend dat het niets voorstelde. Dat Giovanni en Madeleine gewoon dikke pret hadden om iets heel onschuldigs. Heel langzaam richtte ze zich op, totdat ze door het glas naar binnen kon gluren.

Vanwege de schimmel kon ze niet veel zien, maar het weinige dat ze zag, was voldoende om haar ergste vermoedens te bevestigen. Wat Giovanni en Madeleine aan het doen waren, was allesbehalve onschuldig. Ze smoorde een snik, glipte weg en zette het op een rennen. Op het pad naar het kasteel kwam Alex haar tegemoet.

'Wat is er gebeurd?' vroeg hij bezorgd bij het zien van haar geschokte gezicht.

'Ik heb geen zin meer in tennissen.'

'O. Oké.' Zijn blik ging langs haar heen naar het tuinhuis. 'Sorry dat het zo lang duurde. Ik raakte met je moeder aan de praat.'

'Waar is ze?'

'Op het terras.'

'Bedankt.'

'Ik loop met je mee.' Hij deed zijn best haar bij te houden. 'Wat is er gebeurd?' vroeg hij nogmaals. 'Je bent doodsbleek.'

'Er was een slang! Zo groot als een koe! En als ik iets afschuwelijk vind, dan zijn het slangen!'

Alex keek haar ongelovig aan. 'Die bestaan niet. Slangen zo groot als een koe.'

'Nou, hij was anders wel heel erg groot!' Anastasia haalde haar neus op en wreef in haar ogen. 'Mij zien ze daar niet meer! Nooit meer!'

'Je had eigenlijk toch al geen zin in tennissen.' Alex sloeg een arm om haar schouders. 'Wat vervelend dat je zo geschrokken bent. Als ik erbij was geweest, had ik die slang doodgeslagen.'

'Het gaat wel weer.' Met een verbeten trek om haar mond begon ze nog sneller te lopen. 'En als ik hem ooit weer zie, sla ik hem zelf dood!'

21

Zodra Carina het verslagen gezicht van haar dochter zag – en de doordringende blik waarmee Anastasia langs haar tafeltje rende – schoof ze haar stoel naar achteren en haastte ze zich achter haar aan.

Lauren keek haar na. 'Wat is er gebeurd?' vroeg ze aan haar zoon.

'Ze heeft een slang gezien. Bij de tennisbaan. En daar is ze van geschrokken.' Alex ging op de vrijgekomen stoel zitten.

'Nou, dan zien ze mij daar ook niet meer,' zei Lauren met een huivering. 'Ik ben als de dood voor slangen.'

Carina haalde Anastasia in op de trap. 'Lieverd, wat is er gebeurd?' Anastasia gaf geen antwoord, maar klom verbeten verder. Dus Carina besloot niet verder aan te dringen tot ze op hun kamer waren.

Zodra de deur achter hen in het slot was gevallen, barstte Anastasia in snikken uit. Carina's hart stroomde over, en terwijl ze haar dochter omhelsde, vermoedde ze al wat de oorzaak was van die dikke tranen. Ze trok Anastasia dicht tegen zich aan. Die verstijfde, liet haar armen langs haar lichaam hangen alsof ze niet wist wat ze ermee moest, maar uiteindelijk beantwoordde ze de omhelzing, zij het enigszins aarzelend. Ze was een stuk langer dan haar moeder, en geen van beiden konden ze zich herinneren wanneer ze elkaar voor het laatst hadden omarmd – doorgaans was het Rufus die zijn dochter knuffelde. Toch voelde het niet raar.

Geleidelijk aan bedaarde het snikken, en ten slotte was Anastasia eindelijk in staat te vertellen wat er aan de hand was. Naast elkaar gezeten, op de rand van het bed, nam ze haar moeder in vertrouwen over haar vakantieliefde. 'Je zult wel boos zijn...' begon ze. Maar tot haar verrassing veroordeelde Carina haar niet. Ze liet haar het hele verhaal vertellen zonder haar ook maar één keer in de rede te vallen. Dat verhaal kwam moeizaam op gang, maar al pratend ging het Anastasia steeds vlotter af, en sprak ze met meer zelfvertrouwen. Ondertussen hield Carina zich aan het advies dat ze op haar beurt van haar moeder had gekregen.

'Het was stom van me. Ik had hem natuurlijk nooit moeten geloven,' besloot Anastasia verslagen.

'Je moet jezelf niet zo hard vallen, lieverdje,' troostte Carina haar. 'Een knappe Italiaan! Het is niet meer dan logisch dat je daarvoor bent bezweken. Dat overkomt zo veel meisjes. Een romantische vakantieliefde. En trouwens, verliefd worden hoort bij het leven. Net als liefdesverdriet.'

'Nou, als het zo moet, dan hoeft het van mij niet.' Anastasia keek haar weifelend aan.

'Het was toch leuk?'

'Ja, toen het nog leuk was.'

'Hou daar dan aan vast. Het is jammer dat het zo is gelopen, maar hou de mooie herinnering vast.'

'Het was wel mijn eerste keer, mam!'

'Tja, dat hoort ook bij het leven. En ik neem aan dat hij lief voor je was?'

Ondanks zichzelf moest Anastasia grinniken. 'Of hij goed is in bed, bedoel je?'

'Dat hoef ik niet te weten.'

'Nou, ik vertel het je toch. Het was geweldig!' Haar ogen straalden.

'Dan is het de teleurstelling waard. Een man met ervaring is beter dan zo'n klungel die er niks van kan. Ik wou dat mijn eerste keer zo was geweest.'

‘Wie was bij jou de eerste?’

‘Tony Drake. Ik was zestien. Denk erom dat je het niet aan oma vertelt!’

‘Woonde hij bij je in de buurt?’

‘Ja, hij zat bij me op school. Zo leuk vond ik hem niet eens. Ik was vooral blij dat iemand mij leuk vond. En ik snakte naar volwassenheid. Ik wilde mijn eigen keuzes maken, mijn eigen weg gaan in het leven. Hoe dan ook, het was geklungel. Een paar seconden, toen was het voorbij. Dus wees jij maar blij met je Giovanni. Beter kun je het niet krijgen.’

‘Maar... hij doet het ook met Madeleine! Wat ziet-ie in haar? Dat snap ik echt niet.’

‘Madeleine is een mooie vrouw. Hij heeft smaak!’

Anastasia trok haar neus op. ‘Ze is ouder dan hij. Veel ouder!’

‘Ja, dus ze heeft ervaring. Zij kan hem nog wat leren.’ Ze schoten allebei in de lach, en Anastasia voelde zich iets minder ellendig.

Ineens wilde ze haar moeder het verhaal van haar oma vertellen. Het voelde niet eerlijk om haar moeder buiten te sluiten. Ze waren tenslotte met z’n drieën op reis, dus dan hoorden ze ook al hun ervaringen te delen. Bovendien had Anastasia behoefte aan een klankbord voor haar theorie over de graaf. De tijd drong. Ze hadden nog één volle dag voordat ze naar huis gingen.

‘Ik moet je nog wat vertellen...’ Ze aarzelde even, want ze vond het toch moeilijk iets te verklappen waarvan haar oma had gezegd dat ze het vóór zich moest houden.

‘Brand los.’

‘Niet over mij. Over oma.’

Carina verbleekte. ‘Ze is toch niet ziek, hè?’

‘Nee, volgens mij mankeert ze niks.’

‘Ik moest vannacht ineens denken...’

‘Ze is niet ziek, mam. Het gaat om iets anders.’

‘Vertel op dan.’

'Het is heel erg geheim. Je moet me beloven dat je niks laat merken. Ze mag niet weten dat ik het je heb verteld.'

Carina voelde zich een beetje gekwetst. 'Nou, voor de draad ermee.'

Anastasia haalde diep adem. *Ik verraad oma niet. Ze is op zoek naar haar grote liefde. En ik probeer haar alleen maar te helpen.* 'Wist je dat oma op haar dertiende naar Italië is verhuisd? En dat ze toen bij haar oom heeft gewoond? In dat vervallen huis waar we laatst zijn geweest? Dat ze pas op haar drieëntwintigste naar Engeland is teruggegaan?'

Carina keek alsof ze water zag branden. 'Hè? Hoe kom je daar nou bij?'

Anastasia sloeg verbijsterd een hand voor haar mond. 'Dus je wist het echt niet?'

Carina was net zo verbluft als haar dochter. 'Mijn moeder heeft in Italië gewoond? Hier, in Colladoro?'

'Ja, in La Colomba. Die oude villa waar we laatst waren.'

Carina stond op. 'Echt waar? Hoe is het mogelijk dat ik daar nooit iets van heb geweten?'

'Haar oom Hans heeft haar uit Londen mee hierheen genomen,' vervolgde Anastasia opgewonden. 'Ze is bij hem in de leer geweest, als restaurateur van schilderijen.'

'Ik wist niet eens dat ze kon schilderen.'

'Dat niet alleen. Ze was een groot talent. En na vijf jaar restaureren wilde hij dat ze iets anders ging doen.'

'O hemel. Dat klinkt onheilspellend.'

'Ze werd vervalser.'

'Vervalser? Mijn moeder? Godallemachtig, ik durf nauwelijks te vragen hoe het verderging.'

'Oma was briljant. Net als haar oom.'

Carina ging weer zitten. 'Waarom heeft ze dat nooit verteld?'

'Ze spreekt vloeiend Italiaans.'

Carina nam haar dochter onderzoekend op. 'Dus ze heeft Colladoro niet zomaar uit een tijdschrift gehaald. Misschien heeft ze dat hele artikel wel verzonnen. Ze heeft bewust voor Colladoro gekozen. Maar waarom? Na... Hoe lang? Tweeënveertig jaar?'

'Ze was verliefd. Hij heette Gaetano.'

'Wacht eens even! Had Ilaria het niet over een Gaetano? Gaetano Montefosco?'

'Ja, maar die kan het niet geweest zijn. Dat was de grootvader van de huidige graaf. Dus ik denk dat de Gaetano die we zoeken, misschien wel eens de huidige graaf zou kunnen zijn.'

'Nee, daar geloof ik niks van. Ze heeft het met geen woord over hem gehad, en volgens mij heeft ze ook niets ondernomen om hem te zien te krijgen. Als hij het was, zou ze meteen naar hem op zoek zijn gegaan.'

'Ja, dat is zo.' Anastasia klonk teleurgesteld.

'Blijft de vraag waarom ze per se hierheen wilde.'

'In elk geval niet om La Colomba terug te zien. Ze is het kasteel niet uit geweest.'

'Nee. En waarom heeft ze het alleen aan jou verteld? En niet aan mij?'

'Om je niet van streek te maken, denk ik.'

'Hoezo? Ik ben toch niet van streek?'

'Dat wás je wel.'

'Nou, dat duurde maar even.'

'Ze heeft me de rest van het verhaal nog niet verteld.'

'De rest? Dus het is nog niet afgelopen?'

'Nee. Uiteindelijk ging oma terug naar Londen. En Gaetano is hier gebleven. In Engeland heeft ze opa leren kennen. Ze zijn getrouwd, en oma heeft haar verleden voor iedereen verzwegen. Ook voor opa.'

'Maar waarom dan?'

'Schilderijen vervalsen is illegaal, mam. Daar kun je voor in de gevangenis komen.'

Carina schudde haar hoofd. 'Ik snap het niet. Ze had toch gewoon kunnen vertellen dat ze in Italië heeft gewoond? En dat ze Italiaans sprak? Toen ik klein was, sprak ze Nederlands met haar moeder. En dat kon ik natuurlijk niet verstaan. Hoe dan ook, mijn oma overleed toen ik een jaar of twaalf was. Voor zover ik wist had mijn moeder verder geen familie. Alleen een broer. Die woonde in Londen. En die zagen we eigenlijk nooit. Ze heeft nooit iets over een oom gezegd. Ik begrijp er echt helemaal niks van.'

'Ik ook niet. We zullen de rest van het verhaal moeten afwachten.'

'Dan moeten we haar bij Rex vandaan zien te krijgen. Dat zal ik doen. Straks, na het eten. Laat Rex maar aan mij over. Ondertussen praat jij met oma en vraag je naar de rest van het verhaal.'

'Denk je dat ze wel naar Gaetano op zoek zou willen gaan, maar dat ze niet durft?'

'Misschien. Dus je moet proberen erachter te komen waar hij destijds woonde. Dan kunnen wij voor haar op zoek gaan. Tenminste, als ze hem graag terug wil zien.'

'En je vindt het niet erg dat ze vóór opa een ander had?'

Carina haalde haar schouders op. 'Ik weet zeker dat ze van papa hield. Ze waren erg gelukkig samen. En na papa's dood is ze niet op stel en sprong naar Italië vertrokken. Hoe dan ook, de liefde komt in vele gedaanten. Ik hóór het je oma zeggen. Waarschijnlijk hield ze oprecht van allebei. Het is allemaal niet zo zwart-wit. Daar kom je nog wel achter. Maar probeer wat meer te weten te komen. Dan overleggen we samen wat ons te doen staat.'

'We gaan overmorgen al naar huis,' zei Anastasia ongerust.

'Precies. Dus zorg dat je vanavond de rest van het verhaal te horen krijgt.'

'Oké. Duidelijk.' Anastasia popelde van ongeduld en opwinding. 'Ik ga mijn best doen. Maar ik denk wel dat ik haar op enig moment moet vertellen dat ik jou in vertrouwen heb genomen.'

'Dat vertel ik haar zelf wel. Ik wacht het juiste moment af.' Carina schonk haar dochter een trotse glimlach. 'Ik ben blij dat ik het nu weet, lieverd. Daar heb je goed aan gedaan. Oma zal je uiteindelijk dankbaar zijn.'

'Ze zal óns dankbaar zijn,' verbeterde Anastasia haar. 'Tenminste, dat hoop ik.'

Vanuit de deuropening naar de keuken keken Mamma Bernadetta en Ilaria hoe de groep zich verzamelde op het terras voor een glas prosecco met crostini. Er kwamen elke week weer nieuwe gasten, uit alle delen van de wereld, als zaden die door een welwillende wind werden samengebracht om in de Italiaanse zon tot bloei te komen. Toch kregen Mamma Bernadetta en Ilaria er nooit genoeg van om dat proces gade te slaan. Iedereen was anders, iedere gast had zijn eigen unieke manier om uit zijn schulp te kruipen, zijn eigen tempo om tot bloei te komen. Bijna niemand vertrok zoals hij was gekomen. Allemaal ondergingen ze een verandering. Maar bij deze groep had het proces zich wel heel uitzonderlijk voltrokken, dachten moeder en dochter voldaan, vervuld van trots op de magische vermogens van Mamma Bernadetta's recepten en van de betoverende omgeving die het kasteel bood. Met haar armen over elkaar geslagen leunde Ilaria tegen de deurlijst. 'Op de eerste avond had Rex nauwelijks oog voor Gracie. En Gracie was als een verdorde bloem die snakt naar water. Maar daar durfde ze niet om te vragen.'

'En moet je zien hoe charmant ze nu is. Hoe aantrekkelijk.' Mamma Bernadetta keek naar Gracie, die stralend glimlachte. 'Rex kan zijn ogen niet van haar afhouden. Van alle gasten is zíj het meest veranderd. Ik vond haar eerst ook weinig opmerkelijk, maar Gracie is een vrouw met diepgang.' Mamma Bernadetta legde een mollige hand op haar weelderige boezem. 'Dat voel ik, Ilaria. Je moet een wijn nooit beoordelen naar het etiket.'

'Toch is ze volgens mij niet in Rex geïnteresseerd.' Ilaria fronste haar wenkbrauwen. 'Ik weet niet waarom. Ze hebben het gezellig, ze wandelen samen door de tuin en ze zijn in de groep de enigen op leeftijd. Maar ik voel dat haar interesse elders ligt. En mijn gevoel bedriegt me zelden.'

'Ze is weduwe. En ik weet als geen ander wat het is om gebukt te gaan onder een groot verlies. Ik draag dat van Umberto – God hebbe zijn ziel – voor altijd bij me. Een pijnlijke leegte die nooit meer gevuld wordt, die de rest van je leven als een steen op je hart drukt.' Opnieuw legde ze een hand op haar boezem. 'Maar misschien kan Rex het verdriet althans iets verzachten.'

'Ach, dat zou ik haar gunnen. O kijk, daar heb je Carina en Anastasia. Wat heerlijk om te zien hoe die zijn veranderd. Het duurde even, ze hadden eerst geen oog voor de schoonheid om zich heen, omdat ze voortdurend op hun telefoon zaten. Maar moet je die gelukkige gezichten nu eens zien!'

'Aan schoonheid ontbreekt het hier nooit,' zei Mamma Bernadetta filosofisch. 'Schoonheid wekt de ziel tot leven. Ze wacht geduldig tot ze wordt opgemerkt, tot ze de kans krijgt haar helende werk te doen.'

'Carina en Anastasia waren rijp voor verandering. Ze hadden alleen een duwtje nodig in de goede richting.'

'De week is nog niet voorbij.' Mamma Bernadetta liep schommelend de keuken in. 'Er valt nog een hoop te doen.'

'Ja, er is werk aan de winkel. We moeten om te beginnen een gebroken hart lijmen...'

'Welnee, Giovanni heeft haar hart niet gebroken. Hoogstens gekneusd. En hij heeft Anastasia laten kennismaken met de liefde.' Mamma Bernadetta nam het op voor haar kleinzoon.

Ilaria was minder toegeeflijk. 'Je zou toch eens een hartig woordje met hem moeten spreken, Mamma.'

'We moeten ons niet bemoeien met de natuur, Ilaria. We kunnen alleen maar toekijken en zien hoe de dingen zich ontwikkelen. Niets gebeurt zomaar. Alles heeft een reden. Niets staat op zichzelf. Het is altijd een kwestie van oorzaak en gevolg.' Mamma Bernadetta liet haar woorden vergezeld gaan van nadrukkelijke gebaren, om haar uitspraken kracht bij te zetten. 'Het leven is een aaneenschakeling van ervaringen, en daar leren we van. De opgedane kennis nemen we met ons mee. Dat heet wijsheid.'

'Toch vind ik dat je met Giovanni moet praten.'

'Ik pieker er niet over. Mijn kleinzoon maakt deel uit van de magie. En net als alles op het castello komt ook hij hier tot bloei.'

'Volgens mij staat hij al even in bloei, Mamma.' Ilaria's afkeuring maakte plaats voor geamuseerdheid.

'Iedere vrouw heeft een Giovanni nodig. Het gaat erom dat we het leven ten volle ervaren!'

'En Giovanni?'

Mamma Bernadetta haalde haar schouders op, met de nonchalance van een vrouw die aanvaardt dat het leven een leerschool is voor de ziel. 'Die loopt ook ooit een gebroken hart op. Want hij moet nog veel leren over de liefde.'

Bij de tafelschikking zorgde Ilaria ervoor dat Anastasia naast Alex kwam te zitten en Rex naast Gracie. Madeleine zette ze zo ver mogelijk bij Anastasia vandaan, maar toen ze zag hoe opgewekt Anastasia met Alex babbelde, concludeerde ze dat er van een gebroken hart geen sprake leek. Integendeel, Anastasia straalde gedrevenheid uit, een soort vurige vastberadenheid, alsof ze werd beheerst door iets wat veel belangrijker was dan haar teleurstellende ervaring met Giovanni. Bovendien ontging het Ilaria niet dat ze voortdurend de blik van haar moeder zocht, die dan op haar beurt onopvallend knikte. Het leek wel een stel samenzweerders! Ilaria vroeg zich af wat ze in hun schild voerden. Toen zag ze dat moeder en dochter ook regelmatig naar Gracie en Rex keken. Wilden ze de zilvergrijze charmeur te hulp komen of hem juist ontmoedigen? Ilaria nam genietend een slok van de wijn van eigen grond. Te oordelen naar de uitdrukking op het gezicht van Rex stond hij op het punt zich uit te spreken. De week zat er bijna op. Als hij dat niet snel deed, was zijn kans verkeken.

Tijdens het dessert kwamen alle afzonderlijke gesprekken samen en stak de slang als onderwerp zijn glibberige kop op. 'Anastasia, vertel eens over de tennisbaan. Wat je daar vanmiddag hebt gezien,' zei Lauren.

'Een knappe Italiaan, hoop ik,' grapte Wendy.

Brigitte lachte hees. 'Hm, misschien moet ik ook maar eens een balletje slaan.'

'Een slang,' zei Anastasia.

'Zo groot als een koe,' voegde Alex er grijnzend aan toe. 'Tenminste, dat zei ze.'

'Dat is wel erg groot! Weet je zeker dat het geen afgewaaide tak was? Of een boomstam?' vroeg Rex.

'Oké, zo groot als een koe is misschien een beetje overdreven.' Anastasia ontweek de blik van Madeleine, maar ze zag uit haar ooghoeken dat die naar haar keek.

'Een slang?' Ilaria klonk verbaasd. 'We hebben hier alleen maar kleine ringslangen, en die zijn niet giftig.'

Wat Anastasia door het beschimmelde raam van het tuinhuisje had gezien, rees als een gruwelijk visioen op voor haar geestesoog. Haar gezicht begon te gloeien.

'Een slang? Nee toch!' Brigitte slaakte een gilletje. 'Waar dan?'

'Op de tennisbaan,' vertelde Alex.

'Dan zet ik geen voet meer buiten het terras.' Brigitte nam nog een slok wijn.

'Heb je hem doodgeslagen?' vroeg Wendy.

'Ík zou hem hebben doodgeslagen,' zei Tiff. 'Voor het uitroeien van kakkerlakken draai ik mijn hand ook niet om. En die zijn pas echt lastig dood te krijgen.'

'Ik ben weggerend,' bekende Anastasia zacht.

Lauren keerde zich naar Madeleine. 'Heb jij wel eens een slang gezien tijdens je wandelingen?'

'Zo groot als een koe,' vulde Alex aan. Het leverde hem een gevoelige por in zijn zij op van Anastasia.

Madeleine schudde haar hoofd. 'Maar ik ben niet bang voor slangen,' zei ze koel.

'Ik had me verheugd op een partijtje tennis,' vertelde Alex. 'Maar met een koe op de baan valt er niet te spelen.'

Onder andere omstandigheden zou Anastasia's humeur onderhand ver onder nul zijn, en Carina verwachtte een nijdige uitval. Maar tot haar verrassing schoot Anastasia in de lach. Alex had met zijn humor, zijn geplaag iets onweerstaanbaars, je kon onmogelijk kwaad op hem worden. Carina dacht aan Rufus, die maar al te vaak weigerde haar serieus te nemen, wat haar razend maakte. Maar nu ze zag hoe hartelijk haar dochter kon lachen om haar eigen onnozelheid, vroeg ze zich af of dat misschien het geheim was van geluk: jezelf niet te serieus nemen.

Op dat moment keerde Anastasia zich naar Madeleine, die haar blik zonder een zweem van schaamte of schuldbesef beantwoordde. Uit niets bleek dat ze zich ongemakkelijk voelde, of bang dat ze op heterdaad was betrapt. Het kon haar waarschijnlijk niet schelen, dacht Anastasia. Giovanni was een leuke afleiding voor haar, een prettige manier om de lange middagen door te komen. Ze glimlachte vluchtig naar haar, en na een korte aarzeling glimlachte Madeleine terug. Omdat het al donker was, kon Anastasia niet zien hoe Madeleines ogen oplichtten door het plotselinge besef wat er was gebeurd.

Na het eten haastte Anastasia zich naar haar oma. Ze legde een hand op haar schouder. 'Oma, kunnen we nu het verhaal afmaken?' fluisterde ze in haar oor.

'Je bent toch niet van plan je oma bij me weg te kapen, hè?' Rex vroeg het luchtig, maar de teleurgestelde ondertoon in zijn stem was onmiskenbaar.

'Ik ben met een verhaal bezig, en Anastasia wil graag weten hoe het afloopt,' legde Gracie uit.

'Het is geen Duizend-en-een-nacht, hoop ik.'

Gracie schoot in de lach. 'Nee, maak je geen zorgen. Het is bijna afgelopen.'

'Dat verhaal zou ik ook wel willen horen.'

Net toen Gracie wilde opstaan, kwam Madeleine aanlopen. 'Anastasia, kan ik je even spreken?'

Rex glimlachte. 'Madeleine als redder in de nood!' Hij keerde zich weer naar Gracie. 'Ik vind het altijd zo fijn om met je te praten.' Zijn glimlach werd warmer, zijn uitdrukking zachter, zijn blik gleed over haar gezicht, als de koesterende gloed van een flakkerend vuur.

Gracie was zich bewust van zijn interesse, ook al had ze aanvankelijk gedacht dat ze zich die maar verbeeldde. Hij flirtte tenslotte met álle vrouwen in de groep. Maar uiteindelijk kon ze het niet meer ontkennen. En natuurlijk voelde ze zich gevleid. Het was lang geleden dat een man belangstelling had getoond. En Rex was verre van onaantrekkelijk. Ook dát viel niet te ontkennen. Maar haar hart behoorde een ander toe, al sinds dat moment op de piazza in Colladoro. 'Rex...'

De toon waarop ze het zei, maakte dat hij zijn wenkbrauwen fronste. 'Zeg maar niets meer, Gracie. Laten we gewoon gezellig wat praten. Ik mag je erg graag, en volgens mij is dat wederzijds. Laten we het erop houden dat we goede vrienden zijn. Je bent een wijs mens, je kijkt dwars door me heen. Morgen is alweer onze laatste dag in dit verrukkelijke oord, en ik wil nog zo lang mogelijk van je genieten. Dus vertel me je verhaal. Of welk verhaal je ook kwijt wilt. Desnoods verzin je wat. Ik vind het alleen al heerlijk om naar je te luisteren.'

'Ach, Rex. Wat zeg je dat lief!'

'Ik zeg het niet om lief te zijn. Ik meen het. Ik wil me koesteren in jouw licht. Want je straalt licht uit, Gracie. Misschien dat niet iedereen het ziet, want je loopt er niet mee te koop. Maar ik zie het, en dat beschouw ik als een voorrecht.'

Gracie wist niet wat ze daarop moest zeggen. Ze glimlachte schuchter en pakte haar kopje, ook al was het leeg.

'Ik zie dat ik je in verlegenheid breng.' Zijn woorden hadden haar geraakt, en daar was hij blij om. 'Dus ik hou erover op. En voordat ik naar jou ga luisteren, zal ik jou iets vertellen. Over mezelf. Ik ben ooit muzikant geweest. Ja, dat kun je je nauwelijks voorstellen, hè? Maar het is toch echt zo. Toen ik nog jong was, en charmant en niet onaantrekkelijk, speelde ik als drummer in een band. Ik heb zelfs een keer meegespeeld met Aerosmith. Dat was een belevenis...'

Madeleine troonde Anastasia mee naar de andere kant van het terras, waar niemand hen kon horen. 'Mag ik je iets vragen? Als vrouwen onder elkaar?'

Anastasia's hart begon sneller te slaan. 'Natuurlijk.'

'Heb je me gezien?' Madeleine aarzelde even, alsof ze niet goed wist hoe ze het moest zeggen. 'Je weet wel, bij de tennisbaan. Ben ik die slang?'

Anastasia wilde al ontkennen, maar Madeleine keek haar zo open en eerlijk aan. Helemaal niet verwijtend, zelfs een beetje bezorgd. 'Ja.' Anastasia knikte.

'Dat dacht ik al.' Madeleine schoot in de lach. 'Ik dacht al dat die "slang zo groot als een koe" een verzinsel was.'

'Ik wist niet wat ik moest zeggen, dus ik riep maar wat. Stom natuurlijk. Alex maakt me genadeloos belachelijk.'

'En Giovanni heeft... Hij heeft jou ook...'

Anastasia slaakte een zucht. Tot haar afschuw kreeg ze tranen in haar ogen. 'Ik dacht dat hij van me hield.'

'Ach, lieverd.' Madeleine legde haar handen op Anastasia's schouders, haar blik was een en al medeleven. 'Had ik het maar geweten. Dan had ik hem een mep verkocht.'

'Trek het je niet aan. Ik ben blij dat ik er zo snel achter ben gekomen.'

'En nu?'

Anastasia haalde haar schouders op. 'Geen idee.'

'Ik heb wél een idee.' Madeleine boog zich naar haar toe en deed fluisterend haar plannetje uit de doeken. Anastasia luisterde aandachtig, toen begonnen haar ogen te glinsteren. Uiteindelijk schoten ze allebei in de lach. 'Dat ben je toch met me eens?'

'Absoluut,' antwoordde Anastasia.

'Dus je bent niet kwaad op me? We blijven vriendinnen?'

'Nee, ik ben niet kwaad op je. En natuurlijk blijven we vriendinnen.'

'Minnaars komen en gaan, maar ware vriendschap blijft altijd bestaan,' verklaarde Madeleine. 'Toch is het goed voor een mens om af en toe een minnaar te nemen. Dat houdt je jong.'

En daar was ze zelf het levende bewijs van.

Anastasia trof haar oma aan een tafeltje met Rex. Hun gezichten werden beschenen door de flakkerende gloed van de kaarsen. De rest van de groep was naar het hoger gelegen terras verhuisd, om tijdens de koffie te genieten van het schitterende uitzicht op de heuvels, die zich zwart aftekenden tegen de met sterren bezaaide hemel. Toen Rex haar zag aankomen, begreep hij dat hij Gracie niet langer voor zichzelf mocht opeisen. Zonder een woord van protest stond hij op en liet hij hen alleen, omringd door de vredige stilte van de avond.

'Hij vindt u leuk, oma,' zei Anastasia.

'Dat denkt hij. Italië is betoverend, maar ook misleidend.'

'Daar weet ik alles van. Nee, maakt u zich geen zorgen,' voegde ze er haastig aan toe bij het zien van de bezorgde blik van haar oma. 'Giovanni is gewoon een echte Italiaan. Een onweerstaanbare charmeur.'

'Wat is er gebeurd?' Gracie pakte de hand van Anastasia, die op haar beurt een hand op die van haar oma legde.

'We gaan het nu niet over mij hebben. U bent me nog iets schuldig. U hebt beloofd dat u me de rest van het verhaal zou vertellen.'

'Je hebt gelijk. Waar waren we gebleven?'

'U stond op het punt om met oom Hans naar de Côte d'Azur te gaan. Het werd tijd dat u trouwde, vond hij. Dus hij nam u mee om een man voor u te zoeken. En het schilderij dat u had vervalst, was terug naar Livia en Bruno. Gaetano had het origineel gehouden.'

'O ja, nu weet ik het weer.'

'En? Ging u naar de Côte d'Azur?'

'Ja.' Gracie knikte.

'En toen?' Anastasia zette een elleboog op tafel en legde haar kin op haar hand. 'Heeft oom Hans u aan alle huwbare mannen voorgesteld?'

'Ja, hij deed zijn best. Maar ik wilde alleen Gaetano. Dus ik had geen enkele interesse in al die mannen. Niet dat oom Hans zich daardoor liet ontmoedigen.'

Anastasia voelde dat haar moeder vanaf het hoger gelegen terras naar haar keek. Maar ze liet zich niet afleiden. Haar blik bleef op haar oma gericht, terwijl ze aandachtig luisterde. Nog even, dan wist ze waar Gaetano woonde; waarom haar oma niet naar hem op zoek was gegaan; waarom ze geen behoefte had aan een weerzien met La Colomba. Anastasia nam zich voor net zo lang te blijven zitten tot ze antwoord had op al haar vragen. En dan zou ze met haar moeder overleggen wat hun te doen stond.

Later die avond had ze weer met Giovanni afgesproken. En dan zou ze ervoor zorgen dat hij haar nooit meer vergat.

22

Frankrijk, 1964

Vanaf het balkon van de schitterende witte villa, hoog in de heuvels boven Antibes, keek Gracie naar het prachtige zwembad beneden haar, waar de gasten, gebronsd door de mediterrane zon, in bikini en zwembroek van een cocktail nipten, loom rookten, en nonchalant converseerden in het Frans, Spaans en Italiaans. Ze deden haar denken aan een vlucht exotische vogels. Gracie vond het allemaal nogal intimiderend. Ze had heimwee naar het veilige, vertrouwde wereldje van La Colomba. Oom Hans was daarentegen in zijn element. In een wit overhemd, een broek met opgerolde pijpen en met op zijn hoofd een panamahoed bewoog hij zich breed lachend tussen zijn gasten. Uiteraard ontbrak ook de modieuze zonnebril niet. Net zomin als de eeuwige sigaret. In zijn vrije hand hield hij een cocktail. Iedereen was dol op hem. Alle vrouwen keken in aanbidding naar hem op, alle mannen probeerden met hem in gesprek te komen, en zelfs kleine kinderen voelden zich tot hem aangetrokken. Hij had voor iedereen een kwinkslag, en met zijn ontspannen glimlach en innemende charme wist hij zowel mannen als vrouwen het gevoel te geven dat ze aantrekkelijk waren, interessant, geestig. Zelfs als dat niet zo was. Het was een gave; een talent waarvan hij met volle teugen genoot.

Ze logeerden inmiddels tien dagen in Villa Charlene. Gracie was prachtig bruin, want op aandringen van oom Hans had ze een bikini gekocht en zich net als iedereen gekoesterd in de zon. 'Als je je verstopt in La Colomba, vind je nooit een man. Je moet je laten zien! Trouwens, dat geldt hier ook,' drong hij aan, zonder acht te slaan op Gracies protesten. 'Ieder meisje heeft een man nodig. Bovendien, dat ben je verschuldigd aan je moeder. En ik ook. Ze zou het me nooit vergeven als je ongetrouwd bleef.'

Gracie vond Antibes overweldigend. Een wereld van bevoorrechte rijken die toegaven aan elke gril. De vrouwen waren mooi, een en al glamour, gekapt en gekleed volgens de laatste mode, behangen met sieraden en behept met een arrogantie en een zelfverzekerdheid die maakten dat Gracie bijna bang voor hen was. De mannen waren rijk, knap en welgemanierd, maar Gracie hunkerde naar Tancredi en wenste heimelijk dat hij haar zou ontvoeren, weg van dit luxeparadijs waarin ze overduidelijk niet thuishoorde.

Tot de vriendenkring van oom Hans behoorde ook een jonge, blonde Amerikaan, Jonas Blythe. Jonas was anders dan de rest. Hij keek niet voortdurend om zich heen of over Gracies schouder wanneer hij met haar praatte. Hij pronkte niet met zijn rijkdom en hij sprak alleen maar Engels, met een lijzigheid die verried dat hij uit New England kwam. Zijn ogen hadden de kleur van verschoten denim. In combinatie met zijn lange donkere wimpers zorgde dat voor een spectaculair effect. Om zijn lippen leek altijd een zweem van een glimlach te spelen, alsof hij elk moment een geestige opmerking kon maken. Jonas was vrolijk, jongensachtig, en zelfs wanneer hij kritiek leverde, wist hij zijn bijtende commentaren dusdanig te verpakken dat ook het doelwit geamuseerd reageerde. Jonas en oom Hans dreven op een speelse manier de spot met elkaar, zo sarcastisch en vilein dat het de lachlust opwekte. Ze waren beroemd om de briljante kwinkslagen waarmee ze elkaar de loef afstaken. Dat trok de aandacht en leidde bij hun omgeving tot grote, zij het soms enigszins ongemakkelijke hilariteit.

Gracie mocht Jonas van meet af aan erg graag. 'Lieverd, het is allemaal uitschot wat hier rondloopt,' had hij bij hun kennismaking gezegd, terwijl hij als een ongevaarlijke draak rook uit zijn neus blies. 'Ze komen voor de drank en voor het eten, en omdat dit soort schaamteloos rijke mensen het nu eenmaal leuk vinden om naar andere schaamteloos rijke mensen te kijken. Het is de kunst om daar op jouw beurt plezier aan te beleven. Je moet je voorstellen dat je in een dierentuin bent en de gewoonten en voorkeuren observeert van een vreemde, maar opmerkelijke diersoort. Dat is de enige manier om het vol te houden.'

Het was Jonas die Gracie had geholpen met de aankoop van een bikini; en het was Jonas die haar had onderwezen in sociale weerbaarheid, die haar te hulp schoot wanneer hij zag dat ze onzeker en verloren om zich heen keek. Oom Hans had het veel te druk met zijn rol als gastheer, waarin hij het stralende middelpunt vormde van zijn ontvangsten. Jonas was dol op winkelen, oom Hans niet. Gracie begreep al snel dat het Jonas was die de kleren voor haar uitkoos waarmee oom Hans van elke reis thuiskwam.

'Hansworthy heeft geen geduld om te winkelen,' vertrouwde Jonas haar toe terwijl ze door Antibes slenterden. 'Hij wordt er chagrijnig van. Dat hij er toch altijd geweldig uitziet, komt doordat ik voor hem winkel. En ik weet precies wat hem staat.' Jonas had smaak, hij had flair, en hij zag direct de onvolkomenheden in Gracies figuur die ze moest zien te camoufleren. Maar ook haar sterke kanten die geaccentueerd moesten worden. 'Je hebt een smalle taille, lieverd. Laat hem zien! En je hebt prachtige ogen. Dus ga voor tinten blauw, groen en grijs om ze ten volle tot hun recht te laten komen. Je ogen zijn je grootste schoonheid. Daar moet je niet bescheiden over doen. Wapper met je wimpers en werk royaal met mascara!' Hij zoog lucht aan door zijn tanden en liet zijn scherpe blik onderzoekend over haar gestalte gaan. 'Je bent klein van stuk, dus je moet altijd een hakje dragen. En wees voorzichtig met koolhydraten. Die gaan op je heupen zitten. Er is niets tegen wat fraaie rondingen, maar het moet geen spek worden. Jij wordt mijn project, maar denk erom dat je niets tegen je oom zegt. Hansworthy is gauw jaloers, en dan kan hij erg chagrijnig worden.' Hij ademde door zijn neus in en tuitte zijn lippen. 'En ik accepteer geen chagrijnig gedoe. Van niemand.'

Terwijl ze nog altijd neerkeek op het gezelschap in en om het zwembad, zag Gracie de jongeman die oom Hans voor haar had 'uitgekozen' koers zetten naar de openslaande deuren. Op slag voelde ze zich nog slechter op haar gemak. Pierre de la Croix was rijk, maar niet schaamteloos. Zelfs Jonas had zich goedkeurend over hem uitgelaten. 'Het is niet moeders mooiste, maar zijn portemonnee weet zijn esthetische tekortkomingen royaal te compenseren.' Zijn kritiek op anderen in aanmerking genomen, was dit uit de mond van Jonas een enorm compliment. Pierre mocht dan niet knap zijn, lelijk was hij ook niet. Volgens Jonas stond hij wat uiterlijk betreft onder haar in de voedselketen, maar als het ging om geld en status aanzienlijk hoger, en dat zorgde voor een perfecte balans. 'Bij de keuze van een partner is de voedselketen een belangrijk richtsnoer,' aldus Jonas, op de toon die hij altijd hanteerde wanneer hij zijn wijsheden debiteerde. 'Stel je het dierenrijk voor. Met boven aan de keten de leeuwen, panters, jachtluipaarden, tijgers. En onderaan de wrattenzwijnen, tweevingerige luiaards en varkens. Daartussen zitten de wezels, herten, apen en alle andere dieren op de planeet. Een panter zal zich niet verwaardigen een wrattenzijn als partner te kiezen. Tenzij we te maken hebben met een straatarme panter en een schatrijk wrattenzijn. Doorgaans houdt het wrattenzwijn het bij zijn eigen soort en kiest voor het varken of de tweevingerige luiaard. En als het geluk heeft, klimt het misschien één stapje hoger in de keten. Panters voelen zich ver verheven boven herten, paarden en konijnen, dus die zoeken hun partner tussen de panters, de leeuwen, de tijgers. Begrijp je waar ik heen wil?'

Gracie begreep het maar al te goed. Pierre, die op dat moment door de openslaande deuren naar binnen liep, was voor haar het hoogst haalbare. Wat zou Jonas van Tancredi vinden? Ze hóórde het hem zeggen: 'Lieverd, hij is een panter en jij bent een pony. Een schat en een lieverd, maar je hebt niets in huis wat voor een panter interessant is. Om je leven tot een succes te maken moet je je plaats kennen in de voedselketen!' Maar pony of niet, Gracie had geen interesse in Pierre.

'Hallo!' Pierre kwam glimlachend naar haar toe lopen. Als Gracie niet verliefd was geweest op Tancredi, zou ze Pierre en zijn glimlach misschien charmant hebben gevonden. Zijn weinig opmerkelijke gezicht werd verrassend aantrekkelijk wanneer hij lachte. Hij was niet groot, wel slank en gespierd, en hij kleedde zich stijlvol en met smaak, zoals alleen Fransen dat kunnen. Hij droeg een halsdoek in de open kraag van zijn overhemd, zijn rode short zat hem als gegoten, zijn voeten staken in mocassins. Terwijl hij haar met zijn goudbruine ogen recht aankeek, streek hij met zijn hand door zijn volle bos haar. Hij sprak Engels met een accent dat de meeste vrouwen aanbiddelijk zouden hebben gevonden. Maar Gracie was het Engels van Hans en Rutger gewend. Dus ze vond het accent van Pierre niet interessant. Ze mocht hem echter graag. Hij was in alle opzichten innemend. '*Darling*, hij is zo saai!' had Jonas verzucht. Maar dat was Gracie niet met hem eens.

Pierre gaf haar een kus, en ze werd omhuld door de kruidige geur van zijn aftershave. 'Wat zie je er stralend uit!' Zijn blik ging waarderend over de blauwe jurk die Gracie op aanraden van Jonas had gekocht.

'Dank je wel.' Jonas had haar geleerd dat ze een compliment nooit mocht wegwuiven door iets negatiefs over zichzelf te zeggen. Dat was 'afschuwelijk Engels en stuntelig'.

Pierre liep naar de balustrade. 'De party's van Hans zijn altijd geweldig. Moet je hem nou zien! Zoals hij zich tussen zijn gasten beweegt. Druk netwerkend om nieuwe opdrachten binnen te halen. Hij is zo uitgekookt.'

'Kunst gaat over mensen. En dus draait het om contacten,' zei Gracie.

'En Hans is op-en-top een mensenmens.' Pierre draaide zich weer naar haar om. 'En jij? Je restaureert schilderijen, maar je bent niet zo'n netwerker, is het wel?'

'Ik blijf liever op de achtergrond. Mijn oom legt contacten met kopers en verkopers.'

'Een perfecte combinatie.'

'Ja, we werken goed samen.'

Pierres oog viel op Jonas, die gespierd en gebruind in zwembroek op de duikplank stond en wachtte totdat iedereen keek voordat hij in het water dook, met in zijn hand een cocktailglas. 'Opschepper!'

De ondertoon van jaloezie ontging Gracie niet. 'Ach, je zou hem een artiest kunnen noemen. Hij houdt ook van mensen.'

'Vooral van mensen die van hem houden.'

'Volgens mij houdt iedereen van Jonas.'

'Omdat iedereen bang voor hem is.'

'Daar geloof ik niks van. Zijn kritiek is bedoeld om te vermaken, niet om te kwetsen. Dat weet iedereen.'

'Toch worden zijn opmerkingen wel vaak als kwetsend ervaren. Hij verwacht dat mensen om hem lachen. Wie dat niet doet, heeft geen gevoel voor humor, zegt hij. Maar zijn grappen zijn goedkoop en kwaadaardig.'

Gracies wangen begonnen te gloeien van verontwaardiging. 'Dat ben ik niet met je eens.'

Jonas had inmiddels alle aandacht, rende over de duikplank, sprong omhoog en maakte een perfecte salto. Net op tijd strekte hij zich weer, zodat hij als een mes door het water sneed en nauwelijks deining veroorzaakte. Toen hij weer bovenkwam ging er een luid gejuich op, dat hij met een stralende grijns in ontvangst nam.

'Wat is jullie relatie?' vroeg Pierre.

'We zijn goede vrienden,' antwoordde Gracie zonder aarzelen.

'Hij is verliefd op je.'

Die gedachte was geen moment bij haar opgekomen. 'Welnee! Hoe kom je daar nou bij!' reageerde ze geschokt.

'Dat lijkt me duidelijk. Hij bepaalt wat je aantrekt, hij staat altijd klaar om je raad te geven. Denk je nou echt dat hij die moeite zou doen als hij niet verliefd op je was?'

'Ja, dat denk ik. Want dat doe je als je goed bevriend bent.'

Pierre haalde zijn schouders op. 'Zie je dan niet hoe hij naar je kijkt? Ik weet bijna zeker dat die duik voor jou bedoeld was.'

Gracie schoot in de lach. 'Je ziet spoken.'

'Was het maar waar.' Hij zuchtte. 'Ben jij ook verliefd op hem?'

Gracie was verbaasd door zijn directheid. Dat gaat je niks aan, stond ze op het punt te zeggen. Maar ze wist waaróm hij het vroeg, waaróm hij vond dat het hem aanging, en daar wilde ze het niet over hebben. 'Hij is me dierbaar,' antwoordde ze kortaf. 'Maar gewoon als vriend.'

'Weet je zeker dat het niet meer is?'

Nu ging hij echt te ver. Als Jonas erbij was geweest, zou hij hem niet langer saai hebben genoemd. Hoogstens lomp. 'Ja, dat weet ik zeker. Ik ken mezelf. Ik weet wat ik voel. En voor wie.'

'Oké. Dat moet ik dan maar geloven. Maar pas op. Ik vertrouw Jonas Blythe voor geen cent.'

'En ik zou desnoods mijn leven aan hem toevertrouwen!' zei Gracie nijdig.

'Dat zou erg dom zijn.'

Gracie had ineens schoon genoeg van Pierre de la Croix. Ze schudde geërgerd haar hoofd en maakte aanstalten naar binnen te gaan.

'Sorry.' Pierre legde een hand op haar arm. 'Ik ben gewoon jaloers. En ik wantrouw mannen die een vrouw wijsmaken dat ze haar beste vriend zijn.'

Gracie schudde zijn hand af.

'Ik mag je graag, Gracie. Erg graag.'

Met een lichte huivering dacht Gracie aan Donato. Pierre keek haar aan met diezelfde blik. De smekende, meelijwekkende blik van een man die niet kan krijgen wat hij wil, maar dat nog niet heeft geaccepteerd. 'Ik mag jou ook graag, Pierre. Maar niet op de manier zoals jij dat wilt.'

'Je kent me nog amper. Geef me op zijn minst een kans om te laten zien hoe charmant en onderhoudend ik kan zijn.'

'Pierre...'

Hij kapte haar af. 'Nee, ik accepteer geen afwijzing. En ik vraag verder niets van je. Alleen dat je het nog wat tijd geeft.'

En tijd was het enige wat Gracie hem kon geven. 'Goed dan. Maar geen woord meer over Jonas.'

'Afgesproken.' Hij bood haar grijnzend zijn arm. 'Kom, dan gaan we naar beneden. Je ziet eruit alsof je wel een drankje kunt gebruiken.' Gracie had geen enkele behoefte aan een drankje. Alleen aan een enkele reis Pisa.

Ondanks haar bedenkingen was Gracie wel blij met Pierre. Want ook al koesterde ze geen romantische gevoelens voor hem, ze vond het prettig als hij haar vergezelde naar party's waar ze niemand kende en waar ze zich zonder hem hopeloos alleen zou hebben gevoeld. Hij was attent en grappig, hij kon overal over meepraten, en hij ontpopte zich als goed gezelschap. Ondertussen ging er geen moment voorbij of ze wenste dat Tancredi bij haar had kunnen zijn. Maar die zat in Rome. Wat zou hij doen? Kon hij haar maar bellen! Het was echter ondenkbaar dat hij naar de villa belde, om dezelfde reden als waarom zij hem niet kon bellen. Zou het er ooit van komen dat ze hun liefde niet langer geheim hoefden te houden? Dat iedereen het mocht weten en dat ze elkaar in alle openheid konden liefhebben?

Wanneer ze niet naar het strand of naar een party gingen, lagen ze gedrieën bij het zwembad van Villa Charlene. Gracie, haar oom en Jonas. Die momenten waren Gracie het dierbaarst. Na Tancredi waren oom Hans en Jonas haar favoriete gezelschap.

'Hoe gaat het tussen jou en Pierre?' vroeg oom Hans op een middag, nadat ze enigszins tipsy waren thuisgekomen van een lunch bij een Amerikaanse filmproducent. 'Wordt het wat?'

'Nee.' Gracie installeerde zich in de zon en sloot haar ogen.

'Echt niet?' Jonas lag al, in korte broek, zijn benen gekruist bij de enkels, een sigaret tussen zijn slanke vingers.

‘Nee,’ herhaalde Gracie met grote stelligheid.

‘Ik zei het toch. Hij is saai.’

‘Hij is niet saai. Je moet beter kijken. Dan zou je zien dat hij een stuk boeiender is dan jij denkt.’

‘Ik kijk wel uit!’ grapte Jonas. ‘Daar is hij veel te onaantrekkelijk voor. Maar goed, als jij zegt dat hij boeiend is, dan geloof ik je. Onze-Lieve-Heer heeft allerlei soorten kostgangers. En zoals ik al zei, uitgaande van de voedselketen zijn jullie de perfecte combinatie.’

‘Jij met je voedselketen!’ Hans snoof verontwaardigd. ‘Je kunt zulke onzin uitkramen voor iemand die beweert dat hij hoogbegaafd is!’

‘Sst,’ siste Gracie. ‘Ik probeer te relaxen. Doe eens gek en wees gewoon aardig tegen elkaar.’

‘Als ik aardig ben tegen Hansworthy, dan doe ik dat voor jou, Gracie,’ zei Jonas.

‘Dat zal je niet meevallen, m’n beste. Want dat is niets voor jou,’ zei Hans.

Gracie schoot in de lach. ‘Pierre denkt dat je verliefd op me bent, Jonas.’ De alcohol maakte haar vrijmoedig. In het besef dat de stemming abrupt veranderde, deed ze haar ogen open.

Jonas keek naar oom Hans, die veelbetekenend glimlachte. En ineens wist ze het. Natuurlijk! Ze dacht aan die keer dat ze oom Hans in de keuken had betrapt met Guido Vanni. Haar hart begon sneller te slaan. Hield Jonas van oom Hans?

‘Nou, daar heeft hij gelijk in. Ik ben smoor op je, Gracie!’ zei Jonas.

‘En ik op jou.’ Gracie deed alsof de blik tussen hen haar was ontgaan. ‘Waarom wilt u me eigenlijk zo nodig aan de man hebben, oom Hans? Als ik met Pierre trouw, ga ik in Frankrijk wonen en dan moet u op zoek naar een andere restaurateur. Bovendien, Rutger is ook dol op me. Die zou het heel erg vinden als ik wegging.’

‘Daar heb ik natuurlijk allang over nagedacht,’ antwoordde haar oom. ‘Als je met Pierre trouwt, blijf je gewoon voor me werken. En bovendien maak je dan deel uit van de culturele elite in Parijs. Pierre de la

Croix stamt uit een rijk verzamelaarsgeslacht. Heeft hij je dat niet verteld?'

Gracie ging rechtop zitten. 'Nee.'

'Hoe denk je dat ik hem ken?'

'Hoe kent u de halve wereld?'

'Touché!' Jonas grinnikte. 'Je kent míj, en ik ben geen verzamelaar.'

Oom Hans schudde geërgerd zijn hoofd. 'Uw aanwezigheid in deze villa is geenszins vanzelfsprekend, Mr Blythe. Ik heb het contact met Pierre zorgvuldig gecultiveerd. Ik heb jarenlang schilderijen verkocht aan zijn familie, en zijn grootmoeder – ze is helaas overleden – heeft me gevraagd een deel van haar collectie te verkopen toen ze door een extreem uitgavenpatroon in financiële problemen was geraakt. De veiling leverde genoeg geld op om vervolgens opnieuw tien jaar lang met geld te smijten.'

'Je bent erin geluisd, Gracie,' zei Jonas. 'Wat een cynische ouwe schurk is het toch, die oom van je.'

'Gracie mag dan pas zesentwintig zijn, ze heeft een wijsheid die haar leeftijd ruimschoots ontstijgt. En ze weet hoe ik te werk ga. Waar of niet, kindje?'

'Ja, dat wel. Maar ik trouw niet met Pierre. Daar blijf ik bij.'

'Nou en of je met Pierre trouwt! Het gaat bij een huwelijk niet altijd om liefde. En in dit geval gaat het om connecties.'

'Maar waarom zou ze genoegen nemen met minder, als ze het ook allebei kan krijgen?' vroeg Jonas.

'Precies.' Gracie schoot in de lach en dacht aan Tancredi, die aan alle vereisten zou voldoen.

'Je kunt van iedereen houden. Nou ja, van bijna iedereen. Zolang daar maar iets tegenover staat,' zei oom Hans.

Jonas trok een wenkbrauw op. 'Hoe groter de begeerte, hoe groter de liefde.'

'Maar je kunt ook gewoon van iemand houden om wie hij is, niet omdat je iets van hem nodig hebt.' De zon maakte Gracie slaperig. 'Het gaat me niet om geld of status. Ik wil een man om van te houden. Een man die ook van mij houdt.'

'Ach, lieverd, wat ben je toch romantisch,' dweepte Jonas. 'Ik bewonder je om je nobele ziel. Hansworthy en ik hebben niet zo'n zuivere inborst.'

'Ooit was ik een en al zuiverheid,' zei Hans. 'Maar mijn kijk op de wereld is besmeurd door teleurstelling.'

Gracie begon weg te doezelen. Het laatste wat ze hoorde was de stem van Jonas, die zachtjes, in een wolk van rook opmerkte: 'En toen leerde je iemand kennen door wie je weer vertrouwen in de liefde kreeg. Waar of niet, Hollingsworth?'

De dag voordat Gracie naar Italië terugging, vertelde ze Pierre dat ze hem charmant vond, en onderhoudend, en alles wat hij haar nog meer had beloofd, maar dat ze zijn gevoelens niet beantwoordde.

Hij nam het niet goed op. Overtuigd als hij was geweest dat hij haar wel tot andere gedachten zou weten te brengen, weigerde hij haar op te geven. 'Ik kom naar Toscane, om je te bewijzen dat mijn bedoelingen serieus zijn,' zei hij toen Gracie probeerde hem te ontmoedigen.

Ze verlangde naar Tancredi. Het laatste waaraan ze behoefte had, was dat Pierre naar de villa kwam om een scène te maken. Ze wist dat ze oom Hans teleurstelde, en daar voelde ze zich schuldig over. Na alles wat hij voor haar had gedaan, wilde ze dolgraag iets terugdoen. Maar wat hij van haar verwachtte, was een huwelijk dat hém goed uitkwam. Net als Pierre hield hij hardnekkig vast aan zijn voornemen. En hoewel hij haar nooit beschuldigde van ondankbaarheid, wist ze bijna zeker wat hij dacht: dat hij nooit iets van haar had terugverwacht, dat hij in al die jaren maar één ding van haar had gevraagd. Waarom kon ze dat niet voor hem overhebben?

Het speet Jonas dat ze afscheid moesten nemen. 'Kom naar Parijs! De mode daar is werkelijk hemels!' Hij omhelsde haar hartstochtelijk. 'En trouw niet met Pierre,' fluisterde hij. 'Je staat te ver boven hem in de voedselketen.'

'Maar...'

'Ik weet wat ik heb gezegd, maar dat neem ik terug. Iets wat ik zelden doe. Je bent een konijn, schat, en hij is een wolf. Hij zou je levend verslinden. Trouwens, dat zou Hansworthy ook doen als je geen familie was!'

'En jou? Jou laat hij ongemoeid?' Ze grijnsde ondeugend.

'Ja, want ik zorg dat ik hem vóór ben!'

Gracie was dolgelukkig om weer naar huis te gaan. De rit over de stoffige weg naar de villa voelde als de terugkeer in de warme omhelzing van een oude vertrouwde vriend. Ze keek omhoog, naar het kasteel op de heuvel, badend in het goudgele namiddaglicht. Was Tancredi daar? Keek hij uit over de vallei, wachtte hij op haar terugkeer?

Toen kwam de villa in zicht. En daar stond Rutger hen al op te wachten, in zijn schildersoverall. Gracie sprong uit de auto en viel hem om de hals. Hij klopte haar grinnikend, maar ook een beetje ongemakkelijk op de rug, niet gewend om zijn genegenheid te tonen. Zijn haar rook naar terpentine en olie, en Gracie snoof gretig de geur op, dankbaar weer thuis te zijn. Gaia knuffelde haar zo onstuimig dat ze Gracie bijna van de grond tilde, en ook de meeste andere bedienden omhelsden haar hartelijk. Iedereen praatte door elkaar heen. Door alle opwinding leek de stille, schaduwrijke villa plotseling te baden in het licht.

Gracie hoefde niet lang te wachten totdat ze weer in Tancredi's armen lag. Vanwege alle gasten die de gravin had uitgenodigd, moesten ze afspreken in de heuvels, bij een verlaten boerderij waar ze vaak picknickten. Een beschutte plek, tussen goudgele tarwevelden en eindeloze rijen groene wijnstokken. Daar zaten ze onder een plataan, in de zonnevlekken op het gras, met alleen de vogels en de krekels als getuigen van hun liefde.

'Het was de langste maand van mijn leven. Het leek wel alsof de tijd stilstond!' Hij kuste haar teder op het voorhoofd.

Ze leunde met een zucht van geluk tegen hem aan. 'Voor mij ook. Ik heb de dagen geteld.'

'En? Heeft je oom een geschikte man voor je gevonden?' Hij grinnikte met de nonchalance van een man die wist dat hij geen rivalen te duchten had.

'Ja, maar ík vond hem niet geschikt.'

'Wat mankeerde eraan?' Tancredi genoot van het spel.

'Niks. Maar ik wil alleen jou.'

Hij trok haar tegen zich aan en kuste haar opnieuw.

'Wat heb je tegen je oom gezegd?'

'Dat ik hem niet leuk vond. Oom Hans denkt niet aan mij, het gaat hem om het leggen van contacten, om relaties aan te knopen waar hij zakelijk zijn voordeel mee kan doen. Pierre de la Croix stamt uit een rijke familie van kunstverzamelaars.'

'Ik ook. Jammer dat we hem nog niet over ons kunnen vertellen.'

'Nog niet?'

'Ik wacht nog even het juiste moment af, maar dan zeg ik tegen Petronilla dat ik wil scheiden. En dan trouw ik met jou. Je oom is vast erg in zijn nopjes met een verbintenis tussen onze families.'

Ze glimlachte, vervuld van nieuwe hoop doordat hij over trouwen was begonnen. 'Dat denk ik ook. Het zou voor hem een droom zijn die werkelijkheid wordt.'

'En voor jou?'

'Voor mij...' Ze aarzelde even, want hoe graag ze ook met hem wilde trouwen, dat zou wel betekenen dat ze deel ging uitmaken van een wereld waarin ze niet thuishoorde. Een wereld van rijkdom en glamour. 'Voor mij ook,' zei ze om hem niet teleur te stellen. Maar stiekem wenste ze dat het voor altijd kon blijven zoals het was: hun geheim, dat ze met niemand hoefden te delen.

'Over de familie gesproken, tante Livia is trotser dan ooit op hun collectie. Dus ze probeert moeder zover te krijgen om de complete kunstverzameling van mijn grootvader in New York tentoon te stellen, in het Metropolitan Museum of Art. Het museum is enthousiast. De Montefosco-collectie.' Hij schoot in de lach. 'Zie je het voor je?'

'Natuurlijk! Het is een schitterende collectie,' zei ze. 'Vooral nu de schilderijen zijn schoongemaakt en gerestaureerd.'

'Dan gaat onze vervalsing ook naar New York.' Het was hem aan te zien hoezeer het vooruitzicht hem beviel.

Gracie was minder enthousiast. Een onbehaaglijk gevoel maakte zich van haar meester. Tijdens het vervalsen van de Bartoloni had ze niet kunnen vermoeden dat het schilderij ooit door de experts van het Metropolitan in New York op echtheid zou worden gecontroleerd.

Maar Tancredi maakte zich geen zorgen. 'Voor mij is het een stille wraak. Te weten dat mijn oom een vervalsing uitleent aan het Metropolitan. Een publieke vernedering is niet nodig. Dat ík het weet, is genoeg.'

Gracie kon alleen maar hopen dat die tentoonstelling er nooit zou komen.

23

In de daaropvolgende maanden raakten de plannen voor de tentoonstelling op de achtergrond. Omdat Tancredi het er niet meer over had, ging Gracie ging ervan uit dat de gravin had geweigerd háár helft van de Montefosco-collectie uit te lenen. En alleen Bruno's helft zou waarschijnlijk niet voldoende zijn voor een tentoonstelling.

In december vloog Gracie naar Londen om Kerstmis te vieren met haar familie. Haar laatste bezoek aan thuis was alweer een jaar geleden. Deze keer reisde ze alleen. Oom Hans ging skiën in de Franse Alpen. Joseph was inmiddels vader van een jongetje van vier maanden, en zijn vrouw was opnieuw zwanger. Iedereen hoopte dat de tweede een meisje zou zijn. Joseph was dikker geworden, niet langer het schriele joch van wie Gracie afscheid had genomen toen ze naar Italië vertrok, maar een breedgeschouderde jongeman die als boekhouder bij een prestigieus reclamebureau werkte en daar trots over vertelde. Hij had het ver geschopt, constateerde Gracie.

Haar moeder oogde weer iets ouder, vermoeider, magerder dan de laatste keer dat Gracie in Londen was. Sterker nog, Greet leek in dat jaar aanzienlijk ouder te zijn geworden. Ze verklaarde echter met grote stelligheid dat het heel goed met haar ging en dat ze dankzij haar kinderen en haar broer niets tekortkwam. 'Ik heb niet veel nodig. En nu ik oma ben is mijn geluk compleet. Wanneer ga jij nu eindelijk eens trouwen?

Het wordt tijd dat je een gezin sticht. Als ik alles had geweten had ik je niet met Hans mee laten gaan. Volgens mij kom je daar de deur niet uit en maakt hij het je onmogelijk leuke mannen te leren kennen,' mopperde ze.

'Maak je geen zorgen. Ik ben nog jong.'

'Het is maar hoe je het bekijkt.' Greet klonk een beetje kortaf. 'Toen ik zo oud was als jij had ik al twee kinderen. De tijd vliegt. Voor je het weet liggen je beste jaren achter je, en dan wil geen man je nog hebben. De beste mannen worden weggekaapt door de slimste meisjes. En dan schieten er voor jou alleen de kneusjes over.'

Gracie haalde haar schouders op. Voor haar geen kneusje. Ze had de beste man die ze zich kon wensen.

Terwijl ze in Londen was ging ze naar de National Gallery en het Victoria and Albert Museum. Ze wandelde met haar moeder door Hyde Park, en ze nam haar mee naar Fortnum & Mason, waar ze thee dronken en scones met room en jam aten. Joseph wist kaartjes te bemachtigen voor een show in West End. Na de voorstelling soupeerden ze in een populair nieuw restaurant in Soho, waar Joseph een goede bekende was van het personeel. De eerste kelner begroette hem hoffelijk en gedienstig. Joseph glunderde, zichtbaar in zijn nopjes.

Het speet Gracie niet om begin januari weer naar Italië te vertrekken. Het liefst had ze haar moeder meegenomen naar La Colomba, al was het maar omdat ze dan nooit meer naar Londen hoefde. Joseph en zij hadden nooit een hechte band gehad, en door haar vertrek naar het buitenland waren ze alleen maar verder van elkaar vervreemd geraakt. Haar moeder was nog de enige reden om naar Engeland terug te gaan.

Oom Hans kwam pas eind februari weer thuis. Hij had na zijn kerstvakantie in Chamonix nog een maand in Parijs gezeten. Maar ondanks de doeken die hij meebracht, ondanks de contacten die hij had gelegd, was hij niet zo sprankelend, zo uitbundig als anders. Het leek wel alsof hij het Parijse weer met zich mee had genomen, alsof er permanent een sombermakend grijs wolkendek boven zijn hoofd hing. Pas toen Gracie de pakjes openmaakte die hij voor haar had meegebracht, besefte ze dat hij Jonas in Parijs moest hebben getroffen. Alleen de flamboyante Amerikaan kon de fleurige korte jurkjes, de bijpassende schoenen met puntige neuzen, de lamswollen twinsets en maillots hebben uitgekozen, zorgvuldig afgestemd op haar ogen en haar figuur. Maar haar oom snoof honend, misprijzend toen ze over hem begon. 'Mr Blythe is verzuurd. Als melk die te lang heeft gestaan. En ik vind niets zo erg als zure melk.' Zijn bijtende sarcasme was nieuw voor Gracie. Zo te horen waren de twee vrienden deze keer te ver gegaan in hun kameraadschappelijke plagerijen.

Vanaf dat moment leek het Gracie verstandiger Jonas niet meer ter sprake te brengen. Wat er ook was gebeurd, ze hoopte dat haar oom en de Amerikaan het zouden uitpraten en weer goedmaken. Niet in de laatste plaats omdat ze de oude oom Hans miste. Maar terwijl de maanden verstreken, terwijl oom Hans zoals altijd op reis ging en weer thuiskwam, werd zijn humeur er niet beter op.

In de lente kwam Tancredi met het nieuws dat zijn moeder en Bruno de Montefosco-collectie inderdaad aan het Metropolitan in New York zouden uitlenen. De tentoonstelling stond over een jaar gepland. 'De hele collectie?' vroeg Gracie, in de hoop dat haar vervalsing in Rome zou blijven.

'De héle collectie.' Tancredi glimlachte. 'Wat een verrukkelijk idee dat mijn arrogante oom een vervalsing in bruikleen gaat geven.'

'Ben je niet bang dat de vervalsing wordt ontdekt?' Gracie beet nerveus op de huid rond haar duimnagel.

'En wat dan nog? Des te beter! Dan staat hij in zijn hemd. Wat een vernedering! Misschien komt er wel een schandaal van!' Hij schoot in de lach. 'En misschien geeft hij het schilderij dan alsnog aan mij. Dan verbranden we het en hoef ik het origineel niet langer te verstoppen. Daarmee is het probleem definitief opgelost.'

Misschien had hij gelijk, maar Gracie was er niet gerust op. De angst die ze had verdrongen, nam opnieuw bezit van haar.

Het duurde nog tot oktober voordat haar somberste verwachtingen bewaarheid werden. Oom Hans kreeg een telefoontje van Livia Montefosco, die vertelde dat de Piero Bartoloni ten onrechte aan de kunstenaar was toegeschreven, dat het hoogstwaarschijnlijk ging om een vervalsing. Hans, die alleen het origineel had gezien, reageerde verbaasd. 'Ik ben zo vrij het oordeel van het museum te bestrijden, gravin. Als het inderdaad om een slechte vervalsing zou gaan, zoals u suggereert, dan zouden we dat tijdens het schoonmaken hebben gezien. Rutger en Gracie hebben allebei aan het schilderij gewerkt, en hun is niets opgevallen. Dat zou alleen verklaarbaar zijn als de vervalsing het werk was van een briljante kunstenaar.'

Gracie en Rutger keken op van hun werk. Toen keken ze elkaar aan. 'Dat zou dan wel een verdomd goede vervalser moeten zijn.' Rutger krabde zich op het hoofd. 'Jij hebt dat doek schoongemaakt, is het niet, Gracie?'

Ze knikte. 'Ik heb er niets bijzonders aan gezien,' antwoordde ze schouderophalend, waarop ze zich haastig achter haar ezel verstopte. Het bloed schoot naar haar gezicht, en ze was bang dat haar blos haar zou verraden. Dat een van de schilderijen uit de collectie een vervalsing bleek te zijn, had op zich geen gevolgen voor oom Hans, hield ze zichzelf voor. Tenslotte had hij geen rol gespeeld bij de aankoop. Maar hij had Tancredi's grootvader wel andere vervalsingen verkocht. Daar had hij haar vol trots over verteld. Dus dat beloofde niet veel goeds, mochten de experts in New York zich door de ontdekking genoodzaakt zien de rest van de collectie extra zorgvuldig onder de loep te nemen. Dat lag niet voor de hand, maar in Gracies overspannen verbeelding, gevoed door schuldbesef, leek het ook bepaald niet onmogelijk.

Te oordelen naar de geluiden aan de andere kant van de lijn was Livia Montefosco buiten zichzelf van woede. Oom Hans bleef echter onverstoorbaar en verzekerde haar met zijn gebruikelijke charme en innemendheid dat er geen sprake was van een, zoals zij het formuleerde, 'diepe vernedering voor de ogen van de New Yorkse elite'. Helaas kwamen vervalsingen maar al te vaak voor in collecties met een omvang en een anciënniteit als die van de Montefosco's. 'Dat ze er in uw collectie een hebben ontdekt, wil niet zeggen dat er meer doeken zijn die ten onrechte aan de kunstenaar zijn toegeschreven. Dat is zelfs hoogst onwaarschijnlijk. Echt hóógst onwaarschijnlijk.'

Gracies hart klopte in haar keel. Was ze maar nooit op dat krankzinnige idee gekomen! Het enige lichtpuntje in de aanstormende duisternis was het besef hoe Tancredi zou genieten van de vernedering van zijn oom. Maar dat was niet genoeg om haar angst het zwijgen op te leggen. Het zweet brak haar uit. Moest ze alles opbiechten? Of kon ze beter haar mond houden, in de hoop dat de zaak met een sisser zou aflopen?

Het telefoongesprek duurde een half uur, maar voor Gracie leek het een eeuwigheid. Minuut na minuut drukte als een loodzware last op haar schouders. Zo te horen schakelde Livia heen en weer tussen woede over het feit dat Hans haar deze 'schande' niet had bespaard door de vervalsing te herkennen, en zelfbeklag om wat ze beschouwde als een 'publieke vernedering'.

Toen het gesprek eindelijk was beëindigd, draaide oom Hans zich om naar het atelier. Gracie keek angstig op van haar werk. De koele onverstoorbaarheid waarmee hij Livia Montefosco te woord had gestaan, had plaatsgemaakt voor oprechte angst. En ze zag nog iets in zijn blik... iets onheilspellends. Rutger schoof zijn loepbril op zijn voorhoofd en legde zijn penseel neer. Gracie had het gevoel dat alles om haar heen verstilde, zelfs de lucht. Hoewel ze even eerder nog had overwogen alles op te biechten, verwierp ze die gedachte nu abrupt. Ze herkende haar oom nauwelijks meer in het gezicht dat haar dreigend aankeek. Zelfs in zijn slechtste momenten, in zijn grootste woede, zag hij er anders uit dan nu. Hij leek een vreemde te zijn geworden, en dat vervulde haar met angst.

'We hebben een probleem.' Door de toon waarop hij het zei – zacht, beheerst – werd Gracies angst zo mogelijk nog groter.

‘We hebben wel vaker problemen gehad, Hans.’ Ook Rutger klonk beheerst. ‘En we zijn er altijd uit gekomen.’

‘Dat is zo. Vervalsen brengt nu eenmaal risico’s met zich mee. Maar dit had ik niet verwacht. En het komt op een wel erg ongelukkig moment.’

‘Ík heb dat schilderij schoongemaakt, oom Hans...’ begon Gracie.

‘Dat bestaat niet.’ Zijn ijzige blik verlamde haar. De adem stokte haar in de keel. ‘Want dan zou je onmiddellijk hebben gezien dat het een vervalsing was. En het schijnt bovendien een waardeloze vervalsing te zijn. Het werk van een amateur. Dat had iedereen met ook maar het kleinste beetje verstand van kunst kunnen en móéten ontdekken.’

Opnieuw overwoog Gracie alles op te biechten, maar uit paniek deed ze het weer niet. Als eerlijk zijn geen optie was, dan had ze maar één alternatief. ‘U hebt gelijk. Ik heb het niet schoongemaakt,’ loog ze. De tranen stroomden over haar wangen. ‘Het leek me niet nodig. Maar ik had het wel moeten doen. Dan was het allemaal niet gebeurd.’

‘Dat was een grove nalatigheid, Gracie. En daarmee zou je ons allemaal in de grootste problemen kunnen brengen.’

‘Wat kan ik doen om het goed te maken?’

‘Bidden.’

Daarop beende oom Hans zijn eigen atelier in en smeet de deur achter zich dicht. Gracie durfde Rutger niet aan te kijken. Ze vóélde zijn afkeuring, als een vangnet dat haar verstrikte. Niet bestand tegen de verstikkende atmosfeer vluchtte ze het huis uit. Wat had haar bezield? Wat had ze gedaan, verblind door liefde? Als ze had geweten dat het schilderij in een wereldberoemd museum door experts zou worden onderzocht, zou ze beter werk hebben afgeleverd, zoals oom Hans het haar had geleerd. Na zijn vernietigende oordeel durfde ze helemaal niet meer toe te geven dat zíj de maker was van de vervalsing. De teleurstelling van haar oom zou onverdraaglijk zijn, zelfs nog erger dan een gevangenisstraf omdat ze aan zijn criminele activiteiten had meegewerkt.

Buiten pakte ze haar fiets. Zonder te beseffen waar ze heen ging, reed ze het pad op tussen de velden. Ze wilde weg, ver weg, en ze zou het liefst nooit meer terugkomen. Ze had oom Hans en Rutger verraden, teleurgesteld. En waarvoor? Voor een man van wie ze inmiddels betwijfelde of hij wel echt van haar hield. De rode wijnranken, de gele heuvels, ze zag het allemaal nauwelijks, verblind als ze was door tranen, verdwaasd door twijfel, ook aan haar eigen keuzes.

Tancredi had nog niets ondernomen om van zijn vrouw te scheiden. Hij had het er vaak over gehad, hij had haar beloofd dat ze ooit samen zouden zijn, hij had gezegd dat hij het juiste moment afwachtte om de stap te zetten.

Tot dusverre was ze altijd teruggeschrokken voor het vooruitzicht, uit angst voor de wereld waarin hij zich bewoog. Had hij misschien misbruik gemaakt van haar onzekerheid? Hij had nooit geprobeerd haar over te halen, hij had zelfs nooit de moeite genomen haar gerust te stellen. In plaats daarvan had hij over hun huwelijk gesproken zoals je praat over een fantasie die waarschijnlijk toch nooit werkelijkheid zal worden. Niet dat hij een einde wilde maken aan hun verhouding. In dat opzicht twijfelde ze niet aan hem. Wat ze zich wel afvroeg, was of hij de moed had om door te pakken.

Een scheiding zou onvermijdelijk leiden tot een schandaal, met ingrijpende gevolgen voor zijn familie en zijn sociale leven in Rome. De Montefosco's waren vurig katholiek. Tancredi zou niet alleen zijn familie moeten trotseren, maar ook in de problemen komen met zijn geloof. Hij had zijn trouwgeloften afgelegd met God als getuige. Het was niet aan de mens die geloften te breken. Van zijn moeder hoefde Gracie geen steun te verwachten. Hoe excentriek en bohemien ze ook mocht zijn, als het ging om haar milieu, om de normen en waarden die daarin werden gehanteerd, was ze net zo onbuigzaam, net zo traditiegetrouw als iedereen in haar kringen. Een man mocht er een maîtresse op na houden – sommigen hadden er zelfs meer dan een – maar daar trouwde hij niet mee. En al helemaal niet wanneer de maîtresse afkomstig was uit een lagere sociale klasse. Geen grotere snobs dan de Romeinen, had Gracie eens iemand horen zeggen.

Tegen de tijd dat ze terugfietste naar de villa, viel er een lichte motregen. Ze had de nevelige regenwolk niet gezien die vanaf de zee landinwaarts dreef en nu als een kille, klamme mist in het dal hing. Haar vingers waren gevoelloos van de kou, want in haar haast om weg te komen was ze vergeten handschoenen aan te trekken. Haar blik ging naar het kasteel, hoog boven Colladoro, maar ook dat was in nevelen gehuld. Ooit had ze omhooggekeken met een hart vol verlangen, nu was haar hart vervuld van twijfel en deed de aanblik haar pijn, vanwege alle mooie beloften waarvoor het kasteel ooit symbool had gestaan. Het was maar goed dat de mist het aan het oog onttrok, dacht ze somber.

Toen ze bij de villa kwam, keek Gaia al naar haar uit. Ze stond in de deuropening, met haar armen over elkaar, haar vest dicht om haar weelderige rondingen getrokken. Ongeduldig en verkleumd wiebelde ze van de ene voet op de andere. 'Wat bezielt je om in dit weer de deur uit te gaan?' riep ze toen Gracie haar fiets tegen de muur zette en met haar haren aan haar huid geplakt kwam aanrennen. 'Zo krijg je nog longontsteking.'

'Ik moest er even uit!'

Gaia pakte haar bij de arm. 'Ik heb een boodschap van Tancredi,' fluisterde ze. Bij het zien van Gracies vermoeide, bijna onverschillige blik nam ze haar fronsend op. 'Hij heeft gebeld. Of je morgenmiddag naar het kasteel komt. Hij vertrekt vanavond uit Rome.'

Gracie begreep meteen waarom hij haar wilde zien. Om met haar de vernedering van zijn oom te vieren. Ze glimlachte mat. De vernedering van zíjn oom zou de ondergang kunnen betekenen van de háre.

'Hij durft wel, om hierheen te bellen.' Gaia liep naar binnen.

Dankbaar dat ze de kou kon ontvluchten liep Gracie achter haar aan.

'Blijkbaar is het belangrijk,' vervolgde Gaia.

'Nee, dat denk ik niet.'

'Is er iets?'

Gracie keek haar vriendin zuchtend aan, met een blik van berusting in haar ogen. 'Hij gaat niet met me trouwen, hè?'

Gaia aarzelde; een veelzeggende aarzeling die in strijd leek met wat ze uiteindelijk zei: 'Vast en zeker. Ooit is het zover.'

'Ik geloof er niet meer in. Je had gelijk. Ik had naar je moeten luisteren. Toen ik ontdekte dat hij getrouwd was.' Ze grinnikte vreugdeloos. 'Terwijl ik helemaal geen gravin Bassanelli wil worden, met een palazzo in Rome. Ik wil alleen maar bij hem zijn. Hier, in Colladoro.'

'Het is het een óf het ander.' Gaia volgde de schouderophalende Gracie naar de keuken. 'Wat is er toch allemaal aan de hand? Signor Hollingsworth is niet te genieten, en het humeur van signor Janssen is niet veel beter. Je zou denken dat er iemand overleden was.'

Het was bedoeld als grapje, maar voor Gracie kwam het onaangenaam dicht in de buurt van de werkelijkheid. 'Ik heb een schilderij overgeslagen dat ik had moeten schoonmaken. En nu blijkt dat het een vervalsing is.'

'En waarom kijken ze jou daarop aan?' Gaia zette haar handen in haar zij. 'Dat is niet eerlijk.'

'Als ik het had schoongemaakt, zou ik hebben gezien dat het een vervalsing is.' Ze begon het bijna zelf te geloven.

'Als íémand een vervalsing herkent, dan is het signor Hollingsworth. En signor Janssen.' Gaia grijnsde bij het zien van de verraste uitdrukking op Gracies gezicht. 'Jullie denken toch niet dat ik gek ben?'

'Waar heb je het over?'

'Over dat schilderij in het atelier van signor Hollingsworth. Dat schilderij dat ik niet mocht zien. Ik weet heus wel wat jullie daar doen. Maar ik hou mijn mond. Ik zeg het tegen niemand. Dus kijk maar niet zo verschrikt. Maar die twee kerels zouden zich moeten schamen dat ze jou er ook in hebben betrokken. Mocht het ooit zover komen, dan kun je op me rekenen.'

'Zover komt het niet,' stelde Gracie haar gerust. Ze zeiden het geen van beiden hardop, maar Gracie wist wat haar vriendin bedoelde.

Gaia klakte misprijzend met haar tong. 'Dat zullen we dan maar hopen. Gelukkig is signor Hollingsworth niet voor één gat te vangen.'

Ze dineerden zoals altijd in de eetkamer – oom Hans, Rutger en Gracie. Oom Hans, die al sinds de kerst uit zijn humeur was, hulde zich in stilzwijgen. Gracie had alleen Rutger om mee te praten, die veel te goeiig was om lang kwaad te blijven. Ze had jarenlang naar de verhalen van haar oom geluisterd, niet zelden over een arme stumperd die om welke reden dan ook zijn woede had gewekt. Maar ze had nooit gedacht dat die woede zich uiteindelijk ook tegen haar zou richten. Hoe lang dacht hij nog boos te blijven? Op die vraag kreeg ze voorlopig geen antwoord, want toen ze de volgende morgen beneden kwam, was hij vertrokken.

'Hij had wat dringende zaken af te handelen,' antwoordde Rutger desgevraagd, en hij ging op zijn kruk zitten om aan het werk te gaan.

'Wanneer komt hij terug?'

'Dat zullen we moeten afwachten.'

'Is hij naar het buitenland?'

'Ja. Naar Parijs.'

Dus niet naar New York, dacht Gracie opgelucht, want dat zou betekend hebben dat het probleem dat ze had veroorzaakt, nog veel ernstiger was dan ze al dacht. Naar Parijs ging hij wel vaker, dus dat was niets bijzonders. 'Is hij nog altijd kwaad op me?'

Rutger keek niet op van zijn werk. 'Trek het je niet aan,' zei hij verstrooid. 'Je oom is geniaal. Hij zou zelfs de grootste experts van de wereld voor de gek weten te houden.'

'Ik hoop dat je gelijk hebt.'

'Daar kun je op vertrouwen. En wat je oom betreft... Het is allemaal niet zo simpel, het leven dat hij leidt. Niet dat ik daar verder iets van weet. Dus ook daarvoor geldt: we zullen het moeten afwachten.'

Gracie begreep niet goed wat hij bedoelde, maar omdat het verder niets met haar te maken had, knikte ze alleen maar en ging ook aan het werk.

De volgende dag na het middaguur fietste ze naar het kasteel. De wolken waren die nacht weggetrokken, de regen had het landschap schoongewassen. Alles flonkerde. Ze had opgetogen moeten zijn. Haar plan was gelukt. Maar diep vanbinnen werd ze verteerd door een knagende angst.

Tancredi was dolgelukkig. Hij omhelsde haar, trok haar de toren in en overlaadde haar gezicht met kussen. 'Ik heb geweldig nieuws!' riep hij stralend.

'Ik weet het al. Livia belde gisteren, over de vervalsing. Oom Hans is er bepaald niet gelukkig mee.'

'Ach, voor hem maakt het niets uit,' zei Tancredi nuchter. 'En niemand zal denken dat jij erachter zit.'

'Nee, dat is zo.' Ze verzweeg dat haar oom zijn grootvader diverse vervalsingen had verkocht. Als die er door de experts in New York uit werden gepikt, zou het spoor wel degelijk naar oom Hans leiden. 'Ik had nooit moeten proberen een schilderij uit de barok te vervalsen. Het is bijna onmogelijk om dat zo goed te doen dat niemand het in de gaten heeft. Dat kan alleen oom Hans. Ik schaam me dood.' Gracies ogen glansden vochtig.

Tancredi legde zijn handen langs haar gezicht. 'Gracie, kijk niet zo verdrietig. Je hebt me zielsgelukkig gemaakt! De gelukkigste man van de hele wereld.'

'Maar ik heb de slechtste vervalsing van de hele wereld geschilderd.'

'Dat maakt niet uit. Sterker nog, ik ben dolblij dat je het hebt gedaan. Daardoor is mijn oom Bruno voor iedereen te kijk gezet. En dat is zijn verdiende loon. Ík heb het origineel, precies zoals mijn grootvader wilde, en mijn oom zit met een waardeloos prul.'

'Je begrijpt het niet! Ík ben vernederd, nog veel erger dan je oom. Want ík heb dat prul geschilderd!'

'Onzin! Het is briljant zoals het is gelopen. Ik had het niet beter kunnen bedenken. Je bent geniaal! Mijn genie!'

Hij wilde haar opnieuw kussen, maar ze maakte zich los uit zijn armen. 'We moeten praten.' Gracie ging op de kruk voor zijn schildersezel zitten en vouwde haar handen in haar schoot. Ze waren verkleurd, want ze had al weer haar handschoenen vergeten.

‘Is er iets?’ Tancredi werd plotseling ernstig. ‘Wat is er gebeurd?’

Ze slaakte een diepe zucht. Zijn gekwelde blik deed pijn, maar ze moest hem ter verantwoording roepen. Ze had geen andere keus. ‘Je gaat niet scheiden, hè?’

De blijdschap keerde terug in zijn gezicht. ‘Ach, lieveling. Maak je je dáár zorgen over? Over ons? Ik hou van je!’ Hij liet zich op zijn knieën vallen en sloeg zijn armen om haar heupen. ‘Ik ben ermee bezig. Vertrouw me nou maar. Ik moet het voorzichtig aanpakken. Petronilla’s familie is erg machtig.’

‘Heb je ooit van haar gehouden?’

‘Ze was wat ik op dat moment wilde,’ antwoordde hij ontwijkend.

‘Machtig?’

‘Gracie, geef me alsjeblieft de kans het uit te leggen. Het is allemaal niet zo simpel. Mijn familie heeft betere tijden gekend. Ooit waren we rijk en machtig, maar jaren geleden zette het verval in. Vandaar mijn keuze voor Petronilla. Ík had de illustere naam die zíj wilde, en zij bezat de rijkdom waarvan ik dacht dat die me gelukkig zou maken. Maar ik ben veranderd. Ik ben gaan inzien dat geluk niet te koop is. Dat materiële dingen er niet toe doen. En dat heb jij me geleerd.’

Gracie nam hem onderzoekend op. Ze zou willen zeggen dat ze haar werk blijkbaar niet goed had gedaan, want de Piero Bartoloni was hem nog altijd alles waard. Maar ze zei niets terwijl hij probeerde haar te overtuigen dat hij niet materialistisch meer was, dat hij een man was met diepgang en integriteit, een man die zich liet leiden door zijn passie.

‘Ik was een dolende ziel, Gracie. Ik had mijn jeugd verspild door alleen aan mezelf en mijn pleziertjes te denken. Ik smeet met geld en bezoedelde de naam van de familie. Toen ik Petronilla leerde kennen, besefte ik hoe stom ik was geweest. Ik wilde dat mijn grootvader trots op me kon zijn. En Petronilla’s familie was rijk genoeg om mijn familie in de oude luister te herstellen. Mijn grootvader zou een huwelijk met haar goedkeuren, en ik dacht dat ik daardoor weer in zijn achting zou stijgen. Alleen door met Petronilla te trouwen kon ik goedmaken wat ik mijn familie had aangedaan.' Blijkbaar zag hij dat ze hem niet-begrijpend aankeek, want hij voegde er schaapachtig aan toe: 'En ik vond haar natuurlijk ook aardig. We waren bevriend.'

'Uiteindelijk komen er kinderen, en dan kun je helemaal niet meer bij haar weg,' bracht Gracie gesmoord uit – de gedachte was onverdraaglijk.

Tancredi schudde zijn hoofd. 'Petronilla wil geen kinderen.'

Bij het zien van zijn verslagen gezicht besefte Gracie dat hij door zijn huwelijk onbedoeld in een gevangenis was terechtgekomen.

'Ach, wat verschrikkelijk voor je...' begon ze. Haar hart stroomde over van medelijden.

'Ik had het je moeten vertellen.'

'Het geeft niet.'

'Ik wist niet hoe ik...'

'Ik begrijp het.' Ze ging met haar hand door zijn haar. 'Het valt ook niet mee om zoiets te vertellen.' Ze wilde hem troosten, hem zeggen dat zij hem een huis vol kinderen zou geven. Zo veel als hij wilde. Maar Gracie zag aan de uitdrukking op zijn gezicht dat hij de teleurstelling verdrong, zoals hij dat ongetwijfeld al heel lang had gedaan.

Hoewel ze zich niet verzette toen hij haar dichter tegen zich aan trok, nam een gevoel van wanhoop, van uitzichtloosheid bezit van haar. Want ondanks zijn kinderloze huwelijk was hij niet in staat zijn vrouw te verlaten. Ze hield van hem zoals hij was, en dus hield ze ook van zijn gebreken. Maar het waren zijn gebreken – zijn zwakheid en gebrek aan moed – waardoor hij de confrontatie met zijn vrouw niet aandurfde. Ze geloofde niet dat hij de moed had om te scheiden, om zowel zijn familie als zijn geloof te tarten. Diep in haar hart wist ze dat hij nooit echt de hare zou zijn. Dat uiteindelijk de dag zou komen waarop ze bij hem weg zou gaan.

Ze bedreven de liefde in de torenkamer – des te intenser door het besef van de onvermijdelijke eindigheid van hun samenzijn – en Gracie klampte zich aan hem vast alsof die kostbare momenten al hun laatste waren. Tancredi had niets in de gaten. Hij werd volledig in beslag genomen door zijn triomf. Toen hij in haar vochtig glanzende ogen keek, glimlachte hij teder en plaagde haar dat ze sentimenteel was. 'Ik vind het aanbiddelijk hoe jij alles zo intens beleeft. Je gezicht is als een open boek voor me.'

En Gracie glimlachte weemoedig, want ze was een boek dat hij niet kon lezen.

De daaropvolgende weken verstreken traag, alsof de tijd angstig, weigerachtig met zijn voeten sleepte. In La Colomba heerste een sombere stemming, ook al deden Rutger en Gracie hun werk even nauwgezet en gedreven als altijd. Toen oom Hans eindelijk uit het buitenland terugkwam, bracht hij sneeuwbuien mee. De volgende morgen zag Gracie bij het opstaan een witte wereld, maar de romantiek van het winterse landschap kon haar angst niet wegnemen. Een angst die alleen maar groter werd toen ze haar oom zag.

Hij was sterk vermagerd, zijn gezicht ingevallen. Zijn jukbeenderen tekenden zich scherp af, zijn ogen waren onnatuurlijk groot en stonden vreemd schrikachtig. Zijn kleren slobberden om zijn lichaam. Hij was afwezig, verstrooid, stak met trillende vingers de ene sigaret met de andere aan en dronk grote glazen whisky. Hoewel hij op veilingen zoals altijd een flinke hoeveelheid oude doeken en schilderijen had weten te bemachtigen, leek hij er geen enkel plezier aan te beleven. Zouden er in de Montefosco-collectie nog meer vervalsingen zijn ontdekt? Gracie durfde het niet te vragen. Haar oom praatte nauwelijks tegen haar. Niet dat hij haar negeerde. Hij werd in beslag genomen door andere dingen. Voor het eerst had hij geen cadeautjes, geen mooie kleren voor haar meegebracht. Dus Gracie veronderstelde dat hij nog altijd kwaad op haar was, dat hij haar wilde straffen voor haar nalatigheid.

Met Rutger praatte hij wel. Ze verdwenen in het atelier van oom Hans en deden de deur achter zich dicht. Gracie drukte haar oor tegen het hout, maar ze ving alleen wat gedempte klanken op en af en toe een woord in het Nederlands. Het was duidelijk dat ze haar er niet bij wilden hebben, omdat zij tekort was geschoten door de vervalsing niet te herkennen. Daardoor zou het haar schuld zijn als de politie aan de deur kwam. Ze beet op haar nagels, kon zich niet op haar werk concentreren en wenste voor het eerst dat ze niet in La Colomba was maar thuis in Camden, in het vochtige, sombere huis waar ze was opgegroeid.

Maar Gracie had niet de moed om naar huis te gaan, zelfs niet voor Kerstmis. Rutger ging naar Nederland, maar Gracie bleef in La Colomba, net als oom Hans. Het liefst had ze haar moeder uitgenodigd om naar Italië te komen, maar dat durfde ze haar oom nu niet voor te stellen. Als hij had gewild dat zijn zuster bij hem langskwam, zou hij haar jaren geleden al hebben uitgenodigd. Denkend aan thuis besefte Gracie dat haar broer zo goed als een vreemde voor haar was geworden. Ze had haar familie in Engeland achtergelaten, en hier in Italië een nieuwe familie gevonden. Somber gestemd als ze was, had ze er spijt van dat ze ooit uit Londen was vertrokken. Ze had destijds niet beseft hoe belangrijk familie was. Dat inzicht kwam nu pas, door het gevoel dat ze haar familie kwijt was.

Toen ze op kerstochtend wakker werd, voelde ze dat er iets op haar voeteinde lag. Iets zwaars. Een groot pak, in bruin papier, dichtgebonden met een lint. Ze trok het naar zich toe. Haar hart begon sneller te slaan. Blijkbaar had oom Hans haar vergeven! Anders zou hij geen kerstcadeautje voor haar hebben gekocht.

Ze pakte het uit. Er kwam een antiek houten kistje tevoorschijn, met een sleuteltje in een piepklein gouden slotje. Ze draaide het sleuteltje om en deed het deksel open. Boven in de kist lag een blad met penselen, keurig op een rij, allemaal in hun eigen vakje. Ze trok aan de satijnen lussen om het blad op te tillen. Daaronder lagen gereedschappen voor het vak waarin oom Hans haar zo goed had onderwezen. Gracie was met stomheid geslagen. Waarom kreeg ze van haar oom een kist met penselen en schilderspullen? Ze had hier in La Colomba alles wat ze nodig had. Pas toen ze het deksel weer dichtdeed, zag ze de gouden initialen die in het hout waren gebosseleerd: H.E.H.

Hans Edward Hollingsworth.

Het was zijn eigen schilderkist!

In paniek sprong Gracie uit bed. Ze schoot een kamerjas aan en rende de gang door, naar de kamer van haar oom. De deur was dicht. Ze klopte. Geen antwoord. Ze klopte nog eens, nu wat harder. Ten slotte draaide ze de deurknop om en keek om een hoekje. Het was schemerig in de kamer, de gordijnen waren open, buiten ontwaakte een witte wereld. Haar blik ging naar het bed. Het was keurig opgemaakt. De pantoffels van haar oom stonden op het kleedje ervoor. Zijn kamerjas lag op de sprei. Alles zag eruit alsof hij het zorgvuldig had geordend en opgeruimd voordat hij de kamer verliet.

Op blote voeten liep ze de trap af, naar de keuken, zo beheerst door angst dat ze de ijzige kou van de plavuizen niet voelde. 'Oom Hans?' Op het ritmische tikken van de staande klok in de hal na was het doodstil in huis. Ze dacht aan die nacht, jaren geleden, aan oom Hans met Guido Vanni in de keuken. Maar het was niet waarschijnlijk dat ze opnieuw op zo'n intiem moment zou stuiten. De bedienden gingen met Kerstmis allemaal naar huis, en bovendien had ze na die ene keer geen signalen meer opgevangen dat er dingen speelden die voor het daglicht verborgen moesten blijven.

Blijkbaar was oom Hans de deur uit gegaan, besefte Gracie teleurgesteld, maar ook opgelucht. Als hij al zo vroeg op de ochtend was gaan wandelen, hoefde ze zich geen zorgen te maken. Ze mopperde op zichzelf omdat ze zo overspannen had gereageerd en zette de cafetière op het fornuis. Terwijl het water omhoogborrelde door de koffie, dacht ze weer aan de schilderkist. Zodra oom Hans terugkwam, zou ze hem vragen wat hij met het cadeau bedoelde.

Het was griezelig stil in huis, de sfeer drukkend. Gracie ging aan de keukentafel zitten, opnieuw bekropen door angst. Ze probeerde het gevoel te verdringen, maar het was alsof zich een hand om haar hart sloot.

Een hand die steeds harder begon te knijpen. Gespannen, rusteloos slenterde ze met haar koffie de keuken uit.

Ze verwachtte niet dat haar oom met Kerstmis aan het werk zou zijn. Maar hij gedroeg zich de laatste tijd zo vreemd. Misschien was hij toch naar zijn atelier gegaan, om zich onder te dompelen in wat hij het liefste deed. Met de dampende mok koffie liep ze naar het atelier. De vroege ochtendzon scheen door de ramen, tekende schachten van licht op de houten vloer en viel op de ezels van Rutger en haarzelf. Er heerste een vredige rust. Ze liep verder, naar de deur van het atelier van haar oom. Die stond op een kier. Vreemd. De hand om haar hart begon nog harder te knijpen. Oom Hans deed de deur altijd dicht en op slot. Angstig, op haar hoede liep ze erheen. Voorzichtig legde ze haar hand op de deur, ze duwde hem verder open en gluurde naar binnen.

Haar oog viel op een stoel. Hij stond midden in het atelier, in een poel van zonlicht, en bood een verloren aanblik. Toen werd haar blik als vanzelf omhooggetrokken, naar twee blote voeten, boven de stoel. Geschokt hield ze haar adem in. De voeten waren akelig, ziekelijk grauw van kleur. Plotseling begon alles te draaien, haar maag verkrampte, een golf van misselijkheid overspoelde haar. De mok gleed uit haar hand, viel op de grond en brak in stukken. Gracie zocht steun bij de muur om niet ook te vallen; om te zorgen dat de wereld ophield met draaien. Want ze moest het zeker weten.

Toen haar blik eindelijk weer helder werd, sloeg ze haar ogen op. Aan de hoge, brede dwarsbalk hing een lichaam. Het lichaam van oom Hans.

24

Anastasia keek haar oma vol afschuw aan. De zelfdoding van oom Hans had haar geschokt, maar ze was zo mogelijk nog meer ontdaan toen ze zag hoe haar oma ineen leek te schrompelen. Ze wist niet wat ze moest zeggen. Gracies stem was steeds brozer, steeds ijler geworden naarmate het einde van het verhaal naderde. Anastasia had dichter naar haar toe moeten schuiven om haar nog te kunnen verstaan – ze had geen woord willen missen. Van tijd tot tijd had Gracie even gezwegen, om een diepe zucht te slaken. En dan wreef ze over haar keel, als om die los te masseren. Soms struikelde ze over haar woorden, omdat de emoties haar te veel werden. Anastasia had haar zien worstelen om haar verhaal te doen, en ze had zich amper durven bewegen, uit angst Gracies concentratie te verstoren. Die angst was waarschijnlijk ongegrond geweest, want terwijl het verhaal zijn gruwelijke climax bereikte, had Anastasia steeds meer de indruk gekregen dat haar oma tegen zichzelf praatte, zich nauwelijks bewust van de aanwezigheid van haar kleindochter.

Anastasia zei nog altijd niets, onthutst dat haar oma plotseling zo nietig, zo kwetsbaar leek. Wat moest ze zeggen, wat kon ze doen om het trauma van Gracies schokkende ontdekking weg te nemen? Om haar oma te bevrijden van haar schuldgevoel, van de overtuiging dat zij de oorzaak was van de tragedie? Ze kon slechts haar hart volgen en haar oma hartstochtelijk omhelzen. Gracie onderging het lijdzaam, ze liet haar tranen de vrije loop en gaf het verdriet dat ze vierenveertig jaar alleen had gedragen, eindelijk de ruimte.

Aanvankelijk huilde ze geluidloos, met slechts een pijnlijk verkrampen van het middenrif om haar martelende wanhoop lucht te geven door het slaken van een diepe zucht. Maar toen ze weer inademde, toen haar middenrif weer ontspande, kreeg haar verdriet een stem. Het uitte zich als een luid kreunen dat klonk alsof het er na tientallen jaren diep weggestopt te zijn geweest, eindelijk in slaagde door alle geheimhouding, alle weerstand heen te breken. Het was een ontlading van schaamte, spijt, liefde, en Gracie gaf zich er volledig aan over.

Anastasia wist zich geen raad. Ze had nog nooit iemand zo wanhopig, zo intens verdrietig horen kreunen. In paniek keek ze om zich heen en tuurde ze de duisternis in. Waar was haar moeder? Carina, die op het hoger gelegen terras met Madeleine en Lauren zat te praten, hoorde het vreemde, wanhopige kreunen en wist instinctief van wie het afkomstig was. Ze schoot overeind en haastte zich de treden af naar het benedenterras, waar ze Gracie snikkend aantrof, in de armen van haar kleindochter.

Anastasia slaakte een zucht van verlichting. Ze had eindelijk de rest van het verhaal gehoord, maar ze was nog te jong, te onervaren om raad te weten met het verdriet dat door de dramatische afloop naar boven was gehaald. Carina ging aan de andere kant naast haar moeder zitten en legde liefkozend een hand op Gracies schouder. 'Stil maar, mam. Ik ben bij je.'

Langzaam maakte Gracie zich los uit de armen van Anastasia. Ze kon geen woord uitbrengen. Haar hele lichaam schokte van het huilen. Ze leek in verwarring gebracht, alsof ze geen controle had over haar reacties. 'Het geeft niet, mam. Gooi het eruit! Krop het niet langer op.' Carina herinnerde zich dat haar moeder lang geleden hetzelfde tegen háár had gezegd.

Daarna bleef het geruime tijd stil, totdat Gracie haar ademhaling en haar lichaam weer onder controle had.

'En toen?' vroeg Anastasia ten slotte, in een poging haar oma af te leiden van het beeld van oom Hans, dood in zijn atelier. 'Wat hebt u toen gedaan?'

'Ik ben gevlucht,' antwoordde Gracie hees. Carina gaf haar een servet, nog van het diner, om haar tranen te drogen.

'Waarnaartoe?' vroeg Anastasia.

'Naar Londen.'

'Zonder iets tegen Gaetano te zeggen?'

Gracie begon weer te huilen, maar nu zachtjes. 'Ik kon er niet over praten. Ik kon tegen niemand zeggen wat er was gebeurd.'

Anastasia's blik kruiste die van haar moeder. Ze keken elkaar geschokt aan.

'Want het was mijn schuld! Het kwam door mij dat mijn oom zich van het leven had beroofd.' Gracies stem klonk zacht, bijna fluisterend. 'Hij was ontmaskerd. Ze zouden hem komen halen. En dan zouden ze mij ook hebben gearresteerd. Toen pas besefte ik dat Rutger niet naar Nederland was gegaan om er Kerstmis te vieren, maar dat hij was gevlucht. En ik betwijfelde of hij nog terug zou komen. Als ik in La Colomba bleef, zou ik moeten uitleggen waarom ik de Piero Bartoloni had vervalst. En dat betekende dat ik Gaetano moest verraden. Dat wilde ik niet. Dus ik had geen andere keus dan te verdwijnen, in de vurige hoop dat ze me nooit op het spoor zouden komen.'

'Wat hebt u tegen uw moeder gezegd?' vroeg Anastasia, terwijl Carina probeerde wat ze al wist, te laten aansluiten op wat Gracie nu vertelde.

'Dat hij zelfmoord had gepleegd,' antwoordde Gracie op de vraag van haar kleindochter. 'En dat ik van schrik de benen had genomen.'

'Vroeg ze zich niet af waaróm hij zelfmoord had gepleegd?'

Gracie huilde niet langer. 'Dat weet ik niet.' Met bevende handen vouwde ze het servet op. 'Ze legde zich erbij neer. Het lichaam werd naar Londen overgebracht. Oom Hans is in Camden begraven. Mijn moeder heeft er later nooit meer naar gevraagd. Misschien wist ze het antwoord en zweeg ze er liever over.'

'En u hebt Gaetano nooit verteld waar u naartoe was gegaan? Is hij niet naar u op zoek gegaan? En wist hij waar hij moest zoeken?'

Gracie schudde verdrietig haar hoofd. 'Hij zou zijn vrouw nooit verlaten, kindje. O, hij wilde wel. Daar twijfel ik niet aan. Maar hij kon het niet. Het was een droom. En dat bleef het. Iets wat we allebei zielsgraag wilden, maar om dat soort dromen werkelijkheid te laten worden, heb je meer nodig dan goede bedoelingen. Daar moet je sterk voor zijn, en hoeveel ik ook van hem heb gehouden, Gaetano was niet sterk. In het vliegtuig naar Londen besefte ik dat ik hem moest opgeven.'

'Dus u hebt ook nooit afscheid genomen van Gaia?'

'Ik heb van niemand afscheid genomen. Ik ben er gewoon vandoor gegaan, als de eerste de beste lafaard. Daar ben ik niet trots op. Maar ik was jong. Ik dacht dat het probleem vanzelf opgelost zou worden als ik de benen nam.'

'En gebeurde dat ook?' vroeg Anastasia.

Gracie slaakte een zucht, vouwde het servet open en weer dicht. 'In één opzicht wel. De notaris van oom Hans voerde het testament uit, Joseph en ik erfden zijn bezittingen. Een paar maanden voor zijn dood had hij zijn villa in Frankrijk en een grote som geld aan Jonas Blythe gegeven. Dat verbaasde me niet, want hij had van Jonas gehouden. Mijn broer was dolgelukkig met de erfenis en kocht een groot huis in Belgravia. Maar ík wilde er niets van hebben. Het geld niet, en het onroerend goed ook niet.'

'Had oom Hans La Colomba aan u nagelaten?'

'Ja, maar ik ben er nooit meer geweest. Het geld heb ik met mijn moeder gedeeld, in de hoop dat ze uit dat afschuwelijke oude huis wegging. Maar dat deed ze niet. Ze is tot haar dood in Camden blijven wonen.'

'Wat hebt u met de rest van het geld gedaan? Oom Hans was schatrijk.'

Gracie keerde zich naar haar dochter en aarzelde.

Carina streelde haar moeder met een medelevende glimlach over de rug. 'Ik weet alles al, mam. Anastasia heeft het me verteld. Het ging niet van harte, maar ik heb haar onder druk gezet. Want ik maakte me zorgen om je.'

'Ik had het je best willen vertellen, kindje. Maar ik dacht dat het je niet zou interesseren.'

Carina was geschokt. Des te meer omdat haar moeder niet beschuldigend klonk maar nuchter, berustend, alsof ze had aanvaard dat haar dochter niet in haar geïnteresseerd was. 'O, mam!' Ze legde een hand op haar hart. 'Dacht je dat echt? O, wat vind ik dat erg. Wat spijt me dat! En het is ook niet waar! Natuurlijk interesseert het me wel. Ik had het gewoon te druk, met mijn werk en met... o god, wat een lamlendig excuus!' Er schitterden tranen in haar ogen. 'Nee, ik mag mijn werk, mijn carrière niet de schuld geven. Je kunt altijd ergens tijd voor vrijmaken, als je maar wilt. Ik ben afschuwelijk tekortgeschoten, als dochter én als moeder. Maar daar ga ik wat aan doen. Ik wil niet zo'n moeder zijn die het altijd druk heeft, zo'n moeder die nergens tijd voor heeft en alleen maar met zichzelf bezig is.' Ze haalde diep adem, en de traan die over haar wang biggelde, trok een glinsterend spoor in haar make-up. 'Het spijt me, mama. Kun je me vergeven?'

Met een matte glimlach legde Gracie een hand op de hare. 'Als jij mij kunt vergeven dat ik zo'n belangrijk deel van mijn leven voor je heb verzwegen.'

'Het is jouw geheim, mam. Daar hoef je geen verantwoording over af te leggen.'

Gracie keerde zich weer naar Anastasia. 'Je vroeg wat ik met de erfenis heb gedaan. De helft van het geld heb ik aan mijn moeder gegeven, maar uit schuldgevoel kon ik me er niet toe zetten mijn helft te gebruiken. Dus dat geld is geïnvesteerd. Ik heb geen idee hoeveel het nu is, maar het moet een behoorlijk bedrag zijn. Na mijn dood krijgt je moeder het. En ik heb bij de notaris ook een brief in bewaring gegeven waarin ik alles uitleg.'

'Dus je was niet van plan het me ooit te vertellen?' vroeg Carina.

'Nee. Ik dacht niet dat ik het zou kunnen opbrengen. Je vader heeft ook nooit iets van dat geld geweten.'

'Dat gaat wel heel ver.'

'Misschien. Maar toen ik op de vlucht sloeg, heb ik alles achter me gelaten. Ik heb die periode in mijn leven de rug toegekeerd en ik ben aan een nieuw bestaan begonnen. Uiteindelijk leerde ik je vader kennen. We zijn al snel getrouwd. Hij was in alle opzichten Gaetano's tegenpool. Twintig jaar ouder dan ik. Betrouwbaar, verstandig, sterk. En bovendien kwam hij uit een wereld die veel dichter bij de mijne stond. Hij was geen zwierige aristocraat zoals Gaetano, maar hij had een hart van goud. Ik wist dat ik bij hem veilig was. Dus ik borg mijn penselen weg en zwoer dat ik nooit meer zou schilderen. Het zou te pijnlijk zijn geweest om de spullen uit de schilderkist van oom Hans te gebruiken. Trouwens, dat was het niet alleen. Ik kon me er simpelweg niet meer toe brengen weer te gaan schilderen. Wat had ik een spijt van die vervalsing! En dan was het ook nog zulk prutswerk. Ik had niet de tijd genomen om het goed te doen. Hoe had ik moeten weten dat het schilderij ooit door experts zou worden beoordeeld? Het was bedoeld om oom Bruno voor de gek te houden. Maar het lot had andere plannen, en het slot van het verhaal was dat mijn lieve oom Hans zich van het leven beroofde. Dat zal ik mezelf nooit vergeven. Dus, kindje...' Ze keek Carina recht in de ogen. 'Als ik er niet meer ben, is het geld voor jou.'

'Daar wil ik niet eens aan denken, mam!'

'Ooit komt het afscheid, voor ons allemaal.'

'Maar nu nog niet. Ik heb je net gevonden.'

Gracie had het gevoel dat zich een zachte, warme hand om haar hart sloot. Ze voelde zich plotseling sterk, alsof de liefde van haar dochter en haar kleindochter haar broze ziel pantserde. 'Willen jullie iets voor me doen?'

'Natuurlijk,' antwoordden ze als uit één mond.

'Willen jullie morgen met me naar La Colomba gaan? Ik ben er klaar voor. Nu ik er zo dichtbij ben, moet ik erheen. Dit is misschien mijn laatste kans om het huis nog te zien. Het heeft me zo lang achtervolgd...

Ik mag de confrontatie niet langer uit de weg gaan. Misschien kan ik het dan loslaten.'

Anastasia pakte haar hand. 'Natuurlijk gaan we met u mee. Ja toch, mam?'

'Nou en of. Ik bestel een taxi. Na de lunch. Tenzij je onze laatste kookles wilt overslaan.'

Gracie glimlachte. 'Dat kunnen we Mamma Bernadetta niet aandoen. Ik weet zeker dat ze iets bijzonders op het programma heeft staan.'

Die avond stond Gracie voor haar raam en keek uit over de donkere vallei. Ze dacht aan de talloze keren dat ze vanuit haar kamer in La Colomba had opgekeken naar het kasteel, terwijl ze zich afvroeg of Tancredi thuis was, of hij aan haar dacht. En nu stond ze hier, in zijn kasteel. En ook al was hij thuis, de afstand had nauwelijks groter kunnen zijn. Had hij nog aan haar gedacht, in de jaren na haar abrupte vertrek? Net zo vaak als zij aan hem had gedacht? Vanuit Londen had ze hem een brief gestuurd en hem op het hart gedrukt niet naar haar op zoek te gaan. Het was beter zo, voor hen allebei. Ze had hem ook over de zelfdoding van oom Hans geschreven en hem gesmeekt aan niemand te vertellen wie de Piero Bartoloni had vervalst – als ze dan toch naar de gevangenis moest voor het vervalsen van kunst, dan niet voor zulk prutswerk!

Wat had ze hem gemist. Hen allebei! Tegelijk met Tancredi had ze ook haar oom verloren, en in het verlengde daarvan een leven, een bestaan dat haar dierbaar en vertrouwd was geweest. Verwonderd constateerde ze niet voor het eerst hoe veerkrachtig de mens was. Want ze had het allemaal overleefd en achter zich gelaten. Ze was niet ingestort, ze was niet blijven hangen in het verdriet, maar ze had zichzelf gedwongen door te gaan, ze had zich voortgesleept, over de moeilijke weg naar een onzekere toekomst. Ooit had ze tegen Tancredi gezegd dat verdriet te vergelijken was met het oversteken van een brug; dat je, vóórdat je die brug overging, niet besefte wat het betekende om een dierbare te verliezen. Met het verlies van haar oom Hans en van haar grote liefde was ze die brug opnieuw overgestoken en had het verdriet zich nog dieper geworteld in haar ziel.

De Gracie die voorgoed naar Engeland terugging, was niet dezelfde als de Gracie die met Kerstmis naar huis was gekomen. De nieuwe Gracie gaf zo mogelijk nog minder om het materiële. Ze had eindeloos geduld, met iedereen, ze had compassie voor wie dat nodig had, en ze trad de wereld met meer begrip tegemoet. Hoewel ze nooit echt gelovig was geweest, dacht ze in die eerste maanden na haar terugkeer veel na over God. Wat er was gebeurd, moest een bedoeling hebben. Oma en oom Hans waren niet verdwenen, daar was ze van overtuigd. Ze waren er nog, maar dan in een andere dimensie, waar zij zich op een dag bij hen zou voegen. Dat voelde ze intuïtief. Het was een gevoel dat zich nog sterker kenbaar maakte wanneer ze buiten was, in de vrije natuur, omringd door de bloemen, de bomen, het lied van de vogels. Ze kon het niet uitleggen, ze zou er geen woorden voor hebben kunnen vinden, maar het gevoel was onmiskenbaar: iets wat haar op de weg door het leven bij de hand nam.

Gracie leerde van het Engelse platteland te houden. Na hun huwelijk verhuisden Ted en zij naar Badley Compton. De zee, de kiezelstranden, de ruige kliffen, het werd haar allemaal zo dierbaar. Ze genoot ervan door het hoge gras te lopen, gadegeslagen door de herkauwende koeien. Zelfs de grijze wolken, de mist en de motregen hadden hun eigen charme. Door de verliezen die ze had geleden, werd de natuur haar zo mogelijk nog dierbaarder, en het was dan ook de schoonheid van alles om haar heen waardoor ze langzaam, maar gestaag haar innerlijke rust hervond. Tancredi deed wat ze hem had gevraagd. Hij ging niet naar haar op zoek. Gracie begroef het verleden onder het nieuwe leven waarvoor ze had gekozen, en daar bleef het.

Toen de angst te worden opgepakt naar de achtergrond verdween, begon ze oprecht te genieten van het huwelijksleven. In Ted had ze haar evenknie gevonden. Een man met wie ze tevreden oud kon worden. Hij deed haar hart niet sneller slaan, maar dat zou ook niet meer gebeuren na het verlies van haar grote liefde. En dus sloot ze zich af voor haar romantische, sensuele kant en nam ze genoegen met een heel ander soort liefde. Ted zou haar nooit in de steek laten, hij zou haar geen verdriet doen, haar niet teleurstellen door beloftes die loos bleken. Ze kon op hem bouwen, en dat stemde haar dankbaar. Samen maakten ze nieuwe vrienden in het dorpje aan de kust: mensen tegenover wie ze zich niet klein en onbeduidend hoefde te voelen; mensen die niet op haar neerkeken maar haar accepteerden zoals ze was. Ze had niet meer de behoefte op reis te gaan, als een kind dat zich heeft gebrand en met een grote boog om de kachel heen loopt. Ze had rust gevonden. Samen met Ted had ze een bestaan opgebouwd waarin ze niets tekortkwam, en daar was ze tevreden mee.

Terwijl ze nu neerkeek op de donkere vallei, was ze voor het eerst nieuwsgierig naar wat er na haar vertrek was gebeurd. Wat was er gebeurd met haar vervalsing? Had de politie na de dood van oom Hans besloten de zaak te laten rusten? Ze móést het weten. Zonder antwoord op haar vragen kon ze niet terug naar huis. Tegelijkertijd schrok ze terug voor de confrontatie met Tancredi. Hij had haar niet herkend, en dat had haar veel pijn gedaan. Het voelde als een afwijzing. Anderzijds, om haar af te wijzen had hij haar eerst moeten herkennen. Maar als hij haar uiteindelijk wél herkende, als ze met hem zou kunnen praten, en als dan bleek dat ze elkaar niets meer te zeggen hadden... Dat zou bijna nog erger zijn. Een vrijblijvend gesprek, een uitwisseling van beleefdheden zou haar nog veel meer pijn doen. Dus misschien was het beter hem niet meer te zien.

Het wolkendek scheurde, haar blik werd getrokken naar de twinkelende sterren die daardoor zichtbaar werden. Ze voelde zich warm worden vanbinnen en dacht aan Carina en Anastasia, aan de band die er in de afgelopen week tussen hen was gegroeid. Het was alsof ze ieder op hun eigen manier tot inzicht waren gekomen, alsof ze alle drie een persoonlijke transformatie hadden doorgemaakt. Haar hart stroomde over, niet langer van verdriet, van beklemmende spijt, maar van liefde; het leek te zwellen, groter te worden, als cupcakes in de oven. Dankbaarheid vervulde haar. Zelfs als ze Tancredi nooit meer zou zien, zelfs als ze er nooit achter kwam wat er met haar schilderij was gebeurd, dan nog was deze reis niet voor niets geweest. Ze had haar gezin hervonden, en dat was belangrijker dan het verleden. Het heden zou de basis zijn waarop ze haar toekomst ging bouwen. En ze besefte dat ze veel had om naar uit te kijken.

Het was even na middernacht toen Anastasia zich over het pad naar het zwembad haastte. Ze had haar leukste jurk aangetrokken, een knalgeel niemendalletje met daaroverheen een verbleekt spijkerjasje. Haar voeten staken in flonkerende sandaaltjes. Ze voelde de dauw aan haar tenen. Maanlicht stroomde door de scheuren in de bewolking en wierp schachten van licht op de tuin; de zachte bries voerde een geur van rozen met zich mee. Spanning deed haar hart sneller slaan. Giovanni wachtte op haar bij zijn scooter, om haar mee te nemen naar de boerenschuur, voor opnieuw een opwindende nacht in de knusse schuilplaats die hij in gereedheid had gebracht. Alleen al bij de gedachte huiverde ze van genot, alsof haar lichaam geen weet had van zijn verraad, of zich daar niets van aantrok. Was ze maar zoals Madeleine! Dan kon het haar niet schelen en zou ze onbekommerd van hem kunnen genieten. Maar zo zat ze niet in elkaar. Ze was verliefd, en ze had gedacht dat die liefde wederzijds was.

Het huisje bij het zwembad kwam in zicht, gedompeld in het melkwitte schijnsel van de maan. Het zwembad weerkaatste de nachtelijke hemel en glansde duister. Anastasia liep eromheen, over de plavuizen met daartussen kleine witte bloemetjes die zich dankzij Giovanni's laksheid hadden uitgezaaid. Ze kon het pad naar beneden, naar de weg al zien, slingerend door het hoge gras. Ze voelde Giovanni's aanwezigheid. Als een roofdier ging ze op haar prooi af.

Na een diepe zucht begon ze aan de afdaling. Een glinstering van metaal, van maanlicht dat werd teruggekaatst, verried zijn scooter. Toen zag ze ook de gloeiende punt van zijn sigaret. Blijkbaar hoorde hij haar aankomen, want hij draaide zich om en lachte zijn witte tanden bloot. Zoals altijd viel ze hem om de hals en kuste hij haar, zinderend, hartstochtelijk. Ze proefde de tabak op zijn tong, in zijn adem. Ondanks wat ze had ontdekt, snakte haar lichaam naar het zijne. Hij legde een hand in haar nek, onder haar haar, en Anastasia moest al haar wilskracht aanspreken om hem weg te duwen, hem bij de hand te nemen en mee te trekken naar het zwembad. Aanvankelijk protesteerde hij, want hij wilde dat ze met hem meeging, naar de schuur, waar ze niet het risico liepen betrapt te worden. Maar Anastasia had andere plannen. Ze schonk hem een veelbelovende glimlach. 'Surprise!' fluisterde ze, en ze zag aan zijn ogen dat hij het begreep.

In het huisje duwde ze hem speels met zijn rug tegen de muur en begon hem te kussen. Hij grijnsde toen hij besefte dat zíj deze keer de leiding had genomen. Dat wond hem op. Hij liet zijn armen langs zijn lichaam vallen, stak zijn kin naar voren en liet zich gewillig door haar uitkleden. Langzaam maakte ze zijn overhemd los, en na de laatste knoop liet ze haar vingers over zijn blote lichaam glijden, over zijn borsthaar, over de spieren die zich onder de huid aftekenden. Hij had het lijf van een atleet. Toen zijn overhemd op de grond lag, begon ze aan zijn spijkerbroek. Ze nam alle tijd om zijn riem los te doen en trok de rits van zijn gulp naar beneden. Verlekkerd mompelend sloot hij zijn ogen. Ze schoof zijn broek naar beneden. Hij stapte eruit en schopte zijn espadrilles uit. Aan de zwelling in zijn onderbroek zag ze hoe opgewonden hij was. Het gaf haar een bevredigend gevoel van macht. Ze richtte zich op en kuste hem opnieuw, maar toen hij haar wilde omhelzen drukte ze zijn handen tegen de muur. 'Deze keer ga ik jou verwennen.' Ze liet haar duimen onder de band van zijn onderbroek glijden en schoof hem naar beneden, zodat hij naakt voor haar stond. Spijtig genoot ze voor een laatste keer van zijn aanblik.

Toen greep ze vliegensvlug zijn kleren, gooide ze uit het open raam, waar Madeleine stond te wachten, en rende naar buiten. Opgewonden, nerveus giechelend renden de twee samenzweerders het pad op naar het kasteel. Toen ze de bocht rondden wierp Anastasia nog een blik achterom. Giovanni stond in de deuropening van het huisje en keek hen verbijsterd na. Van zijn opwinding was niets meer over.

'Heb je zijn scooter verstopt?' vroeg ze aan Madeleine toen ze buiten adem het kasteel bereikten.

'En goed ook! Daar is hij wel even naar op zoek. Maar hij zal eerst in zijn blootje naar huis moeten lopen.' Ze grijnsde en liet het bergje kleren op de grond vallen. 'Eigen schuld.'

'Karma, noemt mijn oma dat,' zei Anastasia.

'En wij noemen het wraak. En? Hoe voelt het?'

Anastasia trok een spijtig gezicht. 'Hij is wel erg knap...'

Madeleine gaf haar een por. 'Hou op!' zei ze streng. Toen grijnsde ze. 'Kom op. Hij heeft zijn lesje geleerd, en wij moeten naar bed!' Veerkrachtig, bijna huppelend, liepen ze het kasteel binnen.

25

Anastasia en Carina werden tegelijk wakker. Ze bleven nog even liggen, genietend van de vogels die zongen, en van het zangerige Italiaans onder hun raam, waar personeel opgewonden stond te praten. Pas toen Anastasia een bekende naam hoorde begreep ze waar het over ging. 'Ze hebben het over Giovanni.' Ze schoot overeind. 'Ik vraag me af hoe hij thuis is gekomen.'

'Misschien wel niet. Misschien zit hij nog steeds in het huisje bij het zwembad.' Carina grijnsde. Ze was opgebleven tot haar dochter opgewonden de kamer was komen binnen vallen en had het hele verhaal gehoord.

Anastasia grijnsde terug. 'Er lag niks wat hij om zich heen kon doen. Daar hebben we wel voor gezorgd. Een vijgenblad uit de tuin was zijn enige optie. Giovanni in adamskostuum. Letterlijk!' Ze schoten allebei in de lach.

'Toch heb ik met hem te doen,' zei Carina.

'Eigen schuld. Het werd hoog tijd dat iemand hem een lesje leerde.' Anastasia liep naar de badkamer. 'Dan had hij het maar niet met Madeleine moeten aanleggen.'

'Niet om het een of ander, lieverd, maar volgens mij heeft Madeleine het met hém aangelegd.'

'Dan nog. Hij heeft zijn trekken thuisgekregen. Daar gaat het om. En met een beetje geluk weet heel Colladoro het inmiddels.' Ze kwam de badkamer uit en begon zich aan te kleden. 'Vandaag gaan we met oma naar La Colomba.'

'Ja, dat zal wel erg emotioneel worden.'

'Ik heb de kamer gezien waar haar oom zich heeft opgehangen. En ik wist meteen dat daar iets vreselijks was gebeurd. Er hing een akelige sfeer.'

'Arme mama. Wat moet dat afschuwelijk zijn geweest! Om haar oom zo te vinden.'

'En dan te bedenken dat ze daar al die jaren alleen mee heeft rondgelopen.'

'Ja, schokkend. Mijn eigen moeder. Dat ik haar zo slecht heb gekend.' Carina liet zich peinzend uit bed glijden en liep naar de badkamer.

'We moeten zien dat we Gaetano vinden,' hielp Anastasia haar herinneren.

'Toch denk ik niet dat hij de doorslag heeft gegeven. Volgens mij wilde ze hier vooral naartoe om zich te bevrijden van haar demonen.'

'Om de confrontatie met die kamer aan te gaan?'

'De confrontatie met haar verleden. Met de schimmen van toen die nog altijd in dat huis rondspoken. Door ons haar verhaal te vertellen en door terug te gaan naar La Colomba kan ze alles eindelijk achter zich laten.'

'Dus je denkt niet dat ze nieuwsgierig is naar wat er van Gaetano is geworden?'

'Nee, het is meer dan veertig jaar geleden. Het bestaat niet dat ze na al die tijd nog van hem houdt. Dat lees je alleen in boeken...'

'En in de krant.' Anastasia was aanzienlijk romantischer aangelegd dan haar moeder. 'Daar staan ook altijd dat soort verhalen in.'

'Misschien, maar het lijkt me onwaarschijnlijk. Het gaat om oom Hans. Niet om Gaetano.'

Anastasia was het niet met haar eens. Ze wist zeker dat haar oma zich voor altijd verbonden zou voelen met Gaetano. Dat de jaren daar op geen enkele manier afbreuk aan konden doen. 'Volgens mij zijn ze altijd van elkaar blijven houden. Vergeet niet dat ze abrupt, door een dramatische gebeurtenis uit elkaar zijn gerukt. Het was niet zo dat de liefde bij de een bekoelde, en dat de ander achterbleef met een gebroken hart. Ik denk dat oma nog steeds van hem houdt. Ze mag dan oud zijn, in haar hart is ze nog jong.'

Carina schoot in de lach en ritste haar capribroek dicht. 'Je moet schrijver worden.'

Anastasia tilde het haar van haar schouders. 'Als dat mag van oma, zou ik haar verhaal graag opschrijven.'

'Klinkt goed. Dan kun jij voor me zorgen op mijn oude dag.'

'Dat hoeft niet. Dan heb je het geld van oma!'

'Dit wordt alweer onze laatste les,' begon Ilaria. 'Maar denk erom, geen sombere gezichten! We nemen morgen geen afscheid, we zeggen "Tot ziens!" Castello Montefosco loopt niet weg. Jullie zijn hier altijd welkom.'

Het was Rex niet ontgaan dat Gracie de vorige avond behoorlijk van streek was geweest, maar hij was te beleefd om ernaar te vragen. In plaats daarvan nam hij de kruk naast de hare en begroette haar met een tederheid alsof ze zich bezeerd had en troost nodig had. Daar was Gracie hem dankbaar voor. Ze voelde zich uitgeput, nog niet bekomen van alle emoties, en ze had slecht geslapen door alles wat het laatste hoofdstuk van haar verhaal naar boven had gehaald. Bovendien zag ze ertegen op om naar La Colomba te gaan. Oom Hans was er niet meer, maar voor haar geestesoog zag ze nog altijd het beeld van die bleke, ziekelijk grauwe voeten, van zijn witte gezicht, zijn blauwe lippen.

'Ik hoop dat we morgen inderdaad geen afscheid hoeven te nemen. Dat we "Tot ziens" zullen zeggen.' De blauwe ogen van Rex twinkelden veelbetekenend.

'Natuurlijk nemen we geen afscheid,' zei Gracie. 'Ik hoop oprecht in contact te blijven met alle nieuwe vrienden die ik hier heb gemaakt.'

'Het zou zo leuk zijn als ik je mijn ranch kon laten zien.' Hij dempte zijn stem, de uitnodiging was duidelijk alleen voor háár bedoeld. 'Je zult het er prachtig vinden. En dat is het ook. Betoverend. Zeker voor een natuurliefhebber als jij.'

'Dat geloof ik onmiddellijk.'

Aangemoedigd door haar instemmende reactie schonk hij haar een grijns, waarbij de kraaienpootjes aan zijn slapen zich verdiepten. 'Mooi. Dat is dan geregeld.'

Anastasia ging naast Alex zitten.

'Wat heb jij met Madeleine?' vroeg hij nog snel, voordat de les begon.

'Hoe bedoel je?'

'Nou, ik zie jullie voortdurend naar elkaar kijken. Met een grijns alsof jullie iets hebben gedaan wat niet door de beugel kan.'

Anastasia schoot in de lach. 'We hebben met de slang afgerekend. Laten we het daar maar op houden. Die valt niemand meer lastig.'

Carina keerde zich naar Lauren. 'We houden contact, hè?'

'Natuurlijk!' Lauren knikte lachend in de richting van hun kinderen. 'Volgens mij valt daar niet aan te ontkomen.'

Carina glimlachte, blij dat Giovanni's rol uitgespeeld was, waardoor de weg vrijkwam voor Alex. 'De beste relaties beginnen als vriendschap. En wat er ook gebeurt, ik heb zo'n gevoel dat die twee altijd goede vrienden blijven.'

Anastasia voelde dat er over haar werd gepraat. Ze glimlachte en keek haar moeder vragend aan.

De les begon. De gesprekken vielen stil. De leerlingen waren een en al aandacht, pakten hun potlood en maakten nauwkeurig de laatste aantekeningen op het laatste vel papier op hun klembord.

'Vandaag maken we *gnocchi alla sorrentina*. Gnocchi met tomaten en mozzarella. En daarna een heel bijzonder gerecht: *coniglio con pomodori e olive*. Konijn met tomaten en olijven.' Ilaria keerde zich naar Anastasia. 'Kijk maar niet zo verdrietig,' zei ze glimlachend. 'We gaan heus

Peter Rabbit niet in de pan stoppen. Die zit veilig in de boeken van Beatrix Potter.'

Anastasia's blik kruiste die van Alex, en ze schoten allebei in de lach.

'Konijn is verrukkelijk,' vervolgde Ilaria.

'En omdat we hier op het kasteel goed voor onze konijnen zorgen, is het vlees extra mals en rijk van smaak.' Ze legde haar vingers op haar lippen en kuste ze. 'Hemels! En wat het dessert betreft, dat wordt *crostata di mele*. Appeltaart. De appels komen uit eigen tuin. Ze zijn heel zoet, maar zeg dat maar niet tegen ze, want dan gaan ze blozen! En omdat jullie mijn favoriete groep leerlingen zijn zal ik jullie ten slotte leren hoe je *limoncello* moet maken. Likeur van citroenen. Dan kunnen jullie de middag gebruiken om je roes uit te slapen. Je citroenroes.' Ze keerde zich grijnzend naar haar moeder. 'Ben je zover, Mamma Bernadetta?'

De oude kokkin knikte en keerde de groep de rug toe om haar handen te wassen. Carina sloeg haar liefdevol gade. Ze zou haar missen. Mamma Bernadetta had iets vertederends zoals ze daar stond, met haar mollige schouders, haar hoofd een beetje scheef, haar dikke enkels en haar slobberende kousen. Trouwens, ze zou Ilaria ook missen.

'Kom, aan de slag.' Ilaria pakte een grote steelpan en deed er een kopje tomatensaus in.

Na de lunch arriveerde de taxi. Rex stond net op het punt Gracie uit te nodigen voor een wandeling. In plaats daarvan stapte ze in de auto, op de voorstoel, met haar handen gevouwen in haar schoot. Ze peuterde nerveus aan de nagelriem van haar duim, beet op haar onderlip en vroeg zich af of het wel verstandig was wat ze deed. Misschien was het beter om het verleden te laten rusten. Het was vierenveertig jaar geleden! Waarom zou ze alles weer oprakelen?

Voordat ze had kunnen besluiten de hele onderneming af te blazen, waren Carina en Anastasia al ingestapt en zette de auto zich in beweging. De chauffeur deed zijn best de diepste kuilen te ontwijken, maar dat lukte niet echt. Hobbelend en stuiterend reden ze de weg af.

De drie passagiers zwegen, ieder in hun eigen gedachten verzonken. In de veronderstelling dat ze geen Italiaans spraken, hield de chauffeur ook zijn mond. Ten slotte kwam de vervallen villa in zicht, verscholen tussen cipressen en oleanders. Gracie hield geschokt haar adem in. Ze had niet gedacht dat het verval zo erg zou zijn. Ze aarzelde, maar op dat moment voelde ze de zachte druk van een hand op haar schouder. Ze keek om, recht in de ogen van haar dochter. 'Het komt goed, mam,' zei Carina met een bemoedigende glimlach. 'Wij zijn bij je.'

De taxi hobbelde het pad op. De vering, die toch al niet best was, werd zwaar op de proef gesteld. De chauffeur reed heel voorzichtig, bijna aarzelend: hij begreep niet wat ze hier te zoeken hadden. Hij kon zich de villa niet anders herinneren dan verwaarloosd en onbewoond.

Naarmate ze dichterbij kwamen begon Gracies hart van angst sneller te slaan. 'Stopt u hier maar,' zei ze in het Italiaans.

De chauffeur keek haar verrast aan.

'Ik wil het laatste stuk graag lopen. Misschien kunt u hier wachten. Ik denk dat we met een uurtje wel klaar zijn.'

'Sì, signora.' De jeugdige Italiaan was geschrokken. De oude dame zag er zo op-en-top Engels uit, maar ze sprak de taal alsof ze hier geboren was.

Gracie stapte uit, Carina en Anastasia volgden haar voorbeeld. Geschokt bleef Gracie even staan en keek naar de villa, een hand op haar hart. Het was als het weerzien met een oude vriend die aan lagerwal was geraakt. De ooit zo zorgvuldig onderhouden tuin was overwoekerd door onkruid, zevenblad bedekte de borders en verstikte de planten, woekerkruid slingerde zich over de hagen en zoog de sappen uit het gebladerte. Oom Hans zou zich omdraaien in zijn graf. Hij was altijd zo trots geweest op zijn tuin.

Langzaam begon ze in de richting van het huis te lopen, van alle kanten bestormd door herinneringen die als ijle flarden van licht tevoorschijn leken te komen en de villa weer tot leven brachten. Ze zag Gaia in de deuropening staan, ze zag Rutger aan het ontbijt zitten, aan de tafel onder de vijgenboom. Ze rook lavendel en jasmijn, hoorde het lied van de vogels. Ineens wist ze weer hoe het voelde om jong en verliefd te zijn, om al deze verbijsterende schoonheid te zien door de ogen van een kind. En ze was verdrietig, omdat het verlies van dat alles haar niet was overkómen, maar omdat ze het over zichzelf had afgeroepen. Hoe zou het zijn gelopen als ze dat ellendige schilderij niet had vervalst?

Ze zwegen alle drie. Carina wilde haar moeder niet storen in haar gedachten, en Anastasia zag het verhaal dat haar oma had verteld tot leven komen. Ze stelde zich oom Hans voor, met een sigaret en een glas wijn op het terras onder de pergola. In haar verbeelding zag ze haar oma het pad op fietsen nadat ze bij Gaetano was geweest. Het was niet moeilijk zich voor te stellen hoe het huis er in zijn glorietijd had uitgezien. En ze wist zeker dat haar oma het ook zo zag, dat ze door het verval en de verrotting heen keek.

Tegen de tijd dat ze bij de voordeur stonden, lag er een blos op Gracies gezicht. Ze had het verstikkend heet, en ze wist niet of het kwam door de zon – die stond tenslotte op zijn hoogste punt – of door de emoties. De villa was tien jaar lang haar thuis geweest, tien jaar met oom Hans en Rutger als haar familie. Tien gelukkige jaren! Ze had het gevoel dat ze werd omringd door geesten, door schimmen uit het verleden terwijl ze probeerde iets terug te halen wat al lang geleden verloren was gegaan; alsof ze zich vastklampte aan een stuk hout dat vanbinnen verpulverd bleek te zijn. Alles was weg. Het verleden bestond niet meer. Er waren alleen nog herinneringen, en de herinnering die haar de grootste angst aanjoeg, lag in het inwendige van de villa begraven, en was diep ingebed in haar verbeelding. Misschien zou ook die verpulveren als ze de moed opbracht om naar binnen te gaan.

Ze duwde tegen de voordeur. Hij zwaaide moeiteloos open. Daarachter heerste leegte, teloorgang, zonder ook maar iets wat nog de moeite waard was. De tuin en de elementen hadden meer dan veertig jaar lang vrij spel gehad, vogels hadden hun nest in de hoeken van de kamers gebouwd, andere dieren in de bekleding van de meubels. In de opeenvolging van de seizoenen waarin niemand naar het huis had omgekeken, was het overgenomen door de natuur. Terwijl ze van kamer naar kamer zwierf, herinnerde Gracie zich hoe die eruit hadden gezien toen ze nog als een dierbaar thuis werden gekoesterd. Carina en Anastasia liepen met haar mee en probeerden zich er een voorstelling van te maken.

Ze konden niet naar boven, naar Gracies vroegere kamer. De trap was niet betrouwbaar. Sommige treden waren weggerot, de leuningen afgebroken. Ze waren op de grond beland en overwoekerd door onkruid. In de zitkamer, de keuken waren delen van het plafond ingestort en was de blauwe lucht zichtbaar. Klimop groeide door de gaten het huis naar binnen. Gracie besefte dat ze tijd rekte, dat ze de confrontatie met het atelier voor zich uit schoof. Het atelier van oom Hans. De plek waar hij was gestorven. Ze moest erheen. Na alle moeite die ze had gedaan, na de lange reis die ze had gemaakt, zou het laf zijn om de confrontatie uit de weg te gaan. Maar ze was bang. Het zweet stond in haar handen, en tegelijkertijd had ze het ijskoud. Net als vroeger oefende de ruimte waar Rutger en zij hadden gewerkt een magische aantrekkingskracht op haar uit. Hun atelier was altijd het hart van het huis geweest. Het was vierenveertig jaar geleden dat ze het vaarwel had gezegd, maar haar lichaam leek een eigen wil te hebben. Het leek onstuitbaar. Gracie had haar ogen dicht kunnen doen, dan hadden haar voeten op eigen kracht de weg gevonden. Met een diepe zucht zocht ze steun bij een muur.

'Alles goed, mam?' vroeg Carina bezorgd. Gracie zag verontrustend bleek. En ze leek ineens oud en gekrompen, alsof de herinneringen zo zwaar op haar drukten dat ze bezweek onder het gewicht.

'Er is niks om bang voor te zijn, oma.' Anastasia pakte haar hand. Ze begreep de angst van haar oma maar al te goed. 'Ik ben er al geweest. Het atelier is leeg. Er staat alleen nog een stoel.' Ze drukte teder Gracies hand. 'Kom, dan gaan we samen. Ik ben bij u.'

Gracie zei niets, maar liet zich door haar kleindochter langzaam naar het atelier loodsen.

In de ruimte waar Rutger en zij hadden gewerkt, was niets om bang voor te zijn. Het zonlicht stroomde door de kapotte ramen naar binnen, en als er in de schaduwen nog schimmen loerden, dan werden die door het licht verdreven. Van buiten kwam het lied van de vogels in de bomen. Gracies schildersezel stond er nog, met daarnaast haar kruk. Het zag eruit alsof ze net even het atelier uit was gelopen. De flessen op de planken zaten onder de schimmel. Sommige waren op de vloer kapotgeslagen. De plavuizen waren verdwenen onder het onkruid dat door de scheuren was gegroeid. Bijen vlogen af en aan tussen kleine blauwe bloemetjes die hun kopje uit de vloer staken. Gracie keek om zich heen. In haar verbeelding zag ze Rutger achter zijn ezel staan: zijn grijze haar krulde rond zijn oren, zijn bril balanceerde op het puntje van zijn neus. Waarschijnlijk was hij ook al dood. Hij was destijds al op leeftijd geweest.

Ze keerde zich naar de deur van het atelier van oom Hans. En het was alsof de klok werd teruggezet. Van het ene op het andere moment was het weer eerste kerstdag. De deur stond op een kier. Dat gebeurde nooit! Oom Hans deed de deur altijd op slot. Maar nu stond hij open. Een gevoel van misselijkheid kwam vanuit haar maag naar boven. Ze omklemde de hand van haar kleindochter nog krampachtiger. 'Er is niks om bang voor te zijn, oma,' zei Anastasia weer. 'Het atelier is leeg. Hij is er niet meer. Echt niet.'

Gracie werd verblind door tranen. Anastasia liep langzaam naar de deur; ze wilde niets forceren, maar tegelijkertijd was ze ongeduldig om haar oma te laten zien dat het atelier leeg was. Wat bleef, was alleen nog de herinnering aan oom Hans, en ook die zou Gracie eindelijk moeten loslaten.

Carina bleef op de achtergrond, met haar armen over elkaar geslagen, en kauwde nerveus op de binnenkant van haar wang. Ze voelde de angst van haar moeder, werd erdoor verlamd. Trots keek ze naar haar dochter, die haar oma dapper bij de arm had genomen. Met haar zeventien jaar toonde ze zich verrassend volwassen. Carina had nooit gedacht dat ze zo verstandig, zo moedig kon zijn.

Het eerste wat Gracie zag toen ze het atelier binnenkwam, was de stoel. Hij stond nog op dezelfde plek als toen. Onder het lichaam dat aan de balk hing. Maar het lichaam was verdwenen. Het touw, oom Hans, alles was weg. Het enige wat bleef, was haar angst. Ze liet Anastasia's hand los en liep verder de kamer in, die baadde in het warme licht van de zon.

Op het moment dat ze haar hand op de rugleuning van de stoel legde, klonk achter haar een mannenstem. Ze draaide zich om, verbaasd door een schim uit het verleden die in het Italiaans begon te mopperen dat ze hier niets te zoeken hadden.

Bij het zien van haar gezicht verbleekte hij. 'Gracie?' Hij was net zo verbijsterd als zij.

Heel even dachten Carina en Anastasia dat Gaetano haar als door een wonder alsnog had gevonden. Totdat Gracie zijn naam noemde.

'Rutger?' bracht ze ademloos uit.

Hij liep aarzelend, met onvaste tred naar haar toe.

Gracie begon te huilen. 'Rutger?' herhaalde ze, nu fluisterend. Met haar armen gespreid kwam ze hem tegemoet, en hun omhelzing was zo innig, zo vol liefde dat Carina en Anastasia ook tranen in hun ogen kregen. Niemand zei iets. Er was zo veel te zeggen dat Gracie en Rutger niet wisten waar ze moesten beginnen. Ze hielden elkaar alleen maar vast, dankbaar dat ze na al die jaren herenigd waren, dat ze eindelijk een stukje van hun verleden konden omarmen.

Ten slotte lieten ze elkaar los. Rutger nam haar onderzoekend op. 'Gracie.' In zijn troebele oude ogen dansten vertrouwde pretlichtjes. 'Gracie. Je bent het echt!'

'Ik ben verbaasd dat je me nog kent.' Ze dacht aan Tancredi.

'Natuurlijk ken ik je nog. Je bent niets veranderd. Alleen wat ouder geworden. Een klein beetje maar.'

'Jij bent ook niets veranderd,' zei ze lachend. 'Je ziet er nog net zo uit als toen.'

'Ik leek altijd al oud. Inmiddels ben ik zesennegentig. En elke nieuwe dag is een verrassing, een geschenk.'

'Woon je nog in hetzelfde huis?'

'Ja, natuurlijk.'

'Maar ik dacht dat je naar Nederland was gevlucht?'

'Hoe kom je daar nou bij? Waarom zou ik gevlucht zijn?'

'Omdat ze achter je aan zaten?'

'Wie?' Hij keek haar niet-begrijpend aan.

Gracie vroeg zich af of zijn geheugen hem in de steek begon te laten. 'Je weet wel. Vanwege die Bartoloni. Daardoor hebben ze nog meer vervalsingen ontdekt, en het spoor leidde naar oom Hans.'

Rutger fronste zijn wenkbrauwen. 'Ze hebben er niet nog meer ontdekt.'

Ten einde raad legde Gracie haar handen op zijn schouders. 'Dat hebben ze wel! Daarom heeft oom Hans... Daarom heeft hij...' Ze begon te snikken. 'Daarom heeft hij zich van het leven beroofd. Het is allemaal mijn schuld. Omdat ik de Bartoloni had vervalst. Daardoor kwam de politie hem op het spoor.'

'Heb jij die Bartoloni vervalst?' Rutger klonk niet overtuigd. 'Dat kan ik me niet voorstellen. Het was zo'n slechte vervalsing. Echt prutswerk.'

'Ik deed het voor Tancredi. Hij wilde het origineel. Ik heb het min of meer afgeraffeld, in de veronderstelling dat geen expert het schilderij ooit te zien zou krijgen. De vervalsing moest alleen Bruno Montefosco voor de gek houden.'

Tancredi! Carina en Anastasia keken elkaar aan. Anastasia knikte.

'Zulk prutswerk had ik van jou niet verwacht.' Rutger haalde zijn schouders op. 'Teleurstellend. Ik heb je nota bene het vak geleerd. Je kunt veel beter. Maar Hans heeft zich niet van kant gemaakt vanwege een schilderij.'

Gracies handen vielen langs haar lichaam. 'Echt niet?'

'Nee. Hoe kom je erbij dat ze hem op het spoor waren?'

'Dat... dat moest wel. Ik dacht dat ze de vervalsingen hadden ontdekt die oom Hans aan Gaetano Montefosco had verkocht. Dat ze na de vervalste Bartoloni verder waren gaan zoeken. Dat het allemaal mijn schuld was.'

Rutger keek haar geschokt aan. 'Hans was veel te goed om door de mand te vallen. Niemand heeft ooit een vervalsing van hem ontdekt. En dat zal ook niet gebeuren. Zijn doeken hangen nog altijd over de hele wereld. Sommige in de meest prestigieuze musea. Een genie zoals Hans was uniek. Sinds zijn dood is er nog niemand opgestaan die zich met hem kan meten.'

Gracie kon haar oren niet geloven. 'Maar waarom heeft hij zich dán van het leven beroofd?'

'Dat kwam door Jonas.'

'En ze waren zulke goede vrienden?'

'Ze waren minnaars. Dat moet je hebben geweten.'

Gracie schudde haar hoofd. 'Ik wist het niet zeker.'

'Hans hield van Jonas. Hij heeft talloze minnaars gehad, maar met Jonas was het anders. Die betekende echt erg veel voor hem. Hoe dan ook, ze kregen ruzie. Jonas was jaloers. Hij dreigde het aan de grote klok te hangen dat Hans homo was. Dat zou zijn reputatie ernstig hebben geschaad. En in zijn wereld draaide alles om reputatie. Dus Hans heeft hem zijn huis in Frankrijk gegeven en een enorme hoeveelheid geld, om te zorgen dat hij zijn mond hield. Maar Jonas wilde meer. Hij wilde wraak.'

'Dus oom Hans heeft zich van het leven beroofd vanwege Jonas?'

'Ja, natuurlijk.'

'Maar ik dacht dat het door mij kwam. Dat hij boos op me was, vanwege die vervalsing!'

'Hij was ook boos op je. Maar dat heeft niet lang geduurd. Hij was die winter zichzelf niet. Dat kwam niet door jou, maar door Jonas. Als je er niet vandoor was gegaan, had ik je dat toen al kunnen vertellen. Maar ik ging ervan uit dat je het wist.'

'Had ik het maar geweten.' Ze dacht aan de meer dan veertig jaar die sindsdien waren verstreken. Maar zonder wrok. In plaats daarvan voelde haar hart ineens verrukkelijk licht en nam een besef van bevrijding, verlossing, bezit van haar.

Rutger schudde zijn hoofd. 'Wat een afschuwelijk misverstand. Je vriend de graaf is ook nog langs geweest. Hij was naar je op zoek. Uiteindelijk heeft hij het heft in handen genomen en alles in goede banen geleid. Ik neem aan dat je van hem ook geen afscheid hebt genomen?'

'Nee. Omdat ik me schaamde.'

'Want je dacht dat jij Hans de dood in had gejaagd.' Het klonk bijna spottend, alsof het idee absurd was.

'Tancredi zou toch nooit met me getrouwd zijn.'

Rutger haalde zijn schouders op. 'Nee, waarschijnlijk niet.'

'Wat had ik volgens jou anders moeten doen?'

'Je had met hem moeten praten. Hij kwam elke dag langs, maar uiteindelijk gaf hij het op.'

'Ik heb hem een brief geschreven. Om alles uit te leggen.'

'Dat was laf van je, Gracie. Zo ken ik je niet.' Zijn kritiek kwam hard aan, maar zijn blik ging al naar Carina en Anastasia, die zwijgend bij de deur stonden. 'Je hebt je dochter en je kleindochter bij je.' Hij had de gelijkenis onmiddellijk gezien.

Carina stelde zich voor, en vervolgens haar dochter. Ze schudden elkaar de hand.

'Dus blijkbaar is het je gelukt een nieuw leven op te bouwen.' Rutger keek Gracie aan. Toen keerde hij zich grijnzend naar Carina. 'Wist jíj hier iets van, of heeft ze het al die jaren geheimgehouden?' Het was duidelijk dat hij het laatste vermoedde.

Carina glimlachte, ze wilde haar moeder niet afvallen. 'We zijn samen hierheen gekomen om de schimmen uit het verleden eindelijk rust te geven.'

'Dan ben ik blij dat we elkaar tegen het lijf zijn gelopen. Anders hadden de schimmen nooit rust gekregen. En zou het misverstand hebben doorgewoekerd.' Hij keek Gracie weer aan. 'Kom, dan zet ik een pot thee. We hebben een hoop bij te praten. En hier, in deze bouwval, is zelfs geen thee meer te vinden.'

'Heel graag,' zei Carina namens hen allemaal.

'Gracie?'

Ze keek hem aan. Hij mocht dan stokoud zijn, hij nam nog net zomin als vroeger een blad voor de mond. En hij was haar ook nog net zo dierbaar als vroeger. Dat maakte het gemakkelijker zijn vernietigende kritiek te accepteren. 'Ja, heerlijk! Een kop thee.'

Terwijl ze weer naar buiten liepen, de zon tegemoet, boog Anastasia zich naar haar moeder. 'Ik heb het je wel gezegd,' fluisterde ze haar in het oor.

Carina grijnsde gelaten. 'Je hebt al weer gelijk,' fluisterde ze terug. 'Maar nu moeten we wel een plan bedenken.'

'Want oma doet het niet, hè?'

Carina schudde haar hoofd. 'Nee, lieverd. Daar ben ik ook bang voor.'

26

Rutger woonde sober, bijna spartaans; zijn huis was dat van een man die weinig luxe en comfort nodig heeft. Hij had zijn eigen atelier, waarin hij nog altijd schilderijen restaureerde, en een terras met oude rieten stoelen, onder een latwerk begroeid met wingerdranken waaraan de druiven al begonnen te rijpen. Daar gingen ze zitten en deed Rutger zijn verhaal over niet alleen de dood van Hans, maar ook over diens leven en alle geheimen die daarin een rol hadden gespeeld. Carina en Anastasia luisterden ademloos toe, terwijl daarbij ook het leven van hun moeder laag voor laag, als een geheimzinnige vrucht, werd afgepeld. Opnieuw besefte Carina dat ze haar moeder nooit echt had gekend. En ze moest tot haar schaamte toegeven dat ze ook nooit een poging had gedaan om zich in Gracies leven en in haar verleden te verdiepen. Wanneer ze ernaar had gevraagd, zou Gracie haar misschien in vertrouwen hebben genomen. Maar dat had ze nooit gedaan. Het was verbijsterend te ontdekken dat Gracie niet altijd een doorsneemoeder en -huisvrouw was geweest, maar dat ze een crimineel verleden had. Dat ze als vervalser had gewerkt. En dat ze dat vak als weinig anderen had beheerst.

'Wat ik zo jammer vind, is dat oom Hans mijn moeder en mijn broer nooit heeft kunnen overhalen om bij hem in Italië te komen wonen,' zei Gracie.

'Tja, zijn zuster was het nu eenmaal niet eens met de manier waarop hij zijn geld verdiende. Net zoals ze het er niet mee eens was dat hij jou tot vervalser heeft opgeleid. Ze vond het heel erg dat hij na de oorlog uit Nederland moest vluchten, uit angst om te worden veroordeeld wegens collaboratie met de Duitsers. Hij had vervalsingen verkocht aan alle hoge militairen. Daarmee heeft hij de basis gelegd voor zijn fortuin. Die militairen hadden geen verstand van kunst. Beroemde namen, daar ging het ze om. Hoe dan ook, ze hadden het er allebei moeilijk mee, zowel Hans als zijn zuster, dat zij zijn werk, zijn manier van leven afkeurde.'

'Maar hij steunde haar financieel.'

'Ja, en hij zou nog veel meer voor haar hebben gedaan als ze dat had geaccepteerd. In haar ogen was het besmeurd geld dat ze van hem kreeg. Dus ze weigerde om meer aan te nemen dan het hoogstnoodzakelijke.'

'Wat zal ze blij zijn geweest toen Joseph goed begon te verdienen zodat híj voor haar kon zorgen.' Gracie nipte nadenkend van haar thee. 'Denk je dat ze wist dat oom Hans homo was?'

'Ja, volgens mij wel. En dat was destijds in Engeland natuurlijk ook nog strafbaar.'

'Ik mocht Jonas graag.' Gracie dacht aan de flamboyante jongeman met wie ze destijds in Frankrijk goede vrienden was geworden. 'Ik heb een enige tijd met hem gehad.'

'Meestal kocht hij de kleren die Hans voor je meebracht. Hij had immers altijd koffers vol cadeautjes bij zich? Dat was zijn manier om het goed te maken.'

'Om wat goed te maken?'

Rutger nam haar onderzoekend op. 'Heb je je nooit afgevraagd hoeveel je vervalsingen opbrachten?'

'Nee, ik was toen ook al niet in geld geïnteresseerd.'

'Hans verkocht ze voor honderdduizenden dollars. Die Matisse?' Hij zoog lucht aan door zijn tanden. 'Daar heeft hij driehonderdvijftigduizend dollar voor gekregen.'

'Lieve hemel, die koper heeft zich goed bij de neus laten nemen!'

'Je zou ook kunnen zeggen dat jij je bij de neus hebt laten nemen.'

'Dat heeft hij dan goedgemaakt met zijn testament.'

'Hij was bang dat je weg zou gaan als je financieel onafhankelijk was.'

'Ik zou nooit weg zijn gegaan. Dat is geen moment bij me opgekomen.'

'Hij hield van je als van een dochter.' Rutger glimlachte, waardoor zijn verweerde gezicht ineens zachter leek. 'En ik ook.'

Gracies ogen begonnen opnieuw vochtig te glinsteren, en ze sloeg ze verlegen neer. 'Het spijt me dat ik nooit afscheid heb genomen.'

Hij haalde zijn schouders op. 'Ach, het is gebeurd. Je bent nu hier, en daar gaat het om. Het heeft wat lang geduurd, dat wel.' Hij grinnikte.

Gracie glimlachte, door haar tranen heen.

Toen ze terugkwamen bij de taxi was de chauffeur in slaap gevallen, met zijn stoel naar achteren, zijn hoed over zijn gezicht. Anastasia klopte op het raampje. 'Sì, signorina.' Hij schoot met een ruk overeind, zette zijn stoel recht en startte de motor.

'Laat het niet weer veertig jaar duren.' Rutger gaf Gracie een ferme omhelzing.

'Nee, dat beloof ik.'

'Het is een mooie kavel om op te bouwen. Je zou de villa kunnen neerhalen en een nieuw huis laten neerzetten.'

'Hè ja, oma!' Anastasia was meteen enthousiast. 'U hebt toch geld genoeg!'

'Ik ben te oud om opnieuw te beginnen,' protesteerde ze.

'Helemaal niet!' Anastasia keek haar moeder aan, die haar blik peinzend over de verwaarloosde villa liet gaan. 'Mama regelt alles voor u. Toch, mam?'

Rutger grijnsde naar haar. 'Jij gaat het nog ver schoppen.'

'Ik weet het niet... Het is zo'n beladen plek, vol met schimmen uit het verleden,' zei Gracie.

'De enige schimmen die er nog zijn, zitten in je hoofd,' zei Rutger. 'En aan de andere kant van de muur. Die oude man in zijn kleine huisje. Maar ik sta al met één been in het graf.'

Carina deed het portier open, stapte in de auto en gebaarde Anastasia hetzelfde te doen. 'Toen nou, mam!' fluisterde die terwijl ze naast haar ging zitten. 'Zeg het nou.'

Gracie stapte voorin. Rutger deed het portier achter haar dicht, bukte zich en keek door het open raampje. 'Bedankt! Je hebt een oude man erg gelukkig gemaakt.'

'Ik had nooit zo lang mogen wachten,' zei Gracie.

'Je had nooit wég moeten gaan. Met zo'n talent als het jouwe. En ik was een goede leermeester.'

Ze zwaaide toen de auto zich in beweging zette. In het besef dat de taxichauffeur meeluisterde – misschien verstond hij wel Engels – zeiden ze niets over Tancredi tot ze weer in het kasteel waren.

'En Tancredi?' vroeg Carina toen ze de trap op liepen naar hun kamer. 'Hoe ga je dat aanpakken?'

'Niet,' antwoordde Gracie.

'Maar hij moet weten dat u hier bent! U moet naar hem toe gaan!' riep Anastasia.

Gracie bleef staan op de overloop. 'Ik heb hem al gezien,' zei ze verdrietig. 'Maar hij kende me niet meer.'

Carina was niet overtuigd. 'Hoe kan dat nou? Rutger herkende je meteen. Zo veel ben je niet veranderd!'

'Ik heb hem twee keer gezien, hij heeft alle kans gehad om iets tegen me te zeggen. Dus óf hij herkende me niet, óf hij ontloopt me. Wat het ook mag zijn, ik ga me niet opdringen.'

'Maar hebt u niks gezegd? Hebt u niet gezegd wie u bent?' vroeg Anastasia.

Gracie sloeg haar armen over elkaar. Ze wilde niet dat haar kleindochter haar een lafaard vond. 'Nee, natuurlijk niet. Het is meer dan veertig jaar geleden. Ik wilde hem er niet mee overvallen.'

‘Toe nou, oma. Wat hebt u te verliezen? We gaan morgen weer naar huis,’ drong Anastasia aan.

Carina legde een hand op haar arm. ‘Als oma dat niet wil, moet ze dat zelf weten.’ Ze merkte hoe ongemakkelijk haar moeder zich voelde. ‘Je wilde hierheen om in het reine te komen met het verleden, mam. En dat is je gelukt. Meer hoef je niet te doen.’

Gracie liep de gang in. ‘Ik had niet gedacht dat Rutger nog leefde. Hij was destijds al stokoud,’ zei ze om het over iets anders te hebben.

‘Sommige mensen hebben dat,’ kwam Carina haar moeder te hulp. ‘Die zien er al jong uit alsof ze heel oud zijn.’

Anastasia sloot achter hen aan, terwijl ze haar hersens pijnigde hoe ze het lot een handje kon helpen.

Gracie wilde vóór het diner nog even gaan liggen, dus ze liepen mee tot aan haar deur en gingen toen naar hun eigen kamer. ‘We kunnen niet naar huis zonder dat we de graaf hebben gesproken,’ zei Anastasia tegen haar moeder, die zich met een zucht op het bed liet ploffen.

‘En dan? Wat moeten we tegen hem zeggen?’

‘Dat Gracie in het kasteel is. Dat ze hem wil spreken.’

‘Dat kun je niet zomaar doen. Dat kan alleen oma zelf.’

‘Maar hoe is het mogelijk dat hij haar niet herkende? Als er nou iemand goed geconserveerd is...’

‘Ja, maar als je iemand niet verwacht…’

‘Onzin! Dat kan het niet zijn.’

‘En misschien ontloopt hij ons inderdaad wel. Nu ik erover nadenk... toen ik Ilaria vroeg of we nog aan de graaf werden voorgesteld, reageerde ze erg vreemd. Hij mengde zich nooit onder de gasten, zei ze. Denk je dat hij oma de eerste dag al heeft herkend? Dat hij zich daarom niet laat zien?’

‘Nee, daar geloof ik niets van! Als hij haar wilde ontlopen, dan was hij wel naar Rome gegaan. Of ergens anders heen. Dan zou hij zich niet hier verstoppen, in zijn appartement.’

‘Sjonge, ik heb het deze vakantie wel voortdurend mis, hè?’

'Ja, en ik hoop niet dat je het nu voor het eerst bij het goede eind hebt. Het zou afschuwelijk zijn als hij zijn gasten ontweek, alleen om oma te ontlopen!'

'Maar vind je het ook niet een beetje vreemd? Een gastheer die niet de moeite neemt zijn gasten te verwelkomen? Dat heb ik echt nog nooit meegemaakt. Het is niet alleen onbeleefd, het is uit zakelijk oogpunt ook niet handig.'

'Misschien heb je gelijk. Misschien heeft hij alleen maar gedáán alsof hij haar niet herkende.' Anastasia ging naast haar moeder op het bed zitten.

'Laten we de feiten nog eens op een rijtje zetten. Ze hebben een verhouding. Mam schildert die vervalsing, en hij vindt het helemaal geweldig. Hij zegt dat hij van zijn vrouw gaat scheiden, maar mam weet intuïtief dat hij dat nooit zal doen. Dus wanneer het schilderij wordt ontmaskerd als een vervalsing, is ze bang dat het spoor naar de andere vervalsingen van oom Hans zal leiden, en dat oom Hans dan de gevangenis in moet. Maar de verhouding gaat door. Voor zover wij weten is de graaf ook niet van plan die te beëindigen. Wanneer oom Hans zich van het leven berooft, gelooft mama dat de politie hem op het spoor is, en ze vlucht, in de veronderstelling dat ze dan ook achter háár aan zullen komen.'

'En ze denkt dat Rutger naar Nederland is gevlucht.'

'Ja, terwijl hij daar alleen maar kerst ging vieren. Oma vertrekt halsoverkop, zonder van wie dan ook afscheid te nemen. Later stuurt ze Tancredi een brief om het uit te leggen.'

'Misschien heeft ze in die brief iets geschreven wat hij haar kwalijk neemt.' Anastasia wreef peinzend over haar onderlip.

'Als dat al zo zou zijn... het is inmiddels meer dan veertig jaar geleden! Dus ik kan me niet voorstellen dat hij nog steeds boos op haar is.'

'Hij is weduwnaar. Blijkbaar is zijn vrouw overleden. Dus hij heeft geen reden meer om oma te ontlopen. Ze zal hem heus niet ter verantwoording roepen. Ooit hielden ze van elkaar. Waarom zou hij dan nu zo moeilijk doen?'

'Ik heb geen idee. En we hebben nog maar één avond om daarachter te komen.'

'Ik ga met Ilaria praten.'

Carina schudde haar hoofd om de vastberadenheid van haar dochter. 'Succes!' zei ze met een grijns.

Gracie kleedde zich voor het diner, in een broek en een blouse, met daarop de ketting die ze van Anastasia had gekregen. Terwijl ze over de kralen streek, zwol haar hart van liefde. Ook al kreeg ze Tancredi niet te spreken, ze had geen spijt van haar reis. Ze was eindelijk de waarheid over de dood van haar oom te weten gekomen, ze had Rutger weergezien, maar bovendien had de reis iets opgeleverd wat nog veel belangrijker was: een hechte band met haar dochter en kleindochter. Zonder al te diep in de magie te duiken, wist ze dat er iets heel bijzonders was gebeurd, iets wat hen drieën nader tot elkaar had gebracht. En die twee waren haar meer waard dan duizend Tancredi's. Maar terwijl ze zichzelf aankeek in de spiegel wist ze dat, in elk geval voor háár, de liefde nooit was gestorven. Morgen ging ze naar huis. Zonder dat ze Tancredi had gesproken. Dat was nu wel zeker. En natuurlijk was ze teleurgesteld, maar ze zou zichzelf voorhouden hoe gelukkig ze zich mocht prijzen dat ze zo intens had liefgehad.

Ze ging naar beneden, naar het terras, waar de anderen zich al hadden verzameld voor prosecco en crostini. Het viel haar op hoe stralend en ontspannen iedereen eruitzag. Bovendien hadden ze allemaal een lekker kleurtje gekregen. Italië had hun goedgedaan. De zon had hun zorgen verjaagd, en dankzij de verrukkelijke gerechten van Mamma Bernadetta was er een onderlinge band ontstaan. Ook het kasteel leek te stralen. Achter de ramen brandde licht, het terras baadde in een gouden gloed, en het was alsof de muren naar haar reikten om haar in hun armen te sluiten. De dauw daalde neer over het gras en de struiken en deed het zoete aroma van rozemarijn en hars nog sterker tot zijn recht komen. Genietend snoof Gracie de geuren op. Krekels tjirpten, de eerste sterren twinkelden aan de kobaltblauwe hemel, en in de verte glinsterden de lichtjes van het dorp in de vallende schemering.

Ze vond het jammer om weer weg te gaan. In deze volmaakte wereld vol zachtheid en schoonheid voelde het vooruitzicht terug te keren naar haar vertrouwde leventje als een harde, scherpe steen; een koude, eenzame steen die er bijna in slaagde haar geluksgevoel teniet te doen.

Maar dankzij Rex was haar neerslachtigheid snel weer verdwenen. Hij gaf haar een glas prosecco, vergezeld van zo'n stralende glimlach dat ze onmogelijk somber kon blijven. 'Hebben jullie een leuke middag gehad?' vroeg hij.

Ze kon hem niet vertellen wat er in La Colomba was gebeurd, dus ze zei alleen maar dat ze het erg gezellig hadden gehad en informeerde toen wat hij had gedaan.

'Ik heb eindelijk de ongrijpbare graaf ontmoet.' Zonder te merken dat Gracies glimlach verstarde vertelde hij enthousiast over de bijzondere ervaring. 'Hij zat op die bank daar, te genieten van de zonsondergang. Volgens mij zit hij daar vaak, met die grote hond van hem. Dat beest volgt hem echt overal. Hoe dan ook, ik kwam het pad op lopen en groette hem, en toen stak hij zijn hand op. We hebben heel plezierig gepraat. Een charmante man. Ik vroeg of hij geen zin had om onze laatste avond met ons mee te vieren. Maar daar lachte hij om. Hij had liever dat zijn gasten zich zonder hem amuseerden. En hij hoopte dat ik het kasteel als mijn thuis had beschouwd. We hebben nog wat grappen gemaakt. Ik zei dat ik zo rond als een ton naar huis ging, dankzij al het lekkers van Mamma Bernadetta. En toen klopte hij op zijn maag. Voor hem was het ook een dagelijkse worsteling, zei hij. Maar dat is hem niet aan te zien. Blijkbaar sport hij veel. En die hond heeft natuurlijk ook een hoop beweging nodig. Hij zal wel hele einden met hem lopen.'

Gracie luisterde verbaasd. Was ze er maar bij geweest! Dan had Tancredi opnieuw een kans gehad om haar te herkennen. Ze zou naar hem toe moeten gaan, maar dat durfde ze niet, uit angst voor afwijzing. Dan kon ze beter onverrichter zake naar huis gaan en koesteren wat er ooit tussen hen was geweest. Ze wilde niet terug naar Engeland met een afwijzing als laatste herinnering.

Anastasia zorgde dat ze naast Ilaria kwam te zitten. Op zijn beurt wist Alex de stoel aan Anastasia's andere kant te bemachtigen, en tijdens de eerste helft van het diner legde hij beslag op haar, terwijl Ilaria met Wendy over honden praatte. Wendy bleek een excentrieke Franse buldog te hebben die niet naar buiten wilde als het regende en die harder snurkte dan haar man. 'En dat wil wat zeggen!' zei ze lachend. 'Heb jij een hond, Anastasia?' vroeg ze over de tafel heen.

Anastasia onderbrak haar gesprek met Alex. 'Nee, jammer genoeg niet. Mam heeft het te druk, en pap heeft geen zin in de verantwoordelijkheid. Ik zou wel een varken willen,' voegde ze er uitdagend aan toe.

'Je mag er wel een van ons,' bood Ilaria aan.

'Of neem zo'n hond als ik heb en noem hem Piglet!' opperde Wendy, en ze nam een grote slok wijn.

'De graaf heeft een hond... die is echt enorm!' Anastasia vond het geniaal hoe ze het gesprek op de graaf wist te brengen. 'Hoe oud is dat beest eigenlijk?'

'Acht,' antwoordde Ilaria. 'En dat is heel oud voor zo'n grote hond.'

'Gaat de graaf vaak met hem wandelen?'

Ilaria's gezicht verstrakte. Haar glimlach leek geforceerd, haar blik verloor zijn levendigheid. Het was duidelijk dat ze niet over de graaf wilde praten. 'De hond is altijd maar het liefst bij de graaf. Als ik 's ochtends met hem heb gelopen, gaat hij meteen weer op zoek naar zijn baasje,' vertelde ze. 'Ik sta op zodra het licht wordt. Dan heb ik een uur of drie, vier voordat iedereen wakker wordt. En dat zijn de uren waarin ik het meeste doe.'

'Verzorg je alle dieren zelf?' vroeg Wendy tot wanhoop van Anastasia, maar Ilaria leek dankbaar het over iets anders te kunnen hebben. Haar glimlach werd opnieuw spontaan, haar ogen straalden weer. Ze vond het heerlijk om over de beesten te vertellen. Ondertussen vroeg Anastasia zich af waar die merkwaardige terughoudendheid vandaan kwam als het ging om de graaf. Was hij driftig, chagrijnig? Probeerde Ilaria hen daartegen te beschermen? Was er iets waardoor hij zich beter niet in het openbaar kon vertonen? Of wist Ilaria dat hij zich verstopte voor Gracie?

Toen het diner was afgelopen, riep Ilaria haar moeder. Mamma Bernadetta verscheen in de openslaande deuren naar het terras en kreeg een donderend applaus. 'Ze zegt dat jullie haar leukste leerlingen waren,' vertelde Ilaria tot algehele hilariteit, want dat grapje maakten moeder en dochter waarschijnlijk elke week. 'We vinden het belangrijk om te weten dat jullie straks, als jullie weer thuis zijn, waar ook ter wereld, de recepten van Mamma Bernadetta met liefde blijven klaarmaken. Want de liefde is het geheime ingrediënt dat ze in al haar gerechten stopt. Bovendien hopen we, en dat is bijna nog belangrijker, dat jullie hier in het kasteel helemaal tot rust zijn gekomen, dat jullie alle spanningen even achter jullie hebben kunnen laten. En als je in de toekomst ooit weer moe bent, of somber, denk dan aan onze tuin, aan onze verrukkelijke lavendel en onze rozen. En stel je voor dat je terug bent in de serene rust van Castello Montefosco. Draag het kasteel met zijn tuin mee in je hart, laat het je verwarmen als een hete aardappel onder je trui. Beloven jullie dat?'

Er werd opnieuw geklapt. Toen stond Rex op om namens de groep iets te zeggen. Hij hief zijn glas naar Mamma Bernadetta, die verlegen glimlachte, en ook de andere gasten gingen staan en hieven hun glas in een toost.

'Wat zouden we allemaal graag onze eigen Mamma Bernadetta hebben,' begon Rex. 'Maar we zullen het moeten doen met onze herinneringen aan een onvergetelijke week. Dank jullie wel voor al het heerlijks! En dank jullie wel voor de vriendschappen die we hier hebben gesloten. Ik denk dat ik namens ons allemaal spreek wanneer ik zeg dat ik heb genoten van al mijn medecursisten. Het was een heel bijzondere ervaring.' Hij keek Gracie aan. 'Laten we drinken op de vriendschap.' De anderen vielen hem bij en hieven nogmaals hun glas.

Toen iedereen opstond om naar het terras te gaan voor de koffie, wist Anastasia haar moeder even apart te nemen. 'Ik ben niks wijzer geworden,' fluisterde ze. 'Wat nu?'

'Lieverd, meer kunnen we niet doen. Je hebt je best gedaan.'

'Maar dat is niet genoeg.' Anastasia klonk gefrustreerd. 'Oma gaat níét terug naar Engeland voordat ze hem heeft gesproken!'

'Lieverd, dat is niet jouw verantwoordelijkheid. Ik denk dat ze gewoon niet durft. Heb je daar wel eens aan gedacht? Als ze het echt wilde, zou ze zelf naar hem toe kunnen gaan.'

'Ze wil het echt. Dat weet ik zeker. Maar ze is geen held als het gaat om confrontaties. Tenslotte is ze er destijds ook vandoor gegaan. Rutger noemde haar een lafaard, en misschien is ze dat ook wel. Maar dat geeft niet. Iedereen is wel eens bang. Ze heeft gewoon een duwtje in de juiste richting nodig. En dat moeten wij haar geven.'

Carina klopte haar dochter glimlachend op de schouder. 'Je bent een schat. Je oma mag blij zijn met zo'n pleitbezorger.'

'Laten we het hopen.' Anastasia begon ineens te twijfelen aan de goede afloop. 'Het mag niet mislukken. Ik ga morgen naar hem op zoek! En ik zal hem vinden!'

'Als je maar voorzichtig bent,' waarschuwde Carina. 'Het is geen spelletje, lieverd. Het gaat om de diepste gevoelens van je oma. En misschien ook wel van de graaf.'

'Maak je geen zorgen. Ik ben voorzichtig.'

Ze hadden alle drie een onrustige nacht. Carina tobde over Gracie. Gracie tobde over het eenzame bestaan dat op haar wachtte in Badley Compton. En Anastasia tobde over de vraag hoe ze de graaf te pakken moest zien te krijgen voordat de taxi kwam om hen naar het vliegveld te brengen. Ze zouden om tien uur vertrekken. Dus ze had niet veel tijd meer.

Gracie was al vroeg wakker. Toen ze haar gepakte koffers bij de deur zag staan, verkrampte haar maag van angst. Ze wilde hier niet weg. Ze wilde niet terug naar Flappy Scott-Booth en de LBC. Tot voor kort was ze altijd tevreden geweest met haar bestaan, want dat had vertrouwd gevoeld. Maar nu wilde ze meer. De kleine baai waar ze zich veilig had geweten, stond ineens symbool voor haar vlucht, haar lafheid, voor het feit dat ze zich voor de wereld had verstopt. Ze hoorde daar niet meer. Het enige waar ze naar uitkeek, was het weerzien met haar honden. Die zouden dolgelukkig zijn als het vrouwtje weer thuiskwam. Verder was er niemand in Badley Compton die ze miste. Ze liet zich uit bed glijden, ging voor het raam staan en keek hoe de dageraad de nacht verdreef en de hemel deed oplichten. Maar terwijl ze daar altijd van had genoten, stemde de aanblik haar nu ineens weemoedig. Ze werd er ondraaglijk verdrietig van. Vandaag zou ze haar verleden achter zich laten. Haar verleden met alles wat daarvan deel had uitgemaakt. Oom Hans, Rutger, Tancredi, La Colomba, Colladoro... Vandaag zou ze het waarschijnlijk voorgoed achter zich laten.

Dat Anastasia vroeg wakker werd, kwam niet door de vogels die naar hartenlust zongen, maar door haar rusteloosheid. En ook Carina was eerder wakker dan anders. Ze staarde naar de kleine oplichtende stofdeeltjes; het was een dierbaar ochtendritueel geworden. Bij het vooruitzicht dat ze weer aan het werk moest, kreeg ze een gespannen gevoel in haar maag. Ze wilde niet terug naar het leven dat ze had achtergelaten. Ze wilde samen met Rufus naar Italië, naar Colladoro, zodat ook hij door Toscane zou worden betoverd. En zodat hij begreep hoe het háár had betoverd. Zou ze, eenmaal thuis, het serene, tevreden gevoel dat ze hier had gevonden, weer kwijtraken? Zou ze opnieuw die kordate, gestreste, egocentrische vrouw en moeder worden? Ze keek opzij. Anastasia lag ook naar de stofdeeltjes te kijken. Carina nam zich plechtig voor dat ze het kasteel met zijn tuin in haar hart zou meedragen, als Ilaria's hete aardappel onder haar trui.

Eenmaal beneden, voor het ontbijt, gingen ze voor het laatst op het terras zitten om uit te kijken over de heuvels en de dalen, en daarachter de zee. Alle drie prentten ze het beeld in hun geheugen. Anastasia voelde hoe diepongelukkig haar oma was. Haar hart brak van medelijden.

De stemming klaarde even op toen de hele groep zich verzamelde om adressen en telefoonnummers uit te wisselen. Rex pakte Gracies hand. 'Dus je komt me opzoeken? Beloof je dat?' Hij nam haar met zijn stralend blauwe ogen onderzoekend op. 'Want ik hou je aan je belofte.' Gracie zegde niets toe, maar gaf hem haar telefoonnummer omdat ze geen e-mailadres had. 'Zorg dat je dat krijgt,' drukte Rex haar op het hart. 'Dan kunnen we gemakkelijker contact houden.'

Alex en Anastasia, die allebei in Londen woonden, spraken af elkaar te zien voordat de school in mei weer begon. En Lauren en Carina maakten een lunchafspraak bij een Italiaan aan Fulham Road, om het vakantiegevoel zo lang mogelijk vast te houden. Madeleine zou ervoor overkomen uit Brussel. Wendy, Tiff en Brigitte vielen iedereen met tranen in hun ogen om de hals en drongen aan op een reünie. Over een jaar. 'Als ik dan nog leef, kom ik.' Rex grijnsde naar Gracie.

'Tja, wie zal zeggen hoe we er allemaal aan toe zijn, volgend jaar om deze tijd. Maar ik doe ook mee,' zei Lauren. 'Al was het maar om daarachter te komen.'

De stemming daalde op slag weer toen Ilaria kwam zeggen dat de taxi's er waren. Carina's blik zocht wanhopig die van haar dochter. Anastasia schoot overeind en riep dat ze nog één ding moest doen. Voordat Carina haar kon tegenhouden was ze de tuin al in gerend.

Gracie nam afscheid van Ilaria en Mamma Bernadetta. De oude kokkin voelde hoe verdrietig ze was, en in plaats van haar de hand te schudden omhelsde ze haar als een oude vriendin. Ook Carina nam afscheid en hield de koffers in de gaten, om te zorgen dat die niet in de verkeerde taxi belandden.

Anastasia keek zuchtend om zich heen. Ze stond op het gazon en vroeg zich af hoe ze de graaf in 's hemelsnaam moest zien te vinden. Het terrein van het kasteel was reusachtig. Bovendien, misschien was hij wel helemaal niet thuis. Het huilen stond haar nader dan het lachen. Maar ze ging hier niet weg voordat ze hem had gevonden. Ze moest duidelijkheid hebben. Haar óma moest duidelijkheid hebben.

Het geluk kwam haar te hulp, want net toen ze de wanhoop nabij was, ontdekte ze de grote, harige hond, die liep te snuffelen tussen de struiken. Zij wist niet waar ze de graaf moest zoeken, maar de hond vast en zeker wel! Ilaria had immers gezegd dat hij altijd meteen op zoek ging naar zijn baasje? Dus Anastasia strekte haar hand uit om het dier te aaien. De hond kwispelde en ging toen weer door met snuffelen. Anastasia was inmiddels zo gespannen dat haar keel werd dichtgesnoerd, en haar hart ging als een razende tekeer. Maar ze mocht het niet laten gebeuren dat haar oma terugging naar Engeland zonder haar oude liefde op z'n minst te hebben gesproken!

De hond draafde het pad op naar de bank die uitkeek over het dal. Anastasia rende erachteraan, terwijl ze vurig hoopte dat de graaf op de bank zou zitten, dat ze de kans zou krijgen hem de situatie uit te leggen.

De bank kwam in zicht en daar zat hij, half naar haar, half naar het dal gekeerd. *Tancredi!* Anastasia zei een schietgebedje. Ze haalde diep adem, liep zachtjes verder, maar liet de hond vooropgaan. Toen de graaf hem hoorde aankomen, keerde hij zijn gezicht in de richting van het dier. 'Bernardo?' Hij strekte zijn hand uit. Anastasia bleef staan, in het volle zicht, terwijl de hond naar de uitgestoken hand van zijn baasje liep en zich liet aaien. Anastasia had het gevoel dat de wereld om haar heen verstilde. Het enige wat bewoog, was Tancredi's hand. Anastasia's hart bonsde zo luid dat hij het wel moest horen! Maar hij hoorde niets. Hij begon tegen de hond te praten, alsof zij er niet was.

En ineens begreep ze het. Ineens was het alsof er een sluier werd opgetild, waaronder een verrassende waarheid tevoorschijn kwam. Opgewonden maakte Anastasia rechtsomkeert en rende ze terug, het pad over, naar het kasteel. De wereld leek ineens weer mooi. Mooier dan ooit. Haar hart zwol, ze dacht dat het zou barsten voordat ze terug was bij haar oma. Maar uiteindelijk kwam ze bij de taxi. Gracie zat al op de voorbank, met haar tas op schoot. Haar gezicht drukte verslagenheid uit.

'Oma!' Anastasia rukte het portier open en liet zich op haar hurken zakken.

'Kindje? Wat is er?' vroeg Gracie geschrokken.

'Ik heb Tancredi gevonden! U moet naar hem toe. Hij zit op die bank waar hij wel vaker zit.'

'Maar...'

'O, oma!' Anastasia's ogen vulden zich met tranen, terwijl ze Gracies hand pakte om haar uit de auto te helpen. 'Dat hij u niet herkende, dat kwam niet omdat hij u vergeten is! Of omdat hij u niet wílde herkennen. Hij is blind!'

Gracies mond viel open, ze hield geschokt haar adem in. 'Blind?'

'Ja. Dat verklaart alles. Daarom probeert Ilaria hem af te schermen van zijn gasten. Ga alstublieft naar hem toe, oma. Hij zit op u te wachten. Dat voel ik.'

Carina stapte ook uit en ging naast haar dochter staan, terwijl Gracie aarzelend, bijna wankel terugliep naar het kasteel. 'Je hebt steeds gelijk gehad,' zei Carina tegen haar dochter. 'Ik hoop zó dat je dat nu ook hebt.'

Gracie beefde over haar hele lichaam en ze had het gevoel dat haar benen haar niet wilden gehoorzamen terwijl ze over het pad naar de bank liep. Maar het lukte haar, zelfs zonder struikelen, overeind te blijven. Daar zat hij, op de bank, precies zoals Anastasia had gezegd, in een blauw overhemd met open boord en een lichte broek. Zijn trouwe hond zat naast hem. Hij hoorde haar niet aankomen – pas toen ze vlak bij hem was, keerde hij fronsend zijn gezicht naar haar toe. 'Hallo?'

Gracie bleef staan, zo ontroerd dat ze geen woord wist uit te brengen. Hoe was het mogelijk dat die mooie ogen haar niet meer konden zien?

'Wie is daar?' Hij bewoog zoekend, luisterend zijn hoofd. 'Ilaria? Ben jij dat?'

Toen wist Gracie dat Anastasia gelijk had. Hij kon haar niet zien! Dáárom had hij zo afstandelijk, zo onpersoonlijk gereageerd. 'Tancredi.'

Hij hield zijn hoofd schuin, nog altijd fronsend. 'Wie is daar?' Maar iets in zijn stem verried dat hij het antwoord wist. Hij wist het, maar durfde het nauwelijks te hopen.

'Tancredi. Ik ben het, Gracie.'

Er kwam een blos op zijn wangen. Hij knipperde met zijn ogen, alsof hij haar kon zien maar niet kon geloven dat ze het echt was. Gracie had kunnen zweren dat zijn ogen oplichtten van geluk, als een sintel die bij een plotselinge windvlaag weer gaat gloeien. 'Gracie, ben je het echt?' Twijfel bekroop hem, zijn ogen werden dof en hij schudde zijn hoofd. 'Nee, dat kan niet.'

De tranen stroomden over haar wangen. 'Ik ben het,' zei ze opnieuw.

'Gracie.' Hij wendde zich af. 'Ik ben oud,' zei hij beschaamd. 'En blind.'

Gracies hart stroomde over van compassie. 'Dat geeft niet,' fluisterde ze. Toen vond ze de moed waarvan Rutger dacht dat ze die niet had. Ze pakte zijn hand en legde die langs haar wang. 'Dat geeft helemaal niets, want ik hou van je. Ik ben altijd van je blijven houden. En dat zal ik ook altijd blijven doen.'

Hij sloot zijn ogen, alsof hij zich schaamde en niet wilde dat ze zag hoe nutteloos ze waren. Toen probeerde hij iets te zeggen, maar de emoties werden hem te machtig. Dus hij drukte zwijgend zijn gezicht tegen haar hand.

Ze kuste hem teder. 'Eindelijk. Ik ben eindelijk weer thuis.'

'Het voelt raar, om zonder oma naar het vliegveld te gaan,' zei Anastasia terwijl de taxi over de weg vol hobbels en kuilen stuiterde.

'We komen hier terug.' Carina vouwde haar handen in haar schoot en keek uit het raampje, naar het landschap dat haar zo dierbaar was geworden. 'Ik heb een plan.'

‘Je gaat La Colomba herbouwen, hè?’ Anastasia’s stem verried haar opwinding.

‘Ik wil nooit meer zo ver bij mijn moeder vandaan wonen. Ze heeft me nodig.’

‘Ze heeft óns nodig.’ Anastasia grijnsde. ‘Maar je hebt het voortdurend mis gehad.’

Carina glimlachte veelbetekenend. ‘Dat mag dan zo zijn, Sherlock, maar in dit geval heb ik het bij het rechte eind.’

En het was merkwaardig, maar Anastasia had zo’n gevoel dat ze gelijk had.

27

Badley Compton

Flappy liep in de tuin, om toezicht te houden op de tuinmannen die ze had ingehuurd zodat alles er tiptop uit zou zien voor Harry's begrafenis, toen de telefoon ging. De burgemeester zou helaas niet komen, maar Sir Algernon en Lady Micklethwaite hadden de uitnodiging aangenomen, dus er mocht geen sprietje onkruid meer te zien zijn. Bij het rinkelen van de telefoon haastte ze zich over het gazon naar het huis. Tegen de tijd dat ze opnam, was ze buiten adem. 'Darnley Manor, met Flappy Scott-Booth.'

'Wat is er? Wat klink je hijgerig.'

'Ik ben in de tuin aan het werk, Mable. Dat doe ik nu eenmaal het liefst zelf.'

'Je neemt toch niet te veel hooi op je vork, hè?' Mable was diep onder de indruk van al het werk dat Flappy wist te verzetten.

'Ach, ik ben nu eenmaal een perfectionist. Daar doe je niets aan.' Flappy legde zuchtend een hand op haar bonzende hart. 'Waarom bel je? Heb je nog nieuws?'

'Gracie is gisteren niet thuisgekomen.'

'Weet je het zeker?'

'Haar dochter heeft Esther gebeld, met de vraag of ze nog een paar dagen langer voor de honden kon zorgen.'

'Dat komt wel erg slecht uit. We moeten haar een boodschap sturen.

Dat Harry donderdag wordt begraven en dat we haar nodig hebben. Ze weet waarschijnlijk niet eens dat hij is overleden.' Flappy snoof misprijzend. 'Trouwens, hoezo, "ze is niet thuisgekomen?" Wat is er aan de hand?'

'Daar heeft haar dochter niets over gezegd. Alleen dat Gracie nog in Italië zit. En dat ze zonder haar zijn teruggekomen.'

Flappy wist niet wat ze met die informatie aan moest. 'Zijn er problemen? Is er iets gebeurd? Dat is weer echt iets voor Carina, om ons in het duister te laten tasten. Is Gracie soms ziek geworden?'

Mable wenste vurig dat ze meer wist. Ze kon Flappy's frustratie bijna voelen. In plaats van een goede beurt te maken, had ze met haar onbevredigende informatie alleen maar ergernis veroorzaakt. 'Maar alles is toch geregeld? Voor de begrafenis, bedoel ik. Wat maakt het dan uit als Gracie er niet bij is?'

'Dat maakt heel veel uit,' snauwde Flappy. 'Ze hoort hier gewoon te zijn. Dat is ze aan ons verplicht. Ik heb jullie steun nodig. Van jullie allemaal! Ik moet spreken tijdens de plechtigheid. Dat wordt heel erg emotioneel. Dus ik weet niet of ik het wel kan opbrengen.'

'Niemand kan dat beter dan jij, Flappy,' dweepte Mable.

'Dat weet ik. En ik zal gewoon sterk moeten zijn. Maar je kunt erop rekenen dat niemand het drooghoudt in de kerk.'

Flappy hing op, liep de tuin weer in en zeeg neer op een van de teakhouten stoelen rond een lage tafel met een schitterend boeket witte hortensia's. In haar borders zwoegden de tuinmannen in hun groene T-shirt. Het was zo vroeg op de dag al erg warm, en Flappy wuifde zichzelf koelte toe met het nummer van *The Lady* dat ze op haar stoel had laten liggen. Wat vreselijk egoïstisch van Gracie om nog langer weg te blijven. Waar betaalde ze dat van? De dochter zou haar wel wat geld hebben toegestopt. Voor zover Flappy had begrepen, verdienden Carina en haar man allebei een vorstelijk salaris. Nou ja, het werd ook wel eens tijd dat ze zich om haar moeder bekommerde. Bij de gedachte aan haar eigen vier kinderen verscheen er een tevreden glimlach op Flappy's gezicht. Ze mocht zich wel erg gelukkig prijzen met zo'n liefhebbend, aanhankelijk kroost. Kenneth had de eersteklastickets al gekocht en het vijfsterrenhotel geboekt voor als ze met het hele gezin naar de Malediven gingen om daar Kerstmis te vieren. Die vakantie was inmiddels traditie. Flappy genoot ervan dat al haar kinderen kwamen, elk jaar weer. Niet omdat papa betaalde – dat zou niet eens bij haar zijn opgekomen – maar omdat ze graag met hun ouders op reis gingen. Al haar kinderen vonden het fijn om bij haar te zijn. Flappy voelde zich gezegend, maar ze was dan ook een moeder uit duizenden, constateerde ze zelfingenomen.

De volgende dag, op weg naar Big Mary's om te controleren of de cupcakes en de thee op schema lagen, liep ze Esther tegen het lijf, met aan de riem de twee honden van Gracie. 'Aha, jou moet ik net hebben!' riep Flappy. In haar zwarte broekpak en witte blouse met gesteven boord bood ze een plechtige aanblik, een voorbeeld voor iedereen die niet de moeite had genomen zich in rouwkleding te hullen.

'Mij?' reageerde Esther verschrikt.

'Ja, ik wilde even bij Big Mary langs, om te controleren of alles geregeld is voor de begrafenis. En om te horen of er nog nieuws is van Gracie.'

'De cupcakes...'

'Weten we al wanneer ze terugkomt?'

'Carina komt dit weekend de honden halen.'

'O? En waar brengt ze die dan naartoe?' Flappy was verbaasd en beledigd dat Carina háár niet als eerste op de hoogte had gesteld.

'Ik weet het niet.'

'Lieve hemel! Dat is het enige wat ik hoor! "Ik weet het niet"!' verklaarde Flappy geërgerd. 'Waarom laat iedereen zich toch met een kluitje in het riet sturen?' Ze besloot Carina onmiddellijk te bellen, om erachter te komen wat er in vredesnaam aan de hand was.

'We hebben besloten...' begon Esther weer.

'Prima. Doe maar.' Flappy haastte zich al weg. 'Ik ben blij dat voor de begrafenis tenminste alles op schema ligt.'

Bij thuiskomst liep ze meteen naar de telefoon. 'Carina, je spreekt Flappy Scott-Booth,' zei ze gewichtig.

'Hallo, Flappy.' Carina klonk opgewekt, ontspannen, want ze droeg de warmte van Italië nog altijd met zich mee, als een hete aardappel onder haar trui.

'Ik was benieuwd naar Gracie. Dus ik dacht: ik bel jou. Het gaat toch wel goed met haar?'

Carina glimlachte. Die Flappy, wat was ze toch doorzichtig! 'Ja hoor, ze geniet nog steeds met volle teugen.'

'Dus ze is nog niet terug?' Flappy klonk misprijzend, alsof ze het belachelijk vond dat Gracie nog in Italië zat.

'Nee, ze heeft besloten wat langer te blijven.'

Daar nam Flappy geen genoegen mee. 'Maar waarom dan?' vroeg ze gefrustreerd. 'Is dat niet erg eenzaam, nu jullie weer hier zijn?'

'Nee hoor, maak je geen zorgen. Ze is niet eenzaam.' Carina kon het niet laten haar een beetje te stangen. 'Integendeel.'

'O?' drong Flappy aan.

'Sorry, Flappy, maar ik moet ophangen. Ik heb nog zo veel te doen.'

'Ja, ik ook. Harry Pratt is overleden en ik regel de begrafenis. Wil je dat tegen je moeder zeggen? Ik weet zeker dat ze niet zou willen dat ze dat later pas hoorde. De begrafenis is donderdag. Daar wil ze bij zijn. Harry is onze plaatselijke oorlogsheld. Het wordt echt een indrukwekkende plechtigheid. Met veel hoge gasten. Ik heb mijn tuin ter beschikking gesteld. Dat was wel het minste wat ik kon doen voor iemand die in de Slag om Engeland heeft gevochten. We hebben zo veel aan hem te danken. Afijn, ik houd je niet langer op. Lieve groeten aan je moeder. En vergeet niet haar over Harry te vertellen. Zijn afscheid zou ze voor geen goud willen missen. Ik spreek op de plechtigheid. Een zware verantwoordelijkheid, maar er is niemand anders aan wie ik het kan vragen. Het is wel erg hectisch allemaal, maar ik doe het voor Harry. Dat heeft hij verdiend.'

Flappy hing op, in de zekerheid dat Gracie op het eerste het beste vliegtuig naar huis zou stappen; dat ze wist wat ze aan háár, aan hun vriendschap, verplicht was.

De dag van de begrafenis begon voor Flappy al slecht. Het miezerde. Hoe dúrfde het te miezeren op zo'n belangrijke dag? Als de regen niet snel ophield en als de zon dan niet onmiddellijk tevoorschijn kwam om het gras te drogen, zou niemand haar tuin te zien krijgen. Haar prachtig gesnoeide, onkruidvrije tuin, die ze zo zorgvuldig op orde had laten brengen voor haar hoge gasten: Sir Algernon en Lady Micklethwaite.

Kenneth, die een optimist was, maakte zich niet druk over het weer. 'Iedereen gaat eerst nog naar de kerk,' zei hij tijdens het ontbijt. 'En als het dan nog regent, hebben we de tent.'

Flappy, in stemmig zwart met een grote diamanten ster op een van haar revers, keek hem somber aan. 'Ik heb zo hard gewerkt, en nu krijgt niemand de tuin te zien.'

'Maak je geen zorgen. Ik weet zeker dat de zon straks tevoorschijn komt.'

Flappy zette haar bril op en legde haar toespraak op tafel. 'Ik ga hem nog één keer hardop voorlezen, om zeker te weten dat ik nergens haper. Want ik ben bang dat de emoties me te machtig worden. Het wordt echt een uitdaging om niet te gaan huilen. Ik hoop dat iedereen tissues bij zich heeft. Want het is erg ontroerend, al zeg ik het zelf.'

Kenneth fronste zijn voorhoofd. 'Kende je Harry zo goed dan? Wist je genoeg om iets op papier te zetten?'

'Hij zat altijd op die bank. Ónze bank, zeg ik in mijn toespraak. Je weet wel, de bank die wij aan hem gaan opdragen, als cadeautje aan het dorp.'

'O ja. Dat is een mooie gedachte, lieverd.'

'En hij was gevechtspiloot. Dat heb ik er ook in gezet. O, en hij hield van boten. Big Mary vertelde dat hij urenlang naar de boten kon kijken. En blijkbaar bouwde hij ze ook na, op schaal.'

'Ik zou denken dat Big Mary de aangewezen persoon is om op zijn begrafenis te spreken. Niet dat ze het beter zou doen dan jij. Natuurlijk niet. Maar zij kende Harry het best. Ze waren erg op elkaar gesteld.'

'Hoe haal je het in je hoofd? Big Mary als spreker? Nee, dat kan echt niet! Sir Algernon en Lady Micklethwaite zijn er ook!'

Kenneth trok zijn wenkbrauwen op, maar hij was wel zo verstandig zijn vrouw niet tegen te spreken.

De hele ochtend reden de auto's af en aan. Sally kwam met een busje vol bloemen, Big Mary verscheen met de extra hulp die ze had ingeschakeld om alles in gereedheid te brengen voor de thee, en het verhuurbedrijf legde de laatste hand aan de tent die de vorige dag al voor een groot deel was opgezet. Tegen het middaguur kreeg Flappy een tweede tegenslag te verwerken. De telefoon ging.

'Met mij,' klonk de stem van Mable. 'Ik heb nieuws.'

'Gracie is terug,' zei Flappy opgewekt. 'Ja, dat wist ik al.'

'O ja?' Mable klonk verbaasd. 'Dat had ik nog niet gehoord!'

Dat zette Flappy op het verkeerde been, want nu had ze geen andere keus dan toegeven dat ze had gebluft. 'O nee? Ik dacht dat…'

'Nee, het nieuws is dat Harry alles aan Big Mary heeft nagelaten.' Mable beefde van gretigheid om Flappy met een smeuïg nieuwtje te kunnen verrassen.

'Nou ja, hij had geen familie. En Big Mary en hij waren dikke maatjes.'

'En dat niet alleen...' Mable stikte bijna van opwinding. 'Harry was haar váder.'

Flappy liet zich in een stoel vallen. 'Wat?' Ze was zo geschokt dat ze vergat om te doen alsof ze dat al wist.

'En het gaat echt om heel veel geld. Ik wist helemaal niet dat hij zo rijk was. Trouwens, volgens mij wist niemand dat.'

'Ach, eh... Om hoeveel geld gaat het?'

'Dat weet ik niet. Maar het schijnt heel veel te zijn.'

'Heb je dat niet gevraagd? En is je bron wel betrouwbaar? Van wie weet je dit?'

'Van Big Mary.'

'Heeft zij het je zelf verteld?'

'Ze vertelt het aan iedereen. Het hele dorp weet het al.'

Er verscheen een verbeten uitdrukking op Flappy's gezicht. Ze had Big Mary net nog gesproken! En toen had ze niets gezegd! Vastberaden maakte Flappy haar hoofd leeg, om ruimte te maken voor een briljante ingeving. Nadat ze het telefoongesprek vervolgens abrupt had beëindigd, haastte ze zich naar buiten, naar de tent.

In haar roze-met-witte gebloemde jurk zag Big Mary eruit alsof ze naar een bruiloft ging. 'Mary!' kweelde ze. 'Wat hoor ik? Dat moet wel een enorme verrassing voor je zijn geweest.'

Mary's glimlach was minder suikerzoet dan die van Flappy. 'Harry was mijn vader.'

'En hij heeft alles aan jou nagelaten.'

'Ja, dat is ook fijn, natuurlijk. Maar waar ik echt blij om ben, dat is dat ik nu eindelijk weet wie mijn vader is. Alleen jammer dat hij het me tijdens zijn leven niet heeft verteld.'

'Ik heb eens nagedacht... en ik had het je natuurlijk eerder moeten vragen, maar het was vandaag allemaal zo hectisch dat ik er niet aan toe ben gekomen. Zou jij misschien toch op de begrafenis willen spreken? Tenslotte heb jij Harry het best gekend. Ik wilde het je al vragen voordat ik hoorde dat je bovendien zijn enige nabestaande bent...'

Big Mary stak haar kin naar voren. 'Ja. Ik wil graag iets zeggen.'

'Mooi zo. Dat is dan geregeld. Dit is Harry's dag. Ik wil niet dat alles om mij draait.'

'En wat die enige nabestaande betreft, er is nog één ander lid van de familie. En ze komt naar de begrafenis,' vertelde Big Mary.

Flappy's glimlach bevroor. 'Ach, wat fijn om te horen. Wie is het?'

'Zijn zuster, Edda Harvey-Smith. Ze hadden de laatste jaren geen contact meer, maar ze wil hem toch graag de laatste eer bewijzen.'

'Prima. Ik zal tegen Madge zeggen dat ze een plekje op de eerste rij voor haar vrijhoudt. En natuurlijk ook voor jou. Wat heerlijk dat Harry toch nog familie heeft. Echt heerlijk."'

'Madge weet ervan,' zei Big Mary. 'Het is allemaal al geregeld.'

'O,' zei Flappy. Althans, dat probeerde ze, maar ze kwam niet verder dan een gepiep. 'Dus dan valt er voor mij hier niets meer te doen,' wist ze ten slotte uit te brengen. Haar blik ging over de piramides van cupcakes op het witte tafelkleed. Ze hadden de vorm van een boot. 'Wat prachtig, die cupcakes.' Flappy wist niets anders te zeggen tegen Harry's dochter.

Big Mary grijnsde. 'Harry zou ze geweldig hebben gevonden.'

'Tja, hij hield van boten, hè?'

'Nou en of,' antwoordde Mary hartgrondig, waarop Flappy weer naar binnen ging om zichzelf een groot glas wijn in te schenken en ermee naar haar slaapkamer te verdwijnen.

Kenneth kreeg gelijk. Tegen de tijd dat de begrafenis begon, had de wind alle wolken verjaagd en ruimte gemaakt voor de zon. Flappy stond bij de deur van de kerk. Net toen ze de dominee begroette, hoorde ze achter zich een aristocratische, buitengewoon gedecideerde en zorgvuldig articulerende stem. In de veronderstelling dat het Lady Micklethwaite was, kapte ze het gesprek met de dominee abrupt af. Maar in plaats van de lady en haar adellijke echtgenoot kwam er een elegante vrouw aanlopen over het grind, innig gearmd met Big Mary. Ze droeg een zwarte japon, een zwarte jas met een diamanten speld op een van haar revers, en in haar kastanjebruine haar prijkten zwarte veren. 'Wat een schilderachtig kerkje!' riep ze uit. 'Werkelijk snoezig. Het lijkt wel een filmdecor.'

Flappy hield verbijsterd haar adem in. Ze had zich Harry's zuster anders voorgesteld. Heel anders.

'En u bent Flappy Scott-Booth!' De onbekende stak haar de hand toe. Flappy registreerde de diamanten ring, de zorgvuldig gemanicuurde rode nagels en schudde weinig enthousiast de uitgestoken hand. 'Ik ben Edda, Harry's kleine zusje. Mary vertelde me dat u het op u hebt genomen om Harry's afscheid te organiseren. Dank u wel. Wat buitengewoon aardig en genereus. U bent tenslotte geen familie. En Mary ben ik ook erg dankbaar, omdat ze contact heeft gezocht en me voor de plechtigheid heeft uitgenodigd. Ik wist niet eens dat mijn broer was overleden. Maar Harry had een vooruitziende blik. In zijn brief aan Mary stond mijn adres.' Ze schonk Mary een stralende glimlach. 'Ik vind het werkelijk kostelijk dat ik ineens een nichtje blijk te hebben! Die Harry. Wat een schurk. Ja, ja. Stille wateren hebben diepe gronden. Wie had dat gedacht? Een liefdesbaby! En door zijn overlijden een schatrijke liefdesbaby. Hij vond het afschuwelijk zoals ik met geld smeet. Hij was heel anders. Een echte spaarder. Een socialist in hart en nieren. Geld zei hem niets. Dus nu kan Mary het uitgeven, en voor advies kan ze bij mij terecht. Ik kan shoppen als geen ander!'

Flappy wist niet wat ze moest zeggen. Ze schonk Edda haar meest intimiderende blik. Maar in plaats van paniekerig met haar ogen te knipperen, zoals Flappy dat van haar slachtoffers gewend was, keek Edda haar onverschrokken aan. Om niet te zeggen uitdagend. Flappy was geschokt. 'Welkom bij Harry's afscheid,' zei ze ten slotte. 'Ik heb geregeld dat er een stoel voor u is gereserveerd op de eerste rij.'

'Fijn.' Edda klonk alsof ze niet anders had verwacht. Ze liep de kerk in, schudde hier en daar iemand de hand en wisselde een paar woorden met de dominee.

Flappy voelde zich volslagen uit haar evenwicht gebracht, maar toen zag ze tot haar opluchting Sir Algernon en Lady Micklethwaite het pad op komen. Haastig riep ze zichzelf tot de orde, dankbaar dat er eindelijk iets volgens plan verliep. Lady Micklethwaite kuste haar oprecht hartelijk, waardoor de balans in Flappy's wereld – en haar superioriteitsgevoel – werd hersteld, terwijl Sir Algernon zijn hand net iets te laag op haar rug legde, misschien zelfs op haar billen. Maar een man van zijn niveau zou zoiets natuurlijk nooit opzettelijk doen. Nadat ook hij haar had gekust, ging ze hun gewichtig voor, de kerk binnen.

Ze liepen langzaam, plechtig door het middenpad, nadat ze door Kenneth plichtsgetrouw waren opgewacht in het portaal. Een statige processie van hoogwaardigheidsbekleders, dacht Flappy tevreden, terwijl ze beurtelings naar links en naar rechts glimlachte. Pas toen ze bijna bij de voorste rij waren, zag ze de boot. Een op schaal nagebouwde vissersboot gevuld met bloemen. Terwijl ze dat Madge nog zo nadrukkelijk had verboden... Of ging dat over een vliegtuig? Had ze dat 'vulgair' genoemd? Hoe dan ook, het was verschrikkelijk! Ze kreunde om de kitscherige aanblik, terwijl ze koortsachtig zocht naar een manier om er afstand van te nemen en de verantwoordelijkheid te leggen bij iemand zonder smaak en gevoel voor stijl. Maar toen ze Lady Micklethwaite haar stoel wees, draaide die zich naar haar om en zei: 'Wat prachtig, die boot! En wat een lieve gedachte. Wiens idee was dat?'

'Van mij,' zei Flappy zonder blikken of blozen. 'Ik ben erg blij dat u hem mooi vindt.'

Na de begrafenis begaf de hele congregatie zich naar Darnley Manor. Lady Micklethwaite was verrukt van de cupcakes, waarvoor Flappy opnieuw zonder enige schroom de eer opeiste. Sir Algernon en Kenneth stonden op het gazon en spraken in het zonnetje over golf. Om de balans tussen haar en Edda te herstellen, besloot Flappy haar de tuin te laten zien. Terwijl Edda van border naar border met haar meeliep, reageerde ze buitengewoon bevredigend. Ze was vol bewondering voor de lindelaan waarlangs honderden rode tulpen bloeiden, en ze boog zich over de *Daphne odora* om genietend de geur op te snuiven. 'Wat een beeldige tuin!' dweepte ze. 'Werkelijk verrukkelijk!'

'Dank u,' zei Flappy minzaam. 'We stellen hem ook open voor het publiek, want het voelt niet eerlijk om al die schoonheid voor onszelf te houden.'

'Wat een nobele gedachte.'

'Mensen komen van heinde en verre om de tuin te zien. Ik ben er ook heel wat uurtjes in aan het zwoegen. Mijn handen zijn geruïneerd!'

Ze hield ze met een blik vol afschuw omhoog, de zachte, blanke handen van een vrouw die nog nooit een onkruidje uit de grond had getrokken. 'Maar het is het waard. We beschouwen het als een voorrecht om in zo'n schitterend huis te mogen wonen.'

En toen kwam de derde tegenslag voor Flappy.

'Ik overweeg serieus hierheen te verhuizen.' De stelligheid waarmee Edda het zei liet er geen misverstand over bestaan dat het niet bij overwegen zou blijven.

Flappy was geschokt. 'U wilt hierheen verhuizen?' Het klonk gesmoord, want haar keel werd dichtgesnoerd door paniek.

'Ja.' Edda keek glimlachend om zich heen. 'Ik vind Badley Compton werkelijk hemels. Paradijselijk.'

'Dat is het ook, maar...'

'Ik begrijp nu waarom Harry het hier zo heerlijk vond.'

'Maar... hebt u enig idee van het woningaanbod?'

'O, ik vind hier vast wel een charmant huis. Na de hectiek van de stad lijkt het me zalig, zo'n schilderachtige plattelandsgemeenschap met schilderachtige plattelandsmensen zoals u en Kenneth. Londen wordt me te druk. Het is allemaal te groot, te veel. Ik wil er weg, en wanneer Charles – dat is mijn man – Badley Compton eenmaal heeft gezien, weet ik zeker dat hij het met me eens is.' Ze zuchtte tevreden. 'Dit is het helemaal! Ik voel me hier nu al thuis.'

En alsof het allemaal nog niet erg genoeg was, viel er een paar weken later een brief bij Flappy op de mat. In de adressering herkende ze Gracies keurige handschrift. Buiten zichzelf van woede scheurde ze de envelop open, want Gracie was inmiddels al een maand weg! Tussen het opgevouwen velletje briefpapier zat een foto, van een stralende Gracie in een pastelroze jurk met naast zich een lange, knappe man met golvend grijs haar en een innemende glimlach. Flappy's woede maakte plaats voor nieuwsgierigheid en een merkwaardig gevoel van bewondering. Haastig, gretig begon ze te lezen.

Lieve Flappy,
Ik schrijf je omdat ik mijn geluk wil delen met jou en mijn vriendinnen van onze Ladies' Book Club. Tancredi en ik zijn getrouwd en beginnen samen aan een nieuw leven, hier in Castello Montefosco. Ik hoop van ganser harte dat je ondanks je drukke agenda ooit in de gelegenheid bent bij ons langs te komen.
Liefs,
Gracie Bassanelli

PS *Nog iets wat je zal interesseren: dankzij mijn huwelijk ga ik tegenwoordig als 'gravin' door het leven. Wie had dat kunnen denken?*

Met een diepe zucht stopte Flappy de brief en de foto weer in de envelop. Ze had gedacht dat ze laaiend zou zijn, maar dat was ze niet. Integendeel, ze glimlachte! Toen haastte ze zich naar de telefoon. Al na één keer overgaan werd er opgenomen.

'Mable, met Flappy. Moet je nou eens horen...' En tot haar grote vreugde was haar vriendin nog niet op de hoogte van het wereldschokkende nieuws. Blijkbaar had Gracie het alleen met háár gedeeld en was het aan háár om de rest van Badley Compton op de hoogte te brengen. 'En ze is niet alleen getrouwd,' besloot ze met gevoel voor drama, 'dankzij haar huwelijk gaat ze tegenwoordig als "gravin" door het leven! Nou, ik moet eerlijk zeggen, dat vind ik wel een beetje hooggegrepen voor iemand als Gracie. Wat vind jij?'

Epiloog

Castello Montefosco, een maand eerder

'Waar heb je de Bartoloni verstopt?'

Tancredi, die op zijn vertrouwde bankje zat, werkte zich overeind en pakte Gracie bij de hand. 'Kom mee, dan zal ik het je laten zien.'

Ze liepen het pad over naar het kasteel. De zon stond inmiddels hoog aan de hemel. De hond vond het zelfs in de schaduw te heet en was naar binnen verdwenen. Het ontging Gracie niet hoe trefzeker Tancredi zijn weg wist te vinden, zonder ook maar één moment te aarzelen. Hij steunde niet op haar en gebruikte geen blindenstok. Dat hij haar hand in de zijne hield, deed hij omdat hij dat prettig vond.

Bij het kasteel gekomen ging hij haar voor naar boven, naar zijn privévertrekken. De inrichting was sober, maar warm en gezellig. Aan de muren hingen de weinige schilderijen die nog niet verkocht waren, het meubilair was bijna sjofel te noemen, de tapijten op de vloer waren tot op de draad versleten. Hoe lang kon hij al niet meer zien, vroeg Gracie zich af.

Hij ging haar voor naar de slaapkamer, en Gracie zag het meteen: zijn lievelingsschilderij hing op de ereplaats boven het bed. 'En wat is er met mijn vervalsing gebeurd?'

Hij schudde zijn hoofd, en toen hij zijn arm naar haar uitstrekte, ging ze dichter bij hem staan zodat hij die om haar schouders kon slaan. 'Dat ís jouw vervalsing.'

Verbijsterd en met haar ogen tot spleetjes geknepen tuurde ze ernaar.

'Is dat de vervalsing?'

'Ja. Het origineel ligt ergens onder in een kast. Dit doek betekent oneindig veel meer voor me. De waarde van een schilderij wordt zowel door de kunstenaar als door de voorstelling bepaald, en daarom is dit voor mij het kostbaarste schilderij op de hele wereld. Ook al kan ik het niet meer zien.'

'O, Tancredi, ik moet al weer huilen!'

Hij trok haar naar zich toe en kuste haar op het hoofd. 'Van geluk, hoop ik.' Toen begroef hij zijn gezicht in haar hals en omhelsde haar hartstochtelijk, alsof hij haar nooit meer los zou laten. 'Want mijn tranen zijn tranen van geluk.'

Een woord van dank

De research voor dit boek heb ik gedaan aan de Amalfikust, waar ik met vier vriendinnen naartoe ben gereisd. We verbleven er in een pensionnetje met uitzicht op zee en hadden ons ingeschreven voor een kookcursus die ons vurig was aanbevolen. En terecht, zoals bleek. We werden niet in onze verwachtingen teleurgesteld. De kookschool van Mamma Agata is uniek: uitgehakt in de rotsen boven Ravello, met een schitterend uitzicht over de zee en de beroemde Amalfikustlijn. De zon brandt aan de hemel, de geuren verleiden de zinnen, en de gerechten, uitsluitend bereid met ingrediënten van eigen kweek en fokkerij, zijn ronduit hemels!

Wat het allemaal nog heerlijker maakt, zijn de mensen die de kooklessen geven – gastvrij, grappig, charmant en met een groot, warm hart. De oude Mamma Agata staat achter het fornuis; Chiara, haar dochter, geeft toelichting. Als een volleerd entertainer. Wat hebben we gelachen! Dank jullie wel voor de verrukkelijke ervaring en voor de inspiratie bij het bedenken van Mamma Bernadetta's kookschool. Bernadetta en Ilaria zijn producten van mijn fantasie, maar ze vormen ook een eerbetoon aan Agata en Chiara. Soms ontmoeten we mensen die ons leven verrijken. Ik voel me bevoorrecht dat ik deze twee prachtvrouwen heb leren kennen. En tegen mijn lezers zou ik willen zeggen: ga naar Ravello, schrijf je in bij de kookschool van Mamma Agata en ervaar het zelf! Je krijgt er geen spijt van. Dat weet ik zeker!

Verder wil ik Aliai Forte bedanken. Castello Montefosco is gebaseerd op haar schitterende huis in Toscane. We hebben er de afgelopen zomer vier verrukkelijke dagen doorgebracht, dagen vol zon en inspiratie. Het vertrek viel ons zwaar, maar bij het schrijven van dit boek heb ik het allemaal opnieuw beleefd – de geuren, de geluiden, de schoonheid van zowel het huis als het omringende landschap.

Zoals altijd bedank ik mijn moeder, Patty Palmer-Tomkinson, die als mijn eerste proeflezer alle tijd voor me heeft en die haar wijsheid en kritiek openhartig met me deelt. Dank ook aan mijn lieve vriendin, mentrix en agent Sheila Crowley en aan de leden van haar team bij Curtis Brown: Abbie Greaves, Alice Lutyens, Luke Speed, Enrichetta Frezzato, Katie McGowan, Anne Bihan en Mairi Friesen-Escandell.

Dank je wel, Ian Chapman, mijn baas. En dank je wel, Suzanne Baboneau, mijn wijze, getalenteerde redacteur, en haar team bij Simon & Schuster: Dawn Burnett, Emma Harrow, Gemma Conley-Smith, Gill Richardson, Dominic Brendon, Laura Hough, Sara-Jade Virtue en Sian Wilson. Zij geven mijn boeken vleugels!

Wie ik zeker niet mag vergeten zijn alle boekhandelaren, waar ook ter wereld! Dank jullie wel! Wat zou ik zonder jullie moeten?

Natuurlijk bedank ik ook mijn ouders, Charles en Patty Palmer-Tomkinson, mijn schoonmoeder April Sebag-Montefiore, mijn broer James, mijn schoonzus Sos en hun kinderen Honor, India, Wilfred en Sam, voor hun steun tijdens dit ongelooflijk zware jaar. Na Tara's dood dacht ik niet dat ik de kracht zou hebben om dit boek te voltooien. Dat het toch is gelukt, is te danken aan mijn familie.

En ten slotte bedank ik mijn man Sebag, onze dochter Lily en onze zoon Sasha. Ik hou van jullie!

LEES MEER VAN

Santa Montefiore

Verkrijgbaar als
e-book
& papieren boek